별도
없는

한밤에

STEPHEN KING

스티븐 킹

장성주 옮김

별도 없는 한밤에

FULL DARK NO STARS

황금가지

FULL DARK, NO STARS

by Stephen King

차례

변함없이
아내 태비에게

STEPHEN KING

FULL DARK, NO STARS

1922

1930년 4월 11일

네브래스카 주 오마하

매그놀리아 호텔

관계자 귀하

나 윌프리드 릴런드 제임스는 지금부터 나의 죄를 고백하고자
한다. 1922년 6월, 나는 내 아내 알렛 크리스티나 윈터스 제임스
를 살해하고 시체를 오래된 우물에 유기했다. 내 아들 헨리 프리
먼 제임스도 이 범죄를 거들었지만, 헨리는 그때 열네 살이었으니
법적 책임은 물을 수 없다. 헨리는 내 꼬드김에 넘어가 살해에 가
담했다. 나는 무려 2개월 동안이나 헨리의 불안한 마음을 교묘하

게 조종했고, 그리하여 그 아이가 당연히 느꼈던 거부감을 무너뜨렸다. 나는 아내를 죽인 것보다 아들에게 그런 짓을 한 것이 훨씬 더 후회스럽다. 왜 그런지는 이 글을 읽다 보면 알 것이다.

내가 결코 씻을 수 없는 죄를 저지른 동기는 네브래스카 주 헤밍퍼드홈에 있는 비옥한 토지 40만 제곱미터였다. 아내가 장인 존 헨리 윈터스에게서 유산으로 상속받은 땅이었다. 나는 그 땅을 우리가 소유한 농장과 합치고 싶었다. 1922년 당시에 다 따져서 30만 제곱미터가 조금 넘는 농장이었다. 전원생활이라면(또는 농부의 아내로 사는 삶이라면) 고개부터 젓던 아내는 상속받은 땅을 패링턴 사에 현금을 받고 팔고 싶어 했다. 설마 진심으로 패링턴 사의 돼지 도축장에서 풍기는 냄새를 맡으며 살고 싶은 거냐고 물었을 때, 아내는 아버지한테서 받은 땅에 우리 농장을 얹어서 같이 파는 것도 좋겠다고 대답했다. 내 아버지가 물려준 농장을! 아버지가 할아버지한테서 물려받은 이 농장을! 내가 땅 한 뙈기 없이 돈만 갖고 뭘 할 거냐고 묻자 아내는 오마하, 아니면 세인트루이스로 이사를 가서 가게를 내면 된다고 했다.

"난 오마하에선 절대 안 살아. 도시는 바보들이나 사는 데야."

그때 내가 아내한테 한 말이다. 지금 내가 사는 곳이 어딘지 생각하면 참 얄궂은 말이었지만, 나는 여기에 오래 머물지는 않을 것이다. 그건 분명한 사실이다. 저 벽 속에서 소리를 내는 것의 정체만큼이나 분명하다. 그리고 내가 이 세상을 떠나 어디로 갈지 또한 분명하다. 지옥이 오마하 시내보다 더 끔찍한 곳일까? 아마도 오마하 시내가 바로 지옥일 텐데, 차이가 있다면 지옥에는 도시를 둘러싼 멋진 전원 풍경이 없다는 점이다. 지옥은 나처럼 타락한 영혼들만 우글거리는, 연기가 자욱하고 유황 냄새가 진동하는 공허한 오마하일 것이다.

1922년 겨울부터 봄까지 아내와 나는 그 땅 40만 제곱미터 때문에 지독하게 싸웠다. 아들 헨리는 중간에 낀 신세였지만, 그래도 내 편에 더 가까웠다. 얼굴은 엄마를 닮았어도 땅을 사랑하는 마음은 아버지를 닮았던 것이다. 헨리는 엄마의 건방진 성격을 조금도 물려받지 않은 고분고분한 소년이었다. 헨리는 자기 엄마에게 오마하든 다른 어떤 곳이든 도시에서 살 마음이 전혀 없다고 거듭 밝히면서 자신은 엄마와 아버지가 합의를 볼 경우에만 따라갈 거라고 했는데, 물론 아내와 나는 결코 합의한 적이 없다.

법으로 해결할 생각도 해봤다. 재산을 둘러싼 결정인 만큼 어느 법정이든 그 땅의 용도와 목적에 관한 한 남편인 나를 편들어줄 거라고 확신했기 때문이다. 하지만 망설였다. 이웃들의 입에 오르내릴까 두려워서는 아니었다, 나는 동네 소문 따위에 꿈쩍할 남자가 아니니까. 이유는 따로 있었다. 이미 알아차렸겠지만, 나는 마침내 아내를 증오하는 단계에까지 이르렀다. 아내가 죽었으면 하고 바랄 지경이 됐기 때문에 소송을 망설였던 것이다.

남자는 누구나 자기 안에 있는 다른 남자와 함께 살아가게 마련이다. 자기가 모르는 낯선 남자, 즉 '음흉한 남자' 말이다. 그러므로 나는 다음과 같이 믿는다. 1922년 3월, 헤밍퍼드 카운티의 하얀 하늘 아래 밭들이 온통 눈 덮인 진창으로 바뀌었던 그 무렵, 농부 윌프리드 제임스의 마음속에 사는 음흉한 남자는 자기 아내가 어떤 사람인지에 대해 최종 판결을 내리고 그녀의 최후를 결정했다고. 한편으로는 정의로운 사형 판결이기도 했다. 성서 말씀에 따르면 은혜를 모르는 자식은 독사의 이빨과 같다지만, 은혜를 모르고 잔소리만 해대는 아내는 그보다 훨씬 더 사악한 것이니까.

나는 피도 눈물도 없는 괴물이 아니다. 나는 내 안의 그 음흉한 남자한테서 아내를 지키려고 애썼다. 끝내 합의를 못 하겠다면 링컨에 가서 장모랑 살라고 한 것도 그 때문이었다. 아내의 친정은 우리 집에서 서쪽으로 100킬로미터쯤 떨어진 곳이었다. 비록 이혼은 아직 안 했지만 혼인 관계는 이미 파탄 났다는 뜻인 별거에는 딱 알맞은 거리였다.

"그리고 우리 아버지 땅은 당신한테 넘겨라, 이 말이지?"

아내는 이렇게 물으며 턱을 삐죽 내밀었다. 아, 아내의 그 건방진 턱주가리가 얼마나 꼴 보기 싫었던지! 정말이지 버릇을 잘못 들인 망아지가 따로 없었다. 그 턱주가리와 함께 빠지지 않고 따라오던 희미한 코웃음 소리도 진저리가 났다.

정 그렇다면 그 땅을 사겠다고도 해봤다. 시간은 좀 걸릴 테지만(8년, 아니면 한 10년쯤?), 그래도 땅값은 한 푼도 떼먹지 않고 치르겠다고 말이다.

"그렇게 푼돈으로 찔끔찔끔 받느니 아예 공짜로 주고 잊어버리는 게 나아. 그 정도는 여자라면 다 아는 상식이야. 패링턴 사에서는 한 번에 다 지불한다던데, 당신이 생각하는 액수보단 그 사람들이 낼 최고가가 훨씬 더 후할걸? 거기다, 난 링컨 같은 데선 하루도 못 살아. 살림집보다 교회가 더 많은 그런 시골에서는."

아내는 (어김없이 코웃음을 치고 턱을 내밀면서) 이렇게 대답했다. 이제 내 처지가 이해가 가는가? 그 여자가 나를 어떤 '궁지'에 몰아넣었는지 모르겠는가? 아주 조금은, 나를 동정하는 마음이 생기지 않는가? 아니라고? 그럼 이 얘기를 한번 들어 보라.

그해 4월 초, 내가 기억하기로는 오늘 이날로부터 딱 8년 전인 그 무렵의 어느 날, 아내가 환한 얼굴로 나를 불렀다. 매쿡에 있는 미용실에서 종일 빈둥거린 덕분인지 볼 옆에 늘어뜨린 머리카락이 호텔 화장실의 휴지처럼 둥그렇게 말려 있었다. 아내는 자기한테 좋은 생각이 있다고 했다. 물려받은 땅 40만 제곱미터와 함께 우리 농장까지 패링턴 사에 팔자는 말이었다. 장인이 남긴 땅 근처로 철도가 지나가니까 패링턴 사에서는 그 땅을 살 수만 있다면 틀림없이 농장도 함께 살 거라면서(아마도 아내가 제대로 봤을 것이다.).

"그다음엔 돈을 나눠 갖고 이혼해서 따로 새 출발을 하면 돼. 당신이 원하는 게 그거잖아."

패씸한 여우 같으니. 꼭 자기는 안 그런 것처럼.

"음. (그 제안을 진지하게 생각하는 척하면서) 그럼 우리 아들은 누구랑 살지?"

"당연히 내가 데려가야지. 열네 살짜리 남자애가 엄마 없이 어떻게 살라고."

아내는 눈을 동그랗게 뜨고 대답했다. 바로 그날, 나는 헨리를 내 편으로 끌어들이려고 마음먹고 엄마가 요즘 무슨 생각을 하는지 가르쳐 주었다. 우리는 먼저 건초 더미에 나란히 앉았다. 나는 지을 수 있는 가장 슬픈 표정을 짓고 낼 수 있는 가장 슬픈 목소리를 내면서, 아내가 계획을 실행하도록 내버려 두면 앞으로 그 애의 삶이 어떻게 될지 그림을 그리듯이 설명해 주었다. 너는 아빠도 농장도 다 잃을 거다, (아기 때부터 알고 지낸) 친구들도 다 남겨두고 더 큰 학교로 전학 갈 거다, 전학을 가서는 너를 촌놈이라고 놀리는 낯선 녀석들 사이에서 네 자리를 만들려고 싸워야 할 거다 등등. 그러면서 동시에 우리가 그 땅을 고스란히 차지한다면 1925년까지는 은행 대출을 깨끗이 갚을 테고, 그다음부터는 빚 없이 행복하게 살 수 있다고 말해 주었다. 맑디맑은 개울물에 하루 종일 돼지 내장이 둥둥 떠내려오는 꼴을 보는 대신 맑은 공기를 마시면서 살 수 있을 거라고.

"자, 넌 어떻게 하고 싶니?"

나는 상상력을 있는 대로 동원하여 자세히 설명한 후에 헨리에게 물었다. 그때 헨리의 뺨에는 눈물이 흐르고 있었다.

"아빠랑 여기서 살고 싶어요. 엄마는 정말…… 진짜…….'

"말해도 돼. 진실을 말하는 건 욕이 아니란다."

"진짜 *나쁜* 년이에요!"

"원래 여자는 다 그래. 본성의 일부라서 어쩔 수가 없단다. 문제는 우리 남자들이 거기에 어떻게 대응하느냐 하는 거지."

그러나 내 안의 음흉한 남자는 그때 이미 외양간 뒤에 있는 낡은 우물을 염두에 두고 있었다. 바닥이 너무 얕아서 가축한테 먹일 탁한 물밖에 못 긷는 우물이었다. 깊이가 고작 6미터 정도였으니, 사실상 강둑 아래의 조그만 수문이나 다름없었다. 문제는 어떻게 해야 아들을 내 계획에 끌어들일 수 있느냐 하는 것뿐이었다. 나로서는 꼭 그렇게 해야만 했는데, 왜인지는 여러분도 다들 아실 것이다. 아내야 죽일 수도 있다지만, 사랑하는 아들은 반드시 지켜야 하기 때문이었다. 땅이 아무리 많아 봤자 함께 누리다가 물려줄 사람이 없으면 무슨 소용이란 말인가?

나는 기름진 농토를 돼지 도살장으로 바꾸겠다는 알렛의 정신 나간 계획을 진지하게 검토하는 척했다. 그러면서 찬찬히 생각할 수 있게 시간을 달라고 했다. 아내도 그러겠다고 했다. 그로부터 두 달 동안, 나는 헨리를 꼬드겼다. 나 대신 *내 아들*을 시켜 엉뚱한 계획을 찬찬히 생각하게 했던 것이다. 일은 생각보다 쉽게 풀렸다. 아들은 제 엄마의 얼굴은 닮았지만 지긋지긋한 고집은 하나도 닮지 않았으니까(여러분도 아시다시피 여자의 미모는 꿀 같은 것이다. 남자를 홀려서 벌이 우글거리는 벌집으로 데려가는 꿀.). 나는 그저 아들한테 오마하 또는 세인트루이스에서 살아갈 미래가 어떤 모습일지 설명해 주기만 하면 그만이었다. 더 나아가 네 엄마는 개미굴처럼 붐비는 그 두 도시조차 성에 안 찰 수도 있다고, 그래서 아예 시카고로 떠나자고 할지도 모른다며 아들한테 이렇게 겁을 줬다.

"그렇게 되면 넌 검둥이들이랑 같이 고등학교에 다녀야 해."

헨리는 엄마를 점점 더 쌀쌀맞게 대했다. 아내는 살갑던 아들을 되찾고 싶어서 이래저래 애썼지만 하나같이 서툰 수작이라 번번이 퇴짜를 맞았고, 결국에는 자신도 쌀쌀맞은 엄마가 됐다. 나는(아니, 나보다는 내 안의 음흉한 남자가) 그 꼴을 보며 기뻐했다. 그러다가 6월 초에 아내한테 말을 꺼냈다. 심사숙고한 결과 그 땅 40만 제곱미터를 순순히 내놓을 수는 없다고, 온 식구가 거지꼴로 나앉는 한이 있어도 끝까지 싸우겠노라고.

아내는 침착하게 대응했다. 자기 나름대로 법적 자문을 받으려고 마음먹었기 때문이었다(다들 알다시피 변호사란 것들은 돈만 주면 아무한테나 알랑거리는 법이다.). 나는 슬며시 웃음이 나왔다. 내가 예상한 게 바로 그거였으니까! 아내한테는 변호사를 고용할 돈이 없었다. 그 무렵 홀쭉한 우리 집 돈주머니는 내가 단단히 틀어쥐고 있었다. 심지어 헨리한테 부탁해서 돼지 저금통까지 넘겨받았고, 그러다 보니 아내는 몇 푼 안 되는 아들의 용돈조차 훔칠 엄두를 못 내는 처지였다. 그런 아내가 찾아간 곳은 당연히 딜런드에 있는 패링턴 사 본부였다. 그 땅으로 큰 이익을 볼 사람들인 만큼 소송 비용쯤은 선뜻 대 줄 거라고 (나만큼이나) 확신했기 때문이었다.

"돈은 회사에서 대 줄 거다. 그럼 네 엄마가 이기겠지."

우리 둘의 단골 회의 장소가 되다시피 한 건초 더미에 앉아서, 나는 헨리에게 그렇게 말했다. 확실한 근거가 있어서 한 말은 아니었지만 그때 내 마음속에는 이미 결심이 서 있었다. 굳이 '음모'라는 이름까지 붙이고 싶지는 않은 결심이었다.

"그치만 아빠, 그건 불공평해요!"

헨리가 소리쳤다. 건초 더미에 앉아 있는 아들은 너무나 어려 보였다. 열네 살 소년이 아니라 열 살배기 아이 같았다.

"인생은 절대 공평한 게 아니야. 반드시 해야 하는 일이라면 묵묵히 받아들이는 것만이 답일 때도 있단다. 그 일 때문에 누가 다치는 한이 있다고 해도 그래. 심지어는…… 누가 죽는다고 해도."

나는 말을 멈추고 헨리를 가만히 바라보았다. 헨리의 얼굴은 점점 핏기가 사라져 하얘졌다.

"아…… 아빠!"

"네 엄마만 없어지면 모든 게 원래대로 돌아갈 거야. 말다툼도 다시는 안 일어날 거고. 우리 둘이 여기서 평화롭게 살 수 있어. 아빠는 엄마를 달래려고 할 수 있는 건 다 해 봤어. 그런데 소용이 없더구나. 이제 아빠가 할 수 있는 일은 딱 하나뿐이야. *우리가 할 수 있는 일은.*"

"하지만 난 엄마를 사랑해요!"

"그건 아빠도 마찬가지야."

믿기 힘들지도 모르지만 그 말은 사실이었다. 1922년 그해에 내가 아내에게 느꼈던 증오는 상대가 아무리 못된 여자라고 해도 한 남자가 품을 수 있는 감정치고는 너무나 지독했는데, 이는 사랑이 섞이지 않고서는 불가능하다. 게다가 알렛은 되바라지고 고집이 세기는 해도 속은 따뜻한 여자였다. 우리가 부부 관계까지 그만둔 것은 결코 아니었다. 오히려 땅을 둘러싸고 다투기 시작한 후로 밤이 되면 점점 더 발정 난 짐승에 가까워졌다.

"그렇게 아프진 않을 거야. 일이 다 끝나면…… 그때는……."

나는 헨리를 외양간 뒤로 데려가서 우물을 보여주었다. 그 앞에서 아들은 울음을 터뜨리고 말았다.

"안 돼요, 아빠. 그럴 수는 없어요. 전 죽어도 못해요."

그러나 딜런드에서 돌아온 아내는(제일 가까운 이웃인 할란 코터리가 포드 차로 태워다 주기는 했어도 마지막 3킬로미터는 걸어와야 했다.) 헨리가 '땅 팔 생각은 버리고 다 함께 가족으로 남자'고 애원했을 때, 결국 이성의 끈을 놓치고 말았다. 헨리의 입을 후려갈기고는 강아지처럼 깽깽거리지 말라고 야단쳤던 것이다.

"너 아빠하고만 놀더니 간이 조그만 것까지 닮았구나. 아니, 욕심보가 큰 것까지 닮았어."

꼭 자기는 욕심이 없는 사람인 것처럼!

"변호사 말이, 그 땅은 내 거니까 내 맘대로 하라더라. 난 그 땅을 팔 거야. 넌 네 아빠랑 여기 눌러앉아서 같이 돼지 굽는 냄새나 맡아. 밥도 알아서 챙겨먹고, 방 정리도 둘이 알아서 하고. 그래, 우리 아들은 낮에는 밭일을 하고 밤에는 천장까지 쌓인 아빠 책을 읽으면 되겠네. 누가 알아? 아빠는 책 같은 거 읽어 봤자 별 볼 일 없었지만, 넌 다를지도."

"엄마, 그건 불공평해요!"

그때, 아내의 표정은 자기 아들을 보는 엄마가 아니라 꼭 자기 팔을 함부로 건드린 외간 남자를 보는 여자 같았다. 아내를 마주 보는 아들의 눈빛 역시 차갑기 그지없었다. 그 덕분에 나는 얼마나 기뻤는지 모른다.

"지옥에나 가 버려, 둘 다. 난 오마하에 가서 양장점을 열 거야. 내가 볼 땐 그거야말로 공평한 결과야."

집과 외양간 사이의 흙바닥에서 시작된 우리 가족의 대화는 공평함에 관한 아내의 설교로 끝을 맺었다. 아내는 시내에 나갈 때 신는 멋진 구두로 흙먼지를 피우며 마당을 성큼성큼 가로질러 집에 들어가더니, 현관문을 쾅 소리가 나게 힘껏 닫았다. 헨리는 돌아서서 나를 바라보았다. 입가에 피가 흐르고 아랫입술이 부풀어 있었다. 눈에 이글거리는 분노는 오로지 사춘기 아이만이 느낄 수 있는 적나라하고 순수한 감정이었다. 그런 분노에 물든 아이는 뒷일을 따지지 않는 법이었다. 헨리가 고개를 끄덕였다. 나도 무거운 표정으로 고개를 끄덕였지만, 내 안의 음흉한 남자는 씩 웃고 있었다.

방금 그 손찌검이 바로 아내의 사형 집행 명령서였으니까.

그로부터 이틀 후, 새로 일군 옥수수 밭에서 일을 하는데 헨리가 찾아왔다. 가만히 보니 결심이 약해진 눈치였다. 실망할 일도 놀랄 일도 아니었다. 어린애와 어른 사이에 낀 몇 년 동안은 변화무쌍한 시절이고, 그 시절을 견디는 아이는 풍향계처럼 이쪽저쪽으로 돌아가게 마련이니까. 중서부 평원의 농부들이 곡물 저장탑 꼭대기에 달아 놓는 닭 모양 풍향계처럼.

"아빠, 우리 이러면 안 돼요. 엄마는 지금 그릇된 생각에 빠졌어요. 섀넌한테 들었는데요, 사람이 그릇된 생각에 빠진 채로 죽으면 지옥에 떨어진대요."

망할 놈의 감리교회. 빌어 처먹을 청년부 놈들 같으니. 나는 속으로 중얼거렸지만…… 내 안의 음흉한 남자는 그저 빙긋 웃기만 했다. 우리는 덜 여문 초록색 옥수수 사이에 앉아 10분 동안 신학에 관하여 토론했다. 그러는 동안 머리 위에서는 범선처럼 멋들어지게 생긴 구름들이 물결 같은 자취를 남기며 천천히 초여름 하늘 저편으로 흘러갔다. 나는 아들에게 찬찬히 설명해 주었다. 알렛을 지옥으로 보내기는커녕 정반대라고, 네 엄마는 우리 덕분에 천국에 갈 거라고.

"왜냐면 말이지, 살해당한 사람은 하느님이 아니라 인간이 만든 시간표에 따라 죽기 때문이야. 그렇게 죗값을 치를 시간도 없이 갑자기 죽어 버리면, 살아 있을 때 저지른 잘못을 다 용서받을 수 있어. 그런 의미에서 보면 살인자는 천국의 문지기나 마찬가지란다."

"근데 우린 어떡해요? 아빠, 우리 지옥에 가는 거 아니에요?"

나는 어린 옥수수 대가 빽빽하게 자란 밭을 가리켰다.

"그게 무슨 소리냐? 봐, 여긴 사방이 천국이잖아. 그런데 네 엄마는 이 천국에서 우릴 내쫓지 못해 안달이 났어. 불 칼을 든 천사가 아담과 하와를 에덴동산에서 내쫓은 것처럼 말이야."

나를 보는 헨리의 표정은 고민으로 가득했다. 어두웠다. 아들의 마음을 그렇게 심란하게 하기는 싫었지만, 그때나 지금이나 내마음 한구석에는 이런 믿음이 자리 잡고 있다. 아들을 그렇게 만든 사람은 내가 아니라, 아내라고.

"생각해 봐. 오마하로 가면 네 엄마는 자기가 들어갈 지옥행 구덩이를 더 깊이 팔 거야. 너도 엄마랑 같이 간다면, 아마 도시 아이가 돼서……"

"난 절대 안 가요!"

헨리가 악을 썼다. 그 소리가 얼마나 컸던지 울타리에 앉아 있던 까마귀 떼가 불에 탄 종이처럼 날아올라 파란 하늘로 줄지어 날아갔다.

"넌 아직 어리니까 그렇게 될 거야. 이곳 생활은 다 잊어버리고…… 도시에 익숙해져서…… 네 몫의 지옥행 구덩이를 파겠지."

만약 헨리가 살인자와 희생자는 천국에서 서로 만날 수 없다고 반박했다면, 그랬더라면 나는 말문이 막혔을지도 모른다. 하지만 그 애는 성서 공부가 아직 부족했거나, 아니면 그런 끔찍한 가능성을 생각하려 하지 않았다. 그런데 지옥이라는 게 과연 있기는 할까? 아니면 우리가 저마다 이 땅에 자기만의 지옥을 만드는 걸까? 지난 8년 동안 내가 어떻게 살았는지 생각하면 아마도 후자 쪽이 아닌가 싶다.

"어떻게 하실 거예요? 언제 할지는 정하셨어요?"

나는 헨리에게 가르쳐 주었다.

"다 끝나면 여기서 계속 살 수 있는 거죠?"

나는 그렇다고 대답했다.

"엄마가 많이 괴로워하진 않겠죠?"

"아니. 금방 끝날 거야."

헨리는 마음이 놓인 눈치였다. 그럼에도, 어쩌면 아무 일 없이 넘어갈 수도 있었다. 알렛이 화를 자초하지만 않았다면.

내가 기억하기로 여느 해와 다름없이 화창했던 6월 중순의 토요일 밤, 그날이 바로 우리가 정한 결행일이었다. 알렛은 여름날 저녁이면 와인을 한 잔씩 마시곤 했는데 그 이상 마시는 경우는 드물었다. 그럴 만한 이유가 있었다. 두 잔을 마시면 네 잔, 그러다가 여섯 잔, 결국에는 한 병을 다 비워야 직성이 풀렸으니까. 그리고 옆에 한 병이 더 있으면 마저 해치웠다.

"난 진짜 조심해야 돼, 와인이라면 사족을 못 쓰니까 말이지. 그나마 의지가 강해서 다행이지 뭐야."

그날 저녁, 우리 부부는 귀뚜라미 소리가 나른하게 들려오는 포치에 앉아 들판 위에서 미적대는 땅거미를 바라보았다. 헨리는 방에 있었다. 저녁밥에는 거의 손도 대지 않았다. 그런데 알렛과 함께 포치의 부부 전용 안락의자에 부부 전용 쿠션을 놓고 나란히 앉아 있다 보니, 어디서 구역질 하는 소리가 조그맣게 들리는 듯했다. 그 소리를 듣고 마침내 결단의 순간이 왔을 때 헨리는 차마 견디지 못하겠구나 하고 생각했던 기억이 떠오른다. 이튿날 아침이 되면 아내는 숙취 때문에 부루퉁한 기분으로 일어날 판이었다. 하마터면 네브래스카 주의 아침을 다시는 못 볼 신세가 될 뻔한 것도 모른 채로. 그럼에도 나는 계획대로 움직였다. 왜 그랬을까? 내가 똑같은 모양의 인형이 몇 개씩 들어가 있는 러시아 전통 인형 같은 인간이라서? 아마도. 아마도 남자들은 다 그럴 것이다. 내 안에는 음흉한 남자가 들어 있었지만, 그 음흉한 남자 안에는 또 낙관적인 남자가 들어 있었다. 그 남자는 1922년에서 1930년 사이에 죽었다. 음흉한 남자는 실컷 악행을 저지르고 나서 흔적도 없이 사라졌다. 음모와 야심을 담당한 그 남자가 사라진 후로 내 삶은 허허벌판이었다.

와인 병을 들고 포치로 온 내가 빈 잔에 술을 따르려고 했을 때, 아내는 손으로 잔을 덮었다.

"취하게 해서 끌고 갈 필요 없어. 나도 하고 싶으니까. 안 그래도 근질거리던 참이야."

그러고는 다리를 벌리더니 근질거리는 곳이 어딘지 손짓으로 가르쳐 주었다. 아내의 내면에는 천박한 여자가, 아마도 매춘부일 법한 여자가 살고 있었다. 와인은 그 여자의 족쇄를 풀어 주는 열쇠였다.

"그래도 한 잔 더 해. 축하할 일도 있고 하니까."

아내는 이렇게 말하는 나를 빤히 쳐다보았다. 고작 와인 한 잔으로 촉촉해진 눈이(내심 더 마시고 싶은데 참느라 울기라도 한 것처럼) 저녁놀에 물들어 주황색으로 빛났다. 안에 촛불을 밝힌 햄러윈 호박 등의 눈처럼.

"난 소송을 안 하기로 했어. 이혼도 안 할 거고. 패링턴 사에서 내 땅이랑 장인어른 땅을 같은 값에 사 주기만 하면, 난 아무 불만도 없어."

전쟁 같았던 결혼 생활에서 처음이자 마지막으로, 아내가 내 말을 듣고 입을 떡 벌렸다.

"그게 무슨 소리야? 혹시 내가 잘못 들은 건 아니지? 당신, 날 놀릴 생각이라면 그만두는 게 좋아!"

"아니." 내 안의 음흉한 남자가 말했다. 다정한 목소리로, 진솔하게. "내가 헨리하고도 차분히 얘기해 봤는데……."

"하긴, 요즘 둘이서 끈끈이처럼 붙어 지내긴 했지."

아내는 이렇게 말하며 잔을 가린 손을 치웠고, 나는 이때다 싶어 와인을 따랐다.

"부자가 틈만 나면 뒷마당 건초 더미, 아니면 장작더미에 앉아서 머리를 맞대고 수군거렸잖아. 난 둘이서 코터리 씨네 딸 섀넌 이야기를 하는 줄 알았는데."

이어지는 코웃음, 그리고 턱주가리 내밀기. 하지만 표정은 조금 처량해 보였던 것 같다. 아내는 두 잔째인 와인을 한 모금 마셨다. 그래도 두 모금까지는 잔을 놓고 제 발로 안방까지 갈 수 있었다. 네 모금을 마시면 아예 병째 건네는 편이 나았다. 따로 준비해 둔 두 병은 말할 것도 없고.

"아니. 섀넌 이야기는 안 했어."

뭐, 헨리가 3킬로미터 떨어진 학교로 가는 길에 그 애의 손을 잡는 광경은 몇 번 본 적이 있었지만.

"오마하 얘기를 했어. 헨리도 가고 싶어 하는 것 같더군."

아직 한 잔하고도 두 모금 마셨을 뿐이니 지나친 알랑방귀는 금물이었다. 알렛은 타고난 의심병 환자라서 언제나 상대의 감춰진 의도를 찾아 눈을 부라렸으니까. 그리고 물론, 이때의 나는 어떤 의도를 감추고 있었다.

"어떤 곳인지 헨리가 직접 보고 판단하는 것도 괜찮겠지. 오마하 정도면 이곳 헤밍퍼드에서 그리 멀지도 않고……."

"맞아, 하나도 안 멀어. 내가 귀에 딱지가 앉게 얘기했잖아."

아내는 와인을 홀짝거렸다. 그러더니 잔을 내려놓는 대신 가만히 들고 있었다. 서쪽 지평선을 물들인 주황색 노을이 와인 잔 속에 갇히자 초록빛이 도는 보라색 불길처럼 보였다.

"혹시 당신이 오마하가 아니라 세인트루이스로 갈 생각이라면 얘기가 다르지만."

"아냐, 여보. 그 생각은 접었어."

아내가 냉큼 말했다. 당연한 얘기지만, 그 말은 곧 세인트루이스 쪽을 이미 알아보고서 힘들겠다고 판단했다는 뜻이었다. 당연히 나한테는 비밀로 하고서. 나는 철저히 따돌린 채로, 패링턴 사에서 대 준 변호사하고만 얘기하면서. 어차피 아내는 나를 무너뜨릴 생각이 없었다고 해도 모든 것을 비밀로 추진할 여자였다.

"당신 생각은 어때, 알렛? 그 사람들이 다 사 줄 것 같아? 70만 제곱미터나 되는 땅을 통째로?"

"그걸 내가 어떻게 알아?"

또 한 모금. 두 번째 잔이 반쯤 비었다. 이제 마실 만큼 마셨으니 잔을 치우겠다고 하면 싫다며 버틸 단계였다.

"아니, 당신은 분명히 알 거야. 세인트루이스가 어떤 곳인지 아는 것처럼. 이미 다 *조사해* 봤으니까."

아내는 곁눈을 휙 뜨고 나를 흘겨보다가…… 느닷없이 깔깔 웃기 시작했다.

"그래. 어쩌면 그랬을지도."

"교외에 적당한 집이 있나 알아보러 다니는 것도 괜찮을 것 같아. 밭이 조금이라도 보이는 집으로."

"당신이 종일 포치의 안락의자에 앉아서 빈둥거릴 집 말이겠지? 일은 이 마누라한테 맡기고 말이야. 자, 잔이나 채워. 축하를 할 거면 제대로 해야지."

나는 우리 둘의 잔에 모두 술을 따랐다. 내 잔에는 조금밖에 따르지 않았고, 그마저도 한 모금만 홀짝였다.

"난 정비공 같은 일자리를 찾아볼까 생각 중이야. 승용차나 트럭도 괜찮지만, 그래도 나한테는 농기계 쪽이 맞겠지. 저 구닥다리가 돌아가게 할 수만 있다면……" 나는 외양간 옆에 서 있는 시커먼 트랙터를 와인 잔으로 가리켰다. "그럼 뭐든지 다 고칠 수 있을 것 같아."

"당신, 헨리한테 설득당했구나."

"그 애 말이 나도 차라리 도시에 가서 기회를 찾아보는 게 나을 거라더군. 여기 혼자 눌러앉아 있으면 비참한 신세가 될 게 뻔하다면서."

"아들이 옳은 소리를 하니까 아빠도 납득했다, 이거네! 드디어! 할렐루야!"

아내는 잔을 깨끗이 비우고 더 달라는 뜻으로 내밀었다. 그러면서 내 팔을 붙들더니 숨에 밴 시큼한 포도 냄새가 느껴질 만큼 가까이 잡아끌었다.

"오늘 밤엔 원 없이 해 줄게. 당신이 좋아하는 그 더러운 짓."

아내는 이렇게 말하며 자줏빛이 된 혀로 윗입술을 핥았다.

"벌써부터 기대되는군."

만약 내 계획대로 된다면, 이날 밤 우리가 15년 동안 동침했던 침대에서는 그보다 훨씬 더 더러운 짓이 벌어질 판이었다.

"헨리도 부르자. 드디어 정신을 차렸으니 축하해 줘야지."

아내가 말했다. 벌써 혀가 꼬인 목소리였다(이 판국에 '축하'라. 아내의 사전에 '감사'라는 말이 없다는 얘기를 혹시 내가 했던가? 아니, 아마 안 했을 것이다. 이쯤 되면 굳이 말 안 해도 다들 알겠지만.). 두 눈은 무슨 좋은 생각이라도 떠올랐는지 반짝반짝 빛났다.

"헨리한테도 와인을 한 잔 줘야겠다! 이제 애도 아니잖아!"

아내는 이렇게 외치면서 팔꿈치로 나를 찔렀다. 법원 앞 벤치에 앉아 친구들과 음담패설을 주고받는 노인처럼.

"혹시 알아, 이 엄마가 술을 먹여서 살살 꼬드기면 새년이랑 무슨 짓을 했는지 술술 털어놓을지……? 뭐, 괄괄한 계집애지만 머릿결은 꽤 탐스럽던데. 그건 나도 인정해."

"자, 여보. 일단 한 잔 더 마셔."

내 안의 음흉한 남자가 말했다. 아내는 두 잔을 더 마셨고, 이로써 와인 한 병을 다 비웠다(첫 번째 병이었다.). 그때 이미 아내는 간드러진 목소리로 「아발론」을 부르면서 흑인 분장을 한 백인 가수처럼 우스꽝스러운 표정을 지었다. 그 얼굴을 보고 있으려니 가슴이 아팠지만, 그보다는 노래를 듣기가 더욱 괴로웠다.

나는 부엌으로 가서 와인을 한 병 더 챙긴 다음, 마침내 헨리를 부르기로 결심했다. 하지만 앞서 말했다시피 큰 기대는 하지 않았다. 물론 헨리가 기꺼이 도와줘야만 성공할 수 있는 일이었다. 그러나 계획을 세우는 단계가 끝나고 막상 실행할 때가 오면 그 아이는 물러설 것이 뻔했다. 그렇게 되면 아내를 곱게 잠자리에 눕히는 수밖에 없었다. 아침이 되면 생각이 바뀌었으니 아버지의 땅을 안 팔겠다고 말할 수밖에 없었다.

이윽고 헨리가 나타났다. 하얗게 질린 침통한 얼굴을 보니 일이 잘 풀릴 가망이 전혀 없었다. 헨리가 나지막이 중얼거렸다.

"아빠, 저 못하겠어요. 엄마를 어떻게 그래요."

"못하겠다면 어쩔 수 없지."

내가 말했다. 거기에 음흉한 남자의 목소리는 조금도 섞여 있지 않았다. 나는 물러섰다. 될 대로 되라지.

"어쨌거나 엄마가 오랜만에 즐거워 보이는구나. 취하긴 했지만, 그래도 즐거워 보여."

"알딸딸한 정도가 아니에요? 완전히 취한 거예요?"

"호들갑 떨기는. 네 엄마야 원래 자기 뜻대로 해야 직성이 풀리는 사람이잖아. 14년이나 같이 살았으면 그 정도는 진작에 눈치챘어야지."

찡그린 표정으로, 헨리는 자기를 낳아 준 여인의 노랫소리가 들려오는 포치 쪽으로 가만히 귀를 기울였다. 아내가 혀 꼬인 목소리로, 그러면서도 가사는 빼놓지 않고 읊으며 「날라리 맥기」를 부르기 시작했던 것이다. 헨리는 그 저속한 노래를 들으며 눈살을 찌푸렸다. 아내의 혀 꼬인 목소리보다는 후렴구의 내용 탓이 더 컸을 것이다('반가운 님 맞아 씨 뿌렸네/ 돌아온 내 님 날라리 맥기여'). 헨리는 그 전해 노동절 주말에 감리교 청년회 캠프에 가서 순결 서약을 한 아이였으니까. 나는 엄마의 노래에 충격을 받은 헨리를 보며 내심 즐거웠다. 강풍에 돌아가는 풍향계처럼 날뛸 때를 빼면 평소에는 청교도처럼 *꼬장꼬장*한 것이 바로 십대 아이들 아니던가.

"엄마가 너도 와서 같이 한잔하자더구나."

"아시잖아요, 아빠. 전 술 안 마신다고 주님께 맹세했어요."

"엄마한테는 맹세 같은 거 안 통해. 다 같이 축하하고 싶다더라. 땅을 팔고 오마하로 이사 가는 걸 말이야."

"*말도 안 돼요!*"

"뭐…… 두고 봐야지. 중요한 건 네가 어떻게 하느냐야. 자, 포치로 가자."

아이 엄마는 기우뚱하니 서 있다가 아들을 보더니 냉큼 허리를 끌어안고 숨이 막히게 몸을 붙였다. 그러면서 아들의 온 얼굴에 입을 맞춰댔다. 우거지상이 된 헨리의 얼굴을 보니 입구린내가 꽤 지독한 듯했다. 그러는 동안 내 안의 음흉한 남자는 다시 비어 있는 아내의 잔에 와인을 채웠다.

"드디어 가족이 다 모였네! 우리 집 남자들이 이제야 정신을 차렸구나!"

아내는 건배하듯 술잔을 높이 들었고, 그 바람에 잔에서 넘친 와인이 가슴에 주르륵 흘러내렸다. 아내는 깔깔 웃으며 나에게 눈을 찡긋했다.

"생각 있으면 이따가 쪽쪽 빨아도 돼, 월프."

아내가 다시 흔들의자에 털썩 앉아서 치맛단을 걷어 다리 사이에 쑤셔넣는 동안, 헨리는 역겨워서 어쩔 줄 모르겠다는 표정으로 지켜보았다. 그런 아들의 표정을 보고 아내는 깔깔 웃었다.

"그렇게 점잔 뺄 거 없어. 엄만 네가 섀넌 코터리하고 같이 있는 거 다 봤다? 고 발랑 까진 계집애, 머릿결은 아주 탐스럽단 말이야. 몸매도 봐줄 만하고."

아내는 잔에 남은 와인을 들이켜고 트림을 했다.

"혹시라도 그런 몸뚱이를 놔두고 손가락만 빨았다면 넌 바보야, 이 녀석아. 탈 안 나게 조심만 하면 돼. 열네 살이면 결혼하기에 어린 나이도 아니니까. 이 촌구석에서는 열네 살이면 *사촌*하고도 살림을 차릴 수 있어."

이렇게 말한 아내는 깔깔 웃으며 나에게 잔을 내밀었다. 나는 두 번째 병의 와인으로 그 잔을 채웠다.

"아빠, 엄마 많이 취했어요."

헨리는 무슨 목사라도 된 양 못마땅해 하는 목소리로 말했다. 우리 머리 위에서는 한 발 앞서 눈을 뜬 별들이 윙크하고 있었다. 내가 평생 사랑했던 그 광활한 대지 위에 펼쳐진 풍경을 향하여.

"글쎄, 난 잘 모르겠구나. 플리니우스는 '술 안에 진리가 있다'라고 했는데…… 네 엄마가 만날 비웃는 저 *책*들 속에 나오는 말이란다."

"역시 낮에 밭 갈고 밤에 책 읽는 양반이라 유식해서. 내 밭에 씨 뿌릴 때만 빼고 말이지."

"엄마, 좀!"

"*어엄마아, 쪼옴!*"

아내는 아들의 말을 따라하더니 할란 코터리의 농장이 있는 쪽으로 술잔을 쳐들었다. 하지만 그곳은 너무 멀어서 불빛도 보이지 않았다. 어차피 옥수수가 훌쩍 자랄 무렵이었으니 한 2킬로미터 더 가까이 있다고 해도 불빛이 보일 리 없었다. 네브래스카 주에 여름이 오면 농가들은 저마다 드넓은 초록빛 바다를 항해하는 배와 같았다.

"섀넌 코터리를 위해, 또 그 애의 탱탱한 젖퉁이를 위해 건배. 아들, 걔 젖꼭지가 무슨 색인지 아직도 모른다면 넌 굼벵이야."

이 말에 헨리는 대꾸하지 않았지만, 그 애의 그늘진 얼굴에 깃든 감정을 보며 내 안의 음흉한 남자는 몹시도 기뻐했다.

아내는 헨리 쪽으로 몸을 돌려 아이의 팔을 붙잡았고, 그러다 그만 손목에 와인을 쏟았다. 아이가 나지막이 불평했지만 아내는 아랑곳하지 않고 난데없이 엄숙한 표정으로 말했다.

"이것만 명심해. 그 애랑 옥수수 밭에서 뒹굴든 창고 뒤에서 뒹굴든 상관없어, 하지만 임신은 시키지 마."

그러고는 빈손으로 주먹을 쥐고 가운뎃손가락을 쭉 펴더니, 그 손가락으로 자기 사타구니 위에서 원을 그리기 시작했다. 왼쪽 허벅지에서 출발한 손가락이 오른쪽 허벅지, 오른쪽 하복부, 배꼽, 왼쪽 하복부를 지나 다시 왼쪽 허벅지로 돌아왔다.

"원 없이 훑어도 좋아, 네 물건이 만족해서 토할 때까지. 하지만 안에다 토하면 절대 안 돼. 그랬다간 엄마랑 아빠처럼 평생 한 집에 갇혀 살게 될 테니까."

헨리는 입을 꾹 다문 채 일어서서 자리를 떴다. 그럴 만도 했다. 내 아내 알렛이 아무리 상스러운 여자라고 해도 방금 그 행위는 도가 지나쳤다. 헨리는 똑똑히 목격했을 것이다. 자기 눈앞에서 어머니가, 골칫거리지만 사랑스러울 때도 있는 자기 어머니가, 풋내기 고객한테 노는 법을 알려주는 추잡한 포주로 변하는 광경을. 그것만으로도 끔찍했을 텐데 헨리는 코터리네 딸한테 연정을 품고 있었고, 그래서 더욱 비참했을 것이다. 소년들에게 첫사랑은 숭배의 대상이게 마련이다. 그런데 누가 나타나서 그 신상에 침을 뱉는다면…… 심지어 자기 어머니라 할지라도…….

나지막이, 문 닫히는 소리가 들렸다. 나지막하면서도 분명하게 흐느끼는 소리가 그 뒤를 따랐다.

"애한테 왜 상처를 주고 그래."

내 말을 들은 아내는 마음의 상처 같은 것은 공정한 기회와 마찬가지로 약해 빠진 자들의 의지처라고 야멸치게 말했다. 그러고는 잔을 내밀었다. 나는 술을 따르면서 생각했다. 아내는 아침에 일어나면(여느 때처럼 살아서 눈을 뜬다면) 방금 했던 말은 하나도 기억 못하겠지. 내가 얘기해 줘도 길길이 날뛰고 부인하겠지. 비록 오랜만이기는 했지만 나는 이 정도로 취한 아내를 전에도 본 적이 있었다.

우리가(실은 아내 혼자서) 두 번째 와인 병을 다 비우고 세 번째 병도 반쯤 마셨을 무렵, 아내는 와인으로 물든 가슴에 턱을 떨구고 코를 골기 시작했다. 좁아진 목구멍을 비집고 나온 탓인지 코 고는 소리는 꼭 사나운 개가 으르렁거리는 소리 같았다.

나는 한 팔로 아내의 어깨를 감싸고 한 손을 겨드랑이에 끼워 질질 끌고 갔다. 아내는 웅얼웅얼 반항하면서 냄새 나는 손으로 나를 찰싹 쳤다.

"그냥 놔아둬어. 나 자알 거야아."

"그래, 자. 하지만 포치에선 안 돼. 침대로 데려다줄게."

한쪽 눈은 감고 한쪽 눈은 게슴츠레 뜬 채 코를 골고 버둥거리는 아내를 끌고서, 나는 거실을 가로질러 걸어갔다. 헨리 방의 문이 열렸다. 안쪽에 서 있는 아들은 무표정했고, 제 나이보다 훨씬 더 들어 보였다. 아들이 나를 보며 고개를 끄덕였다. 그저 한 번 까딱했을 뿐이지만, 거기에는 내가 알고 싶었던 대답이 모두 들어 있었다.

아내를 침대에 눕히고 신발을 벗겼다. 다리를 쩍 벌린 채 한 손을 매트리스 옆에 대롱거리는 아내를 그대로 두고 거실로 돌아와서 보니, 헨리가 라디오 옆에 서 있었다. 그 전 해에 아내에게 들볶이다가 결국 사고 만 라디오였다.

"어떻게 섀넌한테 그런 더러운 말을."

"앞으로도 그럴 거다. 원래 그렇게 타고난 걸 어쩌겠냐."

"그래봤자 나랑 섀넌을 떼어놓진 못할걸요."

"네 엄만 그러고도 남을 거야. 우리가 가만히 놔두면."

"그냥…… 아빠, 그냥 아빠도 변호사를 고용하면 안 돼요?"

"내가 몇 푼 안 되는 예금으로 고용한 변호사가 패링턴 사 쪽 변호사들을 상대할 수 있을 것 같냐? 그놈들은 헤밍퍼드에서 권력을 휘두르는 것들이야, 내가 휘두르는 거라곤 건초 베러 갈 때 챙기는 낫뿐이고. 놈들이 원하는 건 땅인데 네 엄만 그 땅을 놈들한테 팔아넘기려고 하잖아. 우리한텐 이 길뿐이야. 네가 아빠를 도와줘야 해. 어떡할래?"

헨리는 한참 동안 말이 없었다. 그러다 고개를 숙이는가 싶더니, 거친 양탄자에 떨어지는 눈물방울이 보였다. 뒤이어 헨리가 나지막이 중얼거렸다.

"할게요. 하지만 저도 같이 봐야 한다면…… 모르겠어요, 할 수 있을지……"

"안 보고도 도울 방법이 있어. 창고에 가서 포대를 가져와."

헨리는 내가 시키는 대로 했다. 나는 부엌에 가서 아내의 가장 예리한 고기 손질용 식칼을 가져왔다. 포대를 들고 돌아온 헨리는 얼굴이 새파래졌다.

"꼭 그래야 돼요? 그냥…… 베개를 쓴다든가……"

"그건 너무 느려. 너무 고통스럽고. 숨이 잔뜩 막혀서 버둥거릴 거다."

헨리는 그 말을 순순히 믿었다. 꼭 내가 전에도 여자를 한 열 명 죽여 봐서 잘 아는 사람인 것처럼. 하지만 나는 그런 사람이 아니다. 그저 이때껏 계획을 세우는 동안, 말하자면 아내를 없애 겠다는 망상을 즐기는 동안, 지금 손에 쥔 그 식칼이 내내 눈앞에 어른거렸을 뿐이다. 그래서 그 칼이었던 것뿐이다. 그 칼이어야 만 했다.

우리는 등유 램프의 불빛 속에서 서로를 마주보았다(1928년에 전기가 들어오기 전까지 헤밍퍼드는 발전기를 쓰는 동네였다.). 집 바깥에 드리운 광막한 밤의 침묵을 예고 없이 깨뜨리는 것은 아내의 징그러운 코골이 소리뿐이었다. 그러나 거실에는 다른 존재 가 또 하나 있었다. 아내의 육신으로부터 떨어져서 별도로 존재 하는, 아내의 결연한 의지였다(그때 나는 그 의지가 느껴진다고 생 각했다. 그리고 8년이 지난 지금은, 그것이 존재했다고 확신한다.). 이렇게 말하면 유령 이야기가 되는 셈이지만, 그 유령은 원래 거하던 육신이 죽기도 전에 분명히 그 자리에 있었다.

"알았어요, 아빠. 우리…… 우리 둘이서 같이 해요. 엄마를 천국으로 보내드리는 거예요."

헨리는 그 생각에 표정이 밝아졌다. 이제 와 돌이켜보면 얼마나 끔찍한 말인가. 그 아이가 어떤 최후를 맞았는지 생각하면 더더욱 몸서리가 쳐진다.

"금방 끝날 거다."

나는 헨리에게 말했다. 어릴 적부터 돼지 멱따기라면 이골이 났던 나였기에 그렇게 믿었다. 하지만 착각이었다.

이야기를 서둘러야겠다. 잠 못 드는 밤이면 그 기억이 몇 번이고 되풀이되니까. 몸부림 한 번, 기침 한 번, 핏방울 하나까지, 몹시도 천천히. 그러니 빨리 이야기를 끝내야겠다.

우리는 침실로 들어섰다. 내가 고기 써는 식칼을 들고 앞서 걸었고, 내 아들 헨리는 포대를 들고 뒤에 따라왔다. 발꿈치를 들고 살금살금 걸었지만 아예 심벌즈를 치면서 들어왔다고 해도 아내는 깨지 않았을 것이다. 나는 헨리에게 내 오른쪽, 그러니까 아내의 머리 옆에 서라고 손짓했다. 이제 아내의 코 고는 소리와 머리맡에 있는 둥그란 자명종 시계의 째깍째깍 소리가 함께 들리는 가운데, 문득 재미난 생각이 떠올랐다. 우리 둘의 모습이 꼭 지체 높은 환자의 임종을 지켜보는 의사들 같다는 생각이었다. 하지만 임종을 지켜보는 의사들이 모두 죄책감과 두려움에 덜덜 떨지는 않을 것이다.

피가 너무 많이 나면 안 되는데. 나는 속으로 중얼거렸다. *피가 나면 포대로 받으면 되겠지. 차라리 헨리가 못하겠다고 울고불고 하는 게 낫겠군. 마지막 순간에.*

그러나 헨리는 울지 않았다. 아마도 울면 내가 미워할 거라고 생각했을 것이다. 어쩌면 엄마를 천국에 보내기로 마음먹었을지도 모른다. 어쩌면 가랑이 위에서 뱅뱅 돌던 엄마의 음탕한 가운뎃손가락을 떠올렸을지도. 글쎄, 모르겠다. 그저 그 아이가 '안녕, 엄마'라고 소곤거리며 아내의 머리에 포대를 씌운 것만 기억날 뿐.

아내는 콧김을 뿜으며 포대를 벗으려고 버둥댔다. 원래는 포대 안으로 칼을 넣어서 일을 끝낼 작정이었지만, 헨리가 아내를 붙잡으려고 포대 주둥이를 꽉 누르는 바람에 그럴 수가 없었다. 포대에 덮인 아내의 코는 상어 지느러미 모양을 하고 있었다. 겁에 질린 헨리의 표정을 보니 오래 버티기는 힘들 것 같았다.

나는 침대에 한쪽 무릎을 꿇고 아내의 어깨를 눌렀다. 그런 다음 포대와 그 아래의 목을 함께 그었다. 아내는 비명을 지르며 필사적으로 펄떡거리기 시작했다. 찢어진 포대 틈새로 피가 흘러나왔다. 아내는 양손을 허공에 뻗고 허우적댔다. 꽥 소리를 지르며, 헨리가 침대로부터 뒷걸음질 쳤다. 나는 있는 힘껏 아내를 찍어 눌렀다. 피투성이 포대를 벗으려고 잡아당기는 아내의 손을 칼로 긋자 손가락 세 개가 베어져 뼈가 드러났다. 아내의 비명이, 얼음 부스러기처럼 가늘고 날카로운 그 소리가 다시 울려 퍼졌고, 칼에 베인 손은 침대보 위에 축 늘어져 꿈틀거렸다. 나는 포대의 찢어진 틈새를 한 번 더 그었다. 한 번 더, 또 한 번 더. 다 합쳐 다섯 번을 긋고 나서야 아내는 멀쩡한 손으로 나를 밀어내고 얼굴에 덮인 포대를 벗었다. 머리카락에 걸리는 바람에 다 벗지 못한 포대가 꼭 헤어네트 같았다.

아내는 처음의 칼질 두 번으로 목이 잘렸다. 첫 번째 일격은 기도의 연골까지 벌어질 만큼 강력했다. 마지막 칼질 두 번에 길게 찢어진 볼과 입을 보니 어릿광대 분장이 따로 없었다. 귀 밑까지 벌어진 입 사이로 이가 보였다. 아내는 숨이 차서 내장을 다 토할 것처럼 그르렁거렸다. 먹이를 눈앞에 둔 사자처럼. 목에서 흩날린 피는 침대보 발치에까지 튀었다. 그 피를 보며 아내가 석양을 향해 높이 들었던 술잔 속의 와인 같구나 하고 생각했던 기억이, 지금도 생생하다.

아내는 침대에서 일어나려고 버둥거렸다. 나는 처음에는 어안이 벙벙했지만, 이내 부아가 치밀었다. 결혼 생활 내내 속을 썩이더니 이 판국에 와서까지 말썽을 부리다니. 우리의 피투성이 이혼 법정에서까지. 그러나 이미 예상한 바였다.

"*아빠, 제발 빨리 끝내세요!*" 헨리가 악을 썼다. "*빨리 끝내세요, 아빠! 제발요!*"

나는 격정에 들뜬 연인처럼 아내 위에 올라타서 피로 물든 베개에 아내의 머리를 찍어 눌렀다. 너덜너덜한 목구멍 저 아래에서 다시금 거친 그르렁 소리가 올라왔다. 정신없이 희번덕거리는 눈에서는 눈물이 줄줄 흘렀다. 나는 아내의 머리카락을 틀어쥐고 머리를 뒤로 젖힌 다음, 또다시 칼로 목을 그었다. 평소에 내가 눕는 쪽의 침대보를 걷어 재빨리 아내의 머리를 덮었지만 그래도 목의 정맥에서 거세게 뿜어 나온 피를 막을 수는 없었다. 내 얼굴을 뒤덮은 아내의 피가 턱에서, 코에서, 그리고 눈썹에서 뚝뚝 떨어졌다.

등 뒤편에서 들려오던 헨리의 비명이 멈췄다. 돌아보니 하느님이 그 아이를 돕고 계셨다(즉, 주님께서는 우리가 하는 짓을 보시고도 외면하지 않으셨다.). 헨리는 이미 기절한 상태였던 것이다. 아내역시 버둥거리는 힘이 점점 약해졌다. 그러다가 마침내 꿈쩍도 하지 않았지만…… 나는 꿋꿋이 아내 위에 버티고 앉아서, 피에 흠뻑 젖은 침대보를 찍어 눌렀다. 아내가 순순히 포기할 리 없다고 되뇌면서. 그렇게 30초가 흐르고 나서(우편으로 주문한 싸구려 자명종이 시간을 알려주었다.), 아내가 한 번 더 들썩거렸다. 이번에는 어찌나 힘이 셌던지 하마터면 나를 튕겨낼 뻔했다. *힘껏 버텨, 카우보이.* 나는 속으로 중얼거렸다. 어쩌면 큰소리로 외쳤을지도모른다. 맙소사, 그것까지는 기억이 나질 않는다. 다른 건 다 기억하지만 그것만은 잊어버렸다.

아내의 움직임이 차츰 잦아들었다. 나는 째깍거리는 초침 소리를 서른 번 센 다음, 신중을 기하려고 다시 서른 번을 셌다. 바닥에 쓰러진 헨리가 끙 소리와 함께 움찔거렸다. 헨리는 이윽고 일어나 앉으려다가 마음을 고쳐먹었다. 반대편 구석으로 기어가서그대로 몸을 웅송그렸던 것이다.

"헨리?"

침실 구석의 동그란 덩어리는 대답이 없었다.

"헨리, 다 끝났다. 이제 네가 도와줘야 해."

여전히 묵묵부답이었다.

"헨리, 이제 없던 일로 하기에는 너무 늦었어. 다 끝났다. 감옥에 처박히기 싫으면 일어나서 거들어. 아빠가 전기의자에 앉는 꼴을 보기 싫으면."

헨리는 침대 쪽으로 휘청휘청 다가왔다. 흘러내린 머리카락이 헨리의 눈을 가렸다. 땀에 젖어 뭉친 머리칼 사이로 반짝이는 눈이 꼭 덤불 속에 숨은 짐승의 눈 같았다. 헨리는 자꾸만 입술을 빨았다.

"피는 밟지 마. 생각보다 더 엉망진창이 됐지만 그래도 치울 수는 있을 거다. 온 집안에 핏자국을 남기지만 않으면 말이야."

"저도 봐야 돼요? 아빠, 엄마를 *제* 눈으로 꼭 봐야 돼요?"

"아니, 안 봐도 돼. 우리 둘 다."

우리는 아내의 시체를 데구루루 굴려서 침대보로 수의를 삼았다. 일단 그렇게 말아놓고 보니 바깥으로 끌고 갈 방법이 마땅치 않았다. 머릿속으로 대충 계획을 세우는 동안 내가 봤던 것이라고는 (*거의*) 동강난 아내의 목을 덮은 침대보에 가늘게 번진 핏자국뿐이었다. 현실이 어떨지 내다보기는커녕 아예 상상도 못했던 것이다. 하얀 침대보는 방 안의 어둠 때문에 거무튀튀한 자줏빛으로 변한 채 물을 머금은 스펀지처럼 피를 토했다.

안방 침실 붙박이장 안에 누비이불이 한 채 있었다. 무심코 떠오른 생각을 억누를 수가 없었다. 정성껏 바느질해 만들어 주신 그 결혼 선물을 내가 어디다 쓰는지 우리 어머니가 보셨다면, 과연 어떤 심정이셨을까? 나는 그 누비이불을 꺼내어 바닥에 깔았다. 그러고는 헨리와 함께 아내의 시체를 그 이불 위로 떨어뜨린 다음, 다시 데굴데굴 굴려서 이불로 말았다.

"서둘러, 꾸물거리다가 이것까지 다 젖겠다. 아니…… 잠깐…… 가서 램프를 가져와."

한참이 지나도 헨리가 안 돌아오자 나는 그 아이가 도망갔나 하는 생각에 슬슬 겁이 났다. 이윽고 짧은 복도에 불빛이 나타나 더니, 헨리의 방 앞을 지나 우리 부부가 쓰는 침실로 흔들거리며 다가왔다. 아니, 우리가 함께 쓰던 침실로. 하얗게 질린 헨리의 볼에는 눈물이 흘렀다.

"화장대 위에 놔둬."

헨리는 내가 읽던 책 옆에 램프를 내려놓았다. 싱클레어 루이스가 쓴 『메인 스트리트』였다. 나는 그 책을 끝내 다 읽지 못했다. *차마* 끝까지 읽을 수가 없었다. 램프 불빛 속에서, 나는 바닥에 흩뿌려진 핏자국을 손으로 가리켰다. 그리고 침대 바로 옆에 흥건히 고인 피도.

"이불에서 피가 자꾸 흐르는구나. 네 엄마 몸속에 피가 이렇게 많을 줄 알았더라면……."

나는 내 베개에서 베갯잇을 벗긴 다음, 정강이를 다쳤을 때 양말을 벗어서 묶듯이 그 베갯잇으로 누비이불 끄트머리를 감싸 묶었다.

"자, 발을 잡아. 지금 당장 해치워야 돼. 그리고 다시는 기절하지 마라, 헨리. 나 혼자선 절대 못하니까."

"차라리 꿈이었으면 좋겠어요." 헨리는 이렇게 중얼거리면서도 누비이불 아래쪽을 양팔로 안아 들었다. "혹시 꿈은 아닐까요, 아빠?"

"한 1년 지나면 그렇게 여기게 될 거다. 다 지나고 나면." 내 마음 한구석에는 정말로 그렇게 될 거라는 믿음이 있었다. "자, 어서 들어, 베갯잇까지 젖어서 피가 떨어지기 전에. 아니면 이불에서 피가 흐를 수도 있어."

가구를 천으로 감싸서 옮기는 짐꾼들처럼, 우리는 아내의 시체를 들고 복도를 지나 응접실을 가로질러 현관으로 나갔다. 포치 계단을 다 내려오고 나서야 마음이 좀 놓였다. 문간의 핏자국을 감추는 것은 식은 죽 먹기였다.

헨리는 외양간 모퉁이를 돌아서 오래된 우물이 보이는 곳에 도착할 때까지 멀쩡했다. 우물 입구 둘레에는 누가 실수로 나무 덮개를 밟는 일이 없도록 기다란 말뚝이 세워져 있었다. 별빛 속에 말없이 줄줄이 서 있는 말뚝이 몹시도 섬뜩해 보였다. 그 광경을 본 헨리가 목이 멘 소리로 울부짖었다.

"저게 엄마 무덤이라니……! 어, 엄마……!"

헨리는 가까스로 여기까지 중얼거리고는 정신을 잃고 외양간 뒤편의 잡초 덤불로 쓰러졌다. 나는 졸지에 내가 죽인 아내의 몸무게를 혼자 떠맡아야 했다. 그 징그러운 짐을, 이제 이불이 반쯤 벗겨져 칼에 베인 손이 불쑥 튀어나온 시체를 잠시 내려놓고서 헨리를 깨울까 하고 생각했다. 그러다가 아들을 생각해서 그대로 놔두기로 했다. 나는 시체를 우물 옆까지 끌고 가서 땅에 내려놓고 우물의 나무 덮개를 들어 올렸다. 말뚝 두 개에 몸을 기대고 안을 들여다보는데 우물이 내 얼굴에 숨을 내뿜었다. 고인 물과 그 속에서 썩어가는 잡초의 악취였다. 구역질을 참으려고 안간힘을 썼지만 헛수고였다. 균형을 잃지 않으려고 말뚝 두 개를 손으로 짚은 채, 나는 몸을 숙이고 그날 먹었던 저녁과 얼마 안 되는 와인을 게워 냈다. 토사물이 우물 바닥의 탁한 물을 때리면서 '첨 벙' 소리가 울려퍼졌다. 그 첨벙 소리는, 힘껏 버텨, 카우보이가 그랬듯이, 지난 8년 동안 내 기억의 껍질 바로 안쪽에 새겨져 있었다. 한밤중에 머릿속으로 그 소리를 듣고 깨어나면 손바닥을 찌르는 말뚝의 거스러미가 느껴졌다. 우물에 빠지지 않으려고 힘껏 붙들었던 그 말뚝이.

나는 우물에서 물러서다가 그만 아내의 시체가 들어 있는 짐에 걸려 넘어지고 말았다. 칼에 베인 아내의 손이 내 눈 바로 앞에 불쑥 솟아 있었다. 그 손을 이불 밑에 넣고 다독여 주었다. 아내를 달래기라도 하는 것처럼. 헨리는 여전히 한쪽 팔에 머리를 기댄 채 잡초 덤불에 누워 있었다. 그 모습이 꼭 가을걷이 때 고된 하루를 보내고 잠든 아이 같았다. 하늘에는 수천수만의 별들이 금방이라도 쏟아질 것처럼 빛나고 있었다. 별자리가, 아버지한테서 배운 오리온자리와 카시오페이아와 북두칠성이 눈에 들어왔다. 저 멀리서 코터리네 개 렉스가 딱 한 번 짖고는 잠잠해졌다. *오늘 밤은 영원히 끝날 것 같지가 않군.* 그때 떠올랐던 생각이 지금도 기억난다. 그리고 그 생각이 옳았다. 그 후에 터진 모든 사건들을 보면, 그날 밤은 아직도 끝나지 않았다.

누비이불에 싸인 짐을 들어 올리자 안에 든 것이 꿈틀거렸다.

나는 그대로 얼어붙었다. 심장이 터질 듯이 뛰는데도 숨을 쉴 수가 없었다. *설마. 착각이겠지.* 그렇게 생각하며 다시 꿈틀거리기를 기다렸다. 아니, 어쩌면 아내의 손이 이불에서 튀어나와 너덜너덜한 손가락으로 내 손목을 틀어잡기를 기다렸는지도.

아무 일도 일어나지 않았다. 그저 내 상상일 뿐이었다. 틀림없었다. 그렇게 생각하며 아내의 시체를 우물 속에 처박았다. 베갯잇으로 묶지 않은 이불 끄트머리가 스르륵 풀리는가 싶더니 첨벙 소리가 그 뒤를 따랐다. 내 토사물이 낸 소리보다 훨씬 컸고, 둔탁한 쿵 소리도 함께 울려 퍼졌다. 나는 우물 바닥의 물이 얕다는 것을 이미 알면서도 시체가 잠길 정도는 되기를 내심 바라고 있었다. 쿵 하는 소리는 그 바람이 물거품이 됐다는 뜻이었다.

등 뒤에서 날카로운 웃음소리가 터졌다. 엉덩이 골에서 목덜미까지 오소소 소름이 돋게 하는, 영락없이 미친 사람의 웃음소리였다. 헨리가 정신을 차리고 일어서 있었다. 아니, 그냥 서 있는 것이 아니었다. 외양간 뒤편에서 폴짝폴짝 뛰면서, 별이 반짝이는 하늘을 향해 양팔을 휘저으며, 웃고 있었다.

"엄마가 우물에 빠졌는데 난 아무렇지도 않지롱!" 헨리가 노래하듯 외쳤다. "엄마가 우물에 빠졌는데 난 아무렇지도 않지롱! 폭군이 영영 *사라졌으니까아!*"

나는 단 세 걸음에 헨리 앞까지 가서 있는 힘껏 따귀를 날렸다. 아직 면도날이 닿은 적 없는 보송보송한 뺨에 핏빛 손자국이 새겨졌다.

"닥쳐! 온 사방에서 다 듣겠다! 너 때문에…… 봐라, 이 멍청한 녀석아. 저 망할 놈의 개가 또 깼잖아."

렉스가 짖었다. 한 번, 두 번, 세 번. 그러고는 잠잠해졌다. 우리는 꼼짝도 않고 서 있었다. 나는 헨리의 어깨를 붙잡은 채 귀를 쫑긋 세우고 기다렸다. 목덜미를 타고 땀방울이 흘러내렸다. 렉스는 마지막으로 한 번 더 짖고 입을 다물었다. 코터리네 식구들 중에 깬 사람이 있다면 개가 너구리를 보고 짖은 줄 알았을 것이다. 아니, 부디 그랬기를.

"집에 들어가 있어. 이제 힘든 일은 다 끝났다."

"정말이에요, 아빠? 진짜 다 끝났어요?"

헨리가 굳은 표정으로 나를 보았다.

"그래. 너 괜찮은 거냐? 또 기절하는 거 아냐?"

"제가 또 정신을 잃었나요?"

"그래."

"이제 괜찮아요. 그냥…… 저도 모르겠어요, 왜 웃었는지. 아깐 정신이 하나도 없었어요. 아마 해방된 기분이라 그랬나 봐요. 이젠 괜찮아요!"

헨리의 입에서 키득거리는 소리가 튀어나왔다. 헨리는 할머니 앞에서 무심코 몹쓸 욕을 내뱉은 아이처럼 두 손으로 황급히 입을 가렸다.

"그래, 다 끝났다. 우린 여기서 계속 살 거야. 네 엄만 가출해서 세인트루이스로 떠났지만…… 아니, 어쩌면 시카고인지도…… 어쨌거나 우린 여기서 계속 살 거다."

"엄마가…… 가출……?"

헨리의 시선이 우물로 향했다. 말뚝 세 개에 기대어 있던 우물 덮개가 별빛 아래서 몹시도 섬뜩하게 보였다.

"그래, 행크. 엄만 가출한 거야."

아내는 내가 헨리를 행크라고 부르는 걸 끔찍이도 싫어했다. 너무 흔한 이름이라며 질색했다. 하지만 이제 아내는 나를 말릴 방법이 없었다.

"네 엄만 우릴 버리고 떠났어. 물론 슬픈 일이지. 하지만 슬프다고 일손을 놓고 놀 수는 없어. 학교도 가야 하고."

"저 새년이랑 친하게 지내도…… 되죠?"

"당연하지." 그렇게 대답하는 사이에 내 머릿속에서는 가랑이 위를 음탕하게 맴돌던 아내의 가운뎃손가락이 떠올랐다. "되고말고. 하지만 혹시라도 섀넌한테 *털어놓고* 싶은 마음이 들면……."

겁에 질린 표정이 헨리의 얼굴을 뒤덮었다.

"절대 안 할게요!"

"그래, 지금은 그렇겠지. 그렇게 말해 주니 고맙구나. 하지만 언젠가 털어놓고 싶은 마음이 들면 이거 하나만 기억해라. 이 사실을 알면 섀넌은 널 버릴 거다."

"당연히 그러겠죠." 헨리가 중얼거렸다.

"자, 이제 집에 들어가서 부엌에 있는 물 양동이를 두 개 다 가져와. 외양간에 있는 우유 양동이도 두어 개 가져오는 게 좋겠다. 그다음엔 부엌 펌프에서 물을 길어다가 개수대 밑에 있는 세제를 풀어놔."

"물을 따뜻하게 데우는 게 좋을까요?"

문득 어머니한테서 들은 말이 떠올랐다. *윌프리드, 피는 찬물로 지워야 돼. 명심해라.*

"안 그래도 돼. 난 우물에 뚜껑을 덮어놓고 바로 가마."

헨리는 돌아서서 뛰려다가 문득 멈추더니, 내 팔을 붙들었다. 손이 오싹할 정도로 차가웠다.

"아무도 모를 거예요!" 헨리는 갈라진 목소리로 내 귓가에 소곤거렸다. "아무도 모를 거예요, 우리가 무슨 짓을 했는지!"

"그래, 절대 모를 거다."

나는 두려움을 억누르고 일부러 더 당당하게 말했다. 일은 이미 틀어졌고, 나는 슬슬 깨닫는 중이었다. 실제로 저지른 일과 꿈속에서 저지른 일은 천지차이라는 걸.

"다시 살아나진 않겠죠, 그렇죠?"

"뭐?"

"엄마가 유령이 돼서 우릴 쫓아오진 않겠죠, 설마?"

헨리는 쫓아오다를 '쪼까오다'라고 발음했다. 아내가 들을 때마다 고개를 저으며 진저리를 치던 시골 사투리였다. 그로부터 8년이 지난 지금, 나는 비로소 깨닫게 됐다. '쪼까오다'와 '쫓기다'가 얼마나 비슷하게 들리는지를.

"그럴 리가."

하지만 착각이었다.

나는 우물 속을 들여다보았다. 우물 깊이는 고작 6미터 정도였는데도 수면에는 달이 비치지 않았고, 보이는 것이라고는 오직 희끄무레한 누비이불뿐이었다. 아니, 어쩌면 베갯잇이었는지도. 나는 덮개를 우물 입구에 올려놓고 제자리를 잡아 준 다음, 집으로 돌아왔다. 집까지 오는 동안 앞서 아들과 함께 징그러운 짐을 나를 때 남긴 흔적을 유심히 찾았다. 그러면서 혹시 있을지 모르는 핏자국을 지우려고 일부러 발을 질질 끌었다. 날이 밝으면 더 자세히 찾아볼 생각이었다.

그날 밤, 나는 보통 사람이라면 평생 알 일이 없는 사실 하나를 깨달았다. 살인은 죄악이자, 타락이었다(그것은 정신과 영혼의 타락이었다, 설령 내세 따위는 없다는 무신론자들의 말이 옳다 할지라도). 그런데 한편으로 살인은 고된 노동이기도 했다. 나는 헨리와 함께 허리가 뻐근해지도록 침실 바닥을 닦고 나서 복도와 거실을 지나 마침내 현관 계단에 이르렀다. 다 닦았다는 생각이 들 때마다 새로운 핏자국이 우리 둘 중 한 명의 눈에 띄었다. 동녘이 밝아올 무렵, 헨리는 침실 바닥에 무릎을 꿇고 널빤지 사이를 닦고 있었고, 나 역시 거실 바닥에 무릎을 대고 엎드린 채 아내가 깔아놓은 거친 양탄자를 꼼꼼히 살피고 있었다. 우리를 배신할지도 모르는 핏자국을 찾기 위해서였다. 양탄자에는 아무 흔적도 없었다. 적어도 그것 하나는 행운이었지만, 양탄자 옆 바닥에 동전만 한 핏방울이 떨어져 있었다. 꼭 면도하다가 생긴 상처에서 흐른 피 같았다. 나는 그 핏자국을 닦고 나서 헨리가 괜찮은지 보려고 침실로 돌아왔다. 혈색이 돌아온 아들의 얼굴을 보니 나도 한결 마음이 놓였다. 아침이 밝아온 덕분이지 싶었다. 아침 햇살은 언제나 인간의 가장 지독한 공포를 물리쳐 주니까. 그러나 우리 집 수탉 조지가 우렁찬 첫 울음을 토했을 때, 헨리는 소스라치게 놀랐다. 그러더니 웃음을 터뜨렸다. 나지막한 데다 어딘가 뒤틀린 구석이 있는 웃음소리였다. 그래도 지난 밤 외양간과 우물 사이에서 정신을 차리고 웃었을 때만큼 섬뜩하지는 않았다.

"오늘은 학교에 못 가겠어요, 아빠. 저 너무 피곤해요. 그리고…… 사람들이 제 표정을 보면 이상하게 생각할 거예요. 특히 섀넌이."

학교 생각은 애초부터 하지도 못했다. 그것 역시 내 계획이 반쪽짜리라는 뜻이었다. 덜떨어진 반쪽짜리 계획이었다. 학교가 여름방학에 들어갈 때까지 거사를 미뤄야 했다. 미뤄 봤자 고작 일주일이었건만.

"월요일까지 푹 쉬어도 돼. 학교에 가면 선생님한테 독감에 걸렸다고 해라. 친구들한테 옮기기 싫어서 결석했다고."

"저 진짜 아파요. 정말로 독감에 걸린 것도 아닌데."

아프기는 나도 마찬가지였다.

우리는 아내의 장롱에서 깨끗한 침대보를 꺼내어 펼쳐 놓고 피범벅이 된 침구를 그 위에 차곡차곡 쌓았다(이 집의 수많은 물건이 *아내* 것이었지만…… 그것도 이제 옛날 얘기였다.). 매트리스 역시 피로 물들었으니 버려야 마땅했다. 썩 좋은 것은 아니어도 집 뒤 창고에 여분이 하나 있었다. 나는 침구를 하나로 묶어서 둘러맸고, 헨리는 매트리스를 끌고 따라왔다. 그렇게 우물로 다시 돌아가 보니 해가 막 지평선 위로 고개를 내밀려는 참이었다. 그 위의 하늘은 구름 한 점 없이 맑았다. 옥수수가 여물기에 더없이 좋은 날이었다.

"우물 속은 도저히 못 보겠어요, 아빠."

"넌 안 봐도 돼."

이렇게 말하면서, 나는 다시 우물의 나무 덮개를 들어 올렸다. 애초에 그냥 열어 놨어야 했다는 생각이 들었다. *미리 생각하면 그만큼 일이 줄어드는 법이지*라던 우리 아버지의 입버릇처럼. 하지만 그럴 수 없었다는 건 이미 알고 있었다. 우물로 밀어 넣기 직전에 시체가 꿈틀거리는 그 섬뜩한 느낌을 받은 이상(어쩌면 착각일 수도 있었지만), 차마 열어 놓을 수가 없었다.

드디어 눈앞에 드러난 우물 바닥은, 끔찍했다. 아내의 시체는 마치 다리를 접고 앉아 있는 사람처럼 보였다. 무릎 위에 베갯잇이 놓여 있었다. 누비이불과 침대보는 다 풀어져서 어깨를 둘러싼 모양새가 꼭 화려한 숄 같았다. 그중에서도 압권은 뒤통수를 덮은 포대였다. 그 포대가 헤어네트처럼 머리카락을 하나로 모아 뒤로 고정시키고 있었다. 정말이지 시내로 밤나들이를 나가려고 차려입은 사람이 따로 없었다.

그래! 시내로 밤나들이를 갈 거야! 그래서 이렇게 신났어! 그래서 이렇게 입이 찢어져라 웃는 거야! 근데 여보, 내 입술이 얼마나 빨간지 봤어? 이런 립스틱, 교회 갈 땐 절대 못 바르겠지? 그래, 이건 애인한테 지저분한 짓을 해 줄 때나 바르는 색이야. 이리와, 여보. 뭐 하고 있어? 사다리 같은 거 필요 없어, 그냥 뛰어! 날 얼마나 간절히 원하는지 보여 줘! 당신은 나한테 지저분한 짓을 했어, 이제 내가 당신한테 해 줄 차례야!

"아빠?"

헨리는 외양간 쪽으로 고개를 돌리고 서 있었다. 어깨를 움츠린 모습이 꼭 맞으려고 기다리는 아이 같았다.

"괜찮은 거죠?"

"그럼."

위를 보며 헤벌쭉 웃는 아내의 그 징그러운 입을 부디 가려 주기를 바라며, 나는 둘둘 뭉친 침대보를 우물 속으로 던졌다. 그러나 바람이 변덕을 부린 탓에 이불 뭉치는 얼굴 대신 무릎에 떨어졌다. 이제 아내의 시체는 피로 얼룩진 기묘한 구름 속에 앉아 있는 모양새였다.

"이불에 덮였나요? 아빠, 엄마가 제대로 가려졌어요?"

나는 매트리스를 들어서 우물에 처박았다. 매트리스의 한쪽 끄트머리는 탁한 물에 잠기고 반대편은 평평한 돌 벽에 기대어져 아내에게 경사진 지붕을 만들어 주었다. 그나마 뒤로 젖힌 머리와 핏빛 웃음은 가려진 셈이었다.

"이제 됐다."

낡은 나무 덮개를 제자리에 올리는 동안 할 일이 더 남았다는 생각이 들었다. 우물을 메워야 했다. 뭐, 어차피 오래전에 해치웠어야 할 일이었다. 주변에 말뚝을 박은 것도 애초에 위험한 곳이기 때문이었으니까.

"들어가서 아침 먹자."

"전 한 입도 못 먹겠어요!"

하지만 헨리는 먹었다. 우리 둘 다. 내가 준비한 달걀과 베이컨과 감자를, 깨끗이 먹어치웠다. 땀 흘려 일하고 나면 배가 고픈 법이니까. 그건 누구나 아는 진리다.

헨리는 오후 늦게까지 잤다. 나는 깨어 있었다. 부엌 식탁에 앉아 블랙커피를 연달아 들이켜면서 시간을 보냈다. 잠시 옥수수밭을 거닐기도 했다. 줄줄이 서 있는 옥수수를 따라 밭을 올라갔다가 다시 내려오면서, 칼날처럼 생긴 잎들이 잔잔한 바람에 흔들려 사락거리는 소리에 귀를 기울였다. 알이 여무는 6월이 되면 옥수수 잎들이 수군거리는 기분이 들었다. 어떤 사람들은 기분 나쁜 소리라고 했지만(옥수수가 쑥쑥 자라면서 내는 소리라고 떠드는 멍청이들도 있었고), 나지막이 사락거리는 그 소리가 나에게는 위안이었다. 그 소리를 들으면 걱정이 사라졌다. 그리고 지금, 도시의 호텔 방에 앉아 있는 지금, 나는 그 소리가 그립다. 도회지 생활은 시골 사람에게 어울리지 않는다. 그런 사람에게는 도회지 생활 자체가 저주나 다름없다.

그러고 보니 고백이라는 것도 꽤 고된 노동이다.

옥수수들의 대화를 들으며, 그들 사이를 걸으며, 나는 열심히 계획을 세웠다. 그리고 마침내 마음을 정했다. 꼭 해야 할 일이었다. 나 혼자만을 위한 것도 아니었다.

지금으로부터 20년도 안 된 과거에는 나 같은 처지의 남자는 아무 걱정도 할 필요가 없었다. 그 시절에 남자의 일이란 오로지 남자가 알아서 할 영역이었다. 특히 평판 좋은 농부라면 더더욱 그랬다. 세금을 내고, 일요일에는 교회에 나가고, 야구장에서는 헤밍퍼드 스타스를 응원하고 투표소에서는 오로지 공화당 후보만 찍는 남자라면 말이다. 그 시절에 이른바 '중부 지방'의 농장에서는 별의별 일이 다 일어났다. 그런 일들이 신문에 나기는커녕 신고조차 안 된 채 그냥 넘어갔다. 그 시절, 한 남자의 아내는 전적으로 남편의 소관이었고, 그래서 혹시라도 사라지면 그걸로 끝이었다.

하지만 그런 시절은 이미 지나갔다. 설령 아직 안 지나갔다고 해도…… 땅 문제가 남아 있었다. 아내가 상속받은 땅 40만 제곱미터. 패링턴 사는 그 땅을 사서 돼지 도축장을 지으려 했고, 내 아내 알렛은 그들에게 땅을 팔 것처럼 장담했다. 이는 곧 내 앞에 위험이 도사리고 있다는 뜻이었다. 허튼 공상과 반쪽짜리 계획으로는 부족하다는 뜻이었다.

오후가 절반쯤 지나서 집에 돌아와 보니 몸은 피곤했지만 정신은 맑았고, 마침내 마음도 진정이 됐다. 몇 마리 안 되는 젖소들이 우는 소리가 들려왔다. 아침에 젖을 안 짜 줬기 때문이었다. 우선 젖을 다 짜고 나서 소들이 풀을 뜯도록 풀어 주었다. 원래는 저녁을 먹은 후에 젖을 한 번 더 짜야 했지만, 그냥 해가 질 때까지 내버려 두었다. 소들은 변화에 아랑곳하지 않았다. 그저 순순히 현실을 받아들였다. 이제 와 돌아보건대, 내 아내 알렛도 우리집 젖소와 비슷한 성격이었다면 죽지 않았을 것이다. 멀쩡히 살아서 몽키 워드 우편 주문 카탈로그에 나온 새 세탁기를 사 달라고 졸랐을 것이다. 나 역시 선선히 사 줬을 것이다. 아내는 언제나 나를 구워삶았으니까. 하지만 땅은 이야기가 달랐다. 땅만큼은 아내도 생각을 고쳐먹어야 마땅했다. 땅 문제는 남자가 알아서 할 영역인 것이다.

헨리는 그때까지도 잠들어 있었다. 그로부터 몇 주 동안 헨리는 자는 시간이 부쩍 길어졌고, 나도 굳이 깨우지 않았다. 여느해 같으면 여름방학이 시작하자마자 이런저런 잡일을 시켰을 텐데 말이다. 저녁이 되면 헨리는 코터리네 집에 놀러가든가 아니면 섀넌과 함께 집 앞의 흙길을 거닐었다. 둘이서 손을 잡고서, 달이 뜨는 하늘을 올려다보면서. 물론 입을 맞추고 남는 시간이 있을 때 그랬다는 말이다. 나는 부디 우리가 한 짓 때문에 그 달콤한 시간이 죄책감에 짓눌리지 않기를 바랐지만, 필시 그랬을 것이다. 나도 그랬으니까. 그리고 물론, 내 추측이 옳았다.

그래도 당장은 애가 자고 있으니 괜찮다고, 그런 생각은 그만하자고 혼자 되뇌었다. 나는 우물에 한 번 더 들러야 했다. 혼자서 가는 것이 최선이었다. 홀렁 벗겨진 침대를 보니 이곳이 바로 살인 현장이라고 외치는 듯했다. 나는 붙박이장을 열고 아내의 옷가지를 찬찬히 살폈다. 하여튼 여자들이란, 무슨 놈의 옷이 이렇게 많은지. 치마에 드레스에 블라우스에 스웨터, 거기다 속옷까지…… 속옷 중에 몇 가지는 너무 복잡하고 이상하게 생겨서 남자인 나로서는 어디가 앞인지도 구분이 안 갔다. 옷을 다 버리는 것은 위험했다. 트럭은 차고 안에 있었고, 포드 T형은 느릅나무 아래에 세워져 있었으니까. 아내는 들 수 있을 만큼만 들고 걸어서 집을 나간 것으로 해야 했다. 왜 T형을 몰고 가지 않았냐고? 시동 거는 소리가 나면 내가 나가서 말렸을 테니까. 그 정도면 믿을 만한 진술이었다. 그러므로 답은…… 작은 여행 가방 한 개.

여자한테 필요한 것, 또 차마 두고 가지 못할 것만 추려서 짐을 쌌다. 몇 안 되는 값진 보석과 장인 내외의 사진이 담긴 금테 액자는 가방에 넣었다. 욕실에 있던 화장품과 세면도구는 찬찬히 살펴본 끝에 플로리언트 향수와 뿔로 만든 빗만 챙기고 다 놔두기로 했다. 침대 옆 탁자에 호킨스 목사가 아내에게 준 성서가 있었지만, 아내가 성서를 읽는 모습은 한 번도 본 적이 없었기에 그냥 있던 자리에 놔뒀다. 하지만 생리 기간에 챙겨 먹던 철분제 병은 가방에 넣었다.

헨리는 여전히 잠들어 있었지만, 나쁜 꿈에 시달리는지 이쪽저쪽으로 몸을 틀었다. 아이가 일어났을 때 집에 있어야겠다는 생각에 일을 서두르기로 했다. 외양간을 돌아 우물로 가서 가방을 내려놓은 다음, 낡은 우물 덮개를 세 번째로 들췄다. 헨리가 그 자리에 없어서 천만다행이었다. 내가 본 것을 못 봐서 다행이었다. 봤더라면 아마 미쳐 버렸을 테니까. 나조차도 하마터면 돌아 버릴 뻔했으니까.

매트리스가 한쪽으로 비스듬히 치워져 있었다. 아내가 올라오려고 버둥거리다가 치웠구나 하는 생각이 맨 먼저 떠올랐다. 왜냐면, 아직 살아 있으니까. 숨을 쉬고 있으니까. 아니, 처음에는 정말로 그렇게 보였다. 그러다가 맨 처음 받았던 충격이 가시고 이성을 되찾았을 무렵, 그러니까 세상에 무슨 여자가 가슴이 아니라 목에서 치마 밑단까지 들썩거릴 만큼 숨을 거세게 쉬는 건가 하고 의아해질 때쯤, 아내가 턱을 움직이기 시작했다. 말을 하려고 안간힘을 쓰는 사람처럼. 그러나 쩍 벌어진 입에서 나온 것은 목소리가 아니라 쥐였다. 아내의 입 속에서 혀를 씹어 먹던 쥐. 먼저 꼬리가 나타났다. 뒤이어 쥐가 뒷걸음치면서 아내의 아래턱이 더 넓게 벌어졌다. 쥐는 디딜 곳을 찾아 뒷발의 발톱으로 아내의 턱을 쑤셔댔다.

그러던 쥐가 아내의 무릎에 툭 떨어졌고, 그것을 신호로 녀석의 형제자매들이 아내의 드레스 안에서 홍수처럼 쏟아져 나왔다. 한 놈은 수염 사이에 뭔가 하얀 것이 끼어 있었다. 아마도 아내의 슬립, 아니면 팬티 조각이었을 것이다. 나는 놈들을 향해 여행 가방을 던졌다. 무슨 생각이 있어서가 아니라 그냥 한 짓이었다. 징그럽고 무서워서 어쩔 줄을 몰랐으니까. 가방은 아내의 다리 위에 떨어졌다. 쥐 떼는 거의 모두, 어쩌면 전부 다, 재빨리 몸을 피했다. 그러고는 앞서 매트리스에 가려 보이지 않았던 검은 구멍으로 물밀 듯이 들어가더니(그 매트리스는 분명 쥐 떼가 순전히 머릿수의 힘으로 옮겨 놓았을 것이다.), 순식간에 사라져 버렸다. 그 구멍의 정체는 나도 이미 알고 있었다. 우물의 물이 말라서 못 쓰게 되기 전까지 외양간의 구유와 연결되어 물을 공급하던 파이프의 입구였다.

드레스가 나풀거리며 아내의 몸 위로 내려앉았다. 호흡처럼 보이던 움직임도 멎었다. 그러나 아내는 나를 보고 있었다. 웃는 광대 같던 얼굴이 이제는 눈길만 마주쳐도 돌로 변한다는 신화 속의 고르고 같은 눈으로 나를 노려보고 있었다. 뺨에는 쥐 이빨에 뜯긴 자국이 나 있었고, 한쪽 귓불은 떨어져 나가고 없었다.

"하느님, 맙소사. 알렛, 정말 미안해."

이제 와서 사과해 봤자 소용없어. 아내는 이글거리는 눈으로 이렇게 말하는 듯했다. 사람들이 날 찾을 거야. 얼굴은 쥐한테 뜯기고 드레스 아래 속옷까지 너덜너덜해진 내 꼴을 사람들이 발견할 거라고. 그럼 당신은 꼼짝없이 링컨 교도소의 전기의자에 앉게 되겠지. 마지막 순간에 내 얼굴이 떠오를 거야. 전기가 통해서 간이 바삭하게 구워지고 심장에 불이 붙을 때 내 얼굴을 보게 될 거라고. 내 웃는 얼굴을.

우물에 덮개를 올려놓고 외양간까지 비틀비틀 걸어갔다. 거기서 다리가 풀려 주저앉고 말았다. 뙤약볕 아래에서 주저앉았더라면 분명 전날 밤 헨리가 그랬듯이 기절하고 말았을 것이다. 하지만 그늘이 드리운 곳이었고, 그 덕분에 고개를 푹 숙인 채 5분쯤 앉아 있었더니 서서히 정신이 돌아왔다. 쥐 떼가 아내를 파먹었다. 그래서? 누구나 마지막에는 그렇게 되지 않던가? 결국에는 쥐와 벌레의 먹이가 아닌가? 제아무리 튼튼한 관이라고 한들 결국에는 허물어져서 산 자가 죽은 자를 먹도록 허락하는 법이었다. 세상 돌아가는 이치가 이러한데 뭐가 문제란 말인가? 심장이 멈추고 뇌에 산소가 끊기면 영혼은 다른 곳을 찾아가든가, 아니면 그냥 사라진다. 어느 쪽이든 간에, 적어도 쥐한테 파먹히는 동안 뼈에서 살이 떨어져 나가는 고통을 느끼지는 않는다.

집 쪽으로 걸어가서 포치 계단을 올라가려는 순간, 문득 떠오른 생각에 발이 멈췄다. 간밤의 그 꿈틀거리는 느낌은 뭐였을까? 혹시 아내가 우물에 던져질 때까지도 살아 있었다면? 설마 그 후에도 살아 있었다면? 칼에 베인 손가락 하나도 꼼짝 못할 만큼 마비된 채, 파이프에서 쏟아져 나온 쥐 떼가 잔치를 시작할 때까지 살아 있었다면? 파먹기 좋게 쭉 찢어진 입 속으로 쥐가 꼬물꼬물 들어오는 기분을 아내가 생생하게 느꼈다면……!

"아니." 나는 혼자서 중얼거렸다. "그랬을 리가 없어, 왜냐면 꿈틀거린 적이 없으니까. 그런 적 없어. 내가 우물에 처넣을 때 이미 송장이었어."

"아빠? 아빠예요?"

헨리가 졸음이 잔뜩 묻은 목소리로 외쳤다.

"그래."

"누구랑 얘기하세요?"

"아무도 없어. 그냥 혼잣말이야."

나는 집으로 들어섰다. 헨리는 러닝셔츠에 팬티 바람으로 부엌 식탁 앞에 앉아 있었다. 잠이 덜 깬 얼굴이 부루퉁해 보였다. 소가 핥은 것처럼 위로 뻗은 머리를 보니 그 애가 아직 꼬맹이였을 때가 생각났다. 깔깔 웃으며 마당의 닭 떼를 쫓아다니던 어린 헨리 곁에는 (이미 한참 전에 죽은) 우리 집 개 부가 늘 함께했다.

"그런 짓 안 했으면 좋았을 텐데."

내가 맞은편 의자에 앉는 사이에 헨리가 말했다.

"이미 엎질러진 물을 도로 담을 수는 없어. 몇 번이나 말해야 알아들을래?"

"한 백만 번 들으면 알겠죠."

헨리는 잠시 고개를 숙이고 있다가, 얼굴을 들어 나를 보았다. 눈가가 발갰고 눈도 충혈되어 있었다.

"우리 들키면 어쩌죠? 감옥에 갈까요? 그럼 설마……."

"걱정 마. 아빠한테 계획이 있어."

"엄마한테 고통을 안 줄 계획도 있다고 했잖아요! 보세요, 그 계획이 어떻게 됐는지!"

그 말을 들으니 헨리의 뺨을 날리고 싶어서 손이 근질거렸다. 그래서 다른 손으로 그 손을 지그시 눌렀다. 지금은 맞대응을 할 때가 아니었다. 게다가 헨리 말이 옳았다. 일이 잘못된 것은 다 내 탓이었다. *쥐는 빼고. 그건 내 잘못이 아니야.* 하지만 내 탓이었다. 당연한 얘기였다. 나만 아니었더라면 아내는 지금쯤 불 앞에 서서 저녁을 준비하고 있을 테니까. 물론 땅 얘기를 입이 마르고 닳도록 종알거렸겠지만, 그래도 우물 속에 *처박혀* 있는 대신 멀쩡히 살아 있었을 것이다.

쥐들이 벌써 돌아왔을 텐데. 내 머릿속 깊숙한 곳에서 속삭이는 소리가 들렸다. *알렛을 파먹고 있을 거야. 맛있는 곳부터 먹어 치우겠지. 연한 곳부터. 그다음엔……*

헨리가 식탁 위로 손을 뻗어 꽉 쥔 내 두 손을 건드렸다. 나는 그 손길에 흠칫 놀랐다.

"죄송해요. 아빠랑 나는 같은 편인데."

그렇게 말하는 헨리가 어쩌나 사랑스럽게 보이던지.

"우린 괜찮을 거다, 행크. 정신만 똑바로 차리면 아무 일 없을 거야. 자, 이제 아빠 말 잘 들으럼."

헨리는 가만히 듣다가 어느새 고개를 끄덕이기 시작했다. 그러다가 내 말이 다 끝나자 이렇게 물었다.

"우물은 언제 메울 건가요?"

"아직은 너무 일러."

"위험하지 않을까요?"

"그렇겠지."

이틀 후, 농장에서 400미터쯤 떨어진 곳의 울타리를 고치다가 고개를 들어 보니, 오마하에서 링컨으로 가는 고속도로 쪽에서 우리 농장을 향해 큼지막한 흙먼지 구름이 뭉실뭉실 다가왔다. 알렛이 그토록 가고 싶어 하던 바깥세상으로부터 손님이 온다는 뜻이었다. 나는 허리띠의 고리에 망치를 걸고 목공용 앞치마를 두른 다음, 집으로 돌아갔다. 앞치마의 기다란 주머니에 가득 담긴 못들이 쟁그랑거렸다. 헨리는 보이지 않았다. 아마도 멱을 감으러 샘에 갔겠지 싶었다. 아니면 방에서 자는 중이거나.

앞마당에 도착해서 장작 패는 그루터기에 걸터앉고 보니 먼지 구름을 끌고 오는 차가 누구 것인지 알 수 있었다. 라스 올슨이 모는 레드 베이비 배달 트럭이었다. 라스는 헤밍퍼드홈에서 대장간을 하면서 우유도 배달했다. 가끔은 돈을 받고 운전사 노릇도 했는데 이날 오후에는 바로 이 마지막 부업 때문에 우리 집으로 오는 중이었다. 트럭이 앞마당에 들어서자 건방진 우리 집 수탉 조지가 자신이 거느린 조촐한 후궁의 암탉들과 함께 푸드덕 날아올랐다. 엔진이 그르렁거리는 소리가 채 멎기도 전에 트럭 조수석 문이 열리더니 코트를 입은 통통한 남자가 내려섰다. 남자가 고

글을 벗자 눈 둘레에 큼지막한(그리고 우스꽝스러운) 하얀 자국이 생겼다.

"윌프리드 제임스 씨?"

"그런데요."

나는 일어서며 대답했다. 내가 들어도 침착한 목소리였다. 만약 그 남자가 문에 별이 그려진 포드 차에서 내렸다면 그렇게 차분하지는 못했겠지만.

"뉘신지?"

"앤드루 레스터라고 합니다. 변호사지요."

남자가 손을 내밀어 악수를 청했다. 나는 잠시 망설였다.

"레스터 씨, 악수하기 전에 먼저 누구를 변호하는 분인지부터 알고 싶소만."

"지금은 시카고와 오마하, 디모인에서 사업을 전개하는 패링턴 축산의 변호사로 일하고 있습니다."

그래. 나는 속으로 중얼거렸다. 그러시겠지. 하지만 사무실 문에는 당신 이름이 안 붙어 있을 거야. 오마하 본사의 높은 양반이라면 이렇게 시골 흙먼지를 마시면서까지 푼돈을 벌지 않아도 먹고사는 데 지장이 없을 테니까, 안 그래? 높은 양반들은 책상에 발을 올리고 커피를 마시면서 비서의 늘씬한 다리를 감상하는 게 일이니까.

"그러시다면 그 손은 치우고 용건이나 말씀하시오. 기분 나쁘게 할 뜻은 없소만."

변호사다운 웃음을 머금고서, 남자는 내 말대로 손을 거두었다. 통통한 뺨 위로 땀이 흐르자 흙먼지를 가르며 선명한 줄이 그어졌다. 머리카락은 트럭을 타고 오느라 땀에 젖어 헝클어져 있었다. 나는 남자 앞을 지나 라스에게로 다가갔다. 보닛을 열어젖히고 차체 안의 뭔지 모를 부품을 만지작거리는 라스는 전깃줄에 앉은 새처럼 즐겁게 휘파람을 불고 있었다. 나는 그런 라스가 부러웠다. 헨리와 나에게도 언젠가 그렇게 행복한 날이 올 거라 믿었다. 지금처럼 변화무쌍한 세상에서는 무슨 일이든 가능하니까. 하지만 1922년 여름에는 그럴 것 같지 않았다. 그리고 가을에도.

나는 라스와 악수를 하고 잘 지내는지 물었다.

"그럭저럭. 헌데 목이 타서 죽겠군. 물 좀 마셔야겠어."

나는 고갯짓으로 우리 집 동쪽을 가리켰다.

"펌프 어딘지 알지?"

"그럼."

라스가 보닛을 닫자 마당에 돌아와 있던 닭들이 쾅 소리에 놀라 또다시 날아올랐다.

"물은 평소처럼 시원하고 달달하겠지?"

"당연하지. 일단 한번 마셔 봐."

맞장구를 치면서 속으로 중얼거렸다. *하지만 엉뚱한 우물에서 물을 펐다간 물맛이 문제가 아닐 거야, 라스.*

라스는 집 그늘의 조그만 차양 아래에 설치해 둔 옥외 펌프 쪽으로 걸어갔다. 레스터 변호사는 그런 라스를 가만히 보다가, 다시 내 쪽으로 돌아섰다. 코트 단추가 풀어져 있었다. 그 아래의 양복은 집에 돌아가면 드라이클리닝을 해야 할 것 같았다. 레스터가 콜 패링턴의 심부름을 끝내고 돌아갈 곳이 링컨이든, 오마하이든, 아니면 딜런드이든 간에.

"제임스 씨, 저도 목을 좀 축이고 싶은데요."

"나도 마찬가지요. 땡볕에 울타리를 고치다 보니 영 덥네." 나는 레스터를 위아래로 훑어보았다. "그래봤자 라스의 트럭을 30킬로미터나 타고 온 사람만큼 덥진 않겠지만."

레스터는 엉덩이를 문지르면서 변호사 특유의 미소를 지었다. 이번에는 그 웃음에 후회하는 기색이 살짝 묻어났다. 그러나 그의 눈은 벌써부터 이곳저곳 온 사방을 흘끔거리는 중이었다. 무더운 여름날 회사의 지시로 덜컹거리는 트럭을 타고 이 시골까지 30킬로미터를 달려왔다는 이유만으로 이 남자를 우습게 볼 수는 없을 듯싶었다.

"이거 원, 엉덩이가 아주 곤죽이 돼 버린 것 같아요."

펌프 위의 차양 옆에는 사슬로 묶은 바가지가 있었다. 라스는 그 바가지에 물을 가득 채워서 볕에 그을린 앙상한 목의 울대뼈가 꿀렁꿀렁 움직일 만큼 허겁지겁 마신 다음, 다시 물을 채워 레스터에게 건넸다. 레스터는 그 바가지를 미심쩍은 눈으로 가만히 응시했고, 나 역시 그가 뻗은 손을 미심쩍은 눈으로 바라보았다.

"집에 들어가서 마시는 것도 좋을 것 같군요, 제임스 씨. 안이 더 시원할 테니까요."

"그렇겠지. 하지만 선생을 집 안으로 초대할 생각은 없소. 악수를 거절한 것과 같은 이유 때문에."

라스는 어떤 분위기인지 눈치채고 냉큼 트럭으로 돌아갔다. 하지만 그 전에 먼저 레스터에게 바가지를 건넸다. 우리 손님께서는 라스처럼 벌컥벌컥 들이켜는 대신 조심스레 홀짝거렸다. 다른 말로 하자면, 변호사답게 마셨다. 하지만 바가지가 다 빌 때까지 멈추지 않았는데 이 또한 변호사다웠다. 뒤이어 현관의 방충망 문이 벌컥 열리더니 헨리가 멜빵바지에 맨발 차림으로 걸어 나왔다. 아이는 우리 쪽을 흘끗 보고는 누군지 알 게 뭐냐는 표정을 지었다(기특한 녀석 같으니!). 그러고는 씩씩한 시골 소년이라면 누구나 관심을 가질 만한 곳으로, 다시 말해 라스가 트럭을 수리하는 곳으로 향했다. 운이 좋으면 뭐 하나라도 배울 수 있지 않을까 하는 생각에서였다.

나는 집 벽의 캔버스 차양 아래 쌓아 둔 장작더미 위에 걸터앉았다.

"아마 일 때문에 오셨을 텐데. 우리 마누라가 부탁해서."

"맞습니다."

"물도 드셨겠다, 슬슬 본론으로 들어갑시다. 아직 할 일이 태산인데 벌써 세 시가 넘었으니."

"해 뜰 때부터 해 질 때까지 일, 또 일. 농사란 참 힘들죠."

뭘 좀 아는 사람인 양 레스터가 한숨을 내쉬었다.

"누가 아니랍디까. 거기다 까다로운 마누라가 있으면 더 힘들지. 보아하니 우리 마누라가 보내서 오신 것 같은데, 무슨 볼일인지 모르겠군. 그냥 서류 같은 거면 부보안관이 와서 전해 줘도 될 텐데."

레스터의 눈이 동그래졌다.

"부인이 보내서 온 게 아닙니다, 제임스 씨. 사실 저는 부인을 찾으러 왔습니다."

그야말로 연극이었다. 그리고 이번에는 내가 어리둥절한 표정을 지을 차례였다. 그다음에는 킬킬 웃어야 했다, 왜냐면 연극 대본의 괄호 안에는 늘 그 순서대로 적혀 있으니까.

"역시 그 말이 사실이었군."

"사실이라니, 뭐가요?"

"난 소싯적에 포다이스에서 컸는데, 이웃집에 늙은 망나니가 한 명 살았소. 이름이 브래들리였는데 다들 브래들리 영감이라고 불렀지."

"저, 제임스 씨……."

"우리 아버지가 그 영감이랑 가끔 같이 일을 했는데, 어쩌다 한 번씩 나도 같이 데려가셨소. 그러니까 마차로 짐을 실어 나르던 시절 얘기요. 그나마 봄에는 주로 종자용 옥수수를 운반했지만, 가끔은 연장을 바꿔 쓰려고 만나기도 했지. 그땐 우편 주문이나 뭐 그런 게 없어서 쓸 만한 연장은 온 마을을 한 바퀴 돌아야 집으로 돌아왔거든."

"제임스 씨, 그 얘기가 지금 무슨 상관인지……."

"그런데 그 영감태기를 만나러 갈 때마다 우리 어머니는 나한테 귀를 틀어막으라고 하셨소. 왜냐면 브래들리 영감 입에서 나오는 말은 두 마디 중에 한 마디가 욕 아니면 음담패설이었으니까." 어깃장을 놓다 보니 왠지 슬슬 즐거워지기 시작했다. "그래서 자연스레 더 열심히 듣게 됐소. 그 영감이 입버릇처럼 하던 말이 지금도 기억나는군. '암말은 안장 없이 올라타면 절대 안 된다. 궁둥이를 살랑거리는 암컷들이 어디로 튈지는 아무도 모르니까.'"

"저한테 그 이야기를 하시는 이유가 뭡니까?"

"우리 집 암말이 어디로 튀었을 것 같소, 레스터 선생?"

"지금 그 말은 혹시 부인께서……?"

"내 마누라는 사라졌소, 레스터 선생. 내뺐다고. 말 한마디 없이. 야반도주했다, 이거요. 나야 뭐, 책 읽기를 좋아해서 어려운 말도 꽤 많이 아니까 그런 표현이 저절로 떠오르지. 하지만 저기 있는 라스나 마을 남자들은 우리 집 소문을 들으면 다들 한마디로 끝낼걸. '남편 버리고 튀었구먼.' 아니, 이 경우엔 남편이랑 아들이려나. 난 당연히 아내가 패링턴 축산의 돼지 치는 친구들한테 달려갔을 줄 알았소. 이어서 들려오는 소식은 물려받은 땅을 판다는 편지려니 했고."

"부인의 원래 뜻대로 말이지요."

"그 여편네가 아직 서명을 안 한 거요? 혹시 했으면 나도 소송을 걸어야 하니까 물어보는 거요."

"솔직히 말씀드리자면, 아직 안 하셨습니다. 하지만 부인께서 서명을 하신다면 소송은 돈 낭비가 될 테니 안 하시는 쪽을 추천하겠습니다."

나는 벌떡 일어섰다. 그 바람에 멜빵 한쪽이 어깨에서 벗겨져 엄지로 다시 고쳐 매야 했다.

"흠, 헌데 내 마누라가 여기 없으니 당신네 법률가들 용어로는 '소익이 없는 사건'이겠군, 안 그렇소? 나 같으면 오마하에 가서 찾아볼 거요. 내가 선생 처지라면." 여기서 빙긋 웃음. "아니면 세인트루이스를 뒤지든가. 그 여편네는 입만 열면 세인트루이스 타령이었으니까. 듣자 하니 남편이랑 자기 배로 낳은 아들한테 질린만큼이나 당신네 변호사들한테도 질린 것 같던데. 골치만 썩이는 거, 사라져서 차라리 잘됐소. '두 집안 모두에 내린 저주였으니.' 아, 방금 그건 셰익스피어요. 『로미오와 줄리엣』. 사랑을 주제로 한 희곡이지."

"이런 말씀 드려서 죄송합니다만, 제가 보기에는 처음부터 끝까지 영 이상하군요, 제임스 씨."

레스터 변호사는 재킷 안주머니에서 실크 손수건을 꺼내 얼굴의 땀을 닦기 시작했다. 외근을 다니는 변호사들은 다 그렇게 주머니가 많이 달린 옷을 입는 걸까. 이제 뺨이 벌게진 정도가 아니라 활활 타는 듯했다. 날이 더워서 그런 것 같지는 않았다.

"정말로 이상해요. 제 의뢰인은 그 땅에 상당한 금액을 기꺼이 지불하기로 했거든요. 헤밍퍼드 천변에 인접한 데다, 그레이트웨스턴 철도하고도 가까우니까 말이죠."

"받아들이기 힘든 건 나도 마찬가지요. 그래도 선생보다는 내 처지가 더 낫지만."

"그 말씀은?"

"난 그 여편네를 알거든. 선생도 선생 *의뢰인*도 거래가 다 성사됐다고 믿었을 거요. 하지만 알렛 제임스라는 여자는…… 뭐, 그 여편네가 약속을 지키길 바라느니 차라리 고양이가 생선을 지키길 바라겠다고만 해 둡시다. 브래들리 영감 말이 틀린 게 아니오, 레스터 선생. 웬걸, 그 양반이야말로 초야에 은거하는 현자였지."

"집 안을 좀 봐도 될까요?"

또 웃음이 터졌다. 이번에는 억지로 나온 웃음이 아니었다. 낯짝이 뻔뻔한 건 인정해 줘야겠다 싶었고, 빈손으로 돌아가기 싫은 마음도 이해가 갔다. 레스터는 문도 안 달린 고물 트럭을 30킬로미터나 타고 왔다가 이제 또 헤밍퍼드 시내까지 30킬로미터를 더 가야 할 처지였다(물론 내려서는 또 기차를 타야 했다.). 엉덩이는 욱신거려 죽을 지경일 테고, 출장을 보낸 의뢰인은 그가 길고 고된 여정 끝에 올리는 보고서를 받고 인상을 구길 것이 뻔했다. 불쌍한 친구 같으니!

"그럼 나도 뭐 하나 물어봅시다. 내가 선생 쌍방울을 볼 수 있게 바지를 좀 내려 주시겠소?"

"듣기가 거북하군요."

"당연히 그러시겠지. 그냥 직유법이라고…… 아니, 그건 아니군. 일종의 *비유*라고 생각하시오."

"무슨 말씀이신지."

"뭐, 시내에 도착하려면 한 시간은 걸릴 테니 그동안 차분히 생각해 보든가. 혹시 라스의 레드 베이비가 타이어라도 한 짝 해먹으면 두 시간이 걸릴지도 모르고. 그리고 레스터 선생, 내 장담하는데 *행여나* 선생이 내 허락을 받아서 우리 집을, 그러니까 내 사적 공간을, 내 성을, 내 쌍방울을 들쑤시고 다닌다고 해도, 내 마누라 시체는 못 찾을 거요. 옷장 속에서도, 또……."

하마터면 우물 *아래서도*라는 말이 튀어나올 뻔해서 한순간 가슴이 철렁했다. 이마에 땀이 송골송골 맺히는 느낌이 들었다.

"……또 침대 밑에서도."

"제 말은 그런 뜻이 아니라……."

"헨리! 이리 좀 와 봐라!"

헨리는 고개를 숙이고 흙바닥에 발을 끌며 걸어왔다. 불안한 표정에 죄책감 비슷한 기색도 보였지만, 그 정도면 괜찮았다.

"왜요, 아빠?"

"이 아저씨한테 네 엄마가 어딨는지 가르쳐 드려."

"저도 몰라요. 금요일 아침에 아빠가 밥 먹으라고 불러서 가 봤더니 엄마는 벌써 사라지고 없었어요. 가방까지 다 싸서 가 버렸어요."

레스터는 헨리를 뚫어지게 쏘아보았다.

"얘야, 너 그 말이 사실이냐?"

"예, 아저씨."

"완전한 진실을, 오로지 진실만을 말했다고 맹세할 수 있어?"

"아빠, 저 집에 들어가도 돼요? 결석해서 숙제가 밀렸어요."

"그래, 가 봐라. 하지만 너무 오래 처박혀 있지는 마. 오늘은 네가 소 젖 짜기 당번이다."

"예, 아빠."

헨리는 계단을 느릿느릿 올라가서 집 안으로 들어갔다. 그 모습을 지켜보던 레스터가 내 쪽으로 돌아섰다.

"눈에는 안 보이지만 뭔가 있는 것 같군요."

"레스터 선생, 보아 하니 결혼반지를 안 끼셨구먼. 나중에 선생도 나만큼 오래 반지를 끼고 살다 보면 어느 날 깨닫게 될 거요. 어느 집이나 안 보이는 비밀이 있다는 걸 말이오. 물론 다른 것도 깨닫게 되겠지. 암말이 어디로 튈지 절대 알 수 없다는 거."

레스터가 일어섰다.

"이대로 끝나진 않을 겁니다."

"아니, 이걸로 끝이오."

아닌 줄 알면서 한 말이었다. 그러나 만약 일이 잘 풀린다면, 우리는 처음 만날 때보다 더 이별에 가까워진 셈이었다. 만약에 잘 풀린다면.

레스터는 마당을 질러가다가 다시 돌아왔다. 그러더니 다시금 실크 손수건을 꺼내어 얼굴을 닦고는 이렇게 말했다.

"혹시 부인을 윽박질러서 쫓아내기만 해도 그 땅이 제임스 씨 차지가 될 거라고 생각하셨다면…… 가방을 던져주고 디모인의 이모님 댁이나 미네소타의 언니 댁으로 보내신 거라면 말입니다 만……."

나는 빙긋 웃으며 대꾸했다.

"오마하에 가서 찾아보시오, 아니면 세인트루이스나. 피붙이들한테 의지할 여자가 아니오. 세인트루이스에서 살 생각에 잔뜩 들떠 있었소. 이유는 모르겠지만."

"그 땅에 농사를 지으실 작정이라면 다시 생각하시는 게 좋을 겁니다. 그 땅은 제임스 씨 소유가 아니에요. 씨 한 톨만 뿌려도 법정에서 저를 만나시게 될 겁니다."

"어디 두고 보시오, 내 마누라는 돈 떨어지기가 무섭게 당신네한테 연락할 테니까."

사실 내가 하고 싶은 말은 따로 있었다. *아니, 그건 내 땅이 아니오. 하지만…… 당신네 땅도 아니지. 땅은 그냥 거기 가만히 있을 거요. 그래도 상관없소, 왜냐면 7년 후에 법원에 가서 정식으로 아내의 사망 신고를 하면 내 땅이 될 거니까. 그 정도야 기다릴 수 있지. 서풍을 타고 날아오는 돼지 똥 냄새를 안 맡아도 된다면, 돼지 먹따는 소리를 들을 필요가 없다면, 또 피로 물들어 시뻘게진 냇물을 타고 떠내려오는 돼지 내장을 안 봐도 된다면. 그깟 7년? 나한테는 더없이 즐거운 시간일 거요.*

"남은 하루 즐겁게 보내시오, 레스터 선생. 가는 길에 햇빛 조심하시오. 오후 이맘때면 이글거리는 볕이 얼굴에 똑바로 내리쬐니까."

레스터는 대꾸 없이 트럭에 올랐다. 그러고는 나를 향해 손을 흔드는 라스한테 뭐라고 떽떽거렸다. 흘겨보는 라스의 눈이 꼭 이렇게 말하는 듯했다. *떽떽거리든 발광을 하든 맘대로 해 봐. 그래봤자 헤밍퍼드 시내까진 아직 30킬로미터나 남았으니까.*

트럭이 사라지고 수탉 꽁지 같은 먼지 구름만 남았을 때, 헨리가 다시 포치로 나왔다.

"아빠, 저 잘했어요?"

나는 헨리의 손목을 살짝 쥐었다. 손아귀 안에서 한순간 살이 움찔하는 기적이, 헨리가 내 손을 뿌리치려다 억지로 참는 기색이 느껴졌지만 모른 척했다.

"아주 잘했어. 만점이야."

"우물은 내일 메꿀 건가요?"

찬찬히 생각해 보았다. 우리 둘의 운명이 달린 결정이었으니까. 존스 보안관은 늙고 뚱뚱했다. 게으르지는 않아도 어지간한 이유가 없으면 좀체 수사에 나서지 않는 사람이었다. 레스터는 언젠가 결국 존스를 이리로 데려올 터였지만, 그러려면 먼저 자기 대장인 콜 패링턴의 사나운 두 아들 중 한 명을 설득해야 했다. 존스 보안관한테 전화를 걸어 헤밍퍼드 카운티에서 세금을 제일 많이 내는 사람이 누군지 일깨워 주도록 말이다(물론 이웃한 클레이, 필모어, 요크, 슈어드 카운티를 통틀어도 그를 능가할 부자는 없었다.). 그럼에도, 내가 보기에 아직 이틀은 더 여유가 있었다.

"내일은 안 돼. 모레 하자."

"왜요, 아빠?"

"보안관이 올 거거든. 존스 보안관은 나이는 많아도 바보는 아니야. 메워 놓은 지 얼마 안 된 우물을 보면 이유를 궁금해 할지도 몰라. 하지만 그 우물을 한창 메우는 중이라면…… 거기다 그럴 듯한 이유까지 있다면……."

"이유라뇨? 저한테도 가르쳐 주세요!"

"조금만 기다려. 아주 조금만."

이튿날, 우리는 라스 올슨의 트럭이 아니라 존스 보안관의 차가 뭉실뭉실한 흙먼지 구름을 달고 우리 집 쪽으로 달려오기를 목이 빠지도록 기다렸다. 그러나 오지 않았다. 그 대신 면 블라우스에 격자무늬 치마를 입은 섀넌 코터리가 찾아왔다. 섀넌은 헨리가 다 나았는지, 나았다면 자기 집에 와서 식구들이랑 같이 저녁을 먹어도 되는지 물었다.

헨리는 이제 괜찮다고 했고, 나는 손을 잡고 걸어가는 두 아이를 조마조마한 기분으로 지켜보았다. 헨리에게는 소름 끼치는 비밀이 있었다. 그런 비밀은 가슴을 무겁게 짓누르게 마련이었다. 그래서 누구와 나누고 싶어지는 것이 지극히 당연했다. 그런데 헨리에게는 사랑하는 소녀가 있었다(어쩌면 착각일 수도 있었지만, 열다섯 살 생일을 코앞에 둔 소년한테는 그게 그거였다.). 이제 거짓말을 해야 할 처지가 됐는데 설상가상으로 섀넌이 눈치를 챌지도 몰랐다. 사랑에 빠지면 눈이 먼다는 말도 있지만, 헛소리일 뿐이다. 때로는 사랑에 빠져서 눈이 더 밝아지기도 하니까.

나는 밭에 나가 괭이질을 하다가(잡초보다 콩을 더 많이 뽑았다.) 포치에 앉아 파이프를 한 대 피워 물고 헨리가 돌아오기를 기다렸다. 달이 막 떠오를 무렵, 헨리가 나타났다. 고개를 푹 숙이고 어깨는 축 처진 채로 발을 질질 끌며 걸어왔다. 그 모습에 진저리가 났지만, 한편으로는 마음이 놓였다. 만약 비밀을 털어놓았다면, 아주 조금이라도 입 밖에 냈다면, 그런 꼴로 걷지는 않았을 테니까. 그랬다면 아예 돌아오지도 않았겠지. 나는 포치에 앉는 헨리를 보며 물었다.

"우리가 정한 대로 얘기했겠지?"

"*아빠*가 정했잖아요. 예, 그렇게 했어요."

"섀넌도 부모님한테 말 안 하기로 약속했고?"

"예."

"과연 그럴까?"

이 말에 헨리는 한숨을 쉬었다.

"예, 그럴 거예요. 그치만 섀넌네 식구들은 서로를 끔찍이 아끼니까, 걔네 부모님은 뭔가 눈치채고 꼬치꼬치 캐물어서 알아낼 거예요. 부모님이 그냥 넘어간다고 해도 아마 섀넌이 보안관님한테 말할 거예요. 보안관님이 섀넌네 집까지 찾아와서 물어보면요."

"그 레스터란 변호사가 그러라고 시킬 거다. 그놈이 보안관을 찾아가서 들볶을 게 뻔해, 왜냐면 그놈도 오마하의 의뢰인들한테 들볶일 테니까. 그렇게 돌고 돌겠지. 어디서 멈출지는 아무도 몰라."

"처음부터 그러지 말 걸 잘못했어요."

헨리는 가만히 생각에 잠겨 있다가, 잔뜩 잠긴 목소리로 나직이 중얼거렸다. 먼젓번에도 했던 말이었다. 나는 입을 열지 않았다. 한동안 헨리도 침묵을 지켰다. 우리는 옥수수 밭 위로 떠오른 달을 나란히 올려다보았다. 벌겋고 통통한 달을.

"아빠, 저 맥주 한 잔 마셔도 돼요?"

나는 헨리를 돌아보았다. 놀라웠지만 한편으로는 놀랍지 않았다. 그래서 안으로 들어가 맥주 두 잔을 들고 나왔다. 한 잔을 헨리에게 건네며 말했다.

"명심해, 오늘만 주는 거야."

"알았어요."

헨리는 딱 한 모금에 얼굴을 찡그리더니 또 한 모금 홀짝였다.

"아빠, 저 새넌한테 거짓말하기 싫어요. 우리가 한 짓은 처음부터 끝까지 다 더러워요."

"더러운 건 씻으면 돼."

"우린 씻어 봤자 소용없어요."

그렇게 말하며 헨리는 맥주를 한 모금 더 홀짝였다. 이번에는 얼굴도 찡그리지 않았다.

잠시 후, 달이 은빛으로 바뀌고 나서 나는 변소에 가려고 자리를 떴다. 밤바람과 옥수수들이 대지의 오래된 비밀을 소곤소곤 주고받는 소리가 귓가를 간질였다. 포치에 돌아와서 보니 헨리는 그곳에 없었다. 반쯤 비운 맥주잔만 계단 옆 난간 위에 남아 있었다. 뒤이어 외양간 쪽에서 목소리가 들려왔다.

"쉿, 착하지. 그래, 괜찮아."

무슨 일인지 보러 외양간으로 갔다. 헨리가 엘피스의 목을 끌어안고 토닥이고 있었다. 틀림없이 울고 있었다. 나는 그 모습을 가만히 지켜보다가, 끝내 아무 말도 하지 못했다. 그대로 집으로 들어가서, 옷을 벗고, 내 손으로 누워 있는 아내의 목을 찔렀던 침대에 누웠다. 잠들 때까지는 한참이 걸렸다. 그 이유를 모르겠다면, 내가 왜 잠들지 못했는지 이해가 안 간다면, 그렇다면 당신은 이 고백을 읽을 필요가 없다.

나는 집에서 키우는 소들한테 잘 안 알려진 그리스 신화 속 여신들의 이름을 붙여 주었다. 그런데 나중에 알고 보니 그중 엘피스라는 이름은 형편없는 선택이었다. 아니, 얄궂은 농담이라고나 할까. 잘 모르는 사람도 있을 테니 먼저 우리가 사는 이 우울한 세계에 어쩌다 악이 생겨났는지부터 살펴보기로 하자. 호기심을 못 이긴 판도라가 자신에게 맡겨진 항아리를 열었을 때, 그 속에 갇혀 있던 온갖 나쁜 것들이 바깥으로 도망쳐 나왔다. 판도라가 정신을 차리고 뚜껑을 다시 덮었을 때 항아리 속에 유일하게 남은 것이 바로 엘피스, 희망의 여신이었다. 그러나 1922년 그해 여름, 우리 집 엘피스에게 희망 따위는 남아 있지 않았다. 늙고 성미도 고약한 데다 젖도 잘 안 나왔기 때문에 우리는 그 암소를 거의 포기하다시피 했다. 얼마 안 남은 젖을 짜려고 의자를 놓고 앉으면 대뜸 걷어차려고 했으니까. 진작 도축해서 고기로 만들어야 마땅했지만, 할란 코터리에게 돈을 주고 잡아 달라고 부탁하려니 좀처럼 내키지가 않았다. 돼지보다 훨씬 큰 짐승을 잡기에는 내 솜씨가 영 젬병이라…… 하긴, 여기까지 읽은 사람이라면 이 냉정한 자기 평가에 분명 고개를 끄덕이겠지.

"고기도 질길걸. 그냥 놔두는 게 제일이야."

알렛은 그렇게 말했다(은연중에 엘피스를 딱하게 여기는 기색이 보였는데 아마도 자기 손으로 젖을 안 짜서 그랬을 것이다.). 하지만 이제 엘피스에게도 쓸모가 생겼다. 그것도 하필이면 우물 속에서. 이제 엘피스는 질긴 고기 몇 점으로 변하는 것보다 훨씬 값진 죽음을 눈앞에 둔 처지였다.

레스터가 다녀가고 이틀 후, 아들과 나는 엘피스에게 고삐를 씌우고 외양간에서 끌어냈다. 우물까지 반쯤 왔을 때, 헨리가 갑자기 멈춰 섰다. 두 눈에 낭패한 빛이 가득했다.

"아빠! 엄마한테서 나는 냄샌가 봐요!"

"들어가서 코에 솜이라도 끼우고 와. 엄마 화장대에 있을 거다."

헨리는 고개를 숙이고 걸어갔지만 나는 옆으로 쏘아보는 그 애의 눈길을 놓치지 않았다. *다 아빠 때문이에요.* 그 눈은 이렇게 말하고 있었다. *아빠가 참질 못해서 이렇게 됐어요, 다 아빠 잘못이라고요.*

하지만 헨리가 앞으로도 나를 도와줄 거라는 확신은 조금도 흔들리지 않았다. 당장은 나를 어떻게 생각하든 헨리에게는 좋아하는 여자애가 있었고, 그래서 자기가 한 일이 그 애에게 들키기를 바라지 않았다. 내가 억지로 시킨 일이었지만 그 애가 거기까지 이해해 줄 리는 없었다.

우리 손에 이끌려 우물가에 도착한 엘피스는 당연히 멈칫거렸다. 우리는 봄맞이 축제 때 기둥에 묶인 리본을 쥐고 빙빙 돌듯이 고삐를 쥔 채 우물을 돌아 반대편으로 향했고, 엘피스는 질질 끌려와서 썩은 우물 덮개 위에 올라섰다. 육중한 소에 짓눌린 나무 덮개가 우지직 소리를 내더니…… 아래로 출렁 휘었는데…… 그래도 부서지지 않고 버텼다. 늙은 암소는 그 위에 서서 고개를 숙인 채, 여느 때처럼 멍청하고 고집스런 표정으로, 싯누런 이가 훤히 드러나도록 입을 벌렸다.

"이제 어떡하죠?"

헨리가 물었다. 나도 모른다고 대답하려는 찰나, 요란한 쩍 소리와 함께 우물 덮개가 쪼개졌다. 나는 양팔이 다 빠진 몰골로 저 빌어먹을 우물에 처박히겠구나 하는 생각이 퍼뜩 떠올랐지만, 그래도 헨리와 함께 고삐를 잡고 버텼다. 이윽고 엘피스의 코뚜레가 떨어져서 하늘로 날아올랐다. 두 동강 난 코뚜레는 우물 양옆에 한 조각씩 떨어졌다. 아래를 보니 고통스러워하는 엘피스가 우물의 돌 벽을 발굽으로 정신없이 찍으며 서서히 내려가는 중이었다.

"아빠!"

헨리가 악을 썼다. 불끈 쥔 두 주먹으로 입을 가린 채로. 헨리의 손가락 마디가 윗입술을 파고들었다.

"빨리 끝내 주세요, 제발요!"

엘피스가 토한 울음소리는 메아리가 되어 길게 퍼졌다. 돌 벽을 찍는 발굽 소리가 멈추지 않았다.

나는 헨리의 팔을 붙들고 비틀비틀 걸어서 집으로 돌아왔다. 우선 알렛이 우편 주문으로 산 소파에 헨리를 앉힌 다음, 내가 돌아올 때까지 가만히 기다리라고 지시했다.

"명심해, 이제 거의 다 끝났어."

"절대 안 끝날걸요."

헨리는 이렇게 중얼거리며 소파에 엎드렸다. 그러고는 손으로 귀를 틀어막았다. 거기서는 엘피스의 울음소리가 들릴 리 없었는데도. 그러나 나와 마찬가지로 헨리의 귓속에는 *여전히* 엘피스의 절규가 메아리쳤다.

부엌 창고 맨 위 선반에 있던 사냥총을 꺼내들었다. 22구경 라이플이었지만, 그 정도면 충분했다. 혹시라도 총소리가 들판을 가로질러 할란 코터리의 귀에까지 들어간다면? 그것 역시 우리 계획의 일부였다. 헨리가 말만 제대로 맞춘다면.

1922년 그해에 내가 얻은 교훈이 있다면, 안 좋은 일에는 끝이 없다는 것이다. 사람들은 가장 끔찍한 상황을, 그러니까 모든 악몽을 합쳐서 현실에 빚어 놓은 섬뜩한 공포를 자기가 이미 겪었다고 생각한다. 그래서 더 안 좋은 일은 일어날 수 없다는 믿음을 삶에 하나뿐인 위안으로 삼는다. 설령 일어난다고 해도 눈으로 본 순간 머리가 휙 돌아서 더는 알 필요가 없다고 생각한다. 그러나 더 끔찍한 일은 반드시 일어나고, 그때에도 당신의 머리는 멀쩡하다. 그래서 당신은 어떻게든 버텨야 한다. 그러다가 어쩌면 세상의 모든 즐거움이 사라져 버렸음을, 간절히 얻고자 했던 모든 것이 닿을 수 없는 곳으로 멀어졌음을 깨달을지도 모른다. 그래서 차라리 죽었으면 하고 바랄지도 모르지만…… 그래도 버텨야 한다. 스스로 만든 지옥에 빠진 것을 알아차렸다고 해도, 그럼에도 버텨야 한다. 그것 말고 다른 길은 없기 때문이다.

우물 바닥에 있던 아내의 시체는 위에서 떨어진 엘피스에 가려졌지만, 헤벌쭉 웃는 얼굴만은 조금도 가려지지 않고 생생하게 보였다. 여전히 햇빛이 비치는 위쪽 세상을 향해 고개를 쳐들고 나를 노려보는 것만 같았다. 게다가 쥐 떼도 다시 돌아와 있었다. 놈들은 분명 자기네 세상에 떨어진 소에 놀랐을 테고, 그래서 나중에 내가 '서생원 대로'라고 부르게 될 파이프 속으로 후퇴했을 것이다. 그러나 이내 신선한 고기의 냄새를 맡고 무슨 일인지 알아보러 부랴부랴 돌아왔을 것이다. 네 발을 버둥거리며 우물 아래로 내려가는 (이제는 힘이 빠진) 불쌍한 엘피스를 벌써부터 뜯어먹는 쥐들이 있는가 하면, 죽은 아내의 머리 위에 섬뜩한 왕관처럼 앉아 있는 쥐도 보였다. 그놈은 포대에 구멍을 뚫고 날카로운 발톱으로 아내의 머리 타래를 잡아당겼다. 한때는 통통하고 귀여웠던 아내의 볼이 갈가리 찢겨 축 늘어져 있었다.

이보다 더 끔찍한 건 있을 수가 없어. 나는 생각했다. *그래, 여기가 공포의 끝이야.*

하지만 아니었다. 안 좋은 일에는 끝이 없는 법이니까. 충격과 혐오감에 얼어붙은 채 아래를 내려다보고 있으려니 엘피스가 다시 발길질을 시작했고, 그러다 이내의 엉망이 된 얼굴을 발굽으로 걷어찼다. 턱뼈가 부러지는 쩍 소리에 이어 코 아래쪽 얼굴 전체가 무슨 경첩이라도 달린 듯이 왼쪽으로 움직였다. 그런데도 헤벌쭉 웃는 입 모양은 변함없이 남아 있었다. 눈과 입이 멀찍이 떨어져 있어서 더 끔찍하게 보였다. 이제 나를 괴롭히는 얼굴이 하나가 아니라 두 개가 된 것 같았다. 아내의 몸뚱이가 기울기 시작하자 벽에 기대어 있던 매트리스도 함께 기울어졌다. 아내의 머리에 앉아 있던 쥐새끼가 매트리스 뒤편으로 쪼르르 사라졌다. 엘피스가 다시 아래로 미끄러지기 시작했다. 만약 헨리가 이때 돌아왔다면, 그래서 우물 안을 들여다보았다면, 이 지옥에 자신을 끌어들인 나를 죽이려 했을 것이다. 나야 죽어도 마땅했다. 하지만 그렇게 되면 헨리는 혼자 남을 판이었고, 혼자서는 스스로를 지킬 수가 없었다.

나무 덮개 한쪽은 이미 우물에 떨어진 후였고, 남은 한쪽은 아직 입구에 걸려 있었다. 나는 총을 장전하고 남아 있는 덮개 위에 올려놓은 다음, 엘피스를 겨누었다. 목이 부러진 채 쓰러진 엘피스는 돌벽에 머리를 기대고 위를 올려다보고 있었다. 나는 떨리는 손이 진정되기를 기다렸다가, 방아쇠를 당겼다.

한 방으로 충분했다.

집에 들어와 보니 헨리가 소파에 누워 잠들어 있었다. 하도 정신이 없던 터라 이상하다는 생각도 안 들었다. 그때 내 눈에 헨리는 이 세상에 하나뿐인 진정한 희망으로 보였다. 때가 좀 묻기는 했지만, 다시 깨끗하게 닦지 못할 만큼 더럽지는 않은 희망. 나는 몸을 숙여 헨리의 볼에 입을 맞췄다. 헨리는 끙 소리를 내며 고개를 돌렸다. 나는 헨리가 그냥 자게 놔두고 연장을 챙기러 창고로 갔다. 세 시간 후, 잠에서 깬 헨리가 우물로 왔을 때 나는 부서진 덮개를 입구에서 빼내어 우물 속으로 밀어넣고 있었다.

"저도 같이 할게요."

헨리의 목소리는 높낮이가 없어서 음울하게 들렸다.

"고맙구나. 그럼 트럭을 몰고 서쪽 울타리로 가라. 거기 흙무더기가 있을 텐데……."

"저 혼자서요?"

그 말에 못 믿겠다는 기색이 살짝 묻어났지만, 나로서는 뭐든 좋으니 감정을 느낄 수 있어서 마음이 놓였다.

"전진 기어 넣는 법은 알잖아. 후진도 할 줄 알지?"

"알긴 아는데……."

"그럼 됐다. 아빠 네가 올 때까지 할 일이 태산 같아. 와 보면 안 좋은 일은 다 끝나 있을 거야."

절대 안 끝날 거라는 말이 또 튀어나오기를 기다렸지만, 헨리는 이번에는 아무 말도 하지 않았다. 나는 다시 삽질을 시작했다. 아내의 정수리가, 그리고 징그러운 머리 타래가 비어져 나온 포대가 아직도 눈에 선했다. 어쩌면 저 아래쪽에는 죽은 아내의 가랑이를 요람 삼아 새로 태어난 새끼 쥐들이 벌써부터 우글거릴지도 모른다는 생각이 들었다.

트럭이 쿨럭거리는 소리가 한 번, 두 번 들렸다. 나는 엔진 크랭크축이 거꾸로 돌아서 헨리의 팔을 부러뜨리지나 않았으면 하고 기도했다.

크랭크축이 세 번째 돌아갔을 때, 우리 집 고물 트럭이 우렁찬 소리와 함께 살아났다. 헨리는 점화 플러그의 불꽃을 줄이고 스로틀을 한두 번 최대로 올린 다음, 트럭을 몰고 떠났다. 거의 한 시간 가까이 돌아오지 않았지만 마침내 왔을 때에는 트럭 짐칸이 자갈과 흙으로 가득했다. 헨리가 우물가에 트럭을 대고 시동을 껐다. 셔츠를 벗고 있었는데 땀으로 번들거리는 몸통이 어찌나 야위었던지, 갈비뼈가 몇 갠지도 셀 수 있을 것 같았다. 아들이 배불리 먹은 게 언제였는지 떠올려 봤지만 기억나지 않았다. 그러다가 퍼뜩 생각이 났다. 나와 함께 아내를 해치우고 나서 먹은 아침이었다.

오늘 저녁은 배가 터지게 먹여야겠군. 나도 같이 먹어야지. 소고기는 없지만 냉장고에 돼지고기가…….

"아빠, 저기 좀 보세요."

또다시 감정 없는 목소리로 말하며, 헨리가 먼 곳을 가리켰다.

이쪽을 향해 다가오는 먼지 구름이 보였다. 나는 우물 속을 내려다보았다. 아직 부족했다, 아직은. 엘피스의 몸통 절반이 흙 바깥으로 나와 있었다. 그거야 아무래도 상관없었지만, 피 묻은 매트리스의 귀퉁이 한쪽도 불쑥 나와 있었다.

"너도 같이 하자."

"들키기 전에 끝낼 수 있을까요, 아빠?"

딱히 걱정하는 목소리는 아니었다.

"글쎄. 어쩌면. 그렇게 서 있지 말고 거들어, 어서."

박살 난 우물 덮개 옆의 창고 벽에 여분의 삽이 기대어져 있었다. 헨리는 그 삽을 쥐었고, 우리는 트럭 짐칸에 실린 흙과 자갈을 정신없이 퍼 내리기 시작했다.

문에는 금색 별이, 지붕에는 경광등이 붙은 카운티 보안관의 차가 장작 패는 그루터기 옆에 멈췄을 때(그리하여 조지와 암탉들이 또다시 날아올랐을 때), 헨리와 나는 웃통을 벗고 포치 계단에 나란히 앉아 알렛 제임스 여사가 마지막으로 만들어 둔 레모네이드 한 단지를 함께 마시고 있었다. 차에서 내린 존스 보안관은 먼저 허리 벨트를 당겨 올리고 카우보이모자를 벗더니, 희끗희끗한 머리카락을 쓸어 넘긴 다음 다시 모자를 머리에 얹고 하얀 이마와 적갈색 눈썹이 만나는 선까지 눌러 썼다. 보안관은 혼자였다.

내가 보기에는 좋은 징조였다.

"안녕하신가, 신사 양반들. 오늘은 일이 영 고된가 보군."

보안관은 우리의 벗어부친 가슴팍과 지저분한 손과 땀으로 얼룩진 얼굴을 슥 훑어보았다.

"제가 그만 실수를 해서요."

나는 이렇게 말하고 땅에 침을 뱉었다.

"아, 그래?"

"저희 집 소가 우물에 빠졌어요, 아저씨."

"아, 그래?"

헨리의 말에 보안관이 아이 쪽을 보며 똑같이 물었다.

"어쩌다 그렇게 됐습니다, 보안관님. 레모네이드 한 잔 하시죠. 알렛이 만든 건데."

"그래, 안사람 이름이 알렛이었지. 돌아온 건가, 그럼?"

"아뇨. 아끼는 옷은 다 챙겨서 달아났고 남은 건 이 레모네이드 뿐이에요. 좀 드세요."

"그러지. 헌데 그 전에 변소 좀 빌려야겠네. 한 쉰다섯 살 때부턴 것 같은데, 길가에 덤불만 보이면 멈춰서 물을 빼는 신세가 됐지 뭔가. 아주 귀찮아 죽겠어."

"집 뒤에 있어요. 길을 따라서 쭉 가면 초승달 모양 구멍이 뚫린 문이 보일 거예요."

보안관은 그렇게 웃기는 농담은 평생 처음 들었다는 듯이 껄껄 웃으며 집 뒤로 사라졌다. 혹시 가다가 중간에 멈춰서 집 창문 안쪽을 들여다볼까? 유능한 보안관이라면 아마 그럴 것이다. 그리고 내가 알기로 존스 보안관은 유능한 사람이었다. 적어도 젊을 적에는 그랬다.

"아빠."

헨리가 나지막이 나를 불렀다. 나는 아들을 돌아보았다.

"보안관 아저씨가 알아차리면 우린 끝장이에요. 전 거짓말은 할 수 있어요, 하지만 사람을 또 죽일 순 없어요."

"괜찮을 거야."

짧은 대화였다. 그러나 이후 8년 동안, 나는 툭하면 그때 우리가 나눈 말을 떠올리곤 했다.

존스 보안관이 바지 앞쪽 단추를 채우며 돌아왔다.

"들어가서 보안관님이 쓸 잔을 가져와."

헨리는 내 말을 듣고 집으로 들어갔다. 바지 단추를 다 채운 존스는 모자를 벗고 머리칼을 한 번 더 쓸어 넘긴 다음, 다시 모자를 썼다. 보안관 배지가 이른 오후 햇살에 반짝였다. 허리에는 큼지막한 권총을 차고 있었다. 권총집은 1차 세계대전 당시 유럽에 파견된 원정군 부대의 제식 장비로 보였지만, 존스는 그때 참전했다고 보기에는 나이가 너무 많았다. 어쩌면 아들의 총인지도 몰랐다. 존스에게는 유럽에서 전사한 아들이 있었다.

"이 집 변소는 냄새가 참 상쾌해. 더운 날에 특히 그렇더군."

"알렛이 틈만 나면 석회를 뿌렸거든요. 그 여편네가 안 돌아오면 저라도 계속 뿌릴 생각이에요. 자, 포치로 올라와서 그늘에 앉으세요."

"그늘 좋지, 헌데 난 좀 서 있어야겠어. 허리도 펴 줄 겸."

나는 자수로 '아빠'라고 새긴 쿠션이 놓인 안락의자에 걸터앉았다. 존스는 내 곁에 서서 나를 내려다보았다. 그에게 내려다보이는 구도가 영 마음에 안 들었지만, 그래도 꾹 참고 버텼다. 헨리가 유리잔을 들고 나왔다. 존스는 직접 레모네이드를 따라서 맛을 보더니 단숨에 한 잔을 꿀꺽꿀꺽 비우고 입맛을 다셨다.

"맛있구먼, 응? 너무 시지도 않고 너무 달지도 않고, 딱 좋아. 말해 놓고 보니 꼭 동화에 나오는 골디록스 같군. 곰 세 마리네 오두막에 찾아가서 뜨거운 죽하고 차가운 죽은 놔두고 미지근한 죽만 먹어치운 그 애 말이야."

존스는 껄껄 웃고 나서 나머지를 다 비웠지만, 헨리가 한 잔 더 권했을 때에는 고개를 저었다.

"더 마셨다간 헤밍퍼드홈으로 돌아가는 동안 길가의 말뚝마다 멈춰서 물을 빼야 할걸. 그다음엔 헤밍퍼드 시내에도 들러야 되는데 말이지."

"사무소를 옮기신 건가요? 헤밍퍼드홈에 계신 줄 알았는데."

"옮기기는. 보안관 사무소를 이전하라는 지시가 내려오면 난 그날로 헵 비드웰한테 자리를 넘기고 사표를 쓸 거야. 그 친구야 이 자리에 앉고 싶어서 안달이 났으니까. 오늘은 공판 때문에 법원에 들르는 거라네. 기껏해야 서류 몇 장 만드는 건데, 그래도 일은 일이니까. 게다가 자네도 알겠지만 크립스 판사가 좀…… 아, 자넨 모범 시민이라 잘 모르겠군. 그 양반 성질이 아주 개차반이라 약속 시간에 늦으면 아주 꼭지가 돌아 버려. 그러니까 증인 선서 외우고 서류에 서명 몇 번 하면 용건 끝이지만, 어쨌든 여기 일을 빨리 끝내고 부리나케 달려가야 한다, 이 말이지. 돌아가는 길에 저 망할 놈의 차가 퍼지지 않게 해 주십사 기도도 해야 하고."

나는 아무 대꾸도 하지 않았다. 존스는 서두르는 사람 같지 않게 주절주절 떠들었다. 어쩌면 그냥 타고난 수다쟁이일 수도 있었지만.

존스는 모자를 벗고 또다시 머리를 쓸어 넘겼다. 하지만 이번에는 모자를 다시 쓰지 않았다. 그는 진지한 눈으로 나를 보았고, 뒤이어 헨리를 보다가, 다시 내게로 눈을 돌렸다.

"자네도 이미 알겠지만, 나는 직감만 믿고 찾아온 게 아니야. 부부 사이의 문제야 두 사람이 알아서 할 일이지. 당연한 거 아닌가? 성서에도 나와 있잖아, 남자는 여자의 머리이니 여자가 무엇을 배우려거든 집에서 남편에게 배워야 한다고. 고린도전서 말씀이지. 성서가 내 보스라면 난 성서 말씀대로만 행할 거야. 그러면 인생도 참 단순해질 테니까."

"레스터 씨가 같이 안 오다니 놀랍군요."

"아, 그 친구도 오려고 했는데 내가 꿈도 꾸지 말라고 했네. 나한테 수색 영장까지 청구하라던데, 그것도 됐다고 했고. 내가 둘러보게 허락할지 말지는 자네가 결정할 일이니까."

존스는 레스터 따위 알 게 뭐냐는 듯이 어깨를 으쓱했다. 표정은 평온했지만 두 눈은 쉬지 않고 날카롭게 움직였다. 훑어보고 쏘아보면서, 이쪽저쪽으로.

앞서 헨리가 우물은 어떡할 거냐고 물었을 때 나는 이렇게 대답했다. *보안관이 얼마나 눈치가 빠른지 보자. 그 양반이 알아차리면, 우물로 데려가는 거야. 그럼 우리가 뭘 숨기고 있는 것처럼 보이진 않겠지. 내가 엄지를 까딱거리면, 운을 믿고 그렇게 하자는 신호인 줄 알아. 하지만 행크, 우린 한 뜻으로 움직여야 해. 만*

약 네가 엄지를 까딱거려서 답을 보내지 않으면 난 그냥 입을 다물고 있을 거다.

나는 잔을 기울여 남은 레모네이드를 다 들이켰다. 그러다가 헨리와 눈이 마주쳤을 때, 엄지손가락을 까딱거렸다. 아주 살짝. 근육이 저절로 움찔거린 것처럼 보이도록.

"보안관 아저씨, 그 레스터란 아저씨는 무슨 생각을 하는 거예요? 우리가 엄마를 지하실에 매달아 놓기라도 했대요?"

이렇게 묻는 헨리의 목소리는 심드렁했다. 존스 보안관이 껄껄 웃었다. 벨트가 둘러진 불룩한 배가 출렁거릴 만큼.

"그 친구가 무슨 생각을 하는지 내가 어떻게 알겠냐. 뭐, 어차 피 별 관심도 없고 말이지. 변호사란 놈들은 사람의 마음에 붙어 사는 벼룩이란다. 그건 내가 잘 알아, 왜냐면 철들고 나서 여태껏 놈들이랑 같이 일을 했으니까. 가끔은 놈들을 상대로 싸우기도 했고. 그런데 말이야……." 존스의 날카로운 시선이 내 눈에 꽂혔 다. "내가 집을 한번 둘러보는 것도 나쁘지 않을 것 같아. 그 변호 사 놈이야 안에 들어가려다 자네한테 거절당했다지만. 그놈, 그것 때문에 꽤 골이 났더군."

헨리가 손으로 자기 팔을 긁었다. 그러는 동안 엄지손가락이 두 번 까딱거렸다.

"영 마음에 안 드는 놈이라서 그랬습니다. 솔직히 말하자면, 콜 패링턴하고 같은 편이라면 사도 요한이 찾아왔어도 못 들어가게 막았을 겁니다."

존스 보안관은 내 말을 듣고 큰소리로 웃었다. *허, 허, 허!* 그러 나 그의 눈은 웃지 않았다.

나는 의자에서 일어섰다. 똑바로 서고 보니 마음이 놓였다. 서 있으면 존스보다 내 키가 한 반 뼘은 더 컸으니까.

"들어와서 마음껏 둘러보세요."

"고맙네, 덕분에 내 팔자가 좀 편해졌어. 돌아가서 크립스 판사를 상대하는 것만으로도 충분히 부담스럽거든. 가능하면 패링턴의 사냥개한테 시달리는 꼴은 피하고 싶어."

내가 앞장서서 집으로 들어가는 동안 헨리는 맨 뒤에 따라왔다. 거실이 깔끔하다는 인사치레를 들은 후에 우리는 복도를 따라 안으로 걸어갔다. 존스 보안관은 헨리의 방을 형식적으로 힐끔거렸고, 뒤이어 사건 현장 앞에 도착했다. 안방 침실 문을 여는 동안 기묘한 확신이 나를 사로잡았다. 방 안이 다시 피바다가 되어 있을 것이라는 확신이었다. 피가 바닥에 흥건히 고였을 것이라는, 벽에 튀어 있을 것이라는, 새로 깐 매트리스를 흠뻑 적셨을 것이라는 확신. 존스 보안관은 그 피를 보겠지. 그러고는 돌아서서 리볼버 총집 반대편의 뚱뚱한 엉덩이에 매달린 수갑을 풀며 이렇게 말하겠지. *자네를 알렛 제임스 살해 혐의로 체포하네.*

방에는 피도, 피 냄새도 없었다. 며칠 동안 환기를 했으니까. 침대는 알렛이 하던 방식대로는 아니어도 말끔하게 정리되어 있었다. 내 방식은 군대식 정리법에 가까웠지만, 정작 나는 발 때문에 병역을 면제받는 바람에 존스 보안관의 아들이 전사한 그 전쟁에 참전하지 못했다. 평발을 가진 자는 독일 놈들을 죽이러 갈 수가 없었다. 평발인 남자가 죽일 수 있는 것은 자기 아내뿐이었다.

"방이 멋지군. 아침에 볕이 잘 들겠어, 그렇지?"

"예. 거기다 오후에는 보통 서늘해요. 여름에도 그렇죠. 해가 반대쪽에서 비치니까요."

나는 붙박이장으로 가서 문을 열었다. 또다시 확신이, 전에 없이 강력한 확신이 들었다. *누비이불은 어딨지?* 존스가 말하겠지. *맨 위 선반 한가운데 있던 그 이불 말이야.*

물론 존스는 그렇게 묻지 않았지만, 내가 와서 보라고 하자 냉큼 붙박이장 앞으로 다가섰다. 날카로운 두 눈이, 고양이처럼 반짝이는 초록색 눈 한 쌍이 이곳저곳을 빈틈없이 살펴보았다.

"옷이 꽤 많군."

"예. 알렛이 옷을 좀 좋아해야 말이죠. 우편 주문 카탈로그도 끼고 살았고요. 그런데 가방은 달랑 한 개만 들고 갔어요. 집에 여행 가방이 두 개 있는데 말이죠. 하나는 저기 구석에 있어요, 보이죠? 아마 제일 아끼는 옷만 챙겨서 간 거겠죠. 그리고 편하게 입을 옷도. 바지 두 벌하고 청바지 한 벌이 있었는데 다 사라졌어요. 바지를 좋아하는 여자가 아니었는데도."

"그래도 여행할 땐 바지 차림이 편하지 않겠나? 남자든 여자든 먼 길을 가려면 바지가 편하지. 여자도 아마 바지를 챙길 거야. 허겁지겁 챙겨서 떠나야 한다면."

"그렇겠죠."

"보석이랑 외할머니 외할아버지 사진도 갖고 갔어요."

뒤에 서 있던 헨리가 말했다. 나는 그 말에 움찔했다. 아들이 거기 있는 것도 깜박했으니까.

"그래? 흠, 그랬겠지."

존스는 옷가지를 한 번 더 훑어보고 문을 닫았다. 그러고는 카우보이모자를 손에 든 채 침실을 나와 다시 복도로 나섰다.

"멋진 방이야. 집이 아주 깔끔해. 이렇게 멋진 곳을 버려두고 달아나다니 틀림없이 정신이 나간 여자로군."

"엄마는 도시 이야기를 많이 했어요." 헨리가 한숨을 쉬고는 말을 이었다. "무슨 가게를 열고 싶다고 하던데."

"그래? 흠! 헌데 가게를 열려면 돈이 꽤 들 텐데?"

존스 보안관은 고양이를 닮은 초록색 눈을 반짝이며 헨리를 가만히 바라보았다.

"장인한테 물려받은 땅이 있거든요."

"아, 그렇지."

보안관이 멋쩍게 웃었다. 그 땅을 깜박했다는 듯이.

"차라리 잘된 건지도 몰라. '다투며 성내는 아내와 사는 것보다 광야에서 혼자 사는 것이 더 낫다.' 잠언에 나오는 말씀이지. 헨리, 넌 엄마가 없어져서 기쁘냐?"

"아뇨."

헨리의 눈에 눈물이 차올랐다. 가엾게도.

"저런, 저런."

보안관은 형식적인 위로를 건넸다. 그러고는 통통한 무릎을 손으로 짚더니 몸을 숙여 침대 밑을 들여다보았다.

"여자 신발이 한 켤레 보이는구먼. 적당히 낡아서 신고 걷기에 편해 보여. 저걸 두고 맨발로 달아나진 않았겠지, 설마?"

"천으로 된 운동화를 신고 갔어요. 찾아보니 없더군요."

그 신발 역시 아내와 함께 사라졌다. 아내가 밭일용 신발이라고 부르던 물 빠진 초록색 운동화. 나는 우물을 메우기 직전에 그 신발을 떠올렸다.

"아하! 수수께끼가 또 한 개 풀렸군."

존스는 조끼 주머니에서 은시계를 꺼내어 시간을 확인했다.

"이런, 그만 가 봐야겠군. 시간이 벌써 이렇게 됐네."

우리는 다시 복도를 따라 되돌아왔다. 헨리가 맨 뒤에 따라왔
는데 아마 몰래 눈물을 훔치려고 그랬지 싶었다. 우리는 존스 보
안관과 함께 문에 별이 그려진 맥스웰 순찰차가 서 있는 곳으로
걸어갔다. 내가 보안관에게 우물도 볼 테냐고 막 물어보려고 했을
때(이제는 우물이 아니라 다른 이름으로 불러야겠다는 생각까지 들
었는데), 보안관이 우뚝 멈춰 서더니 소름 끼칠 만큼 다정한 표정
으로 헨리를 내려다보았다.

"아까 오다가 코터리 네에 들렀단다."

"예? 아, 그러셨어요?"

"내가 아까 그랬잖냐, 요즘은 덤불만 보이면 물을 빼야 한다고.
그래서 근처에 변소가 보이면 꼭 들른단다. 깨끗이 청소한 변소
를 만나면 거시기에서 물이 졸졸 나올 때까지 한 세월 기다리는
동안 말벌에 쏘일 걱정을 안 해도 되니까. 헌데 코터리 네는 여간
깔끔한 게 아니더구나. 딸도 예쁘장하게 생겼고. 걔도 네 또래지,
그렇지?"

"예, 보안관님."

헨리의 목소리가 *보안관님*에서 살짝 높아졌다.

"너 그 애 좋아하지, 응? 그 집 부인한테 듣자 하니 그 애도 널
좋아하는 것 같던데."

"아줌마가 그랬어요?"

헨리가 물었다. 놀라는 한편으로 기뻐하는 목소리였다.

90

"그래. 코터리 부인 말로는 네가 엄마 일 때문에 고민이 많다더구나. 그 일로 섀넌한테서 뭔가 들은 얘기가 있다더라. 그래서 무슨 얘기냐고 물었더니 자기가 할 말은 아닌 것 같다고, 궁금하면 섀넌한테 물어보라지 뭐냐. 그래서 물어봤지."

헨리는 발끝만 쳐다보고 있었다.

"아무한테도 얘기하지 말라고 했는데."

"그렇다고 섀넌을 원망하면 안 돼. 그게 말이지, 나처럼 보안관 배지를 단 덩치 큰 어른이 뭘 물어보면 섀넌처럼 어린 여자애는 입을 꾹 다물고 있기가 힘들거든. 아는 대로 얘기하는 수밖에 없지, 그렇지?"

"글쎄요. 아마 그렇겠죠."

대답하는 동안에도 헨리는 고개를 들지 못했다. 언짢은 척하는 것이 아니었다. 정말로 언짢았던 것이다. 비록 우리 생각대로 풀려 가는 중이기는 했지만.

"섀넌 말로는, 네 엄마랑 아빠가 땅을 파는 문제 때문에 시끌벅적하게 싸웠다더구나. 그러다가 네가 아빠 편을 드는 바람에 엄마한테 뺨을 세게 맞았다던데."

"예. 그땐 엄마가 많이 취해 있었어요."

헨리는 무덤덤하게 대답했다. 존스가 내 쪽으로 돌아섰다.

"꼭지가 돌게 마신 건가? 아니면 살짝 취한 건가?"

"그 중간이었던 것 같은데요. 완전히 취했으면 아침까지 늘어져 잤겠죠. 몰래 일어나서 가방을 챙겨 가지고 살그머니 달아나는 대신."

"안사람이 정신을 차리면 돌아올 거라고 믿었구먼. 그렇지?"

"예. 찻길까지만 해도 5킬로미터는 되니까 틀림없이 중간에 돌아올 줄 알았죠. 아마 술이 깨기 전에 지나가던 차를 얻어 탔을 거예요. 링컨에서 오마하까지 가는 트럭이 아닐까 싶은데요."

"그래, 그랬겠지. 동감일세. 안사람이 레스터한테 연락을 하면, 자네도 소식을 듣게 될 거야. 앞으로 쭉 바깥에서 혼자 버틸 생각이라면 돈이 필요할 테니까."

역시, 존스 보안관도 이미 그 생각을 하고 있었다.

보안관의 눈빛이 서늘하게 번뜩였다.

"제임스 선생, 혹시 부인이 조금이라도 돈을 갖고 갔나?"

"아니, 뭐……."

"쑥스러워 할 거 없어. 고백은 영혼의 짐을 덜어주는 법이니까. 그 분야는 가톨릭 신자들이 확실하게 정리해 뒀잖아, 안 그래?"

"서랍에 상자가 있었어요. 다음 달에 수확하러 오는 일꾼들 품삯으로 200달러를 모아 뒀죠."

"코터리 아저씨한테도 드려야 해요."

헨리가 지적했다. 그러고는 존스 보안관을 보며 말했다.

"코터리 아저씨한테 옥수수 수확기가 있거든요. 해리스 자이언트 모델인데 거의 새 거예요. 진짜 멋있어요."

"그래, 그 집 마당에서 봤다. 아주 대물이더구나. 이런, 애 앞에서 무슨 소릴. 그래서 그 상자의 돈이 다 사라졌다, 이거구먼?"

나는 쓴웃음을 지었다. 그러나 웃은 사람은 사실 내가 아니었다. 존스 보안관이 장작 패는 그루터기 옆에 차를 세웠을 때부터, 내 정신은 오로지 음흉한 남자의 손아귀에 있었다.

"20달러를 남겨 뒀더군요. 인심 한번 넉넉하죠. 그래도 할란 코터리한테서 수확기 빌리는 값이 딱 20달러니까, 그걸로 치르면 돼요. 일꾼들 품삯이야 은행의 스토펜하우저 씨한테 단기 대출을 받으면 되고요. 그것도 뭐, 그 양반이 패링턴 사 쪽에 안 붙을 때 얘기지만요. 어쨌거나 최고의 일꾼은 여기 있으니까 걱정 없어요."

나는 헨리의 머리를 쓸어 주려고 손을 뻗었다. 아이는 당황한 표정으로 슬쩍 빠져나갔다.

"흠, 레스터 선생한테 전할 소식이 한 보따리구먼. 마음에 드는 소식은 하나도 없겠지만, 그래도 제 생각만큼 영리한 놈이라면 눈치채겠지. 자네 처가 자기 사무실에, 그것도 조만간에 나타날 거라고 말이야. 주머니가 홀쭉해지면 다들 구멍 밖으로 기어 나오게 마련이니까. 안 그래?"

"저도 겪어봐서 알죠. 보안관님, 볼일 끝나셨으면 저흰 그만 가볼게요. 그 못 쓰는 우물을 진작 메웠어야 하는데. 저희 집 늙은 소가 그만……."

"엘피스예요. 그 소 이름요."

중얼거리는 헨리의 목소리가 꼭 잠꼬대하는 아이 같았다.

"그래, 엘피스. 그 녀석이 외양간에서 나와서 어슬렁거리다 우물 덮개를 밟았는데, 그대로 꺼져 버렸지 뭐예요. 숨이 끊어졌으면 다행이었을 텐데 그러지도 못했어요. 별 수 없이 총으로 쏴서 보내 줬죠. 외양간 뒤에 와서 한번 보세요, 게으름 피운 대가로 삐죽 솟아나온 소 발이 보일 테니까. 우물을 통째로 메워 버리고 앞으로는 '게으름의 전당'이라고 부를 작정이에요."

"아니, 아니야. 물론 눈요깃거리는 되겠지. 헌데 성질 더러운 늙다리 판사랑 한 판 하러 가야 하거든. 다음에 보세." 보안관은 끄응 소리를 내며 차에 올라탔다. "레모네이드 잘 마셨네, 협조해 준 것도 고맙고. 내가 누구 말을 듣고 왔는지 알았으니 부루퉁하게 굴 수도 있었는데 말이지."

"별 말씀을요. 다 일인걸요, 뭐."

"그래, 우리가 져야 할 십자가지."

보안관의 날카로운 시선이 다시 헨리에게 꽂혔다.

"얘야, 레스터 선생이 네가 뭘 감추고 있다고 하더구나. 자기 눈은 못 속인다고. 그런데 그 말이 맞았구나, 그렇지?"

"예, 보안관님."

헨리의 목소리는 무덤덤하면서도 어쩐지 오싹했다. 꼭 감정이 죄다 날아가 버린 듯했다. 판도라가 뚜껑을 열었을 때 항아리 속에 든 것들이 날아가 버렸듯이. 그러나 판도라와 달리 헨리와 나에게는 엘피스가 남아 있지 않았다. 우리 엘피스는 숨이 끊어진 채 우물에 처박혀 있었다.

"그 사람이 나한테 묻거든 잘못 본 거라고 가르쳐 주마. 회사의 끄나풀로 일하는 변호사 따위한테 술 취한 어머니가 아들을 때린 얘기 같은 건 안 들려줘도 되니까."

보안관은 운전석 밑을 손으로 더듬다가 나도 잘 아는 기다란 에스(S) 자 모양 공구를 꺼내어 헨리에게 건넸다.

"이 늙은이 대신 시동 좀 걸어 주련?"

"예, 보안관님. 저 시동 거는 거 좋아해요."

헨리는 크랭크를 받아 들고 맥스웰 세단 앞으로 갔다.

"손목 안 부러지게 조심해라! 이래봬도 황소처럼 거친 놈이야!"

보안관은 이렇게 외치고 나서 나를 돌아보았다. 이제는 따져 묻듯이 반짝거리는 눈이 아니었다. 초록색도 아니었다. 탁하고 무 덤덤한 회색 눈동자가 꼭 흐린 날의 연못 같았다. 몰래 열차에 탄 부랑자를 붙잡아서 죽기 직전까지 패고도 아무런 가책도 안 느 낄 법한 남자의 눈이었다.

"제임스 선생, 하나만 묻겠네. 남자 대 남자로 묻는 거야."

"예, 그러시죠."

나는 움찔거리지 않으려고 기를 썼다. 보안관이 틀림없이 이렇 게 물을 것만 같았다. *저 우물에 소가 한 마리 더 있지? 그 소 이 름이 알렛 아닌가?* 그러나 착각이었다.

"원한다면 자네 처의 이름과 인상착의를 무전으로 돌릴 수도 있어. 멀리 가 봤자 오마하는 못 벗어났을 거 아닌가, 응? 180달 러로 갈 수 있는 거리야 뻔하잖아. 평생 집안일만 하고 산 여자니 숨는 재주 같은 것도 없을 테고. 보나마나 동쪽 지구 어디 싸구 려 하숙집에 있겠지. 내가 찾아서 데려올 수 있어. 머리끄덩이를 잡고 질질 끌고 올 수도 있네, 자네가 원한다면."

"말씀은 감사하지만……."

무덤덤한 회색 눈 한 쌍이 나를 찬찬히 훑어보았다.

"잘 생각해 보고 알려 주게. 자네도 알겠지만, 여자들하고는 가 끔 입이 아니라 손으로 대화를 할 필요가 있어. 그래야 정신을 차 리거든. 세상에는 흠씬 얻어터져야 고분고분해지는 여자들이 있 어. 그러니 잘 생각해 봐."

"그러죠."

맥스웰 세단의 엔진이 부르릉 소리와 함께 깨어났다. 나는 손을 내밀었다. 아내의 목을 벤 바로 그 손이었지만, 존스 보안관은 까맣게 몰랐다. 점화 플러그를 끄고 엔진 출력을 조절하느라 정신이 없었으니까.

2분 후, 존스 보안관은 우리 농장 앞길을 따라 서서히 멀어져가는 먼지구름에 지나지 않았다.

"우물을 보려고도 안 했어요."

헨리가 어리둥절한 표정으로 중얼거렸다.

"그러게."

나중에 알고 보니 정말로 다행이었다.

집으로 다가오는 보안관의 차를 봤을 때 우리는 열심히 삽질을 하는 중이었고, 그 덕분에 이제 흙 위로 보이는 것은 엘피스의 뒷다리 한 짝뿐이었다. 우물 입구에서 1미터 조금 더 내려간 곳에 발굽이 보였다. 파리 떼가 구름처럼 윙윙댔다. 보안관이 봤더라면 분명 감탄했을 광경이었다. 그리고 지금, 툭 튀어나온 소 발굽 앞의 흙이 위아래로 들썩거리는 저 광경을 봤더라면, 그는 입이 떡 벌어졌을 것이다.

헨리는 삽을 툭 떨어뜨리고 내 팔에 매달렸다. 이글거리는 오후 땡볕 아래였건만 아들의 손은 얼음장처럼 차가웠다.

"엄마예요! *엄마가 나오려고 하나 봐요!*"

헨리가 나지막이 중얼거렸다. 눈이 어찌나 휘둥그렸던지 코와 입은 보이지도 않았다.

"바보 같은 소리 하지 마."

그러나 나 역시 그 들썩거리는 둥그런 흙더미에서 눈을 뗄 수가 없었다. 우물이 살아 있는 것만 같았다. 우리는 우물의 심장이 두근거리는 광경을 보는 중이었다.

뒤이어 흙과 자갈이 불룩 솟았다가 흘러내리더니, 쥐 한 마리가 고개를 내밀었다. 기름방울처럼 반짝이는 검은 눈 한 쌍이 햇살 속에서 깜박였다. 다 자란 고양이만큼 커다란 쥐였다. 주둥이의 수염 사이에 피 묻은 갈색 포대 쪼가리가 끼어 있었다.

"죽어, 죽어!"

헨리가 악을 썼다. 내 귀 바로 옆에서 뭐가 휙 소리를 내며 날아가는가 싶더니, 햇살을 우러러보던 쥐의 대가리가 헨리의 삽날에 맞아 둘로 쪼개졌다.

"엄마가 보냈어요. 엄마가 저놈들을 부하로 삼은 거예요."

헨리가 말했다. 씩 웃으면서.

"말도 안 돼. 그냥 네가 신경이 곤두선 것뿐이야."

헨리는 삽을 놓고 자갈 더미로 갔다. 우물이 거의 다 메워지면 마무리 삼아 덮기로 한 자갈이었다. 헨리는 자갈 더미에 주저앉아 멍하니 나를 바라보았다.

"확실해요? 엄마가 유령이 돼서 우릴 해코지하는 게 아니고요? 사람들이 그러던 걸요, 살해당한 사람은 유령이 돼 가지고 돌아와서 자기를 죽인 범인을……."

"사람들이 하는 말이 어디 그것뿐이던. 벼락은 같은 자리에 두 번 떨어지지 않는다, 거울이 깨지면 7년 동안 재수가 없다, 한밤중에 쏙독새가 울면 식구 중에 누가 죽는다, 별소릴 다 하잖아."

차분하게 말하기는 했지만, 내 눈은 자꾸만 죽은 쥐에게로 향했다. 그리고 피 묻은 포대 쪼가리에게로. 그 쪼가리는 아내가 헤어네트처럼 쓴 포대에서 찢어져 나온 것이었다. 아내는 지금도 그 포대를 머리에 쓴 채 저 컴컴한 우물 아래에 있었다. 다만 지금은 헤어네트에 구멍이 뚫려 머리칼이 삐져나와 있을 터였다. 올 여름에는 죽은 여자들 사이에 그런 머리 모양이 유행인가 보군. 나는 속으로 중얼거렸다.

"저는요, 어릴 적에요, 땅이 갈라진 곳을 밟으면 엄마 목이 부러진다는 말을 진짜로 믿었어요."

헨리가 생각에 잠긴 목소리로 말했다.

"거 봐라. 그런 건 다 미신이라니까."

헨리는 바지 엉덩이에 묻은 흙먼지를 털고 내 곁에 섰다.

"그치만 저 쥐새끼는 안 놓쳤어요. 제가 잡았다고요, 그렇죠?"

"아무렴!"

맞장구를 치면서 헨리의 등을 토닥여 주었다. 넋이 나간 듯한 아들의 목소리가 정말이지 조금도 마음에 안 들어서였다. 그러는 동안에도 헨리는 시종 빙긋이 웃고 있었다.

"만약에 보안관 아저씨가 아빠 말을 듣고 이리로 왔다면, 그래서 흙을 뚫고 올라온 저 쥐새끼를 봤다면, 몇 가지를 더 물어봤을 거예요. 안 그래요?"

그 생각이 뭐가 우스웠던지, 헨리는 오싹한 웃음을 터뜨렸다. 웃음소리는 거의 5분 가까이 이어졌고, 그러는 동안 소가 옥수수밭에 못 들어가게 쳐 놓은 울타리에 앉아 있던 까마귀 떼가 그 소리에 놀라 후드득 날아갔다. 그러나 결국에는 그 웃음도 그쳤다. 일을 마치고 보니 이미 해가 넘어간 후였다. 창고 지붕에 사는 올빼미들이 저녁 사냥을 시작하며 서로 질세라 우는 소리가 들렸다. 사라진 우물 위에는 자갈을 단단히 깔아 두었으니 또 쥐가 나올 염려는 없었다. 부서진 덮개는 굳이 고치려 하지 않았다. 어차피 쓸모없는 물건이었으니까. 헨리도 거의 제정신으로 돌아간 것처럼 보였다. 이제 우리 둘 다 푹 잘 수 있겠구나 싶었다.

"저녁은 소시지랑 콩 통조림이랑 옥수수 빵으로 할까?"

"발전기 켜 놓고 라디오로 「헤이라이드 파티」 들어도 돼요?"

"그럼, 당연하지."

그 말에 헨리는 여느 때처럼 생글생글 웃었다.

"고맙습니다, 아빠."

나는 일꾼 넷이 먹을 양의 음식을 준비했다. 그러고는 아들과 둘이서 깨끗이 먹어 치웠다.

두 시간 후, 내가 거실 의자에 앉아 『사일러스 마너』를 펴 놓고 꾸벅꾸벅 졸고 있을 때, 헨리가 속옷 차림으로 방에서 나왔다. 그 차림으로 서서 나를 물끄러미 바라보았다.

"엄마가 저한테 항상 그러셨어요, 자기 전에 꼭 기도를 외우라고요. 아빠도 아셨어요?"

나는 놀라서 눈을 껌벅거렸다.

"그 나이가 되도록 기도를 시켰다고? 아니, 난 몰랐는데."

"그랬어요. 제가 바지를 안 입었을 땐 똑바로 보지도 못했으면서요. 이젠 너무 커서 벗은 몸을 보면 안 된다고 하면서도요. 하지만 이젠 기도를 못하겠어요. 다신 못할 거예요. 기도하려고 무릎을 꿇으면 하느님이 벌을 내려서 저를 죽이실 것 같아요."

"하느님이란 게 있다면."

"없었으면 좋겠어요. 그럼 쓸쓸하겠지만, 그래도 없으면 좋겠어요. 아마 살인자들 마음은 다 똑같겠죠. 천국이 없으면 지옥도 없을 테니까요."

"엄마는 내가 죽였잖아."

"아뇨. 우리 둘이 같이 죽였어요."

사실이 아니었다. 헨리는 아직 어린애였고, 내 꼬임에 넘어갔을 뿐이었다. 그러나 헨리에게는 사실이었다. 영원히 변치 않을 사실.

"하지만 제 걱정은 안 하셔도 돼요. 제가 털어놓을 거라고 생각하시는 거 다 알아요. 섀넌한테 털어놓을 거라고 생각하시잖아요. 어쩌면 죄책감에 시달리다가 아예 헤밍퍼드에 가서 보안관 아저씨한테 다 말할 거라고 생각하실 수도 있고요."

물론 그런 생각이 떠오른 적도 있었다.

헨리는 고개를 저었다. 천천히, 단호하게.

"그 보안관 아저씨⋯⋯ ㄱ 아저씨가 집 안 구석구석을 얼마나 자세히 훑어봤는지 아세요? 그 아저씨 눈 보셨어요?"

"봤지."

"제 생각엔요, 우리 둘 다 전기의자에 앉히려고 벌게진 눈이었어요. 제가 8월에야 열다섯 살이 된다는 건 신경도 안 쓰는 것 같았어요. 그 아저씨도 처형장에 올 거예요. 와서 구경할 거예요, 사람들이 우릴 전기의자에 묶어놓고⋯⋯."

"그만 해라, 행크. 그만하면 충분해."

하지만 충분하지 않았다. 헨리에게는.

"⋯⋯전기 스위치를 올리는 걸 말이에요. 그렇게 놔두진 않을 거예요. 어떻게 해서든요. 전 보안관 아저씨의 그 눈을 보면서 죽기 싫어요."

헨리는 방금 자신의 입에서 나온 말을 곰곰이 생각했다.

"그건 절대 싫어요. 절대로."

"헨리, 가서 자라."

"행크예요."

"그래, 행크. 가서 자. 사랑한다."

이 말에 헨리는 빙긋이 웃었다.

"저도 알아요. 하지만 전 사랑받을 자격 같은 거 없어요."

헨리는 대꾸할 틈도 안 주고 가 버렸다.

새뮤얼 피프스가 쓴 기나긴 일기를 수놓은 표현처럼, 나도 '그러고 나서 잠자리에 들었다.' 밤이 되어 올빼미들은 사냥을 하고 알렛은 소 발굽에 맞아 떨어진 턱을 덜렁거리며 밤보다 더 깊은 어둠 속에 앉아 있는 동안, 우리는 잤다. 이튿날에도 해는 떠올랐고, 우리는 옥수수가 여물기에 좋은 햇살을 받으며 일을 했다.

더위에 녹초가 돼서 점심을 먹으러 집에 와 보니 뚜껑 덮인 도자기 냄비가 포치에 놓여 있었다. 냄비 아래 팔락거리는 쪽지가 보였다. 거기에는 이렇게 적혀 있었다. *윌프. 고생이 많네요. 우리가 할 수 있는 거면 뭐든 도울게요. 할란이 올 여름 수확기 사용료는 걱정하지 말래요. 부인 소식 들으면 알려줘요. 친애하는 셸리 코터리가. 추신: 나중에 헨리가 섀넌을 만나러 오면 블루베리 케이크를 들려서 보낼게요.*

나는 빙긋이 웃으며 멜빵바지 앞주머니에 쪽지를 쑤셔 넣었다.

알렛이 없는 삶은 이렇게 시작되었다.

　구약 성서에 나온 것처럼, 또 청교도들이 철석같이 믿었던 것처럼, 만약 하느님께서 우리가 살아 있는 동안 우리의 선행을 보상해 주신다면, 그렇다면 사탄 역시 우리의 악행을 보상해 줄지도 모른다. 딱 잘라 말하기는 힘들지만, 아무튼 그해 여름은 참 좋은 계절이었다. 무더운 햇볕 덕분에 옥수수가 잘 여물었고, 적당히 내린 비 덕분에 채소밭도 비옥했다. 이따금 오후에 천둥 번개가 치기도 했지만 중서부 지대의 농부들이 두려워하는 몹쓸 회오리바람은 한 번도 불지 않았다. 할란 코터리가 몰고 와 준 해리스 자이언트 수확기는 한 번도 고장을 일으키지 않았다. 패링턴 사가 귀찮게 굴지 않을까 하는 걱정도 기우로 끝났다. 나는 은행에서 아무 문제도 없이 대출을 받아 10월에 깨끗이 갚았다. 마침 그해에 옥수수 값은 폭등한 반면에 그레이트웨스턴 철도 회사의 운송비는 폭락했기 때문이었다. 역사에 밝은 사람이라면 알 것이다. 그 두 지표, 즉 농산물 가격과 운송비가 이듬해인 1923년에 역전되어 지금껏 제자리를 지키고 있다는 것을. 중서부의 농민들에게는 시카고 농산물 거래소에서 작물 시세가 폭락한 그해 여름이 곧 대공황의 시작이었다. 그러나 1922년 여름은 농사꾼이라면 더 바랄 것이 없을 만큼 완벽한 계절이었다. 다만 한 가지 오점이 있었다면 여신의 이름을 가진 다른 소에 얽힌 사건인데, 그 얘기는 조금 있다가 시작할 것이다.

　레스터 변호사는 그 후로도 두 번 더 찾아왔다. 와서 우리를 심문하려고 애썼는데 애초에 캐물을 단서가 없다는 걸 그도 아는 눈치였다. 왜냐하면, 그해 7월 내내 애가 타서 안절부절못했으니까. 아마 상사들한테 시달린 끝에 우리한테 와서 화풀이를 했을 것이다. 아니, 그러려고 시도했을 것이다. 첫 번째로 찾아왔을 때에는 질문을 한가득 퍼부었는데 실은 질문이 아니라 암시였다. 혹시 아내가 사고를 당했을 것 같냐고? 아무렴, 틀림없이 그랬겠지. 안 그랬다면 물려받은 땅을 돈으로 바꾸려고 레스터한테 연락을 했든가, 아니면 가랑이 사이에 꼬리를 말고(어디까지나 비유적인 표현으로) 집으로 돌아왔을 테니까. 혹시 돌아다니다가 악당을 만났을 것 같냐고? 물론 가끔은 그런 일도 일어나는 법이다, 안 그런가? 그렇게 되면 나로서는 일이 수월해지지 않겠는가?

두 번째로 찾아왔을 때, 초조함을 넘어 절박해 보이던 레스터는 대뜸 본론으로 들어갔다. 혹시 부인이 바로 이 농장에서 사고를 당했나? 사실은 그렇게 된 것 아닌가? 그래서 여태 산 채로도 죽은 채로도 나타나지 않은 것 아닌가?

"레스터 선생, 지금 나한테 아내를 죽였냐고 묻는 거라면 대답은 '아니요'요."

"당연히 그렇게 말씀하시겠죠."

"질문은 그걸로 끝인 줄 아시오. 이제 트럭을 타고 돌아가서 다시는 오지 마시오, 또 왔다가는 도끼 자루로 패 줄 테니까."

"그랬다간 폭행죄로 교도소에 들어갈 겁니다!"

그날 레스터는 합성수지로 만든 셔츠 칼라를 차고 왔는데 양쪽 다 위로 뒤집혀 있었다. 그 모습을 보고 하마터면 딱하다는 생각이 들 뻔했다. 칼라는 턱 밑을 찌르고, 흙먼지로 얼룩진 퉁퉁한 얼굴에는 땀이 흘러 기다란 선이 죽죽 나 있고, 입술은 부들부들 떨리고 눈은 튀어나올 듯이 부릅뜨고 있었으니까.

"그런 일은 없을 거요. 난 내가 가진 권리에 따라 당신한테 내 땅에 들어오지 말라고 이미 경고했소. 같은 내용을 편지에 적어서 당신 회사에도 정식으로 통보할 거요. 한 번만 더 찾아오면 그땐 불법 침입이니까 흠씬 터질 줄 아시오. 명심하는 게 좋을 거요, *선생*."

이번에도 빨간 트럭에 레스터를 태우고 온 라스 올슨은 그저 손을 동그랗게 말아 귀에 대고 이쪽 얘기에 가만히 귀를 기울일 뿐이었다.

문도 없는 트럭 조수석 앞에 도착했을 때, 레스터는 팔을 쭉 뻗은 채 휙 돌아서서 손가락으로 나를 가리켰다. 법정에서 쇼를 하는 변호사처럼.

"내가 보기엔 당신이 죽였소! 살인은 언젠가 밝혀지는 법이오!"

헨리가, 아니, 이제 행크라고 불리기를 더 좋아하는 내 아들이 창고에서 걸어 나왔다. 건초를 정리하다가 나오는 바람에 가슴 앞에 꼿꼿이 들고 있는 쇠스랑이 꼭 앞에총 자세로 받쳐 든 소총 같았다.

"피를 보기 전에 가는 게 좋을 거예요, 아저씨."

1922년 여름이 오기 전까지 내가 알던 어린 소년이라면 결코 입에 담지 못할 말이었지만, 눈앞의 소년은 달랐다. 그리고 레스터는 그 말이 진심인 것을 눈치챘다. 그래서 트럭에 올랐다. 그는 화를 못 이겨서 차문을 쾅 닫으려고 했지만 트럭에는 문이 없었고, 그래서 팔짱을 끼는 것으로 만족했다. 나는 느긋한 목소리로 라스에게 인사를 건넸다.

"아무 때나 들러, 라스. 헌데 이 양반은 태우고 오지 마. 인생에 도움이 안 되는 저 궁둥이를 실어다 주는 대가로 얼마를 준대도 말이야."

"여부가 있겠습니까, 제임스 선생님."

트럭은 라스의 너스레를 뒤로 하고 사라졌다. 나는 헨리 쪽으로 돌아섰다.

"너 진짜 그 쇠스랑으로 찌를 작정이었냐?"

"그럼요. 돼지 먹따는 소리가 나게 푹."

그 말을 남긴 채 헨리는 창고로 돌아갔다. 웃음기라고는 조금도 없는 표정으로.

그렇다고 해서 헨리가 그해 여름 내내 웃지 않은 것은 아니었는데, 이는 섀넌 코터리 덕분이었다. 헨리는 툭하면 섀넌을 만나러 갔다(둘 모두에게 해가 될 만큼 너무 자주 만났다. 나는 그것을 가을이 돼서야 알아차렸다.). 섀넌은 화요일과 목요일 오후마다 우리 집에 들르기 시작했다. 긴 치마에 보닛을 단정히 쓰고서, 맛난 음식이 담긴 자루를 들고서. 열다섯 살 소녀가 아니라 무슨 서른 살 여인인 양, 그 애는 '남자들이 만든 음식'이 어떤 건지 다 안다면서 우리가 일주일에 적어도 이틀은 번듯한 저녁을 먹어야 한다고 힘주어 말했다. 게다가 그 애 어머니가 만든 음식을 딱 한 번 맛봤을 뿐인데도, 나로서는 열다섯 살 먹은 딸이 어머니보다 훨씬 솜씨 좋은 요리사라고 인정하지 않을 도리가 없었다. 헨리와 내가 만든 스테이크는 프라이팬에 던져 넣은 고기에 지나지 않았다. 그런데 섀넌이 거기에 양념을 치면 질긴 소고기도 살살 녹는 스테이크로 변신했다. 섀넌이 들고 오는 자루에는 신선한 채소도 들어 있었다. 그 아이는 당근이나 완두콩뿐만 아니라 아스파라거스나 깍지 콩처럼 (우리가 보기에는) 진기한 채소도 가져와서 꼬마 양파와 베이컨과 함께 요리해 주었다. 심지어 후식까지 빼놓지 않았다. 눈을 감으면 지금 내가 있는 이 우중충한 호텔 방에서도 섀넌이 가져온 패스트리의 달콤한 냄새가 생생하게 떠오른다. 개수대 앞에 서서 달걀을 깨거나 크림을 저을 때 흔들리던 그 아이의 엉덩이가 눈에 선하다.

'착하다'는 섀넌을 위해 존재하는 말이었다. 엉덩이도, 가슴도, 마음도. 섀넌은 헨리를 상냥하게 대해 주었고, 헨리를 좋아해 주었다. 그래서 나도 그 아이를 좋아…… 아니, 이 글을 읽는 당신 앞에 솔직히 밝히건대, 좋아했다는 말로는 부족하다. 나는 섀넌을 사랑했다. 그리고 섀넌과 나, 우리 둘 모두 헨리를 사랑했다. 화요일과 목요일의 저녁 식사가 끝나면 나는 설거지는 내 몫이라고 우기며 둘을 포치로 내보냈다. 이따금 소곤거리는 소리가 들려서 슬쩍 내다보면 두 아이는 버들고리 의자에 나란히 앉아서, 오랜 세월을 함께한 노부부처럼 손을 잡고 서쪽 들판을 바라보는 중이었다. 때로는 둘이 입맞춤하는 광경을 엿보기도 했는데 그럴 때만큼은 조금도 노부부 같지 않았다. 아직 어린애 티를 못 벗은 아이들만 할 수 있는, 열에 달떠 입을 맞추는 달콤한 그 모습을 보며, 나는 미어지는 가슴을 안고 살금살금 물러났다.

무더웠던 어느 화요일 오후, 섀넌은 평소보다 일찍 우리 집을 찾았다. 그 애 아버지는 헨리와 함께 수확기를 몰고 우리 집 북쪽

밭에 나가 있었다. 라임비스카의 아메리카 원주민 보호 구역에서 온 쇼쇼니족 일꾼 몇 명이 그 뒤를 따랐고…… 그들 뒤에는 십장인 올드 파이가 운전하는 트럭이 따라갔다. 나는 섀넌이 부탁한 시원한 물 한 바가지를 기꺼이 떠다 주었다. 집 처마 그늘에 서 있던 섀넌은 목에서 발목까지, 또 어깨에서 손목까지 죄다 가려 주는 풍성한 드레스를 입고도 땀 한 방울 흘리지 않았다. 퀘이커 교도들이 입는 옷과 거의 똑같은 드레스였다. 행동거지는 차분하다 못해 겁에 질린 사람 같았고, 그런 섀넌을 보며 나 역시 더럭 겁이 났다. *헨리가 다 털어놨구나.* 문득 그 생각이 떠올랐다. 알고 보니 착각이었다. 다만 어떤 의미에서는 착각이 아니었다.

"아저씨, 헨리 말이에요, 혹시 어디 아파요?"

"아프냐고? 아니, 그럴 리가. 말처럼 튼튼하던데. 밥도 말처럼 잘 먹고. 너도 봐서 알잖니. 하긴, 네가 만든 음식 앞에서는 정말로 아픈 사람도 숟가락을 들겠지만."

그 말에 섀넌은 생긋 웃었지만, 표정은 여전히 정신이 딴 데 가 있는 사람 같았다.

"여름 들어서 헨리가 좀 변한 것 같아요. 전에는 무슨 생각을 하는지 다 알 수 있었는데요, 요즘은 모르겠어요. 걸핏하면 혼자 생각에 잠겨 있거든요."

"헨리가?"

나는 섀넌에게 물었다(조바심이 넘쳐나는 목소리로.).

"아저씨는 모르셨어요?"

"음, 전혀(알고 있었단다.). 내가 보기엔 전이랑 똑같던데. 섀넌, 헨리는 널 정말로 좋아한단다. 어쩌면 상사병에 애가 타는 모습이 네 눈에는 딴 생각에 잠긴 모습으로 보이는 걸 수도 있어."

이렇게 말하면 진심으로 웃을 줄 알았건만, 섀넌은 그러지 않았다. 대신 내 손목을 잡았다. 바가지 손잡이를 쥐어서 그런지 손이 서늘했다.

"저도 그 생각을 안 한 건 아닌데……." 섀넌이 말끝을 흐렸다. "아저씨, 혹시 헨리가 다른 애를…… 학교의 다른 여자애를 좋아하는 거라면…… 솔직히 얘기해 주세요, 예? 제가…… 상처받을까 봐 걱정하실 필요 없어요."

그 말에 나는 웃음을 터뜨렸다. 그러면서 안도감에 살짝 밝아진 섀넌의 표정을 놓치지 않았다.

"섀넌, 아저씨 말 잘 들으렴. 너는 아저씨한테도 친구나 마찬가지니까 말이야. 여름은 원래 바쁜 계절이란다. 게다가 알렛 아줌마까지 집을 나가는 바람에 헨리랑 나는 외팔이 도배공보다 더 바쁜 처지야. 우린 저녁에 집에 돌아오면 밥을 먹고 한 시간쯤 책을 읽어. 물론 네가 들른 날은 맛있는 저녁을 먹고 나서 책을 읽지. 가끔은 헨리가 엄마를 보고 싶다고 할 때도 있어. 그러다가도 잘 시간이 되면 잠자리에 들고, 이튿날 일어나면 똑같은 하루가 다시 시작돼. 헨리는 다른 여자애는커녕 네 생각을 할 시간도 부족해."

"맞아요. 저한테 이것저것 하자는 말은 해요."

섀넌은 이렇게 말하고 눈을 돌렸다. 자기 아버지의 수확기가 부르릉거리며 지평선을 따라 움직이는 곳으로.

"그건…… 다행이구나. 안 그래?"

"전 그냥…… 요즘 헨리가 통 말도 없고…… 너무 슬퍼 보여서요. 가끔은 멍하니 먼 곳만 보는데…… 이름을 두세 번은 불러야 알아듣고 대답할 때도 있어요." 섀넌의 볼이 벌겋게 달아올랐다. "키스할 때도 전이랑은 달라요. 딱 꼬집어 말할 순 없지만, 그래도 달라요. 아저씨, 헨리한테 제가 이 얘기 했다고 하시면 전 죽어버릴 거예요. 진짜예요."

"절대 안 하마. 친구를 고자질 할 수야 없지."

"제가 괜히 바보 같은 소릴 했나 봐요. 헨리가 엄마를 보고 싶어 하는 건 저도 알아요, 그거야 당연하니까요. 그치만 학교에는 저보다 예쁜 애들이 너무 많아서…… 그래서……."

나는 섀넌의 턱을 살짝 위로 올려 내 눈을 마주보게 했다.

"섀넌 코터리, 내 아들은 널 볼 때마다 세상에서 제일 예쁜 여자애라고 생각한단다. 그리고 그 애 생각이 옳아. 내가 그 애 나이였다면 아마 나도 널 좋아했을 거야."

"고맙습니다, 아저씨."

섀넌의 눈가에 자그마한 다이아몬드 같은 눈물이 맺혔다.

"네가 염려할 건 딱 하나, 헨리가 정신을 못 차리고 헤맬 때 잡아 주는 것뿐이야. 너도 알겠지만, 남자애들은 툭하면 성질이 뻗치거든. 그리고 혹시라도 이 아저씨가 헤매는 걸 보게 되면 그땐 망설이지 말고 말해 주렴. 그래도 괜찮아. 친구 사이에는."

섀넌은 나를 끌어안았고, 나 역시 그 애를 마주 안았다. 서로 단단히 끌어안은 포옹이었지만 아마도 나보다는 섀넌의 마음이 더 든든했을 것이다. 왜냐하면, 우리 둘 사이에 내 아내 알렛이 있었으니까. 1922년 여름 이후로 나와 세상 모든 사람들 사이에는 알렛이 있었다. 이는 헨리도 마찬가지였다. 섀넌이 방금 들려준 얘기가 바로 그 증거였다.

옥수수 수확이 끝나고 올드 파이의 일꾼들이 품삯을 받아 보호구역으로 돌아간 8월의 어느 날 밤, 나는 소 울음소리를 듣고 잠에서 깼다. 늦잠을 자다가 젖 짤 때를 놓친 건가. 퍼뜩 그 생각이 떠올랐지만, 침대 옆 탁자에 놓인 아버지의 회중시계를 집어 시간을 보니 새벽 3시 15분이었다. 시계가 돌아가는지 확인하려고 귓가에 대 봤지만 달도 없는 컴컴한 창밖을 보는 것만으로도 충분했다. 울음소리 역시 젖이 불었다고 툴툴대는 소리가 아니었다. 그것은 고통스러워하는 짐승이 낼 법한 소리였다. 간혹 새끼를 낳을 때 그런 소리를 내는 소가 있기는 했지만, 우리 집 여신들은 가임기를 지나도 이미 한참 전에 지난 상태였다.

침대에서 일어나 문 쪽으로 가다가, 다시 붙박이장으로 돌아와 22구경 라이플을 꺼냈다. 한 손에는 총을, 한 손에는 신발을 들고 허둥지둥 헨리 방 앞을 지나다 보니 문 저편에서 코 고는 소리가 들려왔다. 자칫 위험해질 수도 있으니 헨리는 그대로 잠들어 있기를 바랐다. 그 무렵 들판에 남은 늑대는 고작 몇 마리뿐이었지만, 올드 파이한테 듣기로는 '여름 고뿔'에 걸린 여우들이 플레이트와 메디슨 개울 근처에 돌아다닌다고 했다. 여름 고뿔은 광견병을 가리키는 쇼쇼니족 말이었다. 그러므로 외양간에서 나는 그 소리는 십중팔구 소가 광견병 걸린 들짐승을 보고 놀라서 지르는 것일 터였다.

집을 나와서 다시 들어 보니 괴로움으로 얼룩진 소 울음소리는 몹시도 커다랬고, 한편으로는 왠지 공허했다. 울음소리가 메아리치며 울려 퍼졌다. 우물에 빠진 소가 낼 법한 소리군. 문득 그 생각이 떠오르자 팔에 소름이 오소소 돋으면서 총을 쥔 손에 저절로 힘이 들어갔다.

외양간 문 앞에 도착해서 오른쪽 문을 어깨로 밀어 열었다. 다른 소들이 다 함께 내는 음매 소리가 들렸지만, 내 잠을 깨운 소의 고통스러운 절규에 비하면 아픈 친구의 안부를 묻는 인사처럼 나지막했다. 그리고 그 절규를 내가 당장 멈추지 않는다면…… 머잖아 헨리마저 눈을 뜰 판이었다. 외양간 문 오른쪽의 고리에 아크등이 매달려 있었다. 꼭 필요할 때가 아니면 외양간에서는 불을 안 썼기 때문에 걸어 놓은 것이었다. 특히 여름에는 건초와 옥수수를 천장까지 쌓아 두기 때문에 불은 더더욱 금물이었다.

아크등을 더듬더듬 찾아서 스위치를 눌렀다. 푸르스름하게 빛나는 원이 번쩍 하고 나타났다. 처음에는 눈이 부셔서 아무것도 보이지 않았다. 그저 고통에 찬 울음소리와 쿵쿵대는 발굽 소리밖에 안 들렸다. 우리 집 여신들 중 한 마리가 뭔지 모를 고통의 근원으로부터 달아나려고 버둥대는 소리였다. 그 소의 이름은 아켈로이스였다. 환한 빛에 조금 적응하고 나서 보니, 아켈로이스는 머리를 양옆으로 정신없이 흔들면서 뒷발로 자기 칸의 문을 걸어차고 있었다. 통로를 따라 들어가서 오른쪽으로 세 번째 칸이었다. 문을 걸어차던 아켈로이스가 다시 안쪽으로 휘청휘청 걸어 들어갔다. 다른 소들 역시 놀라서 어쩔 줄 모르고 우왕좌왕하는 중이었다.

나는 굳은 다리를 끌며 쭈뼛쭈뼛 걸었다. 그러다가 22구경 라이플을 왼쪽 겨드랑이에 단단히 끼고서, 아켈로이스가 있는 칸으

로 달려갔다. 문을 벌컥 연 나는 뒤로 흠칫 물러섰다. 아켈로이스
는 원래 통증을 다스려 주는 여신의 이름이었지만, 내 눈앞의 아
켈로이스는 격한 통증에 몸부림치고 있었다. 어슬렁어슬렁 통로
로 나온 아켈로이스를 보니 뒷다리 두 짝이 피투성이였다. 앞발
을 들고 뒷발로 선 모습이 꼭 말 같았는데(나는 그런 식으로 일어
선 소를 그때껏 본 적이 없었다.), 가만히 보니 젖에 거대한 시궁쥐
가 매달려 있었다. 쥐의 무게 때문에 축 늘어진 분홍색 젖이 기다
란 연골처럼 보였다. 그 광경을 보고 놀라서(또한 두려워서) 꼼짝
못하고 서 있는 동안, 문득 아직 꼬맹이였던 헨리가 분홍색 풍선
껌을 입에서 기다랗게 뽑아내던 광경이 내 머릿속에 떠올랐다. *그
만해.* 알렛은 그 꼴을 볼 때마다 야단을 쳤다. *네 입에 뭐가 들어
있는지 궁금해 하는 사람 아무도 없어.*

  총을 들었다가, 다시 내렸다. 어떻게 쏜단 말인가, 진자 끄트머
리에 달린 살아 있는 추처럼 이쪽저쪽으로 흔들리는 쥐새끼를?

  통로로 나온 아켈로이스는 고개를 숙인 채 머리를 거세게 흔
들었다. 그러면 아픔이 덜해지기라도 한다는 듯이. 아켈로이스의
네 발이 바닥에 닿자 쥐새끼도 건초가 흩어진 외양간 바닥에 발
을 붙이고 섰다. 수염에 피와 우유가 방울방울 맺혀 있는 거대한
쥐는 꼭 괴상하게 생긴 강아지 같았다. 나는 후려칠 만한 물건을
찾아 주위를 두리번거렸다. 하지만 페모노에의 칸 앞에 세워진
빗자루를 손에 쥐기도 전에 아켈로이스가 또다시 앞발을 들고 일
어섰다. 그 바람에 쥐가 바닥에 내동댕이쳐졌다. 처음에는 아켈로
이스가 쥐를 끝장낸 줄만 알았다. 그러다 가만히 보니 쥐의 주둥
이에서 쭈글쭈글한 분홍색 덩어리가, 고기로 만든 시가 같은 것

이 튀어나와 있었다. 망할 쥐새끼가 불쌍한 아켈로이스의 젖을 물어뜯었던 것이다. 아켈로이스는 외양간 기둥에 머리를 기대고 나를 보며 힘없이 음매 소리를 냈다. 그 소리가 내 귀에는 이렇게 들렸다. *난 평생 당신한테 우유를 바치면서 한 번도 말썽 부린 적이 없어. 죽은 내 친구 누구랑은 달랐단 말이야. 그런데 왜 내가 이런 꼴을 당하게 하는 거야?* 젖통 아래 바닥에 피가 번지고 있었다. 나는 역겨움과 충격에 휩싸인 와중에도 아켈로이스가 그 상처 때문에 죽을 것 같다는 생각은 들지 않았다. 오히려 고통스러워하는 아켈로이스의 모습에, 또 무고한 소의 젖을 입에 문 쥐새끼의 모습에 분노가 치솟았다.

그럼에도 총을 쏘지는 않았다. 불이 날까 걱정한 탓도 있었지만, 그보다는 한 손에 아크등을 든 채 총을 쐈다가 빗맞을까 두려워서였다. 그래서 총의 개머리판을 아래로 내렸다. 우물가에서 삽으로 쥐를 잡은 헨리처럼 눈앞의 침입자를 해치울 작정이었다. 하지만 헨리는 운동 신경이 날랜 소년이었고, 나는 자다가 방금 일어난 중년이었다. 쥐새끼는 내 공격을 거뜬히 피해 통로로 후다닥 달아났다. 입에 문 아켈로이스의 젖이 흔들리는 것은 녀석이 달아나는 와중에도 질겅질겅 씹어 먹고 있다는 증거였다. 아직 따뜻한, 보나마나 우유로 가득한 그 젖을. 나는 쥐새끼를 쫓아가면서 두 번 더 총으로 바닥을 찍었지만 번번이 놓치고 말았다. 그러다 쥐새끼의 목적지가 눈에 들어왔다. 못 쓰는 우물과 연결된 파이프였다. 그럼 그렇지! 서생원 대로! 우물이 막혔으니 쥐새끼가 달아날 길은 그곳뿐이었다. 그 파이프만 없었으면 놈들도 산 채로 파묻혔을 텐데. *내 아내와 함께.*

하지만 어림없어. 저 놈은 파이프에 들어가기엔 덩치가 너무 커. 나는 속으로 중얼거렸다. 틀림없이 바깥에서 들어온 놈이야. 아마 거름 더미에 둥우리가 있겠지.

쥐새끼는 파이프 입구를 향해 펄쩍 뛰었다. 그러면서 내 눈을 의심할 만큼 기다랗게 몸을 뺐었다. 나는 마지막으로 한 번 더 총의 개머리판을 휘둘렀고, 그 일격에 파이프 주둥이가 부서졌다. 쥐새끼는 털끝도 건드리지 못했다. 파이프 입구에 아크등을 들이밀고 보니 매끈매끈한 꼬리가 어둠 속으로 사라지며 희뿌옇게 번들거렸고, 뒤이어 자그마한 발톱이 양철을 긁는 소리가 들려왔다. 그것으로 끝이었다. 가슴이 터질 듯이 두근거리는 바람에 눈앞에 하얀 점들이 아른거렸다. 숨을 깊이 들이마셔 봤지만, 공기에 실려온 시체 썩는 냄새가 너무 지독한 나머지 그만 코를 가린 채 뒤로 자빠지고 말았다. 비명을 지르고 싶어도 구역질하기에 바빠서 그럴 틈이 없었다. 콧속에 악취를 가득 머금고 보니 파이프 반대편에 있는 알렛의 모습이 눈앞에 떠올랐다. 알렛의 몸뚱이는 이제 벌레와 구더기로 뒤덮인 채 흐물흐물 녹아내리고 있었다. 얼굴은 축 늘어져 뼈에서 벗겨지기 시작했고, 헤벌쭉 웃는 입술도 문드러져서 그보다 더 오래 웃고 있을 턱뼈가 곧 모습을 드러낼 참이었다.

나는 엉금엉금 기어서 파이프로부터 물러났다. 그러면서 고개를 왼쪽으로, 또 오른쪽으로 돌리고 속을 게워 냈다. 그렇게 전날 먹은 저녁을 다 토하고 나서는 위액을 질질 흘리며 헐떡거렸다. 눈물이 고여 뿌예진 눈으로 앞을 보니 아켈로이스는 이미 자기 칸으로 돌아가 있었다. 그나마 다행이었다. 옥수수 밭까지 쫓아가서 고삐를 붙들고 끌고 올 필요는 없었으니까.

먼저 파이프부터 막아야겠다는 생각이 들었다. 다른 건 다 제 쳐 두고 그 생각이 맨 먼저 떠올랐지만, 일단 속이 가라앉자 머릿 속이 다시 맑아졌다. 아켈로이스가 먼저였다. 아켈로이스는 우유 를 듬뿍 선사하는 착한 소였으니까. 무엇보다, 내가 돌보아야 할 내 재산이었으니까. 내가 가끔 앉아서 책을 읽던 외양간 책상에 약 상자가 있었다. 상자를 열어 보니 커다란 소독용 연고통이 들 어 있었다. 한쪽 구석에는 깨끗이 빤 자투리 천이 수북이 쌓여 있었다. 나는 그중 절반을 챙겨 아켈로이스가 있는 칸으로 돌아 갔다. 혹시라도 뒷발에 차일까 싶어서 문을 닫고 젖 짜는 의자에 앉았다. 마음 한구석에는 *차여도 싸다*는 생각이 있었던 것도 같 다. 하지만 착한 아켈로이스는 내가 옆구리를 쓰다듬으며 '그래, 착하지, 가만히 있어'라고 속삭이자 얌전해졌다. 상처에 연고를 바를 때에도 그저 움찔할 뿐, 가만히 서서 버텼다.

상처가 덧나지 않도록 꼼꼼히 처치하고 나서 천으로 내 토사 물을 닦았다. 토사물을 깨끗이 닦는 것은 중요한 일이었다. 농부 라면 누구나 알다시피 인간의 토사물은 뚜껑을 제대로 안 덮은 쓰레기통과 마찬가지로 포식동물의 좋은 표적이기 때문이었다. 물론 너구리와 마멋도 있지만, 가장 큰 문제는 쥐다. 쥐는 인간이 남긴 것이라면 환장하는 법이니까.

남은 천 쪼가리가 몇 장 더 있었지만 가만히 보니 알렛이 쓰다 버린 행주였고, 다음으로 해야 할 일에 쓰기에는 너무 얇았다. 나 는 고리에 걸린 낫을 챙겨 들고 아크등으로 길을 비추며 장작더 미로 간 다음, 장작을 덮은 두꺼운 캔버스 천을 네모나게 잘랐다.

다시 외양간으로 돌아와서 몸을 숙여 파이프 입구에 불빛을 비추었다. 그 쥐새끼가 자기 영역을 지키려고 파이프 안에 도사리고 있는지 확인해 봤지만(또는 다른 쥐새끼가. 한 마리가 나와서 돌아다닌다면 안쪽에는 틀림없이 더 많이 있을 테니까.), 불빛이 비치는 약 1미터 저편까지는 아무것도 없었다. 쥐똥 한 덩어리조차 없었는데 실은 놀랄 일도 아니었다. 이 파이프는 놈들에게 열려 있는 하나뿐인 통로였다. 그러니 바깥에서 볼일을 볼 수 있는 한 더럽히려고 할 리가 없었다.

잘라 온 캔버스 천으로 파이프 입구를 막았다. 하도 뻣뻣해서 나중에는 빗자루 손잡이로 쑤셔 박아야 했지만, 결국 가까스로 해냈다.

"됐어. 꼴좋다, 자식들아. 안에서 질식해 뒈져 버려라."

아켈로이스한테 돌아가서 상태를 살폈다. 내가 등을 쓰다듬는 동안 아켈로이스는 가만히 서서, 그윽한 눈으로 어깨 너머의 나를 돌아보고 있었다. 녀석이 그저 한 마리 소에 지나지 않는다는 생각은 그때나 지금이나 변함이 없다. 당신도 언젠가 알게 되겠지만, 자연에 낭만을 품는 농부는 좀처럼 없기 때문이다. 하지만 아켈로이스의 눈을 보고 있노라니 나 역시 눈물이 차올랐고, 울음을 삼킬 수밖에 없었다. *알아, 당신이 최선을 다했다는 거.* 그 눈은 이렇게 말하고 있었다. *당신 잘못이 아니야.*

하지만 내 잘못이었다.

오래도록 잠을 못 이룰 것 같았다. 침대에 누우면 소 젖꼭지를 문 쥐새끼가 건초가 흩어진 널빤지 바닥 위를 쪼르르 달려서 탈출구로 향하는 꿈을 꿀 것 같았다. 그러나 나는 바로 곯아떨어져서 아무 꿈도 꾸지 않고 달게 잤다. 방 안을 환히 채운 아침 햇살에 눈을 떠 보니 죽은 아내의 시체에서 풍긴 악취가 손과 이불과 베갯잇에 흠뻑 배어 있었다. 벌떡 일어나서 숨을 몰아쉬었지만, 머릿속으로는 그 악취가 환각이라는 것을 이미 알고 있었다. 그 썩는 냄새가 바로 나의 악몽이었다. 밤이 아니라 상쾌한 아침 햇살 속에서 악몽을 꾸고 있었던 것이다. 눈을 말똥말똥 뜬 채로.

아켈로이스에게 연고를 발라 주고 나서도 상처가 덧날 거라는 생각이 들었지만, 내 예상은 빗나갔다. 아켈로이스는 그해가 끝날 무렵에 죽었는데 쥐한테 물린 상처 때문은 아니었다. 하지만 그 일이 있고 나서는 한 번도 우유가 나오지 않았다. 단 한 방울도. 도축을 해야 했지만, 차마 그럴 용기가 나지 않았다. 아켈로이스는 나 때문에 이미 너무 큰 고통을 겪었으니까.

이튿날, 나는 헨리에게 장보기 목록을 주며 트럭을 타고 읍내에 가서 사 오라고 했다. 헨리의 얼굴에 환한 웃음이 번졌다.
"트럭을요? *제가요?* 저 혼자서요?"
"전진 기어 넣는 법 아직 기억하지? 후진도 할 줄 알고?"
"어휴, 당연하죠!"
"그럼 됐다. 오마하나 링컨까지 가기엔 아직 이르지만, 천천히 몰면 읍내까지는 별 문제 없을 거야."
"고맙습니다!"
헨리는 나를 껴안고 뺨에 입을 맞췄다. 잠시나마 다시 친한 사이로 돌아간 기분이었다. 조금은 그렇다고 믿고 싶었지만, 나는 그 정도로 멍청하지는 않았다. 증거는 이미 땅 밑에 파묻혔을지 몰라도 우리 둘은 진실을 알고 있었고, 앞으로도 잊을 리가 없었으니까.

나는 돈이 들어 있는 가죽 지갑을 헨리에게 건넸다.

"이건 네 할아버지가 쓰시던 지갑인데, 이제 네가 쓰렴. 어차피 가을에 네 생일이 되면 주려고 했던 거니까. 돈은 안에 들었다. 혹시 남으면 네가 가져라."

하마터면 *떠돌이 개*는 달고 오지 마라고 덧붙이려다가 가까스로 참았다. 그 말은 아내가 입버릇처럼 하던 농담이었다.

헨리는 고맙다는 말을 한 번 더 하려다가 말을 잇지 못했다. 가슴이 너무 벅찼던 것이다.

"라스 올슨네 가게에 들러서 기름을 채우렴. 기름 넣는 거 잊으면 안 돼, 깜박하고 지나치면 집까지 걸어와야 하니까."

"명심할게요. 저기, 아빠?"

"왜?"

헨리는 발을 질질 끌다가 붉어진 얼굴로 나를 올려다보았다.

"코터리 씨 댁에 들러서 섀넌한테 같이 가자고 해도 돼요?"

"안 돼." 헨리는 내 말을 다 듣기도 전에 표정이 어두워졌다. "샐리 아주머니나 할란 아저씨한테 먼저 허락을 받아. 그리고 읍내까지 트럭을 몰고 가는 건 이번이 처음이라고 꼭 얘기해라. 자, 네 명예를 걸고 약속해."

우리 둘한테 명예 같은 것이 남아 있기라도 한 것처럼.

나는 낡은 우리 집 트럭이 대문을 나가서 먼지구름에 가려질

118

때까지 가만히 지켜봤다. 묵직한 덩어리가 걸린 것처럼 목이 메어서 한참 동안 풀리지 않았다. 터무니없는 생각이었지만, 헨리를 다시는 못 볼 거라는 예감이 너무나 강하게 들었기 때문이었다. 혼자 떠나는 자녀의 뒷모습을 처음으로 볼 때, 그래서 보호자 없이 심부름을 갈 나이가 된 자식은 더 이상 아이가 아니라는 깨달음에 직면할 때, 부모라면 다들 그런 심정이겠구나 싶었다. 하지만 나에게는 감상에 젖어 있을 여유가 없었다. 중요한 일을 처리해야 했으니까. 헨리를 심부름 보낸 것도 그 일을 나 혼자 처리하기 위해서였다. 물론 아켈로이스가 무슨 일을 당했는지, 또 그 원흉이 누군지는 헨리도 알아차릴 터였지만, 그래도 헨리가 받을 충격을 조금이나마 줄여 주고 싶었다.

먼저 아켈로이스의 상태를 살펴보았다. 힘이 없어 보일 뿐 다른 문제는 눈에 띄지 않았다. 다음으로 파이프를 확인했다. 입구는 막혀 있었지만, 그렇다고 안심할 수는 없었다. 시간은 걸릴지 몰라도 결국에는 쥐 떼가 캔버스 천을 갉아먹을 테니까. 파이프를 그대로 놔둘 수는 없었다. 그래서 포틀랜드 시멘트 한 포대를 우물로 가져가서 낡은 양동이에 한가득 갰다. 다시 외양간으로 돌아와 시멘트가 적당히 찰기를 띨 때까지 기다리며 캔버스 천을 파이프 속으로 더 깊이 밀어 넣었다. 적어도 50센티미터는 쑤셔 박은 다음, 그 깊이만큼 시멘트를 부어 채웠다. 헨리는 그 시멘트가 이미 굳은 후에야 돌아왔다(그것도 유쾌한 기분으로. 정말로 새넌을 데리고 가서 심부름 값으로 아이스크림소다까지 함께 사먹고 오는 길이었다.). 먹이를 찾아 일찌감치 파이프를 나선 쥐가 몇 마리 있을 것도 같았지만, 그래도 거의 모두 암흑 속에 갇혔으리라는 확신이 들었다. 가엾은 아켈로이스의 젖을 물어뜯은 그놈도 함께. 모두 암흑 속에 갇혀 죽을 운명이었다. 숨이 막혀서 죽든, 아니면 우물 속의 끔찍한 고깃덩이를 다 뜯어먹고 굶어 죽든.

그때는 그럴 거라고 믿었다.

1916년부터 1922년까지는 네브래스카 주에서 농사를 짓는 무지렁이들도 형편이 넉넉했다. 그러다 보니 무지렁이하고는 한참 거리가 멀었던 할란 코터리의 형편은 누구보다도 넉넉했다. 할란의 농장이 그 증거였다. 1919년에는 창고와 곡물 저장탑을 짓더니, 1920년에는 우물을 어찌나 깊이 팠던지 펌프질을 하면 물이 1분에 무려 20리터씩 뿜어 나왔다. 그러고 나서 1년 후에는 옥내 배관 공사까지 했다(영리한 친구라 뒷마당 변소는 그대로 뒀지만.). 그 덕분에 할란네 여자들은 시골에서는 상상도 못할 호사를 일주일에 세 번씩이나 누리게 되었다. 부엌의 스토브에서 데운 물이 아니라 수도관에서 나오는 뜨거운 물로 목욕과 샤워를 할 수 있었던 것이다. 우물에서 나온 그 수돗물은 다 쓰면 구정물 웅덩이로 흘러갔다. 섀넌 코터리가 감춰 온 비밀은 그 온수 목욕 때문에 탄로 났다. 나로서는 이미 짐작한 바였다. 섀넌이 *저한테 이것저것 하자는 말은 해요*라고 말한 그 날, 나는 그 아이의 비밀을 알아차렸다. 그때 섀넌의 목소리는 평소와 다르게 나직하고 무덤덤했고, 눈길도 내가 아니라 멀리 흐릿하게 보이는 자기 아버지의 수확기와 그 뒤로 터덜터덜 따라가는 일꾼들 쪽을 향해 있었다.

때는 9월 말, 옥수수는 내년을 위해 다 거둬들였지만 채소밭은 아직 할 일이 한가득 남아 있을 무렵이었다. 어느 토요일 오후,

섀넌은 한창 샤워를 즐기는 중이었고, 그 애 어머니는 비가 올까 봐 걷은 빨래를 한 아름 안고 복도를 지나고 있었다. 아마도 섀넌은 자기가 욕실 문을 잠갔다고 믿었을 것이다. 여자들은 욕실에서 뭘 하는 모습을 남한테 보이기 싫어할뿐더러, 1922년 여름에서 가을로 넘어가던 무렵의 섀넌 코터리에게는 남의 눈을 피해야 할 특별한 이유가 있었으니까. 그런데 어쩌다 그만 자물쇠가 풀리고 문이 살짝 열렸을 것이다. 섀넌의 어머니 샐리는 우연히 욕실 안을 들여다봤을 테고, 샤워 커튼 대신 달아 놓은 낡은 침대보는 유(U) 자 모양 레일을 따라 욕조를 가리기는 했어도 물기에 젖은 탓에 안쪽이 비쳤을 것이다. 샐리는 굳이 딸의 알몸을 확인할 필요가 없었다. 윤곽만으로도 알 수 있었다. 그때는 배를 가려 주는 펑퍼짐한 퀘이커 교도 스타일 드레스를 벗고 있었으니까. 그거면 충분했다. 섀넌은 임신한 지 5개월이 다 된 상태였다. 어차피 더 감추기도 힘들었다.

이틀 후, 헨리는 두려움과 죄책감이 가득한 표정으로 학교에서 돌아왔다(그 무렵에는 트럭을 몰고 학교에 다녔다.).

"섀넌이 이틀 동안 안 보여서 그 집에 들렀어요. 괜찮은지 보려고요. 스페인 독감에 걸려서 드러누운 줄 알았거든요. 근데 샐리 아주머니가 들어오지 말라고 하셨어요. 그냥 집에 가라면서, 그 집 아저씨가 오늘 저녁에 아빠랑 이야기하러 우리 집에 들를 거라셨어요. 일이 다 끝난 후에요. 혹시 제가 뭐 도울 일이 없냐고 물었더니 아주머니가 이러시는 거예요. '이미 한 것만으로도 충분하단다, 헨리.'"

그 말을 듣고 보니 문득 섀넌이 했던 얘기가 떠올랐다. 헨리는 두 손에 얼굴을 파묻은 채 중얼거렸다.

"아빠, 섀넌 임신했어요. 그걸 부모님한테 들킨 거예요, 틀림없어요. 우린 결혼하고 싶은데, 걔 부모님이 허락을 안 하실 것 같아요."

"그 애 부모님 걱정은 할 것 없다. 내가 허락 안 할 거니까."

헨리는 눈물이 줄줄 흐르는 수심 어린 눈으로 나를 보았다.

"왜요?"

나는 속으로 중얼거렸다. *엄마랑 아빠 사이에 무슨 일이 있었는지 다 봤으면서 그걸 꼭 물어봐야겠냐?* 하지만 입 밖에 나온 말은 달랐다.

"섀넌은 겨우 열다섯 살이야. 넌 2주가 지나야 걔랑 동갑이고."

"그치만 사랑한단 말이에요!"

아, 저 미친놈 같은 절규. 아직 변성기도 안 지난 목소리로 저런 웃기는 소리를 주절대다니. 나는 무릎 위의 두 손이 저절로 주먹으로 바뀌는 바람에 억지로 손을 펴야 했다. 여기서 화를 내봐야 아무 도움도 안 되니까. 이런 건 엄마랑 상의할 문제였지만, 헨리의 엄마는 흙으로 메꾼 우물 바닥에 앉아 있었다. 보나마나 죽은 쥐 떼를 한가득 거느리고 있겠지.

"그건 아빠도 안다, 헨리. 하지만……"

"행크예요! 그리고 제 나이에 결혼하는 사람들도 있잖아요!"

전에는 있었다. 20세기에 들어와 개척 시대가 막을 내리고 나서부터는 거의 눈에 띄지 않았지만. 그래도 헨리에게 사실대로 말하지는 않았다. 그 대신 신혼살림을 차리게 도와줄 돈이 하나도 없다고 했다. 앞으로 한 3년쯤 풍년이 이어지고 작물 시세도 이대로 유지되면 모르겠지만, 당장은 빈털터리라고. 그런데 아기까지 태어나면…….

"돈은 충분했을 거예요! 아빠가 그 땅 때문에 멍청한 짓만 안 했어도 넘칠 만큼 있었을 거라고요! 엄마가 나눠 줬을 테니까! 엄마는 나한테 이딴 얘기 안 했을 거예요!"

처음에는 너무 놀라서 말도 나오지 않았다. 아들과 나 사이에 알렛의 이름이, 아니, 이름커녕 엄마라는 대명사가 나온 것조차도 거의 한 달 반 만이었다.

헨리는 반항심에 불타는 눈으로 나를 쏘아보았다. 잠시 후, 집으로 들어오는 짤막한 길 저 끄트머리에, 이쪽으로 다가오는 할란 코터리의 차가 보였다. 할란하고는 평소에 친구처럼 지내는 사이였지만, 그가 자기 딸의 불룩한 배를 본 이상 친구가 원수로 바뀔지도 몰랐다.

"그래, 네 엄마라면 이런 얘기는 안 했겠지." 나는 화를 꾹 참고 맞장구를 치면서 헨리의 눈을 똑바로 마주보았다. "더 심한 소리를 퍼부었겠지. 십중팔구는 비웃었을 테고. 가슴에 손을 얹고 생각해 봐, 그럼 너도 인정할 거야."

"아니에요!"

"네 엄만 섀넌을 발랑 까진 계집애라고 불렀어, 너한테는 물건 간수 잘하라고 했고. 그게 너한테 남긴 마지막 충고야. 네 엄마 입에서 나온 말이라 상스럽기는 하지만, 그래도 넌 그 충고를 따라야 했어."

씩씩거리던 헨리의 기세가 순식간에 움츠러들었다.

"그날…… 섀넌은 싫다고 했지만, 제가 꼬드겼어요. 그날 밤 이

후로…… 한 번 그렇게 되고 나서는, 새년도 저만큼 좋아했어요. 그다음부터는 새년이 하자고 졸랐어요."

목소리에서 묘하게 뒤틀린 자부심이 느껴졌다. 뒤이어 헨리가 힘없이 고개를 저었다.

"엄마가 물려받은 땅은 잡초투성이로 썩어가고 있는데, 전 돈 때문에 끝장나게 생겼네요. 엄마가 살아 있었으면 절 도와줬을 거예요. 돈이면 뭐든 할 수 있다, 그게 새년 아빠의 입버릇이니까요."

집 쪽으로 다가오는 먼지구름을 보며 헨리가 고개를 끄덕였다.

"너 엄마가 얼마나 지독한 구두쇠였는지 잊어버렸구나. 그렇게 너 좋은 것만 기억하고 살면 나중에 큰일 나는 수가 있어. 잘 생각해 봐, 그때 엄마가 널 얼마나 세게 후려쳤는지."

"기억하고 있어요."

부루퉁한 목소리. 뒤이어 더 부루퉁한 목소리가 나왔다.

"전 아빠가 도와주실 줄 알았어요."

"당연히 그럴 거다. 지금은 일단 안 보이는 데로 가 있어. 새년 아빠가 도착했는데 네가 눈앞에 서 있으면 황소 앞에서 빨간 깃발을 흔드는 꼴이니까. 우선 지금 상황이 어떤지, 저 친구가 무슨 생각을 하는지부터 파악한 다음에 필요하면 부를게." 나는 이렇게 말하며 헨리의 손목을 쥐었다. "아빠는 할 수 있는 데까지 할 거다. 널 위해서."

헨리는 내 손에 잡힌 손목을 빼냈다.

"그러면 좋겠네요."

그 말을 남기고 헨리는 집으로 들어갔고, 할란의 새 차가 우리 집 앞에 서기 직전(차는 먼지로 뒤덮인 초록색 차체가 쉬파리 등짝처럼 번들거리는 내시 세단이었다.), 내 등 뒤에서 방충망 문이 닫히는 소리가 났다.

차 엔진이 툴툴거리다가 부릉 소리를 내고 멈췄다. 차에서 내린 할란은 코트를 벗어 접은 다음 운전석에 내려놓았다. 코트는 이 자리를 위해 갖춰 입은 복장의 일부였다. 흰 셔츠, 스트링 타이, 교회 갈 때 입는 멋진 바지에 은으로 된 버클이 달린 허리띠까지. 할란은 살짝 나온 배 바로 아래의 적당한 높이까지 바지가 올라오도록 허리띠를 추어올렸다. 나는 언제나 살갑게 대해 주는 할란을 친한 친구 이상으로 가깝게 여겼지만, 그 순간만큼은 그 친구가 끔찍이도 미웠다. 내 아들의 잘못을 따지러 왔기 때문이 아니었다. 우리 둘의 처지가 반대였다면 나도 틀림없이 그랬을 테니까. 이유는 따로 있었다. 번쩍거리는 초록색 신형 내시 세단 때문이었다. 은으로 만든 돌고래 모양 허리띠 버클 때문이었다. 그의 농장에 있는 새빨간 페인트를 칠한 새 곡물 저장탑 때문이었고, 그의 집에 있는 따뜻한 물이 나오는 수도꼭지 때문이었다. 무엇보다도 그가 집에 두고 온 얌전하게 생긴 고분고분한 아내, 딸의 일을 걱정하는 와중에도 저녁을 준비하고 있을 그 아내 때문이었다. 무슨 일이 일어나도 다정한 목소리로 *뭐든 당신 뜻대로 하세요*라고 말할 아내. 여자들이여, 명심할지어다. 그런 아내는 잘린 목으로 피거품을 뿜으며 인생을 마칠 걱정 따위는 조금도 할 필요가 없다는 것을.

할란이 포치 계단을 향해 성큼성큼 걸어왔다. 나는 일어서서 손을 내밀고 기다렸다. 악수를 하려고 할까, 아니면 무시할까. 할란은 어떻게 할지 잠시 망설였지만, 결국에는 내 손을 살짝 쥐었다가 놓았다.

"심각한 문제가 생겼네, 윌프리드."

"그래. 헨리한테 방금 들었어. 늦었지만 그래도 아예 모르는 것보다는 낫지."

"아예 안 일어났으면 더 좋았겠지."

"앉아서 얘기할까?"

할란은 이번에도 망설였다. 알렛이 항상 앉던 흔들의자를 앞에 두고서. 앉기 싫은 그의 마음은 나도 이해하는 바였다. 화가 머리 끝까지 치솟으면 어디 앉고 싶은 마음이 안 드는 법이니까. 그러나 할란은 결국 의자에 앉았다.

"아이스티 한 잔 줄까? 레모네이드가 없어서 말이야. 레모네이드는 알렛이 전문가였는데, 지금은……."

할란은 통통한 손을 흔들어 내 말을 막았다. 통통하지만 다부진 손이었다. 할란은 헤밍퍼드 카운티의 농부들 중에서 손꼽히는 부자였지만, 입만 산 약골이 아니었다. 꼴을 벨 때나 수확을 할 때면 언제나 일꾼들과 함께 팔을 걷어붙였다.

"해 떨어지기 전에 가야 돼. 전조등을 켜고 운전하면 아무것도 안 보이거든. 내 딸이 아기를 가졌는데, 아기 아버지가 누군지는 자네도 알 거야."

"내가 사과하면 자네 기분이 좀 풀릴까?"

"아니."

할란은 입술을 꾹 다물었다. 목 양쪽에 불끈거리는 핏줄이 또렷이 보였다.

"난 이미 화가 머리끝까지 뻗쳤어. 그런데 더 분통 터지는 건 그 화를 퍼부을 사람이 없다는 거야. 애들한테 화를 낼 수야 없지, 아직 어리니까. 물론 섀넌이 임신만 안 했어도 바보 같은 짓을 한 벌로 무릎에 엎어 놓고 궁둥이를 때렸겠지만. 난 섀넌을 그렇게 키우지 않았어. 교회에도 꼬박꼬박 데리고 다녔다고."

그럼 내가 헨리를 잘못 키웠다는 말이냐고 묻고 싶었다. 하지만 나는 입을 꾹 다물었다. 여기까지 오는 동안 쌓였을 분노를 할란이 마음껏 퍼부을 수 있도록. 할란에게는 나름대로 생각해 둔 말이 있을 터였다. 일단 그가 이야기를 시작하면 상대하기가 더 쉬울지도 몰랐다.

"애 상태를 일찍 못 알아차렸다고 샐리를 탓하고 싶은 마음도 있어. 하지만 다들 알다시피 첫 애를 가졌을 땐 윗배가 부르는 법이고…… 젠장, 자네도 봤을 거야, 섀넌이 입고 다니는 드레스. 실은 그렇게 입은 지도 한참 됐네. 그 앤 할머니들이 나들이 나갈 때나 입을 드레스를 열두 살 때부터 입었어. 첫…… 그게 시작된 이후로. 그러니까 그……"

할란은 말하기가 거북스러웠는지 통통한 두 손을 앞으로 내밀었다. 나는 알아들었다는 뜻으로 고개를 끄덕였다.

"그리고 자네를 탓하고 싶은 마음도 있네. 아들을 둔 아버지라면 다들 하는 얘기를 자넨 건너뛴 것 같으니까."

꼭 아들을 키우는 게 어떤 건지 아는 사람처럼 말하는군.

"남자는 바지 안에 총이 달려 있다, 그러니 항상 안전장치를 채워야 한다는 얘기 말이야." 할란은 목이 메어 흐느끼다가 악을 썼다. "우리 딸은…… 그 어린 것이…… 어떻게 애가 애를 낳겠냐고!"

할란으로서는 알 도리가 없었지만, 나는 그에게 욕을 들어야 마땅했다. 나 때문에 헨리가 여자의 사랑을 갈구하는 처지에 빠지지만 않았어도 섀넌이 지금처럼 되지는 않았을 테니까. 아니면 할란에게 이렇게 물어볼 수도 있었다. 혹시 남 탓을 하느라 바빠서 자기 탓은 미뤄 둔 게 아니냐고. 하지만 나는 입을 꾹 다물었다. 내 천성이 과묵해서 그런 것은 결코 아니었다. 알렛과 살면서 적잖이 수련한 덕분이었다.

"하지만 자네한테 화를 낼 수도 없어. 올봄에 자네 부인이 집을 나갔잖아, 그러니 딴 데 신경을 못 쓰는 것도 당연하지. 그래서 이리 오기 전에 조금이라도 화를 풀려고 우리 집 뒷마당에서 장작을 반 묶음은 패고 왔는데, 그게 효과가 있는 것 같아. 아까 자네랑 악수까지 한 걸 보면 말이야. 안 그래?"

자화자찬하는 소리를 듣고 있으려니 나도 한마디 해 주고 싶어서 입이 근질거렸다. 손뼉도 마주쳐야 소리가 나는 거 아닌가, 강간도 아니고. 하지만 실제로는 그냥 이렇게만 말했다.

"그래, 그런 것 같군."

"그럼 이제 그쪽에선 어떻게 할 건지 얘기해 봐. 자네랑, 우리 집 식탁에 앉아 내 아내가 해 준 밥을 먹은 자네 아들 말이야."

그 순간 악마가, 아마도 음흉한 남자가 부재중일 때 그 자리를 대신 차지할 법한 괴물이, 나한테 이렇게 말하라고 시켰다.

"헨리는 섀넌이랑 결혼해서 아기를 키우고 싶다더군."

"그런 말도 안 되는 헛소리는 듣고 싶지도 않아. 여기서 헨리가 땡전 한 푼 없는 처지라는 말까지 할 생각은 없네. 자네가 아들을 제대로 가르친 건 맞아, 윌프리드. 자네로선 최선을 다했겠지. 하지만 거기까지야. 요 몇 년간은 계속 풍년이었어, 그런데도 자네 집은 여차하면 은행 대출 창구로 달려갈 형편 아닌가. 또 흉년이 들면 어떻게 할 거야? 흉년은 반드시 찾아오는 법이잖아. 혹시라도 그 땅을 팔아서 돈을 마련한다면 얘기가 다르겠지, 다들 알다시피 돈만 있으면 흉년에도 살 만하니까. 하지만 알렛이 사라졌으니 자넨 땅을 처분할 날이 오기를 기약 없이 기다릴 수밖에 없어. 요강에 앉은 변비 걸린 할망구처럼."

아주 잠깐, 머릿속 한구석에 이런 생각이 떠올랐다. *그 망할 놈의 땅 문제에서 알렛한테 져 줬으면 어땠을까. 오만 가지 다른 일에서도 그랬던 것처럼. 그랬다면 돼지 똥 냄새를 맡으면서 살고 있겠지. 소들이 마실 물을 구하려고 그 오래된 우물을 다시 팠을 테고. 돼지 피랑 내장이 둥둥 떠내려오는 시냇물은 마실 수가 없으니까.*

사실이었다. 하지만 그때 알렛에게 져 주었더라면, 나는 그저 숨만 쉬는 것이 아니라 사람처럼 살고 있었을 것이다. 알렛과 함께. 헨리도 부루퉁하고 예민한 아이가 안 됐을 것이다. 소꿉친구를 곤경에 빠뜨리는 짓도 안 했을 것이다.

"그래서, 자넨 어쩔 생각인가? 아무 생각도 없이 우리 집까지 오진 않았을 것 같은데."

할란은 내 말을 못 들은 눈치였다. 할란의 눈은 들판 너머 지평선에 서 있는 자기 농장의 새 곡물 저장탑을 바라보고 있었다. 그 표정은 무겁고 슬퍼 보였지만, 여기까지 쓴 마당에 굳이 거짓말을 하고 싶지는 않다. 나는 그런 할란의 표정을 보고도 그다지 마음이 흔들리지 않았다. 1922년은 내 인생 최악의 해였다. 그 해에 나는 스스로도 속을 알 수 없는 남자로 변해 버렸고, 그런 나에게 할란 코터리는 그저 험한 돌투성이 길을 가로막은 또 하나의 산사태에 지나지 않았다.

"섀넌은 똑똑한 아이야. 매크레디 선생이 그러는데 자기가 평생 가르친 학생들 중에서 제일 똑똑하다더군. 그 선생은 교편을 잡은 지 40년이나 됐는데 말이지. 영어도 잘하고, 수학은 더 잘해. 매크레디 선생 말로는 수학을 잘하는 여학생은 굉장히 드물대. 윌프리드, 섀넌은 삼작법도 할 줄 알아. 자네 그거 알고 있었나? 삼작법은 매크레디 선생도 못하는 건데."

아니, 그런 줄은 몰랐지만 삼작법이 아니라 삼각법이라는 것 정도는 알고 있었다. 하지만 당장은 이웃사촌의 맞춤법을 교정해 줄 때가 아니었다.

"샐리는 그 애를 오마하에 있는 사범학교에 보내고 싶어 했어. 1918년부터는 남자애들뿐 아니라 여자애들도 받아 주니까. 졸업한 여학생은 아직 한 명도 없지만."

나는 할란의 눈을 차마 볼 수가 없었다. 그 속에는 혐오감과 적개심이 뒤섞여 있었다.

"자네도 알다시피 여학생들이 원하는 건 결혼이니까 말이야. 그다음은 출산이고. 그러다가 '동방의 별' 봉사회에 가입해서 망할 놈의 빗자루로 바닥이나 쓰는 거지."

할란이 한숨을 쉬었다.

"섀넌이 첫 번째가 될 수도 있었어. 재능도 머리도 있으니까. 자넨 몰랐을 거야, 안 그래?"

그랬다. 솔직히 말하면, 몰랐다. 섀넌은 그저 농사꾼 마누라감이려니 하고 짐작할 뿐이었다. 지금 생각하면 다른 수많은 경우와 마찬가지로 이 또한 틀린 짐작이었다.

"어쩌면 대학 교수가 될 수도 있었어. 열일곱 살이 되면 대학에 보내기로 계획까지 세웠으니까."

샐리가 세운 계획이 그렇다는 말이겠지. 나는 속으로 중얼거렸다. *혼자 아무리 궁리해 봤자 자네 같은 농사꾼 머리에서 그런 대담한 생각이 나올 리 없잖아.*

"섀넌도 선뜻 그러겠다고 했어. 돈은 따로 마련해 뒀고. 벌써 거기까지 다 준비해 놨단 말이야."

할란이 고개를 돌려 나를 보았다. 목에 어찌나 힘이 들어갔는지 뚜두둑 소리가 내 귀에까지 들렸다.

"계획은 *지금도* 그대로야. 하지만 그 전에, 아마도 지금 당장, 섀넌을 오마하에 있는 세인트 유세비아 가톨릭 자모원으로 보내야 해. 그 애한테는 아직 말 안 했지만 결정은 이미 내렸어. 샐리는 그 애를 딜런드의 이모네 집으로 보내자고 하더군, 아니면 라임비스카의 우리 숙부님 댁으로 보내든가. 하지만 그 사람들도 우리 결정을 따라 줄 거라고 믿을 순 없어. 이런 문제를 일으킨 계집애를 사랑하는 친척들한테 맡기는 것도 못할 짓이고."

"할란, 결정이라니 무슨 소리야? 자네 딸을 그…… 뭐냐…… 고아원 같은 데 보내는 거 말고 또 무슨 계획이 있는 거야?"

이렇게 묻자 할란이 벌컥 화를 냈다.

"고아원이 아니야. 거긴 청결하고, 안전하고, 활기찬 곳이야. 적어도 내가 듣기로는 그래. 그동안 그쪽이랑 편지를 주고받았는데,

내가 받은 보고서에는 좋은 내용만 적혀 있었어. 섀넌은 거기서 일을 하고 공부도 하다가 넉 달 후에 출산을 할 거야. 아기는 입양 보낼 거고. 세인트 유세비아 수녀회에서 맡아서 처리해 주기로 했어. 그럼 섀넌은 집으로 돌아와서 내후년에 사범학교에 갈 수 있어, 샐리가 바라는 대로. 물론 나도 바라는 바고. 샐리하고 나, 둘 다."

"거기에 내가 낄 자리도 있나? 나도 뭔가 해야 할 것 같은데."

"지금 빈정거리는 건가, 윌프리드? 올해 들어 자네 운수가 영 안 풀리는 건 나도 알아, 하지만 그렇다고 빈정거리는 것까지 참아 줄 생각은 없어."

"빈정거리다니 무슨 소리야. 지금 분하고 창피한 사람은 자네 혼자가 아니라고. 자, 원하는 게 뭔지 얘기해 봐. 그럼 우린 앞으로도 친하게 지낼 수 있을 거야."

이 말에 할란은 몹시도 차가운 미소로 화답했다. 미소라고 해 봤자 살짝 비틀린 입술과 양쪽 입가에 아주 잠시 나타났다 사라진 보조개가 전부였다. 그 웃음은 할란이 우리 우정을 얼마나 보잘 것 없는 것으로 여기는지에 관하여 많은 것을 가르쳐 주었다.

"자네가 부자가 아니란 건 나도 알지만, 그래도 떳떳하게 자네 몫의 책임을 다하지 않으면 안 돼. 섀넌이 자모원에서 지내려면, 수녀회 사람들은 그걸 산전 관리라고 하던데, 아무튼 비용으로 300달러를 내야 해. 나랑 통화한 카밀리아 수녀는 기부금이라고 했지만 보나마나 수수료겠지."

"혹시 나한테 그 돈을 나눠 내라고 할 작정이라면……."

"자네 형편에 150달러를 마련하기 힘들다는 건 나도 알아. 하지만 75달러는 어떻게든 만들어 놓는 게 좋을 거야, 개인 교수 비용이 딱 그만큼이니까. 섀넌이 진도를 따라잡으려면 선생이 필요해."

"나한테는 무리야. 알렛이 가출하면서 돈을 죄다 챙겨 갔다고."

그런데 그 순간, 알렛이 혹시 푼돈을 모아 놓지는 않았을까 하는 생각이 내 머릿속에 처음으로 떠올랐다. 알렛이 집을 나갈 때 200달러를 챙겨갔다는 사연은 새빨간 거짓말이었지만, 당장은 알렛이 모아 놨을지도 모르는 바느질삯 몇 푼조차도 아쉬운 상황이었으니까. 나는 나중에 찬장과 부엌에 있는 깡통들을 뒤져 봐야겠다고 머릿속에 메모해 두었다.

"은행에서 단기 대출을 한 번 더 받으면 되잖아. 듣자 하니 지난번 대출금은 다 갚았다던데."

당연히 들으셨겠지. 원래는 비밀이어야 하지만, 할란 코터리처럼 잘나신 분들은 워낙에 귀가 밝으니까. 할란을 미워하는 마음이 내 안에서 새삼 파도처럼 넘실거렸다. 나한테 수확기를 빌려주고 고작 20달러밖에 안 받은 친구라고? 그래서? 이제 와서 그보다 훨씬 많은 돈을 요구하고 있는데. 마치 귀한 자기 딸이 우리 아들 앞에서 다리를 벌리고 *이리 와, 네 마음껏 해도 돼*라고 말했을 리가 없다는 식으로.

"옥수수 판 돈은 대출 갚는 데 다 썼어. 지금은 빈털터리야. 땅이랑 집, 그게 다라고."

"방법을 찾아봐. 필요하면 집을 담보로 잡을 수도 있잖아. 75달러는 자네가 책임져야 해. 열다섯 살짜리 아들이 손주 기저귀 가는 꼴을 안 보는 대가라고 생각하면 그 정도는 헐값이야."

할란이 의자에서 일어섰다. 나도 그를 따라 일어났다.

"만약 내가 방법을 못 찾으면? 그럼 어쩔 거야, 할란? 보안관을 부를 작정이야?"

할란은 입술을 비틀어 경멸하는 표정을 지었다. 내 속에서 그를 향한 미움이 증오로 바뀌었다. 순식간에 일어난 일이었지만, 그 증오는 지금도 생생하게 느껴진다. 다른 감정들은 마음속에서 죄다 불타 사라져 버린 지금 이 순간에도.

"이런 일로 법에 호소할 생각은 없어. 하지만 자네가 자네 몫의 책임을 다하지 않으면, 우리 사이는 그걸로 끝이야." 할란은 눈을 가늘게 뜨고 저물어 가는 석양을 바라보았다. "그만 갈게. 컴컴해지기 전에 도착하려면 지금 일어서야지. 그 75달러 말인데, 앞으로 한 2주는 기다릴 수 있어. 자네도 그 정도 시간은 필요할 테니까. 독촉하러 오지도 않을 거야. 안 내겠다면 그걸로 끝이니까. 하지만 돈을 못 구했다는 말은 하지 마, 난 바보가 아니야. 윌프리드, 자넨 아내가 패닝턴 사에 땅을 팔게 놔뒀어야 했어. 그랬으면 아내도 집에 붙어 있고 돈도 생겼을 거야. 어쩌면 내 딸도 홀몸으로 남았을지도 모르지."

그 말을 들은 순간, 상상 속의 나는 할란을 포치 아래로 밀어 쓰러뜨렸다. 그러고는 일어서려고 버둥거리는 그의 배 위에 두 발로 뛰어내렸다. 그런 후에 창고에 걸린 낫을 가져다가 그의 눈을 찍었다. 하지만 현실의 나는 그가 계단을 터덜터덜 내려가는 동안 포치 난간에 한 손을 짚은 채 가만히 지켜보기만 했다.

"헨리한테 할 말 있나? 내가 불러올게. 그 애도 나만큼이나 미안해서 어쩔 줄을 몰라."

할란은 걸음을 멈추지 않았다.

"섀넌은 순결한 아이였어. 그런데 자네 아들이 더럽힌 거야. 지금 이리로 불러냈다간 내가 때려눕힐지도 몰라. 난 어쩌면 돌아버릴 수도 있어."

과연 그럴까. 헨리는 무럭무럭 자라는 중이었고, 힘도 셌다. 무엇보다 살인이 뭔지 아는 아이였다. 할란 코터리는 그쪽으로는 문외한이었다.

할란의 내시 세단은 크랭크로 돌릴 필요 없이 버튼만 눌러도 시동이 걸렸다. 부자로 살면 뭘 해도 폼이 나는 법이었다.

"75달러면 이번 일은 정리되는 거야."

털털거리는 엔진 소리를 뚫고 할란이 외쳤다. 그러고는 장작패는 그루터기를 돌아서 수탉 조지와 암탉들을 하늘로 날려 보내고 집으로 돌아갔다. 대형 발전기와 온수가 나오는 수도꼭지가 있는 자기 집으로.

돌아보니 어느새 헨리가 곁에 서 있었다. 흙빛이 된 얼굴에 분노가 이글거렸다.

"섀넌을 그딴 곳에 보내겠다니, 말도 안 돼요."

우리 얘기를 듣고 있었던 것이다. 실은 놀랄 일도 아니었다.

"안 되기는, 벌써 정해진 일인데. 너 괜히 멍청한 짓 하지 마라. 고집 피웠다간 안 그래도 복잡한 일이 더 꼬일 거다."

"같이 달아나면 그만이에요. 안 잡힐 거예요. 만약에 아빠랑 나랑…… 우리 둘이서 한 짓을 아무도 모른다면…… 그럼 섀넌이랑 콜로라도까지 달아나도 아무도 모를 거예요."

"그만둬, 넌 돈도 없잖아. 할란이 그러지 않던, 돈이면 뭐든 된다고. 내 식대로 바꿔 말하면, 돈이 없으면 아무것도 안 돼. 그건 아마 섀넌도 알 거다. 게다가 이제는 아기한테도 신경을 써야 하니까……"

"어차피 뺏길 아긴데 무슨 신경을 써요!"

"그래도 아기 가진 여자 마음은 달라. 뱃속에 아기를 품은 여자는 남자들이 상상도 못할 만큼 현명해진단다. 섀넌이 아기를 가지기는 했지만, 단지 그 이유 때문에 아빠가 너희한테 실망하는 일은 없을 거야. 그런 경우는 너희 말고도 많았고, 앞으로도 많을 테니까. 잘나신 양반들이야 여자가 다리 사이에 있는 걸 쓰는 곳은 화장실뿐이라고 생각하겠지만 말이지. 그런데 혹시라도 네가 임신 5개월인 여자애한테 달아나자고 한다면…… 또 그 여자애가 그러겠다고 하면…… 그러면 난 너희 둘 모두한테 실망할 거다."

"아빠가 뭘 안다고 그래요?" 헨리는 밑도 끝도 없이 경멸하는 말투로 물었다. "사람 목 하나 제대로 못 따서 개판을 만드는 주제에."

말문이 턱 막혔다. 헨리는 그런 나를 흘끗 보더니 혼자 집 안으로 들어가 버렸다.

이튿날, 헨리는 불평 한마디 없이 학교에 갔다. 이제는 사랑하는 여자애를 만날 수 없는 곳이었는데도 그랬다. 아마도 트럭을 몰고 가도 좋다고 허락했기 때문이었을 것이다. 운전대를 갓 잡은 소년들은 차 열쇠만 받을 수 있으면 뭐든 감수하게 마련이니까. 하지만 시작할 때 느끼는 흥분은 시간이 흐르면 자연스레 시들해진다. 세상 모든 것이 시들해지는 법인데, 그렇게 될 때까지 걸리는 시간조차 그리 길지가 않다. 그다음은 대략 추레한 회색빛이다. 쥐새끼 가죽처럼.

나는 헨리가 집을 나서자마자 부엌으로 갔다. 설탕, 밀가루, 소금이 든 깡통을 죄다 뒤집어서 샅샅이 훑었다. 아무것도 나오지 않았다. 욕실을 뒤진 후에 아내의 옷을 훑어보았다. 허탕이었다. 구두 속을 뒤져 봐도 아무것도 없었다. 하지만 번번이 허탕으로 끝날 때마다 뭔가 있을 거라는 믿음은 오히려 더욱 강해졌다.

밭에 가서 일을 해야 했지만, 그러는 대신 낡은 우물이 있던 외양간 뒤로 향했다. 벌써 잡초가 자라 있었다. 개밀, 그리고 가을을 맞아 듬성듬성 꽃이 핀 미역취였다. 그 아래에는 엘피스가 있었고, 알렛도 있었다. 얼굴이 한쪽으로 틀어진 알렛. 광대처럼 웃는 알렛. *헤어네트*를 쓴 알렛.

"못돼 처먹은 년 같으니, 어디야? 어디다 숨겼어?"

나는 혼자서 중얼거렸다. 그러고는 머릿속을 비우려고 애썼다. 아버지는 연장이나 몇 권 안 되는 소중한 책을 잃어버렸을 때 써보라며 나에게 머릿속 비우는 방법을 가르쳐 주셨다. 잠시 후, 나는 다시 집으로 들어갔다. 침실과 붙박이장을 다시 뒤졌다. 붙박이장 맨 위 선반에 모자 상자가 두 개 있었다. 첫 번째 상자 안에는 모자뿐이었다. 아내가 교회에 갈 때 쓰던 흰색 모자였다(그래도 한 달에 한 번은 게으름을 떨쳐내고 교회에 가곤 했다.). 그 옆 상자에 든 모자는 빨간색이었는데 아내가 그 모자를 쓰고 있는 모습은 한 번도 본 적이 없었다. 내가 보기에는 매춘부나 쓸 법한 모자였다. 그 모자 안쪽에 둘러진 새틴 띠 안에, 알약만큼이나 조그마한 네모꼴로, 20달러 지폐 두 장이 꼬깃꼬깃 접힌 채 꽂혀 있었다. 그리고 지금, 싸구려 호텔 방에 앉아 벽 안에서 쥐들이 타닥타닥 뛰어 다니는 소리를 듣고 있는 바로 지금(그렇다, 내 오랜 친구들이 이곳에도 있었다.), 나는 장담할 수 있다. 그 20달러 지폐 두 장이야말로 내 지옥행 표에 찍힌 봉인이라고.

왜냐면 그걸로는 부족했기 때문이었다. 딱 보면 알 수 있는 거 아닌가? 당연하지. 40달러에 35달러를 보태야 75달러가 된다는 것 정도는 '삼작법' 전문가가 아니라도 다 아니까. 그렇게 큰 액수로 보이지는 않을 것이다, 안 그런가? 하지만 그 시절의 35달러는 두 달치 식비이자, 라스 올슨의 대장간에서 괜찮은 중고 마구를 살 수 있는 돈이었다. 그 돈이면 새크라멘토까지 가는 기차표도 살 수 있었는데…… 가끔은, 그때 차라리 기차표를 살걸 잘못했다는 생각도 든다.

35.

밤이 되어 침대에 누우면 가끔씩 그 숫자가 *실제로* 눈에 보인다. 그럴 때면 숫자가 빨간색으로 번쩍거린다. 기차가 오고 있으니 건널목을 건너지 말라는 경고등처럼. 그래도 기를 쓰고 건너려다 그만 열차에 치이고 만다. 만약 모든 사람의 마음속에 음흉한 남자가 살고 있다면, 그렇다면 우리는 저마다 마음속에 미치광이를 한 명씩 품고 있는 셈이다. 그리고 빨간색으로 번쩍이는 숫자 때문에 잠 못 드는 밤이면 내 안의 미치광이는 그 모든 일이 음모였다고 내 귀에 속삭인다. 할란 코터리가, 은행의 스토펜하우저가, 그리고 패링턴 사의 사기꾼 변호사가 한통속이 돼서 꾸민 음모라고. 물론 미치광이의 그런 말에 속을 내가 아니다(적어도 대낮에는). 할란과 레스터 변호사가 나중에, 그러니까 일이 다 끝난 후에, 스토펜하우저와 얘기를 나눴을 수는 있다. 하지만 처음부터 그러기란 불가능했다. 그리고 스토펜하우저는 사실상 나를 도와주려고 했는데…… 물론, 실제로는 헤밍퍼드홈 신탁은행의 이익을 위한 일이기도 했다. 게다가 할란이나 레스터는 빈틈이 보이면 놓치지 않을 인간들이었다. 아니, 어쩌면 그 둘이 한 패였을지도. 내 안의 음흉한 남자가 더 음흉한 놈들한테 당한 것이다. 그럼 이제 어떡하지? 거기까지 생각이 미쳤을 무렵의 나는 이미 될 대로 되라는 식이었다. 그때는 이미 아들을 잃은 후였으니까. 그런데 내가 진심으로 원망하는 사람이 누굴 것 같은가?

알렛이다.

아무렴.

매춘부나 쓰고 다닐 빨간 모자 속에 지폐 두 장을 남겨 두고 떠난 사람이 알렛이니까. 그 여자가 얼마나 괴물 같이 교활한지 알겠는가? 문제는 그 40달러가 아니었다. 나를 지옥에 몰아넣은 것은 할란 코터리가 임신한 자기 딸한테 개인 교수를 붙여 주려고 요구한 돈과 40달러 사이의 차액이었다. 자기 딸이 라틴어를 배우고 *삼작법*의 진도를 따라잡을 수 있도록 요구한 돈 말이다.

35, 35, 35.

그 주 내내, 그리고 주말까지, 나는 할란이 요구한 돈을 생각하고 또 생각했다. 가끔은 20달러 지폐 두 장을 꺼내어 가만히 내려다보기도 했다. 길게 편 후에도 접힌 자국이 남아 있는 그 지폐를. 그러다가 일요일 밤에 결정을 내렸다. 헨리에게 월요일에는 포드 T형을 타고 학교에 가라고 일러두었다. 나는 헤밍퍼드홈에 있는 은행에 가서 스토펜하우저와 단기 대출 상담을 해야 했으니까. 소액 대출이었다. 딱 35달러.

"어디다 쓰실 건데요?"

헨리는 창가에 앉아 저물어 가는 서쪽 들판을 우울한 표정으로 바라보고 있었다.

나는 사실대로 얘기해 주었다. 그러면 새넌 문제를 놓고 또다시 언쟁이 벌어질 것 같았다. 실은 그러기를 바라는 마음도 없지 않았다. 헨리가 한 주 내내 새넌 얘기를 한 마디도 하지 않았기 때문이었다. 그 애가 집을 떠나 다른 곳으로 간 걸 내가 이미 알고 있었는데도. 그 소식은 종자용 옥수수를 사러 온 머트 도노반이 들려주었다.

"오마하에 있는 좋은 학교에 들어갔다더군. 뭐, 그 애한텐 잘된 일이지. 여자들도 투표권을 행사하게 됐으니 공부해서 나쁠 것 없지. 그래도……." 머트는 잠시 생각하다가 이렇게 덧붙였다. "우리 딸은 내가 정해 준 후보만 찍어. 당연히 그래야지, 쥐어 터지기 싫으면."

새넌이 떠난 걸 내가 안다면 헨리도 알 터였다. 그것도 십중팔구 나보다 더 일찍 알았을 것이다. 학교 아이들은 소문을 열심히 퍼뜨리니까. 하지만 헨리는 한마디도 하지 않았다. 나는 헨리에게 울분과 비난을 퍼부을 만한 명분을 주고 싶었다. 기분 좋은 일은 아니었지만, 그래도 길게 보면 그렇게 하는 것이 도움이 되기 때문이었다. 염증은 이마에 남은 것도, 또 그 이마 뒤의 머릿속에 남은 것도 곪게 놔두지 말아야 하기 때문이다. 일단 감염되면 퍼지게 마련이니까.

하지만 헨리는 대출 이야기를 듣고도 끙 소리를 낼 뿐이었다. 그래서 좀 더 깊이 찔러 보기로 했다.

"그 돈은 너랑 나랑 같이 갚는 거다. 크리스마스 전까지 갚으면 이자까지 합쳐서 38달러밖에 안 돼. 반으로 나누면 19달러지. 네 몫은 일하고 받는 용돈에서 제할 거야."

이렇게 하면 버럭 화를 낼 게 뻔하다고 생각했지만…… 헨리는 이번에도 조그맣게 구시렁거릴 뿐이었다. 포드 T형을 타고 학교에 가라고 해도 불평하지 않았다. 다른 애들이 그 차를 '행크의 똥차'라고 부르며 놀린다고 했으면서도.

"어이, 아들."

"왜요."

"너 괜찮은 거냐?"

헨리는 나를 돌아보며 씩 웃었다. 적어도 입술은 움직였다.

"괜찮아요. 내일 은행에 가서 얘기 잘하세요, 아빠. 전 그만 가서 잘게요."

일어나는 헨리를 보며 내가 말했다.

"아빠한테 뽀뽀해 줄래?"

헨리는 내 뺨에 입을 맞췄다. 그것이 마지막이었다.

헨리는 포드 T형을 타고 학교에 갔고, 나는 트럭을 타고 헤밍퍼드홈으로 갔다. 스토펜하우저의 사무실에 들어가기 전까지 기다린 시간은 고작 5분이었다. 나는 얼마가 필요한지는 설명했지만, 대출 사유는 사적인 것이라고만 말하고 밝히지 않았다. 그 정도로 적은 돈이면 자세히 밝히지 않아도 될 거라고 생각했고, 그 생각이 옳았다. 하지만 내 얘기를 다 들은 스토펜하우저는 책상 위에 손을 포개더니, 꼭 아버지처럼 엄격한 표정으로 나를 바라보았다. 사무실 구석에 걸린 괘종시계가 시간을 얇게 썰어서 한 꺼풀씩 흘려보냈다. 바깥의 거리에서는 그보다 훨씬 더 시끄러운 엔진 소리가 들려왔다. 그 소리가 그치고 조용해지는가 싶더니, 이윽고 다른 차의 엔진 소리가 들려왔다. 혹시 내 아들 헨리일까? 포드 T형을 타고 와서 내 트럭을 훔친 걸까? 사무실 안에서는 알 길이 없었는데도 왠지 그럴 거라는 생각이 들었다.

"윌프리드, 부인이 그렇게 집을 나가고 나서 시간이 얼마간 흘렀으니 자네도 이제 기운을 차렸을 거야. 가슴 아픈 이야기를 꺼내서 미안하지만, 그래도 상관이 있는 것 같아서 말이지. 게다가 은행 사무실이란 게 원래 고해소랑 비슷한 구석이 있어. 그래서 조금 엄하게 얘기할 생각이네. 실은 그게 우리 집안 내력이라네. 워낙 엄한 부모님 밑에서 자라다 보니 나도 그만 닮았지 뭔가."

그 이야기는 전에도 들은 적이 있었다. 아마도 이 사무실에 들른 사람들은 다 한 번씩 들었을 것이다. 하지만 나는 스토펜하우저의 기분을 상하게 하지 않으려고 공손한 미소를 지었다.

"헤밍퍼드홈 신탁은행이 자네한테 35달러를 대출해 줄 것 같은가? 물론 해 줄 걸세. 마음 같아선 남자 대 남자의 약속으로 해두고 내 지갑에 있는 돈이라도 빌려주고 싶네만, 점심값이랑 구두 닦을 돈 빼고는 가지고 다니질 않아서 말이지. 너무 많은 돈은 나처럼 약아빠진 늙은이한테도 유혹이거든. 게다가 일은 어디까지나 일이니까. 하지만!" 스토펜하우저가 손가락을 펴 들었다. "자네한테 *필요한* 건 35달러가 아니야."

"애석하지만 필요한데요."

혹시 스토펜하우저가 대출 사유를 다 아는 게 아닌가 싶었다. 어쩌면 그럴지도. 그는 정말로 약아빠진 늙은이였으니까. 하지만 약아빠지기는 할란 코터리도 마찬가지였고, 그해 가을 할란에게는 남부끄러운 사정이 있었다.

"아니, 필요 없어. 자네한테 필요한 건 750달러야. 게다가 그 돈은 오늘 당장 마련할 수 있네. 계좌로 이체하든 현금으로 들고 가든 나한테는 상관없어. 자넨 주택 담보 장기 대출을 3년 전에 다 갚았으니까, 그것도 아주 깨끗이. 그러니 똑같은 대출을 한 번 더 못 받을 이유가 없지. 다들 그렇게 해, 그것도 신용이 최고로 좋은 사람들이. 우리가 보관하는 계약서를 한번 보면 깜짝 놀랄걸. 신용이 최고로 좋은 사람들이거든. 암."

"말씀은 정말 감사하지만, 그건 좀 아닌 것 같은데요. 전 지난번 대출을 다 갚을 때까지 날마다 머리 위에 먹구름이 낀 기분이었어요. 게다가……"

"바로 *그거야*, 윌프리드!"

또다시 손가락이 올라왔다. 그 손가락이 이번에는 양옆으로 움직였다. 벽에 걸린 괘종시계처럼.

"내 이야기의 요점이 다름 아닌 바로 그거란 말이야! 대출을 받아 놓고도 날마다 맑은 하늘 아래서 돌아다닌다고 생각하는 인간들은 여지없이 파산해서 소중한 담보를 날려 버려! 하지만 자네 같은 친구들, 그러니까 대출 계약서를 보면 비 오는 날 끌고 가는 짐수레가 떠오르는 사람들은 반드시 돈을 갚아! 그런데 자네 지금 내 앞에서 정말로 돈 쓸 데가 하나도 없다고 말할 참인가? 지붕을 고치는 건 어때? 아니면 소를 몇 마리 더 사는 건?" 스토펜하우저의 표정이 교활한 장난꾸러기처럼 변했다. "아니면 자네 이웃처럼 옥내 배관 공사를 한다든가? 그러려면 돈이 필요하지. 삶이 얼마나 편해질지 생각하면 대출을 갚는 고생쯤 아무것도 아니라네. 돈으로 가치를 사는 거야, 윌프리드! 돈으로 가치를!"

곰곰이 생각해 보았다. 그러다가 이렇게 말했다.

"거 참 솔깃하네요. 솔직히 말하면 저도……."

"당연히 솔직해져야지. 은행 사무실은 신부의 고해소랑 똑같아, 다를 게 하나도 없어. 윌프리드, 이 일대에서 가장 존경받는 사람들도 바로 그 의자에 앉았다네. 평판이 최고로 좋은 사람들이."

"하지만 전 그냥 단기 대출을 받으러 온 거라서요. 그건 기꺼이 해 주신다고 했으니…… 방금 그 말씀은 생각을 좀 해 봐야겠네요."

문득 좋은 생각이 떠올랐다. 아주 유쾌한 생각이.

"제 아들하고도 상의를 해 봐야겠어요. 헨리…… 아니, 행크죠. 요즘은 그렇게 불러 달라고 해서요. 제 딴에는 나이를 먹었다고 중요한 일은 같이 상담하고 싶어 하더군요. 언젠가는 자기가 물려받을 농장이라면서."

"이해하네, 이해하고말고. 하지만 내 말 들어, 지금 자네한테는 그게 답이야."

스토펜하우저는 자리에서 일어나 손을 내밀었다. 나도 일어서서 그 손을 잡았다.

"윌프리드, 자넨 생선을 사러 여기 왔네. 난 그런 자네한테 낚싯대를 팔겠다고 한 거고. 훨씬 남는 장사지."

"고맙습니다."

은행을 떠나면서 생각했다. *우리 아들하고 상의해 봐야겠군.* 멋진 생각이었다. 몇 달 동안 싸늘했던 마음에 온기가 감돌았다.

마음이란 놈은 참 묘하다. 안 그런가? 나는 스토펜하우저한테서 바라지도 않았던 담보 대출 제안을 받고 거기에 정신이 팔린 나머지, 내가 아까 타고 왔던 트럭이 헨리가 아침에 학교에 타고 간 포드 T형으로 바뀌어 있는 것도 눈치채지 못했다. 하긴, 대출 같이 중대한 문제로 고민하지 않았다고 해도 차가 뒤바뀐 것을 곧바로 알아차렸을 자신은 없다. 어차피 둘 다 익숙했으니까. 둘 다 내 차였으니까. 나는 시동을 걸려고 차 안에 있는 크랭크로 손을 뻗다가 비로소 알아차렸다. 운전석 위에 돌로 눌러진 종이쪽지가 있었던 것이다.

한동안 그 자리에 우뚝 서 있었다. 몸의 절반은 포드 T형 안에, 절반은 바깥에 걸친 채로. 한 손은 차 문 옆에, 한 손은 크랭크를 보관하는 운전석 아래로 뻗은 채로. 문진 대신 임시로 올려놓은 돌멩이 밑에서 쪽지를 꺼내어 펴 보기도 전에, 나는 이미 알아차렸다. 헨리가 어째서 일부러 학교를 빠져나와 차를 바꿔 놓았는지를. 먼 데까지 가려면 트럭이 더 믿음직하기 때문이었다. 예컨대 오마하라든가.

아빠께

트럭은 제가 타고 갈게요. 어디로 가는지는 아실 거예요. 절 찾지 마세요. 존스 보안관한테 신고하려면 하세요, 그럼 전 다 불어 버릴 거예요. 전 아직 '어린애'니까 마음이 변할 거라고 생각하실지도 모르지만, **제 마음은 절대 안 변해요.** 새년이 없으면 전 못 살아요. 사랑해요, 아빠. 이유는 잘 모르겠지만요. 아빠랑 같이 한 모든 일이 저한테는 불행만 가져다 줬는데도.

사랑하는 아들
헨리 '행크' 제임스 올림

나는 멍한 상태로 차를 몰고 농장으로 돌아왔다. 도중에 누가 손을 흔들었던 것도 같다. 자기네 농장 길가에 야채 좌판을 펼쳐 둔 샐리 코터리도 손을 흔들어 인사했던 것 같다. 기억은 잘 안 나지만 나도 손을 들어 화답했던 것 같다. 존스 보안관이 우리 집에 들렀던 날, 그러니까 싱거운 질문을 넉살 좋게 던지며 차가운 눈으로 여기저기 훑어본 날 이후 처음으로, 내가 정말로 전기의자에 앉을지도 모른다는 생각이 떠올랐다. 그 생각이 너무나 생생해서 의자 팔걸이의 가죽 끈이 손목과 팔꿈치를 조이고 차가운 버클이 살갗에 닿는 느낌까지 들었다.

내가 신고를 하든 안 하든, 헨리는 잡힐 신세였다. 내가 보기에는 뻔한 일이었다. 트럭에 기름을 채우려면 75센트는 있어야 하는데 그조차도 없으니 엘크혼까지 가기도 전에 차가 멈춰서 걸어가야 할 판이었다. 용케 기름을 훔쳐 넣는다고 해도 새년이 머무는 곳에 가까이 갔다가 잡힐 것이 뻔했다(헨리는 새년이 강제로 붙잡혀 있다고 믿었다. 그 애가 자청해서 갔으리라는 생각은 헨리의 덜 여문 머리에 떠오른 적조차 없을 것이다.). 보나마나 할란이 그곳 책임자한테, 그러니까 카밀라 수녀한테 헨리가 어떻게 생겼는지 일러두었을 것이다. 사랑에 눈이 먼 소년이 자기가 사랑하는 소녀가 강제로 붙잡혀 있는 곳에 나타날 가능성을 할란은 생각지 못했다고 해도, 카밀라 수녀는 이미 내다보았을 것이다. 그런 일을 하다 보면 전에도 사랑에 눈 먼 소년들을 여럿 상대해 봤을 테니까.

내가 바라는 것이 있다면 오직 하나, 헨리가 경찰에 추궁당하는 동안 입을 꾹 다물고 스스로 깨닫는 것이었다. 내 간섭 때문이 아니라 자신의 어리석은 열정 때문에 붙잡히는 신세가 된 것을 말이다. 십대 소년이 알아서 정신을 차렸으면 하고 바라다니 경마장에서 가망 없는 말한테 돈을 거는 짓이나 마찬가지였지만, 내가 달리 할 수 있는 일이 뭐가 있었겠는가?

차를 몰고 우리 농장 대문을 통과하는 사이에 퍼뜩 터무니없는 생각이 뇌리를 스쳤다. 포드 T형의 엔진이 돌아가게 놔 둔 채 가방을 챙겨 와서 이대로 콜로라도 주까지 달아나는 건 어떨까. 그 생각은 고작 2초 만에 사라졌다. 돈은 있었다, 그것도 75달러나. 하지만 포드 T형은 줄스버그까지 가서 주 경계선을 넘기도 전에 길에서 퍼져 버릴지도 몰랐다. 게다가 진짜 중요한 문제는 따로 있었다. 차가 문제라면 링컨까지 간 다음 포드 T형에다 60달러를 보태서 튼튼한 차로 바꾸면 그만이었다. 아니, 진짜 문제는 땅이었다. 내가 태어난 이 땅. 내 고향 땅 말이다. 이 땅을 지키려고 아내까지 죽여 놓고서 멍청한 꼬맹이 공범이 사랑의 모험을 떠났다는 이유만으로 다 포기하고 달아나다니, 그럴 수는 없었다. 내가 농장을 떠나는 날이 온다면 목적지는 콜로라도가 아니라 주립 교도소였다. 그때도 내 발로 갈 생각은 없었다. 수갑을 차고 끌려간다면 모를까.

그날은 월요일이었다. 화요일에도 수요일에도 아무 소식이 없었다. 존스 보안관이 찾아와 헨리가 도로변에서 히치하이킹을 하다가 잡혔다고 알려주지도 않았고, 할란 코터리가 집에 들러서 (당연히 열성 신자답게 근엄한 표정으로) 카밀라 수녀가 신고해서 오마하 경찰이 헨리를 체포했는데 지금 유치장에 앉아 칼이 어쩌고 우물이 어쩌고 포대가 어쩌고 하는 말도 안 되는 소리를 지껄이는 중이라고 전해 주지도 않았다. 우리 농장은 쥐 죽은 듯 고요했다. 나는 밭에 나가서 쟁여 두고 먹을 채소를 수확했고, 울타리를 고쳤고, 소 젖을 짰고, 닭들한테 모이도 줬다. 머릿속이 멍한 상태로 그 일을 다 해치웠다. 그러면서도 마음 한구석으로는, 아니, 한구석보다는 더 넓게, 이 모든 게 징그러울 만큼 길고 복잡한 꿈이기를 바랐다. 눈을 떠 보면 부디 알렛이 내 곁에서 코를 골고 있기를. 헨리가 아침밥 지을 장작을 패는 소리가 들리기를.

그러다가 목요일이 되자 매크레디 선생이 자기 차인 포드 T형을 몰고 우리 집에 찾아왔다. 헤밍퍼드 중학교에서 교편을 잡고 있는 다정하고 통통한 그 과부는 나한테 헨리가 잘 있는지 물어보러 온 길이었다.

"요즘, 그…… 설사를 일으키는 독감이 유행이거든요. 그래서 혹시 헨리도 걸렸나 해서요. 급하게 조퇴하던데요."

"헨리도 걸리긴 했습니다. 그런데 설사병이 아니라 상사병이에요. 매크레디 선생님, 헨리는 가출했어요."

뜻밖에도 눈물이, 쓰라리고 뜨겁게, 두 눈에 차올랐다. 멜빵바지 앞주머니에서 손수건을 꺼냈지만 미처 닦기도 전에 몇 방울이 볼을 타고 흘러내렸다.

뿌예진 눈을 닦고 다시 보니 매크레디 선생도 울음을 터뜨리기 직전이었다. 매크레디 선생은 문제아들도 가리지 않고 따뜻하게 대해 주었다. 아마 헨리가 무슨 일로 고민하는지 일찌감치 눈치챘을 것이다.

"제임스 씨, 헨리는 돌아올 거예요. 걱정 마세요. 이런 경우는 전에도 본 적이 있어요. 제가 학교를 떠나기 전에 아마 몇 번은 더 보겠죠. 은퇴까지 얼마 안 남긴 했지만."

이윽고 매크레디 선생의 목소리가 나지막해졌다. 우리 집 수탉 조지와 그 애첩들이 스파이인 줄 아는 모양이었다.

"그보다 제임스 씨, 지금은 섀넌 아버지를 조심하셔야 해요. 원체 거칠고 고집도 센 분이거든요. 천성이 못된 건 아니지만, 그래도 거칠어요."

"저도 압니다. 그리고 그 사람 딸이 지금 어디 있는지는 선생님도 아실 텐데요."

매크레디 선생이 눈을 내리깔았다. 대답은 그것으로 족했다.

"와 주셔서 고맙습니다, 선생님. 이 일은 아무쪼록 비밀로 해 주셨으면 하는데요."

"그럼요…… 하지만 아이들은 벌써부터 수군거리던 걸요."

그렇겠지. 그래야 아이들이지.

"제임스 씨, 혹시 댁에 전화 놓으셨나요?" 매크레디 선생이 전화선을 찾아 두리번거렸다. "안 놓으셨군요. 괜찮아요, 무슨 소식이 들리면 제가 와서 알려 드릴게요."

"할란 코터리나 존스 보안관보다 먼저 들으신다면, 말이겠죠."

"헨리는 하느님이 지켜 주실 거예요. 섀넌도요. 아시겠지만, 그 애들은 정말 잘 어울리는 한 쌍이었어요. 누가 봐도 그랬어요. 가끔은 과일이 너무 빨리 익어 버릴 때도 있죠. 서리를 맞아 얼어 버릴 때도 있고요. 안됐어요. 너무 슬프고 안됐어요."

매크레디 선생과 악수를 했다. 아귀힘이 남자처럼 강력했다. 뒤이어 선생은 싸구려 자가용차를 타고 떠났다. 아마 모르고 한 말이었겠지만, 선생은 마지막으로 섀넌과 내 아들 이야기를 하면서 과거 시제를 사용했다.

금요일, 존스 보안관이 문에 금색 별이 그려진 순찰차를 타고 우리 집에 들렀다. 혼자가 아니었다. 순찰차 뒤에 따라오는 차는 우리 집 트럭이었다. 그 차를 보니 가슴이 철렁 내려앉았고, 뒤이어 운전석에 앉은 사람을 보고서는 아예 심장이 멎을 뻔했다. 라스 올슨이었으니까.

나는 존스가 도착 의식을 마칠 때까지, 그러니까 허리띠를 당겨 올리고 이마를 닦고(싸늘하고 흐린 날이었는데도) 머리를 쓸어 올릴 때까지 차분히 기다리려고 애썼다. 하지만 도저히 그럴 수가 없었다.

"헨리는요? 찾았어요?"

"아니, 그건 아니야." 존스가 포치 계단을 올라오며 말했다. "운송회사 직원이 라임비스카 동쪽에서 트럭을 발견했는데, 애는 없었어. 자네가 진작 신고를 해 줬으면 애가 지금 어떤 상탠지 알텐데 말이야. 안 그래?"

"알아서 돌아올 줄 알았어요. 오마하에 갔었거든요. 보안관님, 제가 어디까지 말씀을 드려야 할지 모르겠는데, 그게……."

머릿속이 멍했다. 그러는 사이에 라스 올슨은 우리 목소리가 들리는 곳까지 어슬렁어슬렁 걸어왔다. 귀를 쫑긋 세우고서.

"올슨, 내 차에 들어가 있어. 이건 우리끼리 할 얘기야."

보안관의 말에 순둥이 라스는 군말 없이 총총걸음으로 멀어져 갔다. 보안관이 내 쪽으로 고개를 돌렸다. 지난번에 왔을 때보다 훨씬 차분했고, 갈팡질팡하는 기색도 없었다.

"나도 알 만큼은 알아. 자네 아들은 할란 코터리의 딸을 임신시키고 오마하로 달아났을 거야. 기름이 떨어질 것 같으니까 도로를 벗어나 풀밭에 차를 감췄겠지. 영리한 녀석이야. 그 똑똑한 머리는 자네한테 물려받았나? 아니면 알렛?"

대꾸하지 않았다. 그런데 보안관의 말을 듣고 문득 떠오르는 생각이 있었다. 사소한 것이었지만, 잘하면 쓸 만할지도 몰랐다.

"그래도 헨리한테 감사할 일이 하나 있어. 어쩌면 그 덕분에 애가 감옥에 안 갈지도 몰라. 트럭을 버리고 달아나기 전에 차 밑의 풀을 모조리 뽑아 놓고 갔거든. 배기관의 열 때문에 불이 안 붙게 말이지. 들판에 불이라도 번져서 홀라당 탔어 봐, 배심원들이 아주 길길이 날뛸 거야. 안 그래? 범인이 아무리 열다섯 살 꼬마라고 해도 말이야."

"불이 난 건 아니잖아요, 헨리가 잘해 준 덕분에요. 그런데 왜 그렇게 집요하게 캐시는 거죠?"

물론 답은 이미 알고 있었다. 존스 보안관은 앤드루 레스터 같은 변호사 나부랭이한테는 콧방귀도 안 뀔 사람이었지만, 할란 코터리하고는 막역한 사이였다. 둘 다 새로 결성된 엘크 로지 클럽의 회원이기도 했다. 그래서 할란이 내 아들 얘기를 일러바쳤던 것이다.

"좀 신경이 쓰여서 말이지. 자넨 안 그런가?" 보안관은 이렇게 말하고는 또 손으로 이마를 훔치고 모자를 고쳐 썼다. "나라면 신경이 쓰일 거야, 내 아들이 그렇게 됐다면. 그런데 말이지, 만약 헨리가 내 아들이고 할란 코터리가 내 이웃이었다면, 그것도 이웃사촌이었다면 말이야, 난 그 친구네 집에 가서 이랬을 거야. '이봐, 할란, 우리 아들이 자네 딸을 만나러 갈 것 같아. 자네가 그쪽에 얘기해서 지키고 있으라고 좀 해 주겠나?' 그런데 자넨 그 말조차 안 했어. 안 그래?"

앞서 보안관 덕분에 떠올랐던 생각이 점점 더 그럴듯해졌다. 이제 그 생각을 실천에 옮길 때였다.

"섀넌이 있는 곳에 안 나타났군요. 그렇죠?"

"그래, 아직. 여태 찾는 중인지도 모르지."

"제가 보기에 섀넌을 만나려고 달아난 건 아닌 것 같아요."

"그럼 이유가 뭔가? 오마하에서 파는 맛있는 아이스크림이라도 먹으러 갔나? 그쪽으로 간 건 확실하잖아."

"아마 엄마를 찾으러 갔을 거예요. 어쩌면 그동안 쭉 둘이서 연락을 주고받았는지도 모르죠."

그 말에 존스 보안관은 한참 동안 말이 없었다. 다시 한 번 이

152

마를 닦고 머리를 쓸어 넘기기에 충분한 시간이었다. 이윽고 보안
관이 다시 입을 열었다.

"어떻게?"

"아마 편지를 쓴 게 아닌가 싶은데요."

헤밍퍼드홈 잡화점은 우체국도 겸하고 있었다. 이 일대로 배달
되는 우편물은 모두 그곳을 거쳐야 했다.

"헨리가 군것질거리를 사러 왔을 때 가게 주인이 편지를 전해
줬겠죠. 학교에서 돌아올 때 자주 들렀으니까요. 저도 어떻게 된
건지 확실히는 몰라요, 보안관님. 저를 무슨 범인처럼 대하시는
이유도 모르기는 마찬가지고요. 제가 섀넌이랑 뒹군 것도 아니잖
습니까."

"그런 식으로 말하면 안 되지, 섀넌 같이 착한 애를!"

"착한지 안 착한지는 모르겠습니다만, 어쨌거나 이번 일로 놀
라기는 저나 코터리네나 마찬가지예요. 그런데 전 이제 아들까지
사라졌어요. 그 사람들은 적어도 자기 딸이 어디 있는지는 알잖
습니까."

보안관은 또다시 입을 다물었다. 그러다가 바지 뒷주머니에서
수첩을 꺼내더니 뭔가 끄적거렸다. 그러고는 수첩을 집어넣고 이
렇게 물었다.

"그러니까 집사람이 헨리하고 연락을 주고받았는지 어쨌는지
확실히는 모른다, 이거군? 그냥 추측이란 말이지?"

"헨리는 아내가 집을 나간 후로 툭하면 엄마 이야기를 했는데,
그러다 언제부턴가 멈췄어요. 게다가 할란네가 섀넌을 가둬 둔
곳에도 안 나타났고요."

그 점에 대해서는 나도 존스 보안관만큼이나 놀랐지만…… 한편으로는 그런 헨리가 몹시도 고마웠다.

"그 두 가지를 합쳐서 생각해 보세요. 답이 뭐겠습니까?"

존스 보안관이 인상을 찌푸렸다.

"난들 아나. 하나도 모르겠어, 정말이야. 간단히 밝혀질 줄 알았는데. 하지만 내가 틀린 건 이번이 처음이 아니야. 암, 전에도 틀린 적이 있고 앞으로도 그러겠지. 성서에도 나와 있잖나, '사람은 누구나 잘못을 저지른다'고. 그래도 그렇지 이거 원, 머리에 피도 안 마른 것들 때문에 아주 못 살겠군. 윌프리드, 혹시 자네 아들한테서 연락이 오면 당장 돌아오라고 전하게. 섀넌이 어디 있는지 알아도 만나러 갈 생각은 말라고 해. 그 애도 만나고 싶지 않을 테니까. 그나마 들판에 불이 안 나서 다행이야. 자기 아버지 트럭을 훔친 거야 뭐, 체포할 일도 아니고."

"당연하죠. 제가 헨리를 고소할 일은 없을 겁니다."

"그런데 말이지."

존스 보안관이 손가락을 뻗으며 말했다. 그 손짓을 보니 은행의 스토펜하우저가 떠올랐다.

"사흘 전에 라임비스카에 있는 주유소 한 곳이 강도를 당했어. 자네 트럭이 발견된 곳 근처야. 파란 보닛을 쓴 소녀가 그려진 마가린 광고판이 지붕에 달려 있는 곳, 알지? 23달러를 털렸다더군. 사건 보고서가 내 사무실 책상 위에 있네. 범인은 젊은 남잔데, 허름한 카우보이 복장에 손수건으로 입을 가리고 밀짚모자를 눈바로 위까지 눌러 썼다더군. 그때 가게를 보고 있었던 주인 어머니 말로는 범인이 연장을 들고 위협했다는 거야. 쇠지레 아니면 쇠막대 같은 거였다는데, 알 게 뭐야. 여든이 코앞이라 절반은 장님이나 다름없는 할멈인데."

이제 내가 입을 다물 차례였다. 보안관의 말을 들으니 어안이 벙벙할 지경이었다. 나는 한참 만에 입을 열었다.

"보안관님, 헨리는 학교에서 곧장 사라졌어요. 또 제 기억으로는 그날 플란넬 셔츠에 코듀로이 바지를 입고 있었어요. 옷은 하나도 안 챙겨 갔는데, 애초에 장화고 뭐고 카우보이가 입을 만한 옷은 하나도 없었어요. 모자도 안 쓰고 갔고요."

"어디서 훔쳤을 수도 있지. 안 그래?"

"확실히 밝혀진 게 아니면 아예 말씀을 마세요. 보안관님이 할란이랑 친한 사이란 건 저도 알지만……."

"어이, 지금 이 건은 그거랑 아무 상관도 없어."

아니, 상관이 있었다. 그건 우리 둘 다 알고 있었다. 하지만 그 얘기를 더 할 필요는 없었다. 어쩌면 내가 가진 땅 30만 제곱미터는 할란의 60만 제곱미터에 비하면 별것 아닐 수도 있었지만, 그래도 나 역시 자기 땅을 가진 지주이자 성실한 납세자였다. 그러니 보안관한테 협박당할 이유가 조금도 없었던 것이다. 그것이야말로 내가 확실히 해 두고 싶은 점이었다. 그리고 존스 보안관도 내 의도를 알아차렸다.

"제 아들은 강도가 아니에요. 여자를 위협하는 짓 같은 건 안 합니다. 그럴 애가 아니에요, 그렇게 키운 적도 없고요."

뭐, 얼마 전까지는 그랬지. 내 안의 목소리가 소곤거렸다.

"아마 현금이 급히 필요한 부랑자가 벌인 짓이겠지. 그래도 왠지 한번 알아봐야 할 것 같아서 그랬네. 사람들이 뭐라고 할지 모르잖아, 안 그래? 발 없는 말이 천리를 간다는 속담도 있고 말이지. 입 달린 인간들은 다들 한마디씩 보태는 법이잖아. 말하는 데 돈이 드는 것도 아니니까. 어차피 내 선에서는 이미 끝난 일이야. 라임비스카에서 벌어진 일은 그쪽 보안관한테 맡기는 게 내 신조라네. 그래도 명심하게, 오마하 경찰은 새넌 코터리가 있는 곳을 주시하고 있어. 혹시라도 자네 아들이 올까 하고."

보안관은 다시 머리를 넘기고 마지막으로 모자를 고쳐 썼다.

"제 발로 돌아오면 아무 일 없을 거야. 그렇게 되면 이번 일은 다 잊고 털어 버리세. 그냥 액땜한 셈 치자고."

"예. 하지만 우리 아들 험담은 그만하세요. 새넌 욕도 같이 하실 게 아니라면요."

콧구멍이 벌렁거리는 모양새를 보니 내 말이 귀에 거슬리는 눈치였지만, 그래도 보안관은 그 말에 아무 대꾸도 하지 않았다. 그 대신 이렇게 말했다.

"돌아와서 엄마를 만났다고 하거든 나한테 알려주게. 실종자 명단에 올라가 있어서 말이지. 헛수고인 줄은 나도 알지만, 그래도 법은 법이니까."

"그럼요. 알려 드릴게요."

존스 보안관은 고개를 끄덕이고 자기 차로 갔다. 운전석에는 라스가 앉아 있었다. 보안관이 손을 휘이 저어서 라스를 쫓아냈다. 그는 자기 차를 절대 남한테 안 맡기는 사람이었으니까. 나는 주유소를 턴 젊은 남자의 모습을 떠올려 보았다. 그러면서 나 자신을 설득하려고 애썼다. 내 아들 헨리는 절대 그런 짓을 할 애가 아니라고, 설령 그래야 할 지경에까지 몰린다고 해도 남의 집 창고나 막노동꾼 합숙소에서 훔친 옷으로 갈아입을 만큼 교활한 아이는 아니라고. 그러나 헨리는 이제 예전의 헨리가 아니었다. 살인을 한 사람은 교활함을 몸에 익히게 마련이다, 그렇지 않은가? 그것이 살인자가 살아남는 비결이니까. 그러니 어쩌면…….

아니, 아니다. 그런 식으로 말할 수는 없다. 그건 약해 빠진 소리니까. 이것은 내 고백이자, 내가 세상에 고하는 작별 인사다. 그런데 여기서 진실을, 완전한 진실을, 오로지 진실만을 말하지 않는다면 무슨 소용이 있겠는가? 그런 고백에 도대체 무슨 의미가 있겠는가?

그 강도는 헨리였다. 내 아들 헨리. 존스 보안관이 별것도 아닌 강도 사건 이야기를 꺼낸 이유는 내가 예상과 달리 굽실거리지 않았기 때문이라는 것쯤은 그의 눈빛만 봐도 알 수 있었다. 그러나 나는 대번에 알아차렸다. 보안관이 모르는 것을 나는 알고 있었으니까. 아버지가 어머니를 죽이도록 도와준 아이한테 남의 옷을 훔치고 노인 코앞에 쇠지레를 들이대는 것쯤 뭐가 대수겠는가? 식은 죽 먹기겠지. 게다가 한 번 성공했으니 또 하려고 들 터였다. 그 23달러가 다 떨어지면. 분명 오마하에서 또 저지르겠지. 그러다 잡힐 테고. 그렇게 해서 우리가 한 짓이 전부 다 들통 나겠지. 십중팔구, 전부 다.

나는 포치로 올라가서 의자에 앉았다. 그리고 두 손에 얼굴을 파묻었다.

하루하루가 흘러갔다. 비 오는 날이 이어졌다는 것만 기억날 뿐, 며칠이 지났는지는 모른다. 비 내리는 가을날에는 바깥일을 쉴 수밖에 없는데 그때 나한테는 외양간에서 돌볼 가축도 몇 마리 남아 있지 않았고, 수리하면서 시간을 때울 별채도 없었다. 책을 읽으려고 해 봐도 글자가 눈에 들어오지 않았는데 그 와중에도 이따금씩 단어 한 개가 종이에서 불쑥 튀어나와 악을 쓰는 것 같았다. 살인. 죄악. 배신. 이런 단어들이.

나는 포치에 앉아서 무릎에 책을 펼쳐 놓고 낮 시간을 보냈다. 습하고 추운 공기를 막으려고 양가죽 코트를 꽁꽁 여미며 입고서, 처마에서 떨어지는 빗방울을 멍하니 바라보면서. 밤에는 새벽까지 뜬눈으로 누워 지붕을 두드리는 빗소리에 가만히 귀를 기울였다. 안으로 들여보내 달라고 소심하게 두드리는 소리 같았다. 엘피스와 함께 우물 밑바닥에 있는 알렛 생각을 너무 오래 했기 때문일까. 이런 상상이 슬슬 떠오르기 시작했다. 알렛이 아직……살아 있지는 않겠지만(정신적으로 압박을 받기는 했어도 나는 미치지는 않았다.), 그래도 어떻게든 내 사정을 알고 있을 거라는 상상이었다. 알렛이 대충 만든 무덤 속에 앉아 바깥에서 벌어지는 일들을 지켜보고 있을 것 같았다. 흐뭇한 표정으로.

일이 이렇게 돼서 기뻐, 윌프리드? 할 수만 있으면 알렛은 나한테 이렇게 물었을 것이다(내 상상 속에서는 그 말이 똑똑히 들렸다.). *날 죽인 보람이 있어? 당신이 보기엔 어때?*

존스 보안관이 들르고 나서 일주일쯤 지난 어느 날 밤, 내가 『일곱 박공의 집』을 읽으려고 앉아 있을 때, 알렛이 내 등 뒤에 나타났다. 알렛이 등 뒤에서 내 머리 옆으로 손을 뻗어 차갑고 축축한 손가락으로 내 코를 건드렸다.

나는 보풀이 일어난 거실 양탄자에 책을 떨어뜨리고 비명을 지르며 벌떡 일어섰다. 그 바람에 알렛의 차가운 손가락 끝이 내 입가로 미끄러졌다. 뒤이어 정수리에, 머리숱이 점점 얇어지는 그 자리에 또다시 차가운 손가락이 느껴졌다. 이번에는 나도 모르게 웃음이 터졌다. 분노한, 떨리는 웃음소리가 울려 퍼졌다. 책을 주우려고 몸을 숙이는데 그 손가락이 또다시, 이번에는 목덜미를 건드렸다. 죽은 아내가 이렇게 말하는 듯했다. *이제 알아보겠어, 윌프리드?* 나는 그 손가락이 이번에는 눈을 찌를까 무서워서 슬금슬금 물러난 다음, 고개를 들어 위를 보았다. 머리 위의 천장에 생긴 얼룩에서 물이 떨어지고 있었다. 아직 석고가 부풀지는 않았지만 비가 계속 내리면 그렇게 되지 싶었다. 어쩌면 아예 녹아서 덩어리로 떨어질지도 몰랐다. 비가 새는 곳은 내 전용 독서 의자 바로 위였다. 당연한 일이었다. 천장은 그곳만 빼면 온통 멀쩡해 보였으니까. 적어도 그때까지는.

스토펜하우저가 했던 말이 떠올랐다. *내 앞에서 정말로 돈 쓸 데가 하나도 없다고 말할 참인가? 지붕을 고치는 건 언제?* 그리고 그 교활한 표정도 떠올랐다. 이미 *다 안다*는 듯한 표정. 알렛과 한패라는 듯한 그 표정.

엉뚱한 생각은 집어치워. 나는 스스로를 타일렀다. *저 우물 밑에 있는 마누라 생각만으로도 머리가 터질 지경이잖아. 지금쯤은 벌레들이 눈을 파먹었을 거야, 안 그래? 그 날카로운 혀도 갉아먹지 않았을까? 그래서 조금은 뭉툭해지지 않았을까?*

거실 반대편 구석에 있는 탁자로 가서 거기 놓인 술병을 들고 잔에 갈색 위스키를 가득 따랐다. 손이 떨렸지만 그리 심하지는 않았다. 두 모금 만에 잔을 비웠다. 그런 식의 음주가 습관이 되는 것은 좋지 않았지만, 죽은 아내가 코를 건드리는 일이 날마다 일어나는 것도 아니니까. 술을 마신 덕분에 기분이 나아졌다. 나 자신을 다잡을 힘이 생겼다고나 할까. 지붕을 고치려고 750달러를 대출받을 필요까지는 없었다. 비가 그치면 자투리 판자를 모아서 덧대는 정도는 할 수 있을 테니까. 하지만 보기 흉하겠지. 어머니가 보시면 넝마주이 오두막 같다고 하실지도. 그런 건 아무래도 상관없었다. 비가 새는 자리를 고치는 것쯤은 하루 이틀이면 끝날 일이었다. 나한테는 다가오는 겨울을 바쁘게 보낼 만한 일이 필요했다. 힘들게 일하다 보면 흙더미 왕좌에 앉은 알렛 생각이, 포대를 *헤어네트*처럼 뒤집어쓴 알렛 생각이 머릿속에서 지워질 것 같았다. 나한테는 일찌감치 녹초가 되어 잠자리에 들자마자 곯아떨어질 만한 집안 일이 필요했다. 침대에 누워 빗소리를 들으며 바깥에서 지붕을 두드리는 사람이 헨리가 아닐까, 헨리가 독감에 걸려 기침하는 소리는 아닐까 상상하지 않도록. 때로는 노동이 유일한 답이었다.

이튿날, 나는 트럭을 몰고 읍내로 가서 애초에 35달러를 빌릴 필요가 없었더라면 생각도 못했을 일을 실천했다. 집을 담보로 750달러를 대출받은 것이다. 사람은 누구나 결국에는 자기가 판 함정에 빠지게 마련이다. 나는 그렇게 믿는다. 결국에는, 누구나 함정에 빠진다.

그 주에 오마하에서는 중절모를 쓴 젊은 남자 한 명이 도지 스트리트에 있는 전당포에 들어와서 니켈로 도금된 32구경 권총을 샀다. 남자가 지불한 5달러짜리 지폐는 분명 지붕에 마가린 광고판이 달린 주유소에서 장님이나 다름없는 노파를 위협하여 뺏은 돈이었다. 그 이튿날, 납작모자를 쓰고 빨간 손수건으로 입과 코를 가린 젊은 남자가 제일 농업 은행 오마하 지점에 걸어 들어오더니, 로다 펜마크라는 젊고 예쁘장한 창구 직원에게 총을 겨누고 서랍에 있는 돈을 모조리 내놓으라고 요구했다. 로다가 건네준 돈은 200달러, 대부분 1달러와 5달러짜리였다. 꾀죄죄한 농부들이 둥그렇게 말아서 작업용 멜빵바지 주머니에 넣고 다니던 돈이었다.

그 젊은 남자가 한 손으로 바지에 돈을 쑤셔 넣고 떠나려 할 때, 퇴직 경찰 출신인 뚱뚱한 은행 경비원이 말했다.

"젊은이, 이러지 말게."

젊은 남자는 허공에 대고 32구경 권총을 발사했다. 손님 몇 명이 비명을 질렀다. 남자는 복면 너머로 경비원에게 말했다.

"쏘고 싶진 않아. 하지만 꼭 해야 한다면, 난 방아쇠를 당길 거야. 다치기 싫으면 기둥 뒤로 물러나서 얌전히 서 있어. 바깥에 망을 보는 친구가 한 명 더 있으니까."

남자는 은행을 뛰쳐나가기도 전에 복면부터 벗었다. 경비원은 잠시 기다리다가, 두 손을 든 채(총은 안 가지고 있었다.) 바깥으로 나갔다. 혹시 정말로 한패가 있을까 싶어서였다. 당연히 아무도 없었다. 행크 제임스는 자기 아이를 밴 소녀 말고는 오마하에 친구가 한 명도 없었다.

집을 담보로 대출받은 돈 가운데 200달러는 현금으로 찾았고,

나머지는 스토펜하우저의 은행에 맡겨 두었다. 나는 그 길로 철물점과 목재소에서 필요한 것들을 산 다음, 헨리가 엄마의 편지를 받았을지도 모르는 잡화점에 들렀다. 물론 그 애 엄마가 살아 있을 때의 얘기지만. 차를 몰고 읍내를 떠나 집에 도착할 즈음에는 가랑비가 폭우가 바뀌어 있었다. 방금 구입한 각목과 판자를 내리고 소에게 여물을 주고 우유를 짠 다음, 먹거리를 정리했다. 부엌을 지키는 알렛이 없으니 장을 봐도 건조식품이나 기본 찬거리가 고작이었다. 그 일을 마치고 나서 장작 난로에 물을 올려 목욕 준비를 하고 젖은 옷을 벗었다. 구겨진 멜빵바지의 오른쪽 앞주머니에서 돈다발을 꺼내어 세어 보니 160달러쯤 되는 돈이 남아 있었다. 현금을 왜 그리 많이 찾았냐고? 정신이 딴 데 팔려 있었기 때문이었다. 딴 데라니, 어디? 설마 *기도*였을 것 같은가? 당연히 알렛과 헨리 생각에 정신이 팔려 있었다. 비가 그치지 않던 그 무렵, 내 머릿속은 두 사람 생각이 몽땅 차지하다시피 했다.

그런 큰돈을 집에 두는 게 좋은 생각이 아니라는 건 나도 알고 있었다. 어디다 써야 가장 좋을지 떠오를 때까지 얼마 안 되는 이자라도 받으려면(물론 대출 이자에는 턱없이 못 미치겠지만) 다시 은행에 넣어 둬야 할지도 몰랐다. 어쨌거나 어딘가 안전한 곳에 보관해야 했다.

매춘부나 쓸 법한 빨간 모자가 들어 있던 상자가 떠올랐다. 원래부터 알렛이 비상금을 감춰 두는 곳이었고, 짐작도 못할 만큼 오랫동안 남의 눈에 띄지 않았기 때문이었다. 하지만 모자 밴드 속에 숨기기에는 돈다발이 너무 커서 그냥 모자 안에 넣어 둬야 할 것 같았다. 읍내에 다시 나갈 이유가 생길 때까지만 숨겨 두면 그만이었다.

나는 알몸으로 침실에 들어가서 붙박이장 문을 열었다. 알렛이 교회에 갈 때 쓰던 하얀 모자가 들어 있는 상자를 옆으로 민 다음, 남은 상자로 손을 뻗었다. 지난번에 선반 끄트머리로 밀어 둔 탓에 까치발을 딛고서야 손이 닿았다. 상자는 고무줄로 묶여 있었다. 상자를 앞으로 당기려고 고무줄 아래로 손가락을 넣은 순간, 너무 무겁다는 생각이 얼핏 들었다. 모자가 아니라 무슨 벽돌이라도 들어 있는 것처럼. 뒤이어 묘하게 *싸늘한* 기운이, 마치 얼음물에 손을 담갔을 때 같은 충격이 밀려왔다. 다음 순간 그 얼음이 불로 바뀌었다. 팔 근육이 모조리 마비될 정도로 격한 통증이었다. 나는 놀라고 아파서 악을 쓰면서, 돈을 사방에 흩뿌리면서 비틀비틀 물러섰다. 손가락이 고무줄에 걸려 있었던 탓에 모자 상자가 딸려 나와 선반에서 떨어졌다. 상자 위에는 너무나 낯익은 시궁쥐 한 마리가 웅크리고 앉아 있었다.

이 글을 읽는 당신은 이렇게 말할지도 모른다. '윌프리드, 쥐는 원래 다 비슷하게 생겼어.' 보통은 그렇지만, 그 시궁쥐는 내가 아는 놈이었다. 나는 그놈이 시가처럼 툭 불거져 나온 소의 젖꼭지를 주둥이에 문 채로 달아나는 광경을 똑똑히 봤다.

피가 흐르는 손에서 상자가 떨어지자 쥐도 함께 바닥에 떨어져 굴러갔다. 만약 나한테 생각할 틈이 있어서 꾸물거렸다면 쥐새끼는 이번에도 달아났을 테지만, 그때 나는 아프고 놀라고 무서워서 복잡한 생각을 할 겨를이 없었다. 불과 몇 초 전만 해도 온전했던 몸의 일부에서 피가 솟아나는 꼴을 보면 누구라도 그랬을 것이다. 태어날 때 모습 그대로 발가벗은 상태인 것조차 까맣게 잊고서, 나는 오른발을 들어 쥐새끼를 밟았다. 놈의 뼈가 부러지는 소리가 들렸다. 내장이 터지는 느낌이 발에 전해졌다. 쥐의 꼬리 밑에서 피와 흐물흐물해진 내장이 뿜어 나와 내 왼쪽 발목을 따스하게 적셨다. 그런데도 그놈은 몸을 틀려고 버둥거리면서 또다시 나를 물려고 했다. 큼지막한 앞니가 꿈지럭거리는 모습이 똑똑히 보였지만, 내 몸까지는 닿지 않았다. 내가 발로 밟고 있는 한은 불가능했다. 그래서 밟았다. 더 세게, 놈한테 물린 손을 가슴에 댄 채로, 수북이 자란 내 가슴 털에 따스한 피가 스며드는 감촉을 느끼면서. 쥐새끼는 버둥거리다가 몸을 뒤집었다. 놈의 꼬리가 처음에는 내 종아리를 찰싹 때리더니 뒤이어 풀뱀처럼 다리를 휘어 감았다. 놈의 주둥이에서는 피가 솟구쳤다. 새까만 두 눈은 유리구슬처럼 툭 불거졌다.

나는 죽어가는 시궁쥐를 밟은 채 한참 동안 서 있었다. 놈은 배가 터지고 내장이 곤죽이 됐는데도 멈추지 않고 꿈틀대며 나를 물려고 했다. 그러다가 마침내 잠잠해졌다. 나는 놈이 죽은 척하는 게 아닌지 확인하려고(죽은 척하는 쥐새끼라니, 하!) 조금 더 그대로 서 있다가, 숨이 끊어진 것을 확인한 후에 부엌으로 절뚝절뚝 걸어갔다. 복도에 피로 발자국을 찍으며 가는 동안 무슨 까닭에선지 그리스 신화에 나오는 펠레우스의 이야기가, 그러니까 샌들을 한 짝만 신은 남자를 주의하라는 신탁의 내용이 떠올랐다. 하지만 나는 영웅 이아손이 아니었다. 그저 아프고 놀라서 반쯤 돌아 버린 농부일 뿐이었다. 어쩌면 침실을 피로 더럽히는 저주에 걸린 농부인지도 몰랐다.

부엌의 펌프 주둥이 밑에 손을 대고 찬물로 상처를 식히는 동안, 웬 목소리가 들려왔다.

"이제 그만, 이제 그만, 이제 그만."

내 목소리였지만, 나도 알고 있었지만, 노인의 목소리처럼 들렸다. 거지 신세가 된 노인의 목소리였다.

그 후의 일도 기억은 나지만, 막상 떠올려 보면 마치 곰팡이 핀 앨범 속의 오래된 사진을 보는 것만 같다. 쥐새끼는 내 왼손 엄지와 검지 사이의 연한 살을 물었다. 심한 상처였지만, 어찌 보면 차라리 다행이었다. 고무줄 아래에 넣은 손가락을 물렸다면 아예 잘려 나갔을지도 모르니까. 나는 침실로 돌아가서 내 원수의 꼬리를 집고 높이 들어 확인한 후에야 비로소 그것을 깨달았다(오른손으로 들어야 했다, 왼손은 통증 때문에 뻣뻣하게 굳어 있었으니까.). 쥐는 길이가 무려 50센티미터가 넘었고, 무게도 최소한 3킬로그램 가까이 돼 보였다.

그렇다면 파이프로 탈출한 그놈이 아니잖아. 이렇게 말하는 당신의 목소리가 들린다. *그놈이 그놈일 수는 없어.* 하지만 그놈이었다. 틀림없었다. 일치하는 특징은, 그러니까 하얀 얼룩이나 물려서 찢어진 귀처럼 금세 알아볼 만한 특징은 없었지만, 그래도 나는 알 수 있었다. 아켈로이스에게 상처를 입힌 바로 그 쥐새끼였다. 그놈이 모자 상자 위에 앉아 있었던 것도 우연이 아니었다.

나는 쥐새끼의 꼬리를 집은 채로 부엌으로 돌아와 재를 담는 양동이에 그놈을 버렸다. 양동이는 집 바깥으로 들고 나가서 쓰레기 구덩이에 비웠다. 그러는 동안 내내 쏟아지는 빗속을 홀딱 벗은 채 걸으면서도 나는 내가 알몸인 것을 알아차리지 못했다.

격렬한 통증으로 화끈거리는 왼손 생각이 머릿속을 가득 채우고 다른 생각은 잊으라고 윽박질렀다.

나는 부엌 뒷문 옆의 옷걸이에 걸린 코트를 집어서(여기서 이미 녹초가 됐다.) 꿈지럭꿈지럭 어깨에 두르고 다시 바깥으로 나간 다음, 이번에는 외양간으로 들어갔다. 거기 있던 가축용 소독 연고를 다친 손에 발랐다. 그 연고 덕분에 아켈로이스의 젖이 곪지 않았으니 내 손도 낫겠지 싶었다. 그러고 나서 외양간을 나서려다가, 문득 지난번에 그 쥐새끼가 어떻게 내 손을 빠져나갔는지가 떠올랐다. 파이프! 나는 파이프 입구로 가서 몸을 숙이고 혹시 쥐가 시멘트를 갉아서 산산조각 냈는지, 아니면 시멘트가 아예 사라져 버렸는지 확인했지만, 입구는 단단히 막혀 있었다. 당연한 일이었다. 3킬로그램이나 나가는 쥐의 앞니가 아무리 커 봤자 콘크리트를 갉을 수는 없었다. 그 생각을 떠올린 것 자체가 내가 지금 제정신이 아니라는 증거였다. 잠깐 동안, 내 영혼이 몸 밖으로 빠져나와서 나 자신을 지켜보는 기분이 들었다. 알몸에 코트만 걸친 채 단추도 안 잠근 남자가, 가슴에서 가랑이까지 몸의 털이 온통 피로 젖은 채 우두커니 서 있었다. 찢어진 왼손은 콧물 같은 젖소용 연고를 두껍게 발라 번들거렸고, 두 눈은 금방이라도 머리를 박차고 튀어나올 것만 같았다. 내 발에 밟혔을 때 튀어나온 그 쥐새끼의 눈처럼.

그 쥐는 그 쥐가 아니야. 나는 스스로에게 타일렀다. *아켈로이스를 문 놈은 뒈져서 자빠져 있어. 저 파이프 안에, 아니면 알렛의 무릎 위에.*

하지만 나는 다 알고 있었다. 그때도 알았고, 지금도 안다.

그놈이었다.

침실로 돌아와서 바닥에 무릎을 꿇고 피 묻은 지폐를 주웠다. 한 손으로 끝내기에는 시간이 걸리는 일이었다. 그러다 한 번은 다친 손을 침대 모서리에 부딪히고 아파서 소리를 지르기도 했다. 상처에서 새로 솟은 피 때문에 손을 뒤덮은 연고가 분홍색으로 변했다. 주운 돈은 그냥 서랍에 넣었다. 책이나 알렛의 빌어먹을 장식용 접시로 덮을 생각은 아예 하지도 못했다. 애초에 돈을 숨기는 일이 왜 그토록 중요해 보였는지조차 기억나지 않았다. 빨간 모자는 발로 붙박이장 안에 차 넣고 문을 쾅 닫았다. 그 상자는 세상이 끝날 때까지 거기 처박아 둘 작정이었다. 적어도 내가 사는 세상이 끝날 때까지는.

농장을 소유한 적이 있거나 거기서 일해 본 적이 있는 사람이라면 누구나 알 테지만, 농장이란 원래 사고가 흔한 곳이라서 미리 대비해 두지 않으면 안 된다. 나는 부엌 펌프 옆에 있는 나무 궤짝에 큼지막한 붕대를 한 뭉치 보관해 두었다. 알렛이 항상 '재앙의 상자'라고 부르던 궤짝이었다. 그 궤짝에서 붕대를 꺼내려는데 문득 김이 펄펄 나는 커다란 냄비가 눈에 들어왔다. 내가 아직 멀쩡했을 때, 그래서 지금 내 몸을 갉아먹는 이 어마어마한 고통 같은 것은 오로지 책으로 읽고 상상한 것이 전부였던 그때, 목욕을 하려고 불 위에 올려 둔 물이었다. 어쩌면 따뜻한 비눗물이 다친 손을 낫게 할지도 모른다는 생각이 떠올랐다. 곰곰이 생각해 보니 상처는 어차피 더 나빠질 수도 없을 만큼 최악의 상태 같았고, 차라리 비눗물에 담그면 깨끗해질 것도 같았다. 둘 다 착각이었지만, 그걸 내가 무슨 수로 알았겠는가? 그 후로 긴 세월을 보내고 지금에 와서 돌이켜봐도 좋은 생각 같기만 한데. 어쩌면 실제로 좋은 생각이었는지도 모른다. 평범한 쥐새끼한테 물렸다면 말이다.

나는 멀쩡한 오른손으로 국자를 쥐고 뜨거운 물을 퍼서 양푼에 담은 다음(펄펄 끓는 주전자를 기울여 물을 따를 생각은 아예 하지도 못했다.), 알렛이 쓰던 갈색 설거지 비누를 양푼에 넣었다. 알고 보니 집에 남은 비누는 그 한 덩어리뿐이었다. 집안일에 서툰 남자가 깜박하고 안 갖춰 놓는 생필품의 목록은 그렇게 길고도 길었다. 다음으로 행주를 양푼에 넣고 침실로 가서 다시 무릎을 꿇고 쥐의 피와 내장을 닦기 시작했다. 그러는 동안 내내 (당연한 일이지만) 전에도 이 빌어먹을 침실의 바닥에서 피를 닦았던 기억이 머릿속을 떠나지 않았다. 그때는 그나마 헨리가 함께 있어서 공포를 나눌 수 있었다. 그 일을 혼자서, 그것도 아픈 손으로 다 해내려니 끔찍하기 짝이 없었다. 벽에 드리워진 내 그림자가 휘청휘청 움직이는 광경을 보니 『파리의 노트르담』에 나오는 콰지모도가 떠올랐다.

거의 다 치웠을 무렵, 내 손이 우뚝 멈췄다. 나는 고개를 젖힌 채 숨도 못 쉬고서, 눈만 부릅떴다. 심장이 가슴이 아니라 다친 왼손에서 두근거리는 것만 같았다. 타다닥 소리가 들려왔기 때문이었다. 그것도 온 사방에서. 쥐들이 뛰어가는 소리였다. 알렛의 충직한 부하들. 놈들이 다른 탈출구를 찾아낸 것이다. 빨간 모자 상자 위에 앉아 있던 녀석은 가장 겁이 없어서 맨 먼저 나온 놈일 뿐이었다. 놈들은 이미 집으로 숨어들었고, 벽 뒤에서 뛰어 다니다가, 머잖아 모습을 드러내고 나를 제압할 속셈이었다. 그리하여 알렛의 복수가 완성될 판이었다. 쥐들한테 갈가리 찢기는 동안 내 귀에는 알렛의 웃음소리가 들리겠지.

바람이 어찌나 거세게 불었던지 집이 흔들리고 처마가 짧은 비명을 질렀다. 타닥거리는 발소리도 더 커졌다가, 이내 바람이 잦아들자 조금 작아졌다. 안도감이 어찌나 컸던지 손의 통증마저 (적어도 몇 초 동안은) 잊을 수 있었다. 알고 보니 타다닥 소리는 쥐들이 낸 것이 아니었다. 진눈깨비 소리였다. 밤이 되자 기온이 내려가서 비가 반쯤 얼었던 것이다. 나는 다시 침실 바닥의 핏자국을 닦으러 갔다.

청소를 다 끝내고 핏물을 포치 난간 너머로 부어 버린 다음, 손에 연고를 더 바르려고 외양간으로 돌아갔다. 상처를 깨끗이 씻고 나서 보니 왼손 엄지와 검지 사이의 살이 병장 계급장처럼 세 줄로 찢어져 있었다. 엄지가 덜렁거리는 모양새가 마치 엄지와 손을 잇는 중요한 선이 끊어진 것만 같았다. 나는 젖소용 소독 연고를 손에 바르고 집으로 터벅터벅 돌아오며 생각했다. *아프긴 해도 이제 깨끗해졌어. 아켈로이스도 괜찮았으니까 나도 괜찮을 거야. 이제 안심해도 돼.* 그러는 동안 머릿속으로는 내 몸속의 백혈구들이 빨간 모자에 기다란 캔버스 코트 차림을 한 조그만 소방관들처럼 상처로 달려가는 광경을 상상하려고 애썼다.

재앙의 상자 맨 밑에서, 한때 여성용 슬립의 일부였을 법한 실크 쪼가리에 싸인 헤밍퍼드홈 약국의 약병이 나왔다. 라벨에 만년필로 단정하게 쓴 글씨는 이러했다. **알렛 제임스 생리통에 취침 전 1~2정.** 잔에 듬뿍 따른 위스키와 함께 세 알을 삼켰다. 병의 내용물이 뭔지는 알 수 없었다. 아마도 모르핀이었지 싶은데, 효과는 확실히 있었다. 아프기는 매한가지였지만, 통증이 이제 다른 차원의 윌프리드 제임스에게 들러붙어 있는 기분이 들었으니까. 머릿속은 어지러웠고, 천장은 머리 위에서 느릿느릿 돌아가는 것만 같았고, 활활 타오르는 염증이 넓게 퍼지기 전에 막으러 온 조그만 백혈구 소방관들의 모습도 점점 더 또렷해졌다. 바람은 점점 거세졌고, 반쯤 꿈꾸는 상태였던 내 머릿속에서 지붕을 두드리는 진눈깨비 소리는 더더욱 쥐 떼의 발소리처럼 들렸다. 그러나 나는 그 정도로 멍청하지는 않았다. 그 사실을 소리 내어 말했던 것도 같다.

"난 그 정도로 멍청하진 않아, 알렛. 개수작하지 마."

의식이 흐려지고 서서히 눈이 감기는 사이에 이대로 끝장날지도 모른다는 생각이 들었다. 충격과 술기운과 모르핀이 내 목숨을 끝장낼지도 몰랐다. 나는 피부가 푸르뎅뎅하게 변한 시체가 되어, 갈가리 찢어진 손을 배 위에 올린 꼴로, 썰렁한 이 집에서 발견되겠지. 그 생각 때문에 겁을 먹지는 않았다. 오히려 마음이 편해졌다.

진눈깨비는 내가 잠든 사이에 눈으로 변했다.

이튿날 새벽에 눈을 떴을 때, 집 안은 무덤처럼 싸늘했고 내 손은 보통 때의 두 배 크기로 부풀어 있었다. 물린 자국 주위의 살은 희끄무레한 회색이었지만 엄지에서 중지까지는 탁한 분홍색이었고, 그날 오후에는 벌겋게 변했다. 새끼손가락만 빼고 왼손 어디를 건드려도 지독하게 아팠다. 그래도 끙끙대며 붕대로 꽉 묶었더니 욱신거리는 통증은 줄어들었다. 한 손으로 움직이려니 몹시도 오래 걸렸지만, 그래도 부엌의 스토브에 가까스로 불을 지피고 바짝 다가앉아 몸을 덥혔다. 쥐에 물린 왼손은 예외였다. 이미 따뜻했으니까. 내 왼손은 안에 쥐가 들어 있는 장갑처럼 따뜻했고, 불뚝거렸다.

오후 중반쯤이 되자 온몸에 열이 나면서 손이 퉁퉁 부어 붕대를 느슨하게 늦춰야 할 지경이었다. 붕대를 풀기만 하는데도 비명이 터져 나왔다. 의사에게 보여야 했지만, 눈이 너무 많이 쏟아져서 헤밍퍼드홈커닝 코터리네까지도 못 갈 판이었다. 설령 맑은 날이었다고 해도 한 손으로는 포드 T형이나 트럭의 크랭크를 돌려 시동을 걸 수가 없었다. 나는 부엌에 앉아 불길이 용의 아가리처럼 이글거릴 때까지 스토브에 장작을 넣었다. 그러고는 땀을 뻘뻘 흘리는 동시에 덜덜 떨면서, 붕대로 둘둘 감아 몽둥이처럼 뭉툭해진 손을 가슴에 끌어안은 채로, 친절한 매크레디 선생을 떠올렸다. 을씨년스러운 우리 집 마당을 찬찬히 둘러보던 선생의 모습을. *제임스 씨, 혹시 댁에 전화 놓으셨나요? 안 놓으셨군요.*

그랬다. 우리 집에는 전화가 없었다. 나는 살인을 하면서까지 지켰건만 도움을 청할 수단 하나도 없는 그 농장에 달랑 혼자 있었다. 붕대 가장자리의 살이 벌겋게 변해 가는 것을 알 수 있었다. 손목에 모인 핏줄들이 불끈거리며 상처의 독을 온몸으로 실어 나르는 중이었다. 백혈구 소방관들이 실패했던 것이다. 손목을 고무줄로 꽉 동여매는 방법도 떠올려 보았다. 왼손을 죽이고 몸의 나머지 부분들을 살리기 위해서. 아니면 평소에는 장작을 패고 가끔은 닭 모가지도 자르던 손도끼로 왼손을 잘라 버릴까 하는 생각도 해 봤다. 둘 다 그럴 듯한 생각이었지만, 한편으로는 둘 다 턱없이 힘든 일이었다. 나는 결국 어떻게도 하지 못한 채 알렛의 알약을 찾아 절뚝거리며 재앙의 상자로 돌아갔다. 알약을 세 알, 이번에는 목이 탔기 때문에 찬물과 함께 삼키고, 다시 불 옆으로 돌아와 앉았다. 나는 쥐한테 물린 상처 때문에 죽을 운명이었다. 그렇게 확신하고 그만 포기하기로 했다. 짐승한테 물려서 감염으로 죽는 경우는 비일비재했으니까. 고통이 참을 수 없을 만큼 심해지면 남은 진통제를 한꺼번에 털어 넣을 작정이었다. 크든 작든 사람이라면 누구나 느끼게 마련인 죽음의 공포를 나 역시 느꼈다는 사실을 제쳐 놓고 말하자면, 내가 곧장 그렇게 하지 않은 까닭은 누군가 올지도 모른다는 일말의 희망 때문이었다. 할란이, 존스 보안관이, 아니면 상냥한 매크레디 선생이 올지도 몰랐다. 심지어 그 망할 놈의 땅 문제로 나를 협박하려고 레스터 변호사가 찾아올 가능성도 없지는 않았다.

그러나 무엇보다 큰 바람은 헨리가 돌아오는 것이었다. 하지만 헨리는 오지 않았다.

나를 찾아온 사람은 알렛이었다.

이 글을 읽는 당신은 앞서 헨리가 도지 스트리트의 전당포에서 총을 사고 제퍼슨 스퀘어에 있는 은행을 턴 일을 내가 어떻게 알았는지 궁금했을 것이다. 그래서 필시 이렇게 중얼거렸을 것이다. 뭐, *1922년에서 1930년까지는 긴 세월이니까. 도서관에 쌓인 《오마하 월드 헤럴드》를 읽으면서 조사하기에 충분한 시간이지.*

신문은 당연히 찾아 읽었다. 또 내 아들과 임신한 그 애 여자 친구가 네브래스카에서 네바다까지 짧고 처참한 여정을 밟는 동안 만났던 사람들에게 편지도 썼다. 그 사람들은 대부분 기꺼이 답장을 써서 자세한 이야기를 들려주었다. 내가 그렇게 조사했다고 하면 이야기의 앞뒤가 맞을뿐더러, 분명 이 글을 읽는 당신도 재미를 느낄 것이다. 하지만 그런 식의 조사 작업은 몇 년 후에, 그러니까 내가 농장을 떠난 후에 이루어졌고, 그나마도 내가 이미 아는 것들을 확인시켜 줄 뿐이었다.

이미 알고 있었다고? 당신이 이렇게 물으면 나는 그저 이렇게만 대답할 것이다. 그럼, 이미 알았지. 무슨 일이 일어났는지 아는 정도가 아니었어. 어떤 부분은 일어나기 전에 이미 알고 있었다고. 그러니까, 맨 마지막 부분 말이야.

어떻게? 대답은 간단하다. 죽은 내 아내가 가르쳐 주었다.

물론 당신은 믿지 않을 것이다. 나도 이해한다. 제정신인 사람은 누구나 그럴 테니까. 내가 할 수 있는 일은 그저 다시 한 번 밝히는 것뿐이다. 이것은 내 고백이자, 내가 이 세상에 남기는 마지막 말이며, 따라서 내가 아는 한 진실이 아닌 말은 단 한 자도 적지 않았노라고.

* * *

이튿날 저녁(또는 그 이튿날 저녁일 수도 있다, 열이 펄펄 끓는 동안 나는 시간 가는 것도 잊었으니까), 스토브 앞에 앉아서 졸다가 눈을 떠 보니 타다닥거리며 뛰어가는 소리가 또다시 들려왔다. 처음에는 또 진눈깨비가 내리는가 보다 했지만, 일어서서 식탁에 있던 딱딱한 빵을 한 조각 뜯으며 바깥을 보니 지평선이 옅은 주황색 석양으로 물들어 있었고, 하늘에는 금성이 반짝였다. 눈보라가 그쳤는데도 타다닥 소리는 전에 없이 요란했다. 그런데 소리가 들려오는 곳은 벽 안이 아니라 뒤쪽 포치였다.

뒷문의 빗장이 움직이기 시작했다. 처음에는 빗장을 벗기는 사람의 힘이 너무 약한 듯, 완전히 빠지지 않고 덜그럭거리기만 했다. 그러다가 움직임이 멈췄다. 그래서 내가 아무것도 못 봤다고, 열 때문에 헛것을 보았을 뿐이라고 결론지었을 때, 철컥 소리와 함께 빗장이 완전히 올라갔고, 싸늘한 바람에 문이 활짝 열렸다. 포치에 아내가 서 있었다. 그때까지도 헤어네트처럼 쓰고 있던 포대에 눈이 군데군데 쌓여 있었다. 마지막 안식처여야 마땅한 우물에서 우리 집 뒷문까지는 틀림없이 느리고도 고통스러운 여정이었을 것이다. 얼굴의 살은 썩어서 축 처졌고, 그나마도 아래쪽 절반은 한쪽으로 홱 돌아가서 전에 없이 활짝 웃는 표정이었다. 다 안다는 웃음이었다. 왜 아니겠는가? 죽은 사람은 모르는 게 없는데.

아내는 충직한 부하들에게 둘러싸여 있었다. 무슨 수를 썼는지 몰라도 아내를 우물에서 꺼내어 데려온 것이 바로 그놈들이었다. 그리고 아내가 서 있도록 받쳐 주는 것도 그놈들이었다. 놈들이 없으면 아내는 악독하기는 해도 힘은 전혀 없는 유령에 지나지 않았다. 그런데 놈들이 아내를 살려냈다. 아내는 놈들의 여왕이자, 꼭두각시였다. 부엌으로 걸어 들어오는 아내의 움직임은 걸음걸이라고 할 수도 없을 만큼 흐느적거렸다. 쥐들은 아내의 발치를 빈틈없이 둘러싸고 쪼르르 달려왔다. 개중에는 사랑이 담뿍 담긴 눈으로 아내를 올려다보는 놈도 있었고, 증오가 이글거리는 눈으로 나를 노려보는 놈도 있었다. 아내가 일찍이 자기 구역이었던 부엌을 휘청거리며 한 바퀴 빙 도는 동안 아내의 드레스 밑단에서는 (누비이불이나 침대보는 흔적도 안 보였다.) 흙덩이가 후드득 떨어졌고, 잘린 목 위의 머리는 앞뒤로 꺼떡거리면서 빙빙 돌아갔다. 한번은 어깻죽지까지 홱 젖혀졌다가 묵직한 철썩 소리와 함께 제꺼덕 제자리로 돌아오기도 했다.

마침내 아내가 희끄무레한 눈을 이쪽으로 돌렸을 때, 나는 재앙의 상자가 있는 부엌 구석으로 물러섰다. 약이 들어 있던 그 궤짝은 이제 거의 텅 비어 있었다.

"꺼져." 내 입에서 나직한 소리가 흘러나왔다. "넌 진짜가 아니야. 진짜는 우물 아래에 있어, 살아 있다고 해도 못 나와."

아내는 그레이비소스를 먹다 질식한 사람처럼 그르렁거리는 소리를 내며 계속 다가왔다. 이제는 그림자까지 생겨서 진짜라고 믿기에 충분했다. 게다가 살이 썩는 냄새까지 풍겼다. 가끔은 격정을 못 이기고 내 입속에 혀를 밀어 넣던 여자의 살이 썩는 냄새였다. 거기 있는 것은 내 아내였다. 진짜였다. 그리고 아내의 수행원들도. 내 발 위로 왔다 갔다 하는 쥐들이, 내복 바지 밑단을 쿵쿵대느라 내 발목을 간질이는 쥐들의 수염이 생생하게 느껴졌다.

나는 나무 상자에 발뒤꿈치를 부딪혔다. 뒤이어 점점 다가오는 아내의 시체를 피해 몸을 숙이려다가, 그만 균형을 잃고 나무 상자에 주저앉고 말았다. 덧나서 퉁퉁 부은 왼손이 바닥에 찍혔지만 아픈 줄도 몰랐다. 아내가 내 위로 몸을 숙였기 때문이었다. 그리고 아내의 얼굴은…… 내 위에서 *덜렁거렸다.* 아내의 얼굴은 살이 뼈에서 벗겨져 축 늘어진 탓에 아이들 풍선에 그려진 얼굴처럼 기다랬다. 쥐새끼 한 마리가 궤짝 옆면으로 기어 올라와 내 배에 툭 떨어지더니, 가슴을 타고 올라와서 턱밑을 쿵쿵댔다. 구부려진 내 무릎 뒤쪽에서도 몇 마리가 타다닥 움직이는 기척이 느껴졌다. 그러나 놈들은 나를 물지 않았다. 그 임무는 이미 달성했으니까.

아내가 몸을 더 가까이 숙였다. 살 썩는 냄새는 머릿속이 하얘질 만큼 지독했고, 귀에서 귀까지 찢어진 아내의 웃음은…… 지금 이 글을 쓰고 있자니 그 웃음이 새삼 눈앞에 선하다. 나는 마음 같아서는 그대로 죽고 싶었지만 심장이 멈춰 주지 않았다. 축 늘어진 아내의 얼굴이 내 뺨을 타고 스르륵 내려왔다. 아내의 살 갗이 내 수염에 긁혀 자잘하게 벗겨지는 느낌이 생생하게 전해졌다. 아내의 부러진 턱에서는 얼음의 무게를 못 이기고 꺾어지는 나뭇가지처럼 우두둑거리는 소리가 또렷이 들렸다. 뒤이어 열 때문에 벌게진 내 귀를 차가운 입술로 누르면서, 아내는 오로시 죽은 여자만이 알 수 있는 비밀 이야기를 내게 속삭여 주었다. 나는 목이 터져라 악을 썼다. 제발 그만하라고, 그렇게만 해 주면 내 목숨을 스스로 끊고 지옥에 떨어져서 아내의 자리에 내가 대신 앉겠노라고 맹세했다. 그러나 아내는 멈추지 않았다. 멈추려 하지 않았다. 죽은 자는 멈추지 않는 법이니까.

그 정도는 이제 나도 안다.

주머니에 200달러를 쑤셔 넣고 오마하 제일 농업 은행을 빠져나간 후에(아니, 150달러 정도였을 것이다, 일부는 바닥에 떨어졌으니), 헨리는 한동안 모습을 드러내지 않았다. 범죄자들의 은어로 말하자면 '납작 엎드려' 있었다. 이렇게 말해 놓고 보니 왠지 뿌듯한 기분이 든다. 나는 헨리가 도시에 도착하면 대번에 잡힐 줄 알았건만, 그 애는 내 예상을 뒤집었다. 사랑에 눈이 먼 상태였고, 스스로를 포기하다시피 했고, 나와 함께 저지른 범죄 때문에 죄책감과 두려움에 시달리면서도…… 그토록 가지가지로 심란한 (감염된) 상황에서도, 내 아들은 보여 주었다. 용기와 명석함을, 그리고 일종의 서글픈 품위마저도. 나는 그중 마지막 것을 생각할 때 가장 가슴이 찢어진다. 헛되이 스러져 버린 헨리의 목숨을 생각하면 지금도 침울해진다(아니, 세 사람의 목숨이다. 아기를 밴 가없은 섀넌 코터리를 잊으면 안 되니까.). 그리고 그 애가 목에 밧줄이 걸린 송아지처럼 내 손에 이끌려 파멸의 길로 나아갔다고 생각하면 나는 부끄러워서 견딜 수가 없다.

알렛은 헨리가 숨어 있는 판잣집과 그 뒤편에 감춰진 자전거를 내게 보여 주었다. 그 자전거는 헨리가 훔친 돈으로 맨 먼저 산 물건이었다. 그때 나는 그 은신처가 정확히 어디인지 알 수 없었지만, 몇 해가 지난 후에 위치를 파악하고 직접 찾아가 보았다. 도로변에 세워진 초라한 별채 건물이었고, 벽에는 색이 바랜 로열 크라운 콜라 광고판이 붙어 있었다. 오마하 서쪽 경계선까지 한 시간이 걸렸는데 그 전해에 문을 연 고아원 '보이스 타운'이 맨눈으로도 보이는 곳이었다. 방은 한 칸 뿐이었고, 하나뿐인 창문에는 유리창이 없었으며, 난방 시설도 없었다. 헨리는 자전거를 건초 더미와 풀로 가려서 감춰 놓고 계획을 짰다. 그러고 나서 제일 농업 은행을 턴 지 일주일쯤 지났을 무렵, 그러니까 경찰이 사소한 강도 사건에 슬슬 흥미를 잃을 즈음에, 헨리는 자전거를 타고 오마하까지 오가기 시작했다.

명청한 소년이라면 곧장 세인트 유세비아 가톨릭 자모원으로 갔다가 오마하 경찰한테 붙잡혔겠지만(존스 보안관은 헨리가 틀림없이 그럴 거라고 장담했지만), 내 아들 헨리 프리먼 제임스는 그보다는 영리했다. 헨리는 자모원의 위치를 알아낸 후에도 가까이 가지 않았다. 그러는 대신 그곳에서 가장 가까운 과자 가게와 소다수 가게를 찾았다. 세인트 유세비아 자모원의 소녀들이 기회만 생기면(즉, 얌전히 행동한 보상으로 오후의 자유 외출과 약간의 용돈을 허락받으면) 그곳에 찾아오리라는 헨리의 예측은 적중했다. 또한 제복을 입으라는 규정이 없었는데도 불구하고 자모원의 소녀들을 알아보기란 어렵지 않았다. 펑퍼짐한 드레스에 아래로 내리깐 눈, 까불거리다가도 금세 쭈뼛거리는 행동을 보면 알 수 있었다. 무엇보다 배가 불룩한데도 손에 반지를 안 낀 점이 금세 도드라졌다.

명청한 소년이라면 소다수 가게에 모인 그 불운한 하와의 후예들에게 곧장 다가가서 얘기를 나눴을 테고, 그리하여 남의 이목을 끌었을 것이다. 하지만 헨리는 멀찍이 자리를 잡았다. 과자 가게와 그 옆의 잡화점 사이로 난 골목 입구에 나무 상자를 깔고 앉아서, 자전거는 상자 옆의 벽돌 벽에 기대어 둔 채로, 신문을 읽었다. 아이스크림소다만 홀짝이다가 수녀들한테 쪼르르 돌아가는 친구들보다 살짝 더 모험심이 강한 소녀가 나타나기를 기다렸던 것이다. 즉, 담배를 피우는 소녀를. 골목에서 기다린 지 사흘째 되는 날 오후, 헨리가 기다리던 소녀가 나타났다.

나는 나중에 그 소녀를 찾아내서 이야기를 나누었다. 탐정 흉내를 낼 것까지는 없었다. 헨리와 새넌한테는 오마하가 대도시처럼 보였겠지만, 사실 1922년 당시에 그곳은 도시인 척하는 조금 커다란 중서부 마을에 지나지 않았다. 그곳에 사는 빅토리아 홀릿은 지금은 결혼해서 아이를 셋이나 키우고 있지만, 1922년 가을에는 이름이 빅토리아 스티븐슨이었다. 어리고, 호기심 많고, 반항적인 임신 6개월의 빅토리아 스티븐슨은 스위트 캐퍼럴 담배를 몹시 좋아했다. 그래서 헨리가 그 담배를 내밀었을 때 빅토리아는 흔쾌히 한 대를 뽑아 물었다.

"한 개비 더 가져가서 나중에 피워."

헨리가 이렇게 권하자 빅토리아는 깔깔 웃었다.

"무슨 바보 같은 소리야! 돌아가면 수녀님들이 우리 가방이랑 주머니까지 싹 뒤집어서 검사하는데. 이 한 개비만 피워도 냄새를 지우려고 사탕을 세 봉지는 먹어야 돼."

빅토리아가 불룩한 자기 배를 두드렸다. 그 손짓이 왠지 흐뭇하면서도 반항적으로 보였다.

"보면 알겠지만, 내가 문제가 좀 있거든. 난잡한 계집애라나 뭐라나! 남자 친구는 도망쳤어. 걔도 난잡한 *사내놈*인데, 그 자식 욕은 아무도 안 하는 거 있지! 그래서 우리 꼰대가 날 감옥에다 처넣은 거야, 거긴 펭귄들이 지키는 감옥인데……."

"무슨 말인지 모르겠어."

"세상에! 꼰대가 누구겠어, 우리 아빠지! 펭귄은 수녀복 입은 할망구들이고!" 빅토리아가 깔깔 웃었다. "알았다, 너 어디 시골에서 왔구나? 그것도 진짜 촌구석에서! *어쨌든*, 내가 갇혀 있는 감옥이란 데가 어디냐면……."

"세인트 유세비아 자모원."

"뭐야, 너. 그냥 바보는 아닌가 본데."

빅토리아는 담배 연기를 내뿜었다. 그러고는 눈을 가늘게 뜨고 헨리를 마주보았다.

"그래, 누군지 알겠어. 너 섀넌 코터리의 남자 친구지?"

"그 애 뱃속에 있는 아기의 아버지야."

"좋아, 일단 충고부터 할게. 자모원에서 두 블록 안에는 얼씬도 하지 마. 경찰들이 네 얼굴을 다 알아." 빅토리아는 무슨 신나는 일이라도 생긴 양 웃었다. "외로워서 안달하다가 애인 찾으러 온 남자애들이 너 말고도 대여섯 명은 있었는데, 너 빼고는 다 못 생긴 촌놈들이었어. 걔들이 찾으러 온 여자애들 중에도 섀넌처럼 예쁜 애는 없었고. 섀넌 고 계집애, 진짜 매력 덩어리라니까! 어휴!"

"빅토리아, 내가 왜 자모원이 아니라 여기로 온 것 같아?"

"네가 말해 봐. 여기서 뭐 하는 거야?"

"섀넌이랑 연락을 하고 싶어. 하지만 그러다가 잡히고 싶진 않아. 네가 걔한테 쪽지를 전해 주면 2달러를 줄게."

그 말에 빅토리아의 눈이 동그래졌다.

"야, 2달러면 전쟁터를 가로지르는 한이 있어도 전해 줄게. 내가 얼마나 배짱이 좋은데. 돈부터 줘 봐, 얼른!"

"입 다물겠다고 약속하면 2달러 더 줄게. 지금도, 앞으로도."

"그런 조건이라면 더 안 줘도 돼, 그 성스러운 척하는 년들 엿 먹이는 건 나도 대찬성이니까. 참 나, 저녁 식사 때 빵 한 개 더 먹으려고 해도 손을 때리고 난리라니까! 무슨 『걸리버 트위스트』

도 아니고!"

헨리는 빅토리아에게 쪽지를 건넸고, 빅토리아는 그것을 섀넌에게 전해 주었다. 그 쪽지는 헨리와 섀넌이 네바다 주 엘코에서 마침내 경찰에 붙잡혔을 때 섀넌의 핸드백에서 나왔다. 그리고 나는 그 쪽지를 사진으로만 보았다. 하지만 알렛은 이미 오래전에 쪽지의 내용을 나에게 들려주었고, 내가 들은 말과 사진으로 본 말들은 한 글자도 틀리지 않고 똑같았다.

앞으로 이 주 동안, 매일 자정부터 두 시까지, 자모원 뒤쪽 담 너머에서 기다릴게. 쪽지에는 이렇게 적혀 있었다. 네가 안 나오면 우리 사이가 끝난 걸로 알고 헤밍퍼드로 돌아가서 다신 안 찾을게. 그래도 난 널 영원히 사랑할 거야. 우린 둘 다 어려, 하지만 다른 곳에 가면(캘리포니아라든가) 나이를 속이고 새로 시작할 수 있어. 나한테 돈이 좀 있어. 더 벌 수 있는 방법도 알고. 나한테 연락하고 싶으면 빅토리아한테 부탁하면 돼, 하지만 딱 한 번만이야. 그 이상은 위험해.

그 쪽지는 나중에 할란 코터리와 샐리가 가져갔지 싶다. 그랬다면 내 아들이 하트 그림 안에 자기 이름을 적어 놓은 것도 봤겠지. 섀넌은 혹시 그 하트를 보고 넘어간 게 아닐까. 아니, 애초에 넘어가고 말고 할 게 있었을까. 어쩌면 섀넌이 원했던 것은 이미 사랑하게 돼 버린 자기 아기를 (합법적으로 곁에 두고) 지킬 방법뿐이었는지도 모른다. 내 귓가에 대고 끔찍한 목소리로 속삭이던 알렛은 이 점에 대해서는 한마디도 하지 않았다. 어차피 관심도 없었겠지만.

그 만남 이후로 헨리는 매일 골목 입구에 나타났다. 빅토리아 대신 경찰이 나타날지도 모른다는 것쯤은 헨리도 알았겠지만, 그래도 선택의 여지가 없었을 것이다. 그렇게 골목을 지킨 지 사흘째 되던 날, 빅토리아가 나타났다.

"섀넌이 바로 답장을 썼는데 빨리 나올 수가 없었어. 거지 굴 같은 음악실 구석에서 마리화나가 나오는 바람에 펭귄들이 아주 길길이 날뛰었거든."

헨리가 쪽지로 손을 내밀었지만 빅토리아는 스위트 캐퍼럴 한 개비를 받고서야 넘겨주었다. 쪽지에는 딱 네 단어만 적혀 있었다. *내일 새벽. 두 시.*

쪽지를 읽은 헨리는 빅토리아를 끌어안고 입을 맞추었다. 빅토리아는 신이 나서 눈을 반짝이며 깔깔 웃었다.

"어휴, 진짜! 운 좋은 년들은 따로 있다니까!"

그 말은 의심할 바 없는 사실이었다. 그러나 빅토리아가 결국에는 오마하에서 제일가는 부촌인 메이플 스트리트의 멋진 집에서 남편과 세 아이와 함께 살게 된 반면에 섀넌은 살아서 그 지독한 한 해를 넘기지 못했다는 점을 생각하면…… 당신이 보기에는 과연 어느 쪽이 운이 좋은 것 같은가?

나한테 돈이 좀 있어. 더 벌 수 있는 방법도 알고. 헨리는 쪽지에 그렇게 적었고, 그 말은 사실이었다. 헨리와 말괄량이 빅토리아(섀넌한테 *그 애가 기꺼이 두 시에 기다리겠대*라고 전해 준 소녀)가 키스했을 때로부터 고작 몇 시간 후, 납작모자를 깊이 눌러쓰고 손수건으로 입과 코를 가린 젊은 남자가 오마하 퍼스트 내셔

널 은행을 털었다. 이번에 강도가 빼앗은 돈은 800달러, 짭짤한 돈이었다. 하지만 이번에는 경비원이 나이도 젊고 책임감도 투철한 사람이었는데 이 점은 별로 짭짤하지 않았다. 강도는 탈출로를 확보하려고 경비원의 허벅지를 쏘았고, 이름이 찰스 그리너인 그 경비원은 목숨은 건졌지만 (애석하게도) 상처에 나쁜 균이 들어가는 바람에 다리를 잃고 말았다. 1925년 봄에 부모님 댁으로 찾아간 나를 만났을 때, 그리너는 이미 달관한 사람처럼 말했다.

"목숨을 건진 것만 해도 다행이에요. 사람들이 다리에 지혈대를 묶어 줬을 때 전 이미 피 웅덩이 속에 자빠져 있었으니까요. 아마 그 피를 닦느라 세제를 한 통은 썼을걸요."

내가 아들 대신 사과하려고 하자 그리너는 손사래를 쳤다.

"처음부터 막지 말았어야 했어요. 모자랑 손수건으로 다 가리긴 했어도 눈은 똑똑히 보였거든요. 총을 맞고 자빠지기 전에는 절대 안 멈출 사람이란 걸 그때 알았어야 했는데. 저야 뭐, 어차피 총을 뽑을 기회도 없었고요. 눈빛을 보고 알았어야 했는데, 참. 하지만 그때는 저도 어렸거든요. 그래도 지금은 나이를 좀 먹었죠. 아드님한테는 나이 먹을 기회도 없었는데 말이에요. 정말 유감입니다."

그 사건으로 멀리까지 갈 수 있는 좋은 차를 사고도 남을 거금이 생겼지만, 헨리는 그보다는 더 영리한 아이였다(이렇게 적고 보니 나는 다시금 그 아이가 자랑스러워진다. 천박하지만 부인할 수 없는 자부심이다.). 면도기를 손에 쥔 지도 얼마 안 돼 보이는 어린 애가 현금을 들고 새 차를 사러 나타난다? 대번에 경찰한테 붙잡힐 것이 뻔했다.

그래서 헨리는 차를 사는 대신에 훔쳤다. 그것도 큰 차가 아니었다. 잘 굴러가고 눈에 안 띄는 포드 쿠페를 골랐던 것이다. 헨리가 세인트 유세비아 자모원 뒤편에 세운 차가 바로 그 쿠페였다. 그리고 짐 가방을 들고 방을 나온 섀넌이 살금살금 계단을 내려온 다음, 주방 옆의 세면장 창문으로 낑낑대며 빠져나와서 올라탄 차 역시 바로 그 쿠페였다. 잠시 짬을 내어 입을 맞춘 후에(이장면은 알렛이 얘기해 주지 않았지만 나도 상상력이 있는 사람이다.) 헨리는 시동을 걸고 서쪽으로 향했다. 새벽녘에는 이미 오마하에서 링컨으로 가는 고속도로를 달리고 있었다. 그날 오후 세 시 무렵에는 틀림없이 예전에 살던 곳 근처를, 그러니까 둘 모두의 집 근처를 지났을 것이다. 어쩌면 집 쪽을 돌아보았을 수도 있지만, 헨리가 속도를 늦추었을 것 같지는 않다. 알아보는 사람이 있을지도 모르는 곳에서 하루를 묵고 싶지는 않았을 테니까.

그렇게 둘은 도망자의 삶을 시작했다.

알렛은 내가 그들의 삶에 대해 알고 싶었던 것 이상을 속삭여 주었다. 하지만 나는 그 사연을 여기에 시시콜콜 적을 만큼 심지가 굳은 사람이 아니다. 혹시 더 알고 싶거든 오마하 공립 도서관에 편지를 쓰면 된다. 수수료를 내면 그곳 직원들이 이른바 '연인 강도단'과 관련된 기사들을 복사해서 부쳐 줄 테니까(헨리와 섀넌 역시 자신들을 그렇게 불렀다.). 만약 오마하 주민이 아니라면 당신이 사는 곳의 지역 신문을 찾아봐도 좋을 것이다. 둘의 이야기는 전국의 언론 매체가 주목할 만큼 가슴 아프게 끝났으니까.

'미남 행크와 예쁜이 섀넌.' 《월드 헤럴드》는 그 이인조를 이렇게 불렀다. 사진 속의 두 아이는 믿을 수 없을 정도로 어려 보였다(물론 실제로도 어렸다.). 나는 그 사진을 보고 싶은 마음이 털끝만큼도 없었지만, 그래도 안 볼 수가 없었다. 물어뜯기로 따지면 기자라는 것들도 쥐 떼 못지않은 법이다, 안 그런가?

훔친 차는 네브래스카 주의 모래투성이 황야에서 타이어가 터졌다. 헨리가 마침 예비 타이어를 꺼냈을 때, 두 남자가 걸어왔다. 그중 한 명이 코트 안쪽에 끈으로 달아 둔 산탄총을 꺼내어 도피중인 연인들에게 겨누었다. 서부 개척 시대에 '장도리 스타일'로 불리던 강도의 무장 수법이었다. 헨리는 코트 주머니에 든 권총을 꺼낼 틈도 없었다. 꺼낼 기미만 보였어도 벌집이 됐을 것이다. 강도단이 강도를 당한 셈이었다. 헨리와 섀넌은 싸늘한 가을 하늘 아래 손을 잡고 근처에 있는 농가까지 걸어갔다. 집 주인인 농부가 나와서 도울 일이 있냐고 물었을 때, 헨리는 농부의 가슴에 총을 겨누고 차와 집에 있는 돈을 모조리 내놓으라고 했다.

총을 든 젊은 남자와 같이 왔던 여자는, 그 농부가 나중에 기자한테 말한 바에 따르면, 포치에 서서 먼 곳만 바라보았다고 한다. 울고 있었던 것 같다고 했다. 농부는 그 여자가 가여웠다는 말도 했다. 왜냐면 동화에 나오는 구두 속에 사는 할머니처럼 조그만 몸으로 임신까지 했는데, 끝이 좋을 리가 없는 어린 불한당과 함께 떠돌아다니는 신세였으니까.

"그 여자가 남자를 말리려고 하던가요?" 기자가 물었다. "그만두라고 설득하진 않았나요?"

"아뇨." 농부가 대답했다. "그냥 등을 돌리고 서 있었어요, 자기 눈에만 안 보이면 안 일어나는 일인 것처럼." 농부의 고물 트럭은 매쿡 철도 하역장 근처에서 빈 차로 발견되었는데 함께 발견된 쪽지에 이렇게 적혀 있었다. *차는 돌려 드릴게요. 훔친 돈은 나중에 여유가 생기면 꼭 부쳐 드릴 거예요. 너무 힘들다 보니 어쩔 수 없었네요. '연인 강도단' 올림.* 이름을 그렇게 지은 건 누구 생각이었을까? 아마도 새넌이었겠지. 쪽지에 적힌 글씨도 새넌 글씨였으니까. 그저 본명을 밝히기 싫어서 지어낸 이름이었겠지만, 전설은 원래 그런 사소한 것들에서 시작되는 법이다.

그로부터 하루 아니면 이틀 후, 콜로라도 주 아라파호에 있는 조그마한 프론티어 은행이 털렸다. 강도는 납작모자를 눌러쓰고 손수건으로 얼굴을 다 가리다시피 한 남자 한 명이었다. 그는 100달러가 안 되는 푼돈을 챙겨서 달아났는데 떠날 때 타고 간 세단은 매쿡 경찰에 도난 신고가 된 차였다. 이튿날, 샤이엔웰스 제일 은행(실은 샤이엔웰스에 하나뿐인 은행)에 나타난 그 젊은 남자 곁에는 젊은 여자가 한 명 있었다. 그 여자 역시 복면을 하고 있었지만 불룩한 배는 가릴 수 없었다. 둘은 400달러를 챙겨시 전속력으로 마을을 빠져나가 서쪽으로 향했다. 덴버로 가는 길에 검문소가 설치됐지만, 헨리는 머리를 굴려 행운을 잡았다. 샤이엔웰스를 벗어난 지 얼마 안 되어 남쪽으로 방향을 튼 다음 소 떼가 다니는 흙길을 택했던 것이다.

일주일 후, 해리 프리먼과 수전 프리먼이라는 이름으로 표를 산 젊은 부부가 콜로라도스프링스에서 샌프란시스코행 기차를 탔다. 그들이 왜 그랜드정션 역에서 갑자기 내렸는지는 알렛이 얘기해 주지 않아서 나도 모른다. 아마 뭔가 불안한 느낌이 들어서 내리지 않았을까 싶다. 내가 아는 거라곤 그 둘이 그곳에서 은행을 털었고, 유타 주의 오그던에서도 은행 한 곳을 털었다는 사실 뿐이다. 어쩌면 자기들 나름대로 새 삶을 위해 돈을 모으기로 작정했을지도. 그런데 오그던에서는 웬 남자가 은행 바깥에서 헨리를 막아섰고, 헨리는 그 남자의 가슴을 총으로 쏘았다. 남자는 총에 맞고도 헨리를 붙잡았고, 섀넌은 그 남자를 돌계단에서 밀어 넘어뜨렸다. 둘은 그대로 달아났다. 헨리의 총에 맞은 남자는 이틀 후 병원에서 죽었다. 연인 강도단이 살인자가 된 것이다. 유타 주는 살인죄가 확정되면 교수대에 매달리는 곳이었다.

그때는 추수감사절 무렵이었는데, 명절 전인지 후인지는 기억이 안 난다. 로키 산맥 서쪽의 경찰들이 이인조의 인상착의를 확보하고 수색에 나섰다. 나는 붙박이장에 숨어 있던 쥐새끼한테 물렸거나, 아니면 물리기 직전이었을 것이다. 그때 알렛은 나한테 그 애들이 죽었다고 속삭였지만, 실은 그렇지 않았다. 적어도 아내가 충직한 신하들을 대동하고 나타났을 때까지는, 그 애들은 살아 있었다. 그러니까 아내가 내 귀에 속삭인 이야기는 거짓말, 아니면 예언이었다. 어차피 나한테는 그게 그거지만.

이인조가 마지막에서 두 번째로 들른 곳은 네바다 주 디스였다. 11월 말 아니면 12월 초의 지독히도 추웠던 그날, 하늘은 금방이라도 눈을 흩뿌릴 듯이 새하얬다. 그 마을에 하나뿐인 식당에서 달걀 요리와 커피를 주문했을 뿐인데도, 그 아이들의 운은 거기서 끝난 것이나 마찬가지였다. 그 식당에서 카운터를 보던 남자 종업원은 네브래스카 주 엘크혼 출신이었다. 고향을 떠난 지 오래였건만, 그의 어머니는 지역 신문인 《월드 헤럴드》를 한 묶음씩 모아서 아들에게 꾸준히 보내주었다. 그는 바로 며칠 전에 그 신문 묶음을 받았고, 그 덕분에 자기 가게 테이블에 앉아 있던 오마하 연인 강도단을 알아보았다.

경찰에 신고하는 대신(아니면 더 빠르고 확실한 대책인 인근 구리 광산의 경비대를 부르는 대신), 그 종업원은 강도단을 직접 체포하기로 마음먹었다. 그는 다 낡아서 녹이 슨 카우보이 권총을 카운터 밑에서 꺼내어 두 사람을 겨누고서, 서부의 훌륭한 전통에 따라 손을 들라고 명령했다. 헨리는 콧방귀도 뀌지 않았다. 자리에서 일어나 그에게 다가가 이렇게 말했던 것이다.

"이러지 마세요, 아저씨. 해칠 생각은 없어요. 저흰 계산만 하고 그냥 갈 거예요."

종업원이 방아쇠를 당겼지만 낡은 총은 불발됐다. 헨리는 총을 빼앗아 둥그런 탄창을 열어 보고 껄껄 웃었다.

"좋은 소식이야, 새넌! 총알이 너무 오래돼서 녹투성이야!"

헨리는 음식 값 2달러를 카운터에 올려놓고 나서 끔찍한 실수를 저질렀다. 뭘 어떻게 했든 간에 그 둘이 비참한 최후를 맞았으리라는 생각은 오늘 이때까지도 변함이 없지만, 지금도 나는 몇 년이라는 시간을 뛰어넘어 그 순간의 헨리에게 외치고 싶다. 그 총을 장전된 채로 놔두면 안 돼. 아들아, 그러면 안 돼! 녹이 슬었든 안 슬었든 총알은 꺼내서 네 주머니에 넣어! 그러나 시간을 뛰어넘어 외치는 일은 오로지 죽은 자만이 할 수 있다. 나는 이제 그 사실을 안다. 그것도 경험을 통해서.

두 아이가 식당을 나서던 순간(손에 손을 잡고 말이지. 열 때문에 벌게진 내 귀에 대고 알렛이 속삭였다.), 식당 점원이 카운터에 놓인 그 커다란 고물 권총을 들고 다시 한 번 방아쇠를 당겼다. 이번에는 총알이 발사됐다. 점원은 헨리를 겨누었다고 생각했지만, 정작 총알이 박힌 곳은 섀넌 코터리의 허리였다. 섀넌은 비명을 지르며 눈이 흩날리는 식당 문 바깥으로 쓰러졌다. 땅에 넘어지기 전에 헨리가 붙잡아서 차까지 부축해 주었다. 둘이 마지막으로 훔친 그 차 역시 포드 세단이었다. 점원은 창문 너머의 헨리를 쏘려고 했지만, 이번에는 그 낡은 총이 손에서 폭발하고 말았다. 쇳덩이가 그의 왼쪽 눈을 날려 버렸다. 그에게 미안하다고 느낀 적은 한 번도 없다. 나는 찰스 그리너처럼 너그러운 사람이 아니니까.

중상을 입은 상황에서, 어쩌면 이미 죽어가는 상황에서, 섀넌의 진통이 시작됐다. 그 사이에 헨리는 점점 굵어지는 눈발을 뚫고 서남쪽으로 50킬로미터 떨어진 엘코를 향해 차를 몰았다. 아마 그곳에서 의사를 찾을 생각이었을 것이다. 엘코에 병원이 있는지 없는지는 알 수 없지만 경찰서는 확실히 있었고, 식당 종업원은 눈알의 잔해가 뺨에 말라붙은 지경이 되어서도 경찰에 신고를 했다. 그 지역 경관 둘과 네바다 주 고속도로 순찰대 소속 경관 넷이 마을 경계에서 연인 강도단을 기다렸지만 헨리와 섀넌은 그들을 결코 만나지 못했다. 디스에서 엘코까지는 50킬로미터였는데 헨리는 고작 45킬로미터밖에 못 갔기 때문이었다.

헨리는 엘코 경계선을 코앞에 둔 지점에서(하지만 마을 변두리까지는 아직 꽤 남은 곳에서) 운이 다하고 말았다. 섀넌은 배를 부둥켜안은 채 비명을 지르고 시트는 피로 온통 빨개진 상황이었으니 틀림없이 죽어라 속도를 냈을 것이다. 너무 빨리 달렸을 것이다. 아니면 그저 도로에 움푹 팬 구멍에 타이어가 걸렸거나. 사연이야 어찌되었든, 그 아이들이 탄 포드 세단은 길가 도랑으로 미끄러져서 엔진이 멈추고 말았다. 그리하여 점점 거세지는 바람이 사방에 눈을 흩날리는 동안, 둘은 황량한 사막에 멍하니 앉아 있었다. 그때 헨리가 무슨 생각을 했냐고? 네브래스카 주에서 나와 함께 저지른 짓 때문에 결국에는 사랑하는 소녀와 네바다 주의 이 황무지까지 몰리게 됐다는 생각을 했다. 알렛은 얘기해 주지 않았지만, 실은 그럴 필요가 없었다. 그 정도는 나도 알 수 있었으니까.

헨리는 굵어지는 눈발 사이로 허물어진 건물을 발견하고 섀넌을 차에서 끌어냈다. 섀넌은 눈보라 속으로 간신히 몇 걸음을 옮기고 더는 서 있을 수가 없었다. 삼각법을 할 줄 알았던, 그래서 어쩌면 오마하 사범학교 최초의 여자 졸업생이 될 수도 있었던 그 소녀는, 어린 연인의 어깨에 머리를 기대고 말했다.

"자기야, 나 더는 못 가겠어. 땅에다 눕혀 줘."

"아기는 괜찮아?"

"아기는 벌써 죽었어. 나도 죽고 싶어. 아파서 더는 못 참겠어, 너무 아파서. 자기야, 사랑해. 이제 땅에 좀 눕혀 줘."

헨리는 섀넌을 땅에 눕히는 대신 앞서 보았던 허물어진 건물로 데려갔다. 알고 보니 그 건물은 보이스 타운 근처의 판잣집과 다를 바 없는 일꾼 숙소였다. 벽에 빛바랜 로열 크라운 콜라병이 그려진 그 판잣집 말이다. 건물 안에 난로가 있기는 했지만 장작이 없었다. 헨리가 바깥에 나가서 아직 눈에 안 덮인 통나무 자투리를 모아 가지고 들어와 보니, 섀넌은 이미 의식을 잃은 후였다. 헨리는 난로에 불을 피우고 섀넌의 머리를 안아 자기 무릎에 놓았다. 섀넌 코터리는 헨리가 피운 조그마한 불이 재로 변하기도 전에 죽었고, 이제 그곳에는 헨리뿐이었다. 일찍이 땟국물이 줄줄 흐르는 카우보이들이 맨 정신보다는 술에 흠뻑 취한 채로 수도 없이 몸을 뉘었을 지저분한 일꾼 숙소의 간이침대에, 헨리 혼자 앉아 있었다. 거기 그렇게 앉아서 바깥의 바람이 울부짖고 숙소의 양철 지붕이 부르르 떠는 동안, 헨리는 섀넌의 머리를 쓰다듬었다.

그 불행한 두 아이가 아직 살아 있었던 그날, 알렛은 이 모든 이야기를 나에게 들려주었다. 알렛이 이야기하는 동안 쥐들은 내 주위를 기어 다녔고, 살 썩는 냄새는 내 코를 가득 채웠으며, 퉁퉁 부어오른 내 손은 타오르듯이 욱신거렸다.

나는 아내에게 애원했다. 죽여 달라고, 내가 당신한테 그랬던 것처럼 내 목을 그어 달라고. 하지만 아내는 들어주지 않았다.

그것이 아내의 복수였다.

우리 농장에 손님이 찾아온 날은 아마도 그로부터 이틀 후였을 것이다. 어쩌면 사흘 후였는지도 모르지만, 그럴 성싶지는 않다. 내 생각에는 딱 하루 후였을 것 같다. 도움의 손길이 올 때까지 이삼일이나 버티지는 못했을 테니까. 나는 일찌감치 식사를 끊었고, 물도 거의 안 마셨다. 그럼에도 문을 두드리는 소리가 났을 때에는 가까스로 침대에서 일어나 문까지 비틀비틀 걸어갔다. 마음속 한구석으로는 헨리가 왔을 거라고 믿었다. 왜냐면, 다른 한구석으로는, 그때까지도 알렛이 찾아왔던 일이 망상의 산물이라고 감히 믿고 있었으니까. 그리고 설령 진짜였다고 해도…… 알렛이 거짓말을 했을 수도 있었으니까.

찾아온 사람은 존스 보안관이었다. 나는 그를 본 순간 무릎이 풀려 앞으로 휘청하고 말았다. 그가 잡아 주지 않았더라면 포치에서 굴러 떨어졌을 것이다. 그에게 헨리와 섀넌 이야기를 하려고 했다. 섀넌이 총에 맞을 거라고, 그 둘이 엘코 변두리의 일꾼 숙소에서 최후를 맞을 거라고, 그렇게 되기 전에 그가, 다름 아닌 존스 보안관이, 사람들한테 연락을 해서 막아야 한다고. 막상 내 입에서 나온 말은 웅얼거리는 소리뿐이었지만, 보안관은 아이들의 이름을 알아들었다.

"그래, 헨리가 섀넌을 데리고 달아났어. 헌데 할란이 와서 그 얘기를 해 줬다면 왜 *이 지경*이 된 자넬 그냥 두고 간 거지? 자네 도대체 뭐에 물린 거야?"

"쥐한테요."

나는 가까스로 대답했다. 보안관은 한 팔로 나를 부축하고 거의 안아 들다시피 해서 포치 계단을 내려간 다음, 자기 차로 데려갔다. 수탉 조지는 얼어 죽은 채 장작더미 옆의 땅바닥에 널브러져 있었고, 소들은 나지막이 음매 소리를 냈다. 마지막으로 여물을 챙겨 준 게 언제였더라? 기억이 안 났다.

"보안관님, 지금 당장……."

그러나 보안관이 내 말을 막았다. 내가 열 때문에 헛소리를 한다고 생각했을 텐데, 당연했다. 몸에 열이 펄펄 끓었고 얼굴도 벌겠으니까. 틀림없이 오븐을 들어 나르는 기분이었겠지.

"기운 안 빠지게 입 다물고 있어. 그리고 자네, 알렛한테 고마운 줄 알아. 알렛 아니었으면 난 여기 들르지도 않았을 거야."

"죽었어요." 나는 떠듬떠듬 말했다.

"그래, 맞아. 죽었어."

그래서 나는 보안관에게 내가 아내를 죽였다고 말했다. 맙소사, 드디어 구원이 찾아왔다. 머릿속의 꽉 막힌 파이프가 신기하게도 뻥 뚫렸고, 그 속에 갇혀 있던 감염된 유령도 마침내 사라졌다.

보안관은 나를 무슨 밀가루 포대처럼 차 안으로 던져 넣었다.

"그래, 알렛 얘기도 해야지. 하지만 지금은 자네를 앤젤스 오브 머시 병원에 데려가는 게 더 급해. 차에다 토하는 건 참아 주면 고맙겠네."

죽은 수탉과 음매음매 우는 소들을 뒤로하고(그리고 쥐새끼들도! 그놈들을 잊으면 안 되지! 하!) 보안관의 차가 마당을 빠져나가는 동안, 나는 다시 입을 열려고 안간힘을 썼다. 헨리와 섀넌을 살리기에는 아직 늦지 않았다고, 아직은 그 애들을 구할 수 있다고. *이게 앞으로 벌어질 일들이오.* 이렇게 중얼거리는 내 목소리가 들렸다. 찰스 디킨스의 책에 나오는 미래의 크리스마스의 유령이라도 된 것처럼. 그러고 나서 나는 기절했다. 정신을 차려보니 12월 2일이었고, 서부의 신문들은 다음과 같은 제목의 기사로 뒤덮여 있었다. **'연인 강도단' 엘코 경찰을 피해 또다시 도주.** 사실이 아니었지만, 아직은 아무도 알지 못했다. 물론 알렛은 예외였다. 그리고 나도.

내 왼손의 괴저가 아직 팔뚝까지 퍼지지 않았다고 판단한 의사는 내 목숨을 판돈으로 걸고 왼손만 절단하는 도박을 감행했다. 이번 판은 의사의 승리였다. 존스 보안관에게 부축받아 헤밍퍼드 시내의 앤젤스 오브 머시 병원에 실려 온 지 닷새 후, 나는 멍한 상태로 병상에 누워 있었다. 살이 10킬로그램 넘게 빠지고 왼손도 잃었지만 그래도 목숨은 붙어 있었다.

병문안을 온 존스 보안관의 표정은 침통했다. 나는 그가 아내 살해 혐의로 나를 체포한다고 말하기를, 그러고 나서 남은 내 오른손에 수갑을 채워 침대 다리에 묶기를 기다렸다. 하지만 그런 일은 일어나지 않았다. 그러는 대신에 보안관은 나한테 손을 잃다니 정말로 애석하다고 말했다. 애석이라! '애석'이 무슨 뜻인지도 모르는 머저리 주제에!

내가 왜 살인자라고 적힌 묘비 아래 누워 있지 않고 이 더러운 (그러나 외롭지는 않은!) 호텔 방에 앉아 있냐고? 답은 간단하다. 어머니 덕분이었다.

존스 보안관과 마찬가지로 우리 어머니도 말끝마다 의문형을 붙이는 버릇이 있었다. 보안관의 경우는 평생을 경찰로 살다가 얻게 된 화술이었다. 그는 상대에게 사소한 질문을 던지면서 혹시 찔리는 기색이 보이는지 유심히 관찰했다. 몸을 움찔하거나 미간을 찌푸리거나, 눈이 살짝 움직이거나 하는 반응들을. 반면에 우리 어머니의 경우는 단순히 영국 출신이었던 외할머니한테서 물려받은 말버릇이었는데, 그 버릇은 나한테까지 이어졌다. 한때는 어머니가 입에 달고 다녔던 영국식 억양은 이미 다 잊어버렸지만, 평서문을 의문문으로 바꾸는 버릇만큼은 지금도 또렷이 기억난다. *당장 들어와, 안 들어올래?* 어머니는 그렇게 말하곤 했다. 또는 아버지가 또 도시락을 놔두고 가셨구나. 네가 갖다 드려, 알았지?라거나. 심지어 날씨 이야기도 의문문의 탈을 쓰고 찾아왔다. 또 비가 오는구나, 그렇지?

존스 보안관이 우리 집 문을 두드렸던 11월 끝자락의 그날, 나는 열이 펄펄 끓어 초주검이 된 상태에서도 의식만은 또렷했다. 사람들이 유난히 생생한 악몽을 기억하는 방식으로, 나는 그날 우리가 나눈 대화를 지금도 기억한다.

자네 알렛한테 고마운 줄 알아. 그 사람 아니었으면 난 자네 집에 들르지도 않았을 거야. 보안관은 그렇게 말했다.

죽었어요. 내가 대꾸했다.

보안관이 말했다. 그래, 죽었지.

뒤이어 내가 말했다. 어릴 적에 어머니 무릎에 앉아서 배운 대로. 제가 죽인 거예요, 안 그래요?

존스 보안관은 우리 어머니의(그리고 그 자신의) 말버릇을 진짜 질문으로 받아들였다. 그로부터 몇 년 후, 나는 농장을 빼앗긴 후에 취직한 공장에서 사무원에게 야단치는 작업반장을 본 적이 있다. 그 사무원이 접수처에서 보낸 송장이 도착하기도 전에 대븐포트가 아니라 디모인으로 주문품을 잘못 보냈기 때문이었다. 수요일에는 항상 디모인으로 보냈잖아요. 머잖아 잘릴 사무원이 항의했다. 전 그냥 그러려니 하고…….

그러려니 하고 살다가 관 뚜껑에 못 박히는 소리가 들리면 그럴 줄이야 하는 법이지. 작업반장이 맞받아쳤다. 오래된 농담인지 모르겠지만, 나는 그때 처음 들은 말이었다. 그리고 그 말을 들었을 때, 나의 자백을 듣고도 그러려니 하고 넘어갔던 프랭크 존스 보안관이 떠오른 것도 당연하다. 평서문을 의문문으로 바꾸는 우리 어머니의 말버릇이 나를 전기의자로부터 지켜 주었으니까. 나는 아내를 죽인 혐의로 유죄 평결을 받지 않았다.

적어도 아직은.

그놈들은 나와 함께 여기에 있다. 배심원단 정원인 열두 명을 훨씬 넘는 수가, 벽 아래 굽도리를 따라 줄줄이 앉아서, 반짝이는 눈으로 나를 지켜보고 있다. 청소부가 침대보를 갈러 왔다가 이 털북숭이 배심원단을 보면 비명을 지르며 달아날 테지만, 그런 일은 없을 것이다. 이틀 전 내 방 문손잡이에 걸어 놓은 *방해하지 마십시오* 푯말이 아직 그대로 있으니까. 그동안 나는 방에서 한 발짝도 나가지 않았다. 길 아래쪽 식당에다 식사를 주문할 수 있는 것 같지만, 그랬다가는 놈들이 달아날지도 모른다. 어차피 배도 안 고프니까 큰 손해는 아니다. 놈들은, 그러니까 내 재판의 배심원단은, 지금껏 끈기 있게 기다려 주었다. 하지만 그것도 이제 얼마 안 남았다. 배심원들이 으레 그렇듯이 놈들도 증언이 끝나기만 안달하는 중이니까. 그래야 평결을 내리고 수고비를 받아서(이 경우에는 내 살로) 가족이 기다리는 집으로 갈 수 있으니까. 그러니 증언을 끝맺어야 한다. 오래 걸리지는 않을 것이다. 힘든 부분은 다 끝났다.

존스 보안관이 병원 침대 곁에 앉아 들려준 말은 이러했다.

"자넨 내 눈을 보고 알았을 거야, 안 그래?"

나는 여전히 많이 아팠지만, 그래도 경계심을 발동할 만큼은 회복된 상태였다.

"알다뇨, 뭐를요?"

"내가 자네 집에 들른 용건 말이야. 기억이 안 나나 보군, 그렇지? 하긴, 그럴 만도 하지. 자네 몰골이 자주 끔찍했어, 윌프리드. 병원에 닿기도 전에 꼼짝없이 죽을 줄 알았다고. 하느님께서 자네한테 무슨 벌을 내릴지 아직 못 정하셨나 봐, 안 그래?"

누군가 벌을 내리기는 하겠지만, 하느님은 아니지 싶었다.

"헨리 일인가요? 헨리 소식을 전해 주러 오셨던 건가요?"

"아니, 알렛 때문에 찾아갔던 거야. 좋은 소식은 아니야. 실은 아주 끔찍하지. 그래도 자네 잘못은 아니야. 몽둥이로 패서 쫓아낸 것도 아니니까." 보안관이 몸을 앞으로 기울였다. "윌프리드, 혹시 내가 자넬 싫어한다고 생각한다면 착각이야. 물론 이 근방에 그런 친구들이 몇 명 있긴 하지. 그게 누군지는 우리 둘 다 알고 말이야, 안 그래? 그래도 내가 그 친구들 뒤치다꺼리를 해 준다는 이유만으로 나까지 한 묶음으로 취급하진 말게. 물론 자네가 나한테 짜증나게 군 적이 한두 번 있긴 하지. 또 아들 간수를 잘했으면 할란 코터리하고 지금도 친한 사이일 테고 말이야. 하지만 난 언제나 자넬 존중했네."

영 믿음이 안 가는 소리였지만 그냥 입을 다물기로 했다.

"알렛한테 일어난 일도 그래. 중요한 문제니까 다시 말하는데, 자네 잘못이 아니야."

내 잘못이 아니라고? 아무리 셜록 홈즈하고 닮은 구석이 한 군데도 없는 보안관이라지만, 그래도 이건 너무 황당한 결론이 아닌가.

"나한테 들어온 보고가 사실이라면 헨리는 지금 끓는 물에 들어가 있는 거나 같아." 보안관의 목소리는 침통했다. "게다가 새넌까지 끌어들였다네. 둘 다 푹 삶아질 판이야. 자네로서는 그것만으로도 골이 아플 테니까 아내가 죽었다고 자책할 것까진 없어. 그러니까 내 말은……."

"빨리 본론이나 말씀하세요."

보안관이 우리 집에 찾아오기 이틀 전의 일이었다. 내가 쥐한테 물린 그날인지는 확실치 않지만, 아무튼 그 무렵이었다. 마지막 수확물을 팔려고 라임비스카로 향하던 농부가 도로 북쪽으로 20미터쯤 앞에서 서로 다투는 코요테 세 마리를 발견했다. 그냥 지나칠 만도 한 광경이었지만, 도랑에 떨어져 있던 흠집 난 여성용 에나멜 구두와 속옷이 농부의 시선을 붙들었다. 그는 걸음을 멈추고 라이플을 발사하여 코요테 무리를 쫓은 다음, 녀석들이 무엇을 놓고 다퉜는지 확인하려고 들판으로 나갔다. 그가 찾은 것은 누더기가 된 드레스와 얼마 안 되는 살점이 아직 붙어 있는 여성의 해골이었다. 남은 머리카락은 연한 갈색이었는데 진한 적갈색이었던 알렛의 머리가 몇 달 동안 비바람에 시달리면 바뀔 법한 색깔이었다.

"어금니가 두 개 모자라더군. 혹시 알렛도 그랬나?"

"예." 거짓말이었다. "잇몸이 곪아서 두 개를 뺐어요."

"가출한 지 얼마 안 돼서 내가 집에 들렀을 때 자네 아들이 그러더군, 엄마가 값나가는 보석을 챙겨 갔다고."

"맞아요." 지금은 우물 밑바닥에 있을 보석을.

"혹시 돈도 들고 갔냐고 내가 물었을 때 자넨 200달러가 없어졌다고 했어. 안 그래?"

아, 당연하지. 알렛이 내 서랍에서 훔쳐 간 걸로 되어 있는 상상 속의 돈 200달러.

"맞아요."

보안관이 고개를 끄덕였다.

"그래, 딱딱 맞아떨어지는군. 보석에 돈이라. 그 정도면 더 설명하고 자시고 할 것도 없지, 안 그래?"

"무슨 말씀이신지 저는 잘……."

"그건 자네가 경찰의 관점에서 보질 못해서 그런 거야. 알렛은 길에서 강도를 당한 거네, 그게 다야. 웬 망나니가 헤밍퍼드하고 라임비스카 사이 도로변에서 차를 얻어 타려고 서 있는 여자를 발견했을 거야. 그래서 여자를 제 차에 태운 다음, 죽이고 돈과 보석을 뺏은 거지. 그러고 나서는 도로 쪽에서 안 보이도록 근처 들판 멀리까지 시체를 끌고 가서 버렸을 테고."

보안관의 침통한 표정을 보니 그는 알렛이 강도뿐 아니라 강간까지 당했다고, 그러므로 시신이 확인하기 힘든 상태가 된 것이 차라리 다행이라고 생각하는 듯했다.

"그런가 보죠, 그럼."

나는 이렇게 중얼거렸고, 보안관이 떠날 때까지 어찌된 영문인지 태연한 표정을 유지할 수 있었다. 그러고는 병실을 나서는 보안관을 보며 돌아누웠다. 그러다가 잘린 왼손을 침대에 찧었는데도, 웃음이 터져 나왔다. 베개에 얼굴을 파묻어도 웃음소리를 가릴 수는 없었다. 늙고 못생기고 퉁명스러운 담당 간호사는 내 뺨에 흐르는 눈물을 보고 내가 울고 있으려니 할 뿐이었다(그러려니 하다가 그럴 줄이야 하는 것도 모르고.). 여린 구석 따위는 눈곱만큼도 없을 줄 알았던 그 간호사도 마음이 약해졌는지, 나에게 모르핀 알약을 한 개 더 주었다. 어쨌거나 나는 아내를 잃고 슬퍼하는 남편, 아들을 잃고 비통해 하는 아버지였으니까. 위로받을 자격이 있는 남자였으니까.

그런데 내가 왜 웃었을 것 같은가? 멍청한 존스 보안관이 선의에서 우러난 추정을 해 준 덕분에? 술 취한 남자 친구한테 살해당했을지도 모르는 떠돌이 여자의 시체가 때마침 운 좋게 발견돼서? 두 가지 다 이유라면 이유였지만, 무엇보다도 구두 때문이었다. 그 농부가 코요테들이 뭘 놓고 다투는지 보려고 멈췄던 이유는 애초에 그가 도랑에 떨어진 여성용 에나멜 구두를 발견했기 때문이었다. 그런데 지난여름 존스 보안관이 우리 집에 찾아와 신발에 관해 물었을 때, 나는 알렛의 신발 가운데 사라진 것은 *천운동화*라고 알려주었다. 그 멍청이는 까맣게 잊어버렸던 것이다.

그리고 다시는 기억해 내지 못했다.

농장에 돌아와 보니 가축들은 거의 다 죽어 있었다. 유일하게 살아남은 아켈로이스는 굶주린 눈빛으로 원망하듯 나를 쳐다보며 심드렁한 음매 소리로 환영해 주었다. 나는 애완동물한테 밥을 주는 사람처럼 다정하게 아켈로이스에게 여물을 주었다. 정말이지 애완동물이나 다름없었다. 이제 더는 생계에 도움이 안 되는 가축이 애완동물이 아니면 뭐란 말인가?

예전에는 내가 병원에 있으면 할란이 자기 아내와 함께 우리 농장을 돌봐 주기도 했다. 중부 지방 농부들은 그런 식으로 이웃을 도왔으니까. 그러나 아내와 함께 저녁 식탁 앞에 앉아 있는 동안 굶어 죽어 가는 우리 집 소들의 구슬픈 울음소리가 바람을 타고 들판 너머까지 전해졌을 텐데도, 할란은 무시했다. 내가 그의 처지였다고 해도 아마 똑같이 했을 것이다. 할란 코터리의 관점에서(그리고 세상 사람들의 관점에서) 보면, 내 아들은 그의 딸을 타락시키는 데서 그치지 않았으니까. 그 아이가 구원을 찾으러 간 곳까지 따라가서 빼돌린 다음, 범죄의 길로 끌어들였으니까. '연인 강도단'의 기사를 읽으며 여자애의 아버지는 얼마나 속이 상했을까! 아주 녹아내렸겠지! 젠장!

그다음 주, 그러니까 크리스마스 장식이 농가와 헤밍퍼드홈의 큰길을 따라 걸리기 시작할 무렵, 존스 보안관이 또 우리 농장을 찾아왔다. 나는 그의 표정을 보자마자 무슨 소식을 전하러 왔는지 눈치채고 고개를 젓기 시작했다.

"안 돼. 더는 안 돼. 난 못 참아. 그냥 가."

나는 집으로 들어가서 보안관이 못 들어오게 현관문을 막았지만, 그는 기운도 없고 손도 한 개뿐인 나를 가뿐히 밀고 들어섰다.

"마음 단단히 먹게, 윌프리드. 안 그러면 못 버틸 거야."

보안관은 마치 자기가 무슨 말을 하려는지 아는 사람처럼 주절거렸다. 그러고는 도자기로 된 커다란 맥주잔이 맨 위에 놓인 찬장을 들여다보더니, 거의 비다시피 한 위스키 병을 발견하고 마지막 남은 한 모금을 맥주잔에 따라서 나한테 건넸다.

"의사는 말리겠지만 어차피 보는 것도 아니니까. 지금 자네한텐 이게 필요할 거야."

연인 강도단은 자신들의 마지막 은신처에서 발견되었다. 섀넌은 식당 점원의 총에 죽었고, 헨리는 스스로 머리를 쏘았다. 시신은 엘코에 있는 영안실로 옮겨져 후속 조치를 기다리는 중이었다. 할란 코터리는 자기 딸의 시신은 확인하겠지만, 내 아들은 거들떠보지도 않을 게 뻔했다. 아무렴. 그래서 내가 직접 보러 갔다. 헨리의 시신은 12월 18일에 열차편으로 헤밍퍼드에 도착했고, 나는 캐스팅스 브러더스 장의사의 영구 마차와 함께 역에서 기다렸다. 기자들이 내 사진을 수도 없이 찍어 댔다. 질문도 쏟아졌지만 나는 입도 뻥긋하지 않았다. 《월드 헤럴드》와 그보다 한참 급이 떨어지는 《헤밍퍼드 위클리》 둘 다 머리기사 제목에 이 문구를 집어넣었다. **침통한 표정의 아버지.**

그러나 장의사에서 싸구려 소나무 상자의 뚜껑을 열었을 때 내 표정이 어땠는지 봤다면, 기자들은 진짜 침통한 표정이 무엇인지 알았을 것이다. 어쩌면 기사 제목을 **오열하는 아버지**로 바꾸었을지도. 내 아들이 무릎에 섀넌의 머리를 올려놓은 채로 자기 머리에 쏘아 넣은 총알은 뇌를 지나는 동안 끝이 버섯처럼 부풀었고, 머리 왼쪽에 큼지막한 구멍을 남기며 두개골을 뚫고 나갔다. 하지만 최악은 따로 있었다. 두 눈이 없었던 것이다. 아랫입술은 뜯겨 나가서 이가 다 보이는 꼴이 마치 흉측하게 씩 웃는 표정 같았다. 코는 다 사라지고 벌건 밑동만 남아 있었다. 경찰이나 보안관이 발견하기 전에 쥐 떼가 내 아들과 그 애의 연인을 놓고 잔치를 벌였던 것이다.

"깨끗이 수습해 주게."

나는 제정신으로 돌아오고 나서 허버트 캐스팅스에게 말했다.

"제임스 씨…… 그…… 손상이 너무 심해서……."

"나도 눈이 있으니까 알아. 그래도 깨끗이 수습해 줘. 그리고 이 상자에서 당장 꺼내서 여기서 제일 좋은 관에 넣어 줘. 가격이 얼마든 상관없어. 돈은 있으니까."

그러고는 몸을 숙여 아들의 찢어진 뺨에 입을 맞췄다. 어떤 아버지도 아들에게 마지막으로 입을 맞추고 먼저 떠나보내서는 안 되는 법이지만, 만약 세상에 그래도 마땅한 아버지가 있다면 바로 나였다.

섀넌과 헨리의 무덤은 헤밍퍼드에 있는 주님의 영광 감리교회의 묘지에 마련했다. 섀넌은 22일, 헨리는 크리스마스이브에 묻혔다. 섀넌의 장례식은 찾아온 사람들로 가득했고, 울음소리로 교회가 떠나갈 듯했다. 나도 거기 있었기 때문에 안다. 적어도 잠깐 동안은. 남들이 모르게 뒤에 서 있다가 서스비 목사의 추도사가 중간쯤 이르렀을 때 살짝 빠져나왔다. 헨리의 장례식도 서스비 목사가 맡아 주었는데 추모객이 먼젓번보다 훨씬 적었다는 말을 굳이 할 필요는 없지 싶다. 목사의 눈에는 추모객이 한 명밖에 안 보였겠지만, 실은 한 명 더 있었다. 알렛이 내 곁에 앉아 있었다. 투명한 모습으로, 빙그레 웃으면서. 내 귀에 대고 속삭였다.

이렇게 돼서 기뻐, 윌프리드? 날 죽인 보람이 있어?

장례식 비용에 매장 비용, 영안실 이용료, 운구 비용까지 합쳐서 아들을 보내는 데만 300달러가 넘게 들었다. 비용은 대출받았던 돈을 헐어서 정산했다. 그것 말고 무슨 방법이 있었겠는가? 장례식이 끝난 후, 나는 휑한 집으로 돌아갔다. 하지만 그전에 위스키를 한 병 사야 했다.

1922년 그해는 아직 한 가지 꼼수를 감춰 놓고 있었다. 크리스마스 이튿날, 로키산맥에서 매서운 서북풍이 불어와 눈이 무릎까지 쌓이고 강풍이 휘몰아쳤다. 날이 저물자 눈이 진눈깨비로 변하더니 이윽고 폭우가 쏟아지기 시작했다. 자정 무렵, 내가 컴컴한 거실에 앉아 잘린 손목의 통증을 달래려고 위스키를 홀짝이고 있을 때, 집 뒤편에서 으드득 하는 소리가 요란하게 들려왔다. 지붕이 무너지는 소리였다. 수리하려고 했던, 적어도 명목상으로는 수리하려고 대출까지 받았던 바로 그 자리였다. 나는 술잔을 들어 부서진 지붕에 건배하고 한 모금 더 들이켰다. 싸늘한 바람이 어깨를 감싸는 느낌이 들자 옷걸이에서 코트를 가져다가 걸쳤고, 다시 앉아서 위스키를 조금 더 마셨다. 그러다가 까무룩 잠이 들었다. 새벽 세 시쯤, 또다시 울려 퍼진 으드득 소리에 잠이 깼다. 이번에는 외양간 지붕의 앞쪽 절반이 무너졌다. 아켈로이스는 이번에도 목숨을 건졌다. 다음 날 저녁, 나는 아켈로이스를 집 안으로 데려왔다. 왜냐고? 누가 이렇게 물을지도 모르겠다. 그럼 나는 이렇게 대답하련다. 왜 안 되는데? 도대체 안 될 게 뭔데? 우린 생존자들인데. 우리 둘 다 살아남았는데.

크리스마스 아침(내가 추운 거실에서 살아남은 소를 벗 삼아 위스키를 마시던 그때), 대출받은 돈이 얼마나 남았는지 계산해 보니 폭풍으로 입은 피해도 복구하기 힘들 만큼 적었다. 마침 농사꾼으로 살기도 지겨워진 참이었으니 별로 걱정스럽지는 않았다. 하지만 패링턴 사가 돼지 도살장을 세워 냇물을 오염시킬 거라는 생각을 하면 여전히 화가 치밀어서 이가 갈릴 지경이었다. 그 빌어 처먹을 땅 40만 제곱미터를 놈들의 손에서 지키려고 얼마나 큰 대가를 치렀는지 떠올리면 더더욱 그랬다.

그러다가 퍼뜩 깨달았다. 알렛이 실종자가 아니라 사망자로 공인된 이상, 그 땅은 이제 내 것이었다. 그래서 이틀 후에 자존심을 굽히고 할란 코터리를 만나러 갔다.

할란은 전에는 나보다 훤칠하게 생긴 남자였지만, 문을 열고 나온 모습을 보니 그해에 터진 사건들 때문에 나만큼이나 몰골이 망가져 있었다. 살이 빠지고 머리숱도 줄고 셔츠마저 구깃구깃했다. 그나마 셔츠는 다림질을 하면 말끔해진다지만, 할란의 얼굴은 셔츠보다 훨씬 더 쭈글쭈글했다. 마흔다섯이 아니라 예순다섯으로 보일 정도로.

"때리지 마." 주먹을 불끈 쥐는 할란을 보며 내가 말했다. "내 얘기 좀 들어 보라고."

"손이 한 개뿐인 놈을 때릴 생각은 없어. 그래도 간단히 끝내 주면 고맙겠군. 그리고 얘기는 여기, 현관에서 해. 다시는 자네를 이 집 안에 들이고 싶지 않으니까."

"그래, 알았어."

내가 대답했다. 나도 살이 많이 빠진 데다 추위 때문에 덜덜 떨릴 지경이었지만, 그래도 잘린 손목과 그 아래 여전히 붙어 있는 투명한 손에 차가운 공기가 닿자 상쾌한 기분이 들었다.

"할란, 나한테 좋은 땅이 40만 제곱미터 있는데, 그걸 자네한테 팔고 싶네. 알렛이 패링턴 사에 팔겠다고 고집 부리던 그 땅 말이야."

할란은 그 말을 듣고 빙긋 웃었다. 예전보다 퀭해진 그의 두 눈에 빛이 반짝였다.

"사정이 영 쪼들리나 보군, 안 그래? 집도 외양간도 반이나 무너졌으니 말이야. 허미 고든한테 들으니 지금은 소랑 같이 산다던데."

허미 고든은 그 일대를 담당한 우편배달부이자 악명 높은 소문 제조기였다. 내가 제시한 가격이 얼마나 헐값이었던지, 할란은 입이 떡 벌어지고 눈까지 동그래졌다. 바로 그때, 깨끗하고 잘 꾸며진 코터리네 집에 전혀 안 어울리는 냄새가 내 코끝을 스쳤다. 프라이팬에 올려놓은 음식이 타는 냄새였다. 요리하는 사람은 분명히 샐리 코터리가 아니었다. 예전 같으면 내 주의를 끌 법한 일이었지만, 그것도 이미 옛날 이야기였다. 그때 내 머릿속에는 땅을 처분하겠다는 일념뿐이었다. 나한테 그토록 큰 대가를 치르게 한 땅인 만큼, 할란한테는 싸게 팔겠다고만 하면 그만일 듯싶었다.

"그건 완전히 똥값이잖아." 할란은 흡족한 빛을 숨기지 못하고 이렇게 덧붙였다. "알렛이 들으면 무덤 속에서 돌아눕겠군."

실은 돌아눕는 정도가 아니었어. 나는 속으로 중얼거렸다.

"왜 실실 웃는 건가, 윌프리드?"

"아니야, 아무것도. 난 딱 한 가지만 빼면 그 땅에 아무런 미련도 없어. 그 한 가지가 뭐냐면, 망할 놈의 패링턴 도살장이 못 들어오게 막는 거야."

"집이 없어져도 상관없다, 이건가?" 할란은 마치 나한테서 질문이라도 받은 양 혼자 고개를 끄덕였다. "자네가 집을 담보로 대출을 받았다는 얘긴 들었어. 좁은 동네에는 비밀이란 게 없으니까."

"그래도 상관없어. 할란, 내 제안대로 해. 안 하면 자넨 미친 거야. 놈들이 흘려보낸 돼지 피하고 털, 내장으로 냇물이 꽉 찰 거야. 그건 자네 냇물이기도 해."

"싫어."

할란이 말했다. 나는 놀라서 말문이 막힌 채 그를 가만히 바라보았다. 할란은 또다시 나한테서 질문이라도 받은 양 혼자 고개를 끄덕였다.

"자네 때문에 내가 어떤 꼴이 됐는지 다 안다고 생각하나 본데, 그건 착각이야. 샐리는 집을 나갔어. 매쿡에 있는 친정으로 갔단 말이야. 생각이 정리되면 돌아올지도 모른다고 했지만, 아마그럴 일은 없을 거야. 그러니 이제 자네나 나나 똑같이 쪽박 찬신세가 된 거지, 안 그래? 연초에는 둘 다 마누라가 있었는데 해가 저물어 가는 지금은 둘 다 짝 잃은 기러기니까. 연초에는 둘다 자식이 살아 있었는데, 지금은 죽은 애들을 묻은 신세니까. 차이가 있다면 나는 집하고 외양간이 폭풍에 결딴나지 않았다는 것뿐이지." 할란은 잠시 생각하다가 말을 이었다. "그러고 보니 나는 양손이 다 멀쩡하군. 그래, 그것도 중요한 차이지. 혼자서 용두질이라도 치고 싶어지면…… 뭐 그런 마음이 들지는 모르겠는데, 어쨌든 그렇게 되면 어느 쪽 손으로 칠지 선택할 여유 정도는 있으니까."

"샐리가 떠나다니…… 어째서……?"

"머리를 좀 써, 이 친구야. 샐리는 새넌이 죽은 게 자네 때문만이 아니라 나 때문이기도 하다고 했어. 내가 길길이 화가 나서 멀리 보내지만 않았어도 새넌은 지금쯤 꽁꽁 언 땅 밑의 관 속이아니라, 자네 집에서 헨리와 함께 살아 있을 거라면서. 우리 외손

자도 같이. 나더러 혼자만 잘난 줄 아는 바보라고 하더군. 맞는 말이야."

나는 남아 있는 손을 내밀어 할란의 어깨를 감싸려고 했다. 할란은 그 손을 쳐냈다.

"나한테 손대지 마, 윌프리드. 경고는 이번 한 번뿐이야."

나는 내밀었던 손을 조용히 제자리로 되돌렸다.

"한 가지는 확실해. 만약 싼값에 혹해서 자네의 제안을 덥석 받아들이면, 난 나중에 반드시 후회할 거야. 왜냐면 그 땅은 저주 받았으니까. 다른 건 몰라도 그거 하나만큼은 자네도 나랑 같은 생각일걸. 정 팔고 싶거든 은행에다 팔아. 그러면 대출금을 다 갚고도 조금은 남을 테니까."

"은행 놈들은 보나마나 패링턴 사에 땅을 되팔 거야!"

"거 참 유감이군."

할란이 내 눈앞에서 문을 닫으며 마지막으로 남긴 말이었다.

그해 마지막 날, 나는 차를 몰고 헤밍퍼드홈의 은행에 가서 스토펜하우저를 만났다. 그리고 그에게 농장을 떠나기로 했다고 말했다. 알렛의 땅을 은행에 넘기고 그 땅값으로 대출을 상환하겠다는 말도 했다. 그리고 할란 코터리와 마찬가지로 스토펜하우저역시 내 제안을 거절했다. 그의 책상 앞에 가만히 앉아 꼼짝도 못한 채로, 나는 잠시 내가 헛것을 들었나 하고 생각했다.

"왜 안 산다는 거죠? 얼마나 좋은 땅인데!"

스토펜하우저가 말하길 자기는 은행 직원이고 은행은 공인중개사가 아니라고 했다. 그러면서 나를 제임스 씨라고 부르며 존댓

말을 썼다. 내가 은행에서 윌프리드로 통하던 시절은 이미 끝났던 것이다.

"그게 무슨……."

머릿속에 *개수작*이라는 말이 떠올랐지만, 만에 하나 스토펜하우저가 마음을 고쳐먹을지도 모르는 만큼 너무 자극하고 싶지는 않았다. 일단 마음을 정하고 보니 땅을 팔아야겠다는 생각은 마치 강박처럼 나를 옭아맸다(그리고 소도, 아켈로이스를 살 사람도 찾아봐야 했다. 잘하면 마술 콩을 자루에 담아 짊어지고 가는 사람을 길에서 만날 수 있을지도 몰랐다.). 그래서 평온한 목소리로 조곤조곤 말했다.

"꼭 그런 건 아니잖아요, 스토펜하우저 씨. 작년 여름에 라이드 아웃의 땅이 경매에 나왔을 땐 은행이 낙찰을 받았잖습니까. 트리플엠 사의 땅도 그렇고요."

"그때는 경우가 달랐거든요. 저희는 담보로 설정된 제임스 씨의 원래 땅 30만 제곱미터면 충분합니다. 목초지 40만 제곱미터로 뭘 하시든 저희 은행하고는 상관없는 문제예요."

"누가 꾸민 짓이죠?" 이렇게 묻고 나서 쓸데없는 짓이라는 생각이 퍼뜩 떠올랐다. "레스터가 왔었군요, 안 그래요? 콜 패링턴의 그 똘마니가."

"무슨 말씀이신지 모르겠는데요."

스토펜하우저는 이렇게 말했지만, 나는 분명히 보았다. 그의 눈에 얼핏 스친 당황한 빛을.

"가족 분들이 그렇게 돼서 정말 유감입니다. 게다가 손까지 다치셨으니…… 지금은 냉정하게 판단하기가 힘드시겠죠."

"아뇨, 별 말씀을요."

나는 이렇게 말하고 껄껄 웃었다. 내가 듣기에도 섬뜩할 만큼 위태로운 웃음소리였다.

"요즘처럼 머릿속이 맑은 적은 한 번도 없었어요. 스토펜하우 저 씨, 레스터는 당신을 만나러 왔어요. 다른 놈일 수도 있죠, 콜 패링턴 정도 되는 부자라면 사기꾼을 몇 명이든 부릴 수 있으니 까요. 그리고 당신은 거래를 했어요. 그놈들이랑 부, 부, 붙어먹은 *거예요!*"

내 소름끼치는 웃음소리가 더욱 커졌다.

"제임스 씨, 죄송한데 이제 그만 가 주셔야겠습니다."

"아니면 처음부터 다 음모였을 수도 있죠. 애초에 그래서 나한 테 담보 대출을 받으라고 그렇게 끈질기게 꼬드긴 걸지도. 아니면 레스터 그놈이 내 아들 소식을 듣고 기회는 이때다 싶어서 내 불 행을 이용하려고 당신한테 달려왔을 수도 있고요. 바로 이 의자 에 앉아서 말했겠죠. '이 건은 우리 둘 모두한테 이득이에요, 스 토펜하우저 선생. 당신은 농장을 갖고, 내 의뢰인은 시냇가의 땅 을 차지하는 겁니다. 윌프리드 제임스는 지옥으로 떨어지는 거 고.' 어때요, 내가 정확히 맞혔죠?"

스토펜하우저가 책상 위의 버튼을 누르자 사무실 문이 열렸 다. 경비원을 고용할 여유도 없을 만큼 작은 은행이었지만, 사무 실로 들어온 젊은 창구 직원은 덩치가 산만 했다. 얼굴을 보니 로 바커네 아들이었다. 녀석의 아버지는 내 동창이었다. 그리고 헨리 는 아마도 녀석의 막내 여동생 맨디와 같은 학년이었을 것이다.

"무슨 문제라도 있습니까, 스토펜하우저 씨?"

"제임스 씨가 돌아가시면 다 해결될 것 같군. 자네가 배웅해 드리게, 케빈."

사무실에 들어선 케빈은 의자에서 일어나지 않으려고 미적거리는 나를 보고 내 왼쪽 팔꿈치 바로 위를 붙잡았다. 멜빵에 나비넥타이까지 맨 차림새는 은행원 같았지만, 케빈의 손은 거칠고 단단한 농사꾼의 손이었다. 아직 다 낫지 않은 내 왼쪽 손목이 욱신거렸다.

"같이 가시죠."

"잡아당기지 마. 손목이 아프단 말이야."

"그럼 어서 일어나세요."

"네 아버지는 나랑 동창이야. 내 옆자리에 앉았다고. 언젠가 봄에 시험을 봤을 땐 내 답안지를 훔쳐본 적도 있어."

케빈은 한때 내가 윌프리드로 불리며 앉았던 의자에서 나를 일으켜 세웠다. 사람 좋은 윌프리드, 이렇게 좋은 조건으로 담보 대출을 안 받으면 바보라고 생각했던 그 녀석. 나는 일어서다가 하마터면 의자를 쓰러뜨릴 뻔했다.

"그럼 이만. 새해 복 많이 받으십시오, 제임스 씨."

"너도 복 많이 받아라, 이 망할 사기꾼 자식아."

그 말에 스토펜하우저의 표정이 멍해졌다. 어쩌면 그것이 내가 인생에서 마지막으로 본 흐뭇한 광경 같다. 5분 전부터 이 호텔방에 앉아 펜 꽁무니를 잘근잘근 씹으며 생각한 끝에 하는 말이다. 재미있는 책, 멋진 식사, 공원에서 보낸 유쾌한 오후…… 그런 것은 아무리 생각해 봐도 기억이 안 난다. 단 하나도.

케빈 로바커는 내가 은행 로비를 지날 때까지 동행했다. 딱히 끌고 가지는 않았으니 동행했다는 표현이 옳을 것이다. 대리석으로 된 로비 바닥에 우리 둘의 발소리가 메아리쳤다. 실내의 벽은 검은 참나무 판으로 장식되어 있었다. 창구의 높다란 유리 너머에서는 여성 직원 둘이 연말을 맞아 찾아온 고객 몇 명을 상대하는 중이었다. 직원 한 명은 젊고 한 명은 나이가 많았지만, 눈이 동그래진 표정은 둘 다 똑같았다. 하지만 내 눈길을 사로잡은 것은 놀란 정도를 넘어 거의 관능적으로 보이는 그들의 표정이 아니었다. 내 눈은 전혀 상관없는 곳을 뚫어지게 보고 있었다. 창구 유리창 위쪽, 손가락 한 개 길이쯤 올라간 곳의 불룩한 가로대, 그 위를 따라 쪼르르 달려가는……

"쥐다, 조심해!"

나는 악을 쓰면서 그쪽을 가리켰다. 젊은 직원이 조그맣게 비명을 지르며 일어서더니, 나이 든 동료와 시선을 주고받았다. 쥐는 없었다. 그저 천장에서 돌아가는 실링팬의 그림자일 뿐이었다. 이제 로비에 있던 사람들이 한꺼번에 나를 쳐다보았다.

"보고 싶으면 마음껏 봐! 원 없이 구경해! 눈깔이 빠질 때까지 뚫어지게 보라고!"

정신을 차려보니 바깥에 서 있었다. 차가운 겨울 공기가 담배 연기처럼 내 입에서 뿜어 나왔다.

"용건이 없으면 다시 오지 마세요. 그리고 다시 올 땐 입조심하시는 게 좋을 거예요."

"네 아버진 우리 동창들 중에 제일 형편없는 놈이었어. 시험을 볼 때마다 부정행위를 했지."

나는 케빈에게 그렇게 말했다. 욱해서 한 때 때려 주기를 바라고 한 말이었지만 케빈은 나를 혼자 두고 들어가 버렸고, 나는 낡아빠진 내 트럭 앞에 덩그러니 서 있었다. 1922년의 마지막 날, 윌프리드 릴런드 제임스의 읍내 방문은 그렇게 막을 내렸다.

집에 돌아와 보니 아켈로이스가 보이지 않았다. 알고 보니 녀석은 마당에 누워 있었고, 나처럼 하얀 입김을 뿜어내고 있었다. 포치 계단에 쌓인 눈에 발굽 자국이 보였다. 땅에 잘못 착지하는 바람에 앞다리가 모두 부러졌는데, 그 자리에는 눈이 더욱 어지럽게 흩어져 있었다. 내 곁에서는 무고한 소 한 마리도 온전히 살아남질 못하는구나 하는 생각이 들었다.

나는 총을 가지러 문간에 들렀다가 다시 집 안으로 향했다. 아켈로이스가 새 보금자리를 부리나케 뛰쳐나갈 만큼 놀란 이유가 도대체 뭔지 알아보고 싶어서였다. 물론, 쥐새끼들이었다. 알렛이 아끼던 찬장 위에, 쥐새끼 세 마리가 나란히 앉아서, 까맣고 엄숙한 눈으로 나를 내려다보는 중이었다.

"돌아가서 그 여자한테 성가시게 굴지 말라고 전해. 복수는 이정도면 충분하다고, 그러니까 제발 날 그냥 두라고."

놈들은 통통하고 거무스름한 몸통에 꼬리를 말고 가만히 앉아서 지켜보기만 했다. 나는 총을 겨누고 가운데 앉은 놈을 쐈다. 총알은 쥐새끼를 산산조각 냈다. 놈의 살점이 가득 튄 벽지는 알렛이 10년쯤 전에 심혈을 기울여 고른 것이었다. 헨리가 아직 꼬맹이였을 때, 우리 세 식구가 오순도순 살던 시절에.

나머지 두 마리는 달아났다. 틀림없이 땅 밑의 비밀 통로로 내

뺐을 것이다. 썩어 문드러져 가는 자기들의 여왕한테로 돌아갔겠지. 놈들은 죽은 아내의 찬장에 자그마한 쥐똥 무더기와 마로 된 포대의 쪼가리 서너 개를 남기고 갔다. 1922년 초여름의 어느 밤, 헨리가 창고에서 가져온 그 포대의 쪼가리였다. 마지막 남은 우리 소를 죽이러 온 쥐새끼들이 나한테 알렛의 *헤어네트* 쪼가리를 남기고 간 것이다.

나는 바깥으로 나가서 아켈로이스의 머리를 쓰다듬어 주었다. 녀석은 목을 길게 빼고 태평하게 음매 소리를 냈다. *이제 보내 줘. 당신은 내 주인이잖아, 내가 살던 세상의 신이잖아. 그러니까 이제 나를 보내 줘.*

나는 아켈로이스의 소원을 들어주었다.

새해 복 많이 받기를 바라며.

1922년은 그렇게 끝을 맺었다. 그리고 내 이야기도 이것으로 끝이다. 이다음은 에필로그일 뿐이다. 내 방을 빙 둘러싸고 서 있는 저 손님들은 이제 곧 평결을 내릴 것이다. 이 고풍스러운 호텔의 지배인이 그들을 보면 얼마나 놀랄까! 판사는 내 아내, 그들은 배심원단이다. 하지만 나의 형을 집행할 사람은 바로 나 자신이다.

당연한 얘기지만, 농장은 내 손을 떠났다. 담보가 은행에 넘어갈 때까지 패링턴 사를 포함하여 누구도 아내의 땅 40만 제곱미터를 사려 하지 않았고, 마침내 돼지 도살장이 들어섰을 때, 나는 말도 안 되는 헐값에 땅을 내놓을 수밖에 없었다. 레스터의 음모가 멋지게 성공을 거둔 것이다. 분명히 녀석의 소행이었다. 보너스도 두둑이 챙겼겠지.

뭐, 그러든가 말든가. 설령 기낼 재산이 있었다고 해도 어차피 헤밍퍼드 카운티의 얼마 안 되는 내 기반은 무너지고 말았을 것이다. 변태 같기는 하지만 그래도 이렇게 생각하면 왠지 기분이 흐뭇해진다. 사람들은 요즘의 불경기가, 그러니까 이른바 '대공황'이 지난해에 시작됐다고 말한다. 하지만 캔자스나 아이오와, 네브래스카 같은 주에 사는 이들은 대공황이 1923년에 이미 시작된 것을 알고 있다. 봄의 지독한 폭풍을 견디고 살아남은 작물들이 뒤이어 찾아온 가뭄에 말라죽은 그해 말이다. 그리고 그 가뭄은 2년간 이어졌다. 농부들이 대도시의 시장이나 소도시의 농산물 거래소에 얼마 안 되는 작물을 넘기고 받은 돈은, 똥값이었다. 할란 코터리 역시 1925년까지는 근근이 버텼지만 결국 은행에 농장을 빼앗겼다. 《월드 헤럴드》의 은행 경매 광고란을 꼼꼼히 읽다가 발견한 소식이었다. 1925년 무렵에는 그런 경매 광고가 신문 한 면을 온통 차지할 때도 있었다. 조그만 농장들이 하나둘 자빠지기 시작했으니 이대로라면 100년 후에는, 어쩌면 75년만 지나도, 그런 농장은 하나도 안 남지 싶었다. 2030년이 되면(그때가 올지 안 올지는 모르겠지만) 네브래스카 주의 오마하 서쪽 땅은 모조리 대형 농장 한 곳이 차지할 것이다. 십중팔구 패링턴 사가 차지하겠지. 운이 지지리도 없어서 그 땅에 살아야 하는 사람들은 죽은 돼지들의 악취에 질식하지 않으려고 방독면을 쓴 채 지저분한 황토색 하늘 아래 근근이 목숨을 이어갈 것이다. 냇물이란 냇물은 모조리 돼지 피로 시뻘겋게 물들 테고.

2030년이 되면 쥐새끼들만 행복할 것이다.

그건 완전히 똥값이잖아. 내가 알렛의 땅을 팔겠다고 제안한

날, 할란은 나에게 그렇게 말했다. 그리고 결국 나는 콜 패링턴에게 똥보다 못한 값으로 그 땅을 팔아야만 했다. 변호사이신 앤드루 레스터 선생은 내가 묵던 헤밍퍼드 시내의 하숙집으로 계약서를 들고 찾아왔고, 내가 서명을 하는 동안 빙그레 웃으며 지켜보았다. 당연한 일이었다. 결국에는 힘 센 놈들이 이기는 세상이니까. 조금이라도 다를 거라고 기대했던 내가 바보였다. 나는 바보였고, 그래서 사랑하는 이들이 대가를 치러야 했다. 가끔은 샐리 코터리가 할란에게 다시 돌아갔을지 궁금하다. 아니면 할란이 농장을 잃고 매쿡에 있는 아내를 찾아갔을지도. 잘은 모르겠지만, 아마도 섀넌이 죽으면서 행복했던 그들의 결혼 생활도 끝을 맞지 않았을까 싶다. 독은 물에 떨어진 잉크처럼 걷잡을 수 없이 번지는 법이니까.

내 방 벽의 굽도리를 따라 앉아 있던 쥐새끼들이 어느새 안쪽으로 다가오기 시작했다. 네모나던 진형이 둥그렇게 좁아진 것이다. 놈들은 지금의 내 삶이 그저 *찌꺼기*라는 것을 안다. 그리고 맛난 부분을 먹어 치우고 남은 찌꺼기는 별 볼일 없다는 것도 안다. 어쨌거나, 나는 끝까지 마무리를 지을 것이다. 산 채로 놈들의 제물이 되지도 않을 것이다. 최후의 초라한 승리는 내 몫이니까. 내가 앉아 있는 이 의자 등판에는 낡은 갈색 재킷이 걸려 있다. 그 재킷 주머니에는 권총이 들어 있다. 나는 이 고백의 마지막 몇 장을 다 쓰고 나서 그 총을 쓸 것이다. 자살한 사람과 살인자는 지옥에 떨어진다고 한다. 그렇다면 길을 못 찾아서 헤맬 일은 없을 것이다. 지난 8년간 나는 그곳에서 살았으니까.

나는 오마하로 갔다. 그곳이 내가 예전에 주장했던 것처럼 바보들의 도시라면, 처음에는 나야말로 그 도시의 모범 시민이었다. 알렛의 땅 40만 제곱미터를 판 돈으로 술을 마시기 시작했으니까. 땅을 팔 때는 똥값이라고 생각했건만, 그래도 그 돈이 다 떨어질 때까지는 2년이나 걸렸다. 나는 술에 취해 있지 않을 때면 헨리가 삶의 마지막 몇 달 동안 들렀던 곳을 찾아다녔다. 파란색 보닛을 쓴 소녀가 그려진 광고판이 지붕에 붙어 있는 라임비스카의 주유소(내가 갔을 때에는 문을 막은 판자에 **은행 경매 물건**이라고 적혀 있었다.), 도지 스트리트의 전당포(지금 재킷 주머니에 들어 있는 권총을 거기서 샀다, 내 아들이 그랬듯이), 그리고 오마하 제일 농업 은행까지. 젊고 예쁘장한 창구 직원은 여태 그 은행에서 일하고 있었지만, 성은 이제 펜마크가 아니었다.

"돈을 건네줬을 때 고맙다고 했어요. 길을 잘못 들기는 했지만, 그래도 본때 있게 자란 아이 같던데요. 혹시 그 애를 잘 아세요?"

"아뇨. 그냥, 그 애 가족이랑 좀 아는 사이였어요."

당연히 세인트 유세비아 자모원에도 들렀지만, 그 안에 들어가서 직함이 원장인지 감독관인지 모를 수녀한테 섀넌 코터리에 관해 물어볼 생각은 아예 하지도 않았다. 자모원 건물은 썰렁하고 거대했다. 두꺼운 돌 벽 사이로 가느다랗게 뚫린 창문들은 가톨릭교회의 엄격한 위계질서가 여성들을 어떻게 대하는지를 분명히 드러냈다. 눈을 내리깔고 조심조심 걸어 다니는 임신한 소녀들의 축 처진 어깨를 보면 섀넌이 왜 그리도 이곳을 떠나고 싶어 했는지 똑똑히 알 수 있었다.

이상하게도, 내가 아들에게 가장 가까이 다가간 느낌을 받은 곳은 어느 골목이었다. (슈래프트 캔디 & 가정식 퍼지 케이크 전문이라는 간판이 붙은) 갤러틴 스트리트 약국 옆의 그 골목은 세인트 유세비아 자모원에서 두 블록 떨어진 곳에 있었다. 골목 어귀에는 나무 상자도 한 개 있었다. 내 아들이 애인의 편지와 담배를 교환하러 올 당찬 여자애를 기다리며 앉아 있던 상자라기에는 너무 새것이었지만, 그래도 그 상자려니 하고 생각했다. 그러자 진짜 그 상자처럼 보였다. 술에 취해 있을 때 나의 상상은 더욱 진짜처럼 느껴졌다. 그리고 갤러틴 스트리트에 들를 때면 나는 십중팔구 코가 비뚤어지게 취한 상태였다. 가끔은 지금이 1922년이고, 빅토리아 스티븐슨을 기다리는 사람이 바로 나라고 상상하기도 했다. 빅토리아가 오면 담배 한 갑을 통째로 주고 이런 말을 전해 달라고 할 생각이었다. 행크라는 남자애가 여기 나타나서 섀넌 코터리를 아냐고 묻거든 당장 꺼지라고 전해 주렴. 여자는 다른 데 가서 알아보라고 해. 그리고 아버지가 농장에서 기다리고 있다고 전해 줘. 둘이서 같이 일하면 농장을 지킬 수 있을 거라고.

그러나 그 소녀는 내 손이 닿지 않는 곳에 있었다. 나는 몇 년 후의 빅토리아밖에 만날 수 없었다. 이제는 귀여운 아이를 셋이나 키우면서 핼럿 부인이라는 점잖은 이름으로 불리는 빅토리아를. 그 무렵에는 나도 술을 끊고 빌트라이트 의류 공장에 취직을 했고, 면도도 깔끔하게 하고 다녔다. 그렇게 차림새가 멀끔했던 덕분인지 빅토리아는 나를 기꺼이 집 안으로 안내했다. 나는 그 자리에서 내가 누군지 밝혔다. 마지막까지 솔직해지려면 그렇게 하는 수밖에 없기 때문이었다. 빅토리아의 눈이 살짝 커진 것으로 보아 내 얼굴에서 헨리와 닮은 구석을 발견한 듯했다.

"세상에, 그래도 참 상냥한 아이였는데. 사랑에 빠져서 정신을 못 차렸죠. 섀넌도 참 안됐어요. 정말 좋은 애였는데. 꼭 셰익스피어 비극 같아요, 안 그래요?"

빅토리아는 셰익스피어를 *색스피어*라고 발음했다. 그 후로 나는 갤러틴 스트리트의 골목을 다시 찾아가지 않았다. 이미 알렛의 피를 뒤집어쓴 나에게는 오마하의 젊은 주부 빅토리아가 친절을 베풀려고 건넨 말조차도 사악하게 들렸기 때문이었다. 빅토리아는 헨리와 섀넌의 죽음이 색스피어 비극 같다고 했다. 낭만적인 것 같다고. 내 아내가 피로 물든 포대 속에서 목이 터져라 외쳤던 단말마의 비명을 듣고도 과연 그렇게 생각할 수 있었을까? 아니면 눈꺼풀도 입술도 뜯겨 나간 내 아들의 얼굴을 보고도?

이른바 '서부의 관문'이자 바보들의 도시인 오마하에서 지내는 동안, 나는 두 가지 직업을 거쳤다. 어쩌면 당신은 일이야 *당연히* 해야 하는 거라고 생각할지도 모르겠다. 안 그러면 길거리에서 자야 하니까. 하지만 나보다 정직한 사람들도 술을 끊어야 할 때 끊지 못했고, 나보다 점잖은 사람들도 남의 문간에서 노숙하는 신세로 전락하곤 했다. 어쩌면 이렇게 말할 수는 있을 것 같다. 몇 년을 허송세월한 끝에 사람답게 살아보겠다고 한 번 더 몸부림 쳤노라고. 한때는 나 역시 정말로 그렇게 믿었지만, 밤이 되어 잠자리에 누우면(그리하여 내 영원한 동반자인 쥐새끼들이 벽 속에서 쪼르르 달려가는 소리를 들으면) 늘 진실과 마주할 수밖에 없었다. 나는 아직도 이기려고 발버둥 치는 중이었다. 헨리와 섀넌이 죽고 나서도, 농장을 잃고 나서도, 우물 속의 그 시체를 이기려고 발버둥 치고 있었다. 알렛과 그 *시종*들을 이기려고.

빌트라이트 의류 공장의 창고 작업반장은 존 핸러핸이라는 남자였다. 그는 손이 한 개뿐인 구직자를 채용하지 않으려 했지만 나는 한 번만 기회를 달라고 졸랐다. 그리하여 셔츠나 멜빵바지가 가득 실린 운반용 팔레트를 다른 일꾼들과 똑같이 끌 수 있다는 것을 증명한 후에 일자리를 얻었다. 나는 그런 팔레트를 14개월 동안 날랐다. 당시에 머물던 하숙집으로 돌아올 때면 종종 다리를 절기도 했고, 허리와 잘린 왼쪽 손목이 불타듯이 화끈거리기도 했다. 하지만 불평은 하지 않았다. 게다가 짬을 내어 재봉틀 돌리는 법까지 배웠다. 낼 수 있는 짬은 점심시간(기껏해야 15분이었지만)과 오후 휴식 시간뿐이었다. 다른 일꾼들은 하역장 뒤에 모여 담배를 피우고 음담패설을 지껄이는 동안, 나는 혼자서 솔기 바느질하는 법을 익혔다. 처음에는 공장에서 쓰는 마로 된 운반용 포대로 연습하다가 나중에는 회사의 주력 상품인 멜빵바지를 이용했다. 알고 보니 나는 타고난 바느질꾼이었다. 혼자서 지퍼를 다는 단계에까지 이르렀는데 이 정도면 의류 공장에서는 썩 훌륭한 기술이었다. 바지 천은 잘린 손목으로 눌러서 고정했고, 그러는 동안 발로는 전기 재봉틀의 페달을 밟았다.

봉제 일은 운반 일보다 급료를 더 받을 수 있었고 허리도 덜 아팠지만, 봉제 작업장은 어둡고 굴속처럼 답답했다. 그리고 4개월 남짓 지났을 무렵, 쥐새끼들이 눈에 띄기 시작했다. 파란색으로 갓 물들인 데님 천 무더기 사이에, 또 천을 들여오고 싣고 나가는 손수레 그늘에, 쥐새끼들이 웅크리고 있었다.

몇 번인가 동료들한테 쥐가 있다고 알려준 적도 있었다. 그들은 못 봤다고 주장했다. 어쩌면 정말로 못 봤을 수도 있다. 하지만 그보다는 방역업자들이 쥐를 잡는 동안 봉제 작업장이 폐쇄될까 봐 못 봤다고 했을 가능성이 더 크지 싶다. 그러면 봉제 작업장에서 일하는 사람들은 사흘 치 일당을, 어쩌면 일주일 치 주급을 못 받을 수도 있기 때문이었다. 가족이 있는 사람한테는 너무 큰 타격이었다. 그들로서는 작업반장인 핸러핸한테 내가 헛것을 본다고 일러바치는 편이 더 손쉬운 방법이었을 것이다. 나도 이해한다. 그나저나 그 친구들은 언제부터 나를 '미치광이 윌프리드'라고 불렀을까? 하지만 그것도 이해할 수 있다. 내가 그만둔 이유는 따로 있으니까.

나는 자꾸만 다가오는 쥐들 때문에 공장을 그만뒀다.

저축해 둔 돈이 조금 있어서 새 일자리를 찾을 때까지 그걸로 버티려고 각오했지만, 알고 보니 그럴 필요가 없었다. 빌트라이트 공장을 그만두고 고작 사흘 후, 신문에 실린 오마하 시립 도서관의 사서 구인 광고가 내 눈에 띄었다. 추천서 또는 관련 학위가 필수 요건이었다. 나는 학위는 없었지만 평생 책을 벗 삼아 살아온 사람이었다. 그리고 1922년 그해에 내가 배운 것이 있다면 단 하나, 바로 사기 치는 기술이었다. 그래서 나는 캔자스시티와 미주리 주 스프링필드 시의 공립 도서관 직인이 찍힌 추천서를 위조하여 사서로 취직했다. 새 상사인 퀼스 씨가 추천서를 조회해 보고 가짜인 줄 알아차릴 거라는 예감이 강력하게 들었다. 그래서 온 미국에서 제일가는 사서가 되려고 열심히, 빨리 일했다. 퀼스 씨가 가짜 추천서를 들이밀면서 추궁하면 그저 목을 길게 내밀고 선처를 바랄 작정이었다. 하지만 추궁 같은 것은 당하지 않았다. 나는 오마하 시립 도서관에서 4년 동안 사서로 일했다. 엄밀히 말하면 지금도 사서 직함은 달고 있다. 물론 벌써 일주일째 출근도 안 하고 전화로 병가 신청도 안 했지만.

당신도 알아차렸겠지만, 쥐새끼들 때문이었다. 놈들은 도서관에서도 나를 찾아냈다. 놈들은 제본실의 헌책 무더기 위에 웅크리고 앉아서, 서가 맨 위 칸을 쪼르르 달려가면서, 다 안다는 눈빛으로 나를 내려다보았다. 지난주에는 참고 문헌실에서 노인 이용자를 위해 브리태니커 백과사전을 한 권 뽑아 들었는데(그것도 하필이면 Ra-St 항목이 들어 있는 권이었다. 말할 것도 없이 시궁쥐(*Rattus norvegicus*)와 도살장(*slaughterhouse*)이 함께 들어 있었다.), 사전이 빠진 빈자리에서 허기져 보이는 거무튀튀한 얼굴이 나를 올려다보고 있었다. 가엾은 아켈로이스의 젖꼭지를 물었던 바로 그 쥐새끼였다. 어떻게 그럴 수 있는지는 나도 모른다. 분명히 내 손으로 죽였으니까. 하지만 틀림없이 그놈이었다. 나는 한눈에 알아보았다. 어떻게 모를 수가 있단 말인가? 놈의 수염에는 천 쪼가리가, 피로 얼룩진 포대 쪼가리가 끼어 있었는데.

그 망할 놈의 헤어네트가!

나는 참고 도서를 신청한 나이 지긋한 숙녀에게 백과사전을 건넸다(그 노파는 족제비 숄을 두르고 있었다. 그 숄에 붙은 족제비 대가리의 조그맣고 까만 눈마저 나를 으스스하게 쳐다보았다.). 그러고 나서 곧장 도서관 바깥으로 나왔다. 그리하여 몇 시간 동안 거리를 쏘다니다가, 결국에는 이 매그놀리아 호텔에 들어왔다. 그때부터 지금껏 쭉 이곳에 틀어박힌 채 사서로 일하는 동안 모은 저금을 탕진했는데, 그거야 이제는 아무래도 상관없는 돈이다. 그리고 지금은 이 고백을 쓰고 있는데, 이건 아주 중요한 일이다. 나는……

방금 쥐새끼 한 마리가 내 발목을 물었다. 꼭 이렇게 말하는 것 같다. *빨리 끝내, 시간 다 됐어.* 양말에 핏자국이 조그맣게 번지기 시작했다. 하지만 이건 아무것도 아니다. 아무것도. 나는 살아오면서 그보다 더한 핏자국도 봤으니까. 1922년에는 피바다가 된 방을 본 적도 있으니까.

그런데 방금 무슨 소리가 들렸는데…… 착각일까?

아니.

누가 찾아왔다.

내가 우물에서 외양간으로 연결된 파이프를 막았는데도 쥐새끼들은 탈출로를 발견했다. 내가 우물을 메웠는데도 *아내* 역시 출구를 찾아 빠져나왔다. 그리고 이번에는, 아내 혼자가 아닌 것 같다. 질질 끄는 발소리를 들어 보니 한 사람이 아니라 두 사람 같다. 아니……

세 사람? 혹시 세 명인가? 더 행복한 세상에서 만났더라면 내 며느리가 됐을 그 소녀도 같이 온 걸까?

아마도. 시체 세 구가 비틀비틀 복도를 걸어온다. 얼굴이(흔적만 남은 얼굴이기는 하지만) 쥐한테 뜯어 먹힌 몰골로. 알렛의 얼굴은 지금도 턱이 한쪽으로 돌아가 있다. 죽어가는 소 뒷발에 채였으니까.

쥐가 또 내 발목을 물었다.

그리고 또!

도대체 이 호텔 지배인은 영업장 관리를 어떻게 하는……

아야! 또 물렀다. 하지만 놈들은 나를 죽이지 못할 것이다. 저 바깥의 손님들도 나를 죽이지는 못한다. 그렇다고는 해도, 이제 철컥철컥 돌아가는 방문 손잡이가 보인다. 그들의 냄새가 내 코끝을 스친다. 그들의 뼈에 매달려 덜렁거리는 살에서 도살당해 죽은 돼지의 악취가

도살

권총

젠장 권총이 어디에

그만

제발 그만 물어 제발 이제 그ㅁ

도서관 사서 호텔에서 자살
경비원이 발견한 끔찍한 현장

오마하 시립 도서관의 사서 윌프리드 제임스가 일요일에 시내 호텔에서 변사체로 발견되었다. 현장을 발견한 호텔 종업원은 일찍부터 그에게 연락을 취하려고 애썼지만 응답을 받지 못했다. 옆방 투숙객은 호텔 측에 '고기 썩는 냄새' 같은 악취가 난다고 불만을 제기했고, 객실 청소부는 지난 금요일 오후에 '희미한 고함소리와 비명이 들렸다'고 증언했다.

호텔 경비 책임자는 객실 문을 아무리 두드려도 응답이 없자 비상 열쇠로 문을 열고 들어갔고, 곧바로 책상에 엎드려 있는 제임스 씨의 시신을 발견했다. 책임자의 증언은 다음과 같다. '권총이 있길래 그걸로 자살한 줄 알았습니다. 하지만 아무도 총소리를 못 들었고 화약 냄새도 안 났습니다. 총을 살펴보니 관리 상태가 형편없는 25구경이었는데 그나마 총알도 안 들어 있었습니다. 물론 맨 먼저 피가 눈에 띄었습니다. 그런 광경은 한 번도 본 적이 없고, 다시 보고 싶지도 않습니다. 그 사람은 자기 입으로 자기 몸을 온통 물어뜯었습니다. 팔, 다리, 발목, 심지어 발가락까지요. 그게 다가 아닙니다. 무슨 글을 쓰느라 바빴던 게 틀림없는데, 정작 종이는 씹어서 뱉어 버렸습니다. 그렇게 뱉은 종이로 온 바닥이 뒤덮여 있었습니다. 꼭 쥐들이 둥우리를 만들려고 뜯어 발긴 종이 같았습니다. 마지막에는 자기 손목까지 물어뜯었더군요. 아마도 그게 사인이었던 것 같습니다. 틀림없이 정신이 이상해져서 그랬을 겁니다.'

현재로서는 제임스 씨에 관하여 알려진 바가 거의 없다. 1926년 말에 제임스 씨를 채용한 오마하 시립 도서관의 수석 사서 로널드 퀼스는 이렇게 말한다. '제임스 씨는 힘든 삶을 살아오면서 한쪽 손까지 잃었지만 책에 관해 잘 알았고, 추천서 내용도 훌륭했습니다. 동료들하고도 잘 어울렸지만 서먹서먹한 구석도 있었습니다. 사서로 지원하기 전에 공장에서 일했다고 했던 것 같은데, 사람들한테는 손을 잃기 전에 헤밍퍼드 카운티에서 조그만 농장을 경영했다는 말도 했다고 합니다.'

본지는 변을 당한 제임스 씨에 관해 계속 취재할 예정이므로 혹시 면식이 있는 독자가 계시면 제보해 주시기 바란다. 시신은 오마하 카운티 시신 보관소에 안치되어 친척이 찾아오기를 기다리는 중이다. 다음은 시신 보관소의 수석 의무관 태터솔 박사의 말이다. '가까운 친척이 아무도 나타나지 않으면 시신은 시립 묘지에 매장될 것으로 보입니다.'

빅 드라이버

1

테스는 요청이 들어올 때마다 수락하는 식으로 1년에 열두 번씩 유료 강연을 했다. 회당 강연료는 1200달러, 다 합치면 1만 4000달러가 넘었다. 테스에게는 그것이 은퇴를 대비한 펀드였다. '윌로 그로브 뜨개질 클럽' 시리즈는 이미 열두 편이나 나왔는데도 여전히 잘 팔렸지만, 테스는 일흔이 넘어서까지 책을 계속 쓸 수 있으리라고 생각할 만큼 물러터진 사람이 아니었다. 그때까지 계속 쓴다면 남은 소재가 뭐가 있을까? 『윌로 그로브 뜨개질 클럽, 테레호트에 가다』? 『윌로 그로브 뜨개질 클럽, 국제 우주 정거장을 방문하다』? 아니. 설령 테스의 주요 독자층인 북 클럽의 할머니 회원들이 읽어 준다고 해도(아마 읽겠지만) 그럴 수는 없었다.

그러니까 테스는, 작고 부지런한 다람쥐였다. 책을 써서 번 돈으로 안락하게 살면서도…… 다가올 겨울에 대비하여 도토리를 모아 두었던 것이다. 그렇게 지난 10년간 해마다 1만 2000에서 1만 6000달러를 금리 연동 펀드에 입금했다. 주식 시장이 널뛰기를 하는 바람에 총액은 기대했던 만큼 크지 않았지만, 그래도 꾸준히 모으면 괜찮을 거라고 스스로를 타일렀다. 테스는 쉬지 않고 달리는 기관차였으니까. 또한 양심의 가책을 덜고자 1년에 적어도 세 번은 무료로 강연을 했다. 정직하게 버는 떳떳한 돈이니만큼 가책을 느낄 필요가 없는데도, 테스의 양심이라는 내장은 이따금씩 따끔거리곤 했다. 이는 필시 테스가 자라면서 머리에 새긴 '일'이라는 관념과 사람들 앞에서 나불나불 얘기를 하고 책에 사인을 하는 행위가 서로 들어맞지 않았기 때문일 것이다.

강연 수락 조건은 최소 사례비 1200달러 말고도 한 가지가 더 있었다. 강연 장소는 직접 차를 몰고 갈 수 있는 곳, 또 오가는 중간에 이틀씩 묵을 필요가 없는 곳이어야 했다. 그 말은 곧 남쪽으로는 리치먼드, 서쪽으로는 클리블랜드 너머까지 갈 일이 거의 없다는 뜻이었다. 모텔에서 보내는 하룻밤은 피곤하기는 해도 버틸 만했다. 그러나 이틀 밤을 묵으면 너무 피곤해서 일주일 동안 아무것도 할 수가 없었다. 게다가 테스가 키우는 고양이 프리츠는 혼자 집 지키기를 끔찍이도 싫어했다. 프리츠는 테스가 집을 한참 비웠다가 돌아오면 계단을 오를 때 발을 휘감거나 무릎 위에 올려놓았을 때 민감한 곳을 긁는 식으로 그 점을 뚜렷이 밝혔다. 또한 옆집에 사는 팻시 매클레인이 사료를 잘 챙겨 주는데도 테스가 돌아올 때까지는 밥그릇도 제대로 비우지 않았다.

테스가 비행기 타기를 두려워해서 그런 것은 아니었다. 주최

측에 모텔 숙박료와 여행 비용을 함께 청구하는 것 역시 꺼리지 않았다(모텔은 깨끗한 곳을 고집할 뿐, 너무 비싼 곳은 피했다.). 테스는 단순히 비행기가 싫을 뿐이었다. 붐비는 객실, 모멸감을 안기는 전신 검색, 전에는 공짜였던 것에 가격표를 붙이는 항공사들의 장삿속, 지연되는 이착륙…… 무엇보다 주도권을 쥔 사람은 자신이 아니라는 피할 수 없는 진실. 그것이야말로 최악이었다. 끝이 안 보이는 보안 검색을 통과하여 일단 탑승 절차를 마치면, 무엇보다 소중한 목숨을 생판 모르는 남들의 손에 맡겨야 했다.

물론 여행을 할 때마다 거의 매번 이용하는 유료 고속도로와 간선도로 역시 사정은 다르지 않았다. 술 취한 사람이 운전대를 놓쳐서 중앙 분리대를 넘어와 정면충돌이라도 했다가는 꼼짝없이 즉사였다(그래도 *가해자*는 살아남을 것이다, 음주운전을 하는 것들은 꼭 살아남으니까.). 하지만 운전석에 앉아 있으면 그래도 주도권이 자신의 손에 있다는 *상상*은 할 수 있었다. 그리고 테스는 운전하기를 좋아했다. 운전을 하고 있으면 마음이 가라앉았다. 가장 좋은 아이디어가 떠오르는 시간은 라디오를 *끄고* 주행속도 자동유지 기능을 켠 채 운전할 때였다.

"자기는 먼젓번 전생에 분명히 장거리 트럭 운전사였을 거야."

언젠가 팻시 매클레인이 한 말이었다.

테스는 전생을 믿지 않았다. 그쪽으로는 아예 내세 같은 것도 믿지 않았는데, 형이상학적으로 말하자면 눈에 보이는 것이 전부라고 믿는 편이었다. 하지만 다른 삶을 상상하기는 좋아했다. 상상 속에서 테스는 오종종한 얼굴로 수줍게 웃는 자그마한 여성이자 코지 미스터리 소설을 쓰는 작가가 아니라, 커다란 모자를 쓴 덩치 큰 남자였다. 볕에 그을린 뺨에 회색 수염이 숭숭 돋은 그 남자는 자동차 후드에 달린 불도그 장식을 앞세우고 거미줄처럼 이어진 도로를 따라 전국을 누볐다. 상상 속의 그 남자는 사람들 앞에 나서기 전에 옷을 어떻게 맞춰 입을지 고민할 필요가 없었다. 물 빠진 청바지와 옆에 버클이 달린 장화면 충분했으니까. 테스는 글쓰기를 좋아했고 사람들 앞에서 말하기도 꺼리지 않았지만, 정말로 좋아하는 것은 운전이었다. 치코피에서 강연을 한 후에는 바로 이 점이 얄궂게 느껴졌는데…… 얄궂기는 해도 웃음이 나올 일은 아니었다. 아니, 웃을 수 있는 일이 절대 아니었다.

2

브라운 배거스 북 클럽의 초청장은 테스의 강연 수락 조건과 딱 들어맞았다. 치코피는 스토크 빌리지에서 100킬로미터도 안 떨어진 곳인 데다 강연 시간도 낮이었고, 북 클럽이 제안한 강연료는 1200달러가 아니라 1500달러였다. 물론 여비도 함께 제공했지만 최소 금액이었다. 코트야드 스위트나 햄튼 인처럼 괜찮은 호텔에서 묵을 만한 돈은 아니었다. 초청장을 쓴 라모나 노빌이라는 사람은 자신이 치코피 공립 도서관의 수석 사서이기는 하지만 이 초청장은 브라운 배거스 북 클럽 회장 자격으로 쓰는 것이며, 그 북 클럽에서는 다달이 정오에 강연회를 연다고 했다. 회원들이 저마다 점심을 싸 들고 오는 이 강연회는 매우 인기 있는 행사였다. 10월 12일의 강연은 작가인 자넷 에바노비치가 할 예정이었지만 집안 일 때문에 피치 못하게 취소됐다고 했다. 결혼식 아니면 장례식이었는데 라모나 노빌은 어느 쪽인지 확실치 않다고 했다. 그러면서 초청장의 마지막 문단에 아첨하는 느낌을 살짝 담아 이렇게 적었다.

"촉박한 요청인 줄은 압니다만, 위키피디아를 찾아보니 이웃한 코네티컷 주에 사신다고 나와 있더군요. 게다가 치코피의 저희 독자들은 뜨개질 클럽 시리즈의 열혈 팬이랍니다. 위에 적힌 강연료뿐 아니라 저희 독자들의 무한한 감사까지 덤으로 받으실 거예요."

테스가 보기에는 독자들이 과연 이틀 후에도 고마워할지 미심쩍었을뿐더러 10월의 강연 일정 역시 이미 잡혀 있었다(햄프턴스에서 열리는 문학 퍼레이드 행사였다.). 그래도 84번 고속도로를 타면 90번 고속도로로 이어졌고, 90번 고속도로를 타면 치코피까지는 직선이었다. 왕복은 식은 죽 먹기였다. 프리츠는 같이 사는 사람이 집을 비웠는지조차 모를 것 같았다.

초청장에는 당연히 라모나 노빌의 전자우편 주소가 적혀 있었다. 테스는 즉시 그 주소로 답장을 보내서 일정과 강연료를 수락했다. 또한 평소 하던 대로 사인회는 한 시간만 하겠노라며 이렇게 적었다. '집에 고양이가 있는데 제가 직접 저녁을 안 챙겨 주면 영 못살게 굴어서요.' 세부 사항을 알려 달라는 말도 적었지만 테스는 사람들이 자신한테서 기대하는 것을 거의 모두 알고 있었다. 비슷한 행사를 서른 살 때부터 쭉 해 온 덕분이었다. 그럼에도, 라모나 노빌 같은 공공 기관 근무자들은 상대방이 뭔가 질문을 할 거라 기대하게 마련이었다. 만약 이쪽에서 아무것도 안 물어보면 혼자 불안해 하다가 급기야 행사 당일 작가가 노 브라에 술 취한 상태로 나타나지 않을까 걱정할 수도 있었다.

일정이 촉박한 점을 감안하면 강연료는 2000달러가 적당하지 않을까 하는 생각이 떠올랐지만, 테스는 그 생각을 접었다. 그것은 상대의 약점을 이용하는 짓이었다. 게다가 뜨개질 클럽 시리즈는 다 합쳐도(자그마치 열두 권이나 되는데도) 자넷 에바노비치가 쓴 「스테파니 플럼 시리즈」 가운데 한 권의 판매고를 능가할지 어떨지 자신이 없었다. 좋든 싫든, 테스는 라모나 노빌의 차선책이었다. 그리고 솔직히 말해서 그 점이 딱히 거슬리지도 않았다. 강연료를 올려 부르는 짓은 협박이나 다름없었다. 1500달러면 더없이 타당한 가격이었다. 물론 나중에 지하 배수로에 누워서 퉁퉁 부은 코와 입으로 피를 쿨룩거리는 신세가 되었을 때에는 조금도 타당한 것 같지 않았지만, 만약 2000달러를 받았으면 조금이라도 덜 억울했을까? 아예 200만 달러라면 어땠을까?

뜨개질 클럽 시리즈에 등장하는 숙녀들은 고통과 강간과 두려움에 가격표를 붙일 수 있는가 하는 문제를 고민한 적이 한 번도 없었다. 그들이 해결하는 범죄는 사실상 범죄의 *개념*에 지나지 않았다. 하지만 그 문제를 직접 고민해야 할 처지에 내몰렸을 때, 테스가 고른 답은 '아니요'였다. 테스가 보기에 그러한 범죄에 걸맞은 배상은 오직 하나뿐이었다. 여기에 대해서는 톰과 프리츠도 동의했다.

3

　알고 보니 라모나 노빌은 어깨가 넓고 가슴도 큰 쾌활한 여성이었다. 나이는 예순 가량, 발그레한 볼에 머리는 해병대처럼 짧았고 악수할 때의 손아귀 힘은 천하장사 같았다. 라모나는 도서관 바깥에 나와서 테스를 기다리고 있었다. '오늘의 초대 작가'를 위해 따로 비워 둔 주차 칸 한가운데에 서 있었던 것이다. 그러다 막상 테스가 도착하자 아침 인사도 건네지 않고(아직 11시 15분 전이었는데도), 귀고리가 예쁘다는 칭찬도 생략한 채(어쩌다 생기는 저녁 외식 자리나 이날의 강연 같은 행사에만 하고 나가는 값비싼 귀고리였는데도), 다짜고짜 남자들이나 할 질문을 던졌다.

　"84번 고속도로 타고 오셨나요?"

　테스가 그렇다고 하자 노빌은 눈을 동그랗게 뜨고 볼에 바람을 넣어 크게 부풀렸다.

　"무사히 오셨으니 다행이네요. 제가 알기로 거긴 미국에서 제일 막히는 도로거든요, 빙 돌아가기도 하고요. 가실 땐 시간이 훨씬 줄어들 거예요. 선생님 댁이 인터넷에 나온 대로 스토크 빌리지에 있다면요."

　테스는 그렇다고 대답했지만, 모르는 사람한테 자기가 사는 곳을 알려주려니 조금 께름칙하기도 했다. 그 사람이 싹싹한 사서라고 해도 마찬가지였다. 하지만 불평해 봤자 소용없었다. 요즘은 뭐든 다 인터넷에 올라오기 때문이었다.

　"제 말대로 하시면 가시는 길이 15킬로미터는 줄어들 거예요." 도서관 계단을 올라가는 사이에 노빌이 말했다. "차에 내비게이션 다녀오셨나요? 봉투에 그린 약도를 보고 찾아가는 것보다 훨씬 편해요. 정말 신기한 기계라니까요."

이미 포드 익스페디션 SUV의 대시보드에 내비게이션을 달아놓은 테스는 15킬로미터가 줄어든다니 정말 다행이라고 말했다(라이터 충전기에 전원이 연결된 그 기계에는 톰이라는 이름까지 붙어 있었다.).

"멀리 돌아가는 것보다 직선으로 돌파하는 게 나으니까요. 제 말이 맞죠?"

노빌은 이렇게 말하며 테스의 등을 살짝 두드렸다.

"그럼요."

테스도 동의했다. 테스의 운명은 그렇게 간단히 결정됐다. 원래부터 지름길이라면 사족을 못 쓰는 사람이었으니까.

4

책과 관련된 행사는 보통 잘 짜여진 4막짜리 연극이었다. 그리고 테스가 출연하기로 한 브라운 배거스 북 클럽의 10월 모임은 그러한 행사의 정석대로 진행될 수도 있었다. 정석에서 벗어난 점은 단 하나, 거의 무례해 보일 정도로 짧은 노빌의 작가 소개였다. 노빌은 지루한 신상 자료가 가득 적힌 메모장을 연단까지 들고 가지도 않았고, 테스가 네브래스카 주 농촌에서 보낸 유년 시절을 길게 소개하지도 않았으며, 윌로 그로브 뜨개질 클럽 시리즈가 받은 비평가들의 화려한 찬사 역시 소개하지 않았다(그것만은 다행이었다, 왜냐면 서평란에 소개된 적도 별로 없거니와 소개될 때면 보통 애거서 크리스티가 창조한 미스 마플의 이름이 함께 등장했는데 딱히 호의적인 방식은 아니었다.). 노빌은 단지 그 시리즈가 엄청나게 인기가 많고(봐줄 만한 과장이었다.), 촉박한 요청을 받고도 기꺼이 시간을 기부해 준 작가가 정말로 너그러운 사람이라고만 소개했다(1500달러를 받았으니 기부라고 하기는 힘들었지만). 그런 다음 작지만 아늑한 도서관 강당에 모인 400명쯤 되는 독자들의 박수 소리와 함께 테스에게 연단을 양보했다. 모인 사람들은 대부분 공적인 자리에 나갈 때에는 먼저 모자부터 챙겨 쓸 나이의 숙녀들이었다.

그러나 작가 소개는 연극으로 치면 막간의 여흥에 더 가까웠다. 1막은 11시의 환영회, 즉 손 큰 여성 회원들이 테스를 직접 만나려고 치즈와 크래커와 형편없는 커피를 바리바리 싸서 들고 오는 자리였다(저녁 행사일 경우에는 플라스틱 잔에 따른 형편없는 와인이 나왔다.). 사인해 달라고 하는 사람도 몇 명 있었지만 그보다는 휴대전화를 들이대며 같이 사진을 찍자고 하는 사람이 훨씬 많았다. 책의 아이디어를 어디서 얻느냐는 질문에는 평소와 같이 공손하고 재치 있는 잡담으로 화답했다. 출판 에이전시를 구하려면 어떻게 해야 하냐고 묻는 사람도 대여섯 명 있었는데, 반짝이는 눈을 보니 단지 그 질문을 하려고 20달러를 추가로 내고 환영회에 온 듯했다. 테스는 계속해서 편지를 보내다 보면 신인 작가에 굶주린 곳이 원고를 한번 보자고 연락할 거라는 대답을 들려주었다. 출판 에이전시라는 곳이 원래 완전한 진실하고는 거리가 멀다 보니 있는 그대로의 진실은 아니었지만, 그래도 진실에 가까운 대답이었다.

2막은 45분 정도 분량의 강연 자체였다. 강연 내용은 주로 (너무 사적인 내용은 뺀) 몇 가지 일화, 그리고 이야기를 만드는 과정에 관한 (결말에서부터 거슬러 올라가는 방식의) 설명이었다. 최근에 나온 책의 제목을 적어도 세 번은 언급하는 것이 중요했는데 그해 가을의 신간은 『윌로 그로브 뜨개질 클럽, 동굴 탐험을 떠나다』였다(동굴 탐험이 뭔지 아직 모르는 독자들을 위해 간략히 설명하는 것도 잊지 않았다.).

3막인 질문 시간에는 소설의 아이디어를 어디서 얻는지(재치 있는 답으로 두루뭉술하게 넘겼다.), 등장인물은 실제 아는 사람을 참고하여 만드는지("제 숙모들이에요."), 또 에이전시에 원고를 보내려면 어떻게 해야 하는지 같은 질문이 쏟아졌다. 이날은 지금 하고 있는 머리띠를 어디서 샀냐는 질문도 나왔다(제이시페니 백화점에서 샀다고 하자 무슨 까닭인지 박수가 쏟아졌다.).

마지막 4막은 사인회였다. 테스는 사인과 함께 부탁받은 메시지를 정성껏 적어 주었다. 생일 축하, 결혼기념일 축하, 내 책을 모두 *사랑해 주는 재닛에게, 레아에게—올 여름에도 톡서웨이 호수에서 만나!* 같은 문구들이었다(마지막은 조금 이상했다, 사인을 부탁한 사람은 몰라도 테스는 그 호수에 가 본 적이 한 번도 없었으니까.).

사인회가 끝나고 휴대전화 사진을 찍으러 마지막까지 어슬렁거리던 팬들마저 흡족한 표정으로 떠난 후, 라모나 노빌은 테스를 자기 사무실로 데려가 그럴 듯한 커피를 대접했다. 노빌은 블랙커피를 마셨는데 테스가 보기에는 당연했다. 세상 물정을 어느 정도 아는 사람이라면 그 정도는 예상할 수 있었다(노빌은 쉬는 날에는 분명 하이힐 대신 작업화를 신고 돌아다닐 타입이었으니까.). 그 사무실에 의외의 물건이라고는 벽에 걸린 사진 액자뿐이었다. 사진 속의 낯익은 얼굴을 보며 잠시 생각한 끝에, 테스는 작가라면 누구나 가장 소중한 재산으로 여기는 기억의 쓰레기 더미 속에서 이름 하나를 끄집어낼 수 있었다.

"리처드 위드마크?"

노빌은 당황한 와중에도 기분 좋게 깔깔 웃었다.

"제일 좋아하는 배우예요. 솔직히 어릴 적엔 홀딱 반해서 정신을 못 차렸죠. 세상을 뜨기 10년 전에 저 사진에 사인을 받았어요. 그때도 엄청 늙긴 했는데, 그래도 저건 스탬프가 아니라 진짜 사인이에요. 자, 여기."

한순간 테스는 노빌이 그 사진을 내밀까 봐 당황했다. 그러다가 노빌의 통통한 손가락에 끼워진 봉투가 눈에 들어왔다. 투명한 비닐 창이 있어서 안의 수표가 보이는 봉투였다. 테스는 그 봉투를 받아들었다.

"고맙습니다."

"별말씀을요. 정말 수고 많이 하셨어요."

테스는 부정하지 않았다.

"자, 그럼 지름길 얘기를 시작하죠."

테스는 귀를 쫑긋 세우고 당겨 앉았다. 뜨개질 클럽 시리즈 가운데 한 권에서 등장인물인 도린 마키스는 이렇게 말했다. *따뜻한 크루아상하고 집으로 가는 지름길이야말로 인생 최고의 낙이지.* 이는 작가가 자신의 굳은 신념을 소설 속에서 구현한 경우에

해당했다.

"내비게이션에 교차로 입력 기능이 있나요?"

"예. 저희 톰이 아주 똑똑하거든요."

이 말에 노빌은 빙그레 웃었다.

"그럼 스태그 로드하고 47번 국도를 입력하세요. 스태그 로드
는 망할 84번 고속도로가 만들어진 후로 다니는 사람이 별로 없
는 길인데, 그래도 경치가 훌륭해요. 그 길을 따라서 한 25킬로미
터쯤 가세요. 여기저기 때운 아스팔트길인데 그렇게 울퉁불퉁하
진 않아요. 적어도 제가 마지막으로 갔을 땐 괜찮았어요, 그때가
봄이었는데도 말이에요. 봄에는 원래 길이 녹아서 울퉁불퉁하잖
아요. 제 경험으로는 그렇더라고요."

"제 경험으로도 그래요."

"47번 국도에 접어들면 84번 고속도로로 가는 표지판이 보일
텐데, 고속도로를 타고 나서는 한 20킬로미터만 가면 돼요. 그게
바로 이 지름길의 이득이죠. 거기다 시간도 짜증도 엄청 줄어들
고요."

"이득이 두 배네요."

테스가 말했다. 두 여성은 함께 깔깔 웃었고, 벽에 걸린 사진
속의 리처드 위드마크는 빙긋이 웃으며 두 사람을 내려다보았다.
한편 찰칵찰칵 소리가 나는 간판이 달린 버려진 가게는 아직 90
분 후의 미래에서, 굴속의 뱀처럼 느긋하게 도사리고 있었다. 물
론 지하 배수로도 함께.

5

테스는 차에 내비게이션을 다는 정도가 아니라 아예 웃돈을 주고 주문 제작을 했다. 그런 장난감을 좋아했기 때문이었다. 주인이 교차로를 입력하자 내비게이션은 잠시 머리를 굴리다가 이렇게 말했다(그러는 동안 라모나 노빌은 남자처럼 호기심 어린 표정으로 차창 밖에서 안을 들여다보았다.).

"지금 경로를 확인하는 중이에요, 테스."

"우와, 별 기능이 다 있네요!"

노빌은 귀엽고 신기한 것을 본 사람처럼 웃음을 터뜨렸다. 테스도 빙그레 웃었지만, 속으로는 내비게이션에 이름 부르기 기능을 설정하는 사람이나 죽은 배우의 사진을 사무실 벽에 걸어 두는 사람이나 별스럽기는 마찬가지라고 생각했다.

"오늘 수고 많이 하셨어요, 라모나. 역시 전문가는 다르네요."

"저희 브라운 배거스 북 클럽이 좀 훌륭하긴 하죠. 자, 이제 출발하세요. 오늘 감사했어요."

"갈게요, 그럼. 저야말로 고마웠어요. 재미있었고요."

그 말은 진심이었다. 테스는 평소에 그런 행사가 있으면 '좋았어 어디 한번 해볼까' 하는 마음가짐으로 참가하여 진심으로 즐겼다. 테스의 은퇴 대비 펀드 또한 뜻밖에 들어온 돈을 보고 즐거워할 것 같았다.

"집까지 조심해서 가세요."

노빌의 말에 테스는 엄지손가락을 펴서 들어 보였다. 차가 출발하자 내비게이션 톰이 말했다.

"안녕하세요, 테스. 어디 가시나 보군요."

"응, 맞아. 드라이브하기 좋은 날이야, 안 그래?"

테스가 이따금씩 거들어 주었는데도, 톰은 SF 영화에 나오는 컴퓨터와 달리 사람과 가벼운 대화를 주고받는 기능이 부실했다. 이윽고 톰은 400미터 앞에서 우회전하라고 지시한 다음, 다시 첫 번째 좌회전을 지시했다. 톰의 화면에 표시된 지도에는 초록색 화살표와 길 이름이 떠 있었는데 이는 하늘 저 위에서 돌아가는 쇠구슬로부터 빨아들인 정보들이었다.

치코피 외곽까지는 금방이었지만, 톰은 84번 고속도로로 접어드는 길을 말 한마디 없이 지나쳐서 10월의 울긋불긋한 숲과 낙엽 타는 냄새가 감도는 전원 풍경 속으로 테스를 인도했다. 올드컨트리 로드라는 이름의 길을 15킬로미터쯤 달리고 나서 테스가 혹시 내비게이션이 실수를 했나 하고 생각했을 때, 다시 톰의 목소리가 들려왔다.

"1.5킬로미터 더 가서 우회전하세요."

아니나 다를까, 얼마 안 가서 스태그 로드라고 적힌 초록색 표지판이 나왔지만 산탄총으로 어찌나 쏴 댔는지 길 이름을 제대로 읽기가 힘들었다. 물론 톰한테는 표지판 같은 것이 필요 없었다. 사회학자들이 쓰는 말로 하면 '타율적인 존재'였으니까(할머니 탐정들이 나오는 소설을 쓰는 데 재능이 있다는 것을 발견하기 전까지 테스는 사회학을 전공했다.).

그 길을 따라서 한 25킬로미터쯤 가세요. 앞서 라모나 노빌은 그렇게 말했지만, 테스가 간 거리는 20킬로미터 정도였다. 커브를 돌자 왼쪽 전방에 낡고 버려진 가게 건물이 얼핏 보였고(주유기가 사라진 주유 공간 위쪽에 빛바랜 **에소** 정유회사 간판이 붙어 있었다.), 뒤이어 길 위에 이리저리 흩어진 폐목재가 눈에 띄었다. 그러나 이미 늦은 후였다. 폐목재 중에는 녹슨 못이 붙은 나무도 여러 개 있었다. 분명히 웬 촌뜨기가 짐칸을 대충 덮은 트럭을 몰고 가다가 움푹 꺼진 곳을 밟는 바람에 그렇게 됐지 싶었는데, 테스 역시 바로 그곳을 밟고 기우뚱거리다가 폐목재를 피하려고 길가의 흙바닥 쪽으로 운전대를 틀었다. 그러면서도 한편으로는 거기까지 못 갈 것 같다는 생각이 들었다. 아니라면 왜 저도 모르게 *어어라* 하는 소리가 튀어나왔겠는가?

나무토막이 튀어 올라 차 바닥을 때리는 바람에 *덜그럭 펑 콰당* 소리가 났다. 뒤이어 테스의 튼튼한 익스페디션 SUV는 다리를 저는 말처럼 위아래로 출렁거리다가 길 왼쪽으로 방향을 틀었다. 테스는 운전대를 붙잡고 씨름한 끝에 버려진 가게의 잡초투성이 주차장으로 들어섰다. 혹시라도 앞서 통과했던 커브를 급히 달려온 다른 차가 뒤에서 들이받을까 봐 도로에서 벗어나려 했던 것이다. 스태그 로드에 접어든 후에 차를 많이 보지는 못했지만 몇 대는 눈에 띄었고, 그중에는 대형 트럭도 있었다.

"당신 때문이야, 라모나."

말은 이렇게 했지만, 그 사서의 잘못이 아닌 줄은 테스도 아는 바였다. 리처드 위드마크 팬클럽 연합회 치코피 지회의 회장(이자 아마도 유일한 회원)은 그저 돕고 싶은 마음에 한 일이었으니까. 그럼에도, 못이 박힌 쓰레기를 길에 떨어뜨린 채 나 몰라라 하고 가 버린 멍청이의 이름을 알 길이 없는 테스로서는 욕할 사람이 라모나뿐이었다.

"경로를 재설정할까요, 테스?"

톰의 목소리에 테스는 화들짝 놀랐다. 그래서 내비게이션을 껐고, 다음으로 엔진 시동도 껐다. 당분간은 어디 갈 일도 없었으니까. 바깥은 몹시도 고요했다. 새 소리가 들렸다. 구식 태엽 시계의 짤깍거리는 쇳소리와 비슷한 그 소리를 빼면 아무 소리도 들리지 않았다. 다행히 익스페디션 SUV는 차체가 온통 기우는 대신 앞쪽 절반만 왼쪽으로 기울었다. 어쩌면 타이어 한 개로 끝났을지도. 그렇다면 견인차를 부를 필요는 없었다. 미국 자동차협회의 긴급 서비스를 이용하면 그만이었다.

차에서 내려 왼쪽 앞 타이어를 살펴보니 나무토막에 박힌 커다란 녹슨 못이 타이어에 꽂혀 있었다. 테스는 자기 소설 속 뜨개질 클럽 회원의 입에서 한 번도 나온 적이 없는 쌍욕을 내뱉고는, 자동차 시트 사이의 조그만 수납공간에서 휴대전화를 꺼냈다. 이제 운이 좋아야 어두워지기 전에 집에 도착할 수 있을 테니 프리츠는 찬장에 있는 건조 사료로 만족해야 할 판이었다. 라모나 노빌의 지름길도 여기서 끝이구나…… 하는 생각이 들었지만, 솔직히 고속도로를 탔다고 해도 일어날 수 있는 사고였다. 테스는 비단 84번 고속도로만이 아니라 여러 고속도로에서 차가 빠질 만큼 커다란 구덩이를 이리저리 피한 경험이 적지 않았다.

공포 소설과 미스터리 소설의 규칙은 놀랍도록 비슷했다. 이는 유혈극도 없고 시체도 달랑 한 구밖에 안 나와서 테스의 팬들이 좋아하는 코지 미스터리도 마찬가지였고, 그래서 테스는 휴대전화 창을 열면서 이렇게 생각했다. *이게 소설이라면 전화가 안 터지겠지.* '삶은 예술을 모방한다'는 바로 이런 경우를 가리키는 말이다. 왜냐면, 테스가 노키아 휴대전화의 전원 버튼을 누르자 표시창에 **통화권 이탈**이라는 글자가 떴으니까. 당연한 수순이었다. 휴대전화를 쓸 수 있다면 이야기가 너무 간단해지니까.

나지막한 엔진 소리가 쉬지 않고 점점 가까워지자 테스는 뒤를 돌아보았다. 낡은 흰색 밴이 앞서 테스가 지나 온 커브 길을 도는 중이었다. 밴 옆면에는 컵케이크를 드럼 삼아 두드리는 해골 그림이 그려져 있었다. (도서관 사서의 사무실 벽에 걸린 리처드 위드마크 사진보다 훨씬 괴상한) 이 괴물 그림 위에는 공포 영화 포스터처럼 피가 뚝뚝 떨어지는 글씨로 **좀비 빵집**이라고 적혀 있었다. 테스는 잠깐 동안 너무 멍했던 나머지 밴을 향해 손을 흔드는 것도 깜박하고 말았다. 그러다 정신을 차리고 손을 흔들었지만, 좀비 빵집 밴의 운전자는 길에 흩어진 쓰레기를 피하느라 바빠서 쳐다보지도 않았다.

그 운전자는 앞서 테스가 했던 것보다 훨씬 빠르게 길가로 피했지만, 밴의 무게중심은 익스페디션보다 높았다. 그래서 테스는 밴이 데굴데굴 구르다가 도랑에 빠져 옆으로 누울 거라고 잠시 확신했다. 그러나 밴은 가까스로 넘어가지 않고 버티면서 폐목재가 흩어진 곳을 통과했다. 그러고는 앞쪽에 보이는 다음번 커브 길을 돌아 사라졌고, 뒤에 남은 것은 푸르스름한 배기가스와 매캐한 기름 냄새뿐이었다.

"에라 이 망할 좀비 빵집아!"

테스는 악을 쓰고 나서 깔깔 웃었다. 가끔은 그렇게 웃는 것밖에 할 수 없을 때가 있는 법이었다.

테스는 휴대 전화를 정장 바지 허리춤에 꽂고 다시 도로로 나가서 직접 폐목재를 치우기 시작했다. 가까이서 보니 나무토막에 죄다 못이 박혀 있어서 천천히 조심스럽게 치워야 했다(흰 페인트가 칠해진 것을 보니 누군가 집을 고치느라 낑낑대며 뜯어낸 목재들 같았다.). 나무토막들은 징그럽게 커다랬다. 천천히 치운 까닭은 다치기 싫어서이기도 했지만, 한편으로는 도로 위에 서 있고 싶어서이기도 했다. 다음 차가 이쪽으로 다가올 때 선행을 베푸는 자신의 모습을 봐 주었으면 하는 마음 때문이었다. 그러나 테스가 별로 안 위험해 보이는 조그마한 조각만 빼고 큰 토막을 다 주워서 길가 도랑에 던져 넣을 때까지 차는 한 대도 나타나지 않았다. 어쩌면 좀비 빵집의 주인은 인근 주민들을 죄다 잡아먹고 남은 부위를 주방으로 가져가서 인기 메뉴인 인육 파이에 넣으려고 그렇게 서둘렀는지도 모를 일이었다.

폐점한 가게의 잡초투성이 주차장으로 돌아가서 기울어진 차를 바라보는 테스의 표정은 침울했다. 이 바퀴 달린 3만 달러짜리 쇳덩어리는 사륜구동, 개별 작동하는 원판 브레이크, 말하는 내비게이션 톰톰까지 갖추었는데…… 그런데 고작 못 박힌 나무토막 한 개 때문에 오도 가도 못하는 신세가 되다니.

하지만 못이 박혀 있는 게 당연하잖아. 테스는 곰곰이 생각했다. *미스터리 소설이나 호러 영화에선 한눈을 팔다가 이렇게 되진 않아. 미리 짜 둔 계획인 거지. 정확히 말하면, '함정'이지.*

"넌 상상력이 너무 풍부해, 테사 진."

테스는 엄마가 입버릇처럼 하던 말을 중얼거렸지만…… 생각해 보면 아이러니했다. 결국에는 그 상상력 덕분에 하루하루 입에 풀칠을 하고 살 수 있었으니까. 테스의 어머니가 삶의 마지막

6년을 플로리다 주 데이토나비치의 요양원에서 보낼 수 있었던 것은 굳이 말할 것도 없고.

막막한 고요함 속에서 또다시 조그맣게 찰칵거리는 소리가 들려왔다. 문을 닫은 그 가게는 21세기에는 좀처럼 눈에 띄지 않는 모습을 하고 있었다. 가게 앞에 포치가 있었던 것이다. 왼쪽 가장자리가 무너지고 난간도 두세 군데 부러지기는 했지만 그 포치는 진짜였고, 쇠락했는데도 왠지 정감이 있었다. 어쩌면 쇠락했기 *때문에* 그랬을지도. 테스가 보기에 잡화점들이 포치를 없앤 까닭은 사람들이 재빨리 계산을 하고 또 다른 가게로 카드를 긁으러 가는 대신 그곳에 앉아서 야구나 날씨 이야기를 하기 때문인 듯싶었다. 포치 처마 위에 양철 간판이 붙어 있었다. 주유기 위의 에소 정유회사 간판보다 더 빛이 바랜 간판이었다. 테스는 몇 걸음 더 다가가서 손으로 햇빛을 가리고 올려다보았다. **정을 주세요 정을 드릴게요.** 무슨 상품 광고 문구일 텐데, 도대체 뭘까?

테스가 기억의 쓰레기 더미에서 답을 찾아내기 직전, 자동차 엔진 소리가 생각을 방해했다. 분명 좀비 빵집의 밴이 돌아왔으려니 하며 소리가 들린 쪽으로 고개를 돌리는 사이에, 엔진 소리와 함께 낡은 브레이크가 정지하는 날카로운 소리가 울려 퍼졌다. 흰색 밴이 아니라 구형 포드 F150 픽업트럭이었다. 트럭 차체의 파란색 페인트는 흉하게 벗겨지고 전조등 둘레에는 퍼티로 메꾼 자국이 보였다. 운전석에는 작업용 멜빵바지에 상품 이름이 적힌 판촉용 모자를 쓴 남자가 앉아 있었다. 그는 길가 도랑에 버려진 폐목재를 내려다보는 중이었다.

"저기요. 잠깐만요."

테스가 부르는 소리에 남자가 고개를 돌렸다. 그는 잡초가 무성한 주차장에 서 있는 테스를 보고 한 손으로 경례를 붙이듯 인사한 다음, 테스의 익스페디션 옆에 차를 대고 시동을 껐다. 힘겹게 털털거리던 트럭 엔진 소리를 감안하면 안락사에 버금가는 선행이었다.

"안녕하세요. 저 쓰레기 아가씨가 다 치웠어요?"

"예, 제 차 왼쪽 앞 타이어에 박힌 것만 빼고요. 근데……"

근데 여긴 전화가 안 터지네요. 하마터면 이렇게 덧붙일 뻔했지만, 간신히 멈췄다. 테스는 옷을 껴입었을 때조차도 55킬로그램이 안 넘는 삼십대 후반 여성이었고, 눈앞의 남자는 모르는 사람이었다. 그것도 덩치가 커다란.

"……근데 타이어가 터져서, 이러고 있네요."

얼버무리는 목소리가 스스로 듣기에도 조금 어색했다.

"스페어타이어가 있으면 갈아 드릴게요. 혹시 있어요?"

남자는 이렇게 말하며 차에서 내렸다. 테스는 잠시 말문이 막혔다. 덩치가 크다는 생각은 착각이었다. 그 남자는 아예 거인이었다. 틀림없이 190센티미터는 돼 보였는데 그저 키만 큰 것이 아니었다. 배는 산처럼 불룩했고 허벅지는 기둥 같았고, 어깨는 문간에 꽉 찰 것처럼 넓었다. 뚫어지게 쳐다보는 것이 무례한 짓인 줄은 테스도 잘 알았지만(이것 역시 엄마 무릎에서 배운 지혜였다.), 좀처럼 눈을 돌릴 수가 없었다. 라모나 노빌도 덩치가 큰 여자였으나 이 남자 옆에 서면 발레리나처럼 보일 지경이었다.

"알아요, 무슨 생각 하는지." 남자는 유쾌한 목소리로 말했다. "설마 이런 외진 곳에서 옥수수 통조림에 그려진 초록색 거인을 만날 줄은 몰랐겠죠, 안 그래요?"

하지만 남자의 피부는 초록색이 아니라 볕에 그을린 짙은 갈색이었다. 눈동자 역시 갈색이었다. 모자까지 갈색이었는데 군데군데 거의 흰색으로 변한 것을 보니 오랜 세월 쓰고 다니는 동안 표백제가 튄 것 같기도 했다.

"죄송해요. 그냥, 어쩐지 트럭을 타는 게 아니라 입고 다니시는 것 같다는 생각이 들어서요."

남자는 허리 뒤에 손을 짚고 하늘을 보며 껄껄 웃었다.

"그런 식으로 말하는 사람은 처음인데, 그래도 틀린 말은 아니네요. 복권에 당첨되면 저것보다 큰 허머를 살 거예요."

"그렇게 비싼 차는 못 사 드리지만, 그래도 제 차 타이어를 갈아 주시면 50달러는 드릴 수 있어요."

"농담해요? 당연히 그냥 해 드려야죠. 쓰레기를 치워 주신 덕분에 제 차가 멀쩡하잖아요."

"문에 웃기게 생긴 해골이 그려진 밴이 아까 지나갔는데, 그 차는 무사했어요."

익스페디션의 펑크 난 타이어 쪽으로 걸어가던 남자가 그 말을 듣고 돌아서더니 눈살을 찌푸렸다.

"이 차가 서 있는 걸 보고도 안 도와주고 그냥 갔다고요?"

"절 못 본 것 같아요."

"다음에 올 차를 위해서 쓰레기를 치울 생각도 안 하고?"

"예. 멈추지도 않았어요."

"그냥 쌩 하니 가 버렸다고요?"

"예."

테스는 그 질문들이 왠지 마음에 걸렸다. 그러다가 그 덩치 큰 남자가 빙그레 웃자 괜한 생각이라고 스스로를 타일렀다.

"스페어타이어는 트렁크 바닥 밑에 있겠죠?"

"예. 그럴 거예요, 아마도. 바닥을 열려면……."

"알아요, 손잡이만 당기면 되는 거. 처음도 아닌데요, 뭐."

남자가 멜빵바지 앞주머니에 손을 꽂고 익스페디션 뒤로 느긋하게 걸어가는 동안, 다 닫히지 않고 열려 있는 픽업트럭 문 사이로 불이 켜진 실내등이 테스의 눈에 들어왔다. 테스는 그 포드 F150의 배터리가 차 자체만큼이나 낡았을지도 모른다는 생각이 들었고, 그래서 트럭 문을 열고 실내등을 껐다(차문이 삐걱거리는 소리는 앞서 들린 브레이크 소리만큼이나 요란했다.). 그러는 동안 차의 뒷유리창과 짐칸을 흘깃 보았다. 요철이 있는 트럭 짐칸 바닥 위에, 각목이 몇 개 흩어져 있었다. 각목마다 흰 페인트가 칠해져 있었고, 못이 박혀 있었다.

잠깐 동안 테스는 넋이 몸 밖으로 빠져나가는 경험을 하는 듯했다. 아까 봤던 찰칵찰칵 소리가 나는 간판, **정을 주세요 정을 드릴게요**라고 적힌 그 간판의 소리가, 이제 구식 자명종이 아니라 시한폭탄의 타이머 소리처럼 들렸다.

테스는 마음을 가라앉히려고 애썼다. 짐칸의 폐목재는 아무것도 아니라고, 그런 건 자신이 쓰기 싫어하는 종류의 책과 거의 안 보는 종류의 영화에나 나오는 이야기라고 생각했다. 피로 범벅이 된 지저분한 이야기들이었다. 하지만 그렇게 생각해 봤자 소용이 없었다. 남은 선택지는 두 가지였다. 상상을 하면 무서우니까 모른 척하거나, 아니면 길 반대편 숲을 향해 냅다 뛰거나.

미처 결정을 내리기도 전에 남자의 땀 냄새가 확 풍겼다. 뒤를 돌아보니 남자가 멜빵바지 주머니에 손을 꽂고 서서 내려다보고 있었다.

"타이어 가는 건 집어치우고." 유쾌한 목소리. "그냥 떡이나 치는 게 어때? 응?"

테스는 그제야 뛰기 시작했지만, 그것은 상상일 뿐이었다. 현실의 테스는 남자에게 밀려서 트럭에 딱 붙은 채 위를 올려다볼 뿐이었다. 거대한 몸으로 하늘의 해까지 가리고 서서 그림자 속에 자신을 가둬 버린 남자의 얼굴을. 그러면서도 머릿속으로는 다른 생각을, 작지만 아늑한 강당에서 대부분 모자 쓴 할머니들인 청중한테 박수갈채를 받던 때로부터 아직 두 시간도 안 지났다는 생각을 하고 있었다. 그리고 여기서 남쪽으로 얼마 떨어진 집에서는, 고양이 프리츠가 주인을 기다리고 있었다. 어쩌면 프리츠를 다시는 못 볼지도 모른다는 생각이 조금씩, 무거운 역기를 들어 올릴 때처럼 끈기 있게, 테스의 머릿속에 떠오르기 시작했다.

"제발, 살려 주세요."

테스의 입에서 누군지 모를 여자의 목소리가 흘러나왔다. 조그맣고 가녀린 목소리가.

"개 같은 년."

남자는 무슨 날씨 이야기라도 하듯이 평온한 목소리로 중얼거렸다. 포치 위의 간판은 계속 처마에 부딪히며 찰칵 소리를 냈다.

"창녀 같은 년이 질질 짜고 난리야. 짜증 나게."

멜빵바지 앞주머니에서 남자의 오른손이 빠져나왔다. 거대한 손이었다. 새끼손가락에 빨간 보석이 박힌 반지를 끼고 있었다. 루비처럼 보였지만 크기가 너무 컸다. 테스는 그냥 유리일 거라고 생각했다. 간판이 찰칵거렸다. **정을 주세요 정을 드릴게요.** 뒤이어 남자의 손이 주먹으로 변하더니 테스를 향해 날아왔다. 점점 커지는 주먹만 빼고 온 세상이 캄캄해졌다.

어딘지 모를 곳에서 금속판을 때리는 둔중한 소리가 들려왔다. 테스는 픽업트럭 문틀에 자기 머리가 부딪히는 소리일 거라고 생각했다. 문득 *좀비 빵집*이 떠올랐다. 뒤이어 잠시 동안 온 세상이 캄캄해졌다.

6

정신을 차려 보니 어둡고 널따란 실내였다. 축축한 판자와 오래된 커피, 그보다도 까마득히 오래된 피클의 냄새가 풍겼다. 바로 위 천장에 나무로 된 낡은 실링팬이 비뚜름하게 달려 있었다. 히치콕 감독의 영화 「열차 안의 낯선 자들」에서 봤던 부서진 회전목마 같았다. 테스는 아랫도리가 벗겨진 채 바닥에 쓰러져 있었고, 남자는 그런 테스를 강간하고 있었다. 짓누르는 힘에 비하면 강간은 부수적인 문제 같았다. 남자는 테스를 겁탈하는 동시에 깔아뭉개고 있었던 것이다. 숨도 제대로 못 쉴 지경이었다. 꿈이어야 했다. 그러나 코가 퉁퉁 부어 있었고, 뒤통수에는 작은 산처럼 커다란 혹이 나 있었고, 엉덩이는 바닥 판자의 거스러미에 자꾸만 긁혔다. 꿈이 그토록 생생할 수는 없었다. 게다가 꿈속에서 느끼는 통증은 진짜가 아니었다. 진짜로 아프기 전에 눈을 뜨게 마련이니까. 지금 벌어지는 일은 진짜였다. 남자는 테스를 강간하고 있었다. 비스듬히 쏟아지는 오후 햇살 속에 금빛 먼지가 나른하게 떠다니는 이 버려진 가게 안으로 테스를 끌고 들어와서, 강간하고 있었다. 어떤 곳에서는 사람들이 음악을 듣고 인터넷 쇼핑을 하고 낮잠을 자고 전화 통화를 하는 지금, 여기서는 한 여성이 강간을 당하는데 테스가 바로 그 여성이었다. 테스의 속옷은 남자의 손에 벗겨졌다. 남자의 멜빵바지 배 주머니에 거품처럼 튀어나온 속옷이 보였다. 그것을 보니 대학 시절 고전 영화 회고전에서 봤던 「서바이벌 게임」이라는 영화가 떠올랐다. 테스가 지금보다 조금 더 대담하게 영화를 고르던 시절이었다. *팬티 내려.* 그 영화에 나오는 촌뜨기 일당 중 한 명은 도시에서 온 뚱뚱한 남자를 강간하기 전에 그렇게 말했다. 그런데 130킬로그램이 넘는 뚱보 촌놈한테 깔려 있는 지금, 이 망할 강간범의 물건이 기름칠도 안 한 경첩처럼 빽빽하게 몸속을 들락거리는 판국에 하필이면 그 장면이 떠오르다니, 얄궂었다.

"제발. 그만해요. 제발요."

"이제 시작이야."

그 말에 이어 또다시 주먹이 날아와 테스의 시야를 꽉 채웠다. 뺨이 확 뜨거워지더니 머릿속 한복판에서 철컥 소리가 났다. 그렇게 테스는 기절했다.

7

테스가 두 번째로 정신을 차렸을 때, 남자는 멜빵바지를 입고 손을 양옆으로 흔들면서 음정도 안 맞는 목소리로 롤링 스톤스의 「브라운 슈거」를 고래고래 부르고 있었다. 해는 저물어 갔고, 버려진 가게의 서쪽 창문 두 개는 타오르는 석양으로 가득했다. 가게 창문의 유리는 먼지가 끼어서 지저분하기는 했어도 기적처럼 불량배들의 손에 깨지지 않고 멀쩡했다. 남자의 등 뒤에서는 그림자가 춤을 추면서 널빤지 바닥 위로, 또 광고판이 걸려 있던 자리인 듯 밝은 색 네모꼴이 점점이 남은 벽 위로 신나게 뛰어다녔다. 남자의 작업화가 바닥을 쿵쿵대는 소리는 세상이 끝장나는 소리 같았다.

한때 현금 출납기가 (삶은 달걀 단지, 또 절인 돼지 족발 단지와 나란히) 놓여 있었을 카운터 밑에, 허물처럼 널브러진 여성용 정장 바지가 눈에 들어왔다. 곰팡이 냄새가 났다. 그리고 젠장, 너무 아팠다. 얼굴도, 가슴도, 무엇보다 몸 아래쪽이, 찢어지듯 아팠다.

죽은 척해. 방법은 그것뿐이야.

테스는 눈을 감았다. 노랫소리가 그치고 남자의 땀 냄새가 점점 가깝게 느껴졌다. 이제 그 냄새가 아까보다 훨씬 진했다.

운동을 했으니까 그렇겠지. 테스는 생각했다. 죽은 척해야겠다는 생각은 잊어버리고 비명을 지르려고 했다. 그러나 입에서 소리가 나오기도 전에, 남자의 거대한 손이 테스의 목을 붙잡고 조르기 시작했다. *끝이구나. 난 이제 죽었어.* 그 생각은 차라리 평온했다. 머릿속이 해방감으로 가득했다. 적어도 더 이상의 고통은 없

을 테니까. 이대로 눈을 감으면 타오르는 석양 속에서 춤추는 괴
물은 더 안 봐도 되니까.

테스는 정신을 잃었다.

8

헤엄을 치듯 힘겹게 세 번째로 정신을 차렸을 때, 세상은 흑백
으로 변해 있었고 테스의 몸은 공중에 둥둥 떠 있었다.

죽는 건 이런 기분이구나.

뒤이어 몸통 아래쪽을 붙잡고 있는 손이 느껴졌다. 거대한 손,
그 남자의 손이었다. 그리고 철조망처럼 목을 휘감은 통증도 느껴
졌다. 남자는 테스가 죽을 만큼 힘껏 조르지는 않았지만, 그래도
테스의 목에는 그의 손자국이 목걸이처럼 남아 있었다. 앞에는
손바닥 자국이, 옆과 뒤에는 손가락 자국이.

밤이었다. 하늘에 달이 떠 있었다. 보름달이었다. 남자는 테스
를 팔 아래 끼고 버려진 가게 주차장을 가로질러 걸어가는 중이
었다. 자기 트럭을 지나서 계속 걸었다. 테스의 익스페디션 SUV는
보이지 않았다. 사라지고 없었다.

톰, 그대는 어디로 가 버린 건가요?

남자는 길 끄트머리에서 멈춰 섰다. 남자의 땀 냄새가, 남자의
가슴이 씩씩거리며 움직이는 기척이 느껴졌다. 맨 다리에 와 닿는
시원한 밤공기가 느껴졌다. 저 뒤편에서 간판이 찰칵거리는 소리
가 들려왔다. *정을 주세요 정을 드릴게요.*

내가 죽은 줄 아는 걸까? 그럴 리가. 아직 피가 흐르는데.

과연 그럴까? 딱 잘라 말하기가 힘들었다. 테스는 공포 영화에 나오는 여자가 된 기분으로 남자의 팔 아래에 낀 채 축 늘어져 있었다. 남자의 이름이 제이슨이든 마이클이든 프레디이든, 어차피 그렇게 끌려간 여자는 살해당할 운명이었다. 숲 속의 다 쓰러져 가는 오두막으로 끌려가서, 천장에 붙은 갈고리에 매달린 채로. 그런 유의 영화에는 반드시 천장에 달린 쇠사슬과 갈고리가 나왔으니까.

남자가 다시 걸음을 옮겼다. 스태그 로드의 땜질한 아스팔트 위에 작업화를 신은 남자의 발소리가 울려 퍼졌다. *저벅, 저벅, 저벅.* 뒤이어 절그럭거리는 소리와 쿠당탕거리는 소리가 아득하게 들려왔다. 테스가 조심조심 주워서 도랑에 버렸던 폐목재를 남자가 발로 차는 중이었다. 이제 간판이 찰칵거리는 소리는 들리지 않았지만, 그 대신 물이 흐르는 소리가 들렸다. 콸콸 흐르는 것이 아니라 그저 졸졸 흐르는 소리였다. 남자가 무릎을 굽히고 앉았다. 그의 입에서 끄응 소리가 나지막이 흘러나왔다.

이제 진짜 죽일 작정이구나. 그럼 적어도 그 끔찍한 노래는 안 들을 수 있겠네. 라모나 노빌이라면 이렇게 말하겠지. '그게 바로 이 지름길의 이득이죠.'

"어이, 언니."

남자가 다정한 목소리로 불렀다. 테스는 대꾸하지 않았다. 그러나 남자가 몸을 숙이고 반쯤 감긴 자신의 눈을 내려다보는 기척은 느낄 수 있었다. 테스는 눈꺼풀을 움직이지 않으려고 안간힘을 썼다. 눈꺼풀이 움직이는 것을 남자가 알아차린다면, 아주 조금이라도 움직인다면…… 만에 하나 눈물이라도 반짝거린다면…….

"어이."

남자가 손바닥으로 뺨을 톡톡 쳤다. 테스는 머리가 옆으로 돌아가도록 몸의 힘을 빼고 가만히 있었다.

"야!"

남자가 이번에는 힘껏 따귀를 날렸지만, 반대쪽 뺨이었다. 테스는 머리가 반대편으로 돌아가도록 내버려두었다.

남자가 테스의 유두를 꼬집었지만 블라우스와 브라를 입고 있어서 그리 아프지 않았다. 테스는 축 늘어진 채 움직이지 않았다.

"개 같은 년이라고 해서 미안해." 남자의 목소리는 여전히 다정했다. "언니 꽤 맛있었어. 나는 나이가 좀 있는 여자들이 좋더라고."

테스는 퍼뜩 깨달았다. 남자는 정말로 테스가 죽었다고 믿는지도 몰랐다. 놀랍기는 했지만, 정말로 그럴지도 몰랐다. 그러자 갑자기 살고 싶다는 생각이 치솟았다.

남자가 다시 테스를 들었다. 시큼한 땀 냄새에 숨이 막힐 것만 같았다. 남자의 수염이 뺨을 간질였고, 그 징그러운 느낌을 피하려고 움찔거리지 않는 것만으로도 온몸의 기운이 다 빠지는 듯했다. 남자가 테스의 입가에 입을 맞췄다.

"미안해, 내가 좀 거칠게 했지?"

그러고는 다시 걸음을 옮겼다. 물 흐르는 소리가 점점 커졌다. 달빛도 보이지 않았다. 썩은 낙엽 냄새가, 아니, 지독한 악취가 풍겼다. 남자는 깊이가 한 뼘쯤 되는 물에 테스를 내려놓았다. 너무 차가워서 하마터면 비명이 터질 뻔했다. 남자가 발을 밀자 테스는 무릎이 스르륵 굽혀지도록 다리에서 힘을 뺐다. *흐물흐물하게 있어야 해.* 테스는 생각했다. *뼈가 없는 것처럼.* 양 무릎은 그리 높이 솟지 못하고 요철이 있는 금속 표면에 부딪혔다.

"젠장."

남자는 골똘히 생각하는 목소리로 중얼거렸다. 그러고는 테스를 밀었다.

나뭇가지 같은 것이 등 한복판을 죽 긁고 내려갔지만, 테스는 꼼짝도 하지 않고 축 늘어져 있기만 했다. 양 무릎이 위쪽의 울퉁불퉁한 금속 표면을 훑으며 움직였다. 무언가 푹신한 덩어리가 엉덩이에 밀리는 느낌이 나더니, 식물이 썩는 냄새가 더욱 지독해졌다. 고기 썩는 냄새만큼이나 역겨운 악취였다. 테스는 코에서 냄새가 빠져나가도록 기침을 하고 싶은 마음이 간절했다. 허리 뒤쪽에 느껴지는 젖은 낙엽은 깔개처럼, 물에 흠뻑 젖은 쿠션처럼 두꺼웠다.

혹시 저 자식이 지금 눈치채면, 난 싸울 거야. 발로 걷어찰 거야, 걷어차고 걷어차고 걷어차고 걷어차고……

하지만 아무 일도 일어나지 않았다. 한참 동안 테스는 너무 무서워서 눈을 뜨기는커녕 눈꺼풀도 못 움직였다. 남자가 저 앞에 웅크리고 있을 것만 같았다. 테스를 집어넣은 파이프 입구에서 들여다보면서, 고개를 갸우뚱 기울인 채로, 테스가 움직이기를 기다릴 듯싶었다. 테스가 살아 있는 걸 어떻게 모를 수가 있겠는가? 심장이 뛰는 느낌을 분명히 받았을 텐데. 게다가 픽업트럭을 입고 다니는 것처럼 보이는 거인한테 테스의 발차기가 무슨 소용이겠는가? 한 손으로 테스의 맨발을 잡고 끌어내서 또다시 목을 조를 텐데. 그리고 이번에는 멈추지 않을 텐데.

테스는 썩어가는 낙엽 때문에 걸쭉해진 물속에 가만히 누운 채로, 반쯤 감긴 눈으로 암흑을 응시하며, 죽은 사람 시늉에 전념했다. 그러다가 혼수상태는 아니지만 정신이 혼미한 상태로 접어들었고, 자신이 생각하기에는 길지만 실제로는 그리 길지 않은 시간 동안 그 상태에 머물렀다. 엔진 소리가 들렸을 때, 틀림없이 그 남자의 트럭에서 날 법한 엔진 소리가 들렸을 때, 테스는 생각했다. *저 소리는 상상일 거야. 아니면 꿈이든가. 그놈은 아직 여기 있어.*

그러나 불규칙하게 부르릉거리던 엔진 소리는 갑자기 커졌다가 스태그 로드를 따라 서서히 멀어졌다.

이건 속임수야.

거의 히스테리 같은 생각이었다. 설령 히스테리가 아니라고 해도 밤새 이곳에 머물 수는 없는 노릇이었다. 그러다가 고개를 들고(아까 졸렸던 목이 찌르르 아파서 움찔했다.) 파이프 입구 쪽을 보니 아무것도 없이 희끄무레한 달빛만 동그랗게 비치고 있었다. 테스는 입구 쪽으로 꿈틀꿈틀 움직이다가 우뚝 멈췄다.

속임수야. 차 소리에 속으면 안 돼, 그 자식은 아직 여기 있어.

이번에는 그 생각이 더욱 강하게 들었다. 배수로 입구에 아무것도 안 보이기 *때문에* 더욱 확신이 섰다. 스릴러 소설로 치면 지금은 거대한 클라이맥스를 선사하기 전에 속임수로 관객을 안심시키는 순간에 해당했다. 공포 영화는 또 어떻고.「서바이벌 게임」에서는 연못에서 하얀 손이 솟아올랐다.「어두워질 때까지」에서는 앨런 아킨이 오드리 헵번을 향해 갑자기 튀어나왔다. 테스는 무서운 책과 영화를 싫어했지만, 강간을 당하고 하마터면 목숨까지 빼앗길 뻔한 경험을 한 탓인지 그동안 공포 영화의 줄거리를 가둬 놓았던 기억의 금고가 한꺼번에 열린 듯했다. 꼭 눈앞에 스크린이 펼쳐진 것만 같았다.

그 남자가 기다리고 있을지도 몰랐다. 어쩌면 한패를 시켜서 차를 몰고 떠나게 했을 수도 있었다. 촌사람 특유의 인내심을 발휘하여 파이프 입구 옆에 쭈그리고 앉아서, 테스를 기다리는 중일 수도 있었다.

"팬티 내려."

테스는 이렇게 중얼거리고 손으로 입을 막았다. 혹시라도 남자가 들었다면?

5분이 흘렀다. 아마도 5분이었을 것이다. 물은 차가웠고, 테스는 떨기 시작했다. 조금 있으면 이가 딱딱 부딪힐 것 같았다. 남자가 바깥에 있다면 그 소리를 들을 것만 같았다.

그 자식은 차를 타고 떠났어. 너도 들었잖아.

그럴지도. 어쩌면 아닐지도.

그리고 어쩌면, 아까 들어왔던 곳으로 나가지 않아도 될지도. 이곳은 도로 아래로 죽 이어진 배수로였고, 몸 아래로 흘러가는 물이 느껴진다는 말은 곧 막혀 있지 않다는 뜻이었다. 배수로를 따라 기어 올라가면 버려진 가게의 주차장을 내다볼 수 있을지도 몰랐다. 그럼 그 남자의 낡은 트럭이 사라졌는지 확인할 수 있었다. 한패가 있다면 위험한 짓일 수도 있었지만, 테스는 확신이 섰다. 이성이 달아나서 숨어 있는 머릿속 저 깊은 곳으로부터, 한패는 없다는 확신이 솟아났다. 한패가 있었다면 자기 차례를 놓치려고 하지 않았을 테니까. 게다가, 거인들은 원래 혼자 움직이는 법이니까.

그래서 그 자식이 떠났으면? 그럼 어떡할 건데?

생각이 떠오르지 않았다. 버려진 가게에서 보낸 이날 오후와 파이프 속에서 등으로 썩은 낙엽을 뭉개며 보낸 이날 저녁 이후에 어떤 삶이 펼쳐질지, 테스는 상상할 수가 없었다. 하지만 어쩌면, 굳이 상상할 필요가 없을지도. 프리츠가 기다리는 집으로 돌아가서 팬시 피스트 사료를 챙겨 주는 일에는 집중할 수 있을 것 같았으니까. 테스는 팬시 피스트 통조림이 눈앞에 또렷이 보였다. 그 통조림은 테스네 집 찬장 선반에 평화롭게 놓여 있었다.

테스는 몸을 돌려 엎드린 자세를 취한 다음, 배수로를 기어 올라갈 생각으로 네 발을 짚고 몸을 일으켰다. 테스는 그제야 자신이 어떤 이들과 함께 배수로에 머물렀는지 알 수 있었다. 시체들 가운데 한 구는 백골이나 다름없는 상태였지만(뼈만 남은 손을 애원하듯 내밀고 있었다.), 머리에 웬만큼 남아 있는 머리카락으로 보아 틀림없이 여성이었다. 다른 한 구는 툭 불거진 눈과 튀어나온 혀만 빼면 지독하게 망가진 마네킹으로 보일 법했다. 이쪽은 죽은 지 얼마 안 된 시체였지만, 이미 동물들의 먹이가 된 탓에 어둠 속에서도 빙그레 웃는 사람처럼 이가 훤히 보였다.

마네킹 같은 시체의 머리칼 속에서 딱정벌레 한 마리가 기어 나오더니 콧등을 따라서 꾸물꾸물 내려왔다.

쉰 목소리로 비명을 지르면서, 테스는 정신없이 뒤로 물러나서 배수로를 빠져나와 우뚝 섰다. 허리 위쪽의 옷이 물에 젖어 몸에 들러붙었다. 허리 아래쪽은 벌거벗은 채였다. 그리고 기절은 하지 않았지만(적어도 스스로 생각하기에는 그랬지만), 테스의 의식은 한동안 기묘하게 부서진 상태에 머물렀다. 나중에 이때를 다시 떠올리면서, 테스는 이후 약 한 시간 동안의 기억이 마치 가끔씩 스포트라이트가 켜지는 막간의 연극 무대 같다고 생각했다. 스포트라이트가 켜질 때마다 코가 부러지고 허벅지에 피가 묻은 만신창이 여성이 빛 속으로 걸어 들어왔다. 그러고는 다시 어둠 속으로 사라졌다.

9

테스는 가게 안에 있었다. 한때는 진열대로 줄줄이 나뉘어져 냉동식품 코너는 (아마도) 뒤쪽에, 맥주 냉장고는 (틀림없이) 맞은편 벽을 따라 길게 서 있었을 공간이 지금은 텅 비어 있었다. 커피 냄새와 피클 냄새가 희미하게 주위를 떠돌았다. 그 남자는 테스의 정장 바지를 잊어버렸거나, 아니면 나중에 가지러 돌아올 작정인 듯했다. 아마도 못 박힌 폐목재를 주우러 올 때 챙길 생각이었을지도. 테스는 카운터 아래에 있던 자기 바지를 집어 들었다. 바지 밑에는 구두와 휴대전화가 있었다. 전화기는 부서져 있었다. 그랬다, 그 남자는 언젠가 돌아올 작정이었다. 머리띠는 보이지 않았다. 이날 어떤 여자가 그 머리띠를 어디서 샀냐고 물었던 기억이, 제이시페니 백화점에서 샀다고 대답하자 의미를 알 수 없는 박수가 쏟아졌던 기억이 (가장 어린 시절의 몇 가지 기억들처럼 희미하게) 떠올랐다. 거인이 어린아이 같은 목소리로 음정을 무시하고 노래하던 「브라운 슈거」가 떠올랐다. 그리고 테스는 다시 기절했다.

10

테스는 달빛이 비치는 가게 뒤편을 걷고 있었다. 떨리는 어깨에 카펫을 두르고 있었는데 어디서 주운 것인지는 기억나지 않았다. 더러운 카펫이었지만 그래도 따뜻해서 더 단단히 여미었다. 문득 건물 주위를 *빙빙* 돌고 있다는 생각이 들었다. 이번이 두 번째, 아니면 세 번째, 어쩌면 네 번째일 수도 있었다. 익스페디션을 찾고 있었다는 생각이 얼핏 떠올랐지만 아무것도 없는 가게 뒤편을 지나면 차를 찾고 있었다는 것조차 잊어버렸고, 그래서 다시 건물 주위를 돌기 시작했다. 머리를 부딪치고 강간을 당하고 목이 졸리고 충격에 빠져 있었기 때문에 잊어버렸다. 어쩌면 뇌출혈이 일어났을지도 모른다는 생각이 떠올랐지만…… 어떻게 알겠는가? 천국에서 눈을 떴는데 옆에 있는 천사들이 얘기해 준다면 몰라도. 낮에 불던 미풍이 조금 강해진 탓인지 양철 간판이 더 시끄럽게 철컥거렸다. **정을 주세요 정을 드릴게요.**

"세븐업."

테스가 중얼거렸다. 쉰 목소리였지만 알아들을 수는 있었다.

"세븐업 광고야. 정을 주세요, 정을 드릴게요."

노래를 부르면서 점점 커지는 자신의 목소리가 테스의 귀에 들려왔다. 원래부터 노래를 부를 때에는 듣기 좋은 목소리가 나왔는데, 목을 졸린 덕분인지 허스키하고 감미로운 목소리로 바뀌어 있었다. 꼭 보니 타일러가 달빛이 비치는 이곳에 와서 노래를 부르는 듯했다.

"세븐업은 맛있어요…… 담배처럼 맛있어요!"

가사가 틀렸다는 생각이 들었다. 설령 그 가사가 맞다고 해도, 이렇게 허스키하고 감미로운 목소리가 나오는 동안에는 망할 놈의 시엠송보다 그럴 듯한 노래를 불러야 마땅했다. 강간을 당한 후에 썩은 시체 두 구와 함께 파이프에 버려진 신세가 되었다면, 당연히 무언가 좋은 것을 기대하게 마련이니까.

보니 테일러 베스트 앨범을 불러야겠다. 「사랑은 가슴 아픈 것」을 불러야지. 가사는 다 기억하고 있어. 작가라면 누구나 머릿속 깊숙한 곳에 갖고 있는 기억의 쓰레기 더미에……

하지만 또다시 기절해 버렸다.

11

테스는 바위에 앉아서 눈이 아플 때까지 울었다. 더러운 카펫은 여전히 어깨를 감싸고 있었다. 가랑이가 쓰리고 화끈거렸다. 입 안에 신맛이 도는 것으로 보아 건물 주위를 빙빙 돌다가 이 바위까지 오는 사이에 토한 듯했지만, 기억이 나지 않았다. 기억나는 것은 그저……

난 강간당했어, 강간당했어, 강간당했다고!

"네가 처음은 아니야, 마지막도 아닐 거고."

스스로를 다잡으려고 애정을 담아 중얼거린 말이었지만, 목이 메어 격격 울먹이는 자기 목소리로 들으니 그 말도 별 도움이 되지 않았다.

그 자식은 날 죽이려고 했어, 하마터면 죽을 뻔했단 말이야!

그랬다, 정말로. 그리고 이 순간만큼은, 그 남자가 실패했다는 사실조차 별 위안이 되지 않았다. 왼편으로 고개를 돌려 보니 대략 50미터 저편에 아까 그 가게가 보였다.

다른 여자들도 죽였어! 그 여자들은 지금도 파이프 안에 있어! 벌레가 자기 몸에 기어 다니는 것도 모른 채로!

"그래, 맞아."

테스는 보니 타일러처럼 허스키한 목소리로 중얼거렸다. 그러고는 다시 기절했다.

12

등 뒤에서 점점 가까워지는 엔진 소리가 들렸을 때, 테스는 「사랑은 가슴 아픈 것」을 부르면서 스태그 로드 한복판을 걷고 있었다. 뒤를 돌아보니 분명히 방금 전에 지나 왔을 언덕 꼭대기가 전조등 불빛으로 환했다. 그 남자였다. 그 거인. 그가 다시 돌아온 것이다. 돌아와서 옷이 없어진 것을 눈치채고 배수로를 확인한 것이다, 그래서 테스가 사라진 것을 알아차린 것이다. 그래서 테스를 찾고 있었다.

테스는 길가 도랑을 향해 뛰다가 발을 헛디뎌 한쪽으로 넘어졌고, 그 바람에 숄 대신 임시로 걸치던 카펫을 놓치고 말았다. 하지만 다시 일어서서 비틀거리며 덤불 속으로 들어갔다. 가지에 긁힌 목에서 피가 흘렀다. 겁에 질려 흐느끼는 여자의 목소리가 귀에 들려왔다. 네 발을 짚고 납작 엎드린 탓에 머리카락이 흘러내려 눈을 찔렀다. 전조등이 비탈길을 내려오자 도로가 환해졌다. 땅에 떨어진 카펫이 또렷이 보였다. 거인 또한 그것을 놓칠 리가 없었다. 트럭을 세우고 내릴 것이다. 테스는 달아나겠지만, 그래 봤자 붙잡힐 것이다. 악을 써 봤자 들을 사람이 없었다. 이런 이야기에서는 원래 아무도 비명을 못 들으니까. 남자는 테스를 죽이겠지만 그 전에 몇 번 더 강간할 것이다.

테스의 등 뒤에서 나타난 차는 멈추지 않고 그냥 지나갔다. 알고 보니 픽업트럭이 아니라 세단이었다. 차 안에서 바크먼 터너 오버드라이브의 노래가 큰 소리로 흘러나왔다. '내 사 사 사랑 당신은 아직 아무 아무 아무것도 몰라요.' 테스는 자동차 미등이 어둠 속으로 사라질 때까지 지켜보았다. 그러다가 또다시 의식이 흐릿해지는 기분이 들자 양손으로 자기 뺨을 후려쳤다.

"안 돼!" 보니 타일러의 목소리가 으르렁거렸다. "안 돼!"

의식이 조금은 또렷해졌다. 덤불 속에 엎드려 있고 싶은 마음이 간절했지만 그래 봤자 아무 소용도 없었다. 새벽은커녕 자정조차도 아직은 먼 미래였다. 달이 하늘에 낮게 걸려 있었다. 이곳에 머물 수는 없었다. 계속 이렇게…… 의식이 깜박거리는 상태에 머물 수는 없었다. 생각을 해야 했다.

테스는 도랑에 떨어진 카펫 쪼가리를 집어서 다시 어깨에 두르다가 귀에 손이 닿았고, 이미 짐작하고 있었던 것을 실제로 확인했다. 다이아몬드 귀고리가, 몇 안 되는 값진 물건 가운데 하나인 그 귀고리가, 사라지고 없었다. 또다시 눈물이 터졌지만 이번에는 금세 그쳤고, 울음이 그치고 나니 정신이 조금 더 맑아졌다. 조금 더 예전의 자신으로, 자기 머리와 몸의 주인으로 돌아간 기분이었다. 몸 바깥에 둥둥 떠 있는 유령이 아니라.

생각을 해, 테사 진!

물론 그럴 작정이었다. 하지만 먼저 걸을 수 있는 동안 걸어야 했다. 그리고 노래는 그만둬야 했다. 허스키하게 바뀐 목소리가 이제는 오싹했다. 마치 그 거인한테 당한 짓 때문에 완전히 다른 여자가 되어 버린 기분이었다. 테스는 다른 여자 같은 것은 되고 싶지 않았다. 예전의 자신이 마음에 들었으니까.

걸었다. 달빛 속에서 바로 옆의 도로 바닥을 걷는 그림자와 함께 걸었다. 무슨 도로? 스태그 로드였다. 내비게이션 톰의 말에 따르면 테스는 스태그 로드에서 47번 국도로 접어드는 진입로를 약 6킬로미터 앞두고 거인의 덫에 걸려들었다. 상황이 그리 나쁘지는 않았다. 테스는 체형을 유지하려고 날마다 적어도 5킬로미터는 걸었고, 비나 눈이 오는 날에는 러닝 머신을 이용했다. 물론 '새로운 테스'의 몸으로, 그러니까 욱신거리고 피 흘리는 아랫도리에 허스키한 목소리를 지닌 여자가 되어 걷는 것은 처음이었다. 하지만 좋은 점도 있었다. 몸에 서서히 온기가 퍼져 나갔고, 윗옷은 조금씩 말라가는 중이었고, 발에는 굽이 없는 신발을 신고 있었다. 하마터면 굽이 7센티미터가 넘는 하이힐을 신고 올 뻔했는데 그랬다면 이날 저녁의 산책이 몹시도 불쾌했을 것이다. 물론 그 구두를 신었다면 어떤 상황이었다고 해도 불쾌했을 것이다, 당연히, 몹

시도, 굉장히······

생각을 하란 말이야!

그러나 미처 생각을 시작하기도 전에 도로 앞쪽이 환해졌다. 테스는 다시 길가 덤불로 뛰어들었고, 이번에는 간신히 카펫 쪼가리를 놓치지 않았다. 다른 차였다. 천만다행히도 그 남자의 트럭이 아니었다. 그리고 속도를 줄이지도 않았다.

그놈일 수도 있어. 차를 바꿔 탔을 수도 있잖아. 집으로, 자기 소굴로 돌아가서 차를 바꿔 탔을지도 몰라. 내가 숨어 있다가 지나가는 차를 보고 나올 거라고 생각했겠지. 내가 차를 보고 손을 흔들면 붙잡으려고.

물론, 그럴지도. 그게 바로 공포 영화에서 벌어지는 일 아니던가? *제물들의 비명 4*, 아니면 *스태그 로드 호러 2*, 그도 아니면······.

또다시 의식이 흐려지려고 하자 테스는 손으로 자기 뺨을 후려쳤다. 일단 집에만 도착하면, 프리츠에게 밥을 주고 침대에 눕기만 하면(문을 모조리 잠그고 불을 모조리 켠 후에), 기절 같은 건 원 없이 할 수 있었다. 하지만 당장은 그럴 수 없었다. 결코, 절대로, 맹세코. 당장은 계속 걸어야 했고, 차가 다가오면 숨어야 했다. 그 두 가지만 해내면 결국에는 47번 국도에 닿을 텐데 그곳에는 가게가 있을지도 몰랐다. 운만 좋으면 *진짜* 가게가, 공중전화가 있는 가게가 있을지도 몰랐고······ 지금의 테스는 조그만 행운 정도는 얻을 자격이 있었다. 핸드백은 (어디 있는지 모를) 익스페디션 안에 있었지만 테스는 자신의 선불 전화 카드 번호를 줄줄 외웠다. 집 전화번호 뒤에 9712만 붙이면 그만이었다. 누워서 떡 먹기였다.

도로변에 서 있는 표지판이 보였다. 거기 적힌 글씨는 달빛 속에서도 거뜬히 읽을 수 있었다.

여기서부터 콜위치 타운입니다
어서 오세요!

"콜위치에 정을 주세요, 정을 드릴게요."

테스는 나지막이 중얼거렸다. 주민들끼리는 '콜리치'라고 부르는 콜위치는 테스도 아는 곳이었다. 조그마한 이 마을은 뉴잉글랜드 지역의 여느 마을과 마찬가지로 방직 공장이 성하던 시절에는 번영을 누리다가 자유 무역 시대에 접어들어서는, 즉 미국인들이 입는 바지와 재킷을 아시아 또는 중앙아메리카의 십중팔구 문맹인 아이들이 만드는 시대가 되고 나서는 어떻게든 버텨 나가려고 발버둥치는 곳이었다. 테스가 있는 곳은 마을 변두리였지만, 전화기가 있는 곳까지 걸어가는 것쯤은 아무 일도 아니었다.

그래서 그다음은?

그다음은 아마도…… 그러니까……

"리무진 회사에 전화해야지."

그 생각이 아침 해처럼 환하게 머릿속을 물들였다. 그랬다, 테스가 할 일은 바로 그것이었다. 이곳이 콜위치라면 코네티컷 주에 있는 테스의 집까지는 50킬로미터, 어쩌면 더 가까울지도 몰랐다. 테스가 브래들리 국제공항이나 하트퍼드 시내, 또는 뉴욕에 갈 일이 있을 때(시내 운전은 할 수만 있으면 피했으니까) 이용하는 로

열 리무진 회사는 이웃 마을인 우드필드에 있었다. 시간을 엄수하는 것이 그 회사의 자랑이었다. 신용카드 번호가 기록에 남아 있을지도 모르니 더욱 다행이었다.

기분이 조금 밝아진 테스는 더 빨리 걷기 시작했다. 그러다가 전조등 불빛으로 도로가 환해지자 또다시 덤불로 허겁지겁 숨어서 냉큼 엎드렸다. 그야말로 겁에 질린 사냥감, 암토끼가 따로 없었다. 이번에 온 차는 트럭이었기 때문에 몸이 벌벌 떨렸다. 그 거인의 낡은 포드 픽업트럭과 전혀 안 닮은 흰색 소형 도요타 트럭인 것을 확인한 후에도 떨림은 멈추지 않았다. 테스는 트럭이 지나가고 나서 다시 도로로 올라가려고 안간힘을 썼지만, 좀처럼 엄두가 나지 않았다. 또 울음이 터졌다. 눈물이 차가운 뺨을 타고 흘러내렸다. 스스로가 의식의 환한 스포트라이트에서 또다시 벗어날 준비를 하는 느낌이 들었다. 그렇게 되도록 놔둘 수는 없었다. 꿈틀거리는 어둠 속으로 자꾸만 걸어 들어가도록 자신을 내버려뒀다가는 돌아오는 길을 잊어버릴지도 몰랐다.

테스는 억지로 상상했다. 리무진 운전사에게 고맙다고 인사하며 신용카드 청구서에 팁을 따로 기입해 주는 자신을. 그런 다음 꽃으로 장식된 집 차고 앞 진입로를 천천히 걸어서 현관으로 올라가는 자신을. 우편함을 열고 안에 달아 둔 고리에서 비상 열쇠를 꺼내는 자신의 모습을. 걱정했다는 듯이 야옹거리는 프리츠의 울음소리를.

프리츠 생각이 특효약이었다. 테스는 덤불에서 나와 다시 걸으며 전조등 불빛이 또 보이면 후다닥 숨겠노라 마음먹었다. 보이는 즉시 숨어야 했다. 그놈이 어딘가 돌아다니고 있을 테니까. 앞으로는 항상 어딘가 있을 그놈 걱정을 떨칠 수 없으리라는 생각이 퍼뜩 떠올랐다. 경찰이 그놈을 잡아서 교도소에 처넣지 않는 한은. 하지만 그러려면 무슨 일이 일어났는지 신고를 해야 했고, 경찰에 신고한다는 데에 생각이 미친 순간 테스의 머릿속에는《뉴욕 포스트》풍의 시커멓게 번들거리는 신문 1면 기사 제목이 번쩍 나타났다.

'윌로 그로브' 시리즈 작가 강연 후 귀갓길에 성폭행당해

《뉴욕 포스트》같이 저속한 신문들은 테스의 10년 전 사진을, 즉 뜨개질 클럽 시리즈가 처음 출간될 무렵의 사진을 실을 것이 뻔했다. 그때 테스는 이십대 후반이었기에 짙은 금발 머리를 길게 길렀고, 미끈한 다리를 뽐내려고 짧은 치마를 즐겨 입었다. 게다가 그 시절에는 저녁에 외출할 일이 있으면 뒤꿈치 부분이 끈으로 된 하이힐을 신곤 했는데 어떤 남자들은 그 구두를 '남자 꼬시는 신발'이라고 불렀다(물론 그 거인도 예외일 리 없었다.). 테스가 이제는 나이를 열 살이나 더 먹었고 몸무게도 9킬로그램이나 늘었고, 성폭행을 당할 때 거의 촌스러울 정도로 단정한 정장 차림이었다는 사실 따위는 신문에 나올 리가 없었다. 그런 세부 사항은 삼류 신문들이 좋아하는 이야기와 어울리지 않았다. 기사의 문장 자체는 점잖을지도 모르지만(행간에는 선정적인 분위기를 살짝 흘릴 수도 있겠지만), 사람들은 함께 실린 테스의 젊은 시절 사진에서 진짜 이야기를 읽을 것이다. 아마도 인류가 바퀴를 발명하기도 전에 만들어졌을 이야기를. *여자가 야하게 하고 다녔네*……

당해도 싸지, 뭐.

현실적인 가정이었을까? 아니면 그저 수치심과 지독하게 손상된 자존감이 빚은 최악의 상상? 그냥 계속 이 길가의 덤불에 숨어 있고 싶다는 욕망이 그런 상상을 빚어 낸 걸까, 조금만 더 힘을 내면 이 끔찍한 길을 벗어나서 이 끔찍한 매사추세츠 주를 떠나 스토크 빌리지의 안전하고 아담한 집으로 돌아갈 수 있는데도? 테스는 알 수가 없었다. 그리고 답은 아마도 그 중간에 있을 터였다. *확실한* 것은 단 하나, 테스는 이름과 얼굴이 전국 방방곡곡에 알려질 처지였는데 이는 신작을 발표한 작가라면 누구나 원하지만, 강간당하고 강도당한 후에 죽게 내버려지는 위기를 겪은 작가라면 아무도 원하지 않을 유명세였다. 테스의 머릿속에는 강연 후 질의응답 시간에 손을 들고 누군가 묻는 장면이 선명하게 그려졌다. '혹시 그 남자한테 빌미를 주진 않았나요, 어떤 식으로든 간에?'

말도 안 되는 소리였다. 비록 이런 몰골이 되기는 했어도 그 정도는 알고 있었는데…… 테스가 아는 것은 또 있었다. 만약 이 일이 알려지면 누군가 손을 들고 *이렇게* 물을 것이 뻔했다. '이 사건을 소설로 쓰실 건가요?'

그럼 뭐라고 대답할까? 대답할 말이 있기는 할까?

아무 말도 못할걸. 테스는 생각했다. *귀를 틀어막고 무대에서 부리나케 달아나겠지.*

하지만 그런 일은 일어날 리가 없었다.

결코, 절대로, 맹세코.

무엇보다 첫째로, 사실상 테스는 그런 곳에 갈 리가 없었다. 그

자식이 맨 뒷줄에 나타나서 빙긋이 웃을지도 모른다는 걸 알면서 어떻게 독서회니 강연이니 사인회니 하는 행사를 또 할 수가 있겠는가? 그 자식이 표백제 자국이 남은 괴상한 갈색 모자를 쓰고 나타나서 빙긋이 웃을지도 모르는데? 어쩌면 테스의 귀고리를 주머니에 넣고서. 그 귀고리를 만지작거리면서.

경찰에 신고한다고 생각하니 얼굴이 화끈 달아올랐고, 수치심 때문에 표정이 일그러지는 느낌이 생생하게 들었다. 이 어둠 속에, 혼자 있는데도. 테스는 수 그래프턴이나 자넷 에바노비치 같은 유명한 작가는 아닐지 몰라도 엄밀히 말하면 아예 평범한 일반인도 아니었다. 하루나 이틀 정도는 CNN에까지 나올지도 몰랐다. 히죽히죽 웃는 미친 거인이 윌로 그로브 시리즈 작가의 몸속에 씨를 뿌렸다는 뉴스를 온 세상이 알게 되는 셈이었다. 심지어 그 거인이 작가의 속옷을 기념품 삼아 가져간 것까지 알려질지도. CNN은 거기까지는 다루지 않겠지만 《내셔널 인콰이어러》나 《인사이드 뷰》 같은 곳은 조금도 망설이지 않을 테니까.

수사 관계자에 따르면 강간범의 서랍에서 작가의 속옷이 발견되었다고 한다. 밑위가 짧고 레이스가 달린 파란색 빅토리아스 시크릿 제품이다.

"난 못해. 난 신고 안 할 거야."

하지만 네가 처음 당한 게 아니잖아, 그리고 마지막도…….

테스는 그 생각을 떨쳐버렸다. 도의적 책임 같은 것을 따지기에는 너무나 피곤했다. 그 점은 나중에, 혹시 운이 좋아서 나중이란 게 있다면 그때 생각하기로 했는데…… 다행히 운이 나쁜 것 같지는 않았다. 하지만 이 외진 도로에서는, 전조등 불빛이 보일 때마다 강간범의 차가 아닐까 싶어 겁이 더럭 나는 이곳에서는 생각하고 싶지 않았다.

테스의 것이었다. 이제 그 남자는 테스의 강간범이었다.

13

콜위치 입구의 표지판을 지나 1.5킬로미터쯤 걸었을 때, 리듬에 맞춰 쿵쿵거리는 소리가 들려오기 시작했다. 그 소리는 마치 도로에서부터 테스의 발을 따라 위로 전해지는 듯했다. 맨 처음 떠오른 생각은 웰스의 『우주 전쟁』에 나오는 돌연변이 몰록이었다. 처음에는 그놈들이 땅속 깊숙이 묻힌 기계장치들을 깨우는 소리 같았지만, 5분 더 걷다 보니 소리의 정체가 분명해졌다. 땅이 아니라 공기를 따라 전해지는 소리였고, 테스도 아는 소리였다. 둥둥거리는 베이스 기타 소리였다. 테스가 걷는 사이에 다른 악기들의 소리도 합류했다. 지평선에 불빛이, 자동차 전조등이 아니라 새하얀 아크등과 빨간 네온등의 불빛이 보이기 시작했다. 밴드가 「머스탱 샐리」를 연주하고 있었고, 웃음소리도 들렸다. 술취한 사람들의 유쾌한 웃음소리 사이로 이따금씩 흥에 겨운 환호성이 터져 나왔다. 그 소리를 듣고 테스는 또다시 울고 싶어졌다.

커다란 창고처럼 생긴 도로변 술집의 이름은 '스태거 인'이었다. 흙바닥에 만들어진 주차장은 차들로 거의 만원이었다. 테스는 주차장 간판이 드리운 불빛의 끝자락에 서서 눈을 찡그렸다. 차가 왜 이렇게 많지? 그러다 문득 금요일 밤이라는 사실이 떠올랐다.

스태거 인은 금요일 밤이 되면 콜위치나 인근 마을에 사는 사람들이 모여드는 명소였던 것이다. 다들 휴대전화를 갖고 있을 터였지만, 사람이 많아도 너무 많았다. 사람들이 멍든 얼굴과 비뚤어진 코를 볼 것 같았다. 어떻게 된 거냐고 물을 것 같았다. 그리고 테스는 이야기를 꾸며낼 수 있는 상태가 아니었다. 적어도 아직은, 아니었다. 돌아다니는 사람들이 있으니 바깥에 있는 공중전화도 마땅치 않았다. 사람이 너무 많았다. 당연한 일이었다. 요즘은 담배를 피우려면 바깥으로 나가야 하니까. 게다가⋯⋯

그놈이 저기 있을지도 몰랐다. 언젠가 그놈이 음정도 안 맞는 끔찍한 목소리로 롤링 스톤스의 노래를 부르며 신나게 뛰어다니지 않았던가? 어쩌면 꿈이었는지도, 아니면 헛것을 보았을 수도 있었지만, 테스의 생각은 달랐다. 그놈이 테스의 차를 숨긴 후에 깨끗이 씻고 금요일 밤을 즐기려고 곧장 이 스태거 인으로 왔을 수도 있지 않을까?

때마침 밴드가 크램프스의 오래된 노래 「암고양이가 수캉아지를 덮칠 수 있을까?」를 연주하기 시작했다. 아니. 테스는 속으로 중얼거렸다. 오늘은 수캉아지가 우리 집 암고양이를 덮쳤어. 예전의 테스라면 생각지도 못할 음담패설이었지만, 새로운 테스는 그 농담이 꽤 우습다고 생각했다. 그래서 쉰 목소리로 깔깔 웃고 다시 걷기 시작했다. 도로 건너편을 향해, 술집 주차장의 불빛이 닿지 않는 곳으로.

술집 건물 뒤편을 지나다 보니 짐 내리는 곳 앞에 낡은 흰색 밴이 세워져 있었다. 건물 뒤편에는 아크등이 달려 있지 않았지만, 환한 달빛이 밴을 비춰 준 덕분에 컵케이크를 드럼 삼아 두드리는 해골 그림이 보였다. 도로에 흩어져 있는 못 박힌 나무를 치울 생각도 않고 가 버렸던 바로 그 밴이었다. 좀비 빵집 밴드는 공연 시간에 늦는 바람에 낭패를 겪었을 것이다. 왜냐면 금요일 밤의 스태거 인은 춤추는 손님들로 흥청거렸고, 음악을 즐기는 손님들로 와자지껄했고, 분위기에 젖은 손님들로 후끈 달아올랐으니까.

"암고양이가 수캉아지를 덮칠 수 있을까?"

테스는 이렇게 중얼거리고는 더러운 카펫을 바짝 여미면서 목을 가렸다. 밍크 목도리는 아니었지만, 서늘한 10월 밤이다 보니 아예 안 두르는 것보다는 나았다.

14

스태그 로드와 47번 국도 교차점에 도착했을 때, 테스는 아름다운 광경을 목격했다. '가스 앤드 대시'라는 간판이 붙은 주유소의 남녀 화장실을 가르는 콘크리트 블록 벽에, 공중전화 두 대가 걸려 있었던 것이다.

먼저 여자 화장실로 들어간 테스는 소변이 나오기 시작하자 비명이 터지는 입을 손으로 막아야 했다. 누가 종이성냥 한 묶음을 가랑이에 대고 통째로 그은 것처럼 뜨거웠기 때문이었다. 변기에서 일어서자 또다시 눈물이 뺨을 타고 흘러내렸다. 변기 안의 물이 발그레했기 때문이었다. 테스는 휴지를 뜯어서 아주 살살 닦은 후에 변기 물을 내렸다. 휴지를 더 뜯어서 팬티 안에 뭉처 넣는 것도 괜찮은 생각이었지만, 물론 불가능한 일이었다. 테스의 팬티는 그 거인이 기념품 삼아 가져가 버렸으니까.

"개새끼."

테스가 중얼거렸다. 그러고는 문손잡이를 잡은 채 우뚝 멈춰 섰다. 물때가 낀 세면대 위 거울 속에서, 얼굴이 멍투성이가 된 여자가 눈을 동그랗게 뜨고 이쪽을 바라보고 있었다. 테스는 다시 기절했다.

15

테스는 현대 사회에서 공중전화를 사용하기가 얼마나 힘들어졌는지를 깨달았다. 심지어 선불 전화카드 번호를 외우고 있어도 마찬가지였다. 처음 잡은 전화기는 한쪽 목소리만 들렸다. 테스는 교환원의 목소리를 들을 수 있었지만 반대편에는 테스의 목소리가 안 들렸고, 통화는 거기서 끝이었다. 다른 전화기는 콘크리트 블록 벽에 비스듬히 걸려 있는 모양새가 영 미덥지 않았지만, 그래도 통화는 할 수 있었다. 귀에 거슬리는 지지직 소리가 계속 들리기는 했어도 그럭저럭 교환원과 대화할 수는 있었다. 다만 테스에게는 펜도, 연필도 없었다. 핸드백 안에는 필기도구가 몇 개 들어 있었지만, 물론 그 핸드백은 사라지고 없었다.

"그냥 바로 연결해 주시면 안 돼요?"

"안 됩니다, 고객님. 신용카드 번호를 이용하는 서비스는 고객님이 직접 전화하셔야 합니다."

교환원의 말투는 멍청한 아이한테 빤한 사실을 설명하는 사람 같았다. 그래도 테스는 화가 나지 않았다. 정말로 멍청한 아이가 된 기분이었으니까. 그러다가 지저분한 콘크리트 블록 벽이 눈에 들어왔다. 테스는 교환원에게 전화번호를 가르쳐 달라고 부탁한 다음, 안내받은 번호를 먼지 낀 벽에 손가락으로 적었다.

벽에 적힌 번호를 누르기도 전에 트럭 한 대가 주차장에 들어섰다. 테스의 심장은 10점 만점짜리 곡예를 선보이며 튀어 올라 목구멍을 향해 치솟았다. 뒤이어 고등학교 운동부 점퍼를 입은 남자 둘이 차에서 내려 낄낄거리며 가게로 들어서는 광경을 확인하고 나서, 테스는 심장이 튀어 올라 목구멍을 막아서 차라리 다행이라고 생각했다. 안 그랬으면 비명이 터져 나왔을 테니까.

온 세상이 캄캄해지려는 기분이 들자 테스는 벽에 머리를 기대고 잠시 숨을 골랐다. 눈을 질끈 감고서. 머리 위의 하늘을 가린 거인이, 멜빵바지 앞주머니에 손을 집어넣고 서 있는 거인의 모습이 떠오르자 테스는 다시 눈을 떴다. 그러고는 먼지 낀 벽에 적힌 번호를 누르기 시작했다.

자동 응답기의 목소리가 들릴까 싶어 마음을 다잡았다. 아니면 야근에 지친 배차 상담원이 지금은 빈 차가 없다고 말할 것 같았다. 당연하잖아요, 금요일 밤인데. 고객님 태어날 때부터 그렇게 멍청했어요? 아니면 부모님이 그렇게 멍청하게 키우셨나? 하지만 통화 대기음이 두 번 들리고 나서 전화를 받은 안드레아라는 상담원은 전화 예절이 깍듯한 여성이었다. 안드레아는 테스의 이야기를 듣고 나서 바로 차를 보내겠다고, 운전사 이름은 마누엘이라고 했다. 테스가 있는 곳이 어딘지도 정확히 알았는데 평소에 스태거 인에서 전화하는 고객이 많기 때문이었다.

"아, 근데 제가 있는 곳은 거기가 아니에요. 거기서 1킬로미터쯤 떨어진 교차론데……"

"예, 고객님. 위치는 파악했습니다. 가스 앤드 대시 주유소죠? 거기서 이용하는 고객님들도 많으세요. 과음하신 분들은 조금 걷다가 전화하시는 경우도 있거든요. 차는 45분에서 1시간쯤 후에 도착할 예정입니다."

"다행이네요."

또다시 눈물이 흘렀다. 이번에는 감사의 눈물이었지만 테스는 방심하지 말라고 스스로를 다잡았다. 이런 식의 이야기에서 여주인공의 희망은 번번이 절망으로 바뀌곤 하니까.

"정말 다행이에요. 공중전화가 있는 모퉁이 쪽에 서 있을게요. 차가 오는지 보면서요."

이제 안드레아가 나한테 혹시 과음했냐고 물어볼 차례지. 내 목소리가 술 취한 사람 같을 테니까.

그러나 안드레아가 알고 싶었던 것은 테스가 계산을 현금으로 할지, 아니면 신용카드로 할지뿐이었다.

"아메리칸 익스프레스 카드로 할게요. 제 카드 번호는 회사 기록에 있을 거예요."

"예, 고객님. 확인했습니다. 로열 리무진을 이용해 주셔서 감사합니다, 앞으로도 모든 손님을 귀빈으로 모시겠습니다."

안드레아는 테스가 고맙다고 말하기도 전에 전화를 끊었다.

전화기를 내려놓는 사이에 웬 남자가(_그놈이_, 분명히 _그놈이_) 가게 모퉁이를 돌아 테스를 향해 똑바로 달려왔다. 이번에는 비명을 지를 틈도 없었다. 테스는 너무 무서워서 그대로 얼어붙고 말 았다.

아까 차에서 내린 남학생 중 한 명이었다. 그 남학생은 테스를 거들떠보지도 않고 왼쪽으로 돌아서 남자 화장실로 들어가 버렸 다. 화장실 문이 쾅 닫혔다. 잠시 후, 건강한 젊은 남자가 힘차게 방광을 비우는 소리가 우렁차게 들려왔다.

테스는 모퉁이를 돌아 건물 뒤편으로 갔다. 그러고는 악취가 진동하는 쓰레기통 옆에 서서(아니, 서 있는 게 아니야, 난 여기 숨 어 있어) 그 남학생이 볼일을 마치고 나오기를 기다렸다. 남학생이 사라지고 나서는 다시 공중전화로 돌아가서 도로를 바라보았다. 온몸이 욱신거리는 와중에도 허기진 배에서는 꼬르륵 소리가 들 렸다. 저녁을 건너뛴 탓이었다. 강간을 당하고 죽을 뻔하느라 너 무 바빴으니까. 이런 주유소에서 파는 주전부리라도, 하다못해 께 름칙한 노란색을 띤 미니 땅콩버터 크래커 같은 거라도 기꺼이 먹고 싶었지만, 테스는 빈털터리였다. 돈이 있다고 해도 가게 안 에 들어갈 엄두가 안 났다. 가스 앤드 대시 같은 도로변 주유소에 어떤 전등이 달려 있는지 알기 때문이었다. 그런 가게의 시리도록 환한 형광등 불빛 아래서는 건강한 사람도 췌장암 환자처럼 보였 다. 카운터를 보는 점원이 테스의 멍든 뺨과 이마를, 부러진 코와 부은 입술을 볼지도 몰랐다. 어쩌면 그 점원이 남자든 여자든 간 에 아무 말도 안 할 수도 있었지만, 테스의 상상 속에서는 동그랗 게 커진 점원의 눈이 생생하게 보였다. 그리고 씩 웃는 표정을 황 급히 감추느라 일그러진 입가도. 왜냐면, 현실이 그러니까. 사람들 은 두들겨 맞은 여자를 우습게 봤다. 특히 금요일 밤에는 더더욱.

아가씨, 누구한테 그렇게 얻어터진 거야? 뭘 잘못했길래? 남자한테 그 정도로 얻어터졌으면 자기가 뭘 잘못했는지 정도는 알 거 아니야?

그 생각을 하니 오래전 어디선가 들었던 농담이 떠올랐다. *미국에서 해마다 30만 명이나 되는 여자들이 얻어터지는 이유가 뭔지 알아? 왜냐면 여자들이…… 도대체가…… 말을 들어 처먹질 않거든!*

"그러거나 말거나." 테스는 나지막이 중얼거렸다. "집에 가서 먹으면 돼. 참치 샐러드가 좋겠다."

좋은 생각처럼 들렸지만, 테스의 마음 한구석에는 이제 참치 샐러드를 먹던 시절 같은 건 끝났다는 확신이 도사리고 있었다. 노란색이 께름칙해 보이는 편의점표 땅콩버터 크래커도 다시 못 먹기는 마찬가지였다. 리무진 회사에서 보낸 차를 타고 이 악몽 속에서 벗어날 수 있다는 생각은 정신 나간 착각이었다.

왼편 저 멀리서, 차들이 84번 고속도로를 달리는 소리가 들려왔다. 테스가 집으로 가는 지름길을 옳다구나 하고 따라가지만 않았어도 일찌감치 지나갔을 도로였다. 고속도로 진입로에서는 강간도, 배수로 파이프에 버려지는 꼴도 당하지 않은 사람들이 목적지를 향해 도로로 접어드는 중이었다. 느긋하게 달리는 그 자동차들의 배기음은 테스가 들어본 것 중에 가장 쓸쓸한 소리였다.

16

리무진이 도착했다. 차종은 링컨 타운카였다. 운전석에 앉아 있던 남자가 차에서 내려 주위를 두리번거렸다. 테스는 가게 건물 모퉁이에 서서 그를 가만히 살펴보았다. 검은 정장을 입고 있었다. 자그마한 키에 안경을 쓴 모양새가 강간범처럼 보이지는 않지만…… 물론 거인이라고 해서 다 강간범인 것은 아니었고, 강간범이 다 거인인 것도 아니었다. 그럼에도 테스는 그 남자를 믿을 수밖에 없었다. 집에 가서 프리츠한테 밥을 주려면 그러는 수밖에 없었다. 그래서 숄 대신 임시로 두르고 있던 지저분한 카펫을 벗어 방금 사용한 공중전화 옆에 버린 다음, 차를 향해서 천천히, 그야말로 온 힘을 쥐어짜서 멈추지 않고 걸어갔다. 어두운 그늘에 있다가 가게 창문으로 비치는 불빛을 보니 눈이 멀 것만 같았다. 그리고 테스는 그 불빛 속에서 자기 얼굴이 어떻게 보일지 알고 있었다.

무슨 일이냐고 묻겠지, 그다음엔 병원에 가겠냐고 물을 테고.

그러나 (이보다 더 험한 꼴도 봤을 법한) 마누엘은 차문을 열고 이렇게 말할 뿐이었다.

"어서 오십시오, 로열 리무진입니다."

마누엘의 목소리에서는 구릿빛 피부와 검은 눈동자에 잘 어울리는 멕시코계 억양이 살짝 묻어났다.

"누구나 귀빈으로 모시는 로열 리무진이군요."

테스는 빙긋 웃으려고 했다. 퉁퉁 부은 입술이 욱신거렸다.

"예, 고객님."

인사는 거기서 끝이었다. 다행히도 마누엘은 이보다 더 험한 꼴을 많이 본 듯했다. 어쩌면 자기가 태어난 동네에서, 어쩌면 바로 이 차 뒷좌석에서. 리무진 운전사들이 어떤 비밀을 간직하고 있는지는 아무도 모를 일이었다. 어쩌면 그런 비밀로 멋진 책을 한 권 쓸 수 있을지도. 물론 테스가 쓰는 책하고는 장르가 달랐지만…… 이런 일을 겪고 나서 테스가 어떤 책을 쓸지는 아무도 모를 일이었다. 아니, 책을 다시 쓸 수는 있을까? 이날 밤의 모험 때문에 테스는 글쓰기라는 혼자만의 즐거움을 당분간 잃어버릴 것만 같았다. 어쩌면 영원히 그럴지도. 당장은 아무것도 알 수가 없었다.

테스는 중증 골다공증을 앓는 노인처럼 비틀비틀 차에 올랐다. 그렇게 뒷좌석에 자리를 잡은 다음, 마누엘이 차문을 닫자 문손잡이를 틀어쥐고 앞을 뚫어지게 바라보았다. 운전석에 앉는 사람이 멜빵바지를 입은 거인이 아니라 마누엘인지 확인하고 싶어서였다. 「스태그 로드 호러 2」라면 아마도 거인일 것 같았다. 끝맺음 자막이 올라가기 전의 마지막 반전을 위하여. *아이러니가 좀 있어야 혈액 순환도 잘되고 좋으니까.*

하지만 차에 들어온 사람은 마누엘이었다. 당연히 그럴 수밖에. 테스는 긴장을 풀었다.

"제가 받은 주소는 스토크 빌리지의 프림로즈 레인 19번지인데요. 맞습니까?"

잠시 아무것도 생각나지 않았다. 선불 전화카드 번호는 단번에 입력했으면서 정작 집 주소를 떠올리자 머릿속이 하얘졌다.

진정해. 테스는 스스로를 다잡았다. *다 끝났어. 이건 공포 영화*

*가 아니야, 네 인생이야. 끔찍한 경험을 하긴 했지만 이제 다 끝났
어. 그러니까 진정해.*

"맞아요, 마누엘. 거기예요."

"중간에 어디 들르시겠습니까? 아니면 곧장 댁으로 모실까요?"

테스가 타운카를 향해 다가올 때 가스 앤드 대시의 불빛에 비
친 얼굴을 보고 분명히 사정을 알아차렸을 텐데도, 마누엘은 딱
거기까지만 말하고 입을 다물었다.

테스가 경구 피임약을 끊지 않고 계속 먹은 것은 순전히 운이
었다. 어쩌면 낙관적인 성격 덕분이기도 했다. 이날 있었던 일을
제외하면 지난 3년간 하룻밤 만남 같은 것은 한 적이 없었으니까.
하지만 운이 부족한 이날만큼은 그 조그만 행운조차도 감지덕지
였다. 마누엘이라면 분명히 집으로 가는 길에 밤새 문을 여는 약
국이 어디 있는지 알 터였다. 리무진 운전사들은 왠지 그런 정보
에 빠삭했다. 하지만 테스는 약국으로 걸어 들어가서 사후 피임
약을 달라고 할 엄두가 나지 않았다. 얼굴을 보면 왜 그 약이 필
요한지 뻔히 드러나기 때문이었다. 물론 돈도 없었고.

"아뇨, 아무 데도 안 들를 거예요. 그냥 집으로 가 주세요."

얼마 지나지 않아 두 사람은 금요일 밤의 차량 행렬로 붐비는
84번 고속도로 위에 있었다. 스태그 로드와 버려진 가게는 테스의
등 뒤 저편으로 멀어졌다. 저 앞에는 경보 장치를 갖추고 문마다
자물쇠를 단 테스의 집이 기다리고 있었다. 다행스럽게도.

17

귀갓길은 처음부터 끝까지 테스가 상상 속에서 본 그대로였다. 도착, 신용카드 청구서에 추가한 팁, 현관까지 화분이 늘어선 진입로(테스는 마누엘에게 자신이 집에 들어갈 때까지 전조등으로 비춰 달라고 부탁했다.), 우편함을 열고 비상 열쇠를 찾는 사이에 들려온 프리츠의 울음소리까지도. 이윽고 테스는 집 안에 들어섰고, 프리츠는 안달이 나서 주인의 발 사이로 왔다 갔다 하며 안아서 쓰다듬어 달라고, 어서 밥을 달라고 졸라댔다. 테스도 그렇게 할 생각이었지만, 먼저 현관문부터 잠그고 몇 달 만에 처음으로 도난 방지 경보 장치를 켰다. 숫자판 위의 조그만 초록색 창에 *경보 작동중*이라는 글씨가 떠오르자 마침내 예전의 자신으로 돌아온 느낌이 서서히 들기 시작했다. 주방에 있는 시계를 본 테스는 겨우 11시 15분밖에 안 된 것을 알고 화들짝 놀랐다.

프리츠가 팬시 피스트 통조림에 고개를 처박고 있는 동안 테스는 뒷마당으로 통하는 문과 옆 테라스의 문이 단단히 잠겼는지 확인했다. 그다음은 창문이었다. 문이 열려 있으면 경보 장치가 알려주게 되어 있었지만, 테스는 그 기계를 믿을 수가 없었다. 모든 문이 다 잠긴 것을 확인하고 나서는 현관 앞 복도에 있는 붙박이장으로 가서 맨 위 선반에 놓인 상자를 꺼냈다. 하도 오래 내버려둔 탓에 윗면이 먼지로 덮인 상자였다.

5년 전, 코네티컷 주 북부와 매사추세츠 주 남부에서 한동안 빈집털이 사건이 빈발했다. 범인은 대부분 '팔공(80)'에 중독된 약쟁이들이었는데 팔공은 뉴잉글랜드 지역의 중독자들 사이에서 통용되는 옥시콘틴의 다른 이름이었다. 주민들은 문단속에 더욱 주의하는 한편으로 적절한 예방 조치를 취하라는 권고를 받았다. 테스는 권총 소지 문제에 대해 찬성도 반대도 하지 않았을뿐더러 모르는 남자가 밤에 집에 들어올까 하는 걱정도 (그때는) 딱히 하지 않지만, 적절한 예방 조치에는 권총도 포함될 듯싶었다. 게다가 윌로 그로브 시리즈의 다음 편을 쓰려면 어차피 총에 관하여 이것저것 알아 두어야 했다. 빈집털이들의 위협은 오히려 절호의 기회 같았다.

테스는 인터넷에서 가장 평판이 좋은 하트퍼드 총포상을 찾아갔고, 그곳의 점원은 스미스앤드웨슨 38구경 리볼버를 추천하며 자기는 그 총을 '레몬 압착기'라는 별명으로 부른다고 했다. 테스는 단지 별명이 마음에 들어서 그 총을 샀다. 점원은 스토크 빌리지 외곽에 있는 훌륭한 사격장도 소개해 주었다. 테스는 규정에 따라 48시간의 대기 기간이 끝나자마자 총을 들고 사격장으로 갔고, 그곳에서 마침내 총을 손에 쥐게 되었다. 일주일에 걸친 강습에서 약 400발을 쏘는 동안 처음에는 사격의 긴장감을 즐겼지만, 짜릿함은 금세 시들해졌다. 리볼버는 그 후로 줄곧 상자에 갇힌 채 벽장 속에 잠들어 있었다. 실탄 50발과 총기 소지 허가증도 함께.

테스는 리볼버에 탄을 장전했다. 약실에 한 발 한 발 끼울 때마다 기분이 점점 나아졌다. *안전해지는* 느낌이었다. 그런 다음 부엌 조리대에 총을 올려놓고 자동응답기를 확인했다. 부재중 전화는 한 건뿐이었다. 옆집에 사는 팻시 매클레인이었다. '저녁에 보니까 불이 하나도 안 켜졌더라고. 그래서 치코피에서 자고 오나

보다 했지. 아니면 보스턴이었나? 어쨌든, 우편함에 있는 열쇠로 문 열고 들어가서 프리츠 밥 챙겨 줬어. 참, 우편물은 복도 탁자에 놔뒀어. 아쉽게도 다 광고물이네. 혹시 밤에 돌아오면 내일 나 출근하기 전에 전화 줘. 그냥, 잘 왔는지 궁금하잖아.'

"야, 프리츠." 테스는 허리를 굽혀 고양이를 쓰다듬었다. "너 오늘은 저녁 두 번 먹었구나. 하여튼 머리 좋은 건 알아줘야……"

문득 눈앞에 회색 날개가 펼쳐지기라도 한 듯 시야가 뿌옇게 변했지만, 그래도 식탁을 붙잡은 덕분에 리놀륨 바닥에 대자로 엎어지는 꼴은 면할 수 있었다. 테스가 놀라서 지른 비명은 스스로 듣기에도 아득할 만큼 희미했다. 프리츠는 귀를 뒤로 납작 붙이고 가느다란 눈으로 주인을 살펴보더니, 고꾸라지지는 않을 거라고(적어도 그 밑에 깔릴 걱정은 없다고) 판단했는지 다시 두 번째 저녁 밥상에 고개를 처박았다.

테스는 만일을 대비해 식탁을 붙잡고 천천히 일어서서 냉장고 문을 열었다. 참치 샐러드는 없었지만 딸기 잼을 얹은 코티지치즈가 있었다. 플라스틱 용기에 든 그 치즈를 꺼내어 숟가락으로 마지막 한 점까지 박박 긁어 먹었다. 따끔거리는 목을 시원하고 보드라운 치즈가 달래 주었다. 고기는 어차피 먹을 엄두가 나지 않았다. 통조림에 든 참치조차도.

이어서 사과 주스를 병째 마시고 트림을 한 다음, 아래층 욕실로 터덜터덜 내려갔다. 총도 함께 가져갔는데 손가락은 강습에서 배운 대로 방아쇠울 바깥을 감아쥐었다.

세면대 위의 선반에 타원형 확대 거울이 놓여 있었다. 뉴멕시코에 사는 남동생이 크리스마스 선물로 준 것이었다. 거울 위에는 금박 글씨로 **예쁜** 나라고 적혀 있었다. 예전의 테스는 그 거울을 보며 눈썹을 정리하거나 간단히 화장을 고쳤다. 새로운 테스는 그 거울로 눈의 상태를 살폈다. 핏발은 당연히 서 있었지만, 동공 크기는 정상으로 보였다. 욕실의 불을 끄고 스물까지 센 다음, 다시 불을 켜고 동공이 제대로 수축하는지 확인했다. 역시 정상으로 보였다. 그러니 두개골 골절은 의심하지 않아도 괜찮을 것 같았다. 어쩌면 그냥 뇌진탕, 그것도 *가벼운* 뇌진탕일지도. 하지만⋯⋯

꼭 뭘 아는 사람 같이 말하네. 네가 코네티컷 대학교 문학사 학위를 받은 뒤로 석사 학위를 받을 만큼 파고든 거라고는 할머니 탐정들이 나오는 소설을 쓰는 일뿐이야. 그 할머니들이 하는 일이 뭐냐면 책의 4분의 1 분량에 걸쳐 음식 조리법을 주고받는 건데, 그나마도 네가 인터넷에서 베껴다가 표절 소송을 안 당할 정도로만 고친 것들이잖아. 혹시 밤에 자다가 혼수상태에 빠지든가, 아니면 뇌출혈로 죽을 수도 있어. 아마 팻시가 다음 번에 고양이 밥 주러 왔다가 널브러져 있는 널 발견할걸. 병원에 가야 돼, 테사 진. 너도 알잖아.

테스가 아는 것은 혹시라도 병원에 갔다가는 자신의 불행이 정말로 온 세상에 알려질 수도 있다는 사실이었다. 환자의 비밀을 유지하는 것은 의사의 의무이자 그들이 하는 선서의 한 부분이었고, 직업이 변호사나 청소부나 공인중개사인 여성이라면 의사가 비밀을 지킬 거라 믿을 만도 했다. 어쩌면 테스의 비밀 역시 지켜질 수도 있었다. 아마도, 십중팔구는. 한편으로는 암에 걸려 사망한 여배우 파라 포셋이 어떤 일을 당했는지도 참조할 필요가 있었다. 병원 직원이 진료 기록을 유출하는 바람에 삼류 신문에서 기르는 개들의 사료가 되지 않았던가. 테스 본인조차도 성적 일탈을 다룬 책으로 오랫동안 베스트셀러 목록에 머물렀던 남자 소설가의 우울한 정신과 진료 내용을 소문으로 들은 적이 있었다. 출판 에이전트와 점심을 함께하며 그 일련의 소문 중에서도 가장 재미난 부분을 들은 날로부터 아직 두 달도 안 지났는데…… 그때 테스는 귀를 쫑긋 세우고 열심히 들었다.

그냥 듣기만 한 게 아니잖아. 테스는 거울에 커다랗게 비친 멍든 얼굴을 보며 생각했다. *듣자마자 퍼뜨려 놓고선.*

설령 여성 미스터리 작가가 행사를 마치고 귀가하는 길에 구타당하고 겁탈당하고 강도당한 사건에 관해 의사와 병원 직원들이 입을 다문다고 해도, 혹시 대기실에서 그 작가를 볼지도 모르는 다른 환자들은? 어떤 이들에게 그 작가는 그저 맞아서 멍들었다고 광고하는 얼굴로 돌아다니는 평범한 여자가 아닐 수도 있었다. 스토크 빌리지에 사는 그 소설가야. 자기도 알지? 재작년이었나, 그 여자가 쓴 할머니 탐정들 나오는 소설이 드라마로 만들어졌잖아. 라이프타임 채널에서 했던 그거. 근데 세상에, 그 여자 얼굴이 글쎄…….

그래도 코는 부러지지 않았다. 부러지지 않고도 그렇게 아플 수 있다니 놀라웠지만, 아무튼 골절은 아니었다. 통통 붓고(당연히 그럴 수밖에, 가엾게도) 욱신거리기는 해도 숨은 쉴 수 있었고, 위층에 있는 비코딘을 먹으면 하룻밤 정도는 통증도 견딜 수 있었다. 그러나 두 눈은 시퍼렇게 멍들어 방울처럼 번들거렸고, 한쪽 뺨 역시 멍들어서 탱탱 부어 있었다. 최악은 멍이 한 바퀴 빙

둘러서 새겨진 목이었다. 그렇게 생긴 목걸이를 만드는 방법은 딱한 가지뿐이었다. 등과 다리와 엉덩이에도 혹과 멍과 긁힌 상처가 있었다. 하지만 드레스와 스타킹이 나에게 있으니 꼴사나운 멍 자국은 가릴 수 있으리.

오호. 나 의외로 시에 재능이 있을지도.

"목은…… 터틀넥을 입으면 되려나……."

그렇고말고. 10월은 터틀넥을 입기에 딱 좋은 때니까. 팻시한테는 밤에 계단에서 미끄러져 얼굴을 찧었다고 둘러대면 될 일이었다. 예컨대……

"아래층에서 무슨 소리가 들린 것 같아서 계단을 내려가는데 프리츠가 다리를 걸었다든가."

욕실 문 앞에 있던 프리츠가 자기 이름을 듣고 야옹거렸다.

"멍청하게 계단 맨 아래 난간 기둥에 얼굴을 부딪쳤다고 해야지. 아니면 아예……."

아예 난간 기둥에다 조그맣게 흠을 내 놓는 것도 얼마든지 가능했다. 주방 서랍에 있는 고기 다지는 망치로 치면 될 것 같았다. 너무 튀지는 않게, 그냥 페인트가 살짝 벗겨지게 한두 번만. 의사라면(또는 뜨개질 클럽 시리즈의 대장 격인 영리한 할머니 탐정 도린 마키스라면) 그런 이야기에 속지 않겠지만, 어리숙한 팻시 매클레인이라면 넘어갈 만도 했다. 팻시의 남편은 결혼 생활 20년 동안 아내 앞에서 손 한 번 올린 적이 없었으니까.

"내가 무슨 부끄러운 짓을 한 것도 아니잖아."

테스는 거울 속의 여인에게 나지막이 속삭였다. 흰 콧날과 두툼한 입술을 한 낯선 여인에게.

"그런 게 아니잖아."

사실이지만, 남들이 알면 부끄러워질 수도 있었다. 발가벗은 사람처럼. 발가벗겨진 피해자처럼.

하지만 그 여자들은 어떡해, 테사 진? 파이프 속의 그 여자들 말이야.

그 여자들 생각도 해야 했지만, 이날 밤은 아니었다. 이날 밤에 테스는 피곤했고, 아팠고, 혼의 밑바닥까지 파헤쳐진 상태였다.

마음 깊숙한 곳(파헤쳐진 혼의 밑바닥)에서 범인에 대한 증오가 불처럼 이글거리는 느낌이 들었다. 테스를 이 지경으로 만든 남자. 세면대 옆에 놓인 권총을 보며 테스는 깨달았다. 만약 그 남자가 여기에 있다면, 조금도 주저하지 않고 방아쇠를 당길 수 있었다. 그러자 자신이 왠지 낯설게 느껴졌다. 그리고 조금은 강해진 느낌도 들었다.

18

고기 다지는 망치로 계단참의 난간 기둥을 두들기려니 어찌나 피곤하던지, 다른 여자의 꿈속에 나오는 사람이 된 기분이었다. 난간의 흠집을 살펴보니 너무 꾸민 티가 나서 주위를 두드려 작은 흠집을 몇 군데 더 만들었다. 이 정도면 멍 자국이 제일 심한 뺨이 부딪힌 흔적으로 보이겠다는 생각이 들었고, 그래서 테스는 천천히 계단을 올라가 복도를 걸었다. 한 손에는 총을 쥔 채로.

테스는 빠끔히 열린 침실 문 앞에 서서 잠시 망설였다. 그놈이 안에 있으면 어떡하지? 혹시 핸드백을 챙겨갔다면, 그래서 이 집 주소를 알았다면? 경보 장치는 테스가 집에 (너무 굼뜨게) 온 후에야 켜졌다. 그놈이 낡은 F150 트럭을 길모퉁이 너머에 세웠을지도 몰랐다. 주방 뒷문을 억지로 따고 들어왔을지도. 끌 하나만 있어도 간단히 딸 수 있을 테니.

그놈이 여기 있다면 냄새로 알아차렸을 거야. 그 지독한 땀 냄새. 금방 알아차리고 쏴 버렸을걸. '바닥에 엎드려'나 '내가 신고하는 동안 손 들고 있어' 같은 경고는 할 필요도 없어. 그런 건 공포 영화에나 나오는 개수작이니까. 그냥 다짜고짜 쏴 버렸을 거야. 하지만 그 전에 이 말은 해 줘야겠지.

"정을 주세요, 정을 드릴게요."

테스는 쉰 목소리로 나지막이 중얼거렸다. 그랬다. 바로 그 말이었다. 그놈은 무슨 말인지 모르겠지만 테스는 알았다.

테스는 오히려 그놈이 방 안에 있기를 *바랐다.* 그 말은 곧 새로운 테스가 상당히 제정신이 아니라는 뜻이었지만, 그게 뭐 어때서? 모든 것이 다 밝혀진다고 해도 저지를 가치가 있는 일이었다. 그놈을 쏠 수만 있으면, 사람들의 눈총도 견딜 수 있을 테니까. 긍정적으로 생각하는 거야! 이 일 덕분에 책이 더 잘 팔릴 수도 있잖아!

내가 진짜로 쏠 작정이란 걸 알고 겁에 질린 그놈의 눈을 보고 싶어. 그러면 이 억울한 마음이 조금이나마 풀릴 것 같아.

침실 전등 스위치를 더듬더듬 찾는 데만 한 세월이 걸리는 것 같았고, 그렇게 더듬거리는 사이에 당연히 누가 손을 붙들 것만 같았다. 테스는 천천히 옷을 벗었다. 바지 지퍼를 내리다가 피가 말라붙은 음모가 보였을 때에는 물기 어린 애처로운 울음소리가 짧게 터져 나왔다.

테스는 샤워기의 물 온도를 견딜 수 있는 한 가장 뜨겁게 맞춰 놓고 통증을 견딜 수 있는 곳만 씻은 다음, 나머지는 물줄기에 맡겼다. 물은 깨끗하고 뜨거웠다. 물이 그놈의 냄새를 씻어 주기를 바랐다. 더러운 카펫의 곰팡내도 함께. 샤워를 마치고 나서는 변기에 앉았다. 소변을 볼 때의 통증은 아까보다 덜했지만, 비뚤어진 코를 아주 살살 바로잡으려고 했을 때에는 화살이 머리를 꿰뚫는 것처럼 아파서 비명이 터져 나왔다. 흠, 비뚤어진 코가 어때서? 영국의 유명한 여배우 넬 귄도 코가 휘지 않았던가. 테스는 분명히 어디선가 그런 글을 읽은 적이 있었다.

테스는 플란넬 잠옷을 입고 침대로 비틀비틀 걸어갔다. 불이란 불은 모조리 켜 놓고 38구경 레몬 압착기를 머리맡 탁자에 올려 놓은 다음, 침대에 누워 생각했다. 절대 잠들지 못할 거라고, 상상력에 불이 붙은 이상 거리에서 들려오는 모든 소리가 거인의 발소리로 들릴 거라고. 하지만 그러는 사이에 프리츠가 침대로 뛰어오르더니 주인 곁에 웅크려 앉아 가르랑거리기 시작했다. 그러자 기분이 나아졌다.

집에 돌아왔어. 테스는 생각했다. *여긴 우리 집이야, 우리 집이야, 우리 집.*

19

눈을 떴을 때에는 흠잡을 데 없이 화창한 아침 여섯 시의 햇살이 창문으로 쏟아지고 있었다. 처리할 일과 결정할 문제들이 있었지만 당장은 살아 있는 것만으로, 또 배수로 파이프에 처박혀 있는 대신 침대에 누워 있는 것만으로 족했다.

이제 소변을 봐도 아무렇지 않았고, 피도 비치지 않았다. 테스는 다시 샤워기 아래에 서서 견딜 수 있는 한도까지 물 온도를 높인 다음, 눈을 감은 채 욱신거리는 얼굴로 쏟아지는 물줄기를 받아들였다. 그렇게 버틸 수 있는 데까지 버티다가 머리에 샴푸를 바르고 천천히, 꼼꼼히, 손가락으로 두피를 마사지했다. 그놈의 손에 얻어맞아서 욱신거리는 곳은 건드리지 않고 피했다. 처음에는 등에 깊숙이 팬 상처가 따끔거렸지만 통증이 가시자 구원받은 느낌이 들었다. 「싸이코」의 샤워 장면은 떠오르지도 않았다.

테스에게 샤워는 언제나 가장 좋은 생각이 떠오르는 자궁 같은 곳이었다. 그리고 어느 때보다도 치열하고 치밀하게 생각해야 할 순간이 있다면 바로 지금이었다.

헤드스트롬 선생한테 진찰받으러 가기는 싫어, 그럴 필요도 없고. 그 고민은 이제 그만하자. 혹시 나중에, 한 2주쯤 지나서 얼굴이 좀 멀쩡해지면 병원에 가는 거야. 가서 성병 검사를 받아야……

"에이즈 검사도 꼭 받아야 돼."

이렇게 중얼거리면서 얼굴을 찡그리는 바람에 입이 욱신거렸다. 등골이 서늘해지는 말이었다. 그래도 검사는 받아야 했다. 마음의 평화를 얻으려면. 하지만 그런 걱정들은 이날 아침의 가장 중요한 문제와 아무 상관도 없었다. 자신이 당한 피해에 대해 어떤 식으로든 대응할지 말지는 오롯이 테스가 알아서 할 일이었지만, 배수로 파이프 속에 누워 있는 여자들은 사정이 달랐다. 그들은 테스보다 훨씬 더 중요한 것을 잃었다. 게다가 그 거인이 다음번에 덮칠 여자는? 희생자가 또 생긴다는 것은 의심할 여지가 없었다. 한 달, 아니면 1년쯤은 잠잠할지 몰라도 언젠가 또 저지를 텐데. 샤워기의 물을 잠그면서 테스는 (새삼) 깨달았다. 자신이 다음번 희생자일 수도 있었다, 거인이 배수로에 다시 들렀다가 자신이 사라진 것을 알아차린다면. 물론 가게에 있던 옷이 사라진 것도 함께. 게다가 분명 핸드백을 뒤져서 이 집 주소까지 다 알아냈을 텐데.

"내 다이아몬드 귀고리도. 그 개 같은 변태 새끼, 내 귀고리까지 훔쳐갔어."

설령 그놈이 버려진 가게와 배수로 근처에 한동안 얼씬거리지 않는다고 해도, 그 여자들은 이제 테스의 몫이었다. 테스가 감당할 책임이었다. 단지 《인사이드 뷰》의 표지에 얼굴이 실릴지도 모른다는 이유로 그 책임을 저버릴 수는 없었다.

코네티컷 주 교외의 평온한 아침 햇살 속에서, 어이가 없을 만큼 간단한 답이 떠올랐다. 경찰에 익명으로 신고하는 것이었다. 경력이 10년이나 되는 전업 소설가가 그 답을 즉시 떠올리지 못했다니, 경찰이 와서 딱지를 끊는다고 해도 할 말이 없었다. 경찰에 위치를 알려주면 된다. 스태그 로드의 버려진 가게, **정을 주세요 정을 드릴게요** 간판이 있는 그곳. 거인의 인상착의도 함께. 그렇게 생긴 남자를 찾기가 뭐 그리 어려울까? 전조등 둘레를 퍼티로 메꾼 파란색 포드 F150 픽업트럭은 또 어떻고?

식은 죽 먹기였다.

그러나 드라이어로 머리를 말리는 동안 테스의 눈길은 38구경 레몬 압착기로 향했다. 그러자 문득 이런 생각이 떠올랐다. *식어도 너무 식은 죽이지. 왜냐면……*

"그게 나한테 무슨 이득이 되는데?"

테스가 프리츠에게 물었다. 고양이는 욕실 문간에 앉아 반짝이는 초록색 눈으로 주인을 바라보고 있었다.

"도대체 나한테 무슨 이득이 있다고?"

20

한 시간 반 후에 테스는 주방에 서 있었다. 시리얼 대접은 개수 대 물 안에 잠겨 있었다. 두 잔째 따른 커피는 조리대 위에서 차 갑게 식어 갔다. 테스는 전화 통화를 하는 중이었다.

"어머나, 세상에! 내가 당장 갈게!" 팻시가 외쳤다.

"아니, 아니야. 괜찮아, 팻시. 자기 그러다 지각해."

"토요일 오전은 괜찮아, 그보다 병원부터 가야지! 혹시 뇌진탕 이면 어떡해?"

"아니야, 그냥 좀 어지러운 것뿐이야. 창피해서 병원도 못 가겠어. 술을 너무 많이 마셨거든. 주량보다 최소한 한 병은 더 마신 것 같아. 어젯밤에 제정신으로 한 일이라곤 리무진 회사에 전화

한 게 다야."

"코뼈 안 부러진 거 확실해?"

"응. 그런 것 같아." 뭐…… 십중팔구는.

"프리츠는 잘 있어?"

테스는 그제야 진심으로 웃음이 터졌다.

"뭐야, 지금. 내가 한밤중에 화재경보기 소릴 듣고 술 취한 상태로 계단을 내려가다가 고양이한테 걸려서 하마터면 죽을 뻔했다는데, 자긴 고양이 걱정을 한다 이거지. 너무하네."

"아니, 난……."

"농담이야, 걱정 말고 출근해. 나중에 내 얼굴 보고 소리나 지르지 마. 양쪽 눈에 스모키 화장을 아주 제대로 했거든. 이혼한 남편한테 두들겨 맞은 거 아닌가 싶을 정도로."

"누가 감히 자기한테 손을 대. 얼마나 독종인데."

"그렇지. 나한테 걸리면 뼈도 못 추리지."

"근데 목이 좀 쉰 것 같다?"

"안 그래도 죽겠는데 감기까지 걸렸지 뭐야."

"음…… 혹시 저녁에 뭐 필요한 거 있으면 말해. 닭고기 수프나, 진통제나…… 아니면 조니 뎁 나오는 영화 디브이디라도."

"필요하면 전화할게. 자, 얼른 출근해. 패션에 민감한 날씬한 언니들이 앤 테일러 정장을 사려고 자기를 기다릴 거야."

"웃기시네."

팻시는 웃으며 전화를 끊었다.

테스는 커피 잔을 식탁으로 옮겼다. 권총은 그 옆에, 설탕 그릇 옆에 내려놓았다. 달리의 그림만큼은 아니어도 꽤 초현실적이었다. 그 광경이 눈물 때문에 뿌옇게 변했다. 활기찬 목소리를 억지로 꾸며냈다는 생각 때문이었다. 테스는 방금 주절거린 거짓말이 진실처럼 느껴질 때까지 이대로 살아야 했다.

"나쁜 새끼!" 고함이 터져 나왔다. "나쁜 개새끼! 죽어!"

지난 일곱 시간 동안 샤워를 두 번이나 했지만 더럽혀진 느낌은 가시지 않았다. 질 세척도 했지만, 아직도 몸속에 그놈의 흔적이 느껴졌다. 그놈의……

"그 새끼의 정액이."

테스는 식탁 앞에서 벌떡 일어섰다. 놀란 고양이가 복도로 쪼르르 달려가는 모습이 시야 끄트머리에 얼핏 들어왔다. 테스는 바닥을 더럽히기 직전에 개수대에 도착했다. 커피와 시리얼의 혼합물이 입에서 거세게 뿜어 나왔다. 이만 하면 다 토했다는 생각이 들었을 때, 테스는 권총을 챙겨서 위층으로 올라가 한 번 더 샤워를 했다.

21

샤워를 마치고 타월 천으로 된 편안한 목욕 가운을 걸친 다음, 테스는 침대에 누워 익명의 신고 전화를 어디서 걸어야 할지 생각했다. 넓고 사람이 붐비는 곳이 최선이었다. 전화를 끊고 재빨리 빠져나갈 수 있도록 주차장이 있는 곳. 스토크 빌리지 쇼핑몰이 괜찮아 보였다. 어디다 신고를 할지도 문제였다. 콜위치 보안관 사무소? 거긴 너무 느려 터졌을지도. 주 경찰에 신고하는 편이

나을 것 같았다. 그리고 신고할 내용을 미리 적어 둬야…… 그래
야 통화가 빨리 끝날 테고…… 빠뜨리는 사항도 없을……

테스는 잠들었다. 침대 위로 길게 내리쬐는 햇살 속에서.

22

멀리서, 인접한 다른 우주처럼 아득한 곳에서, 전화벨이 울렸
다. 이윽고 벨소리가 멈추고 테스 자신의 목소리가 들려왔다. 단
조롭지만 불쾌하지는 않은 목소리, *지금은 전화를 받기가*로 시작
하는 자동응답기 소리였다. 뒤이어 누군가 용건을 말했다. 여자
목소리였다. 테스가 비틀비틀 몸을 일으켰을 때는 전화가 이미
끊어진 후였다.

머리맡의 시계를 보니 9시 45분이었다. 두 시간을 더 잔 셈이
었다. 겁이 더럭 났다. 어쩌면 정말로 뇌진탕, 아니면 두개골 골절
인지도. 조금 지나니 마음이 놓였다. 전날 밤에 운동을 너무 많
이 했다는 생각이 떠올라서였다. 대부분 불쾌한 운동이었지만 몸
을 움직이기는 마찬가지였다. 그러니 다시 잠든 것도 당연했다. 오
후에 낮잠을 더 잘지도 몰랐지만(당연히 샤워도 한 번 더 하고) 그
전에 처리할 일이 있었다. 책임질 일이.

기다란 트위드 치마 위에 입은 터틀넥은 사실 지나치게 컸다.
턱 아래가 다 가려질 정도였으니까. 그래도 테스는 아랑곳하지 않
았다. 뺨의 멍 자국에는 컨실러를 발랐다. 감쪽같이 가릴 수는 없
었다. 멍 든 두 눈 역시 집에 있는 가장 큰 선글라스로도 완전히

가려지지 않았다(부은 입술은 어떻게 할 수가 없었다.). 그래도 화장을 하니 도움이 되기는 했다. 이것저것 바르는 행위 자체가 삶에 단단히 발을 딛고 있다는 느낌을 안겨 주었다. 주도권을 쥔 사람은 자신이라는 느낌을.

테스는 아래층으로 내려와 자동응답기의 재생 버튼을 눌렀다. 그러면서 예의상 감사 인사를 하려고 전화한 라모나 노빌의 목소리가 들릴 거라고 생각했다. 덕분에 즐거웠다, 당신도 즐거웠으면 좋을 텐데, 회원들 반응이 아주 좋다, (너무 간절하지는 않게) 부디 다음에도 들러 달라, 어쩌고저쩌고. 하지만 라모나가 아니었다. 전화를 건 여성은 자기 이름이 벳시 닐이라고 했다. 전화를 거는 곳은 전날 밤에 잠시 들렀던 스태거 인 술집이었다.

"고객들이 음주운전을 못 하게 막는 차원에서 폐점 후에 차를 두고 가신 분들한테 전화를 거는 게 저희 가게 방침인데요. 고객님이 두고 가신 코네티컷 주 번호판 775NSD 포드 익스페디션은 오늘 오후 5시까지 오시면 저희 가게 주차장에서 찾아가실 수 있어요. 5시가 지나면 노스 콜위치의 존 히긴스 로드 1500번지에 있는 엑설런트 자동차 정비소에서 견인 비용을 내고 찾아가셔야 돼요. 차 열쇠는 저희가 안 갖고 있습니다. 고객님이 가져 가셨을 거예요. 그리고 또…… 다른 소지품도 보관하고 있으니까, 저희 사무실로 와 주세요. 신분증 가져 오시는 거 잊지 마시고요. 그럼 좋은 하루 보내세요."

소파에 앉아 있던 테스가 웃음을 터뜨렸다. 벳시 닐이라는 여성의 녹음된 목소리를 듣기 전까지 테스는 익스페디션을 몰고 쇼핑몰로 갈 생각이었다. 핸드백도, 열쇠고리도, 망할 놈의 *차*까지

다 사라졌는데도 그저 차고 앞 진입로로 걸어 나가서 차에 올라 출발할 생각을 했다니 참…….

테스는 쿠션에 느긋하게 등을 기대고 주먹으로 허벅지를 퍽퍽 내리쳤다. 맞은편 의자에 앉아 있던 프리츠는 혹시 주인이 돌았나 하는 눈빛으로 가만히 이쪽을 쳐다보고 있었다. *여기 있는 사람들은 다 미쳤어, 그러니 차나 한 잔 더 마셔.* 테스는 체셔 고양이의 대사를 떠올리고 더욱 크게 웃었다.

그러다 마침내 웃음이 잦아들고 나서(실은 배터리가 다한 기계처럼 뚝 끊어지는 느낌이 더 강했지만) 자동응답기를 한 번 더 재생시켰다. 이번에는 '다른 소지품'도 보관하고 있다는 벳시 닐의 말에 주목했다. 핸드백? 혹시 다이아몬드 귀고리? 그건 너무 꿈같은 소리라 현실성이 없었다. 아닌가?

로열 리무진의 검은 차를 타고 스태거 인에 도착하면 너무 눈에 띌지도 몰랐다. 그래서 테스는 스토크 빌리지 콜택시 회사에 전화를 걸었다. 상담원은 테스의 목적지를 '스태거'라고 부르면서 거기까지 50달러에 모시겠다고 했다.

"너무 비싸서 죄송해요. 하지만 이 경우에는 기사님이 빈 차로 돌아오시기 때문에 어쩔 수가 없네요."

"그걸 어떻게 아셨어요?"

"거기다 차 두고 오셨잖아요, 맞죠? 그런 분들 많아요. 특히 주말에요. 가게에서 노래자랑이 열리는 날에도 많긴 하지만요. 한 15분 기다리시면 차가 도착할 거예요."

테스는 팝 타르트를 한 개 먹은 다음(목이 아파서 삼키기 힘들었지만 아침을 토한 후라 배가 고팠다.), 거실 창가에 서서 익스페디션의 보조 열쇠를 손바닥에 올려놓고 튕기면서 택시가 도착하는지 지켜보았다. 그러는 동안 계획을 바꾸기로 마음먹었다. 스토크 빌리지 쇼핑몰은 잊기로 했다. 일단 차를 찾으면(벳시 닐이 갖고 있을 뭔지 모를 소지품도 함께) 가스 앤드 대시로 가서 경찰에 신고할 작정이었다.

방법은 그것밖에 없는 듯싶었다.

23

택시가 스태그 로드에 접어들자 테스는 맥박이 빨라지기 시작했다. 스태거 인에 도착할 즈음에는 맥박이 분당 130회로 질주하는 느낌이 들었다. 택시 운전사는 뒷거울로 무슨 낌새를 챘거나…… 아니면 구타당한 얼굴을 보고 궁금증이 생긴 모양이었다.

"괜찮으세요, 손님?"

"괜찮아요. 그냥, 오늘 아침에 이리 돌아올 줄은 생각도 못했거든요."

"다 그런 거죠."

운전사가 말했다. 속으로 무슨 생각을 하는지, 입에 물고 있던 이쑤시개가 한쪽 입가에서 반대쪽까지 천천히 왕복 운동을 했다.

"손님, 차 열쇠는 가게에 있겠죠? 바텐더한테 맡겨서?"

"아뇨, 열쇠는 챙겨 왔어요. 그거 말고 다른 소지품을 보관하고 있다던데…… 전화 거신 여자 분이 뭔지 안 가르쳐 주지 뭐예요. 도대체 뭘 두고 왔는지 생각이 나질 않으니, 참."

세상에, 나 꼭 내 책에 나오는 할머니 탐정처럼 조잘대잖아.

운전사의 이쑤시개가 맨 처음 출발했던 자리로 돌아갔다. 대답은 그것뿐이었다.

"저 나올 때까지 기다려 주시면 10달러 얹어 드릴게요." 테스가 고갯짓으로 술집을 가리키며 말했다. "차에 시동이 걸리는지 확인하고 싶어서 그래요."

"아, 그럼요."

기다리고 있다가 혹시 차 안에 숨어 있는 그놈을 보고 내가 소리 지르면 바로 달려오세요, 알았죠?

그 말을 미친 사람처럼 보이지 않도록 돌려서 얘기할 수도 있었지만, 테스는 그냥 입을 다물었다. 운전사는 뚱뚱한 오십대 남자였고, 숨소리가 천식 환자처럼 쌕쌕거렸다. 지금 이 상황이 함정이라면 운전사는 그 거인한테 한 주먹 거리도 안 됐는데…… 공포 영화 속에서는 이런 상황이 보통 함정이게 마련이었다.

미끼에 걸린 거야. 우울한 생각이 떠올랐다. *그 자식의 여자 친구가 전화를 걸어서 날 낚은 거야. 그년도 그 자식처럼 미쳤겠지.*

말도 안 되는 피해망상이었다. 그러나 스태거 인의 출입구로 향하는 진입로는 하염없이 길어 보였고, 단단하게 다진 흙길을 밟는 운동화 소리는 몹시도 크게 들렸다. *자박, 자박, 자박.* 간밤에 차들로 가득했던 주차장은 이제 섬처럼 덩그러니 서 있는 차 네 대만 빼면 휑뎅그렁했다. 그중 한 대는 테스의 익스페디션이었다. 차는 주차장 맨 뒤에 서 있었다. 당연한 일이었다. 남의 눈을 피해서 세워 두고 싶었을 테니까. 왼쪽 앞 타이어가 테스의 눈에 들어왔다. 나머지 세 개와 달리 온통 시커먼 구형 타이어였지만, 그 점만 빼면 멀쩡해 보였다. 그놈이 타이어를 갈아 끼웠던 것이다. 당연히 그랬겠지. 그거 말고는 여기까지 몰고 올 방법이 없으니까. 그놈의…… 그놈의……

그놈의 놀이터에서. 그놈의 사냥터에서. 거기서 이리로 차를 몰고 와서 세워 놓고 걸어서 돌아간 거야. 거기서 다시 고물 F150을 타고 갔겠지. 내가 더 일찍 정신을 차리지 못해서 다행이었어. 안 그랬으면 멍하니 돌아다니다가 그놈한테 들켰을 테니까. 그럼 난 지금 이렇게 살아 있지도 못했겠지.

테스는 어깨 너머를 돌아보았다. 머릿속에서 자꾸만 재생되는 영화의 내용대로라면 택시가 이미 전속력으로 달아났겠지만(날 운명의 손아귀에 버려둔 채), 현실의 택시는 그대로 서 있었다. 테스가 손을 흔들자 운전사도 손짓으로 화답했다. 테스는 무사했다. 차는 여기에 있었고, 거인은 없었다. 십중팔구 자기 집에서(자기 소굴에서) 전날 밤의 피로 때문에 곯아떨어져 있을 터였다.

출입문에 **영업 끝**이라고 적힌 팻말이 걸려 있었다. 문을 두드려 봤지만 답이 없었다. 혹시나 하고 돌려 본 문손잡이가 스르륵 돌아갔을 때, 테스의 머릿속에 다시 공포 영화의 줄거리가 떠올랐다. 엉터리 공포 영화에서는 이런 장면에서 항상 문손잡이가 돌아가고, 여자 주인공이 (떨리는 목소리로) '아무도 안 계세요?'라고 소리쳤다. 그런 곳에 들어가는 것은 누가 봐도 미친 짓이건만, 주인공은 꿋꿋이 안으로 들어갔다.

테스는 다시 고개를 돌려 택시가 서 있는지 확인했다. 그런 다음 핸드백 안에 들어 있는 장전된 권총을 떠올리고 술집 안으로 꿋꿋이 들어갔다.

24

테스는 주차장을 내다보도록 만들어진 기다란 로비로 들어섰
다. 벽이 유명 인사들의 사진으로 장식되어 있었다. 가죽옷을 입
은 밴드, 청바지를 입은 밴드, 미니스커트를 입은 여성들로만 이
루어진 밴드 등등. 코트를 걸어 두는 옷걸이 너머에 보조 바가 기
다랗게 놓여 있었다. 누구를 기다릴 때나 안쪽의 바가 너무 붐빌
때 잠깐 서서 한잔할 수 있도록 의자는 없고 기다란 가로대만 붙
어 있었다. 줄지어 늘어선 술병 위로 **버드와이저** 광고판이 빨갛게
빛났다.

버드와이저에 정을 주세요, 정을 드릴게요.

테스는 혹시 어딘가 부딪혀 넘어질까 봐 선글라스를 벗고 로비
를 지나 중앙 공간을 들여다보았다. 널따란 실내에 맥주 냄새가
감돌았다. 천장에 붙은 디스코 볼은 불이 꺼진 채 움직이지 않았
다. 나무로 된 바닥을 보니 중학교 2학년 때부터 고등학교를 졸업
할 때까지 매년 여름 아예 살다시피 했던 롤러스케이트장이 떠올
랐다. 무대 위에 놓인 악기들은 이날 저녁에도 좀비 빵집이 이 술
집을 로큰롤 도가니로 바꿔 놓을 거라는 뜻이었다.

"계세요?" 테스의 목소리가 술집 안에 메아리쳤다.

"여기 있어요." 등 뒤에서 가냘픈 목소리가 대답했다.

25

남자의 목소리였다면 테스는 비명을 질렀을 것이다. 비명은 가까스로 참았지만, 너무 급하게 돌아서느라 그만 살짝 비틀거리고 말았다. 코트 보관소 앞에 서 있던 여인 역시 놀라서 눈을 깜박이며 뒤로 한 걸음 물러섰다. 몸매는 불면 날아갈 듯 가녀렸고, 키도 넉넉잡아 봤자 150센티미터를 조금 넘어 보였다.

"손님, 진정하세요."

"어휴, 간 떨어질 뻔했어요."

"누가 아니래요."

여인의 조그마한 얼굴은 완벽한 계란 모양이었고 구름 같은 흑발이 둘러싸고 있었다. 그 머리 사이로 비죽 튀어나온 연필이 보였다. 새파란 두 눈은 왠지 색깔이 일치하지 않는 듯했다. *피카소 그림에 나오는 여자 같네.* 테스는 속으로 생각했다.

"사무실에 있어서 들어오는 소릴 못 들었어요. 익스페디션 찾으러 오셨나요? 아니면 혼다 차?"

"익스페디션인데요."

"신분증 갖고 오셨어요?"

"예, 두 개 있는데, 사진이 붙은 건 하나뿐이에요. 제 여권이오. 다른 하나는 핸드백에 들어 있어요. 그러니까, 다른 핸드백이오. 아마 여기서 보관하고 계실 것 같은데."

"죄송하지만 없어요. 혹시 차 시트 밑에 넣어 둔 거 아니에요? 저흰 조수석 사물함만 들여다봐요. 물론 차가 잠겨 있으면 그나마도 못 보죠. 손님 차는 안 잠겨 있었어요, 보험증서에 전화번호도 적혀 있었고요. 그래도 뭐, 이런 경우가 처음은 아니실 테니까. 아마 핸드백은 댁에서 나올 거예요." 벳시 닐의 목소리만 놓고 보면 찾을 가망이 없을 것 같았다. "신분증에 있는 사진이 본인이랑 일치하면 차는 가져가실 수 있어요."

닐은 코트 보관소 뒤에 있는 문으로 테스를 안내한 다음, 술집 중앙을 둘러싼 복도를 따라 앞장서서 걸어갔다. 벽에 다른 밴드들의 사진이 더 붙어 있었다. 중간에 지나간 화장실에서 소독약 냄새가 어쩌나 독하게 풍겼던지 테스는 눈이 아리고 목이 따끔거릴 지경이었다.

"화장실 냄새가 독할지도 모르겠는데, 이 정도는 아무것도 아니에요. 가게가 붐빌 때 한번 들르시면…… 아, 맞다. 벌써 아시겠구나."

테스는 아무 대꾸도 하지 않았다.

복도 끝의 문에 **직원 외 출입금지**라고 적혀 있었다. 문 안쪽의 방은 넓고 아늑했고, 아침 햇살이 가득했다. 벽에는 버락 오바마의 사진이 든 액자가, 그 아래에는 **우리는 할 수 있습니다**라는 대선 구호가 적힌 자동차 범퍼 스티커가 붙어 있었다. 테스가 타고 온 택시는 건물에 가려 보이지 않았지만 차 그림자는 알아볼 수 있었다.

잘했어요, 운전사 아저씨. 꼼짝 말고 기다리다가 10달러 꼭 챙겨요. 혹시 내가 안 나오면, 안에 들어오지 마요. 그냥 경찰에 신고하세요.

닐은 구석에 있는 책상 앞으로 가서 앉았다.

"신분증 보여 주세요."

테스는 가방을 열고 38구경 권총을 피해 안을 뒤적거리다가, 여권과 작가 조합 회원증을 꺼냈다. 닐은 여권의 사진은 보는 둥 마는 둥 했지만, 작가 조합 회원증을 보더니 눈이 동그래졌다.

"윌로 그로브 시리즈를 쓴 그 작가잖아요!"

테스의 입가에 의기양양한 웃음이 번졌다. 입술이 아팠다.

"맞아요."

걸걸한 목소리가 나왔다. 지독한 목감기에 걸린 사람처럼.

"우리 할머니가 그 시리즈 팬인데!"

"원래 할머니들한테 인기가 많아요. 그 인기가 다음 세대까지 전해지면 좋을 텐데. 아르바이트로 먹고사는 젊은 사람들도 책을 사 주면, 전 프랑스에 성을 한 채 마련할 생각이거든요."

가끔은 그 농담이 웃음을 이끌어낼 때도 있었다. 그러나 벳시 닐은 웃지 않았다.

"여기서 그렇게 된 게 아니었으면 좋겠네요."

닐은 더 구체적으로 말하지 않았고, 그럴 필요도 없었다. 테스는 닐의 말이 무슨 뜻인지 알았다. 물론 닐도 테스가 안다는 것을 알았다.

테스는 팻시에게 들려준 사연, 즉 화재경보기가 울렸는데 고양이가 발을 걸어서 넘어지는 바람에 난간 기둥에 부딪쳤다는 이야기를 되풀이할까 하다가 그만뒀다. 눈앞의 여인은 주간 근무자 특유의 빠릿빠릿한 인상을 풍기는 만큼 저녁 시간에는 되도록 스태거 인에 들르지 않을 사람 같았지만, 그래도 손님들이 술에 취하는 늦은 밤에 무슨 일이 벌어지는지 정도는 알 것 같았다. 한밤중에 넘어졌다느니 샤워하다가 미끄러졌다느니, 그런 식의 지어

낸 사연은 귀에 딱지가 앉도록 들었을 터였다.

"여기서 다친 거 아니에요. 안심하세요."

"그럼 혹시 주차장에서? 거기서 무슨 문제가 생겼으면 럼블 씨랑 얘기해서 경비원한테 확인시킬 수도 있어요. 럼블 씬 여기 사장인데, 손님 많은 날은 보안 카메라를 꼭 돌리라고 지시하거든요."

"여기서 나간 다음에 그랬어요."

이제 신고를 하려면 진짜 익명으로 해야겠군, 이건 다 거짓말이니까 말이지. 이 여자가 다 기억할 거야.

신고를 하기는 할까? 물론 테스는 할 생각이었다. 아닌가?

"참 딱하게 됐네요."

닐은 생각에 잠긴 목소리로 말했다. 그러고는 잠시 입을 다물었다가 다시 말을 이었다.

"이런 말 하기는 좀 그렇지만, 처음부터 손님 같은 사람이 이런 술집에 온 것 자체가 실수였어요. 그런데 하필이면 그런 일까지 당했으니, 혹시 신문에라도 났다가는…… 우리 할머니가 엄청 실망할 거예요."

여기에는 테스도 동감했다. 그런데 공교롭게도 테스에게는 이야기를 그럴 듯하게 꾸며내는 재주가 있었고, 그래서 그 재주를 발휘했다(어쨌거나 입에 풀칠을 하는 것도 다 그 재주 덕분이었다.).

"독사 이빨보다 날카로운 게 못된 남자 친구란 말도 있죠. 아마 성서에서 봤던 것 같아요. 아니면 자기 계발서에서 봤거나. 어쨌든, 그 자식이랑은 벌써 헤어졌어요."

"그렇게 말하는 여자들 많죠, 그런데 또 조금 지나면 마음이 약해지니까. 그런 말도 있잖아요, 왜. 여자를 아예 안 때리는 남자는 있어도……"

"한 번만 때리는 남자는 없다. 예, 알아요. 제가 너무 멍청했어요. 그나저나 제 핸드백은 여기 없다고 하셨는데, 그럼 뭐가 있는 거죠?"

닐은 회전의자에 앉은 채 몸을 돌려서 서랍을 연 다음(그러는 사이에 햇살이 얼굴을 핥듯이 스치자 어색해 보이는 파란 눈이 한순간 반짝거렸다.), 서랍 속에서 테스의 내비게이션 톰을 꺼냈다. 테스는 오랜 길동무를 다시 만나서 기뻤다. 그것으로 일이 다 해결되지는 않았지만, 그래도 옳은 방향으로 한 걸음 내디딘 셈이었다.

"원래는 손님들 차에서 아무것도 못 꺼내게 돼 있어요. 주소랑 전화번호가 나오면 그것만 적고 다시 잠가야 하는데, 이건 그냥 못 놔두겠더라고요. 도둑놈들은 괜찮은 물건이 눈에 띄면 차 유리도 막 부수고 그러거든요. 그런데 이게 계기판 위에 딱 보이지 뭐예요."

"고맙습니다." 테스는 선글라스 뒤에서 넘치려 하는 눈물을 억지로 참았다. "정말 친절하시네요."

벳시 닐이 빙그레 웃었다. 그러자 '지금은 업무중'이라고 적혀 있는 듯 딱딱하던 얼굴이 한순간 환해졌다.

"별 말씀을. 나중에 그 애인이란 놈이 한 번만 더 기회를 달라고 슬금슬금 기어오거든 우리 할머니랑 충실한 독자들을 생각해서 이렇게 말해 줘요. '어림없어, 이 새끼야!'" 닐은 잠시 입을 다물고 생각하다가 덧붙였다. "그 말은 현관문에 체인을 걸어 놓고 하

310

는 게 좋겠어요. 못된 남자 친구는 *진짜로* 독사 이빨보다 날카로
우니까."

"좋은 충고네요. 저, 그만 가 봐야겠어요. 차가 굴러갈지 어떨
지 몰라서 택시 운전사한테 기다리라고 해 놨거든요."

거기서 끝날 수도 있었다. 정말로, 어쩌면 그럴 수도 있었다. 닐
이 소심한 목소리로 자기 할머니를 위해 사인 하나만 해 주지 않
겠냐고 부탁하지 않았다면. 테스는 기꺼이 하겠노라고 했다. 그래
서 닐이 가게에서 쓰는 편지지를 내밀기 전에 먼저 자를 대고 종
이 위쪽의 스태거 인 로고를 찢어 버리는 동안, 테스는 이제껏 일
어난 일들을 모두 잊고 진심으로 흐뭇한 기분에 젖었다.

"밑에다가 '진정한 팬 메리에게'라고 적어 주실래요?"

테스는 요청받은 대로 적었다. 그러고 나서 날짜를 적는 사이
에 머릿속에 새로운 이야기가 떠올랐다.

"있잖아요, 제가 애인이랑, 그…… 싸울 때요. 도와준 사람이
있었어요. 그 사람이 아니었으면 아마 더 험한 꼴을 당했을지도
몰라요." *그럼요! 강간을 당했을지도 모르죠!* "그 사람한테 고맙
다는 인사를 하고 싶은데 이름도 안 물어봤지 뭐예요."

"글쎄, 그런 건 나도 잘. 사무실에서만 일하다 보니까."

"그래도 근처에 사시잖아요, 안 그래요?"

"그렇긴 한데……."

"저 아래에 있는 작은 가게에서 만났어요."

"가스 앤드 대시요?"

"아마 그런 이름이었던 것 같아요. 거기서 애인이랑 말싸움이
벌어졌어요. 차 때문에요. 술을 마시고 운전을 하기가 싫었는데,

애인한테 시키기도 싫었거든요. 그래서 걷는 동안 내내 싸웠어요. '스태그' 로드에 '숱하게' 보이죠, 그런 사람들."

닐은 비슷한 말장난을 전에도 많이 들어 본 사람처럼 웃었다.

"어쨌든, 그 남잔 오래된 파란색 픽업트럭을 타고 왔어요. 전조등 둘레를 하얀 퍼티로 때웠는데, 그걸 뭐라고 하더라……."

"본도요?"

"맞아요, 아마 그걸 거예요."

테스는 사실 다 알면서 모르는 척했다. 본도는 테스의 아버지가 제조사 매출을 혼자서 책임질 기세로 애용하던 퍼티였다.

"아무튼, 그 사람이 차에서 내리는 걸 보고 무슨 생각이 들었냐면요, 차를 타고 다니는 게 아니라 입고 다니는 것 같았어요."

사인을 한 편지지를 책상 저편으로 밀면서 테스는 분명히 보았다. 이번에는 벳시 닐이 진심으로 웃고 있었다.

"세상에, 그 사람 누군지 알 것 같아요."

"정말요?"

"덩치가 컸나요? 아니면 아예 *산더미* 같았나요?"

"산더미 같았어요."

신기하게도, 테스는 머리가 아니라 가슴 한복판에 행복감이 조심스럽게 피어나는 기분이 들었다. 그것은 기발한 이야기의 실마리들이 하나로 모일 때, 그리하여 공들여 만든 토트백의 입구처럼 단단하게 조여들기 시작할 때 맛볼 수 있는 기분이었다. 그럴 때면 테스는 언제나 놀라움과 느긋함을 동시에 느꼈다. 그것은 세상에 비길 데가 없는 만족감이었다.

"그 사람 혹시 새끼손가락에 반지를 끼고 있지 않았어요? 빨간 보석이 박힌?"

"맞아요! 루비 같았어요! 그치만 진짜치고는 너무 크던걸요. 그리고 갈색 모자를 썼는데……."

테스의 말에 닐이 다 안다는 듯이 고개를 끄덕였다.

"군데군데 하얀 점이 있었겠죠. 그 모자를 본 지가 10년도 더 됐을 거예요. 얘길 들어 보니까 '빅 드라이버'라는 별명으로 불리는 남자 같네요. 집이 어딘지는 모르지만 이 근방에 살아요. 콜위치, 아니면 네스터 폴스일 거예요. 가끔 본 적이 있어요. 슈퍼마켓이나 공구점, 월마트 같은 데서요. 한 번 보면 절대 안 잊어버리죠. 본명은 앨 뭐라고 하던데, 폴란드계 성이에요. 그 왜, 발음하기 힘든 성들 있잖아요. 스트렐코위츠, 스탠코위츠 같은. 동생이랑 같이 트럭 회사를 하니까 전화번호부에 분명 이름이 있을 거예요. 회사 이름이 호크라인이었나, 그럴걸요. 아니면 이글라인이든가. 뭐든 간에 새 이름이 들어가는 건 확실해요. 내가 한번 찾아볼까요?"

"아뇨, 괜찮아요." 테스는 상냥한 목소리로 대답했다. "벌써 많이 도와주셨는데요, 뭐. 택시도 기다리고 있고요."

"그래요. 부탁인데, 제발 그 나쁜 애인 놈이랑 헤어지세요. 이 망할 술집에도 그만 오시고. 물론 내가 이런 말을 했다고 소문내면 찾아가서 처리해 버릴 거예요."

"그럼요. 명심할게요."

테스는 빙긋이 웃으며 말했다. 그러고는 출입문을 나서기 전에 닐을 향해 돌아섰다.

"부탁 하나만 들어주실래요?"

"내가 할 수 있는 거라면."

"혹시 그 앨 뭐라는 사람을 마을에서 보시면요, 제가 찾더라는 말은 하지 말아 주세요."

테스는 더 활짝 웃었다. 입술이 아팠지만 아랑곳하지 않았다.

"놀라게 해 주고 싶어서 그래요. 작은 선물 같은 거라도 하나 준비할까 하거든요."

"그런 거라면 얼마든지."

테스는 바로 떠나지 못하고 조금 더 미적거렸다.

"저기, 눈이 참 멋지세요."

닐은 별 거 아니라는 듯이 어깨를 으쓱하고 빙긋 웃었다.

"고마워요. 색깔이 짝짝인 티가 나죠? 어릴 땐 되게 신경이 쓰였는데, 지금은 뭐……."

"지금은 그게 매력이세요. 본인이 익숙해져서 그런가 봐요."

"그럴지도. 이십대 땐 모델 일도 잠깐 했어요. 그런데 그거 알아요? 어떤 것들은 익숙해지기 전에 집어치우는 게 더 나아요. 나쁜 남자한테 끌리는 취향이라든가."

거기에 대해서는 딱히 할 말이 있을 것 같지 않았다.

26

익스페디션에 시동이 걸리는지 확인하고 나서 테스는 택시 운전사에게 10달러가 아니라 20달러를 주었다. 운전사는 진심으로 고마워하며 84번 고속도로를 향해 출발했다. 테스도 그 뒤를 따랐지만, 그 전에 먼저 톰의 전원 코드를 라이터 충전기에 연결하고 전원을 켰다.

"안녕하세요, 테스. 어디 가시나 보군요."

"그냥 집으로 돌아갈 거야, 토미 보이."

테스는 이렇게 대답하며 주차장을 나섰다. 하마터면 자신을 죽일 뻔한 남자가 갈아 끼운 타이어 위에 앉아 있다는 사실이 몹시도 찜찜했다. 이름은 앨, 성은 뭔지 모를 폴란드계인 그 남자. 트럭을 운전하는 그 개자식.

"가다가 중간에 한 번 멈출 거야."

"테스, 무슨 생각을 하시는지 모르겠지만, 부디 조심하세요."

이곳이 차 안이 아니라 집이었다면 그 말은 내비게이션 톰의 스피커가 아니라 고양이 프리츠의 입에서 나왔을 테고, 테스는 말을 하는 고양이를 보고도 놀라지 않았을 것이다. 어릴 적부터 보이지 않는 목소리와 상상으로 대화를 나누었으니까. 그러나 아홉 살 무렵부터는 일부러 웃고 싶은 경우가 아니라면 남들 앞에서는 그런 사실을 밝히지 않았다.

"나도 모르겠어, 톰. 내가 무슨 생각을 하는지."

말은 이렇게 했지만 사실이 아니었다. 눈앞에 47번 국도 진입로, 그리고 가스 앤드 대시가 보였다. 테스는 방향 지시등을 켜고 차를 돌려서 가게 건물 옆벽의 공중전화 두 대 앞에 익스페디션을 주차시켰다. 두 전화기 사이의 먼지 낀 콘크리트 블록 벽에 로열 리무진 회사의 전화번호가 보였다. 떨리는 손가락으로 적은 숫자들은 구불구불하고 비뚤배뚤했다. 서늘한 기운이 등줄기를 따라 흘러내리자 테스는 팔짱을 꼈고, 스스로를 힘껏 끌어안았다. 그러다가 차에서 내려서 아직 작동하는 전화기 쪽으로 걸어 갔다.

안내 팻말은 웬 주정뱅이가 자동차 열쇠로 긁기라도 했는지 칠이 벗겨져 있었지만, 중요한 정보는 읽을 수 있었다. 911 신고 전화는 무료, 수화기를 들고 번호만 누르세요. 식은 죽 먹기였다.

테스는 먼저 9를 눌렀고, 망설이다가 1을 누른 다음, 다시 망설였다. 머릿속에 박 터뜨리기 게임의 커다란 박이, 또 그 박을 터뜨리려고 눈을 가린 채 몽둥이를 들고 있는 여성의 모습이 그림처럼 떠올랐다. 이제 곧 박에 든 것들이 우르르 쏟아질 참이었다. 친구들, 동료들이 테스가 강간당한 사실을 알게 될 것이다. 팻시 매클레인은 밤중에 프리츠한테 걸려서 넘어졌다는 이야기가 수치심 때문에 지어낸 거짓말이었다는 것을 알게 될 것이고…… 테스가 진심을 털어놓을 만큼 자신을 믿지 않는다는 것도 알게 될 것이다. 하지만 그런 것들은 중요하지 않았다, 정말로. 그 정도 시선쯤은 견딜 수 있었다. 벳시 닐이 말한 빅 드라이버가 더 많은 여자들을 강간하고 죽이지 못하게 막을 수 있다면 더더욱 그랬다. 어쩌면 영웅 대접을 받을지도 모른다는 생각마저 떠올랐다. 소변을 보다가 아파서 울음이 터지고 거인의 멜빵바지 배 주머니에 꽂힌 도둑맞은 팬티가 자꾸만 떠오르던 전날 밤에는 감히 엄두도 못 낼 생각이었다.

다만…….

"그게 나한테 무슨 이득이 되는데?"

테스는 다시금 스스로에게 물었다. 자기 손으로 먼지 위에 쓴 숫자들을 보면서, 천천히 되뇌었다.

"도대체 나한테 무슨 이득이 있다고?"

그리고 떠오른 생각. 난 총이 있어. 어떻게 쏘는지도 알고.

테스는 수화기를 내려놓고 차로 돌아갔다. 톰의 화면을 보니 스
태그 로드와 47번 국도가 만나는 곳이 표시되어 있었다.

"생각을 좀 해 봐야겠어, 톰."

"생각할 게 뭐가 있어요, 테스? 그 남자를 죽이고 붙잡히면 감
옥에 갈 거예요. 당신이 강간을 당했든 안 당했든."

"바로 그걸 생각해 봐야겠단 말이야."

테스는 이렇게 대답하고 47번 국도 쪽으로 차를 돌렸다. 그 길
을 따라가면 84번 고속도로가 나왔다.

널따란 고속도로는 토요일 아침답게 한산했고, 그 한산한 길에
서 익스페디션을 모는 기분은 나쁘지 않았다. 평온했다. 평소 같
았다. 톰 역시 **9번 출구 스토크 빌리지까지 3킬로미터**라고 적힌 표
지판을 지날 때까지 아무 말도 하지 않았다. 그러다가 톰이 느닷
없이 말했다.

"정말로 우연이었을까요?"

"뭐라고?"

테스는 화들짝 놀랐다. 톰이 한 말은 사실 테스의 입에서 나
왔다. 목소리 또한 테스가 가상의 상대와 가상의 대화를 나눌 때
상대방을 대신하여 애용하는 굵은 목소리였다(내비게이션 톰의
로봇 같은 실제 목소리하고는 닮은 구석이 거의 없었다.). 그런데도
그 말의 내용은 왠지 테스 자신의 머릿속에서 나온 *생각* 같지가
않았다.

"그 망할 자식이 날 강간한 게 우연이라는 거야, 지금?"

"아뇨. 만약 당신이 귀갓길을 스스로 결정했다면, 처음에 왔던 길을 따라서 돌아갔을 거라는 말이에요. 바로 이 길로요. 84번 고속도로. 하지만 더 좋은 방법이 있다며 끼어든 사람이 있었어요, 안 그래요? 자기가 지름길을 안다면서."

"맞아, 라모나 노빌이 그랬지." 테스는 곰곰이 생각하다가 고개를 저었다. "너무 멀리 넘겨짚었어, 이 친구야."

그 말에 톰은 아무 대꾸도 하지 않았다.

27

가스 앤드 대시를 떠나면서 테스는 인터넷에서 트럭 회사를 찾아봐야겠다고 마음먹었다. 자영업으로 꾸려 가는 작은 회사, 주소지는 아마도 콜위치나 인근의 다른 마을. 회사명에는 새 이름이 들어가는데 호크, 아니면 이글이었다. 윌로 그로브 뜨개질 클럽의 할머니 탐정들이 할 법한 일이었다. 그들은 컴퓨터를 끼고 살면서 틈만 나면 십대 소녀들처럼 메시지를 주고받았으니까. 무엇보다 테스 본인의 아마추어 탐정 활동이 실제로 통하는지 확인하는 것 자체가 재미있을 듯했다.

84번 고속도로를 벗어나 집까지 2.5킬로미터쯤 남은 곳에 이르렀을 때, 테스는 먼저 라모나 노빌에 대해 살짝 조사해 보기로 마음먹었다. 혹시 모를 일이었다. 어쩌면 라모나 노빌이 브라운 배거스 북 클럽의 회장뿐만 아니라 치코피 강간 방지 협회의 회장도 겸하고 있을지도. 영 터무니없는 생각은 아니었다. 테스를 초대한 여성은 딱 봐도 그냥 레즈비언이 아니라 *다이크*였고, 그런 성향을 지닌 여성은 강간범은 물론이고 남자 자체를 안 좋아하는 경우가 많았으니까.

"방화범이 자기 동네 자원 소방대원인 경우도 많죠."

집 앞 도로에 접어들 때 내비게이션 톰이 말했다.

"무슨 뜻으로 하는 말이야?"

"사회적 지위만 보고 용의자 명단에서 제외하면 안 된다는 말이에요. 뜨개질 클럽의 숙녀들이라면 그런 실수는 절대 안 할 걸요. 어쨌든 인터넷에서 노빌에 관한 정보를 있는 대로 찾아보세요."

톰은 예상과 달리 알아서 하라는 식의 태평한 말투로 얘기했다. 테스는 그 점이 살짝 거슬렸다.

"그런 걸 다 허락해 주다니 참 친절하시군, 토머스 씨."

28

하지만 막상 서재에 앉아 컴퓨터를 켜고 난 후, 테스는 5분 동안 애플 컴퓨터의 바탕화면만 멍하니 응시했다. 그러면서 자신이 정말로 그 거인을 찾아서 총으로 쏴 버릴 작정인지, 아니면 그 생각 자체가 자신처럼 거짓말로 먹고 사는 작가들이 빠져들기 쉬운 상상일 뿐인지에 대해 생각했다. 이 경우는 복수라는 상상이었다. 테스는 복수를 다룬 영화 역시 피하는 편이었지만, 그런 영화들이 있다는 것은 알았다. 속세를 떠나 은둔하는 사람이 아닌 이상 문화 전반의 분위기라는 것은 피할 수 없었는데 테스는 은둔자가 아니었다. 복수극에서는 찰스 브론슨이나 실베스터 스탤론처럼 어이가 없을 만큼 남성적인 배우들이 경찰의 도움 없이 혼자서 악당들을 처치했다. 서부 개척 시대의 재판처럼. 아니면 '네운에 맡겨라, 이 쓰레기야.'라고 중얼거리는 더티 해리처럼. 테스가 기억하기에 예일 대학교 출신으로 유명한 배우 조디 포스터 역시 그런 영화에 나온 적이 있었다. 영화 제목은 잘 떠오르지 않았다. 「용감한 여자」였던가? 아무튼 그 비슷한 제목이었다.

모니터 화면이 '오늘의 단어'를 보여 주는 화면 보호기로 바뀌었다. 이날의 단어는 *가마우지*. 공교롭게도 새 이름이었다.

"가마우지 트럭 회사에 맡기세요, 귀하의 물품이 날아가는 속도로 배달됩니다."

테스는 톰을 위해 설정해 둔 굵은 목소리로 중얼거렸다. 그러고 나서 키보드를 눌러 화면 보호기를 해제했다. 다음으로 인터넷을 시작하기는 했지만, 아직은 검색 엔진에 의지할 때가 아니었다. 적어도 당장은. 테스는 먼저 유튜브로 가서 검색창에 **리처드 위드마크**를 입력했다. 이유는 스스로도 알 수가 없었다. 무슨 의도가 있어서 한 행동은 아니었다.

진짜로 팬을 거느릴 자격이 있는 사람인지 알아봐야겠어. 라모나 노빌은 그렇게 믿는 것 같지만.

유튜브에는 수많은 동영상이 있었다. 그중 가장 많이 조회된 것은 *진짜 악당의 초상*이라는 제목이 붙은 6분짜리 편집 영상이었다. 조회 수가 수십만이나 됐다. 영화 세 편의 장면들을 모은 그 동영상에서 테스를 가장 오싹하게 한 것은 첫 번째 영화였다. 흑백 영화인 데다 돈을 적게 들인 티도 났지만…… 분명히 *그런* 쪽 영화였다. 「죽음의 키스」라는 제목만 봐도 알 수 있었다.

테스는 그 동영상을 끝까지 보고 나서 「죽음의 키스」 부분을 두 번 더 봤다. 거기서 리처드 위드마크는 휠체어에 앉은 할머니를 위협하면서 낄낄대는 불량배를 연기했다. 그가 원하는 것은 정보였다. '할망구, 고자질쟁이 아들이 어딨는지 불어.' 할머니가 대답하지 않자 그는 이렇게 말했다. '내가 고자질쟁이를 어떻게 처리하는지 알아? 배때기에 총알을 박아 버려. 뒈질 때까지 한참 동안 데굴데굴 구르면서 자기가 한 짓을 반성하게.'

다만 그 할머니의 배에까지 총알을 박지는 않았다. 대신 전깃줄로 할머니를 휠체어에 묶은 다음 계단 아래로 밀어 버렸다.

테스는 유튜브 창을 닫고 빙으로 리처드 위드마크를 검색했다. 거기서 찾은 정보는 그 짧은 동영상으로도 충분히 예상할 수 있는 것이었다. 그 후로도 여러 영화에 출연하면서 점점 더 멋진 주인공 역을 맡기는 했지만, 리처드 위드마크의 대표작은 「죽음의 키스」였고 가장 유명한 배역도 정신이상자처럼 낄낄 웃는 그 영화의 악당 토미 우도였다.

"완전히 꽝이네. 가끔은 눈에 보이는 대로 믿을 줄도 알아야 하는데."

"무슨 말이야?" 창가에서 볕을 쬐던 고양이 프리츠가 물었다.

"무슨 말이긴. 라모나는 십중팔구 리처드 위드마크가 멋진 보안관이나 용감한 해군 함장이나, 뭐 그런 역으로 나오는 걸 보고 반했을 거란 말이지."

"십중팔구 그랬겠지, 네가 그 여자의 성적 지향을 제대로 봤다면 말이야. 그런 여자들은 보통 휠체어 탄 할머니를 살해하는 악당한테 반하거나 하지는 않으니까."

물론 그 말은 사실이었다. 잘했어, 프리츠.

고양이는 미심쩍어 하는 눈으로 테스를 보며 말했다.

"하지만 네가 잘못 봤을 수도 있어."

"내가 잘못 봤다고 해도 마찬가지야. 사이코 악당 역에 반해서 팬이 되는 사람은 아무도 없으니까."

그 말이 입 밖에 나오기가 무섭게 테스는 방금 자기가 얼마나 멍청한 소리를 했는지 깨달았다. 만약 사이코한테 반하는 사람이 없다면 하키 마스크를 쓴 미친놈이나 손가락 대신 가위를 달고 다니는 화상 환자가 나오는 영화들이 여태 만들어질 리가 없었다. 하지만 프리츠는 예의 바른 고양이다 보니 테스를 비웃지는 않았다.

"당연히 그래야지. 혹시 비웃고 싶어지면 네 밥그릇을 채워 주는 사람이 누군지 떠올리도록 해."

테스는 혼잣말처럼 중얼거리고 구글 검색창에 *라모나 노빌*을 입력했다. 검색 결과가 4만 4000개나 나왔고, 연관 검색어로 *치코피*를 입력했더니 그나마 훑어볼 엄두가 나는 1200개로 줄었다(물론 그중 대부분이 우연히 잡힌 쓰레기라는 것쯤은 테스도 알았다.). 첫 번째 검색 결과인 《치코피 위클리 리마인더》의 기사가 눈길을 사로잡았다. **도서관 사서 라모나 노빌, '윌로 그로브 금요일' 선포.**

"내 이야기네. 그날은 내가 주연이었으니까." 테스가 중얼거렸다. "테사 진, 만세. 자, 그럼 우리 조연 여배우를 한번 보실까."

하지만 막상 기사를 클릭해 보니 테스 본인의 사진만 나왔다.

시간제로 고용하는 비서가 으레 보내는 그 홍보용 사진 속에서 테스는 어깨가 다 드러나는 옷을 입고 있었다. 테스는 눈살을 찌푸린 채 구글로 돌아갔다. 이유는 알 수 없었지만 라모나를 다시 검색해 보고 싶어서였다. 그 사서의 사진을 마침내 찾았을 때, 테스는 자신의 무의식이 이미 의심하고 있던 것을 눈으로 확인했다. 집으로 돌아오는 길에 톰이 했던 말을 생각하면, 적어도 무의식은 이미 알고 있었다.

그 기사는 《치코피 위클리 리마인더》 8월 3일자에 실려 있었다. 제목은 **브라운 배거스 북 클럽, 가을 강연 일정 발표**였다. 그 밑으로 햇살이 비치는 도서관 계단에 서서 눈을 가늘게 뜨고 웃는 라모나 노빌의 사진이 보였다. 사진에 별 소질이 없는 시간제 근무자가 찍었는지 형편없는 사진이었는데, 노빌이 골라 입은 옷들역시 형편없기는 마찬가지였다(아마도 평소 옷차림이 그런 모양이었다.). 남성복처럼 펑퍼짐한 블레이저 때문에 가슴이 프로 미식축구 선수처럼 넓어 보였다. 신발은 보기 흉한 갈색 플랫 슈즈였다. 회색 정장 바지는 너무 꼭 끼는 탓에 테스가 고등학교 시절친구들과 함께 '코끼리벅지'라고 놀리던 다리의 윤곽을 그대로 보여 주었다.

"이런 미친. 야, 프리츠. 와서 이것 좀 봐."

테스는 어이가 없어서 힘이 다 빠진 목소리로 고양이를 불렀다. 프리츠는 와서 모니터 화면을 보기는커녕 대꾸도 안 했다. 어떻게 그럴 수가 있겠는가, 주인이 너무 화가 뻗친 나머지 혼자서두 가지 목소리로 상상의 대화를 하는 것도 잊어버린 상황인데?

똑똑히 잘 봐. 테스는 스스로에게 타일렀다. *테사 진, 넌 끔찍*

한 충격을 받았어. 아마 의사한테서 시한부 선고를 받는 것만 빼면 여자가 받을 수 있는 가장 큰 충격일 거야. 그러니까 똑똑히 잘 봐야 해.

테스는 눈을 감았다. 그러고는 전조등 둘레를 '본도'로 때운 고물 포드 픽업트럭에서 내리던 남자의 얼굴을 떠올렸다. 그 남자의 얼굴은 처음부터 너무나 친숙해 보였다. *설마 이런 외진 곳에서 옥수수 통조림에 그려진 초록색 거인을 만날 줄은 몰랐겠죠, 안 그래요?*

다만 그 남자는 초록색이 아니었다. 갈색으로 그을린, 픽업트럭을 타는 것이 아니라 입고 다니는 것처럼 보이는 거인이었다.

라모나 노빌은 거인 트럭 운전사는 아닐지 몰라도 분명히 거인 사서였고, 그 남자의 누나라고 보기에는 나이가 너무 많았다. 혹시 지금은 레즈비언일지 몰라도 날 때부터 그랬을 리는 없었다. 왜냐면, 아무리 봐도 그 남자와 너무 닮았으니까.

내가 완전히 착각한 게 아니라면, 사진 속의 저 여자는 나를 강간한 놈의 엄마야.

29

테스는 주방으로 가서 물을 한 잔 마셨지만, 그걸로는 부족했다. 찬장 선반 뒤쪽 귀퉁이에 반쯤 남은 오래된 데킬라 병이 우두커니 서 있었다. 테스는 데킬라 병을 꺼낸 다음 잔을 가져올까 생각하다가, 그냥 병을 입에 대고 살짝 머금었다. 입과 목이 화끈거렸지만 그것만 빼면 효과는 긍정적이었다. 이윽고 술을 머금는 정도가 아니라 홀짝거리다가 병을 다시 선반에 올려놓았다. 취할 생각은 조금도 없었다. 살면서 정신을 똑바로 차려야 할 때가 있다면 바로 이날이기 때문이었다.

분노가, 철이 들고 나서 느껴 본 가장 뜨거운 분노가 열병처럼 몸을 물들였지만 테스가 전에 알던 열하고는 전혀 달랐다. 열은 이상한 물약처럼 순환하면서 몸의 오른쪽은 차갑게, 심장이 있는 왼쪽은 뜨겁게 물들였다. 머리만큼은 그 열기가 미치지 못했는지 쨍한 상태로 남아 있었다. 사실 머리는 데킬라를 마시고 나서 더 맑아졌다.

고개를 숙인 채 한 손으로 목걸이 같은 멍이 든 목을 주무르면서, 테스는 빠른 걸음으로 주방을 빙빙 돌았다. 그러는 동안 빅 드라이버가 마련해 준 무덤 같은 그 파이프에서 기어 나온 후에 버려진 가게를 빙빙 돌던 때와 똑같다는 생각은 미처 하지 못했다. 테스는 정말로 라모나 노빌이 자신을 그 길로 보냈다고 믿었을까? 사이코 아들한테 바치는 제물처럼? 그게 말이나 되는 소리일까? 아니었다. 애초에 그 둘이 모자지간이라고 단정할 수나 있을까? 엉터리로 찍은 사진 한 장과 자신의 기억을 근거로?

하지만 난 기억력이 좋아. 특히 사람 얼굴은 절대 안 잊어.

뭐, 본인은 그렇게 생각할 수도 있겠지만, 그런 생각이야 누구나 하게 마련이었다. 아닌가?

맞아, 다 터무니없는 공상이야. 인정할 건 인정해야지.

그 점은 테스도 인정했지만, 실제 범죄를 재연하는 티브이 프로그램에는 그보다 더 터무니없는 사건도 많았다(그런 프로그램은 테스도 즐겨 보았다.). 사회 보장 연금 수표를 가로채려고 몇 년에 걸쳐 노인 세입자들을 살해하여 뒷마당에 몰래 매장한 샌프란시스코의 집주인 할머니. 아내를 살해한 후에 꽁꽁 얼려서 차고 뒤의 톱밥 제조기로 갈아 버린 여객기 조종사. 재판으로 인정받은 양육권을 아내가 행사하지 못하도록 아이들한테 휘발유를 붓고 숯덩이로 만들어 버린 남자. 그러니 자기 아들한테 사냥감을 보내는 여자가 있다고 해도…… 충격적이고 황당하기는 하지만, 아예 있을 수 없는 이야기는 아니었다. 인간의 마음 뒤편에 숨겨진 추악함에는 끝이 없는 것만 같았다.

"맙소사." 당혹감과 분노가 뒤섞인 자신의 목소리가 테스의 귀를 파고들었다. "맙소사, 맙소사, 맙소사."

찾아. 찾아서 확인해. 할 수 있다면.

테스는 믿음직한 컴퓨터 앞으로 돌아갔다. 손이 하도 떨려서 구글 검색창에 **콜위치 트럭 회사**라고 입력하는 데만도 두 번이나 실패했다. 마침내 똑바로 입력하고 엔터키를 누르자 찾던 답이 나왔다. 그것도 맨 위에. **레드 호크 트럭 운송**이었다. 검색 결과를 클릭하자 레드 호크의 홈페이지가 열렸다. 조잡한 애니메이션 효과로 만들어진 트레일러트럭이 나타났는데 트레일러 옆면에는 회사 이름처럼 붉은 말똥가리가 그려져 있었고, 운전석에는 기분 나쁘게 웃는 스마일 아이콘이 머리 대신 달린 남자가 앉아 있었다. 트럭은 화면을 오른쪽에서 왼쪽으로 가로지른 후에 방향을 틀어 다시 오른쪽으로 달렸고, 오른쪽 끝에서 다시 방향을 틀었다. 끝없이 계속되는 왕복 운전이었다. 움직이는 트럭 위로 회사의 모토가 빨강과 하양, 파랑 글씨로 깜박거렸다. **웃는 얼굴은 추가 요금을**

받지 않습니다!

첫 화면에서 더 진행하고 싶은 사람들한테는 네댓 가지 선택지가 마련되어 있었다. 테스는 그중 전화번호, 요금, 만족한 고객들의 이용 후기 따위는 건너뛰고 맨 마지막의 **저희 회사의 최신 차량을 확인하세요!**라고 적힌 링크를 클릭했다. 그러자 사진이 한 장 나왔고, 이로써 퍼즐의 마지막 한 조각이 맞춰졌다.

도서관 계단에 서 있는 라모나 노빌의 사진보다 훨씬 잘 찍은 사진이었다. 그 사진 속에서 테스를 강간한 범인은 번쩍거리는 대형 트럭의 운전석에 앉아 있었고, 운전석 문에는 멋진 글씨로 **레드 호크 트럭 운송 매사추세츠 주 콜위치**라고 적혀 있었다. 사진 속의 남자는 표백제 자국이 점점이 남은 갈색 모자를 안 쓰고 있어서 짧게 친 금발이 드러났는데 이 때문에 더욱 어머니와 닮아 보였다. 거의 섬뜩할 정도로. '안심하세요'라고 말하듯이 활짝 웃는 얼굴은 테스가 전날 오후에 본 바로 그 얼굴이었다. 그 얼굴을 하고서 남자는 테스에게 이렇게 말했다. *타이어 가는 건 집어치우고 그냥 떡이나 한 판 치는 게 어때? 응?*

사진을 보고 있으려니 분노의 물약이 몸속을 순환하는 속도가 더 빨라졌다. 이마가 쿵쿵 울리는 느낌이 들었지만 두통 같지는 않았다. 오히려 기분 좋은 울림이었다.

남자는 빨간 유리가 박힌 반지를 끼고 있었다.

사진 아래에 이런 설명이 붙어 있었다. '회사의 최신 차량인 2008년형 피터빌트 389 트럭에 앉아 포즈를 취한 레드 호크 트럭 운송의 대표 앨빈 스트렐키. 이제 이 준마가 **미국에서 가장 안목 있는 고객** 여러분의 부름에 답하러 달려갑니다! 우리 앨 사장,

자랑스러운 아버지 같지 않나요?'

테스는 자신을 개 같은 년이라고, 창녀 같은 년이라고 부르던 그 남자의 목소리를 떠올리고 저도 모르게 주먹을 불끈 쥐었다. 손톱이 손바닥을 파고드는 느낌이 들자 더욱 꽉 쥐어서 아픔을 잊었다.

자랑스러운 아버지. 눈길이 자꾸만 그 문구로 향했다. *자랑스러운 아버지.* 분노는 점점 더 속도를 높여 테스가 주방을 빙빙 돌았던 것처럼 몸속을 빙빙 돌았다. 테스가 간밤에 의식과 무의식을 넘나드는 상태로 그 버려진 가게를 맴돌았던 것처럼, 꼭 스포트라이트가 비치는 자리를 들락거리는 배우처럼.

넌 죗값을 치를 거야, 앨. 경찰은 걱정할 것 없어. 내가 직접 받으러 갈 테니까.

그리고 라모나 노빌도. 자랑스러운 아버지의 자랑스러운 어머니. 하지만 테스는 여전히 확신이 없었다. 부분적으로는 여자가 같은 여자한테 그런 끔찍한 짓을 할 수 있다고 믿기 싫어서였지만, 한편으로는 전혀 다른 식으로 설명할 수도 있기 때문이었다. 치코피에서 콜위치까지는 지척이었으니 라모나가 콜위치에 갈 때 항상 스태그 로드를 이용했을 수도 있었다.

"아들 집에 갔겠지." 테스는 고개를 끄덕이며 중얼거렸다. "신형 피터빌트 트럭을 탄 자랑스러운 아버지를 만나러. 혹시 또 모르지, 운전석에 앉아 있는 그 자식의 사진을 찍어 준 게 라모나일지도."

하지만 그날의 강연자한테 자기가 제일 좋아하는 지름길을 추천하는 것 역시 자연스럽지 않은가?

그럼 왜 이렇게 얘길 안 한 거지? '난 아들 집에 갈 때 항상 그 길로 가요.' 그게 더 자연스럽지 않아?

"잘 모르는 사람한테 스트렐키라는 성으로 살던 과거를 밝히기 싫었을 수도 있지. 짧은 머리에 편한 신발을 신고 다니기 전에 어떻게 살았는지."

그럴 수도 있었지만, 길에 흩어진 못 박힌 폐목재를 그냥 넘길 수는 없었다. 그것은 함정이었다. 라모나는 테스를 그 길로 보냈고, 거기에는 함정이 미리 파여 있었다. 라모나가 그 남자한테 전화로 알려줬기 때문에? 전화로 이렇게 말했을까? *먹음직한 걸로 보냈으니까 놓치지 마라.*

그래도 그것만으로 한패라고 보기에는…… 고의로 그랬다고 하기는 힘들어. 그 자랑스러운 아버지가 라모나의 초대 손님 명단을 찾아봤을 수도 있잖아. 그게 뭐 그리 힘들겠어?

"식은 죽 먹기지."

프리츠가 서류 보관함 위로 폴짝 뛰어 올라가더니 이렇게 말했다. 그러고는 앞발을 핥기 시작했다.

"명단을 찾아보고 마음에 드는 여자…… 웬만큼 예쁜 여자를 발견하면…… 자기 엄마가 그 여자를 어떤 길로 보낼지 다 아니까……."

테스는 문득 말을 멈췄다.

"아냐, 그건 앞뒤가 안 맞아. 엄마한테 아무 정보도 못 받았다면 내 목적지가 보스턴이 아니란 걸 어떻게 알았겠어? 혹시 비행기를 타고 뉴욕으로 돌아갈 수도 있잖아?"

"당신 아까 구글로 그 남자 검색해 봤잖아. 그 남자도 구글로 당신을 검색해 봤겠지, 라모나가 그랬던 것처럼. 요즘은 뭐든 다 인터넷에 올라온다고. 자기 입으로 그렇게 말해 놓고선."

프리츠가 말했다. 일리가 있는 얘기였다. 미약하기는 해도.

테스가 생각하기에 확실히 알 방법은 단 하나, 라모나 노빌을 불시에 찾아가는 것이었다. 테스가 나타났을 때 라모나의 눈빛이 어떻게 변하는지 보면 된다. 다시 돌아온 윌로 그로브 시리즈의 작가를 본 라모나의 눈에 놀라움과 호기심만 가득하다면…… 도서관이 아니라 집으로 찾아갔는데도 그렇다면…… 그렇다면 그걸로 끝이었다. 하지만 그 눈에 두려움이 함께 비친다면…… 스태그 로드의 녹슨 배수로 파이프에 누워 있을 여자가 왜 여기에?라는 생각 때문에 두려워하는 빛이 섞여 있다면…… 그렇다면…….

"그럼 얘기가 달라지지. 안 그래, 프리츠?"

프리츠는 꾀가 가득한 초록색 눈으로 테스를 보면서 혀로는 계속 앞발을 핥았다. 고양이의 앞발은 보드라워 보였지만, 그 속에는 발톱이 숨겨져 있었다. 테스는 그 발톱을 본 적이 있었고 가끔은 긁히기도 했다.

라모나는 내가 어디 사는지 찾아냈어. 나도 똑같이 할 수 있는지 한번 볼까.

테스는 다시 컴퓨터 앞으로 돌아가서 이번에는 브라운 배거스 북 클럽의 홈페이지를 검색했다. 분명히 있을 거라는 생각이 들었다. 요즘은 누구나 홈페이지를 갖고 있으니까. 심지어 살인죄로 종신형을 살면서 홈페이지를 만든 재소자도 있었다. 그리고 테스의 예감은 적중했다. 브라운 배거스 북 클럽은 홈페이지에 회원

동정과 서평, 행사 내용 요약 등을 꽤 상세하게 게재했다. 테스는 맨 마지막 링크를 클릭하고 훑어보기 시작했다. 6월 10일의 모임 장소가 브루스터에 있는 라모나 노빌의 집이라는 것을 찾기까지는 그리 오래 걸리지 않았다. 테스는 그 동네에 가 본 적은 없어도 어디인지는 알았다. 전날 강연을 하러 가는 길에 그 이름이 적힌 초록색 팻말을 보았기 때문이었다. 치코피 남쪽으로 두 번째, 아니면 세 번째 출구로 나가서 지척에 있는 곳이었다.

다음으로 브루스터 세무서의 세금 납부 자료 홈페이지로 가서 라모나의 이름이 나올 때까지 스크롤을 내렸다. 라모나는 그 전해에 재산세로 913달러 6센트를 납부했다. 자료에 따르면 세금이 매겨진 부동산의 주소는 레이스메이커 레인 75번지였다.

"딱 걸렸어, 라모나." 테스가 중얼거렸다.

"주인, 그 여잘 어떻게 처리할지 생각해 두는 게 좋을 거야." 프리츠가 말했다. "얼마나 심하게 할지도 미리 정해 둬."

"지금 생각 같아선 꽤 지독하게 해 주고 싶은걸."

테스는 컴퓨터를 끄려다가 확인할 것이 한 가지 더 떠올랐다. 찾아봤자 별것 아닐 거라는 생각이 들었지만, 그래도 일단 《치코피 위클리 리마인더》의 홈페이지로 가서 **부고란**을 클릭했다. 거기에는 찾고 싶은 사람 이름을 넣는 칸이 있었고, 그래서 테스는 **스트렐키**라고 입력했다. 일치하는 이름은 단 한 명, 로스코 스트렐키라는 남자였다. 1999년의 부고 기사에 따르면 그 남자는 48세에 집에서 돌연사했다. 유가족은 아내 라모나와 두 아들 앨빈(23세), 레스터(17세)였다. 미스터리 소설 작가에게는, 심지어 이른바 '코지 미스터리'로 불리는 유혈극이 없는 미스터리를 쓰는 작가에게조차도, 돌연사라는 말은 곧 번쩍이는 경고등이었다. 그래서 《위클리 리마인더》의 전체 데이터베이스를 검색해 보았지만 더 자세한 정보는 없었다.

테스는 잠시 가만히 앉아 의자 팔걸이를 초조하게 두드렸다. 글을 쓰다가 적절한 단어나 문장, 또는 그럴싸한 묘사가 떠오르지 않을 때 무심코 나오는 버릇이었다. 그러다가 매사추세츠 주 중부 및 남부에서 발행되는 신문 목록을 뒤져서 《스프링필드 리퍼블리컨》을 찾아냈다. 거기서 라모나 노빌의 남편 이름을 검색하자 핵심을 적나라하게 밝힌 기사 제목이 나왔다. **치코피에서 사업가 자살.**

로스코 스트렐키는 자택 차고의 대들보에 목을 매단 상태로 발견됐다. 유서도, 아내인 라모나의 말을 인용한 부분도 없었지만 이웃의 증언에 따르면 스트렐키는 '큰아들이 연루된 어떤 문제 때문에' 몹시 괴로워했다.

"앨이 무슨 문제를 일으켰길래 그렇게 괴로워했을까?" 테스는 모니터 화면을 보면서 스스로에게 물었다. "여자랑 관련된 문제였을까? 폭행? 혹시 성폭행이었을까? 아니면 그 나이에 벌써 그보다 더한 짓을? 만약 그런 일로 목을 매달았다면, 로스코 당신은 아빠 자격도 없는 겁쟁이야."

"누가 도와줬을지도 몰라. 라모나가 그랬을지도. 그 여잔 덩치도 크니까. 당신도 알잖아, 직접 봐 놓고선."

프리츠가 말했다. 프리츠의 목소리는 이번에도 테스가 혼자 얘기할 때 지어내는 목소리 같지 않았다. 테스는 흠칫 놀라서 프리츠를 쳐다보았다. 프리츠도 주인을 쳐다보았다. 초록색 눈이 이렇게 물었다. *누구, 나?*

테스가 하고 싶은 일은 핸드백에 총을 넣고 차를 몰아 레이스 메이커 레인으로 곧장 질주하는 것이었다. 테스가 해야 하는 일은 탐정 흉내를 집어치우고 경찰에 신고하는 것이었다. 경찰이 알아서 하도록. 예전의 테스였다면 그렇게 했겠지만, 테스는 이제 그 여인이 아니었다. 이제 예전의 테스는 1년 내내 잊고 살다가 크리스마스가 되면 카드를 보내는 먼 친척처럼 느껴졌다.

결정을 할 수가 없었기에, 또한 온몸이 욱신욱신 쑤셨기에 테스는 위층으로 올라가 다시 침대에 누웠다. 한 시간쯤 자고 일어나 보니 몸이 뻣뻣해서 걷기조차 힘들었다. 테스는 대용량 타이레놀을 두 알 먹고 약기운이 돌 때까지 기다렸다가, 차를 몰고 블록버스터 비디오 가게로 향했다. 핸드백에는 38구경 레몬 압착기가 들어 있었다. 앞으로 혼자 차를 탈 때에는 항시 갖고 다니기로 마음먹었기 때문이었다.

가게가 문을 닫기 직전에 도착한 테스는 조디 포스터가 나오는 「용감한 여자」를 달라고 했다. 점원은(머리를 초록색으로 물들이고 귀에 옷핀을 끼었지만 기껏해야 열여덟 살로 보이는 남자아이였는데) 다 이해한다는 듯이 웃으며 그 영화의 제목은 「브레이브 원」이라고 가르쳐 주었다. 그 복고풍 펑크 소년 점원은 50센트만 더 내면 전자레인지용 팝콘 한 봉지를 준다는 것도 알려주었다. 테스는 됐다고 말하려다가 생각을 고쳐먹고 복고풍 펑크 소년에게 말했다.

"줘 봐요, 까짓것. 인생 어차피 한 번 사는 건데. 안 그래요?"

점원은 놀란 눈으로 테스를 훑어보더니 웃으며 인생은 한 번뿐이라는 고객의 의견에 동의했다.

집에 도착한 테스는 팝콘을 전자레인지에 돌리고 디브이디 재생 버튼을 누른 다음, 긁힌 허리에 쿠션을 대고 소파에 걸터앉았다. 프리츠도 곁에 앉아서 애인을 죽인 악당들을 쫓는 조디 포스터의 모험을 함께 지켜보았다(범인들은 정말이지 쓰레기였다, '네 운에 맡겨라, 이 쓰레기야'의 그 쓰레기.). 조디 포스터는 범인을 쫓다가 다른 악당들도 발견하는데 모조리 권총으로 처치해 버렸다. 「브레이브 원」은 분명히 피가 낭자한 그런 영화였지만, 테스는 아랑곳하지 않고 즐겁게 보았다. 앞뒤가 딱 맞는 이야기 같아서였다. 그동안 내내 뭔가 잊고 살았다는 기분마저 들었다. 바로 「브레이브 원」 같은 영화가 선사하는 저급하지만 확실한 카타르시스였다. 영화가 다 끝나고 나서 테스는 프리츠를 보며 이렇게 말했다.

"리처드 위드마크가 휠체어 탄 할머니 말고 조디 포스터를 만났으면 좋았을 텐데, 안 그래?"

프리츠도 1000퍼센트 동의했다.

30

그날 밤, 몸을 잔뜩 옹송그린 프리츠와 함께 침대에 누워 집을 때리고 지나가는 10월의 바람 소리를 들으면서, 테스는 자신과 한 가지 약속을 했다. 아침에 일어나도 지금과 똑같은 기분이라면 라모나 노빌을 찾아가기로. 레이스메이커 레인에 있는 라모나의 집에서 일이 어떻게 풀리느냐에 따라 '빅 드라이버' 앨빈 스트렐키를 찾아갈 수도 있었다. 하지만 그보다는, 아침에 눈을 뜨면 정신이 조금 맑아져서 경찰에 신고할 공산이 더 컸다. 익명으로 신고하지도 않을 작정이었다. 그로 인해 불어 닥칠 후폭풍은 모두 감당할 작정이었다. 강간당한 지 마흔 시간이 지난 데다 샤워도 몇 번이나 했으니 입증하기 힘들지도 몰랐지만, 그래도 성폭행의 증거는 테스의 몸 곳곳에 새겨져 있었다.

그리고 파이프 속의 여자들도. 이제 테스는 그 여자들의 대변인이었다. 좋든 싫든 간에.

아침에 일어나면 복수 같은 건 우스워 보일 거야. 열이 펄펄 끓을 때 보이는 헛것처럼.

그러나 일요일 아침에 눈을 떴을 때, 테스는 여전히 새로운 테스였다. 테스는 머리맡의 권총을 보며 생각했다. *난 이걸 쓰고 싶어. 내 손으로 처리하고 싶어. 내가 겪은 일들을 생각하면 난 그럴 자격이 있어.*

"하지만 철저히 준비해야 돼. 경찰에 잡히긴 싫으니까."

테스는 프리츠를 보며 중얼거렸다. 고양이는 이제 일어서서 몸을 쭉 펴는 중이었다. 오늘도 늘어져서 빈둥대다 밥그릇을 비우는 고된 하루를 보내기 위한 준비 운동이었다.

테스는 샤워를 하고 옷을 입은 다음, 노란색 연습장을 들고 해가 비치는 포치로 나갔다. 거기서 잔디가 깔린 뒷마당을 약 15분 동안 바라보며, 싸늘하게 식은 홍차를 이따금씩 홀짝거렸다. 그러다가 마침내 연습장 맨 앞 쪽에 **잡히지 말 것**이라고 적었다. 테스는 그 말을 냉정하게 곱씹은 다음, 메모를 적기 시작했다. 책을 쓸 때 매일 그렇듯이 시작은 느릿했지만 점점 속도가 빨라졌다.

31

열 시가 되자 허기가 무섭게 밀려왔다. 테스는 브런치를 푸짐하게 차려서 남김없이 먹어치웠다. 그런 다음 블록버스터에 디브이디를 반납하러 가서 혹시 「죽음의 키스」가 있는지 물었다. 그 영화는 없었지만, 테스는 10분간 가게를 둘러본 끝에 「왼편 마지막 집」을 대신 빌리기로 했다. 그러고는 집으로 돌아와서 열심히 보았다. 그 영화에는 소녀를 강간하고 죽게 내버려두는 악당들이 나왔다. 자신에게 일어난 일과 너무 비슷해서 테스는 울음을 터뜨렸고, 프리츠가 놀라서 달아날 만큼 큰 소리로 엉엉 울었다. 하지만 꾹 참고 끝까지 본 덕분에 행복한 결말이라는 보상을 받았다. 소녀의 부모가 강간범 일당을 모조리 죽여 버렸던 것이다.

테스는 거실 복도에 놔뒀던 케이스에 디브디를 집어넣었다. 이튿날 반납할 생각이었다. 이튿날까지 살아 있다면. 살아 있을 작정이었지만, 확신은 전혀 없었다. 울창한 숲속 같은 인생길을 토끼처럼 깡충깡충 뛰어가다 보면 이상한 일도 겪고 멀리 돌아가기도 하는 법이니까. 테스는 그것을 경험으로 깨달았다.

낮 시간은 너무나 느릿느릿 흘러가는 것 같았다. 테스는 시간을 죽일 겸 인터넷에 들어가 아버지를 자살하게 한 앨빈 스트렐키의 문제를 검색해 보았다. 아무것도 나오지 않았다. 이웃의 증언이 거짓말일 수도 있었지만(그런 이웃이 한둘이 아니다 보니), 테스는 다른 가능성을 떠올렸다. 앨이 아직 미성년일 때 일어난 사건일 수도 있었던 것이다. 그런 경우에는 범인 이름이 언론에 알려지지 않았고 (사건이 법정까지 가는 경우에는) 재판 기록도 공개

되지 않았다.

"그러다 나중에 더 지독한 짓을 했을지도 모르지."

"그런 놈들은 갈수록 질이 나빠지는 법이니까."

테스의 말에 프리츠가 맞장구를 쳤다(드문 일이었다. 내비게이션 톰은 보통 맞장구를 쳐 주었지만 프리츠는 이의를 제기하는 쪽이었으니까.).

"몇 년 후에 무슨 일이 벌어진 거야. 더 끔찍한 일. 어쩌면 그 자식 엄마가 같이 일을 덮어 버렸을지도……"

"그 자식 동생도 잊지 마, 레스터. 그놈도 한패일 수도 있어."

"등장인물이 너무 많으면 헷갈린단 말이야, 프리츠. 내가 아는 건 그 개 같은 앨 '빅 드라이버' 새끼가 날 강간했는데 그 새끼 엄마도 한 패일지 모른다는 것뿐이야. 그 정도면 충분해."

"어쩌면 라모나는 그놈 고모일 수도 있어."

"어휴, 닥쳐, 프리츠."

프리츠는 테스의 말을 따랐다.

32

네 시에 침대에 누울 때에는 잠이 들 것 같지 않았지만, 몸은 무엇보다 치유를 원했다. 테스는 눕자마자 잠이 들었다가 머리맡의 자명종 시계가 뚜뚜뚜 울리자마자 눈을 뜨고 미리 시간을 맞춰 두길 잘했다고 생각했다. 바깥에서는 거센 10월 바람이 나무를 빗질하듯이 훑고 지나갔고, 그 바람에 벗겨진 색색의 이파리

들이 테스네 집 뒷마당을 질주했다. 햇빛은 뉴잉글랜드 지방의 늦가을 오후에만 볼 수 있는 기이할 만큼 공허한 금빛으로 바뀌어 있었다.

코는 살짝 욱신거리는 정도까지 호전됐지만 목은 여전히 뻐근했다. 욕실까지는 제대로 걷지도 못하고 절뚝절뚝 움직여야 했다. 테스는 샤워기의 물을 틀고 욕실이 셜록 홈즈 이야기의 배경인 영국의 늪지대처럼 흐릿해질 때까지 몸을 씻었다. 샤워는 효과가 있었다. 약 상자에 있는 타이레놀을 두 알 먹으면 더 나아질 것 같았다.

머리를 말리고 나서 김이 서린 거울을 손으로 닦았다. 거울 속의 여인은 분노와 냉정함이 이글거리는 눈으로 테스를 마주보았다. 거울은 잠시 후에 다시 흐려졌지만, 그 짧은 시간 동안 테스는 자신이 진심으로 이 일을 하고 싶어 한다는 것을 다시금 깨달았다. 그로 인해 어떤 일이 벌어진다고 해도 상관없었다.

테스는 검은 터틀넥 스웨터를 입고 큼지막한 옆주머니가 달린 검은색 카고 바지를 입었다. 머리는 동그랗게 묶고 헐렁한 검은색 야구 모자를 썼다. 묶은 머리 때문에 모자 뒤쪽이 살짝 튀어나왔지만 혹시 있을지 모를 목격자가 이렇게 말할 것 같지는 않았다. 얼굴은 잘 못 봤는데, 머리는 기다란 금발이었어요. 뒤로 넘겨서 머리띠로 묶었더라고요. 그 왜, 제이시페니 백화점에서 파는 그런 머리띠요.

지하실로 내려간 테스는 9월 첫째 주의 노동절에 타고 처박아 둔 카약 위쪽의 선반에서 노란색 밧줄을 내렸다. 조그마한 전지가위로 밧줄을 1미터가 조금 넘게 잘라서 팔뚝에 감은 다음, 둘

둘 감긴 밧줄을 바지 옆주머니에 넣었다. 그러고는 다시 주방으로 올라와 스위스아미 칼을 챙겨서 같은 주머니에 넣었다. 왼쪽 주머니였다. 오른쪽 주머니는 38구경 레몬 압착기의 자리였기 때문인데…… 또 하나, 가스레인지 옆 서랍에서 꺼낸 어떤 물건도 그 주머니로 들어갔다. 그러고는 고양이 사료를 곱빼기로 퍼서 밥그릇에 담은 후에 프리츠를 끌어안고 머리에 입을 맞췄다. 늙은 고양이 프리츠는 동거인이 내려놓기가 무섭게 귀를 뒤로 납작 붙이고 (싫어서가 아니라 놀라서인 듯했다, 테스는 평소에 살갑게 뽀뽀해 주는 타입이 아니었으므로) 밥을 향해 달려갔다.

"아껴서 먹어. 내가 안 돌아오면 팻시가 널 챙기러 오겠지만, 그래도 한 이틀은 기다려야 할 거야." 테스는 빙긋 웃고 덧붙였다. "사랑해, 이 꾀죄죄한 늙은 것아."

"어, 그래."

프리츠는 짧게 대답하고 다시 밥그릇에 머리를 처박았다.

테스는 **잡히지 말 것**이라는 제목의 메모를 한 번 더 읽으면서 준비물들을 머릿속에 차곡차곡 정리했고, 레이스메이커 레인에 도착해서 할 일의 순서도 점검했다. 머리에 새겨야 할 가장 중요한 사항은 일이 계획대로 안 풀릴지도 모른다는 점이었다. 이런 종류의 일에서는 늘 돌발 상황이 벌어지게 마련이니까. 라모나가 집에 없을 수도 있었다. 아니면 집에 있기는 하지만 강간 살해범 아들과 함께 있을지도. 둘이서 거실에 느긋하게 앉아 비디오 가게에서 빌려온 영화를 보고 있을지도 몰랐다. 빌려온 영화는 「쏘우」일지도. 콜위치에서 분명 '리틀 드라이버'라는 별명으로 알려졌을 작은아들도 함께 있을지 몰랐다. 테스는 알 길이 없었지만, 어쩌면 라모나는 이날 밤에 친구들을 모아놓고 파티를 하거나 독서회를 열지도 몰랐다. 관건은 예상치 못한 전개에 당황하지 않는 것이었다. 임기응변으로 대처하지 못하면 스토크 빌리지의 이 집을 나서는 것이 정말로 마지막이 될 수도 있다는 생각이 들었다.

테스는 **잡히지 말 것** 메모를 벽난로에 태우고 부지깽이로 재를 흩뜨린 다음, 가죽 재킷을 입고 얇은 가죽 장갑을 끼었다. 재킷 안감에 깊숙한 주머니가 붙어 있었다. 테스는 혹시 몰라서 고기 써는 식칼을 그 주머니에 넣은 다음, 잊지 말라고 스스로에게 타일렀다. 실수로 유방 절제 수술을 당하는 것이야말로 이번 주말에 가장 피하고 싶은 일이었으므로.

현관문을 나서기 직전, 테스는 도난 경보 장치를 켰다.

곧바로 덮쳐 온 바람에 재킷 칼라와 바지가 펄럭거렸다. 낙엽들이 곳곳에서 조그만 회오리를 타고 날아올랐다. 아직 캄캄해지기 전인 아담하고 우아한 코네티컷 주 교외 주택 단지의 하늘에서는 구름이 4분의 3쯤 부푼 달을 가린 채 빠르게 흘러가고 있었다. 테스는 공포 영화를 보기에 좋은 밤이라고 생각했다.

테스는 익스페디션에 올라 문을 닫았다. 낙엽 한 장이 앞 유리창을 따라 데굴데굴 굴러 내려오다가, 휙 날아갔다.

"난 정신이 나간 게 분명해." 테스는 있는 그대로의 사실을 말하듯 담담하게 중얼거렸다. "정신을 그 배수로 파이프에 흘리고 왔는데 거기서 죽어 버린 거야. 아니면 그 가게를 빙빙 돌 때 흘렸든가. 그런 게 아니라면 지금 이러고 있을 리가 없어."

그러고는 시동을 걸었다. 내비게이션 톰의 불이 켜지고 목소리가 들려왔다.

"안녕하세요, 테스. 어디 가시나 보군요."

"맞았어, 친구."

테스는 몸을 숙여 톰의 조그만 기계 머리에 레이스메이커 레인 75번지를 입력했다.

33

라모나가 사는 동네에 도착해서 보니 구글 어스로 미리 확인한 모습 그대로였다. 여기까지는 계획대로였다. 브루스터는 뉴잉글랜드의 작은 마을이었고 레이스메이커 레인은 변두리에 있는 길이었으며, 집들 사이의 간격은 넓었다. 테스는 교외에 어울리는 속도인 시속 30킬로미터로 75번지 앞을 지나며 동태를 확인했다. 집 안의 불은 켜져 있었고 차고 진입로에 세워진 차는 단 한 대, 척 봐도 사서가 탈 법한 신형 스바루 SUV였다. 피터빌트 같은 대형 트럭은 보이지 않았다. 퍼티로 떡칠을 한 고물 픽업트럭도 없었다.

레이스메이커 레인의 끝은 유턴 구역이었다. 테스는 차를 돌린 다음 조금도 망설이지 않고 라모나네 집 진입로로 들어섰다. 그러고는 전조등과 엔진을 끄고 숨을 깊이 들이쉬었다.

"무사히 돌아와야 해요, 테스." 계기판 위에서 톰이 말했다. "무사히 돌아오면 제가 다음 목적지로 안내할게요."

"최선을 다할게."

테스는 (이제 아무것도 안 적힌) 노란색 연습장을 들고 차에서 내렸다. 그 연습장을 재킷 앞에 들고서 라모나 노빌의 집 현관까지 걸어갔다. 달빛에 비친 그림자가 곁에서 따라왔다. 예전의 테스가 남긴 것은 그 그림자뿐인 듯했다.

34

라모나네 집 현관문은 양옆이 경사지게 깎은 유리로 되어 있었다. 유리가 두꺼워서 안쪽이 일그러져 보였지만, 멋진 벽지와 반들거리는 나무로 된 복도 바닥은 알아볼 수 있었다. 복도의 조그만 테이블 위에 잡지가 두 권 놓여 있었다. 어쩌면 카탈로그일지도. 복도 끄트머리에 널따란 거실이 보였다. 그곳에서 TV 소리가 흘러나왔다. 노랫소리로 미루어보아 라모나가 「쏘우」를 보는 것 같지는 않았다. 테스의 추측대로 그 노래가 「모든 산에 오르자」가 맞다면, 라모나는 「사운드 오브 뮤직」을 보는 중이었다.

테스는 초인종을 눌렀다. 안에서 들려오는 벨소리를 들어 보니 「딕시」의 도입부와 비슷했다. 뉴잉글랜드에 사는 사람이 남부 연합의 국가처럼 쓰이던 노래를 초인종 소리로 설정하다니 어딘가 이상했지만, 테스가 제대로 봤다면 라모나 노빌 자체가 이상한 여자였다.

커다란 발이 쿵쿵 걸어오는 소리가 들리자 테스는 유리에서 비친 불빛에 얼굴의 일부만 보이도록 몸을 반쯤 틀었다. 가슴 앞에 들고 있던 연습장은 아래로 내리고 장갑 긴 손으로 뭔가 메모하는 시늉을 했다. 어깨는 일부러 축 쳐져 보이도록 힘을 뺐다. 영락없이 설문 조사를 하러 온 여자처럼 보였다. 때는 일요일 저녁, 문 앞에 선 사람은 격무에 지친 조사원, 용건은 집 주인이 애용하는 치약의 상표명을(아니면 담배 이름이라도) 듣고 하루 일을 마치는 것뿐.

걱정 마, 라모나. 문 열어도 괜찮아. 누가 봐도 얌전해 보이는 여자잖아. 너무 소심해서 싫은 소리 한마디 못할 여자.

눈꼬리로 흘긋 쳐다보니 두꺼운 유리 너머에서 일그러진 얼굴이 물고기처럼 스르륵 나타났다. 몹시도 길게 느껴지는 한순간이 지난 후, 라모나 노빌이 문을 열었다.

"누구세요? 무슨 일로······"

테스가 돌아섰다. 열린 문에서 흘러나온 불빛이 얼굴에 쏟아졌다. 뒤이어 라모나의 충격으로 얼어붙은 얼굴을 보며, 떡 벌어진 입을 보며, 테스는 모든 궁금증이 한꺼번에 풀렸다.

"*어떻게? 당신이 어떻게 여기에······?*"

테스는 오른쪽 주머니에 들어 있던 38구경 레몬 압착기를 꺼냈다. 스토크 빌리지에서 여기까지 차를 몰고 오는 동안에는 총이 주머니에 걸리는 상상이 소름 끼칠 만큼 또렷하게 머릿속을 물들였지만, 실제로는 부드럽게 빠져나왔다.

"뒤로 물러서. 문을 닫으려고 꼼지락거리면 쏴 버릴 거야."

"말도 안 돼." 라모나는 뒤로 물러서지 않았지만 문을 닫으려고도 하지 않았다. "당신 미쳤어?"

"안으로 들어가."

라모나는 헐렁한 파란색 가운을 입고 있었다. 그 가운 앞섶이 훅 솟아오르자 테스가 권총을 쳐들었다.

"소리 지를 생각 마, 쏴 버릴 거니까. 내 말 똑똑히 들어, 이 나쁜 년아. 나 지금 농담할 기분 아니야."

거대하게 부풀었던 라모나의 가슴이 푹 꺼졌다. 벌어진 입술 사이로 이가 드러났고, 두 눈은 정신없이 양옆으로 움직였다. 이제 더는 사서처럼 보이지도, 쾌활하지도 다정하지도 않았다. 테스의 눈에는 구멍에서 나왔다가 붙잡힌 쥐처럼 보였다.

"총을 쏘면 온 동네 사람들이 다 들을걸."

그 말에 테스는 잠시 흔들렸지만 입씨름할 생각은 없었다.

"네가 신경 쓸 일이 아니야, 왜냐면 넌 총에 맞아서 죽을 거거든. 자, 안으로 들어가. 묻는 말에 순순히 대답하면 살아서 아침 해를 볼 수 있을 거야."

라모나가 뒤로 물러서자 테스는 권총을 꼿꼿이 겨눈 채 열린 문으로 들어섰다. 테스가 발로 현관문을 닫자마자 라모나가 우뚝 멈춰 섰다. 서 있는 자리 바로 옆에 카탈로그가 놓인 조그만 테이블이 있었다.

"그거 집을 생각 마, 던질 생각도 말고."

테스는 경고를 듣고 입꼬리를 씰룩거리는 라모나를 보며 깨달았다. 정말로 카탈로그를 집어서 던질 생각이었던 것이다.

"나한텐 네 머릿속이 훤히 보여. 안 그러면 내가 어떻게 여기까지 왔겠어? 자, 서 있지 말고 계속 물러서. 그대로 거실까지 가. 나도 저 영화에 나오는 폰 트랩 가족을 아주 좋아하거든. 특히 다 함께 노래 부를 때."

"당신, 진짜 미쳤구나."

말은 이렇게 했지만 라모나는 슬금슬금 뒷걸음을 쳤다. 발을 보니 신발을 신고 있었다. 파란색 실내복 가운 차림일 때조차 징그럽게 커다란 신발을 신고 있었던 것이다. 끈으로 묶는 남성용 구두를.

"뭐 하러 우리 집까지 왔는지 모르겠지만, 당장……"

"웃기지 마셔, 어머님. *웃기지* 말라고. 현관문을 열었을 때 당신 얼굴에 다 씌어져 있었어. 전부 다. 내가 죽은 줄 알았겠지, 안 그래?"

"지금 대체 무슨 소릴……"

"여자끼리잖아. 그냥 다 털어놓는 게 어때?"

이제 둘은 거실에 있었다. 벽에는 어릿광대와 눈이 툭 튀어나온 부랑자 따위를 그린 감상적인 그림들이 걸려 있었고, 곳곳의 선반과 탁자 위에는 자잘한 장식품들이 널려 있었다. 뒤집으면 안에 든 눈이 쏟아지도록 만든 유리구슬, 못난이 아기 인형, 꼬마 도자기 인형, 알록달록한 플라스틱 곰 인형, 도자기로 만든 헨젤과 그레텔의 과자 집까지. 도서관 사서의 집이었건만 책은 한 권도 안 보였다. TV를 향해 놓은 안락의자 앞에 무릎 방석이 한 개 놓여 있었다. 의자 옆으로 작은 탁자가 보였다. 거기에 치즈맛 과자와 다이어트 코크 페트병, 리모컨, 《TV 가이드》가 놓여 있었다. TV 위의 액자에는 라모나와 다른 여인이 어깨동무를 하고 뺨을 맞댄 채 찍은 사진이 들어 있었다. 유원지나 시골 축제에서 찍은 사진 같았다. 사진 액자 앞에는 유리로 된 사탕 그릇이 있었는데 천장에 달린 작은 조명의 빛을 받아 반짝이고 있었다.

"그 짓을 얼마나 오랫동안 해 온 거야?"

"무슨 소릴 하는지 모르겠군."

"강간 살인마 아들의 뚜쟁이 짓을 한 지가 얼마나 됐냐고."

눈이 살짝 깜박거렸지만, 이번에도 라모나는 시치미를 뗐고…… 테스는 고민에 빠졌다. 이곳에 도착했을 때, 라모나 노빌을 죽이는 것은 그저 선택지 가운데 하나가 아니라 가장 유력한 예상 답안이었다. 할 수 있다는 자신감 또한 가득했기에 바지 왼쪽 옆주머니의 밧줄은 쓸 일이 없을 것만 같았다. 그런데 이제 와서, 테스는 새삼 깨달았다. 눈앞의 여인이 공범이라고 자백하지 않는 이상 죽일 수는 없었다. 현관 앞에 서 있는 테스, 멍들기는 했어도 쌩쌩하게 살아 있는 테스를 보았을 때 라모나의 얼굴에 떠오른 표정만으로는, 충분치 않았다. 모자라도 한참 모자랐다.

"언제 시작한 거야? 그놈이 몇 살이었을 때였어? 열다섯? '그냥 장난 좀 친 거예요' 이랬어? 그런 놈들은 처음 시작할 때 보통 그러거든."

"무슨 소린지 하나도 모르겠다고. 당신은 우리 도서관에 와서 그럭저럭 봐 줄 만한 강연을 했어. 눈이 흐리멍덩한 걸로 봐서는 돈 때문에 온 게 뻔했지만, 그래도 덕분에 모임이 파투 나는 건 면했으니까 상관없어. 그런데 왜 느닷없이 우리 집 현관에 나타나서 총을 겨누고 말도 안 되는 소릴……"

"거짓말은 안 통해, 라모나. 난 레드 호크 홈페이지에 있는 그 자식 사진을 봤어. 반지도, 다른 것도 다. 그 자식은 날 강간하고 죽이려고 했어. 내가 *진짜* 죽었다고 생각했겠지. *그리고 날 그 자식한테 보낸 건 바로 당신이야.*"

라모나의 입이 헤 벌어졌다. 충격과 당혹감과 죄책감이 한데 섞여 빚어낸 기괴한 표정이었다.

"아니야! 아무것도 모르면서 지껄이지 마, 이 멍청한 년아!"

라모나가 앞으로 걸어 나오자 테스가 총을 높이 들었다.

"아니, 안 돼. 꼼짝도 하지 마."

라모나는 걸음을 멈췄지만 테스가 보기에 그대로 가만히 있을 것 같지는 않았다. 달려들어 싸울지 아니면 달아날지 고민하는 눈치였다. 집 안쪽으로 달아나면 테스가 쫓아가리라는 것쯤은 알 테니 아마도 싸우는 쪽을 택할 듯싶었다.

「사운드 오브 뮤직」의 폰 트랩 대령 일가족이 또다시 노래를 시작했다. 화목한 합창이었지만, 테스가 처한 상황(실은 제 발로 걸어 들어온 이 상황)에서는 듣고 있으면 머리가 이상해질 것만 같은 노랫소리였다. 테스는 오른손에 쥔 레몬 압착기로 라모나를 겨눈 채 왼손으로 리모컨을 찾아 TV 소리를 껐다. 그러고는 리모컨을 다시 내려놓으려다가 우뚝 얼어붙고 말았다. TV 위에는 원래 두 가지 물건이 놓여 있었는데 앞서 테스가 자세히 본 것은 라모나가 여자 친구와 함께 찍은 사진뿐이었다. 사탕 그릇은 그저 흘끗 본 정도였다.

테스는 그제야 알아볼 수 있었다. 처음에는 반짝거리는 빛이 그릇의 경사진 모서리에 반사된 불빛인 줄 알았는데, 실은 전혀 그렇지 않았다. 그릇 안에 든 물건에서 나오는 빛이었다. 안에는 귀고리가 들어 있었다. 테스의 다이아몬드 귀고리가.

라모나가 선반에 있던 헨젤과 그레텔의 과자 집을 낚아채서 테스에게 던졌다. 그것도 있는 힘껏. 도자기 과자 집은 테스가 고개를 숙이는 바람에 머리 위를 손가락 한 마디 높이로 비껴갔고, 뒤에 있던 벽에 부딪혀 산산조각 났다. 뒷걸음질하던 테스는 무릎

방석에 발이 걸려 그만 벌렁 자빠지고 말았다. 손에 쥐고 있던 총이 멀리 날아갔다.

두 사람은 동시에 총을 향해 달려들었다. 바닥에 냅다 무릎을 꿇은 라모나는 쿼터백을 쓰러뜨리려고 덤비는 수비수처럼 어깨로 테스의 몸통을 밀어붙였다. 그러다 결국 총을 잡았고, 처음에는 어쩔 줄을 몰라 허둥거리다가 결국 총손잡이를 단단히 쥐었다. 테스는 재킷 안으로 손을 넣어 예비로 가져온 식칼의 자루를 붙잡았다. 늦었을지도 모른다는 생각은 이미 하고 있었다. 라모나는 덩치가 너무 컸고…… 자식에 대한 사랑 또한 너무 컸다. 바로 그것이 문제였다. 라모나는 오랫동안 망나니 아들을 보호해 왔고, 앞으로도 지킬 작정이었다. 애초에 복도에서 쏴야 했다. 등 뒤에서 현관문이 닫힌 그 순간에.

하지만 쏠 수가 없었어. 테스는 생각했다. 그리고 바로 이 순간에도, 그 진실을 안 덕분에 조금은 마음이 편해졌다. 테스는 몸을 일으켜 무릎을 꿇었다. 손은 재킷 안에 넣은 채로, 라모나 노빌을 마주보았다.

"넌 형편없는 소설가야, 강연에도 젬병이고."

라모나가 말했다. 빙긋이 웃는 사이에 말하는 속도가 점점 빨라졌다. 비음이 섞인 목소리에는 경매 진행자처럼 독특한 억양이 섞여 있었다.

"네 강연은 네가 쓴 엉터리 소설하고 똑같았어. 하지만 그 애한테는 딱 맞는 먹잇감이었지, 그 애도 마침 배가 고픈 티가 났고. 난 딱 보면 알거든. 그래서 그 길로 보낸 건데 일이 제대로 풀려서 따먹혔다니 참 잘됐지 뭐야. 뭘 어떻게 할 생각으로 우리 집까지 왔는지 모르겠지만, 이거나 처먹어."

라모나가 방아쇠를 당겼지만 건조한 철컥 소리만 들릴 뿐, 아무 일도 일어나지 않았다. 테스가 권총을 산 후에 사격 강습을 받으면서 배운 가장 중요한 지침은 격철이 맨 먼저 떨어지는 약실에 총알을 넣지 않는 것이었다. 혹시라도 실수로 방아쇠를 당길 경우에 대비하기 위해서였다.

라모나의 표정은 당황하다 못해 우스꽝스러울 지경이었다. 그 표정 덕분에 다시 젊어진 것처럼 보였다. 라모나의 시선은 손에 든 권총으로 향했고, 그 틈에 테스는 재킷 안주머니에서 식칼을 꺼내어 앞쪽으로 몸을 날렸다. 칼은 자루만 남기고 라모나의 배에 깊숙이 꽂혔다.

라모나의 입에서 터져 나온 희미한 으어어어 소리는 비명이 되지 못하고 사그라졌다. 권총은 바닥에 떨어졌고, 라모나는 비틀비틀 물러서다가 벽에 부딪혀 멈춰 선 채로 자기 배에 튀어나온 식칼 자루를 내려다보았다. 후들거리는 팔이 줄지어 늘어선 도자기 인형들을 쓰러뜨렸다. 선반에서 떨어진 인형들이 바닥에 부딪혀 산산이 부서졌다. 또다시 으어어어 소리가 터져 나왔다. 가운 앞은 아직 깨끗했지만, 밑단에서 후드득 떨어진 피가 이미 남성용 구두를 붉게 물들이고 있었다. 라모나는 식칼 자루를 두 손으로 잡고 빼내려다가 세 번째로 으어어어 소리를 냈다.

도저히 믿을 수가 없다는 눈빛으로, 라모나는 고개를 들어 테스를 바라보았다. 테스도 피하지 않고 마주보았다. 문득 열 살 생일 때의 기억이 떠올랐다. 그때 테스는 아버지가 선물로 준 새총을 들고 표적을 찾아 나섰다. 집에서 대여섯 블록 떨어진 곳에 이르렀을 때, 귀가 너덜너덜한 떠돌이 개가 쓰레기통을 뒤지는 광경이 보였다. 테스는 새총에 돌멩이를 재서 그 개를 향해 발사했다. 그저 놀라게 해서 쫓아 버릴 생각으로 한 짓이었지만(아니면 테스가 기억을 멋대로 왜곡했거나), 돌멩이는 개의 꽁무니에 명중하고 말았다. 그 개는 가엾게도 *낑 낑 낑* 소리를 내며 달아났다. 달아나기 전에 원망하듯 이쪽을 바라보던 개의 눈빛을 테스는 결코 잊을 수가 없었다. 생각 없이 돌멩이를 날리기 전으로 돌아갈 수만 있다면 뭐든 할 수 있을 것 같았고, 그 후로는 살아 있는 짐승에게 새총을 쏜 적이 한 번도 없었다. 살생 또한 삶의 일부라는 것은 테스도 이해했다. 모기는 전혀 거리낌 없이 잡았고, 지하실에 쥐똥이 보이면 쥐덫을 놓았고, 맥도날드에서 파는 큼지막한 쿼터 파운더 버거도 즐겨 먹었다. 그러나 그때처럼 망설이거나 후회하지 않고 살아 있는 생물을 다치게 할 일은 두 번 다시 없으리라 믿었다. 그러나 레이스메이커 레인에 있는 이 집 거실에서 테스는 망설임도 후회도 느끼지 않았다. 어차피 결국에는 정당방위였으니까. 아니, 어쩌면 정당방위는 전혀 아닐지도.

"라모나, 난 지금 리처드 위드마크랑 굉장히 친해진 기분이 들어. 그 사람이나 나나 고자질쟁이를 처리하는 방식은 똑같으니까."

라모나는 자기가 만든 피 웅덩이 속에 서 있었고, 이제 파란색 가운에도 마치 피어나는 양귀비 꽃송이처럼 핏자국이 번지고 있었다. 얼굴은 새파랬다. 검은 두 눈은 놀라서 휘둥그레진 채 번들거렸다. 쑥 튀어나온 혀가 아랫입술을 천천히 훑었다.

"이제 뒈질 때까지 한참 동안 데굴데굴 구르면서 당신이 한 짓을 반성할 수 있겠군. 안 그래?"

라모나의 몸이 스르륵 허물어졌다. 신고 있던 남성용 구두가 피 웅덩이 속에서 철벅 소리를 냈다. 라모나가 더듬더듬 손을 뻗어 붙잡은 선반은 벽에서 뽑히고 말았다. 플라스틱 곰 인형 무리가 앞으로 뛰어내려 자살했다.

망설임도 후회도 느끼지 않았지만, 테스는 자신 안에 토미 우도 같은 악당의 자질이 없다는 것을 깨달았다. 고통에 몸부림치는 라모나를 오랫동안 지켜볼 마음이 들지 않았던 것이다. 테스는 몸을 숙여 38구경 권총을 집었다. 카고 바지 오른쪽 옆주머니에서는 가스레인지 옆 서랍에서 챙겨온 물건을 꺼냈다. 솜을 넣어 누빈 오븐용 장갑이었다. 구경이 너무 큰 총이 아니면 한 번 울리는 총성쯤은 가려 줄 수 있었다. 테스가 『윌로 그로브 뜨개질 클럽, 수수께끼 크루즈 여행을 가다』를 쓰면서 배운 지식이었다.

"당신은 아무것도 몰라." 라모나는 거친 목소리로 나지막이 중얼거렸다. "이러지 마. 당신 지금 실수하는 거야. 구급차를…… 제발."

"실수는 네가 했지." 테스는 오른손에 든 총의 총구를 오븐용 장갑에 넣었다. "네 아들이 무슨 짓을 했는지 알았을 때 곧바로 거시길 잘라 버렸어야 했는데, 안 했잖아."

테스는 오븐용 장갑을 라모나의 이마에 대고 고개를 옆으로 살짝 돌린 다음, 방아쇠를 당겼다. 덩치 큰 남자가 헛기침을 할 때처럼 작지만 분명한 *파앙* 소리가 울려 퍼졌다.

그것으로 끝이었다.

35

테스는 구글에서 앨빈 스트렐키의 집 주소를 검색하지 않았다. 라모나한테서 알아낼 수 있으려니 하고 생각했기 때문이었다. 그러나 스스로도 유념했다시피 이런 일은 결코 계획대로 풀리지 않는 법이었다. 이제는 마음을 가라앉히고 끝까지 가는 수밖에 없었다.

집 이층에 있는 라모나의 서재는 손님용 침실을 겸한 공간처럼 보였다. 그곳에는 플라스틱 곰 인형과 꼬마 도자기 인형이 거실보다 더 많이 있었다. 사진 액자도 대여섯 개 있었지만 아들이나 애인, 또는 죽은 남편 로스코 스트렐키의 사진은 보이지 않았다. 모두 브라운 배거스 북클럽에서 강연한 작가들의 사진이었고, 사진마다 친필 서명이 들어 있었다. 그 방을 보며 테스는 밴드들의 사진으로 장식된 스태거 인 숯집의 로비가 떠올랐다.

나한테는 사진에 서명해 달라는 부탁을 안 했어. 테스는 문득 그 생각이 떠올랐다. *당연하지, 나 같은 엉터리 작가한테 사인을 받을 이유가 없잖아? 그냥 일정을 때우려고 불러 온 떠버리였으니까. 자기 아들한테 던져 줄 먹이였던 건 말할 필요도 없고. 때마침 찾아내서 이게 웬 떡이냐 했겠지.*

테스는 라모나의 책상 위로 눈을 돌렸다. 도서관 업무용 회람과 편지가 덕지덕지 붙은 게시판 아래에 테스의 것과 아주 비슷한 아이맥 컴퓨터가 놓여 있었다. 모니터 화면은 검은색이었지만, 시피유 표시등이 켜진 것으로 보아 절전 상태인 듯했다. 테스는 장갑을 낀 손가락으로 키보드를 살짝 눌렀다. 화면이 환해지면서 노빌의 컴퓨터 바탕화면이 모습을 드러냈다. 암호를 입력할 필요가 없어서 다행이었다.

테스는 주소록 아이콘을 클릭한 다음 알(R) 항목으로 내려가서 레드 호크(Red Hawk) 트럭 운송을 찾았다. 주소는 콜위치 타운십 로드 트랜스포트 플라자 7번지였다. 더 아래로 내려가서 에스(S) 항목을 보니 금요일 밤에 만났던 거대한 지인과 그 동생 레스터의 이름이 보였다. 빅 드라이버와 리틀 드라이버. 둘 다 타운십 로드에, 필시 아버지한테서 물려받았을 회사 근처에 살았다. 앨빈의 주소는 23번지, 레스터는 101번지였다.

셋째가 있었으면 '꼬마 트럭 운전사 삼형제'였겠군. 한 명은 짚으로 지은 집에, 한 명은 나무로 지은 집에, 한 명은 벽돌로 지은 집에 살았겠지. 그런데 두 명밖에 없다니, 아쉬워라.

아래층으로 돌아온 테스는 유리그릇에 놓인 귀고리를 집어 재킷 주머니에 넣었다. 그러면서 눈으로는 벽에 기대앉은 죽은 여인을 쳐다보았다. 그 눈에는 힘든 일을 마치고 돌아서는 사람이라면 으레 나타날 법한 안도하는 기색뿐, 동정하는 빛은 조금도 없었다. 증거가 남았을까 걱정할 필요는 없었다. 머리카락 한 올도 남기지 않을 자신이 있었기 때문이었다. 이제는 구멍이 뚫린 오븐용 장갑은 이미 주머니 속에 있었다. 식칼은 전국 어느 곳의 백화점에서나 파는 흔한 물건이었다. 테스가 보기에는(주의 깊게 봤다면 말이지만) 라모나네 부엌에 있는 다른 칼하고도 비슷해 보였다. 여기까지는 깔끔하게 해치웠지만, 눈앞에 더 힘든 일이 기다리고 있을지도 몰랐다. 테스는 집을 나와 차를 타고 출발했다. 15분 후에는 문을 닫은 쇼핑몰 주차장에 멈춰서 내비게이션에 콜위치 타운십 로드 23번지를 입력했다.

36

톰이 안내하는 대로 따라간 테스는 9시가 조금 넘어서 목적지에 도착했다. 하늘에는 만월에서 4분의 1쯤 빠진 달이 아직도 나지막이 걸려 있었다. 바람은 아까보다 훨씬 세게 불었다.

타운십 로드는 47번 국도에서 갈라져 나온 도로였지만 스태거인 술집까지는 적게 잡아도 10킬로미터가 넘었고, 콜위치 중심가에서부터 따지면 그보다 더 멀었다. 트랜스포트 플라자는 두 길의 교차점에 있었다. 표지판에 따르면 운송 회사 세 곳과 이삿짐센터 한 곳의 주소지였다. 그 회사들은 흉하게 생긴 조립식 건물에 둥지를 틀고 있었다. 가장 작은 건물이 레드 호크 트럭 운송의 사옥이었다. 일요일인 이날 밤에는 모두 시커멓게 보였다. 건물 너머의 널따란 주차장은 철조망 울타리로 둘러싸여 있었고, 아크등 조명이 환하게 켜져 있었다. 화물 하역장에 대형 트럭들이 빼곡히 주차되어 있었다. 그중 한 대는 옆면에 **레드 호크 트럭 운송**이라고 적혀 있었으나 테스가 보기에 회사 홈페이지에 나와 있던 트럭, 즉 '자랑스러운 아버지'가 운전석에 앉아서 사진을 찍은 그 트럭은 아닌 듯했다.

하역장 바로 옆은 트럭 휴게소였다. 앞서 본 것과 똑같은 아크등 아래에 줄지어 늘어선 주유기가 열 개가 넘었다. 건물 오른편에서 하얀 형광등 불빛이 새어 나왔다. 왼편은 캄캄했다. 뒤편에 말발굽 모양으로 생긴 건물이 한 채 더 있었다. 그 앞에는 트럭과 승용차가 띄엄띄엄 서 있었다. 도로에 세워진 디지털 표지판에 새빨간 글씨로 공지가 띄워져 있었다.

타운십 로드 리치 트럭 휴게소
"몰고 오세요, 채워 드립니다"
일반 80센트/ 1리터
디젤 70센트/ 1리터
최신 복권 상시 구매 가능
식당 일요일 밤 휴무
샤워장 일요일 밤 휴무
편의점 및 호텔 연중무휴
캠핑카 환영

맨 아래의 문구는 철자는 틀렸어도 진정성만큼은 강렬했다.

우리 군인들을 응원합니다! 아프간디스탄에서 승전 기원!

오고 가는 트럭 운전사들이 차 기름 탱크와 허기진 배를 함께 채우는 이곳은 주중에는 벌떼처럼 들락거리는 차들로 붐빌 듯했지만(실내가 컴컴했는데도 테스는 훤히 알 수 있었다. 휴게소 식당은 치킨커틀릿과 미트로프, 가정식 브레드 푸딩 같은 메뉴가 1년 내내 붙어 있는 전형적인 기사 식당이었다.), 일요일인 이날 밤에는 묘지나 다름없었다. 아무것도, 하다못해 스태거 인 같은 술집 하나도 없기 때문이었다.

주유기 앞에 세워진 차는 딱 한 대뿐이었다. 주유구에 노즐이 끼워진 채 도로 쪽을 향해 서 있는 그 차는, 전조등 둘레를 퍼티로 때운 오래된 포드 F150 픽업트럭이었다. 아크등의 새하얀 빛 아래에서는 색을 알아보기가 힘들었지만 테스는 그럴 필요가 없었다. 가까이서 본 적이 있었기에 무슨 색인지 이미 알았던 것이다. 차 안에는 아무도 없었다.

"별로 놀란 것 같지 않군요, 테스."

톰이 말했을 때, 테스는 속도를 줄여 도로변에 차를 대고 편의점 안을 살피는 중이었다. 새하얀 외부 조명이 쏟아지는 와중에도 가게 안에 사람이 두세 명 있다는 것은 알아볼 수 있었다. 그리고 그중 한 명은 덩치가 컸다. *덩치가 컸나요, 아니면 아예 산더미 같았나요?* 앞서 벳시 닐은 그렇게 물었다.

"하나도 안 놀랐어. 이 동네 사는 놈이잖아, 기름 넣으러 갈 데가 여기 말고 또 있겠어?"

"어디 멀리 가려고 준비하는 건지도 모르죠."

"이 늦은 일요일 밤에? 그럴 리가. 집에 틀어박혀 「사운드 오브 뮤직」이나 보고 있었을걸. 맥주가 다 떨어져서 더 사러 왔을 거야. 이왕 시작한 김에 배가 터질 때까지 마시기로 작정한 거지."

"잘못 짚은 걸 수도 있어요. 가게 뒤에서 기다리다가 저 차가 출발하면 따라가는 게 낫지 않을까요?"

테스는 그러고 싶지 않았다. 휴게소 건물의 앞쪽 면은 전체가 유리창이었다. 차를 몰고 지나가면 그놈이 내다보고 알아차릴지도 몰랐다. 주유 구역의 눈부신 빛 때문에 테스의 얼굴은 못 알아본다고 해도, 차는 알아볼 수도 있었다. 길에 돌아다니는 포드 SUV는 한두 대가 아니지만 지난 금요일 밤 이후로 앨빈 스트렐키는 검은색 포드 익스페디션을 특히 눈여겨보았을 것이다. 그리고 번호판도. 그날, 놈은 테스의 차에 붙어 있는 코네티컷 주 번호판을 보았을 것이다. 버려진 가게의 잡초투성이 주차장에 서 있던 테스 곁에 자기 차를 댔을 때.

그게 다가 아니었다. 무언가 더 중요한 것이 있었다. 테스는 다시 차를 출발시켰다. 타운십 로드 리치 트럭 휴게소가 차 뒷거울 속에서 멀어져 갔다.

"뒤를 밟긴 싫어. 난 저 자식을 앞질러 갈 거야. 가서 기다리고 있을 거야."

"테스, 만약에 저 사람한테 가족이 있으면 어떡할 건가요? 아내가 기다리고 있으면요?"

그 생각에 잠시 마음이 흔들렸다. 이윽고 테스가 빙긋 웃었다. 그놈의 손가락에 진짜로 보기에는 너무 큰 루비 반지 한 개만 끼워져 있었기 때문만은 아니었다.

"그런 놈들은 아내가 없어. 여자가 오래 붙어 있을 수가 없으니까. 앨의 인생에 여자는 딱 한 명뿐이야. 그리고 그 여잔 이미 죽었어."

37

레이스메이커 레인과 달리 타운십 로드는 교외 주택가 분위기를 전혀 찾아볼 수 없었다. 그곳은 컨트리 가수 트래비스 트리트의 노래 가사에 나올 법한 한적한 동네였다. 떠오르는 달 아래 뜨문뜨문 보이는 불 켜진 집들이 꼭 섬 같았다.

"테스, 이제 곧 목적지에 도착합니다."

상상 속의 톰이 아니라 진짜 톰의 목소리가 들려왔다.

오르막길을 올라가자 왼쪽에 **스트렐키 23번지**라고 적힌 우편함이 보였다. 집까지 올라가는 기다란 진입로는 굽이진 길이었고, 검은 얼음처럼 평탄한 아스팔트가 깔려 있었다. 테스는 거침없이 그 길로 접어들었지만, 타운십 로드를 벗어나자마자 덜컥 겁이 났다. 그래서 무심코 꾹 밟은 브레이크페달에서 힘겹게 발을 떼고 다시 후진했다. 계속 갔다가는 돌이킬 방법이 없기 때문이었다. 그랬다가는 영락없이 독 안에 든 쥐 신세였다. 또 그놈이 결혼을 안 했다고 해도, 집에 누가 있을지 어떻게 알겠는가? 예컨대 동생 레스터가 있다면? 휴게소 편의점에 있는 빅 드라이버가 맥주와 안줏거리를 1인분이 아니라 2인분 산다면?

테스는 전조등을 끄고 달빛에 의지하여 차를 몰았다.

잔뜩 긴장한 테스에게는 진입로가 끝도 없이 이어진 것 같았지만, 실제로는 200미터도 안 가서 앨빈 스트렐키의 집에서 나온 불빛이 보였다. 언덕 꼭대기에 있는 그 집은 말끔해 보였고, 오두막보다는 크고 농가보다는 작았다. 벽돌집은 아니었지만 짚으로 지은 집도 아니었다. 아기 돼지 삼형제와 못된 늑대 이야기로 치면 나무로 지은 집쯤 될 듯싶었다.

집 왼쪽에 놓인 기다란 트럭용 컨테이너에 **레드 호크 트럭 운송**이라고 적혀 있었다. 진입로 끝의 차고 앞에는 회사 홈페이지에서 본 피터빌트 트럭이 서 있었다. 달빛 아래서 보니 귀신 들린 트럭처럼 으스스했다. 테스가 속도를 줄이고 그 트럭 쪽으로 다가가는 사이에 갑자기 환한 빛이 켜지더니 잔디 깔린 마당과 진입로를 하얗게 물들였다. 동작 감지 센서가 달린 기다란 보안등이었다. 불이 꺼지기 전에 앨빈 스트렐키가 돌아오면 진입로 초입에서 금세 알아볼 판이었다. 어쩌면 타운십 로드를 벗어나기도 전에 알아차릴지도.

브레이크를 밟은 테스는 문득 십대 시절에 꾸었던 발가벗고 학교에 가는 꿈이 떠올랐다. 그 꿈을 꾸었을 때와 똑같은 기분이었다. 여자의 신음소리가 들려왔다. 테스는 자기 입에서 나오는 소리려니 하고 생각했지만 자기 목소리 같지가 않았고, 신음한다는 실감도 나지 않았다.

"예감이 안 좋아요, 테스."

"입 다물어, 톰."

"그 사람이 언제 돌아올지 모르잖아요. 저 센서등의 타이머가 언제 꺼질지도 모르고요. 아까 그 사람 엄마를 처리할 때도 그렇게 애먹었는데, 그 사람은 자기 엄마보다 *훨씬* 커요."

"입 다물라고 했잖아!"

생각을 하려고 애썼지만 눈부신 불빛 때문에 머리가 돌아가지 않았다. 왼쪽으로 길게 뻗은 트럭과 컨테이너의 그림자가 유령의 가늘고 시커먼 손가락처럼 다가오는 것만 같았다. 망할 놈의 보안등! 보안등이 달려 있는 것도 당연했다, *그런 놈의 집이니까!* 당장 떠나야 했다. 마당으로 들어가 차를 돌린 다음 최대한 빠른 속도로 진입로를 내려가 도로로 돌아가야 했지만, 그랬다가는 놈과 마주칠 것이 뻔했다. 테스의 눈에는 훤히 보였다. 놀란 표정을 짓기도 전에 죽음을 맞는 자신의 모습이.

생각해, 테사 진, 생각을 해!

그런데 맙소사, 엎친 데 덮친 격으로 개가 짖기 시작했다. 집에 개가 있었다. 얼굴에 보이는 거라고는 큼지막한 이빨밖에 없는 핏불테리어가 테스의 머릿속에 그려졌다.

"여기 계속 있을 거면 어디 숨는 게 좋겠어요."

톰이 말했는데…… 테스의 귀에는 그 소리가 자기 목소리로 들리지 않았다. 아니, 자기 목소리와 똑같이 들리지 않았다. 어쩌면 저 밑바닥에 있는 자아, 그 생존자의 목소리인지도 몰랐다. 동시에 살인자의 목소리이기도 했다. 사람의 의식 속 깊숙한 곳에는 스스로도 모르는 자아가 얼마나 많이 숨어 있을까? 그 수가 무한에 가까울지도 모른다는 생각이 서서히 고개를 쳐들었다.

붓기가 안 빠진 아랫입술을 깨물면서, 테스는 뒷거울을 흘끔 쳐다보았다. 이쪽으로 다가오는 전조등은 아직 보이지 않았다. 하지만 안 보인다고 장담할 수 있을까? 저 환한 달빛과 망할 놈의 보안등 불빛이 함께 쏟아지고 있는데?

"전등의 타이머가 꺼지기 전에 무슨 수를 내야 해요, 테스. 꺼진 다음에 차가 움직이면 또 불이 켜질 거예요."

테스는 익스페디션을 사륜구동 모드로 변환하고 트럭 옆으로 돌아가려다가 차를 멈췄다. 그쪽은 키가 큰 풀이 잔뜩 자라 있었다. 보안등의 인정사정없는 불빛 때문에 차바퀴 자국이 보일 것이 뻔했다. 망할 보안등이 당장은 꺼진다고 해도 그놈이 올라올 때에는 다시 켜질 테니까.

집 안에 있던 개가 또 끼어들기 시작했다. *멍! 멍! 멍멍멍!*

"마당에서 차를 돌려서 컨테이너 뒤로 숨으세요."

"그럼 바퀴 자국이 남는단 말야! 바퀴 자국이!"

"어디가 됐든 간에 숨어야 해요."

톰이 거듭 재촉했다. 미안해 하면서도 단호한 목소리였다.

"그래도 저쪽은 잔디를 깎아 놨네요. 아시겠지만, 사람들은 의외로 주의력이 무뎌요. 도린 마키스도 책에서 항상 그렇게 말하잖아요."

"앨빈 스트렐키는 뜨개질 클럽 탐정이 아니야. 미친놈이라고."

하지만 이미 이곳까지 올라온 이상 선택의 여지가 없었기에, 테스는 잔디 깔린 마당으로 올라와서 한여름 정오처럼 환한 빛 속을 지나 은빛 컨테이너 쪽으로 차를 몰았다. 그러는 동안 운전석에서 엉덩이를 떼고 살짝 일어서 있었다. 그렇게 하면 익스페디션이 지나간 자리에 남을 바퀴 자국이 조금이나마 눈에 덜 띌 것처럼.

"집에 돌아왔을 때 보안등이 켜져 있는 걸 보고도 의심을 안 할지도 몰라요, 지나다니는 사슴 때문에 툭하면 켜질 테니까요. 어쩌면 사슴이 채소밭에 못 들어가게 하려고 달아 놓은 걸 수도 있어요."

그럴 듯한 말이었지만(게다가 목소리도 평소 듣던 톰의 기계음이었지만), 테스는 그다지 마음이 놓이지 않았다.

멍! 멍! 멍멍! 안에 있는 개가 무슨 종인지는 알 수 없었지만, 짖는 소리로 보아 몹시 불안해 하는 것 같았다.

은색 컨테이너 뒤의 땅은 울퉁불퉁하고 풀도 없는 것으로 보아 틀림없이 가끔씩 다른 컨테이너를 갖다 놓는 자리였지만, 그래도 충분히 단단했다. 테스는 컨테이너 그늘 속으로 최대한 깊숙이 들어가서 차의 엔진을 껐다. 땀이 어찌나 뻘뻘 흐르던지 어떤 탈취제로도 그 냄새를 지우지 못할 것만 같았다.

테스가 차에서 내려 문을 닫자마자 보안등이 꺼졌다. 순간 자기 힘으로 끈 게 아닐까 하는 초자연적인 생각이 떠올랐지만, 망할 놈의 타이머가 다 됐다는 깨달음이 그 뒤를 이었다. 테스는 익스페디션의 뜨뜻한 보닛에 몸을 기대고 숨을 깊이 들이마셨다가, 마지막 500미터를 남겨 둔 마라톤 선수처럼 힘껏 내뱉었다. 보안등의 타이머가 지속되는 시간을 알면 도움이 될 수도 있었지만, 테스는 감히 계산할 엄두조차 나지 않았다. 너무나 무서웠으니까. 몇 시간은 족히 흐른 것처럼.

다시 정신을 추스른 테스는 집에서 챙겨 온 물건들을 점검했다. 떨리는 마음을 다잡고 천천히, 차근차근. 총과 오븐용 장갑. 둘 다 제자리에 온전히 있었다. 구멍 뚫린 장갑이 한 번 더 총성을 가려 줄 성싶지는 않았다. 언덕 위의 외딴 집이라는 점에 의지하는 수밖에 없었다. 식칼을 라모나의 배에 꽂아 두고 온 것은 별 문제가 아니었다. 빅 드라이버를 상대로 식칼을 꺼낼 지경까지 몰린다면 이미 심각한 위험에 처했다는 뜻이었으니까.

남은 총알은 네 발뿐이야. 명심해, 마구잡이로 쏘면 안 돼. 총알을 더 가져오지 그랬어, 테사 진. 계획을 짜 놓은 줄 알았더니 순 엉터리네.

"시끄러. 톰인지 프리츠인지 모르겠지만 그 입 다물어."

테스가 나지막이 꾸짖었다. 그리고 그 말이 끝났을 때, 테스는 현실 세계도 함께 고요해진 것을 알아차렸다. 미친 듯이 짖던 개는 보안등이 꺼질 때 이미 입을 다물었다. 이제 들리는 것은 바람 소리뿐이었고, 보이는 것은 달빛뿐이었다.

38

지긋지긋한 불빛이 사라지자 컨테이너가 완벽한 은폐물이 되어 주었는데도, 테스는 그곳에 머물 수가 없었다. 이곳에 온 목적을 달성하려면 그럴 수는 없었다. 잰걸음으로 집 뒤편을 지나는 동안 다른 보안등이 켜질까 조마조마했지만, 방법은 그것뿐이라는 느낌이 들었다. 집 뒤에는 동작 감지 센서가 달린 보안등이 없었지만 구름이 달을 가리는 바람에 테스는 지하실 문에 걸려 넘어지고 말았고, 땅에 무릎을 꿇다가 하마터면 손수레에 머리를 찧을 뻔했다. 테스는 잠시 그대로 앉아서 자기 처지를 새삼 떠올려 보았다. 방금 전에 어떤 여자의 머리에 총을 쏜 작가 조합 회원. 그것도 그 여자의 배를 칼로 찌른 후에. *보호 구역에서 영영 쫓겨난 인디언 같은 신세네.* 그러다가 자신을 개 같은 년이라고, 질질 짜는 창녀라고 부르던 그놈의 얼굴이 떠올랐고, 그 덕분에 보호 구역에서 쫓겨나느냐 마느냐 하는 고민은 그만두기로 했다. 어차피 멍청한 소리였다. 게다가 아메리카 원주민에 대한 차별 발언이기도 했다.

앨빈 스트렐키의 집 뒤편에는 *정말로* 채소밭이 있었지만 조그마했다. 사슴이 망칠까 봐 일부러 센서가 달린 보안등을 달아놓을 만한 밭은 아니었다. 어차피 밭에 남은 것이라고는 덩굴에 붙은 채 썩어가는 호박 몇 개가 다였다. 밭이랑을 넘어가서 맞은편의 모퉁이를 돌자 트럭이 보였다. 다시 드러난 달이 환한 빛을 비추자 트럭의 크롬 장식이 수은처럼, 마치 판타지 소설에 나오는 검의 날처럼 번쩍거렸다.

테스는 트럭 뒤로 다가간 다음, 차 왼쪽을 따라 운전석으로 걸어갔다. 그러고는 (테스만 한 여자의 경우에는) 높이가 턱까지 차는 앞바퀴 옆에 쪼그려 앉았다. 다음은 주머니에 든 레몬 압착기를 꺼낼 차례였다. 트럭이 막고 있으니 앨의 차는 차고로 바로 들어올 수 없었다. 트럭이 없다고 해도 어차피 차고 안은 독신 남자 특유의 잡동사니들이 차지하고 있을 터였다. 공구, 낚시 도구, 캠핑 장비, 트럭 부품, 떨이로 파는 탄산음료 상자 같은.

그냥 추측일 뿐이야. 추측은 위험해. 도린 마키스가 알면 야단을 칠걸.

뜨개질 클럽의 할머니 탐정들을 누구보다 잘 아는 사람이 바로 테스였으니 당연히 그럴 만도 했지만, 달콤한 디저트를 사랑하는 그 천진한 할머니들은 좀처럼 모험을 하지 않았다. 그리고 모험에 나선 사람은 어쩔 수 없이 추측에 운을 맡겨야 했다.

테스는 손목시계를 보고 고작 9시 25분밖에 안 된 것에 깜짝 놀랐다. 느낌상으로는 프리츠의 사료를 곱빼기로 챙겨 주고 집을 나선 때로부터 4년은 흐른 듯했다. 어쩌면 5년일지도. 점점 가까워지는 차 엔진 소리가 들린 듯했지만, 착각이라고 결론지었다. 바람이 너무 세게 불지 않았으면 좋겠다는 생각이 들었다. 그러나 지금은 한 손에 희망을, 다른 손에는 똥을 모으면서 어느 손이 먼저 묵직해지는지 보는 판국이었다. 뜨개질 클럽의 도린 마키스와 친구들은 '매도 먼저 맞는 쪽이 낫다'주의자들이라 그런 말을 입에 담은 적이 한 번도 없었지만, 지금 테스의 처지에서는 실감 나는 표현이었다.

어쩌면 앨빈 스트렐키는 정말로 어딘가 외출을 했는지도 몰랐다. 일요일 밤이든 아니든 간에. 어쩌면 테스는 동이 틀 때까지 숨어 있어야 할지도 몰랐다. 벌써부터 뼈가 시릴 정도로 쉬지 않고 불어대는 바람을 맞으며, 미치지 않고서야 올 일이 없었던 이 외딴 언덕 위에서.

아니, 미친 건 그놈이야. 그놈이 춤추던 거 기억나? 뒤쪽 벽에서 너울너울 움직이던 그림자 말이야. 그놈이 부르던 노래, 기억 안 나? 그 째지는 목소리가? 기다려야 해, 테사 진. 불지옥이 얼어붙는 날까지 기다려. 돌아가기엔 이미 너무 멀리 왔어.

실은 그 점이 무서웠다.

소설에 나오는 깔끔한 응접실의 살인 사건처럼 되진 않을 거야. 너도 알잖아, 안 그래?

그 점은 테스도 알았다. 만약 테스가 실행할 수만 있다면, 이번 살인은 『윌로 그로브 뜨개질 클럽, 극장에 가다』가 아니라 찰스 브론슨이 나온 영화 「데스 위시」와 비슷해질 판이었다. 운이 좋으면 그놈의 픽업트럭은 테스가 숨어 있는 트럭으로 곧장 다가올 것이다. 그런 다음 전조등을 끌 테고, 그놈의 눈이 보안등 불빛에 적응하기 전에 먼저……

이번에는 바람 소리가 아니었다. 구부러진 진입로 저편에서 전조등 불빛이 나타나기도 전에, 테스는 지독하게 털털거리는 엔진 소리를 먼저 알아차렸다. 곧장 한쪽 무릎을 짚고 일어서서 모자가 바람에 날려가지 않도록 챙을 아래로 눌렀다. 이쪽에서 먼저 다가가려면 때를 정확히 맞춰야 했다. 거리가 가깝기는 했지만, 그래도 몸을 숨긴 채로 쏘면 빗나갈지도 몰랐다. 사격 교관의 말에 따르면 레몬 압착기의 유효 사거리는 3미터 안짝이었다. 그래서 더 믿을 만한 총을 사라고 했지만, 테스는 그 충고를 따르지 않았다. 또한 확실히 죽일 수 있을 만큼 가까이 가는 것이 다가 아니었다. 트럭에 탄 사람이 앨빈 스트렐키가 맞는지, 놈의 동생이나 친구가 아닌지도 확인해야 했다.

어떻게 할지 아무것도 못 정했잖아.

하지만 계획을 세우기에는 이미 늦은 후였다. 이쪽으로 다가오는 차는 놈의 픽업트럭이 맞았고, 보안등이 켜졌을 때 테스가 본 것은 표백제 흔적이 점점이 남은 갈색 모자였다. 앞서 테스가 그랬듯이 환한 불빛에 움찔하는 모습까지 보였으니, 남자는 잠깐 동안 앞이 안 보일 것이 뻔했다. 기회는 지금뿐이었다.

내가 바로 「용감한 여자」야.

아무 계획도 없이, 뚜렷한 생각도 없이, 테스는 트럭 뒤를 돌아서 걸어갔다. 뛰는 대신 소리 없이 성큼성큼 걸어갔다. 몸을 감싸고 흐르는 바람에 카고 바지가 펄럭거렸다. 픽업트럭의 조수석 문을 열자 남자의 손에 빨간 돌이 끼워진 반지가 보였다. 그 손은 네모난 상자가 든 종이 봉지를 들고 있었다. 맥주, 아마도 열두 병들이 상자. 남자가 테스 쪽으로 고개를 돌렸을 때, 끔찍한 일이 벌어졌다. '용감한 여자'의 눈에는 자신을 강간하고 목을 조른 다음 썩어 가는 시체 두 구가 누워 있는 파이프에 버린 짐승이 보였다.

테스의 눈에는 금요일 저녁에는 못 봤던 살짝 넙데데한 얼굴이, 그 얼굴의 눈과 입 주위에 잡힌 주름이 보였다. 그러나 테스가 그 둘의 차이를 미처 알아차리기도 전에, 손에 쥔 레몬 압착기가 두 번 포효했다. 첫 번째 총알은 남자의 턱 바로 아래 목을 꿰뚫었다. 두 번째 총알은 남자의 북슬북슬한 오른쪽 눈썹 위에 검은 구멍을 뚫고 관통하여 운전석 창문을 박살냈다. 남자는 운전석 차문에 벌러덩 쓰러졌고, 종이 봉지를 들고 있던 손도 풀썩 떨어졌다. 거대한 몸뚱이가 움찔거리면서 반지 낀 손이 운전대 한복판을 두드리는 바람에 경적이 울렸다. 집 안에 있던 개가 다시 짖기 시작했다.

"아냐, 그놈이야!" 열린 차문 앞에 총을 들고 서서, 테스는 차 안을 들여다보았다. *"그놈이 맞아!"*

테스는 픽업트럭 앞을 돌아서 황급히 달려가다가 그만 균형을 잃고 한쪽 무릎을 땅에 짚었다. 다시 일어나서 운전석 문을 열었다. 운전석에서 떨어진 남자의 부드러운 머리가 진입로의 매끈한 아스팔트 표면에 부딪혔다. 모자가 벗겨졌다. 눈썹을 뚫고 들어간 총알의 압력에 불룩 튀어나온 오른쪽 눈이 달을 바라보고 있었다. 왼쪽 눈은 테스를 올려다보았다. 그리고 남자의 얼굴은 테스가 쏘기로 결심했던 그 얼굴이 아니었다. 그 얼굴에는 테스가 처음 보는 주름이 있었고, 금요일 저녁에는 없던 오래된 여드름 흉터가 점점이 나 있었다.

덩치가 컸나요, 아니면 아예 산더미 같았나요? 앞서 벳시 닐은 그렇게 물었다.

산더미 같았어요. 테스는 그렇게 대답했고, 실제로 그놈은 덩

치가 산더미 같았지만…… 눈앞의 이 남자만큼은 아니었다. 그 강간범의 키는 190센티미터 정도였다. 트럭에서 내릴 때(바로 이 트럭이었다, 틀림없었다) 그렇게 보였다. 배는 산처럼 불룩했고 허벅지는 기둥처럼 굵었고, 어깨는 문간에 꽉 찰 만큼 넓었다. 그런데 이 남자는 2미터가 훌쩍 넘어 보였다. 거인 사냥을 나왔다가 공룡을 잡은 격이었다.

"하느님 맙소사." 테스의 입에서 나온 말을 바람이 낚아채서 달아났다. "하느님 맙소사, 내가 무슨 짓을?"

"넌 날 죽였어, 테스."

땅바닥에 쓰러진 남자가 중얼거렸는데…… 하긴, 그럴 만도 했다. 머리와 목에 구멍이 뚫린 상태였으니.

"빅 드라이버를 죽인 거야, 처음에 마음먹었던 대로."

조여졌던 온몸의 근육이 스르륵 풀렸다. 테스는 남자 곁에 주저앉았다. 구름이 질주하는 머리 위의 하늘 저편에서 달이 환한 빛을 비추고 있었다.

"저 반지는 그놈 거야." 테스가 중얼거렸다. "모자도. *차도.*"

"그 녀석은 여자 사냥을 나갈 때 이 반지랑 모자를 챙겨 가. 이 픽업트럭을 타고. 그 녀석이 사냥을 나가면 난 레드 호크 운송 회사의 트럭을 운전하지. 그때 그 녀석을 본 사람은 나라고 착각하곤 해. 특히 운전석에 앉아 있는 걸 보면."

"왜 그런 짓을?" 테스가 죽은 남자에게 물었다. "그 자식은 당신 동생이잖아, 왜 그러는지 당신은 알 거 아냐."

"왜긴, 미친놈이니까 그러지."

죽은 남자는 화를 꾹 억누르는 목소리로 대답했다. 뒤이어 뜨개질 클럽의 탐정 도린 마키스의 목소리가 들려왔다.

"왜냐면 전에도 그 수법이 통했기 때문이지. 당신들 형제가 지금보다 어렸을 적에, 레스터가 경찰에 붙잡혔을 때. 문제는 당신들의 아버지인 로스코 스트렐키가 자살한 이유야. 그 첫 번째 사건 때문이었을까? 아니면 라모나가 큰아들 앨한테 사건의 책임을 뒤집어씌웠기 때문일까? 어쩌면 로스코는 진실을 밝히려고 하다가 아내인 라모나한테 살해당했는지도 몰라. 자살처럼 위장해서 말이야. 어느 쪽이 정답인가요, 앨?"

앨은 거기에 대해서는 말이 없었다. 실은 죽은 듯이 조용했다.

"그럼 내 생각을 말해 볼게요." 달빛 속에서 도린 마키스가 입을 열었다. "라모나는 알았을 거예요. 만약 작은아들이 경찰서 조사실에 들어가면 상대가 아무리 덜 떨어진 형사라고 해도 술술 털어놓으리란 걸. 그리고 그 애가 스쿨버스에서 여자애 몸을 만지거나, 연인들의 밀회 장소에서 차 안을 들여다보는 것보다 더 끔찍한 짓을 저질렀다는 것도요. 그래서 큰아들인 *당신*을 설득해서 대신 뒤집어쓰게 하고, 남편한테도 말을 맞추라고 부탁했겠죠. 아니, 윽박질렀다고 하는 게 더 어울리겠네요. 그런데 경찰이 피해자 여성한테 범인 얼굴을 확인해 달라고 요청하질 않았거나, 아니면 피해자가 고소를 안 해서 다 같이 빠져나갈 수 있었던 거죠."

앨은 말이 없었다.

테스는 생각했다. *이런 데 주저앉아서 상상 속의 목소리로 주절거리고 있다니. 나 정말 돌아 버렸구나.*

그러나 머릿속 한구석으로는 알고 있었다. 테스는 제정신을 유지하려고 안간힘을 쓰는 중이었다. 그러려면 방법은 단 하나, 이해하는 것뿐이었다. 그리고 테스가 생각하기에 자신이 도린 마키스의 목소리로 중얼거리는 이야기는 진실이거나, 진실에 가까웠다. 근거라고는 추측뿐인 엉성한 추리였지만, 그래도 말이 되는 추리였다. 라모나가 마지막 순간에 했던 말하고도 맞아떨어졌다.

아무것도 모르면서 지껄이지 마, 이 멍청한 년아.

그리고. *당신은 아무것도 몰라. 당신 지금 실수하는 거야.*

물론 실수였다. 테스가 이날 밤에 한 일은 전부 다 실수였다.

아니, 전부 다는 아니야. 라모나는 한패였어. 다 알고 있었어.

"당신도 알았어?"

테스는 자기가 죽인 남자에게 물었다. 손을 뻗어 남자의 팔을 붙잡으려다가 흠칫 물러났다. 셔츠 아래의 살이 아직 따뜻할 것 같았다. 아직 살아 있을 것만 같았다.

"당신도 알았냐고."

남자는 대답하지 않았다.

"내가 물어볼게."

도린 마키스가 나섰다. 그러고는 어느 때보다도 친절한 목소리로 '이 할머니한테는 다 털어놔도 된단다'라고 말하듯 다정하게 물었다. 책 속에서는 결코 실패하는 법이 없는 목소리였다.

"이봐요, 운전사 양반. 어디까지 알고 있어요?"

"저도 어쩌다 가끔 의심한 적은 있었지만, 평소엔 별 생각을 못했어요. 일 때문에 바빠서."

"어머니한테 물어본 적은 있어요?"

"아마도."

남자의 대답을 듣는 동안, 테스는 기괴하게 툭 불거진 그의 오른쪽 눈이 슬쩍 옆을 본다는 느낌이 들었다. 하지만 이 거친 달빛 아래서 그런 걸 알아차릴 사람이 누가 있을까? 똑바로 봤다고 누가 장담할 수 있을까?

"여자들이 사라졌을 때? 그때 물어본 건가요?"

그 말에 빅 드라이버는 아무 대꾸도 하지 않았다. 아마도 도린의 목소리가 고양이 프리츠와 비슷해졌기 때문인 듯했다. 물론 내비게이션 톰의 목소리하고도 비슷했다.

"하지만 증거는 아무것도 없었잖아. 안 그래?"

이번에는 테스 본인의 목소리였다. 그렇게 물으면서도 대답을 들을 자신은 없었지만, 뜻밖에도 빅 드라이버가 입을 열었다.

"맞아. 증거가 없었어."

"그리고 너도 증거가 나타나길 바라지 않았을 거야. 맞지?"

이번에는 답이 돌아오지 않았다. 그래서 테스는 표백제 자국이 남은 모자 쪽으로 휘청휘청 걸어갔다. 모자는 바람에 날려서 진입로를 가로질러 잔디 깔린 마당에 떨어져 있었다. 모자를 집기가 무섭게 보안등이 다시 꺼졌다. 집 안에 있던 개도 짖기를 멈추었다. 그러자 문득 커다란 개가 나오는 셜록 홈즈 이야기가 떠올랐고, 달빛 아래 바람을 맞으며 선 채로, 테스는 쿡쿡대는 자신의 웃음소리를 들었다. 사람의 목에서 나올 수 있는 가장 슬픈 웃음소리였다. 테스는 쓰고 있던 모자를 벗어서 재킷 주머니에 넣고 남자의 모자를 머리에 썼다. 너무 커서 다시 벗은 다음, 뒤쪽 끈을 줄이고 냉큼 도로 썼다. 그러고는 방금 죽인 남자한테 돌아갔다. 테스가 판단하기에 그 남자는 완전히 무죄라고는 할 수 없지만…… '용감한 여자'가 부과한 벌을 받기에는 죄가 너무 가벼웠다.

테스는 갈색 모자의 챙을 두드리며 물었다.

"운전할 때 쓰는 모자가 이거야?"

아닌 줄 알면서 던진 질문이었다. 스트렐키는 테스의 질문에 대답하지 않았지만, 뜨개질 클럽의 대장인 도린 마키스가 물어볼 때에는 달랐다.

"당연히 아니지. 레드 호크 운송의 트럭을 몰 땐 회사 모자를 쓰니까. 안 그래요, 운전사 양반?"

"맞아요."

"운전할 땐 이 반지도 안 낄 거예요. 그렇죠?"

"예. 고객들 눈에 껄렁껄렁하게 보이거든요. 사업 하는 사람 같지 않게 말이에요. 또 만에 하나 지저분한 트럭 휴게소에 들렀는데 술이나 약에 취한 놈이 이걸 보고 진짜 줄 알면 어떻게 되겠어요? 저야 워낙 덩치도 크고 힘도 세니까 감히 달려들진 못하겠지만, 총을 가진 놈이 있을지도 모르니까요. 뭐, 그것도 오늘밤으로 끝이네요. 하지만 전 총 맞아도 싼 짓 같은 건 안 했어요. 가짜 반지를 끼고 다니는 게 죄는 아니잖아요. 내 동생이 저질렀을지도 모르는 추악한 범죄도 나랑은 상관없어요."

"동생이랑 동시에 회사 차를 운전하진 않을 거예요, 맞죠?"

"예. 개가 운전할 때 전 사무실을 지켜요. 제가 운전할 때 개는…… 글쎄요. 제가 운전할 때 개가 뭘 하는지는 아실 텐데요."

"신고를 해야 할 거 아니야!" 테스가 악을 썼다. "왜 신고 안 했어, 그냥 의심하는 정도였다고 해도 신고는 했어야지!"

"무서워서 그랬던 거야." 친절한 목소리로 도린이 말했다. "안 그래요, 운전사 양반?"

"맞아요. 무서워서 그랬어요."

"무서웠다고?"

테스는 이렇게 물으면서도 믿지 않았다. 아니, 어쩌면 믿고 싶지 않았는지도.

"네 동생이 무서웠단 말이야?"

"아니, 무서운 건 걔가 아니야. 우리 엄마야."

39

익스페디션으로 돌아온 테스가 시동을 걸자 톰이 말했다.

"그 둘을 분간하기란 불가능했어요, 테스. 순식간에 벌어진 일이기도 했고요."

옳은 말이었지만, 한편으로는 어렴풋이 보이는 사실을 무시한 말이기도 했다. 영화 속의 자경단처럼 강간범을 쫓다가 스스로 지옥에 떨어졌다는 사실을.

테스는 이마에 총구를 댔다가 슬그머니 총을 내렸다. 그럴 수는 없었다, 아직은. 테스에게는 할 일이 있었다. 파이프 속에 누워 있는 여자들을 위하여, 또 레스터 스트렐키를 놓쳤을 때 그들 옆에 눕게 될 다른 여자들을 위하여. 게다가 방금 벌어진 일을 생각하면 더더욱 레스터를 놓칠 수 없었다.

테스에게는 들를 곳이 한 군데 더 있었다. 그러나 익스페디션을 타고 갈 수는 없었다.

40

타운십 로드 101번지의 진입로는 길지 않았고, 포장도 안 되어 있었다. 테스가 모는 파란색 F150 픽업트럭이 그저 바퀴 자국 두 줄에 지나지 않는 그 진입로를 따라 조그마한 집으로 다가가는 동안, 길가에 바싹 붙어 자란 덤불이 차 옆을 긁고 지나갔다. 이 집에는 깔끔한 구석이 전혀 없었다. 낡고 허물어진 모양새가 「텍사스 전기톱 살인 사건」에서 그대로 튀어나온 것만 같았다. 때로는 현실이 예술을 똑같이 모방하곤 했다. 그리고 조악한 예술일수록 모방하는 솜씨가 감쪽같았다.

테스는 굳이 숨으려 하지 않았다. 귀찮게 전조등을 끌 필요도 없었다. 어차피 레스터 스트렐키의 귀에 자기 형이 타는 트럭의 엔진 소리는 형 목소리만큼이나 익숙할 테니까.

테스는 표백제 자국이 점점이 남은 빅 드라이버의 갈색 모자를 쓰고 있었다. 그가 운전을 안 할 때 쓰던, 행운의 부적인 줄 알았지만 알고 보니 아니었던 모자였다. 가짜 루비 반지는 어느 손가락에 끼워도 너무 헐거워서 카고 바지 왼쪽 앞주머니에 넣어 두었다. 여자 사냥을 할 때 형처럼 차려입고 형의 차를 몰고 다닌 리틀 드라이버로서는 죽은 줄 알았던 마지막 사냥감이 자신과 똑같이 차려입고 나타났다는 아이러니를 알아차릴 시간이(또는 지능이) 없겠지만, 테스는 처지가 달랐기 때문에 한 일이었다.

테스는 집 뒷문 옆에 차를 세우고 엔진을 끈 다음, 차에서 내렸다. 한 손에는 권총을 들고 있었다. 문은 잠겨 있지 않았다. 안으로 들어가 보니 맥주와 썩은 음식 냄새가 풍기는 창고였다. 천장에서 기다랗게 드리워진 더러운 전깃줄에 60와트짜리 전구 한 개가 달려 있었다. 바로 앞에는 쓰레기가 넘칠 듯이 쌓인 플라스틱 통 네 개가 놓여 있었다. 월마트에서 파는 120리터들이 쓰레기통이었다. 그 너머의 벽에는 5년치는 될 법한 지역 생활 정보 신문이 높다랗게 쌓여 있었다. 신문 더미 왼쪽으로 디딤돌을 밟고 올라가는 문이 보였다. 부엌으로 들어가는 문 같았다. 문손잡이 대신 구식 걸쇠가 붙어 있었다. 테스가 걸쇠를 풀고 문을 열자 기름칠이 안 된 경첩이 째지는 소리를 냈다. 한 시간 전에 들었다면 놀라서 움직이지도 못할 소리였다. 그러나 지금은 아무렇지도 않았다. 해야 할 일이 있었으니까. 무엇보다 중요한 것은 그 일이라는 생각 덕분에 감정의 쓰레기들을 훌훌 털어버릴 수 있어서 개운했다. 테스는 리틀 드라이버가 저녁거리로 구워 먹었을 법한 기름투성이 고기의 냄새 속으로 걸어 들어갔다. 텔레비전에서 나는 웃음소리가 들렸다. 무슨 시트콤이었다. 「사인필드」일까.

"뭐 하러 왔어?" 웃음소리가 잦아들자 레스터 스트렐키의 목소리가 들렸다. "맥주 마시러 온 거면 하나밖에 안 남았어. 내가 다 마시고 잘 거야."

목소리가 들리는 쪽으로 걸음을 옮겼다.

"전화를 하지 그랬어. 그럼 조금 남겨 놨을……"

테스는 거실로 들어섰다. 레스터가 테스를 보았다. 테스는 그때껏 상상해 본 적이 없었다. 죽은 줄 알았던 마지막 사냥감이 총을 들고 나타났을 때 레스터가 어떻게 반응할지, 그것도 본인이 욕정을 못 이겨 사냥에 나설 때의 복장을 하고서. 설령 상상한 적이 있다 하더라도 지금 눈앞에 보이는 것처럼 격렬한 반응을 떠올릴 자신은 없었다. 레스터는 입이 떡 벌어졌고, 뒤이어 얼굴 전체가 얼어붙었다. 들고 있던 맥주 캔은 무릎에 떨어지면서 그가 걸치고 있던 유일한 옷인 평퍼짐한 팬티에 거품을 튀겼다.

유령이라도 본 것 같은 표정이네. 테스는 레스터에게 다가가며 생각했다. 총을 높이 들면서. *아주 좋아.*

남자 혼자 사는 집답게 쓰레기투성이인 거실에는 눈이 쏟아지는 유리구슬도, 도자기로 만든 똥싸개 인형도 없었다. 그러나 텔레비전 시청을 위한 준비물이 레이스메이커 레인에 있는 어머니의 집 거실과 똑같다는 것은 금세 알아볼 수 있었다. 레이지보이 안락의자와 작은 탁자(이 집 탁자에는 다이어트 코크와 치즈맛 과자 대신 아직 안 딴 마지막 팹스트 블루 리본 맥주 캔과 나초 한 봉지가 놓여 있었다.), 사이먼 코웰의 얼굴이 표지에 실린 《TV 가이드》까지 똑같았다.

"너 죽었잖아."

레스터가 조그맣게 중얼거렸다.

"아니."

테스는 이렇게 대답하고 레몬 압착기의 총구를 레스터의 머리에 댔다. 레스터가 테스의 손목을 잡으려고 움찔했지만 그 몸짓은 너무 미약했고, 너무 느렸다.

"죽는 건 너야."

테스는 방아쇠를 당겼다. 귀와 머리에서 피가 터져 나와 옆으로 확 튀었다. 레스터는 목에 걸린 밧줄 매듭을 풀려는 사람처럼 버둥거렸다. 텔레비전에서 수영복을 발목까지 내린 코미디언 조지 코스탄자의 대사가 들려왔다. '수영장에 있다 와서 그래, 그래서 작아 보이는 거라고!' 관객들의 웃음소리가 뒤를 이었다.

41

때는 자정 무렵, 바람이 전에 없이 거세게 몰아쳤다. 바람이 불면 레스터 스트렐키의 집은 통째로 흔들렸고, 그때마다 테스는 나무로 집을 지은 아기 돼지가 떠올랐다.

이 집에 살던 아기 돼지는 집이 날아갈까 봐 걱정할 필요가 없었다. 안락의자에 앉아 죽었으니까. *어차피 이 자식은 아기 돼지도 아니었잖아. 못된 늑대였지.*

테스는 부엌에 앉아 위층 침실에서 찾아낸 때 묻은 공책에 무언가 적는 중이었다. 레스터 스트렐키의 집 위층에는 방이 네 개나 있었지만 침실을 빼면 모두 잡동사니로 가득했다. 철제 침대 틀부터 시작하여 5층 건물 옥상에서 떨어진 것 같은 보트 모터까지, 별의별 잡동사니가 다 있었다. 쓸모도 값어치도 일관성도 없는 쓰레기 더미를 다 뒤지려면 몇 달이 걸려도 모자랄 판이었기에, 테스는 레스터의 침실에 집중하여 샅샅이 뒤졌다. 공책은 거기서 얻은 보너스였다. 테스가 찾던 물건은 벽장 선반 맨 안쪽, 낡은 여행가방 속에 들어 있었다. 그 가방을 가리려고 쌓아 둔 오래된《내셔널 지오그래픽》더미는 별 효과가 없었다. 가방에서 나온 것은 여성용 속옷 한 무더기였다. 테스의 팬티는 맨 위에 있었다. 테스는 팬티를 주머니에 넣은 다음, 도토리를 물어다 쟁여 놓는 다람쥐처럼 속옷 더미 위에 노란색 밧줄 뭉치를 올려놓았다.

강간 살인범의 전리품 보관소에 들어 있는 밧줄 뭉치를 보고 놀랄 사람은 아무도 없었다. 게다가 테스에게는 쓸모없는 물건이기도 했다.

「론 레인저」가 생각나네. '톤토, 이제 우리 일은 다 끝났어.'

텔레비전에서 「사인필드」와 「프레이저」에 이어 지역 뉴스가 나오는 동안(뉴스에 따르면 치코피 주민 가운데 한 명은 복권에 당첨됐고 한 명은 비계에서 떨어져 허리가 부러졌다고 하니 얼추 균형이 맞은 셈이었다.), 테스는 편지 형식의 자술서를 썼다. 다섯째 장을 쓸 무렵에는 뉴스가 끝나고 대장 청소제 광고가 끝도 없이 반복됐다. 광고 모델로 나온 대니 비에라는 시청자들을 향해 이렇게 떠들었다. '어떤 미국인들은 이틀이나 사흘에 한 번만 대변을 봅니다. 그런데 너무 오랫동안 그렇게 살다 보니 *그게 정상인 줄 알아요!* 하지만 밥값을 할 줄 아는 의사라면 누구나 말할 겁니다, 그건 *정상이 아니라고 말이죠!*'

편지의 첫 문장은 **경찰 관계자 여러분께**였고 맨 앞의 한 문단은 무려 네 장에 걸쳐 이어졌다. 그 글은 테스의 머릿속에서 비명처럼 울려 퍼졌다. 손은 하도 오래 글을 써서 저릿저릿했고 부엌 서랍에서 찾은 볼펜은(옆면에 **레드 호크 트럭 운송**이라고 적혀 있었다.) 잉크가 다 닳아서 잘 나오지 않았지만, 천만다행히도 슬슬 편지의 끝이 보였다. 이제 더는 텔레비전을 못 보는 처지가 된 리틀 드라이버가 레이지보이 안락의자에 널브러져 있는 동안, 테스는 마침내 편지의 다섯째 장 첫 문단을 쓰기 시작했다.

제가 저지른 짓에 대해 변명할 생각은 없습니다. 제정신이 아닌

상태에서 그랬다는 핑계도 대지 않을 것입니다. 저는 분노로 가득 차 있었고, 그래서 실수를 저질렀습니다. 그냥 그것뿐입니다. 경우가 달랐다면, 그러니까 이보다 덜 끔찍한 짓이었다면 이렇게 말했을지도 모릅니다. '실수하는 것도 당연해요. 둘이 쌍둥이처럼 비슷하게 생겼으니까.' 하지만 이 경우에는 그런 말이 안 통하겠지요.

자리에 앉아 이 글을 쓰면서, 이 집 텔레비전에서 나는 소리와 바람 소리를 들으면서, 제가 어떻게 속죄할 수 있을지 생각해 봤습니다. 용서를 바라고 그런 생각을 한 건 아닙니다. 잘못을 저질렀으면 적어도 좋은 일을 해서 균형을 맞추려는 노력은 해야 한다고 생각했기 때문입니다.(여기까지 쓰고 나서 테스는 복권에 당첨된 사람과 허리가 부러진 사람이 어떻게 균형을 맞추었는가에 대해 적을까 생각했지만, 다 설명하기에는 너무 피곤했고 어차피 별 상관도 없을 듯싶었다.) 아프리카에 가서 에이즈 환자들을 돌볼까 하는 생각도 했습니다. 뉴올리언스에 가서 노숙자 쉼터나 무료 급식소의 자원 봉사자로 일할 생각도 해 봤습니다. 멕시코 만에 가서 몸에 기름이 묻은 새들을 닦아 줄까 하는 생각도 했습니다. 은퇴 후를 대비해 모아 둔 100만 달러쯤 되는 돈을 여성 폭력 반대 단체에 기부할까도 생각해 봤습니다. 코네티컷 주에 그런 단체가 있을 테니까요. 몇 개가 있을지도 모르지요.

그러다가 뜨개질 클럽 시리즈의 등장인물인 도린 마키스의 말이 떠올랐습니다. 도린은 모든 책에서 이 말을 꼭 한 번씩 합니다……

도린이 시리즈의 모든 책에서 한 번씩 하는 말은 바로 이것이었다. 살인자들은 항상 코앞에 보이는 걸 무시한답니다. 회원 여러분, 그 점을 명심하세요. 그리고 속죄에 대해 구구절절 적는 사이에 테스는 문득 속죄고 뭐고 애초에 불가능하다는 것을 깨달았다. 왜냐하면, 도린의 말은 항상 옳으니까.

테스는 줄곧 모자를 쓰고 있었으니 혹시나 흘린 머리카락이 유전자 감식에 걸릴 염려는 없었다. 장갑 또한 한 번도, 심지어 앨빈 스트렐키의 픽업트럭을 운전하는 동안에도 벗지 않았다. 아직은 시간이 있었다. 레스터네 집 부엌의 장작 스토브에서 이 자술서를 태우고 더 깔끔한(나무가 아니라 벽돌로 지은) 앨빈의 집까지 간 다음, 거기서 익스페디션으로 갈아타고 코네티컷으로 돌아갈 수도 있었다. 프리츠가 기다리는 집으로. 언뜻 보면 상관없는 사람이니 경찰이 테스를 찾아내기까지는 며칠이 걸릴 수도 있었지만, 결국에는 찾아낼 것이 뻔했다. 사소한 법의학 증거에 몰두하는 동안 테스는 코앞의 거대한 산을 무시하고 있었다. 뜨개질 클럽 시리즈에 나오는 살인자들과 마찬가지로.

그 거대한 산에는 이름이 있었다. 벳시 닐이라는 이름이. 얼굴은 갸름하고 눈은 피카소 그림 같고 검은 머릿결은 구름처럼 풍성한 귀여운 여인. 벳시는 테스의 얼굴을 알 뿐 아니라 사인까지 받았는데, 정작 문제는 따로 있었다. 진짜 문제는 테스의 멍든 얼굴(여기서 그렇게 된 게 아니었으면 좋겠네요. 벳시는 그렇게 말했다.), 그리고 테스가 앨빈 스트렐키에 관해 벳시에게 물었다는 사실이었다. 테스는 그의 픽업트럭이 어떻게 생겼는지 설명했고, 벳시가 반지 이야기를 꺼내자 바로 알아들었다. 루비 같았어요라고 맞장구까지 쳤다.

벳시는 텔레비전 뉴스나 신문에서 테스의 이야기를 볼 것이다. 일가족 세 명이 살해당한 사건을 어떻게 안 볼 수가 있겠는가? 그러고는 경찰을 찾아갈 것이다. 경찰은 테스를 찾아올 것이다. 절차에 따라 코네티컷 주 총기 소유자 기록을 확인하고 테스가 레몬 압착기라는 별명으로 알려진 38구경 스미스앤드웨슨 리볼버를 갖고 있다는 것을 발견할 테니까. 경찰은 테스에게 총을 제출하라고 한 다음 그 총을 시험 발사하여 시체 세 구에서 나온 총알과 비교할 것이다. 그럼 테스는 뭐라고 말할까? 시커멓게 멍든 눈을 하고서 (레스터 스트렐키한테 목을 졸린 탓에 아직도 쉬어 있는 목소리로) 총을 잃어버렸다고 대답할까? 배수로 파이프에서 여자들의 시체가 발견된 후에도 그렇게 말할 수 있을까?

테스는 빌린 볼펜을 들고 다시 자술서를 적기 시작했다.

……도린은 모든 책에서 이 말을 꼭 한 번씩 합니다. '살인자들은 항상 코앞에 보이는 걸 무시한답니다.' 그리고 어느 책에서는 도로시 세이어스의 추리소설에서 영감을 받아 장전된 총을 가진 살인자에게 명예롭게 탈출하라는 말을 들려주기도 합니다. 그리고 저한테도 총이 있습니다. 제 직계 가족 중에 살아 있는 사람은 남동생 마이크뿐입니다. 마이크는 뉴멕시코 주 타오스에 살고 있습니다. 제 유산은 아마 그 아이가 상속할 겁니다. 저의 죄가 법적으로 어떤 영향을 끼칠지에 따라 달라지기는 하겠지만요. 만약 마이크가 물려받게 되면, 이 편지를 발견하신 경찰 여러분께서 부디 그 아이에게도 편지를 보여 주시기 바랍니다. 그리고 성폭력에 시달리는 여성들을 돕는 단체에 유산을 기부했으면 하는 저의 바

람도 전해 주셨으면 합니다.

빅 드라이버 앨빈 스트렐키한테는 미안하게 됐습니다. 그 사람
은 저를 강간하지 않았습니다. 도린도 그 사람이 다른 여자들을
강간하고 죽이지 않았다고 확신하고요.

도린? 아니, 테스였다. 도린은 진짜가 아니니까. 그러나 너무 피
곤해서 고쳐 쓸 힘이 없었다. 게다가 젠장, 어차피 끝이 멀지 않았
으니까.

라모나 노빌과 이 집 거실에 있는 쓰레기한테는 사과하지 않을
겁니다. 그 둘은 죽는 게 더 나으니까요.

물론 저도 그렇고요.

테스는 볼펜을 놓고 편지의 앞장을 쭉 넘겨보며 혹시 빠뜨린
것이 있는지 확인했다. 빠진 것이 눈에 띄지 않아서 서명을 했다.
테스의 마지막 사인이었다. 볼펜은 마침 이름 끝 글자에 이르러
잉크가 닳아버렸다. 테스는 볼펜을 내려놓았다.

"뭐 할 말 있어, 레스터?"

바람만이 대답했다. 이 작은 집의 이음매가 삐걱거릴 정도로
거세게 불면서 차가운 공기를 불어 넣는 바람만이.

테스는 거실로 돌아갔다. 레스터의 머리에 모자를 씌우고 손가
락에 반지를 끼워 주었다. 그 모습으로 발견되기를 원했기 때문이
었다. 텔레비전 위에 사진 액자가 놓여 있었다. 사진 속에서 레스
터는 자기 어머니의 어깨를 안고 나란히 서 있었다. 둘 다 웃고 있

었다. 소년과 어머니로밖에 보이지 않았다. 테스는 그 사진을 잠시 바라보다가 집을 나섰다.

42

처음 사건이 시작됐던 버려진 가게로 돌아가서 모든 것을 끝내야 한다는 생각이 들었다. 잡초가 무성한 주차장에 앉아 낡은 간판이 바람에 흔들리는 소리를 듣다 보면(정을 주세요 정을 드릴게요) 뭔지는 몰라도 사람들이 숨을 거두기 직전에 떠올리는 생각에 잠길 수 있을 것만 같았다. 테스의 경우에는 아마도 프리츠일 듯싶었다. 팻시가 돌봐 줄 테니 다행이라는 생각이 들었다. 고양이들은 생존력이 강했다. 밥그릇만 채워지면 밥을 주는 사람이 누군지는 신경을 안 쓸 정도로.

이 시간이면 그 가게까지 그리 오래 걸릴 것 같지 않았지만, 그래도 너무 멀어 보였다. 테스는 너무나 피곤했다. 앨빈 스트렐키의 트럭을 타고 그곳으로 갈 작정이었다. 하지만 고통스럽게 적은 자술서를 자기 피로 더럽히고 싶지는 않았다. 자술서의 내용 자체가 피로 얼룩져 있다는 점을 생각하면 결코 옳지 않은 행동이기 때문이었다. 그래서 테스는……

공책을 북 찢어서 텔레비전이 켜진 거실로 돌아온 다음(이제 텔레비전 화면에 사기꾼으로 보이는 남자가 나와서 로봇 청소기를 팔고 있었다.), 자술서를 레스터 스트렐키의 허벅지에 올려놓았다.

"레스터, 그것 좀 맡아 줘."

"기꺼이."

레스터가 대답했다. 언뜻 보니 아무것도 안 걸친 어깨에 터져 나온 뇌의 일부가 들러붙어 말라가는 중이었다. 잘된 일이었다.

테스는 바람 부는 어둠 속으로 걸어 나와서 픽업트럭 운전석으로 천천히 올라갔다. 운전석 문을 닫을 때 울려 퍼진 경첩의 비명소리가 이상하게 귀에 익었다. 아니, 그렇게 이상하지는 않았다. 그 가게에서도 듣지 않았던가? 그랬다. 그때 테스는 실내등을 끄려고 이 차문을 열었다. 그 남자가 친절하게도 타이어를 갈아 주겠다고 했기 때문이었다. 테스가 집에 돌아가서 고양이한테 밥을 줄 수 있도록. 그 생각을 하니 쿡쿡 웃음이 나왔다.

"뭣도 모르고 이 차 배터리 걱정까지 해 줬지 뭐야."

테스는 38구경 리볼버의 짧은 총신을 이마 옆에 댔다가, 생각을 고쳐먹었다. 그런 식으로 쐈다가는 실패할 수도 있었다. 테스는 자신이 남길 돈이 폭력에 시달리는 여성들을 돕는 데 쓰이기를 바랐지, 무의식 상태에 빠져 식물인간 병동에 몇 년이고 누워 있는 자신의 치료비로 허비되기를 원치 않았다.

입. 총구를 입에 무는 것이 더 나았다. 더 확실했다.

혀에 닿은 총신이 미끌미끌했다. 볼록 튀어나온 가늠쇠가 입천장을 찌르는 느낌이 났다.

괜찮은 인생이었어. 뭐, 꽤 괜찮았지. 막판에 지독하게 실수하긴 했지만, 만약 내세라는 게 있다면 그 실수 때문에 욕을 먹진 않을 거야.

아, 하지만 밤바람이 너무나 달콤했다. 그 바람을 타고 반쯤 열린 운전석 차창으로 흘러드는 희미한 향기 또한. 이렇게 떠나 버리는 건 부끄러운 짓이었지만, 달리 무슨 방법이 있겠는가? 이제 갈 시간이었다.

테스가 눈을 감고 방아쇠에 손가락을 걸었을 때, 톰의 목소리가 들렸다. 이상한 일이었다. 왜냐면 톰은 익스페디션 안에 있었고 그 익스페디션은 빅 드라이버의 집에 있었는데, 여기서 그 집까지는 1킬로미터가 넘었으니까. 또한 그 목소리는 평소 테스가 톰을 위해 지어낸 목소리와 조금도 비슷하지 않았다. 테스 자신의 목소리도 아니었다. 차가운 목소리였다. 게다가 테스는…… 입에 총을 물고 있었다. 말을 하기란 불가능했다.

"그 할머닌 명탐정이었던 적이 한 번도 없어. 안 그래?"

테스는 입에서 총을 꺼냈다.

"누구? 도린?"

상황을 까맣게 잊은 채로, 테스는 충격에 휩싸였다.

"그럼 누구 얘긴 줄 알았어, 테사 진? 그 여자가 명탐정일 리가 없잖아? 예전의 네가 만들어낸 인물인데. 안 그래?"

정말로 그런 것 같았다.

"도린은 그 여자들을 강간하고 죽인 게 빅 드라이버가 아니라고 믿고 있어. 당신도 자술서에 그렇게 적었지?"

"맞아. 나도 그렇게 확신했어. 그냥, 피곤해서 더 생각하기 싫었어. 너무 놀라기도 했고."

"그리고 죄책감 때문이기도 했고."

"맞아. 죄책감도 느꼈어."

"죄책감에 짓눌린 사람이 과연 제대로 된 추리를 할 수 있을까? 네 생각은 어때?"

아니. 못할 것 같았다.

"무슨 말을 하고 싶은 거야?"

"넌 수수께끼의 일부밖에 풀지 못했어. 수수께끼를 다 풀기 전에 그만 순전히 운이 없어서 어떤 일에 휘말리고 만 거야. 케케묵은 관용구만 주절대는 할머니 탐정이 아니라 *네* 손으로 다 풀어야 하는데."

"운이 없었다고? 지금 이 꼴을 보고도 그런 말이 나와?"

아득히 멀리서 테스 자신의 웃음소리가 들려왔다. 어딘지 모를 곳에서 바람에 흔들린 빗물받이 홈통이 처마를 두드리는 소리가 났다. 버려진 가게의 세븐업 간판이 내던 소리와 비슷했다.

"네 손으로 네 머리를 *날려 버리기* 전에." 낯설고 기묘한 목소리로 톰이 말했다(말을 하면 할수록 여자 목소리에 가까워졌다.). "그 머리로 *생각*을 해 보는 건 어때? 여기 말고 다른 데서."

"다른 데라니, 어디?"

톰은 그 질문에 대답하지 않았고, 굳이 대답할 필요도 없었다. 대신 이렇게만 말했다.

"그 망할 놈의 자술서 잊지 말고 챙겨 가."

테스는 차에서 내려 레스터 스트렐키의 집으로 돌아갔다. 죽은 레스터의 부엌에 서서, 생각을 했다. (점점 더 테스 자신의 목소리와 비슷해지는) 톰의 목소리로, 소리 내어 생각했다. 그러는 동안 도린은 잠시 산책이라도 나갔는지 말이 없었다.

"앨의 집 열쇠는 차 열쇠랑 같이 레스터의 열쇠고리에 달려 있을 거야. 하지만 그 집엔 개가 있어. 개를 잊으면 안 돼."

그랬다, 개를 잊으면 큰일이었다. 테스는 레스터의 냉장고로 향했다. 냉장고 안을 잠시 뒤진 끝에 아래 선반 뒤쪽에서 햄버거용 고기를 찾아냈다. 테스는 생활 정보 신문을 한 부 가져다가 고기를 두 겹으로 싼 다음, 거실로 돌아갔다. 거기서 레스터의 허벅지에 놓인 자술서를 쭈뼛쭈뼛 집어 들었다. 종이 아래에 테스 자신을 고통스럽게 했던 레스터의 '물건'이, 이날 밤 세 사람이 살해당하는 결과를 초래한 바로 그 물건이 있다는 것을 똑똑히 알기 때문이었다.

"네가 사 둔 고기 좀 가져갈게. 너무 원망하진 마, 너한테도 좋은 일이니까. 반쯤 상해서 냄새가 아주 지독하거든."

"살인에 도둑질까지. 멋진데."

죽은 사람답게 앵앵거리는 목소리로 리틀 드라이버가 말했다.

"닥쳐, 레스터."

테스는 그 말을 남기고 떠났다.

43

네 손으로 네 머리를 날려 버리기 전에, 그 머리로 생각을 해 보는 건 어때?

낡은 픽업트럭을 타고 바람 부는 길을 달려 앨빈 스트렐키의 집으로 향하는 동안, 테스는 바로 그 생각이라는 것을 하려고 애썼다. 곁에 있지도 않은 톰이 전성기 때의 도린 마키스보다 더 훌륭한 탐정이라는 생각이 슬슬 고개를 들었다.

"테스, 간단히 말할게. 혹시 앨빈 스트렐키가 한패가 아니라고 생각한다면, 그것도 패거리에서 중요한 역할을 맡은 게 아니라고 생각한다면, 테스 넌 제정신이 아니야."

"당연히 제정신이 아니지. 안 그러면 엉뚱한 사람을 쏜 걸 뻔히 알면서 그게 아니라고 지금 이렇게 나 자신을 설득할 리가 없잖아?"

"그건 죄의식이야. 논리가 아니라."

톰이 대답했다. 으스대는 목소리 때문에 돌아 버릴 지경이었다.

"네 생각과 달리 앨빈 스트렐키는 새하얗고 천진한 어린 양이 아니었어. 절반만 검은 양도 아니었고. 정신 차려, 테스. 그놈들은 그냥 형제가 아니었어, 파트너였단 말이야."

"사업 파트너였겠지."

"형제 사이란 건 절대 단순한 사업 파트너로 끝나지 않아. 그보다는 훨씬 복잡한 법이지. 특히 라모나 노빌 같은 엄마 밑에서 자랄 경우에는 더더욱."

테스는 운전대를 틀어 앨빈 스트렐키네 집의 매끈하게 포장된 진입로로 들어섰다. 톰의 말이 일리가 있다는 생각이 들었다. 테스도 아는 사실이 하나 있었기 때문이었다. 도린 마키스와 뜨개질 클럽 회원들이 라모나 노빌 같은 여자를 만난 적이 한 번도 없다는 사실이었다.

막대 모양 보안등이 켜졌다. 개가 짖기 시작했다. 왈왈, 왈왈왈. 테스는 불이 꺼지고 개가 조용해지기를 기다렸다.

"그걸 내가 무슨 수로 확인하겠어, 톰."

"눈으로 안 보면 아무것도 확인 못해."

"확인이 다 무슨 소용이야, 그 남잔 날 강간한 놈이 아닌데."

톰은 잠시 말이 없었다. 포기한 눈치였다. 그러다가 다시 목소리가 들려왔다.

"한 사람이 나쁜 짓을 하려고 할 때 다 알면서 방관하는 사람이 있다면, 그 두 사람은 똑같이 유죄야."

"법의 관점에서 볼 때?"

"*내* 관점에서 볼 때도 그래. 여자들을 잡아서 강간하고 죽인 게 동생인 레스터라고 가정해 보자. 내 생각은 다르지만, 그냥 그렇다고 쳐. 만약 형인 앨이 다 알면서도 입을 꾹 다물었다면, 그것만으로도 죽을 이유는 충분해. 솔직히 그놈한텐 총알도 아까워. 이글거리는 부지깽이로 꼬치처럼 꿰어 버리는 쪽이 더 정의에 가깝지."

테스는 힘없이 고개를 젓고 조수석에 놓인 권총을 만졌다. 남은 총알은 한 발. 어쩔 수 없이 개를 쏘면(실은 같은 패거리를 하나 더 저승으로 보내는 것뿐이었다.) 다른 총을 찾아야 할 판이었다. 목을 매든가 무슨 다른 방법을 찾지 않는 한은. 그러나 스트렐키 형제 같은 부류는 보통 총을 소지하게 마련이었다. 라모나식 표현으로는 그거야말로 이런 경우의 이득이었다.

"다 알고 있었다면, 그렇겠지. 하지만 그렇게 과감한 가설만으로 사람 머리에 총알을 박을 순 없어. 그놈들 엄마는 죽어도 싸. 그 여자의 경우에는 내 귀고리만 있으면 증거는 충분하니까. 하지만 이 집엔 증거가 아무것도 없잖아."

"과연 그럴까?" 톰은 테스의 귀에 간신히 들릴 정도로 나지막이 중얼거렸다. "가서 확인해 봐."

44

현관 계단을 오르는 동안에는 개 짖는 소리가 들리지 않았다. 그러나 테스는 현관 문 바로 안쪽에 서서 고개를 숙이고 이를 드러낸 개의 모습이 눈에 선했다.

"구버?" 젠장, 시골 개한테 이보다 더 어울리는 이름이 있을까. "내 이름은 테스야. 너 주려고 햄버거 좀 가져왔어. 그리고 총알이 한 발 남은 권총도 있고. 이제 내가 이 문을 열 거야. 만약에 내가 너라면 그 둘 중에 고기를 택할 것 같은데, 어때? 거래 성립?"

여전히 고요했다. 이 집 개는 보안등이 켜져야 짖는지도 몰랐다. 아니면 먹음직스러운 여자 도둑이 들어와야 짖든가. 테스는 열쇠 한 개를 꽂고 돌려 본 다음, 다른 열쇠를 꽂았다. 소용이 없었다. 둘 다 사무실 열쇠 같았다. 세 번째 열쇠를 꽂아서 돌렸더니 그제야 자물쇠가 풀렸고, 테스는 용기가 사그라지기 전에 문을 열었다. 그때껏 테스는 불도그나 로트와일러, 아니면 핏불처럼 커다란 개가 벌건 눈을 한 채 침을 질질 흘리고 있으리라 상상했다. 그런데 막상 문을 열어 보니 조그마한 잭 러셀 테리어가 초롱초롱한 눈으로 올려다보며 꼬리를 살랑대고 있었다.

테스는 재킷 주머니에 총을 집어넣고 잭 러셀 테리어의 머리를 다독여 주었다.

"세상에. 이런 앤 줄 모르고 그렇게 무서워했다니."

"괜찮아, 겁먹지 마. 근데 우리 주인 앨은 어딨어?"

"몰라도 돼. 저기, 햄버거 먹을래? 조금 상했을지도 모르는데."

"일단 줘 봐, 자기야."

테스는 구버에게 햄버거 고기를 한 덩이 떼어 주고 집 안으로 들어선 다음, 문을 닫고 불을 켰다. 안 될 것도 없잖은가? 어차피 구버와 테스 둘뿐이었는데.

앨빈 스트렐키의 집은 동생네보다 더 깔끔했다. 바닥과 벽은 깨끗했고 생활 정보 신문 더미도 안 보였고, 선반에는 책도 몇 권 있었다. 곳곳에 꼬마 도자기 인형이 놓여 있었고 벽에 걸린 커다란 액자에는 극성 엄마와 찍은 사진이 들어 있었다. 테스가 보기에는 뭔가 시사하는 바가 있는 사진이었지만, 확실한 증거라고 하기는 힘들었다. 무엇의 증거이든 간에. *토미 우도 역을 맡은 리처드 위드마크의 사진이라면 얘기가 다르겠지만.*

"왜 실실 웃어? 자기도 고기 한 입 먹고 싶어?"

"아니, 괜찮아. 어디서부터 시작할까?"

"나야 모르지, 개가 뭘 알겠어. 그 맛난 소고기나 더 줘 봐."

테스는 고기를 조금 더 떼어 주었다. 구버는 앞발을 들고 일어서서 두 바퀴를 돌았다. 그 모습을 보며 테스는 자기가 슬슬 미쳐 가는 중이라 헛것을 보는 게 아닌지 궁금해졌다.

"톰, 넌 뭐 할 말 없어?"

"이 녀석 동생네 집에선 네 팬티가 나왔어, 테스. 그렇지?"

"맞아. 내가 가져왔어. 찢어졌던데…… 어차피 멀쩡해도 다시 입을 생각은 없지만…… 그래도 *내 거니까.*"

"속옷 무더기 옆에 또 뭐가 있었지?"

"뭐가 있었냐니, 그게 무슨 말이야?"

톰은 대답할 필요가 없었다. 무엇을 보았냐가 아니라 무엇을 못 봤냐는 질문이기 때문이었다. 답은 바로 핸드백과 열쇠였다. 레스터 스트렐키는 희생자들의 열쇠를 숲에 버렸을 것이다. 처지가 바뀌었다면 테스도 그렇게 했을 테니까. 하지만 핸드백은 사정이 달랐다. 꽤 비싼 케이트 스페이드 핸드백이었고, 안에는 테스의 이름이 적힌 실크 리본이 박음질되어 있었다. 핸드백과 그 안에 든 것들이 레스터의 집에 없었다면, 또 레스터가 열쇠와 함께 숲에 버리지도 않았다면, 과연 어디에 있을까?

"난 여기 있다에 한 표 던지겠어. 한번 찾아보자, 테스."

"고기 내놔!"

구버가 외치더니 뒷발로 서서 한 바퀴를 더 돌았다.

45

어디서부터 시작해야 할까?

"잘 생각해 봐. 남자들이 물건을 감추는 곳은 둘 중 하나야. 서재, 아니면 침실. 도린은 그걸 모를지 몰라도 넌 알아. 그리고 이 집에는 서재가 없어."

테스는 (구버의 뒤를 따라) 앨빈 스트렐키의 침실로 들어갔다. 특대 사이즈 더블베드가 군대식으로 칼날 같이 개켜져 있었다. 테스는 침대 밑을 들여다보았다. 허탕이었다. 붙박이장 쪽으로 돌아서서 잠시 멈췄다가, 다시 침대 쪽으로 돌아섰다. 매트리스를 들췄다. 안을 확인했다. 5초, 아니면 10초 후, 테스는 무덤덤한 목소리로 외쳤다.

"딱 걸렸어."

널따란 침대 받침대 위에 여성용 핸드백 세 개가 놓여 있었다. 가운데 놓인 크림색 클러치백은 세상 어디에서도 한눈에 알아볼 수 있는 물건이었다. 테스는 그 핸드백을 열었다. 안에는 휴대용 화장지 한 통과 위쪽 절반이 앙증맞은 브러시로 된 눈썹연필밖에 없었다. 이름이 적힌 실크 리본을 찾아보았으나 보이지 않았다. 조심스레 뜯어냈기 때문이었지만, 리본이 달려 있던 자리의 이탈리아산 고급 가죽에는 조그맣게 찢어진 자국이 남아 있었다.

"네 거 맞아?"

"너도 알잖아, 톰."

"눈썹연필은?"

"이건 온 미국의 화장품 가게 수천 군데에서 살 수 있는……"

"*네 거냐고?*"

"맞아. 내 거야."

"어때, 아직도 확신이 안 섰어?"

"그게……"

테스는 말을 삼켰다. 어떤 느낌이 들기는 했지만, 그게 뭔지는 확실치 않았다. 안도감일까? 두려움?

"이제 알 것 같아. 하지만 왜? 왜 둘이서 같이 그런 짓을?"

톰은 대답하지 않았다. 그럴 필요가 없었다. 도린은 모를지 몰라도(안다고 해도 인정하지 않을 터였다. 도린의 모험에 따라나서는 할머니 탐정들은 으스스한 이야기라면 질색이었으니까) 테스 자신은 알 것 같았다. 그 빌어먹을 엄마가 아들 둘을 다 망쳐 놓았던 것이다. 정신과 의사라면 그렇게 말했을 것이다. 동생 레스터는 강간범이었고, 형 앨빈은 동생 대신 물건을 모으는 페티시즘이 있었다. 어쩌면 동생을 도와서 파이프 속의 여자들 중 한 명을, 아니면 둘 다를 처리했을지도. 확실히 알 방법은 없었다.

"테스, 집 안을 다 뒤지다간 날이 새 버리겠지만, 이 방을 더 찾아볼 시간은 충분해. 놈은 핸드백 안에 든 물건을 다 없애 버렸을 거야. 신용카드는 잘라서 콜위치 강에 버렸겠지. 그래도 확실히 해 둬야 해, 네 이름이 적힌 물건이 하나라도 나왔다간 경찰이 우리 집 현관문을 두드릴 테니까. 자, 붙박이장부터 시작하자."

붙박이장 안에는 신용카드를 비롯하여 테스의 물건이 아무것도 없었지만, 대신 다른 것이 나왔다. 그것은 맨 위 선반에 놓여 있었다. 딛고 올라갔던 의자에서 내려와 그 물건을 찬찬히 살피는 동안 테스의 표정은 점점 더 어두워졌다. 봉제 오리 인형. 어느 집 아이가 아꼈을 법한 장난감이었다. 눈 한쪽은 달아나고 없었고 합성 섬유로 만든 털은 뻣뻣했다. 군데군데 털이 빠진 곳도 보였다. 반쯤 죽을 때까지 쓰다듬어 주기라도 한 것처럼.

빛바랜 노란색 부리에는 자줏빛 얼룩이 나 있었다.

"이거 혹시 내가 생각하는 그걸까?"

"아마 맞을 거야, 톰. 세상에."

"배수로에 있던 시체들…… 그중에 어린애도 있었어?"

아니, 둘 다 그렇게 어린 편은 아니었다. 그러나 스트렐키 형제가 시체를 버린 곳은 그 배수로 말고 또 있을지도 몰랐다.

"원래 있던 자리에 놔둬. 경찰이 와서 볼 수 있게. 지금은 앨빈 그 자식한테 컴퓨터가 있는지, 혹시 그 안에 테스 너랑 관련된 게 남아 있는지 확인해야 돼. 그것만 확인하고 당장 이 집을 떠나."

서늘하고 축축한 것이 테스의 손을 훑었다. 하마터면 비명이 터질 뻔했다. 알고 보니 구버가 한 짓이었다. 초롱초롱한 눈으로 테스를 올려다보면서, 혀로 날름날름.

"고기 더 내놔!"

테스는 구버의 부탁을 들어주었다.

"톰, 앨빈 스트렐키한테 컴퓨터가 있다면 분명 암호가 걸려 있을 거야. 내가 뒤져 볼 수 있게 금세 풀릴 리도 없고."

"그럼 들고 나와서 집에 가는 길에 강에다 던져 버려. 물고기들이랑 편히 잠들게."

그러나 컴퓨터는 없었다.

현관문을 나서기 전, 테스는 남은 햄버거 고기를 구버에게 주었다. 나중에 카펫에다 다 토할지도 몰랐지만 어차피 빅 드라이버에게는 아무래도 상관없는 일이었다.

"이제 속이 후련해, 테사 진? 네가 죽인 사람이 무죄가 아니란 걸 알아서 마음이 놓여?"

톰이 물었다. 테스가 생각하기에 당연히 그래야 할 것 같았다. 이제 자살을 택할 이유가 보이지 않았으므로.

"톰, 벳시 닐은 어떡하지? 어떡하면 좋을까?"

톰은 대답하지 않았고…… 이번에도 역시 대답할 필요가 없었다. 왜냐면, 결국에는, 톰이 곧 테스였으니까.

아닌가?

테스 자신도 딱 잘라 말하기가 힘들었다. 그런데 그게 무슨 상관일까? 이다음에 뭘 해야 하는지 테스도 아는 마당에? 결국 내일은 내일의 태양이 뜨는 법이었다. 그것 하나만큼은 스칼렛 오하라가 옳았다.

무엇보다 경찰이 배수로 안의 시체들을 발견하는 것이 중요했다. 아직도 찾고 있을지 모르는 가족과 친구들을 위해서라도. 게다가……

"그 오리 인형은 희생자가 더 있을지도 모른다는 증거니까."

그 목소리는 테스 자신의 것이었다.

다행스럽게도.

46

이튿날 아침 7시 30분, 악몽 때문에 잠을 설치느라 세 시간도 못 자고 일어난 상태로, 테스는 서재 컴퓨터를 켰다. 글을 쓸 생각은 없었다. 머릿속에 글 생각은 눈곱만큼도 없었다.

벳시 닐은 독신일까? 테스 생각에는 그럴 것 같았다. 사무실에서 봤을 때 결혼반지는 끼고 있지 않았고, 혹시 반지를 깜박했다고 해도 가족사진 한 장 눈에 띄지 않았다. 본 기억이 나는 사진은 액자에 끼워진 버락 오바마 사진뿐이었는데…… 오바마의 아내는 다른 사람이었다. 그렇다면 테스의 추측이 옳았다. 벳시 닐은 이혼했거나, 독신이었다. 십중팔구 전화번호부에도 이름을 올리지 않았을 것 같았다. 어쨌거나 인터넷 검색으로 뭔가 찾을 가망은 없었다. 스태거 인에 가면 만날 수 있었지만…… 그 술집에는 가고 싶지 않았다. 다시는.

"왜 사서 고생을 해?" 창가에 앉아 있던 프리츠가 말했다. "콜위치 전화번호부 정도는 찾아봐도 되잖아. 그나저나 이 냄새는 뭐야? 혹시 개랑 놀다 온 거야?"

"응. 구버라는 애랑."

"배신자."

프리츠가 경멸하듯이 중얼거렸다.

검색 끝에 테스는 닐이라는 성을 가진 사람을 열두 명이나 찾아냈다. 그중 한 명은 E. 닐이었다. 엘리자베스(Elizabeth)의 약자일까? 벳시는 애칭? 확인하는 방법은 하나뿐이었다.

테스는 조금도 망설이지 않고 그 번호를 눌렀다. 망설이면 용기를 잃을 것이 뻔하기 때문이었다. 땀이 송골송골 맺히고 심장 박동이 빨라졌다.

신호 연결음이 들렸다. 한 번. 두 번.

아마 아닐 거야. E. 닐은 이디스(Edith) 닐일 수도 있어. 아니면 에드위나(Ediwina) 닐이든가. 엘비라(Elvira) 닐인지도.

세 번.

벳시 닐의 번호가 맞다고 해도 집에 없을 거야. 아마 캐츠킬 산맥에 놀러 갔든가……

네 번.

……좀비 빵집 밴드 중에 한 명이랑 눈이 맞아서 그 사람 집에 갔다든가? 기타 치는 사람일지도. 둘이 같이 샤워하면서 「암고양이가 수캉아지를 덮칠 수 있을까?」를 부른다거나……

전화를 받는 소리가 들렸고, 테스는 귓속에 울리는 목소리의 주인을 대번에 알아차렸다.

"안녕하세요, 벳시예요. 지금은 전화를 받을 수가 없어요. 삐

소리가 나면, 그다음은 어떻게 하는지 아실 거예요. 좋은 하루 보내세요."

고마워요. 근데 난 끔찍한 하루를 보냈지 뭐예요. 어젯밤엔 진짜 최악이었는데 글쎄 무슨 일이 있었냐면……

삐 소리가 났고, 테스는 무슨 얘기를 할지 정하지도 못한 상태에서 저도 모르게 말을 시작했다.

"안녕하세요, 닐 씨. 저 테사 진이에요. 윌로 그로브 시리즈를 쓴 그 작가요, 기억하시죠? 전에 스태거 인에서 만났던. 제 내비게이션 보관해 주셨잖아요. 전 할머니께 드릴 책에다 사인해 드렸고요. 그때 제 얼굴에 든 멍을 보고 무슨 일이냐고 물어보셨는데, 실은 제가 거짓말을 했어요. 닐 씨, 절 때린 사람은 애인이 아니었어요."

말이 점점 빨라졌다. 얘기를 다 마치기 전에 녹음이 끝날까 두려웠기 때문이었는데…… 실은 이야기를 끝내고 싶은 마음 또한 간절했다.

"저 성폭행 당했어요. 끔찍하게요. 그래서 복수를 하려고…… 그게…… 저…… 닐 씨한테 꼭 해야 할 얘기가 있어요, 왜냐면 제가……"

찰칵 소리에 이어 진짜 벳시 닐의 목소리가 귀를 파고들었다.

"다시 얘기해 봐요. 천천히. 방금 일어나서 정신이 없으니까."

47

두 사람은 콜위치 시민 공원에서 만나 점심을 함께했다. 밴드 연주석 근처의 벤치에 앉아서. 테스는 배가 안 고팠지만 벳시 닐이 억지로 샌드위치를 권했고, 받아서 먹다 보니 어느 새 한 입 가득 쩝쩝대고 있었다. 레스터 스트렐키의 햄버거 고기를 먹어 치우던 구버가 생각났다.

"처음부터 얘기해 봐요."

벳시가 말했다. 테스의 눈에는 차분해 보였다. 거의 초자연적으로 보일 만큼 차분했다.

"처음부터, 하나도 빼놓지 말고."

테스는 브라운 배거스 북클럽이 보낸 초대장 얘기부터 시작했다. 벳시 닐은 이따금씩 '아하', '그랬군요' 같은 말로 이야기를 듣고 있다는 티만 낼 뿐, 거의 입을 열지 않았다. 처음부터 다 이야기하려니 목이 바싹 타들어갔다. 다행히도 벳시가 가져온 크림소다가 두 캔 있었다. 테스는 한 캔을 받아서 정신없이 마셨다.

이야기를 마치고 보니 오후 1시가 지나 있었다. 공원에 점심을 먹으러 왔던 몇 사람은 이미 돌아가고 없었다. 유모차를 몰고 가는 여인 둘이 보였지만 한참 먼 곳에 있었다.

"내가 제대로 이해한 건지 한번 들어 봐요. 그러니까 자살을 하려고 했는데, 얼굴 없는 목소리가 자살하지 말고 앨빈 스트렐키의 집으로 돌아가라고 했단 말이죠."

"예. 거기서 제 핸드백을 찾았어요. 피 묻은 오리 인형도요."

"팬티는 동생 집에서 찾았고."

"예, 리틀 드라이버 레스터네 집에서. 지금은 제 차에 있어요. 핸드백도요. 보실래요?"

"아니, 괜찮아요. 총은?"

"총도 차에 있어요. 총알도 한 발 남았고요."

테스는 벳시 닐의 얼굴을 유심히 보며 생각했다. 눈이 정말 피카소 그림 같아.

"저 무섭지 않으세요? 이제 단서는 닐 씨밖에 안 남았는데. 제가 아는 한은, 닐 씨뿐이에요."

"여긴 사람들이 다 보는 공원이에요, 테스. 게다가 우리 집 자동 응답기에 자백이 고스란히 녹음돼 있잖아요."

테스는 멍하니 눈만 껌벅였다. 미처 생각지 못한 부분이었다.

"만약에 당신이 저기 있는 젊은 엄마 두 명의 눈을 어찌어찌 피해서 날 죽인다고 해도……"

"이제 더는 사람을 죽일 자신이 없어요. 여기시든, 어디서든."

"그 말을 들으니 안심이 되네요. 왜냐면 혹시라도 나랑 우리 집 자동 응답기를 처리한다고 해도, 조만간 누가 택시 운전사를 찾아낼 거니까요. 토요일 아침에 당신을 스태거 인까지 태워다 준 그 운전사 말이에요. 그리고 경찰이 당신을 찾아가면 온통 멍든 얼굴을 보고 사건의 냄새를 맡을 거예요."

"하긴." 테스는 가장 짙은 멍 자국을 만져 보았다. "그 말이 맞아요. 그럼 이제 어떡하죠?"

"일단 그 예쁜 얼굴이 더 예뻐질 때까지 되도록 남들 눈에 안 띄게 숨어 있는 게 좋겠어요."

"그건 할 수 있을 것 같아요."

테스는 벳시에게 이웃인 팻시 매클레인을 속이려고 꾸며냈던 이야기를 들려주었다.

"그거 괜찮네요."

"닐 씨…… 아니…… 벳시. 내 얘기를 믿어 주는 건가요?"

"아, 그럼요." 벳시는 왠지 멍하게 들리는 목소리로 대답했다. "이제 당신이 내 얘기를 들을 차례예요. 준비됐어요?"

테스가 고개를 끄덕였다.

"지금 우린 그냥 공원에 소풍 나온 여자 두 명이에요. 하나도 이상할 게 없죠. 하지만 오늘 이후로 우리가 다시 만나는 일은 절대 없을 거예요. 알았어요?"

"그래요, 당신이 그러고 싶다면."

테스는 치과에 가서 큼지막한 노보케인 주사를 턱에 맞았을 때의 기분을 뇌로 느끼고 있었다.

"그러고 싶어요. 그리고 얘기를 하나 더 지어내서 준비해 놔요. 혹시 경찰이 운전사를 찾아갈지도 모르니까. 당신을 집까지 데려다 준 그 리무진……"

"마누엘. 그 사람 이름은 마누엘이에요."

"……아니면 토요일 아침에 스태거 인까지 태워다 준 택시 운전사를 찾아갈 수도 있어요. 그것 말고는 신분증이라도 나오면 또 모를까, 당신이랑 스트렐키 가족을 연관 지을 생각은 아무도 못 할 거예요. 하지만 일단 기사가 뜨기 시작하면 큰 사건이 될 테고, 그럼 당신한테까지 수사가 안 미칠 거라는 보장이 없어요." 벳시는 몸을 숙여 테스의 왼쪽 가슴을 살짝 두드렸다. "당신이 실수하면 나까지 경찰하고 엮인단 말이에요, 난 잘못한 것도 없는데."

그랬다. 벳시한테는 아무 잘못도 없었다.

"경찰한테는 뭐라고 할 거예요? 내가 나오는 부분은 빼고 그럴 듯하게 지어내 봐요. 어서요, 당신은 작가잖아요."

테스는 꼬박 1분 동안 궁리했다. 벳시는 말없이 지켜보았다.

"강연이 끝난 후에 라모나 노빌이 스태그 로드로 가는 지름길을 가르쳐 줬다고 할 거예요. 여기까지는 사실이니까요. 그런데 그리로 가다가 중간에 스태거 인을 본 거죠. 거기서 몇 킬로미터 더 가서 저녁을 먹고, 다시 돌아가서 한잔 걸치기로 했어요. 밴드가 연주하는 음악도 들을 겸."

"괜찮네요. 그 밴드 이름은……?"

"알아요, 좀비 빵집." 노보케인의 효력이 슬슬 약해지는 듯했다. "그러다가 어떤 남자들을 만나서 술을 진탕 마시는 바람에 운전을 못할 것 같단 생각이 들었어요. 벳시 당신 이름은 안 나올 거예요. 왜냐면 당신은 낮에만 일하니까. 그리고 그다음은……"

"됐어요, 그 정도면 충분해요. 일단 발동이 걸리니까 술술 나오네요. 너무 이것저것 붙이지만 않으면 되겠어요."

"명심할게요. 그런데 어쩌면 이 이야기는 써먹을 일이 없을지도 몰라요. 일단 스트렐키 일당이랑 희생자들의 시체가 발견되면, 경찰이 떠올리는 살인범은 나처럼 가녀린 여자 글쟁이랑 비슷한 구석이 하나도 없을 테니까요."

"가녀린 여자 글쟁이는 무슨. 끝내주는 악녀 주제에."

벳시 닐이 빙긋이 웃으며 말했다. 뒤이어 테스의 흠칫 놀란 표정이 벳시의 눈에 띄었다.

"왜요? 또 왜 그래요?"

"배수로 파이프에 있는 여자들. 스트렐키 일당이랑 연관이 있다는 걸 경찰이 알까요? 알겠죠? 적어도 레스터 한 명이라도?"

"그놈이 당신을 강간할 때 혹시 콘돔을 썼나요?"

"아뇨. 아, 그 개새끼. 집에 올 때까지도 다리에 흔적이 남아 있었어요. 그리고 제 몸속에도."

"그럼 그 여자들을 덮칠 때도 안 썼을 거예요. 증거는 차고 넘칠 만큼 많아요. 경찰이 알아서 맞춰 보겠죠. 그놈들이 당신 신분증을 없애 버린 게 확실하다면, 당신은 안전해요. 그리고 자기 힘으로 어떻게 할 수도 없는 일을 걱정해 봐야 무슨 소용이겠어요, 안 그래요?"

"그렇죠."

"설마 당신…… 집에 가면 욕조에 들어가서 손목을 그을 작정인 건 아니죠? 아니면 한 발 남은 총알을 이용한다든가?"

"아니요." 픽업트럭에 앉아 레몬 압착기의 짤따란 총신을 입에 물었을 때 느꼈던 밤바람의 달콤한 향기가 테스의 머릿속에 떠올랐다. "아니에요, 난 괜찮아요."

"그럼 이제 그만 가 봐요. 난 좀 더 있다 갈 거니까."

테스는 벤치에서 일어서려다가 다시 앉았다.

"꼭 알고 싶은 게 있는데요. 당신은 사건이 끝난 걸 알면서도 일부러 내 공범이 돼 줬어요. 잘 알지도 못하는 여자한테 왜 이렇게까지 해 주는 거죠? 딱 한 번 만났을 뿐인데?"

"당신이 세 사람을 살해한 죄로 감옥에 가면 당신 책의 애독자인 우리 할머니가 엄청 실망할 것 같아서 그랬다고 하면, 믿을 건가요?"

"그럴 리가."

벳시는 잠시 말이 없었다. 그러다가 자기가 마시던 크림소다 캔을 들더니, 다시 내려놓았다.

"성폭행을 당하는 여자는 한둘이 아니에요. 안 그래요? 그러니까 내 말은, 당신이 유별난 경우를 당한 건 아니란 뜻이에요."

물론 테스도 아는 바였지만, 그것을 안다고 해서 덜 아프고 덜 수치스러운 것은 아니었다. 조만간 받을 에이즈 검사의 결과를 더 느긋한 마음으로 기다릴 수 있을 것 같지도 않았다.

벳시가 빙긋이 웃었다. 즐거워하는 구석은 조금도 없는 웃음이었다. 귀엽지도 않았다.

"우리가 얘기를 나누는 동안에도 세상 곳곳의 여자들이 성폭행을 당하고 있어요. 소녀들도 마찬가지고요. 그중엔 봉제 인형을 끔찍이 아끼는 소녀도 있을 거예요. 당하고 나서 죽는 사람도 있고, 살아남는 사람도 있어요. 살아남은 사람들 중에 자기가 당한 일을 신고하는 사람이 얼마나 될 것 같아요?"

테스는 고개를 저었다.

"나도 몰라요. 하지만 전국 범죄 희생자 통계에 대해서는 좀 알아요. 구글에서 검색해 봤거든요. 통계대로라면 강간 사건의 60퍼센트는 신고조차 안 되고 넘어간다더군요. 다섯 명 중에 세 명꼴이죠. 내가 보기엔 그것도 너무 적지만, 누가 알겠어요? 수학 시간이 아닌 이상 보이지도 않는 부분을 증명할 수는 없는 거니까."

"벳시, 당신은 누구한테 당한 거예요?"

"새아버지였어요. 내가 열두 살 때. 그 짓을 하는 동안 버터나이프를 내 얼굴에 대고 있었죠. 난 무서워서 꼼짝도 못했어요. 그런데 그 자식이 사정할 때 그만 버터나이프가 미끄러진 거예요. 일부러 그런 것 같진 않지만, 누가 알겠어요?"

벳시는 왼손으로 왼쪽 눈 아래를 눌렀다. 오른손으로는 왼쪽 눈을 둥그렇게 감쌌다. 뒤이어 유리로 된 의안이 손바닥에 떨어졌다. 빈 눈구멍 속은 살짝 불그스름한 살이 도톰하게 솟은 모양새가 마치 놀라움을 품고 세상을 내다보는 듯했다.

"얼마나 아프던지…… 글쎄, 말로는 도저히 표현 못할 거예요. 정말이지 세상이 끝나는 것 같았어요. 피도 났고요. 철철 흘렀죠. 엄마가 병원에 데려다 줬어요. 의사한테는 양말만 신고 달리다가 부엌에서 넘어졌다고 하라더군요. 엄마가 마침 리놀륨 바닥에 왁스칠을 해 두는 바람에, 앞으로 넘어지다가 그만 조리대 모서리에 눈을 찧었다고. 의사가 나한테 둘이서만 얘기하자고 할 텐데, 그때 잘 대답해야 한다면서 이러더군요. '아빠가 너한테 지독한 짓을 한 건 엄마도 알아. 하지만 사람들이 소문을 들으면 엄마를 욕할 거야. 제발, 벳시. 이번 한 번만 엄마 말대로 해 주면 다시는 그런 일이 안 일어나게 할게.' 그래서 시키는 대로 했어요."

"그런데 똑같은 일이 또 일어난 건가요?"

"세 번, 아니면 네 번 더요. 그때마다 난 입을 다물었어요. 신고했다간 보복을 당할지도 모르는데 나한테 남은 눈은 한 개뿐이었으니까. 자, 뭐 더 할 얘기 있어요?"

테스가 끌어안으려고 다가가자 벳시는 흠칫 물러났다. *십자가를 본 흡혈귀 같아.* 테스는 속으로 생각했다.

"가까이 오지 마요."

"아니, 그래도……."

"그래요, 알아요, 고마워서 그러겠죠. 연대감, 여자들끼리의 영원한 우애, 뭐 그런 것도 느낄 테고. 난 그냥 껴안는 게 싫을 뿐이에요. 그래서 더 할 얘기 있어요? 없어요?"

"이제 다 한 것 같아요."

"그럼 가요. 그리고 총은 집에 가는 길에 강에다 던져 버려요. 자술서는 태웠겠죠?"

"예. 걱정 마세요."

벳시가 고개를 끄덕였다.

"자동 응답기에 녹음된 메시지는 내가 지울게요."

테스는 걸음을 옮겼다. 가는 도중에 한 번 뒤를 돌아보았다. 벳시 닐은 여전히 벤치에 앉아 있었다. 눈을 다시 끼운 채로.

48

익스페디션에 타고 나서, 테스의 머릿속에 묘안이 떠올랐다. 내비게이션에 남아 있는 가장 최근의 주행 경로 몇 건을 삭제하는 것이었다. 전원 버튼을 누르자 화면이 환해졌다. 톰의 목소리가 들려왔다.

"안녕하세요, 테스. 어디 가시나 보군요."

주행 경로를 삭제하고 나서 테스는 내비게이션을 껐다. 어디에도 가고 싶지 않았다. 조금도. 그저 집에 갈 생각뿐이었다. 그리고 그 길은 혼자서도 찾을 수 있을 것 같았다.

공정한 거래

토하려고 길가에 차를 대지만 않았어도 스트리터는 그 간판을 보지 못했을 것이다. 얼마 전부터 그는 토하는 횟수가 부쩍 늘었는데, 토하기 전에 낌새를 느끼는 경우는 아주 드물었다. 때로는 속이 울렁거렸고 때로는 목구멍 안쪽에 비릿한 맛이 느껴지기도 했지만, 가끔은 아무 조짐도 없었다. 그저 우욱 소리에 이어 아침 인사처럼 아무렇지도 않게 터져 나왔다. 그러다 보니 운전은 위험한 일이 되고 말았는데도, 그는 얼마 전부터 운전하는 횟수 역시 부쩍 늘었다. 그해 늦가을 무렵에는 더 이상 운전을 할 수 없는 처지가 되기 때문이기도 했지만, 생각할 일이 많기 때문이기도 했다. 그는 운전을 할 때 좋은 생각이 가장 많이 떠올랐다.

스트리터가 차를 몰고 가던 길은 해리스 애비뉴 연장 도로였다. 3킬로미터 남짓 뻗은 이 도로 옆에는 데리 카운티 공항과 근처에 자리 잡은 관련 업체들이 있었다. 대개는 모텔과 창고였다. 연장 도로는 공항으로 이어질 뿐 아니라 데리의 동과 서를 잇는 길이었기 때문에 낮에는 붐볐지만, 저녁이 되면 차가 거의 안 다녔다. 스트리터는 갓길의 자전거 도로에 차를 댄 다음, 조수석에 있던 구토용 비닐봉지를 낚아채서 봉지 입구에 얼굴을 처박고 분화를 시작했다. 저녁에 먹은 음식들이 앙코르 공연을 펼쳤다. 눈을 뜨고 있었다면 그 공연을 볼 수도 있었을 것이다. 그러나 스트리터는 눈을 감았다. 한가득 게워낸 토사물 같은 것은 한 번만 봐도 족하기 때문이었다.

구토가 시작되면 통증은 느껴지지 않았다. 의사인 헨더슨은 그것 역시 달라질 거라고 경고했는데 지난 일주일 동안의 경과를 보면 그 말이 옳았다. 그래도 아직은 괴로울 정도로 아프지는 않았다. 위산이 역류할 때처럼 뱃속에서 목으로 찌릿한 통증이 솟구칠 뿐이었다. 그 통증은 불쑥 치솟았다가 사라졌다. 그러나 점점 심해질 일만 남아 있었다. 역시 헨더슨 선생이 알려준 정보였다.

봉지에서 고개를 든 스트리터는 조수석 사물함을 열고 빵 봉지 묶는 철사를 꺼낸 다음, 차 안에 냄새가 퍼지지 않도록 저녁 식사 거리가 든 봉지의 입구를 묶었다. 오른쪽으로 눈을 돌리자 길가의 쓰레기통이 보였다. 쓰레기통 옆면에는 귀가 축 늘어진 개 그림과 함께 스텐실로 이런 문구가 적혀 있었다. **데리 도그 가라사대 '쓰레기는 쓰레기통에!'**

스트리터는 차에서 내려 쓰레기통으로 가서 시들어 가는 몸이 방금 막 뿜어낸 분출물을 버렸다. 여름 해가 공항의 평탄한(그리고 지금은 비어 있는) 부지에 붉은 놀을 드리웠다. 그의 발에서 뻗어나간 그림자는 기다랬고, 섬뜩할 정도로 가느다랬다. 그림자는 그의 몸보다 넉 달을 앞질러 살아가는 듯했다. 머잖아 그를 산 채로 갉아먹을 암 덩어리에 미리 너덜너덜하게 갉아먹힌 듯했다.

차로 돌아온 스트리터는 도로 건너편에 있는 간판을 보았다. 토하느라 흘린 눈물이 아직 덜 마른 탓인지, 간판의 문구가 처음에는 **헤어 익스텐션**(Hair Extension, 붙임머리)으로 보였다. 그러다가 눈을 깜박거리고 다시 보니 **페어 익스텐션**(Fair Extension, 공정한 연장)이라고 적혀 있었다. 그 아래 조그맣게 적힌 문구는 이러했다. **공정한 가격.**

공정한 연장, 공정한 가격. 멋진 문구였고, 타당한 말이었다.

연장 도로 건너편에는 공항 부지를 빙 둘러싼 철조망 바깥으로 자갈이 깔려 있었다. 차가 막히는 낮에는 그곳에 좌판을 까는 사람들이 많았다. 손님들이 뒤차에 받히지 않고 차를 댈 수 있기 때문이었다(물론 깜빡이를 확실히 켜고 재빨리 운전대를 틀 때의 얘기였다.). 메인 주의 작은 도시인 데리에서 평생을 살아온 스트리터는 그곳에서 물건을 파는 사람들을 오래전부터 목격했다. 봄에는 갓 뜯은 고비나물을 팔았고 여름에는 신선한 산딸기와 껍질이 붙은 옥수수를, 그리고 바닷가재는 거의 일 년 내내 팔았다. 눈이 녹아 길이 질척질척할 무렵에는 '눈사람'이라는 별명으로 알려진 괴짜 노인이 그 자리를 차지했는데 사람들이 겨울에 잃어버린 조그만 장식품들을 눈이 녹은 후에 주워다가 파는 사람이었다. 스트리터는 예전에 그 노인한테서 멀쩡해 보이는 봉제 인형을 산 적이 있었다. 그때 두 살, 아니면 세 살이었던 딸 메이한테 선물할 생각이었다. 그런데 눈사람한테서 샀다는 말을 실수로 그만 아내인 재닛한테 해 버렸고, 결국 아내 등쌀에 못 이겨 인형을 버려야 했다. 그때 재닛은 이렇게 말했다.

"병균을 죽이려면 삶아야 하는데 인형을 무슨 수로 삶아? 영리한 사람이 왜 한 번씩 이렇게 바보 같은 짓을 하는지 몰라."

글쎄. 적어도 암은 지능으로 사람을 차별하지 않았다. 영리하든 멍청하든 간에, 스트리터는 머잖아 경기장에서 나와서 유니폼을 벗어야 할 처지였다.

한때는 눈사람이 장식품들을 늘어놓던 자리에 조그만 테이블이 놓여 있었다. 그 테이블 뒤에 뚱뚱한 남자가 앉아서 커다란 노랑 우산을 비스듬히 세워놓고 저물어 가는 해의 붉은 빛을 피하고 있었다.

스트리터는 잠시 차 앞에 서 있다가 이내 운전석에 오르려고 했지만(건너편의 뚱뚱한 남자는 그를 거들떠보지도 않았다. 조그만 휴대용 텔레비전에 정신이 팔린 눈치였다.), 호기심에 못 이겨 생각을 바꿨다. 도로에 차가 지나가는지 둘러보니 한 대도 없었다. 이 시간대의 연장 도로는 예상대로 쥐 죽은 듯 고요했다. 이 길로 출퇴근하는 사람들은 다들 암에 안 걸린 자신의 건강한 몸을 당연한 것으로 여기며 집에서 저녁을 먹는 중일 테니까. 스트리터는 텅 빈 4차선 도로를 건너갔다. 야윈 그림자가, 스트리터의 미래의 유령이 그 뒤를 따랐다.

뚱뚱한 남자가 고개를 들었다.

"안녕하시오."

뚱뚱한 남자가 말했다. 텔레비전을 끄기 전에 언뜻 보니 그가 몰두해 있던 방송은 가십 전문 프로그램인 「인사이드 에디션」이었다.

"좋은 하루 보내셨소, 손님?"

"음, 그쪽은 어떤지 몰라도 저는 좀 좋아진 것 같군요. 장사하기엔 살짝 늦은 거 아닌가요? 막히는 시간이 지나면 차도 거의 안 다니는데. 여긴 공항 뒤편이잖아요. 다니는 차라고 해 봐야 화물 트럭뿐이고. 사람들은 위컴 스트리트 쪽으로 가니까."

"아무렴. 헌데 아쉽게도 사람이 많은 공항 앞쪽은 토지 용도 구분상 나 같은 길가 노점상한테는 자리를 안 내주거든." 뚱뚱한 남자는 공정하지 않은 이 세상에 넌더리가 난다는 듯이 고개를 저었다. "일곱 시에는 다 접고 집에 가려고 했는데, 왠지 마지막 손님이 오실 것 같은 예감이 들어서 버티고 있었지."

스트리터는 테이블을 내려다보고 빙긋 웃었다. (텔레비전을 팔 생각이 아니라면) 팔 물건이 하나도 없기 때문이었다.

"전 그 손님이 아닌 것 같군요. 그런데 성함이……?"

"조지 엘비드요."

뚱뚱한 남자가 일어서더니 마찬가지로 뚱뚱한 손을 내밀었다. 스트리터는 남자와 악수를 나누었다.

"데이브 스트리터라고 합니다. 그나저나, 전 그 마지막 손님이 아닌 것 같아요. 뭘 파는지도 모르고 온 거라. 처음에는 간판에 '헤어 익스텐션'이라고 적힌 줄 알았는데."

"붙임머리에 관심이 있으신가?" 엘비드는 이렇게 물으며 스트리터를 슥 훑어보았다. "보니까 머리숱이 슬슬 줄어드는 것 같긴 한데."

"조만간에 다 빠질 거예요. 항암 치료 중이라."

"저런. 기운 내시오."

"고맙습니다. 그런데 항암 치료를 해 봤자 어차피……."

스트리터는 그게 다 무슨 소용이냐는 듯이 어깨를 으쓱했다. 처음 보는 사람한테 이런 얘기를 술술 늘어놓다니, 신기했다. 아직 아이들한테도 알리지 않은 사실이었다. 물론 재닛은 이미 알고 있었지만.

"영 가망이 없는 거요?"

엘비드가 물었다. 과하지도 않고 모자라지도 않은, 그저 단순한 연민이 밴 목소리에 스트리터는 눈물이 차올랐다. 재닛 앞에서는 너무 부끄러워서 딱 두 번밖에 울지 않았다. 그런데 지금, 이 낯선 사람 앞에서는, 아무렇지도 않게 눈물이 나왔다. 그래도 뒷주머니에서 손수건을 꺼내어 눈을 닦았다. 조그만 비행기 한 대가 공항에 착륙하려고 이쪽으로 다가오고 있었다. 배경의 붉은 태양 때문에 까맣게 변한 비행기가 마치 날아오는 십자가처럼 보였다.

"의사 말로는 그렇다더군요. 제 생각에 항암 치료는…… 글쎄요, 그냥……."

"병원이 돈값 하려고 쇼하는 거다?"

그 말에 스트리터는 웃음을 터뜨렸다.

"정확한 표현이네요."

"그럼 항암 치료 대신 진통제나 한 움큼 더 달라고 하는 게 낫겠구먼. 아니면 나랑 조촐하게 거래를 하시는 것도 괜찮고."

"아까도 말했지만, 뭘 파는지는 알아야 거래를 하죠."

"아, 음, 사람들은 보통 만병통치약이라고 하더군."

엘비드는 빙긋 웃으며 테이블 뒤에서 발꿈치를 쿵쿵 굴렀다. 스트리터는 조지 엘비드의 그림자를 보고 묘하다는 생각이 들었다. 몸은 뚱뚱한데 그림자는 스트리터의 것만큼이나 가늘고 야위었기 때문이었다. 노을이 지면 사람 그림자는 모두 어디가 아파 보이는지도 몰랐다. 땅거미가 오랫동안 물러가지 않아서 왠지 찜찜하게 느껴지는 8월의 저녁에는 더더욱.

"약병이 하나도 안 보이는데요."

그 말에 엘비드는 테이블에 손을 짚고 몸을 앞으로 숙였다. 순식간에 장사꾼 같아졌다.

"내가 파는 건 연장이오."

"연장 도로 노변에서 연장을 팔다니 우연의 일치로군요."

"그 생각은 나도 못했는데 듣고 보니 말이 되는구먼. 물론 때로는 우연을 봐도 그냥 우연인가 보다 하고 넘어가는 게 좋긴 하지만. 스트리터 선생, 사람은 누구나 연장을 원한다오. 선생이 만약 쇼핑을 즐기는 아가씨였다면 신용카드 기한을 연장하라고 제안했을 거요. 잔인한 유전자 때문에 작은 자지를 달고 태어난 남자였다면 음경 연장을 권했겠지."

스트리터는 엘비드의 노골적인 표현에 놀라면서도 한편으로는 즐거워졌다. 급격히 악화되는 암이 자신을 갉아먹고 있다는 것조차 까맣게 잊을 수 있었다. 한 달 전 진단 결과를 듣고 나서 처음 있는 일이었다.

"농담이시겠죠."

"아, 내가 농담의 명수이긴 해도 사업에 관해서는 절대 허튼소리를 안 한다오. 지금까지 성사시킨 음경 연장 건수만 수십 건이

오. 한때는 애리조나 주에서 *엘 페네 그란데(대물)*로 불리기도 했지. 한 점 거짓 없는 진실이지만 뭐, 나야 아쉬울 게 없으니 선생한테 꼭 믿어 달라고 부탁할 생각은 없소. 믿을 거라고 기대도 안 하고. 키가 작은 남자들은 키를 늘여 달라는 경우가 많더구먼. 스트리터 선생, 혹시 머리숱을 늘리고 싶다면 난 *기꺼이* 팔 생각이 있소만."

"코가 큰 남자가 오면 코를 줄여 주기도 하나요? 영화배우 지미 듀런트 같은 사람 있잖아요."

그 말에 엘비드는 씩 웃으며 고개를 저었다.

"이번엔 선생이 농담을 하시는군. 답은 '아니요'올시다. 줄이고 싶으면 어디 딴 데로 가야 할 거요. 난 늘이는 게 전문이라. 아주 미국적인 상품을 파는 거지. 가끔은 상사병에 걸린 사람한테 *사랑의 묘약*을 파는 식으로 애정을 연장해 준 적도 있고, 돈에 쪼들리는 사람한테 대출 기한을 연장해 주기도 했소. 요즘은 경기가 안 좋아서 그런 사람들이 많거든. 마감 날짜에 쫓기는 사람들한테는 마감 기한을 연장해 줬고, 한번은 공군 파일럿이 되고 싶은데 시력 검사에서 떨어질 게 뻔한 친구한테 가시거리를 연장해 주기도 했지."

스트리터의 입가에 웃음이 번졌다. 이야기가 슬슬 재미있어졌다. 이제 다시는 웃을 일이 없을 줄 알았건만, 인생이란 정말이지 놀라움의 연속이었다.

엘비드도 덩달아 씩 웃었다. 마치 둘이서 배꼽이 빠지도록 웃기는 농담을 주고받기라도 한 것처럼.

"언젠가 한번은 어떤 화가한테 *현실*을 연장해 주기도 했소. 재능이 특출한 친구였는데, 슬슬 조현병에 빠져드는 단계였지. 그 건은 아주 쏠쏠하게 받았는데."

"얼마나요? 물어봐도 될까요?"

"그 친구가 그린 작품 한 점. 지금은 우리 집에 걸려 있소. 그 친구 이름은 선생도 알 거요, 이탈리아 르네상스 시대 화가들 중 에서도 유명한 친구니까. 혹시 대학에서 미술사 강의를 들었으면 아마 공부도 했을 테고."

스트리터는 웃음 띤 표정을 계속 유지하면서도 혹시나 하는 마음에 뒤로 한 걸음 물러섰다. 죽음을 앞두고 있다는 사실 자체 는 이미 받아들인 몸이었지만, 오거스터에 있는 주니퍼힐 치료 감 호소에서 탈출했을지도 모르는 미치광이의 손에 오늘 당장 죽고 싶지는 않았다.

"그게 무슨 말이죠? 혹시…… 그러니까 지금 본인이…… 불사 신이라는?"

"확실히 엄청 오래 살기는 했지. 선생의 소원을 들어줄 수 있는 능력이 생긴 것도 아마 그 덕분일 거요. 선생이 원하는 건 십중팔 구 수명 연장일 것 같은데."

"힘들겠죠, 아무래도?"

스트리터가 물었다. 머릿속으로는 자기 차까지의 거리와 뛰어 가는 데 걸리는 시간을 계산하면서.

"당연히 가능하지…… 대가만 치른다면."

어릴 적에 단어 만들기 게임을 곧잘·했던 스트리터는 머릿속 으로 이미 엘비드(ELVID)의 이름 철자가 적힌 패들을 모아 악마 (DEVIL)로 다시 배열하고 있었다.

"대가라면 돈인가요? 아니면 설마 제 영혼?"

스트리터가 말했다. 엘비드는 장난스럽게 눈을 굴리며 헛소리 그만하라는 듯이 손을 털었다.

"난데없이 영혼이라니 무슨 영혼이 와서 내 엉덩이 깨무는 소리를 하고 그러실까. 당연히 돈이지, 거래란 게 원래 다 그런 거 아니오. 앞으로 15년간 연소득의 15퍼센트씩 내시오. 대리인한테 지급하는 비용이다 생각하시고."

"제 목숨을 그만큼 연장해 준다고요?"

15년을 더 살 수 있다고 생각하니 더럭 욕심이 났다. 까마득히 긴 시간처럼 보였다. 실제로 눈앞에 남은 시간, 즉 구토와 점점 심해지는 통증에 시달리다 혼수상태를 거쳐 죽음에 다다를 6개월과 비교하면 더더욱. '암에 맞서서 오랫동안 용감하게 싸운 끝에'라는 문구가 틀림없이 들어갈 부고 기사는 덤이었다. 「사인필드」에 나온 유명한 대사처럼, '그래서 그렇고 그렇게 된 거지.'

엘비드는 두 손을 펴고 알 게 뭐냐는 듯이 어깨를 으쓱했다.

"어쩌면 20퍼센트일지도. 아직은 확실한 게 아니오, 로켓 만들 때처럼 숫자가 딱딱 떨어지는 일이 아니라서. 혹시 영생을 원한다면 딴 데 가서 알아보시고. 내가 파는 건 공정한 연장이거든. 그게 내 전문이지."

"전 그 정도면 충분해요."

스트리터는 엘비드 덕분에 기분이 좋아졌고, 그가 맞장구쳐 줄 사람을 원한다면 기꺼이 참여할 생각이 있었다. 어느 정도까지는. 그래서 웃음을 머금은 채 테이블 너머로 손을 내밀어 악수를 청했다.

"15년간 15퍼센트로 합시다. 미리 얘기해 두는데, 은행 부지점장의 연봉에서 15퍼센트 떼는 걸로 롤스로이스를 몰기는 힘들 거예요. 한 20년 된 경차 정도는 살 수 있겠지만……."

"손님, 조건은 그게 다가 아닌뎁쇼."

"역시 그렇겠죠." 스트리터는 한숨을 쉬며 손을 도로 내렸다. "만나서 반가웠습니다, 엘비드 씨. 오늘 저녁은 정말 최악으로 끝나는구나 했는데, 덕분에 기분이 좋아졌어요. 엘비드 씨도 아무쪼록 병원에 가셔서 마음의 병을……."

"입 다물어, 이 멍청한 양반아."

엘비드가 말했다. 얼굴은 계속 웃고 있었지만, 즐거운 기색은 전혀 없었다. 갑자기 그의 키가 10센티는 더 커 보였다. 몸도 더 날씬해진 것 같았다.

햇빛 때문이겠지. 노을이 질 때는 눈이 착각을 일으키기 쉬우니까. 그리고 난데없이 풍기는 고약한 냄새 역시 항공기 연료가 타는 냄새이지 싶었다. 철조망 바깥의 이 조그만 자갈밭에, 변덕스러운 바람을 타고 날아온 냄새. 말이 되는 추측이었지만…… 그럼에도 스트리터는 엘비드가 시킨 대로 했다.

"사람들은 왜 연장을 하고 싶어 할까? 생각해 본 적 있어?"

"그럼요." 스트리터의 목소리가 살짝 퉁명스러워졌다. "엘비드 씨, 전 은행에서 일해요. 데리 저축은행에서요. 그래서 날마다 대출을 연장해 달라는 부탁을 받죠."

"그럼 사람들이 뭔가 부족해서 연장을 하고 싶어 하는 것도 알겠군. 신용이 부족해서, 자지 길이가 부족해서, 시력이 부족해서, 기타등등."

"예. 세상이 온통 부족한 것투성이니까요."

"바로 그거야. 하지만 부재하는 것들도 무게가 있어. 음의 무게라는 건데, 가장 고약한 종류지. 그래서 당신한테서 덜어낸 무게는 반드시 다른 곳으로 가야 해. 간단한 물리학이야. *심령 물리학*이라고나 할까."

스트리터는 홀린 듯한 눈으로 엘비드를 가만히 살펴보았다. 앞서 얼핏 떠올랐던 키가 더 커 보인다는 생각은(그리고 웃을 때 보이는 이의 개수가 너무 많다는 생각도) 이미 사라진 후였다. 엘비드는 그저 키가 작고 통통한 남자였고, 지갑 속에는 십중팔구 초록색 외래 환자 카드가 들어 있을 듯싶었다. 주니퍼힐 치료감호소 출신이 아니라면 뱅고어에 있는 아카디아 정신병원에서 왔을 테니까. 하긴, 그것도 지갑이 있을 때의 얘기지만. 엘비드의 망상은 매우 자세하면서도 방대했고, 바로 그 점 때문에 흥미로운 관찰 대상이었다.

"스트리터 선생, 슬슬 본론으로 들어가도 될까?"

"그러시죠."

"선생은 그 무게를 옮겨야 해. 쉽게 말해서, 선생 몸속에 있는 그 더러운 덩어리를 들어내고 싶으면 다른 누구한테 옮겨야 한다, 이거지."

"그런 거군요."

스트리터는 정말로 무슨 말인지 이해했다. 엘비드는 다시 경고를 던지고 있었다. 그것도 아주 유서 깊은 경고를.

"헌데 아무한테나 옮길 수 있는 건 아니야. 전에 아무나 찍어서 제물로 바쳐 봤는데, 효과가 없었어. 본인이 미워하는 사람이어야 해. 스트리터 선생, 혹시 미워하는 사람 있나?"

"전 김정일이 미워 죽겠다거나 그렇진 않아요. 예멘에서 우리 해군 구축함 콜 함을 폭파한 나쁜 자식들한테는 감옥도 과분하다고 생각하지만, 그렇다고 제가 그놈들한테……"

"진지하게 대답해, 아니면 꺼지든가."

엘비드의 키가 또다시 커진 것처럼 보였다. 스트리터는 이것도 항암제의 부작용이 아닌지 궁금해졌다.

"사적인 관계를 말씀하시는 거라면, 전 미워하는 사람이 없습니다. 물론 마음에 안 드는 사람은 있어요. 옆집에 사는 덴브로라는 아줌만데, 쓰레기통을 뚜껑도 안 덮고 내놔요. 바람이 불면 저희 집 마당에 쓰레기가……"

"스트리터 선생, 고인이 된 딘 마틴의 노래 제목을 살짝 비틀어서 인용하자면, 누구나 가끔은 누군가를 미워하는 법이야."

"윌 로저스가 말하길 사람은 누구나 바보라고……"

"로저스는 밧줄로 올가미를 만들어서 돌리는 시늉밖에 못하는 코미디언이었어. 카우보이 흉내 내는 어린애처럼 모자를 눈까지 눌러쓰고 말이지. 게다가 미워하는 사람이 한 명도 없으면, 거래가 성립하질 않는다고."

스트리터는 곰곰이 생각했다. 구두코를 내려다보다가 입을 열었을 때, 그 자신의 귀에도 낯선 목소리가 나직하게 흘러나왔다.

"톰 구드휴를 미워하는 것 같아요."

"그 사람하고는 어떤 사인데?"

엘비드의 물음에 스트리터는 한숨을 쉬었다.

"제일 친한 불알친구요."

짧은 침묵에 이어 엘비드가 껄껄 웃기 시작했다. 그는 성큼성큼 걸어 테이블을 돌아서 스트리터의 등을 두드려 준 다음(손은 차가웠고 손가락은 뭉뚝한 대신 길고 가늘다는 느낌이 들었다.), 다시 성큼성큼 걸어서 접는 의자로 돌아갔다. 엘비드는 의자에 널브러지듯 털썩 앉고 나서도 꺽꺽 소리를 내며 웃어 젖혔다. 얼굴은 벌겠고, 그 얼굴에 흘러내리는 눈물 또한 노을빛 때문에 벌겋게 보였다. 아니, 피처럼 시뻘겠다.

"제일 친한…… 불알친구…… 이야, 이건 진짜……"

엘비드는 그 이상 말을 잇지 못했다. 꺽꺽 소리를 내며 정신없이 웃느라 배가 부들부들 떨렸고, (통통한 얼굴치고는 묘하게 뾰족한) 턱은 구름 한 점 없는 (그러나 점점 어두워져 가는) 저녁 하늘을 쿡쿡 찌르듯이 오르락내리락했다. 웃음은 한참 만에 잦아들었다. 스트리터는 손수건을 건넬까 하다가, 이 기한 연장 판매원의 살갖에 자기 손수건이 닿게 하고 싶지 않아서 마음을 바꾸었다.

"정말 끝내주는구먼, 스트리터 선생. 이 거래는 성공하겠어."

"와, 거 잘됐네요." 스트리터는 이렇게 말하며 한 걸음 더 물러섰다. "수명이 벌써 15년이나 더 연장된 기분이에요. 그런데 제가 마침 자전거 도로에 차를 세워 놔서요, 딱지 끊기기 전에 그만 가봐야겠어요."

"그런 걱정은 안 해도 돼. 선생도 벌써 눈치챘겠지만, 우리가 얘기를 시작한 후로 이 도로에는 차가 한 대도 안 지나갔어. 데리 경찰의 똘마니들은 말할 것도 없고. 내가 진지하게 사업 이야기를 하고 있을 땐 아무도 방해를 못 한다, 이거야. 그러니 안심해."

스트리터는 주위를 쭈뼛쭈뼛 돌아보았다. 그 말은 사실이었다.

업마일 언덕 쪽으로 뻗은 위컴 스트리트에서는 차가 지나가는 소리가 들려왔지만, 이 길은 철저히 버려진 거나 마찬가지였다. *당연하지. 원래 이 길은 퇴근 시간이 지나면 한가해지니까.*

하지만 한 대도 없다면? 단 한 대도? 자정이라면 모를까, 저녁 7시 30분에 그럴 수는 없었다.

"제일 친한 불알친구를 왜 미워하는지 한번 들어 볼까."

스트리터는 눈앞의 남자가 미친 사람이라는 것을 다시금 떠올렸다. 어디 가서 무슨 말을 퍼뜨려도 아무도 믿어 주지 않을 듯싶었다. 그렇게 생각하니 마음이 편해졌다.

"톰은 어릴 때도 잘생긴 녀석이었는데 지금은 그때보다 훨씬 미남이에요. 세 가지 종목에서 학교 대표를 할 정도로 운동도 잘했고요. 제가 비슷한 시늉이라도 내는 운동은 달랑 미니 골프뿐인데."

"미니 골프는 치어리더 팀이 없을 것 같은데."

스트리터는 쓴웃음을 지으며 이야기에 점점 빠져들었다.

"톰은 머리도 좋은 녀석인데, 데리 고등학교에 다닐 땐 공부를 안 했어요. 대학 진학은 꿈도 못 꿀 정도로요. 그러다가 운동선수 자격을 박탈당하기 직전까지 성적이 떨어지니까 기겁을 하더군요. 그때 톰이 누구한테 전화를 했을까요?"

"선생한테 했겠지! '미스터 책임감' 스트리터한테! 과외라도 해 줬나 보군, 안 그래? 리포트도 몇 번 써 줬나? 선생들한테 안 들키게 톰이 자주 틀리는 철자는 일부러 틀리게 썼겠지?"

"맞아요. 사실 톰이 메인 주 최고 운동선수상을 받았던 고3 때 저는 일인이역을 한 거나 마찬가지였어요. 데이브 스트리터 겸

톰 구드휴."

"힘들었겠군."

"그보다 더 힘든 게 뭐였는지 아세요? 전 대학 때 여자 친구가 있었어요. 노마 위튼이라고, 아주 예쁜 애였죠. 눈도 머리도 진갈색에, 피부는 티 없이 깨끗하고, 광대뼈도 예쁘게 도드라져서……"

"물론 가슴도 어디 가서 빠지지 않을 만큼……"

"맞아요. 하지만 몸이 중요한 게 아니라……"

"그 나이 때 남자애한테 몸보다 중요한 게 어딨다고……?"

"전 그 애를 사랑했어요. 그런데 톰이 어떻게 했는지 아세요?"

"가로챘군!" 엘비드가 분한 목소리로 외쳤다.

"맞아요. 둘이 같이 저를 찾아왔더군요. 까놓고 얘기하려고."

"멋진데!"

"자기들도 어쩔 수가 없다더군요."

"둘 다 사랑에 빠졌다고 했겠지. **사. 랑. 에.**"

"예. 불가항력이다, 이건 우리 힘으로 어떻게 할 수 있는 일이 아니다, 어쩌고저쩌고."

"내가 맞혀 볼까? 톰이 그 앨 자빠뜨린 거지?"

"당연하죠."

스트리터는 다시 구두코를 내려다보고 있었다. 머릿속에는 노마가 2학년 때, 아니면 3학년 때 입었던 어떤 치마가 떠올랐다. 안에 입은 슬립 밑단이 살짝 보일 만큼 짤따란 치마였다. 거의 30년 가까이 된 옛 기억이었지만 스트리터는 아직도 아내 재닛과 사랑을 나눌 때 이따금씩 그 치마를 떠올리곤 했다. 노마하고는 한 번도 관계를 가진 적이 없었다. 아무튼 본격적인 관계는 한 번도 없었다. 노마가 거부했기 때문이었다. 톰 구드휴 앞에서는 팬티를 내리지 못해서 안달이 났던 주제에. *말을 꺼내기가 무섭게 홀랑 벗었겠지.*

"그렇게 자빠뜨려서 임신시켜 놓고는 차 버렸겠지."

"아니오." 스트리터가 한숨을 쉬었다. "결혼했어요."

"그런데 나중에 이혼했군! 아마 반 죽을 만큼 팼겠지?"

"차라리 그랬으면 나았겠죠. 지금도 같이 살아요, 애도 셋이나 낳고. 베이시 공원에서 산책하는 걸 봤는데 요즘도 손을 잡고 다니더군요."

"거 참, 내가 들은 것 중에 제일 똥 같은 얘기로군. 그보다 더 끔찍할 수가 없겠어. 혹시라도……." 엘비드는 덥수룩한 눈썹 아래의 약삭빨라 보이는 눈으로 스트리터를 흘끔 쳐다보았다. "혹시라도 무미건조한 결혼 생활에 갇힌 사람이 선생 본인이라면, 얘기가 훨씬 더 끔찍해지겠지만."

"아니오, 전혀." 스트리터는 그 말에 깜짝 놀라서 대답했다. "전 재닛을 굉장히 사랑해요, 재닛도 절 사랑하고요. 제가 암 치료를 받는 동안 재닛은 더없이 든든하게 곁을 지켜 줬어요. 만약 이 우주에 조화라는 게 있다면, 톰하고 전 결국 천생연분을 만난 셈이에요. 그거 하나는 분명해요. 하지만……."

"하지만?"

엘비드는 신이 나서 반짝거리는 눈으로 스트리터를 바라보았다. 저도 모르게 주먹을 쥔 스트리터는 손톱이 손바닥을 파고드는 느낌이 들었다. 그런데도 힘을 빼지 않고 오히려 주먹을 더 꽉 쥐었다. 피가 슬며시 배어 나오는 느낌이 들 때까지.

"하지만 그 *씨발놈이 내 여자를 뺏어 갔다고요!*"

마음속에 오랫동안 쌓여 있던 울분이었다. 그 울분을 입 밖에
토해내자 마음이 후련해졌다.

"누가 아니래. 그리고 우리는 원하는 걸 절대 포기하지 않지,
그게 우리한테 좋든 나쁘든 간에. 안 그런가, 스트리터 선생?"

스트리터는 대답하지 않았다. 그는 이제 숨을 몰아쉬고 있었
다. 50미터를 전력으로 질주한 사람처럼, 아니면 길거리에서 시비
가 붙은 사람처럼. 여태 창백하던 뺨에는 동그란 홍조까지 떠올
랐다.

"그게 단가?"

엘비드의 목소리는 신부처럼 자상했다.

"아뇨."

"그럼 다 털어놔 봐. 물집은 터뜨려야 제맛이니까."

"톰은 갑부예요. 말도 안 되는 소리지만, 그래도 사실이에요.
1980년대 후반에, 그러니까 데리 시가 온통 떠내려갈 뻔했던 홍
수가 일어나고 나서 얼마 후에 톰이 쓰레기 처리 회사를 세웠는
데…… 회사 이름을 '데리 폐기물 처리 및 재활용'이라고 지었어
요. 이름만 보면 깔끔하죠."

"병균이 적게 붙어 있을 것 같은 이름이군."

"톰은 대출을 받으려고 저를 찾아왔어요. 은행의 다른 직원들
은 한결같이 위험하다고 했지만, 전 대출이 승인되도록 밀어붙였
죠. 제가 왜 밀어붙였는지 아시겠어요, 엘비드 씨?"

"당연하지! 불알친구니까!"

"다시 생각해 보세요."

"사업이 쫄딱 망해서 빈털터리가 될 거라고 믿었나 보군."

"맞았어요. 톰은 저금을 몽땅 털어서 쓰레기차 네 대를 사더니, 나중엔 집까지 담보로 잡고 뉴포트 경계에 있는 조그만 땅을 샀어요. 뉴저지 조폭들이 마약하고 매춘으로 번 돈을 세탁하려고 사 놓고서 시체를 버리는 데 쓰는 그런 땅을요. 전 그걸 미친 생각이라고 봤기 때문에 대출을 승인해 주려고 안달이 났고요. 그 덕분에 톰은 지금도 저를 형제처럼 생각해요. 어딜 가든 제가 밥줄을 걸고 자길 위해서 은행에 맞섰다고 떠들어 대죠. '데이브가 날 살렸어. 고등학교 때처럼.' 뭐 그런 식으로요. 요즘 동네 애들이 그 매립지를 뭐라고 부르는지 아세요?"

"가르쳐 줘!"

"쓰레기 산요! 산처럼 커졌다고요! 그 산에서 방사선이 나온다고 해도 전 눈썹도 까딱 안 할 거예요! 잔디를 깔아 두긴 했지만 사방에 **출입금지** 팻말이 붙어 있어요. 그럴 듯한 초록색 잔디밭 밑에는 쥐 떼가 바글거리겠죠! 아마 그 쥐들도 *방사능 쥐*일 거예요!"

스트리터는 입을 다물었다. 그 말이 헛소리인 줄은 스스로도 알았지만, 개의치 않았다. 엘비드는 어차피 미친 사람이었으니까. 그런데…… 맙소사! 알고 보니 스트리터 자신도 제정신이 아니었다니! 적어도 오랜 친구에 대해서만큼은 그랬다. 게다가……

암에 걸리면 본성이 튀어나오는 법이니까. 스트리터는 속으로 중얼거렸다.

"그럼 얘기를 정리해 볼까."

엘비드가 손가락으로 테이블을 두드리기 시작했다. 그 손가락들은 기다랗기는커녕 몸의 다른 부위와 마찬가지로 짧고 통통하고 온순해 보였다.

"톰 구드휴는 선생보다 잘생겼어, 심지어 어릴 때도 그랬지. 선생은 꿈이나 꾸는 게 고작인 운동 능력도 타고났고. 선생 차 뒷자리에서는 하얀 허벅지를 꼭 붙이고 있던 여자애가 톰 앞에서는 가랑이를 활짝 벌렸고. 그 둘은 결혼을 했지. 지금도 사랑하는 사이고. 아마 애들도 잘 컸겠지?"

"몸도 튼튼하고 인물까지 좋아요! 첫째는 곧 결혼하고 둘째는 대학에, 막내는 고등학교에 다니고! 막내는 학교 미식축구팀 주장까지 맡았어요! 아빠를 쏙 빼닮아서!"

"그렇군. 거기다 마지막 결정타로 돈까지 많단 말이지. 선생은 연봉 6만 달러로 힘들게 살아가는데."

"톰의 대출 건을 성사시킨 덕분에 보너스를 받긴 했어요." 스트리터가 중얼거렸다. "*선견지명*을 발휘한 대가로."

"하지만 선생이 정말로 바란 건 승진이었지."

"어떻게 아셨어요?"

"지금은 이렇게 사업을 하고 있지만, 한때는 나도 말단 월급쟁이였어. 내 발로 걸어 나오기 전에 잘렸지. 내 인생에서 제일 잘된 일이었어. 그래서 직장 일이 어떻게 돌아가는지 정도는 나도 알아. 또 뭐 없나? 속에 쌓인 게 있으면 다 털어놓는 게 좋을 거야."

"그 자식은 스포티드 헨 마이크로 브루를 마셔요!" 스트리터가 빽 소리쳤다. "데리에서는 아무도 안 마시는 그 비싼 맥주를 마시면서 허세를 부린다고요! 혼자서요! 쓰레기의 제왕 톰 구드휴, 그 자식 혼자서!"

"혹시 스포츠카도 막 타고 다니고 그러나?"

엘비드가 나지막이 물었다. 실크처럼 부드러운 목소리로.

"아뇨, 만약 그랬다면 갱년기가 와서 변덕을 부리나 보다고 재 닛이랑 같이 놀리기라도 했겠죠. 밥맛 떨어지게 생긴 레인지로버 SUV를 타요."

"내가 보기엔 쌓인 게 하나 더 있을 것 같은데. 혹시 있으면 그 것도 마저 털어봐."

"그 자식은 암도 안 걸렸어요." 스트리터의 목소리는 이제 소곤 거리듯이 작아졌다. "올해 쉰한 살이에요. 저랑 동갑인데, 그런데 젠장…… 그 자식은…… 말처럼 튼튼해요."

"선생도 그래."

"예?"

"다 됐어, 스트리터 선생. 아니지. 당분간이기는 해도 내가 선생 의 암을 치료해 줬으니, 이제 데이브라고 불러도 될까?"

"정말 제정신이 아니시군요."

그러나 스트리터의 목소리에는 존경의 빛이 묻어났다.

"천만의 말씀. 난 지극히 제정신이야. 하지만 명심해, 난 *당분간* 이라고 했어. 말하자면 우린 지금 '써 보고 마음에 들면 사세요' 단계에 있는 거야. 이 상태가 적어도 일주일, 아니면 열흘은 지속 될 거야. 그동안 병원에 가 보도록 해, 몸 상태가 놀랄 만큼 좋아 진 걸 알게 될 테니까. 그런데 그 상태가 오래가진 않아. 오래가게 하고 싶거든……."

"어떻게 해야 하는데요?"

엘비드는 다정하게 웃으며 몸을 앞으로 숙였다. 순하게 생긴 입술 사이로 드러난 이의 개수가 또다시 너무 많아 보였다(그리고 너무 커다랬다.).

"난 가끔 여기다 판을 차린다네. 보통 이맘때 나와."

"해가 지기 직전이군요."

"맞았어. 사람들은 대부분 나를 못 봐. 내가 여기 없는 것처럼 내 뒤의 풍경을 보지. 하지만 자네 눈엔 보일 거야, 안 그래?"

"제 상태가 좋아지면 그렇겠죠."

"그때 자네가 나한테 갖다 줄 물건이 하나 있어."

엘비드의 웃음이 점점 커졌다. 그리고 스트리터는 멋지고도 끔찍한 것을 보았다. 남자의 입 속에 보이는 이들은 그저 수가 많고 크기만 한 것이 아니었다. 그것들은 *뾰족했다.*

스트리터가 집에 돌아왔을 때 재닛은 세탁실에서 빨래를 개고 있었다.

"왔어? 슬슬 걱정하던 참이었는데. 운전은 잘했어?"

"응."

스트리터는 주방을 둘러보았다. 전과 달라 보였다. 꿈에 나오는 주방 같았다. 불을 켜니 조금 나았다. 엘비드는 꿈이었다. 엘비드도, 그가 한 약속도. 하루짜리 외출증을 받아 들고 아카디아 정신병원에서 나온 미치광이일 뿐이었다.

재닛이 다가와서 뺨에 입을 맞췄다. 건조기의 열기 때문에 발개진 얼굴이 몹시도 귀여웠다. 이제 쉰 살이 된 재닛이었지만, 원래 나이보다 훨씬 더 어려 보였다. 스트리터의 머릿속에 자신이 죽은 후에도 재닛은 잘살 거라는 생각이 떠올랐다. 장차 딸 메이와 아들 저스틴에게 새아버지가 생길 거라는 생각도.

"당신, 상태가 좋아졌나 봐. 혈색이 조금 돌아온 것 같아."

"그래?"

"응, 정말이야."

재닛은 남편을 격려하듯이 웃었지만, 그 웃음 한 꺼풀 밑에 자리 잡은 고민을 숨기지는 못했다.

"나 빨래 개는 동안 옆에서 얘기 좀 해 줘. 심심해서 그래."

스트리터는 아내를 따라가서 세탁실 문간에 앉았다. 도와주겠다는 말을 안 하는 편이 더 낫다는 것쯤은 그도 알았다. 아내 말에 따르면 그는 행주도 제대로 못 개는 사람이었으니까.

"저스틴이 전화했어. 칼이랑 같이 베네치아에 있대. 숙소는 유스호스텔이고. 택시 운전사가 영어를 되게 잘한대. 아주 재밌게 지내나 봐."

"잘됐네."

"진단 결과를 숨기자고 한 당신 말이 옳았어. 당신이 옳고, 내가 틀렸어."

"우리가 결혼한 후로 처음 있는 일이군."

이렇게 말하는 남편을 보며 재닛은 눈살을 찌푸렸다.

"저스틴이 이번 여행을 얼마나 기대했는지 알잖아. 하지만 돌아오면 사실대로 얘기해야 해. 메이도 그레이시 결혼식 때문에 시포트에서 돌아올 거랬으니까, 그때 같이 얘기하면 돼."

재닛이 말한 그레이시는 그레이시 구드휴, 톰과 노마 부부의 맏딸이었다. 저스틴과 함께 여행을 떠난 칼 구드휴는 그 집 둘째 아들이었다.

"그때 봐서."

스트리터가 말했다. 바지 뒷주머니에 구토용 비닐봉지가 한 개 들어 있었지만 토하고 싶은 기분은 전혀 들지 않았다. 오히려 뭔가 먹고 싶었다. 며칠 만에 처음으로.

아까 그 길에선 아무 일도 없었어. 알잖아, 안 그래? 그냥 심리적으로 들뜬 것뿐이야. 좀 있으면 기운이 빠지겠지.

"내 머리카락처럼."

"응? 여보, 당신 방금 뭐랬어?"

"아냐, 아무것도."

"맞다, 그레이시 얘기가 나와서 생각났는데, 낮에 노마한테서 전화가 왔어. 이번 목요일에는 자기네 집에서 저녁 먹을 차례라고. 당신한테 물어보긴 하겠지만 그래도 은행 일이 엄청 바쁘다고 미리 얘기해 뒀어. 악성 대출을 처리하느라 야근해야 할 거라고. 당신이 그 사람들 만나기 싫어할 것 같아서."

재닛의 목소리는 여느 때처럼 차분했지만, 눈에서는 느닷없이 이야기책에나 나올 법한 굵직한 눈물이 왈칵 터져 나오더니 양쪽 볼을 타고 흘러내렸다. 결혼 생활이 길어지면서 부부 간의 애정도 시들해졌다. 그러나 지금 아내를 향한 스트리터의 사랑은 신혼 때처럼 뜨거웠다. 둘이서 코서스 스트리트의 거지같은 아파트에 살면서 가끔은 거실 양탄자 위에서 사랑을 나누던 그 시절처럼. 스트리터는 세탁실로 들어가서 아내가 개고 있던 셔츠를 빼앗은 다음, 아내를 끌어안았다. 재닛도 남편을 마주 안았다. 힘껏.

"정말 너무해. 너무 불공평해. 하지만 여보, 우린 이겨낼 거야.

아직 방법은 모르지만, 그래도 이겨낼 거야."

"당신 말이 맞아, 재닛. 일단은 목요일에 톰이랑 노마하고 같이 저녁을 먹는 데서 시작하는 게 좋겠어. 평소에 그랬던 것처럼."

재닛은 물러나서 젖은 눈으로 남편을 바라보았다.

"그 사람들한테 털어놓을 거야?"

"다 같이 밥맛 떨어지라고? 안 해."

"제대로 먹을 수나 있겠어? 보나마나……"

재닛은 다문 입술에 두 손가락을 대고 볼을 부풀린 채 눈을 가운데로 모았다. 말없이 토하는 시늉을 하는 그 귀여운 얼굴을 보며 스트리터는 빙그레 웃고 말았다.

"목요일은 모르겠지만 지금은 뭔가 먹을 수 있을 것 같아. 나 햄버거 하나 만들어 먹어도 될까? 그냥 맥도날드에 가서 먹어도 되고. 오는 길에 당신이 마실 초콜릿 셰이크도 하나 사올 겸."

"세상에." 재닛은 눈물을 닦으며 말했다. "기적이 일어났네."

"뭐, 딱히 기적이라고 할 생각은 없어. 다만……."

수요일 오후, 의사인 로디 헨더슨이 스트리터에게 말했다. 엘비드와 커다란 노란색 우산 아래에서 삶과 죽음에 관한 대화를 나눈 때로부터는 이틀 후, 구드휴 부부와 매주 함께하는 저녁 식사까지는 아직 하루를 앞둔 날이었다. 이번 저녁 식사는 스트리터가 이따금씩 '쓰레기로 지은 집'이라고 생각하는 구드휴의 저택에서 할 예정이었다. 그가 헨더슨과 이야기를 나누는 곳은 진료실이 아니라 데리 가정 의학 병원에 있는 조그만 회의실이었다. 헨더슨은 보험도 적용되지 않고 결과도 보나마나 실망스러울 테니 자기공명영상(MRI) 촬영을 하지 말라고 스트리터를 뜯어말렸다. 하지만 스트리터는 하겠다고 고집을 피웠다.

"다만 뭔데, 로디?"

"종양들이 줄어든 것 같아. 네 폐는 양쪽 다 깨끗해. 이런 경우는 정말 처음 봐. 다른 의사 두 명한테 보여 줬는데 그 사람들도 금시초문이래. 우리끼리니까 하는 얘긴데, 자기공명영상 담당자도 이런 건 본 적이 없대. 내가 전적으로 신뢰하는 친군데 말이지. 그 친구 말로는 기계 안의 컴퓨터가 오작동을 일으킨 것 같대."

"하지만 난 요즘 상태가 아주 좋아. 그래서 검사를 해 달라고 했던 거야. 그것도 오작동이라고 할 거야?"

"최근에 토한 적 있어?"

"한 두어 번. 하지만 항암제 때문인 것 같아. 어쨌거나 약은 이제 그만 먹기로 했어."

헨더슨의 이마에 주름이 잡혔다.

"그건 아주 어리석은 생각이야."

"야, 애초에 항암제를 먹기로 결정한 게 어리석었어. 네가 그랬잖아. '미안해, 데이브. 네가 내년 밸런타인데이까지 살아남을 확률은 10퍼센트가 안 돼. 그래서 남은 시간 동안 네 몸에 독약을 채우기로 했어. 톰 구드휴의 쓰레기장에서 흙탕물을 퍼다가 주사하는 것보단 덜 아플지도 모르지만, 장담은 못 해.' 그런데도 난 바보 같이 그러자고 했고."

헨더슨의 표정이 언짢아 보였다.

"항암제는 환자에게 마지막 희망이자 최선의……"

"약쟁이 앞에서 약 파는 소리는 그만둬."

스트리터는 악의 없이 빙긋이 웃었다. 그러고는 폐 밑바닥까지 깊숙이 숨을 들이마셨다. 기분이 아주 끝내줬다.

"암이 빠르게 퍼지는 경우에 항암제는 환자를 위한 게 아니야. 덤으로 치르는 고통이지. 그래야 환자가 죽은 후에 관 앞에서 가족들이 의사를 부둥켜안고 이렇게 말할 수 있으니까. '우린 최선을 다했어요.'"

"말이 너무 심한데. 이러다 재발할 수도 있다는 거 너도 알잖아, 안 그래?"

"그런 말은 종양들한테나 들려줘. 지금은 사라진 그놈들한테."

헨더슨은 모니터 화면에서 20초 간격으로 깜빡거리는 스트리터의 깊고 어두운 내면 영상을 가만히 바라보다가 한숨을 쉬었다. 영상 속의 결과는 스트리터도 알아볼 수 있을 만큼 양호했지만, 정작 의사는 그 결과 때문에 시무룩해진 눈치였다.

"안심해, 로디."

스트리터의 목소리는 부드러웠다. 오래전, 아들과 딸이 아끼던 장난감을 잃어버리거나 망가뜨렸을 때 달래 주던 목소리처럼.

"때로는 불행이 닥치기도 하지만, 때로는 기적이 일어나기도 해. 전에 《리더스 다이제스트》에서 읽었어."

"내 경험상 자기공명영상 장치 안에서 기적이 일어난 적은 한 번도 없는데."

헨더슨은 펜을 집어 들고 스트리터의 진료 파일을 톡톡 두드렸다. 파일은 지난 석 달 동안 꽤나 불룩해져 있었다.

"무슨 일이든 처음이 있는 법이잖아." 스트리터가 말했다.

목요일 저녁, 데리 시. 여름밤이 드리우기 직전의 황혼 무렵. 잔디를 깎고 물을 뿌리고 조경까지 완벽하게 마친 풀밭에 저물어가는 해가 꿈결처럼 붉은 광선을 드리우고 있었다. 톰 구드휴는 넓이가 1만 2000제곱미터나 되는 이 풀밭을 황당하게도 '정든 뒷마당'이라고 불렀다. 재닛과 노마가 식기세척기 앞에 모여 있는 동안, 스트리터는 집 뒤쪽 테라스에 놓인 접이식 의자에 앉아서 접시 부딪히는 소리와 두 여인의 웃음소리를 가만히 듣고 있었다.

뒷마당? 이게 무슨 마당이야. 쇼핑 채널 중독자가 보면 여기가 천국이구나 할걸.

풀밭에는 분수도 있었는데 그 한복판에는 대리석으로 만든 어린애 조각상이 서 있었다. 무슨 까닭에선지 스트리터는 알궁둥이를 내놓은(물론 오줌을 싸고 있는) 그 천사 조각상이 가장 눈에 거슬렸다. 틀림없이 노마가 만들자고 했을 법한 물건이었다. 노마는 결혼 후에 대학에 복학해서 인문학 학사 학위를 받은 후로 고전에 조예가 깊은 척했다. 그렇다고 하더라도 메인 주의 더할 나위 없이 아름다운 저녁노을 속에 앉아 저 천사 조각상을 바라보는 지금, 그것마저도 톰의 쓰레기 제국이 일군 결과라고 생각하니 정말이지 배알이…….

호랑이도 제 말 하면 온다더니, 쓰레기의 제왕이 왼손에 물방울이 송골송골 맺힌 스포티드 헨 맥주 두 병을 들고 나타났다. 목단추를 푼 옥스퍼드 셔츠에 물 빠진 청바지를 받쳐 입은 탄탄하고 날씬한 몸, 붉은 노을 속에 환히 빛나는 미끈한 얼굴. 톰 구드휴는 영락없이 잡지에 나오는 맥주 광고 모델 같았다. 스트리터의 눈에는 그 광고의 문구까지 또렷이 보였다. 멋지게 사는 당신 곁

에, 스포티드 헨 맥주.

"자, 시원한 걸로 마시고 싶을 것 같아서 가져왔어. 운전은 아름다운 우리 제수씨가 하신다길래."

"고마워."

스트리터는 한 병을 받아서 입에 대고 들이켰다. 허세이든 아니든, 맥주 맛은 끝내줬다.

톰이 자리에 앉자마자 미식축구팀 주장인 막내 제이크가 치즈와 크래커가 담긴 쟁반을 들고 왔다. 젊은 시절의 아버지를 닮아 어깨가 넓은 미남이었다. *치어리더들이 줄을 서서 덤비겠군. 쫓으려면 몽둥이를 휘둘러야겠는걸.*

"아저씨가 좋아하실 것 같아서 엄마가 준비했대요."

"고맙다, 제이크. 어디 나가게?"

"그냥 잠깐요. 친구들이랑 황무지에서 프리스비나 던지다가 어두워지면 들어와서 공부하려고요."

"깊이 들어가면 안 된다. 그 근처의 덩굴옻나무는 아무리 잘라도 금방 다시 자라더라."

"예, 저희도 알아요. 중학교 때 데니가 옻이 오른 적이 있는데 너무 심해서 걔 엄만 암인 줄 알았대요."

"저런!" 스트리터가 움찔하며 중얼거렸다.

"운전 조심해, 아들. 도로에서 묘기 부리지 말고."

"걱정 마세요."

제이크가 한 팔로 아빠를 안고 아무렇지도 않게 뺨에 입을 맞추는 광경을 보며 스트리터는 기분이 우울해졌다. 톰한테는 여전히 아리땁고 건강한 아내와 웃기게 생긴 오줌 누는 천사 조각상만 있는 것이 아니었다. 친구들과 놀러 나가기 전에 천연덕스럽게 아빠한테 뽀뽀를 하고 나가는 잘생긴 열여덟 살짜리 아들까지 있었던 것이다.

"기특한 녀석이야." 톰은 아들이 계단을 올라가 집 안으로 사라질 때까지 지켜보다가 애틋한 듯이 말했다. "착실하게 공부해서 성적을 따는 걸 보면 제 아빠랑은 달라. 그래도 난 운 좋게 네가 옆에 있었지만."

"우리 둘 다 운이 좋았지."

스트리터는 빙긋 웃으며 크래커에 브리 치즈를 발랐다. 그런 다음 크래커를 입에 날름 집어넣었다.

"잘 먹는 거 보니까 좋네. 너 어디 아픈 거 아닌가 하고 노마랑 나랑 슬슬 걱정하던 참이었는데."

"내 몸 상태는 지금이 전성기야." 스트리터는 맛있는(그리고 확실히 비싼) 맥주를 조금 더 홀짝였다. "앞머리는 살짝 줄었지만. 재닛 말로는 그래서 살이 빠져 보인대."

"여자들은 그거 하나는 걱정 안 해도 되니까."

구드휴는 손으로 자기 머리를 쓸어넘겼다. 머리숱마저 열여덟 살 때처럼 풍성하고 윤기가 자르르했다. 심지어 흰머리 한 올 안 보였다. 스트리터의 아내 재닛도 혈색이 좋은 날에는 마흔 살쯤으로 보였지만, 이날 저물어 가는 태양의 붉은 빛 속에서 본 쓰레기의 제왕은 꼭 서른다섯 살 같았다. 그는 담배도 안 피웠고, 술도 안 마셨고, 스트리터가 근무하는 은행의 거래처이지만 스트리터의 월급으로는 다닐 엄두가 안 나는 헬스클럽에서 운동을 했다. 둘째 아들 칼 구드휴는 스트리터의 아들인 저스틴과 함께 유

438

럽에 여행을 갔는데 경비는 칼이 부담했다. 물론, 실제로는 쓰레기의 제왕이 낸 돈이었다.

야, 모든 것을 다 가진 남자여, 그대 이름은 구드휴구려. 스트리터는 속으로 읊조리면서 오랜 친구를 보며 빙긋이 웃었다.

그의 오랜 친구 역시 웃음으로 화답하며 맥주병의 목을 살짝 부딪쳐 건배했다.

"인생은 멋진 거야, 그렇지?"

"정말 멋져. 기나긴 낮과 즐거운 밤, 양쪽 다."

스트리터가 이렇게 말하자 구드휴의 눈이 동그래졌다.

"그런 말은 어디서 들었어?"

"그냥 생각난 거야. 그래도 맞는 말이잖아, 안 그래?"

"그 말이 맞다 치면 난 네 덕분에 즐거운 밤을 수도 없이 누린 거네. 실은 나도 그 생각을 안 한 건 아니야. 내가 너한테 인생을 빚졌다는 생각." 톰은 말도 안 될 만큼 넓은 뒷마당을 향해 건배했다. "어쨌거나 제일 짭짤한 부분은 다 네 덕분에 맛볼 수 있었으니까."

"에이, 자수성가하신 분께서 무슨 말씀을."

구드휴는 비밀 얘기라도 하듯이 목소리를 낮추어 소곤거렸다.

"진실을 알고 싶어? 내가 여기까지 온 건 다 마누라 덕이야. 성서에도 나오잖아. '누가 유능한 아내를 맞겠느냐? 그 값은 진주보다 더 뛰어나다.' 뭐, 그 비슷한 거지. 그런데 나한테 마누라를 소개해 준 사람이 너잖아. 벌써 잊어버렸는지도 모르지만."

그 말을 들은 스트리터는 맥주병을 테라스 바닥에 내리쳐서 거품이 덜 빠진 날카로운 병목으로 오랜 친구의 눈을 찔러 버리고 싶은 충동이 느닷없이 치솟았고, 하마터면 그 충동에 넘어갈 뻔했다. 하지만 그러는 대신 빙긋이 웃으며 맥주를 한 모금 더 홀짝인 다음, 자리에서 일어섰다.

"나 잠깐 물 좀 빼고 올게."

"맥주는 사는 게 아니야, 빌리는 거지. 집에 가기 전에 화장실에다 고스란히 반납하고 가니까."

톰은 이렇게 말하고 껄껄 웃었다. 1970년대에 유행하던 그 화장실 유머를 이 자리에서 방금 지어내기라도 했다는 듯이.

"음, 설득력 있는 말인데. 금방 올게."

"야, 너 진짜 혈색 좋아졌어!"

스트리터가 계단을 오르는 사이에 등 뒤에서 톰이 외쳤다.

"그래, 고맙다." 스트리터가 말했다. "친구야."

스트리터는 화장실 문을 닫고 잠금 버튼을 누른 후에 불을 켰다. 그런 다음 평생 처음으로 남의 집 화장실 수납장 문을 열었다. 맨 먼저 눈길을 사로잡은 물건 덕분에 용기가 불끈 솟았다. 남성 전용 탈모 방지 샴푸였다. 수납장 안에는 처방받은 약이 담긴 병들도 있었다.

스트리터는 생각했다. 애초에 손님들도 쓰는 화장실에 약을 놔둔 게 잘못이야. 그래 봤자 화들짝 놀랄 만한 약은 안 보였다. 천식 약은 노마의 것, 고혈압 약인 아테놀올과 뭔지 모를 피부 연고는 톰의 것이었다.

아테놀올 병은 반쯤 차 있었다. 스트리터는 한 알을 꺼내어 바지 주머니에 넣고 변기 물을 내린 다음, 화장실에서 나왔다. 기분이 꼭 낯선 나라의 국경선을 방금 막 살금살금 넘은 것 같았다.

　이튿날 저녁은 비구름이 끼었지만, 조지 엘비드는 변함없이 노란색 우산 아래 앉아 또다시 휴대용 TV로 「인사이드 에디션」을 보고 있었다. 이번 방송의 주제는 새 음반 계약을 마치기가 무섭게 의아할 정도로 살이 빠진 휘트니 휴스턴이었다. 엘비드는 통통한 손가락으로 TV 스위치를 끄고 빙긋 웃는 얼굴로 스트리터를 맞이했다.
　"잘 지냈나, 데이브?"
　"예, 전보다는."
　"그래?"
　"예."
　"토는?"
　"오늘은 안 했어요."
　"밥은?"
　"말처럼 퍼먹어요."
　"병원에 가서 검사도 받아 봤겠지?"
　"어떻게 아셨어요?"
　"성공한 은행 간부라면 그 정도는 당연히 할 테니까. 나한테 줄 물건은 가져왔나?"
　스트리터는 한순간 그대로 돌아갈까 하고 생각했다. 진지하게 생각했다. 그러다가 걸치고 있던 얇은 재킷 주머니에(8월치고는 서늘한 날이었고 그는 여전히 여윈 축에 들었다.) 손을 넣어 네모나게 접은 화장지를 꺼냈다. 망설이다가 테이블 너머로 건넨 그 화장지를 엘비드가 받아서 펼쳤다.

"아, 아테놀올."

엘비드는 알약을 입에 넣고 꿀꺽 삼켰다.

스트리터의 입이 헤 벌어졌다가 천천히 닫혔다.

"그렇게 놀랄 것 없어. 자네도 나처럼 스트레스가 심한 직종에 종사하면 혈압 때문에 속을 썩였을 거야. 지병인 역류성 식도염은 말할 것도 없고. 그런 건 아예 모르는 게 나아."

"이제 어떻게 되는 건가요?"

스트리터가 물었다. 재킷을 걸쳤는데도 으스스했다. 이번에는 엘비드가 놀란 표정을 지었다.

"어떻게 되긴? 자넨 이제부터 15년간 건강한 몸으로 인생을 즐기면 돼. 어쩌면 20년이나 25년이 될 수도 있지. 누가 알겠나?"

"건강하게, 그리고 행복하게요?"

엘비드는 장난기가 가득한 표정으로 스트리터를 바라보았다. 한 꺼풀 아래로 보이는 싸늘함이 없었다면 우스울 수도 있는 표정이었다. 그리고 *나이* 든 흔적도. 그 순간 스트리터는 조지 엘비드가 이 일을 까마득히 오랫동안 해 왔을 거라는 확신이 들었다. 식도염이 걸렸든 안 걸렸든 간에.

"행복은 자네 하기에 달렸어, 데이브. 물론 자네 식구들도. 재닛, 메이, 저스틴이 어떻게 하느냐에 달렸지."

엘비드에게 식구들 이름을 가르쳐 줬던가? 스트리터는 기억이 나지 않았다.

"아마 아이들이 제일 중요할 거야. 자식은 인생이 잡고 있는 인질이라 자식을 둔 사람은 내키는 대로 살 수 없다는 오래된 격언도 있지만, 내가 볼 땐 부모야말로 자식이 잡고 있는 인질이야. 자식들 중에 하나가 외딴 시골길에서 큰 사고를 당한다거나…… 무서운 병에 걸리기라도 하면…….”

“그러니까 저희 애들이……?”

“에이, 아니야, 무슨! 지금 이건 덜떨어진 교훈담 같은 게 아니야. 난 *장사*하는 사람이지 「악마와 대니얼 웹스터」에 나오는 캐릭터 같은 게 아니라고. 내 말은 그저 행복은 자네하고 자네가 가장 아끼는 가까운 사람들의 손에 달려 있다, 이거야. 혹시 내가 한 20년 있다가 다시 나타나서 곰팡내 나는 오래된 수첩에 자네 영혼을 끼워 넣을까 봐 두려워한다면, 생각을 고쳐먹는 게 좋을 거야. 인간들의 영혼은 이미 한참 전에 얄팍하고 투명한 게 돼 버렸으니까.”

스트리터는 그의 말을 들으며 여우가 할 법한 말이라고 생각했다. 포도를 따 먹으려고 몇 번이나 뛰어 올랐다가 결국 아무리 용을 써 봤자 닿지 못한다는 것을 깨달은 여우. 하지만 그 말을 입 밖에 낼 생각은 없었다. 이제 거래는 성사됐고, 당장은 이 자리를 떠나고 싶은 마음뿐이었다. 그럼에도 떠나지 않고 미적거렸다. 마음 같아서는 머릿속에 맴도는 질문을 던지고 싶지 않았지만, 그럼에도 반드시 물어야 했다. 지금 이곳은 선물을 주고받는 자리가 아니기 때문이었다. 평생 은행을 다니며 수많은 거래를 성사시킨 그였기에 눈앞에서 누가 거래를 벌이면 한눈에 알아볼 수 있었다. 심지어 냄새로도 알 수 있었다. 항공기 연료 타는 냄새와 비슷한 희미한 악취를 맡으면.

쉽게 말해서 선생 몸속에 있는 그 더러운 덩어리를 들어내고

싶으면 다른 누구한테 옮겨야 한다, 이거지.

그러나 고혈압 약을 한 알 훔친 것 정도로 더러운 덩어리를 옮길 수 있을 리 없었다. 안 그런가?

한편 엘비드는 커다란 우산을 접는 중이었다. 다 접힌 우산을 보며 스트리터는 놀랍고도 우울한 사실을 깨달았다. 그 우산은 노란색이 아니었다. 이날의 하늘과 비슷한 회색이었다. 여름의 끝이 코앞에 있었다.

"내 고객들은 다들 더할 나위 없이 만족해서 행복하게 살더군. 이 말이 듣고 싶었나?"

그렇기도 했고…… 그렇지 않기도 했다.

"딱 보니까 물어보고 싶은 게 따로 있는 눈친데, 답을 듣고 싶으면 변죽만 울리지 말고 물어봐. 곧 비가 쏟아질 것 같으니까 난 얼른 집에 가야겠어. 내 나이가 되면 기관지염보다 무서운 게 없거든."

"차는 어디다 두셨나요?"

"뭐야, 궁금한 게 고작 그거였어?"

엘비드는 대놓고 스트리터를 비웃었다. 그의 양 볼은 전혀 통통하지 않고 홀쭉했고, 눈꼬리는 위로 비죽 올라가 있었다. 눈 가장자리는 흰자위가 끝나는 곳부터 점점 어두워져서 암 덩어리처럼 불길한(정말로 불길한) 검은색으로 변했다. 그는 세상에서 제일 안 웃기는 광대처럼 보였다. 그것도 분장이 반쯤 지워진.

"저기, 이가……." 스트리터는 얼빠진 표정으로 중얼거렸다. "이가 뾰족하시네요."

"빨리 질문이나 해, 스트리터 선생!"

"톰 구드휴가 암에 걸릴까요?"

엘비드는 잠시 입을 헤 벌리고 있다가, 키들키들 웃기 시작했다. 웃음소리는 천식 환자의 숨소리처럼 쌕쌕거렸고, 탁했고, 불쾌했다. 부서진 증기 오르간의 소리처럼.

"아니야, 데이브. 톰 구드휴는 암에 안 걸려. 톰은 아니야."

"그럼 어떻게 되는데요? 무슨 일이 일어나는 거죠?"

자신을 찬찬히 뜯어보는 엘비드의 경멸 어린 표정을 보며 스트리터는 뼈가 바스락거리는 기분이 들었다. 고통은 없지만 강력한 산성 물질이 뼈에 구멍을 숭숭 뚫어 놓은 것만 같았다.

"무슨 상관인데? 자넨 톰을 미워하잖아. 자네 입으로 그렇게 얘기했잖아."

"그래도……."

"지켜봐. 기다려. 즐기는 *거야*. 그리고 자, 이거."

엘비드는 스트리터에게 명함을 한 장 건넸다. 거기에는 **국경 없는 아동 기금**이라는 이름과 케이맨 제도에 있는 어느 은행의 주소가 적혀 있었다.

"세금 때문에 만들었어. 수입의 15퍼센트는 그리로 보내. 액수를 속이면 금방 들통 날 거야. 그럼 재앙은 자네 몫이 돼."

"아내가 눈치를 채고 물어보면 어떡하죠?"

"자네 부인은 따로 쓰는 수표책이 있잖아. 그거 말고는 아예 신경도 안 쓰고, 자네를 믿으니까. 내 말이 틀렸나?"

"그거야……." 스트리터는 엘비드의 손과 팔에 떨어지는 빗방울이 지지직 소리와 함께 증발하는 광경을 보면서도 전혀 놀라지 않았다. "그렇죠."

"당연히 그렇지. 우리 거래는 이걸로 끝났어. 그러니 당장 여길 떠나서 부인한테 돌아가. 분명 두 팔을 벌리고 자넬 반겨 줄 거야. 그럼 같이 침대로 가도록 해. 가서 이 여자는 내 마누라가 아니라 내 제일 친한 친구 마누라다, 그렇게 상상하면서 그 우람한 자지로 박아 주란 말이야. 운 좋은 줄 알아. 자네 부인은 자네한테는 과분한 여자니까."

"거래를 취소하고 싶어지면요?"

스트리터가 중얼거렸다. 엘비드는 육식동물처럼 툭 불거진 뻑뻑한 이를 드러내며 차갑게 웃었다.

"취소 같은 건 못해."

때는 2001년 8월, 뉴욕의 두 탑이 무너지기까지 한 달도 안 남은 날이었다.

그해 12월(실은 위노나 라이더가 절도 혐의로 붙잡힌 바로 그날), 의사인 로더릭 헨더슨은 데이브 스트리터의 암이 완치됐다고 확진했다. 그리고 이 경우는 우리 시대에 일어난 진짜 기적이라는 말도 빼놓지 않았다.

"이건 도저히 말로 설명할 수가 없는 일이야."

헨더슨이 말했다. 스트리터는 할 수 있었지만, 침묵을 지켰다.

두 사람이 상담을 한 곳은 헨더슨의 진료실이었다. 한편 데리 가정의학 병원의 회의실, 즉 스트리터가 기적적으로 완치된 자기 몸의 내면 영상을 처음 본 그곳에서는, 스트리터가 앉았던 바로 그 의자에 노마 구드휴가 앉아서 썩 유쾌하지 않은 자기공명영상 기록을 확인하는 중이었다. 노마는 담당 의사가 최대한 부드러운 목소리로 들려주는 설명을 멍하니 듣고 있었다. 왼쪽 유방에 있는 혹이 암으로 판명되었는데 이미 림프샘까지 퍼졌다는 이야기였다.

"상황이 안 좋긴 하지만, 그래도 희망은 있습니다."

의사는 테이블 너머로 손을 뻗어 노마의 차가운 손을 쥐었다. 그러고는 빙긋 웃었다.

"우선 항암제부터 바로 투여하도록 하죠."

이듬해 6월, 스트리터는 마침내 승진을 했다. 딸 메이는 컬럼비아 대학교 언론 대학원에 합격했다. 스트리터는 겹경사를 축하하려고 오랫동안 미뤄 두었던 휴가를 써서 아내와 함께 하와이로 여행을 떠났다. 둘은 여러 번 사랑을 나누었다. 마우이 섬에 머물던 마지막 날, 톰 구드휴가 전화를 했다. 연결 상태가 안 좋아서 대화는 거의 못 했지만, 톰의 말은 알아들을 수 있었다. 노마가 죽었다는 소식이었다.

"우리가 가서 같이 있을게."

스트리터는 톰에게 약속했다. 소식을 들은 재닛은 호텔 침대에 쓰러져서 얼굴을 가리고 엉엉 울었다. 스트리터는 곁에 앉아서 아내를 꼭 끌어안고 생각했다. *뭐, 어차피 집에 갈 참이었으니까.* 그리고 노마한테는 미안한 마음이 들었지만(톰한테도 조금은 미안했지만), 잘된 점도 있었다. 데리에서 제일 살기 힘든 계절인 벌레가 들끓는 시기는 부부가 휴가를 보내는 동안 이미 지나갔기 때문이었다.

12월, 스트리터는 1만 5000달러가 조금 넘는 금액이 적힌 수표를 '국경 없는 아동 기금'에 보냈다. 소득 신고서에 적힌 추가납부 세액이라고 생각하면서.

2003년, 스트리터의 아들 저스틴은 브라운 대학교의 최우등생 명단에 이름을 올린 후에 장난삼아서 「워크 파이도 홈」이라는 비디오 게임을 만들었다. 게임의 목표는 개의 목줄을 잡고 쇼핑몰에서 집까지 돌아가는 동안 난폭 운전자가 모는 차, 10층 건물 발코니에서 떨어지는 물건, 자칭 '개 잡는 할망구들'이라는 미친 할머니들을 피하는 것이었다. 스트리터가 보기에는 농담 같았지만 (저스틴 역시 장난 삼아 만들었다고 확인해 주었다.), 게임스 인코퍼레이티드 사는 그 게임을 보자마자 판권을 사겠다며 스트리터의 잘생기고 사근사근한 아들에게 75만 달러를 제시했다. 저작권 사용료는 따로 지불하는 조건이었다. 저스틴은 도요타 패스파인더 SUV 두 대를 부모에게 각각 선물했다. 엄마에게는 분홍, 아버지에게는 파랑으로 색깔까지 맞춰서. 재닛은 눈물을 흘리며 저스틴을 끌어안고서 무모하고 성급하고 다정하지만 그래도 멋진 아들이라고 칭찬했다. 스트리터는 아들을 술집으로 데려가서 스포티드 헨 맥주를 사 주었다.

그해 10월에 에머슨 대학교에 다니던 톰 구드휴의 아들 칼의 룸메이트는 강의가 끝나고 집에 돌아왔다가 부엌 바닥에 얼굴을 박고 쓰러져 있는 칼을 발견했다. 프라이팬에서는 칼이 먹으려고 만들던 치즈 샌드위치가 연기를 내며 타고 있었다. 스물두 살이라는 어린 나이에 심장마비가 일어났던 것이다. 치료에 참여한 의사들은 그때껏 밝혀지지 않았던 선천성 심장 기형을 밝혀냈는데

심방 벽이 얇다던가 뭐라던가 하는 얘기였다. 칼은 심폐소생술을 할 줄 아는 룸메이트가 때마침 돌아온 덕분에 죽지는 않았다. 그러나 그의 뇌는 너무 오랫동안 산소를 공급받지 못했고, 그 탓에 저스틴과 함께 유럽에서 돌아온 지 얼마 되지도 않은 이 명석하고 잘생기고 몸도 날렵한 청년은 그만 예전에 알던 자신의 느릿느릿한 그림자가 되고 말았다. 가끔은 바지를 적시기도 했고, (여전히 슬픔에 빠진 아버지와 함께 살려고 돌아온) 집에서 한두 블록만 벗어나면 길을 잃었으며, 말 대신 고래고래 내지르는 무의미한 고함소리는 아버지인 톰밖에 알아듣지 못했다. 톰은 그런 아들을 위해 활동 보조인을 고용했다. 보조인은 물리 치료를 하는 한편으로 옷 갈아입기도 도와주었다. 2주에 한 번씩 칼을 데리고 '당일치기 여행'을 다녀오기도 했다. 제일 자주 갔던 목적지인 아이스크림 가게에서 칼은 언제나 피스타치오 콘을 골라 온 얼굴에 문질렀다. 다 문지르고 나면 보조인은 싫은 내색도 없이 칼의 얼굴을 물티슈로 깨끗이 닦아 주었다.

재닛은 더 이상 톰네 집에 저녁을 먹으러 못 가겠다고 남편에게 털어놓았다.

"난 도저히 못 보겠어. 칼이 느릿느릿 움직이는 거나 가끔 바지를 적시는 건 아무렇지도 않아. 내가 차마 볼 수가 없는 건 그 애 눈빛이야. 걔 눈을 보면 자기가 예전에 어땠는지는 기억하면서 어쩌다가 지금 모습이 됐는지는 모르는 것 같아. 게다가…… 뭐랄까, 그 애 표정에는 항상 무슨 희망 같은 게 보여. 난 그걸 보면 인생이란 게 그냥 다 농담 같아."

스트리터는 아내의 말이 무슨 뜻인지 이해했다. 그리고 오랜

벗과 함께 저녁을 먹을 때면 그 말을 곰곰이 생각하곤 했다(요리를 해 줄 노마가 없으니 식사는 주로 배달 음식으로 때웠다.). 그는 장애인이 된 아들에게 밥을 먹이는 톰의 모습을, 또 그 아들의 얼굴에 떠오른 희망찬 표정을 즐겁게 지켜보았다. 그 표정은 이렇게 말하는 듯했다. '이건 다 꿈이에요, 전 금방 꿈에서 깰 거예요.' 재닛 말대로 그것은 농담이었다. 하지만 꽤 재미난 농담이었다.

잘 생각해 보면 그랬다.

2004년, 스트리터의 딸 메이는 《보스턴 글로브》에 취직하면서 자기가 미국에서 제일 행복한 여자라고 선언했다. 아들 저스틴이 만든 「록 더 하우스」라는 게임은 부동의 베스트셀러가 되었는데 그 기록을 깬 것은 나중에 나온 「기타 히어로」였다. 그때 저스틴은 이미 노선을 바꾸어 「유 모그 미 베이비」라는 프로그램을 개발한 후였다. 스트리터 본인은 자기가 다니던 은행 지점의 지점장으로 승진했고, 장차 지역 본부장이 될 거라는 소문도 돌았다. 그는 재닛과 함께 멕시코의 칸쿤으로 여행을 가서 환상적인 시간을 보냈다. 재닛은 남편을 '우리 귀여운 토끼'라고 부르기 시작했다.

한편 톰이 경영하던 구드휴 폐기물 처리 회사에서는 회계사가 200만 달러를 횡령하여 아무도 모르는 곳으로 달아나 버렸다. 뒤처리를 위해 장부를 점검해 보니 재무 상태는 바람 앞의 촛불이나 다름없었다. 그 망할 회계사가 오랜 세월에 걸쳐 야금야금 돈을 빼돌렸던 것이다.

야금야금? 스트리터는 《데리 뉴스》에 실린 기사를 읽으면서 생각했다. 그보다는 한 번씩 볼때기가 터지게 뜯어먹었다는 표현

이 더 어울릴 것 같은데.

톰은 이제 서른다섯 살이 아니라 예순 살로 보였다. 분명 스스로도 알았을 것이다, 왜냐면 머리 염색을 그만뒀으니까. 스트리터는 인공적인 색깔 아래에 숨어 있던 친구의 머리카락이 아직 새하얗게 변하지 않은 것을 보고 마음이 흐뭇했다. 톰의 머리카락은 엘비드가 둘둘 접었던 우산처럼 탁하고 우울해 보이는 회색이었다. 스트리터가 보기에는 영락없이 공원 벤치에 앉아 비둘기 떼한테 모이를 주는 노인의 머리 색이었다. 염색약으로 치면 '막장 인생 전용 색상'이라고나 할까.

2005년, 미식축구 선수였던 톰의 막내 제이크는 (운동 특기생으로 전액 장학금을 받을 수도 있었던) 대학 대신 쓰러져 가는 아버지의 회사에 들어가서 일하다가 여자를 만나 결혼했다. 검은 머리에 몸이 통통한 캐미 도링턴이라는 여자애였다. 스트리터와 그의 아내는 입을 모아 멋진 결혼식이라고 칭찬했다. 식이 진행되는 동안 내내 칼이 괴성을 지르고 꺽꺽대고 웅얼거렸는데도, 톰의 맏딸인 그레이시는 교회를 나서다가 드레스 밑단에 발이 걸려 계단을 구르는 바람에 다리가 두 군데나 부러졌는데도 그랬다. 그레이시가 넘어지기 전까지만 해도 톰은 거의 예전의 그처럼 보였다. 다시 말해, 행복해 보였다. 스트리터는 그 조그만 행복을 시기하지 않았다. 지옥에 떨어진 사람들도 가끔은 물을 한 모금씩 마실 거라는 생각이 들어서였다. 그래야 풀릴 기약이 없는 갈증이 다시 찾아올 때 그 두려움을 철저히 느낄 수 있으니까.

신혼부부는 중앙아메리카의 벨리즈로 밀월여행을 떠났다. 분명 여행 내내 비가 쏟아지겠지. 스트리터의 생각과 달리 비는 내리지 않았다. 그러나 제이크는 지독한 위장염에 걸리는 바람에 거의 1주일 내내 형편없는 병원에 누워 종이 기저귀를 찬 채 설사에 시달렸다. 병에 든 생수만 마시다가 그만 깜빡하고 수돗물로 이를 닦았던 것이다. '내 잘못이야, 젠장.' 제이크는 그렇게 말했다.

이라크에서 미군이 800명 넘게 죽었다. 젊은 사람들에게 일어난 불행한 일이었다.

톰 구드휴는 통풍을 앓다가 다리를 절게 되는 바람에 지팡이를 짚고 다니기 시작했다.

그해에 국경 없는 아동 기금으로 보내진 수표에는 상당한 금액이 적혀 있었지만, 스트리터는 조금도 언짢아하지 않았다. 받는 쪽보다는 주는 쪽이 더 행복한 법이니까. 성공한 사람들은 모두 그렇게 말했다.

2006년, 톰의 맏딸 그레이시는 치주염에 걸려 이가 모조리 빠지고 말았다. 후각마저 잃었다. 그로부터 얼마 지나지 않은 어느 날 저녁, 톰과 스트리터가 매주 함께하는 만찬 자리에서(활동 보조인이 칼을 데리고 당일치기 여행을 떠나는 바람에 그날은 둘뿐이었다.), 톰은 눈물을 터뜨렸다. 이제 비싼 수제 맥주 대신 봄베이 사파이어 진을 마시던 그는 몹시 취해 있었다.

"내가 어쩌다 이렇게 됐는지 모르겠어! 난…… 난 정말이지…… 성서에 나오는 욥이 된 것 같아!"

스트리터는 톰을 끌어안고 다독여 주었다. 그러면서 먹구름은 늘 밀려오지만 조만간 다시 밀려가게 마련이라고 얘기했다.

"이 빌어먹을 구름은 내 머리 위에 모자처럼 붙어 있다고!"

톰이 외치며 스트리터의 등을 주먹으로 내리쳤다. 스트리터는 개의치 않았다. 오랜 친구의 주먹은 예전과 달리 힘이 없었다.

영화배우 찰리 신, 토리 스펠링, 데이비드 해셀호프는 이혼을 했지만 데리에 사는 데이브 스트리터와 재닛 부부는 결혼 30주년을 축하했다. 결혼기념일 파티가 열렸다. 파티가 끝날 무렵, 스트리터는 아내를 집 뒤로 데려갔다. 미리 불꽃놀이를 준비해 두었던 것이다. 손님들 모두 박수로 축하했지만 칼 구드휴는 예외였다. 칼도 박수를 치려고 애썼으나 자꾸만 박자를 놓쳤다. 한때 에머슨 대학교에 다니던 이 청년은 결국 박수치기를 포기하고 하늘을 가리키며 괴성을 질렀다.

2007년, 영화배우 키퍼 서덜랜드가 음주운전으로 구치소에 들어간 그해(이때가 처음은 아니었다.), 그레이시의 남편 앤디 디커슨이 교통사고로 사망했다. 퇴근해서 집에 돌아오는 길에 그만 술 취한 운전자가 차선을 침범했던 것이다. 좋은 소식은 그 운전자가 키퍼 서덜랜드가 아니라는 것이었다. 나쁜 소식은 임신 4개월이었던 그레이시가 빈털터리가 됐다는 것이었다. 그레이시의 남편은 일찌감치 생명 보험을 해약하여 지출을 메우고 있었다. 그레이시는 아버지와 동생 칼이 사는 집으로 돌아왔다.

"그 집 운으로 봐선 아기도 기형으로 태어날 것 같아."

어느 날 밤, 아내와 사랑을 나눈 후에 침대에 누워 있던 스트리터가 말했다. 재닛은 남편의 말에 소스라치게 놀랐다.

"무슨 말을 그렇게 해!"

"괜찮아, 미리 말하면 액땜이 돼서 실제로는 안 일어나."

스트리터가 설명했다. 잠시 후, 두 마리 토끼는 서로를 다정하게 끌어안은 채로 잠들었다.

그해에 국경 없는 아동 기금으로 보내진 수표는 3만 달러짜리였다. 스트리터는 조금도 망설이지 않고 수표에 서명을 했다.

그레이시의 아기는 2008년 2월의 눈보라가 매섭게 불던 어느 날에 태어났다. 좋은 소식은 아기가 기형이 아니라는 것이었다. 나쁜 소식은 사산이라는 것이었다. 그 집안에 전해지는 망할 놈의 심장 이상 때문이었다. 이도 다 빠지고 남편도 없고 냄새도 못 맡는 그레이시는 심각한 우울증에 빠졌다. 스트리터가 보기에 우울증은 그레이시가 기본적으로는 제정신이라는 증거였다. 만약 「돈트 워리, 비 해피」를 휘파람으로 부르면서 돌아다녔다면 스트리터는 톰에게 집 안의 뾰족한 물건을 모조리 서랍에 넣고 잠그라고 충고했을 것이다.

블링크182라는 록 밴드의 멤버 둘이 탄 비행기가 추락했다. 나쁜 소식은 네 명이 사망했다는 것이었다. 좋은 소식은, 그 밴드 멤버 둘이 가까스로 살아남았다는 것이었는데…… 그중 한 명은 얼마 안 지나서 숨을 거두었다.

"내가 하느님의 뜻을 거슬렀나 봐."

어느 날, 이제 '독신남들의 밤'으로 이름이 바뀐 저녁 식사 자리에서 톰 구드휴가 말했다. 스트리터는 이탈리아 음식점인 카라 마마에서 사 온 스파게티를 깨끗이 먹어 치웠다. 톰은 거의 손도 안 댔다. 다른 방에서는 그레이시와 칼이 「아메리칸 아이돌」을 보고 있었다. 그레이시는 말이 없었고, 한때 에머슨 대학교에 다니던 청년은 바닥을 엉금엉금 기어다녔다.

"어떻게 된 일인지는 모르겠지만, 아무튼 그런 것 같아."

"그렇게 말하지 마. 그건 사실이 아니야."

"넌 몰라."

"아니, 알아." 스트리터가 딱 잘라 말했다. "그건 바보 같은 소리야."

"그래, 네가 그렇게 말한다면 그렇겠지."

톰의 눈에 눈물이 차올랐다. 눈물 두 줄기가 볼을 타고 흘러내렸다. 한 줄기는 면도를 안 한 턱에 걸려 잠시 흔들리다가, 수북이 남은 스파게티 위에 떨어졌다.

"그나마 제이크 덕분에 감사하고 있어. 그 애는 멀쩡하니까. 요즘은 보스턴의 방송국에 다녀. 며느리는 브리검 여성 병원에서 회계사로 일하고. 메이하고도 가끔 만난대."

"잘됐네."

스트리터는 다정하게 말하면서 부디 제이크가 자기 딸한테 불운을 옮기지 않았으면 하고 바랐다.

"네가 여전히 우리 집에 와 주는 것도 고맙고. 재닛이 왜 발을 끊었는지 모르겠지만, 안 온다고 해서 원망하진 않아. 난 그냥…… 이 저녁 식사가 기다려져. 예전 그 시절로 돌아가는 것 같은 기분이 들어서."

그래. 스트리터는 속으로 중얼거렸다. 넌 모든 걸 다 누리고 난 암에 걸렸던 그 시절 말이지.

"난 언제나 네 곁에 있을 거야." 스트리터는 이렇게 말하며 살짝 떨리는 톰의 손을 두 손으로 감쌌다. "우린 끝까지 친구야."

2008년, 굉장한 해였다! 빌어 처먹을! 중국이 올림픽을 개최하다니! 크리스 브라운과 리한나가 연애를 하다니! 은행들이 줄지어 도산했다! 주식 시장은 폭락했다! 그리고 11월에는 환경 보호국이 톰의 마지막 수입원인 쓰레기 산에 폐쇄 명령을 내렸다. 정부는 지하수 오염 및 의료 폐기물 불법 투기와 관련하여 소송을 벌이겠다는 뜻을 전했다. 《데리 뉴스》에는 형사 소송을 암시하는 기사까지 실렸다.

스트리터는 저녁에 이따금씩 해리스 애비뉴 연장 도로에 가서 그 노란색 우산을 찾아보았다. 거래를 하고 싶어서가 아니었다. 그저 이런저런 이야기가 하고 싶을 뿐이었다. 하지만 그 우산도, 우산 임자도 보이지 않았다. 낙담하기는 했지만 놀랍지는 않았다. 흥정꾼이란 원래 상어 같은 존재였다. 쉼 없이 움직이지 않으면 죽고 말았다.

스트리터는 수표를 써서 케이맨 제도의 은행으로 보냈다.

2009년, 크리스 브라운은 그래미 시상식이 끝나고 나서 자신의 귀여운 토끼 리한나를 두들겨 팼다. 그로부터 몇 주 후, 풋볼선수 출신 제이크 구드휴 역시 명랑한 아내 캐미를 두들겨 팼는데, 이는 캐미가 제이크의 재킷 주머니에서 여자 속옷과 코카인 0.5그램을 찾아낸 직후에 벌어진 일이었다. 캐미는 바닥에 쓰러져 울면서 제이크를 개자식이라고 욕했다. 그러자 제이크는 고기 구울 때 쓰는 기다란 포크로 캐미의 배를 찔렀다. 곧바로 후회하면서 구급차를 부르기는 했지만, 상처는 심각했다. 배에 구멍이 두 군데나 뚫렸던 것이다. 나중에 제이크는 경찰에게 아무것도 기억이 안 난다고 했다. 순간 기억상실이라는 말이었다.

국선 변호사는 보석금 액수도 못 깎을 정도로 멍청했다. 제이크는 아버지에게 도와 달라고 부탁했지만 그 아버지라는 사람은 아내를 때리는 아들에게 비싸기로 유명한 보스턴 변호사를 붙여 주기는커녕 난방비 낼 돈도 없는 처지였다. 톰 구드휴는 스트리터에게 손을 벌렸고, 스트리터는 오랜 친구가 미리 연습해 둔 말을 고통스럽게 떠듬떠듬 늘어놓기 전에 제꺽 대답했다. *걱정 마.* 아버지의 볼에 스스럼없이 뽀뽀하던 제이크의 모습을 아직도 기억했기 때문이었다. 게다가 수임 비용을 댄 덕분에 제이크의 정신 상태에 관해 변호사에게 물어볼 수도 있었는데, 답은 그리 희망적이지 않았다. 제이크가 죄책감 때문에 심각한 우울증에 빠졌던 것이다. 변호사는 제이크가 아마도 5년 형을 받을 텐데 3년 정도는 깎을 수 있을 것 같다고 했다.

출소하면 집으로 돌아오겠군. 스트리터는 곰곰이 생각했다. *그레이시랑 칼이랑 같이 「아메리칸 아이돌」을 보겠지. 그때도 그 프로그램이 방송된다면. 아마 되겠지만.*

"내가 생명보험을 들어 놓은 게 있어."

어느 날 저녁, 톰 구드휴가 말했다. 살이 많이 빠져서 옷이 후줄근했다. 눈빛은 흐리멍덩했다. 게다가 건선까지 걸려서 팔을 북북 긁었다. 하얀 살갗에 붉은 자국이 기다랗게 남았다.

"사고로 보일 수만 있으면 자살이라도 하고 싶은데."

"그런 말 하지 마, 톰. 다 잘될 거야."

6월, 마이클 잭슨이 죽었다. 8월에는 칼 구드휴가 목에 사과 조각이 걸리는 바람에 같은 신세가 됐다. 활동 보조인이 하임리히 요법을 실시해서 살릴 수도 있었겠지만, 형편이 어려워진 톰은 이미 1년 반 전에 그를 해고했다. 그레이시는 칼이 컥컥대는 소리를 듣고도 '평소처럼 시끄럽게 구는 줄 알고' 거들떠보지도 않았다. 좋은 소식은 칼 역시 생명보험에 가입돼 있었다는 것이었다. 액수는 작았지만 장례식을 치르기에는 충분했다.

장례식이 끝나고 나서(톰 구드휴는 오랜 친구에게 부축을 받으며 식이 진행되는 동안 내내 흐느꼈다.), 스트리터는 자비심을 베풀고 싶은 충동이 들었다. 그래서 키퍼 서덜랜드의 소속사 주소를 알아내어 '빅 북'이라고 불리는 알코올 의존증 자주치료 협회의 공식 책자를 보내 주었다. 보나마나 쓰레기통으로 직행하리라는 생각은 스트리터도 했지만(몇 년간 팬들이 보내 준 수많은 빅 북과 마찬가지로), 그래도 모르는 일이었다. 가끔은 기적이 일어나기도 하니까.

* * *

2009년 9월 초순, 후텁지근한 어느 여름 저녁. 스트리터와 재닛은 데리 공항 뒤편의 도로로 드라이브를 나갔다. 철조망 울타리 앞의 자갈밭에는 장사하러 나온 사람이 아무도 없었기에 스트리터는 멋진 파란색 패스파인더 SUV를 그곳에 댄 다음, 한 팔로 아내의 어깨를 감싸 안았다. 그는 평생 지금처럼 아내를 절절하게, 더할 나위 없이 사랑한 적이 없었다. 저물어 가는 태양이 붉은 공처럼 보였다.

고개를 돌려 보니 재닛이 울고 있었다. 스트리터는 재닛의 턱을 자기 쪽으로 돌리고 진중한 입맞춤으로 눈물 자국을 닦아 주었다. 재닛의 얼굴에 웃음이 번졌다.

"여보, 왜 울어?"

"톰네 식구들이 생각나서. 그렇게 악운이 줄지어 찾아오는 집은 본 적이 없어. 아니, 악운이 다 뭐야." 재닛이 웃음을 터뜨렸다. "흉악한 운이라고 하는 게 더 어울릴걸."

"본 적이 없기는 나도 마찬가지야. 그래도 늘상 일어나는 일인데, 뭐. 뭄바이 테러로 죽은 사람들 중에 임신한 여자가 있었던 거 알아? 같이 있던 두 살배기 애는 살았지만 테러범들한테 반죽을 만큼 얻어맞았어. 게다가……."

재닛이 두 손가락으로 자기 입술을 눌렀다.

"쉿. 그만해. 인생이 공정하지 않다는 건 우리 둘 다 아니까."

"아니야, 공정해!"

스트리터가 진지하게 말했다. 노을빛에 발그레해진 얼굴이 무척 건강해 보였다.

"날 봐. 당신, 한때는 내가 살아서 2009년을 맞을 거라고는 생각도 못했잖아, 안 그래?"

"그랬지. 하지만……."

"우리 결혼 생활도 그래, 아직도 참나무 대문처럼 튼튼하잖아. 아니면 내가 혹시 잘못 알고 있는 건가?"

재닛이 고개를 저었다. 스트리터는 제대로 알고 있었다.

"당신은 자유 기고가로 《데리 뉴스》에 칼럼을 쓰고, 메이는

《보스턴 글로브》에서 기자로 대활약 중이야. 또 컴퓨터만 끼고 살던 우리 아들은 스물다섯 살에 벌써 미디어 재벌이 됐고."

재닛의 얼굴에 다시 미소가 번졌다. 스트리터는 기뻤다. 그는 아내의 우울한 얼굴이 질색이었다.

"인생은 공정한 거야. 엄마 뱃속에서 아홉 달 동안 주사위 두 개를 굴리다가 어느 날 획, 던지는 건 누구나 마찬가지니까. 어떤 사람은 7이 연달아 나오기도 하지. 어떤 사람은, 불행하게도 1이 두 개씩 나오기도 하고. 세상이란 게 원래 그런 곳이야."

재닛은 그 말을 듣고 남편을 끌어안았다.

"사랑해, 여보. 당신은 항상 긍정적이야."

스트리터는 별것 아니라는 듯이 어깨를 으쓱했다.

"평균의 법칙은 낙천주의자한테 유리하거든. 은행에 다니는 사람이면 다 그렇게 말할걸. 뭐든 끝에 가서는 균형을 맞추는 법이라고."

공항 상공에 나타난 금성이 어두워져 가는 하늘을 배경으로 반짝거렸다.

"자, 소원을 빌어!"

스트리터의 말에 재닛이 쿡쿡 웃으며 고개를 저었다.

"무슨 소원? 난 이미 원하는 걸 다 가졌는데."

"나도."

스트리터가 말했다. 그러고는 금성을 가만히 바라보며, 아직 이루어지지 않은 소원을 빌었다.

행복한

결혼
생활

1

    차고에서 발견한 물건의 정체를 알고 나서 며칠 동안, 다아시는 한 가지 생각에 잠겨 있었다. 사람들이 평소에 대화를 나눌 때 절대 안 물어보는 질문이 있다는 생각이었다. 그 질문이란 바로 '*결혼 생활은 어때?*'였다. 사람들은 주말 잘 보냈어나 플로리다 여행은 잘 다녀왔어나 애들은 잘 있어라고 묻곤 했다. 가끔은 '*자기, 그동안 좀 살 만했어?*'라고 묻기도 했다. 그러나 '*결혼 생활은 어때?*'라고 묻는 사람은 아무도 없었다.

    행복해. 그날 밤이 오기 전에 그 질문을 받았다면 다아시는 그렇게 대답했을 것이다. *다 잘되고 있어.*

    존 F. 케네디가 대통령으로 선출된 해에 태어난 다아시의 원래 이름은 다셀린 매드센이었다(다셀린이라니, 새로 산 작명 책에 푹 빠진 부모가 아니고서는 붙이기 힘든 이름이었다.). 자란 곳은 메인 주 프리포트였다. 지금은 미국 최초의 대형 소매점인 엘엘빈의 본점과 이른바 '아웃렛'이라고 불리는 (쇼핑몰이 아니라 무슨 하수처리장 같은) 드넓은 가게들이 대여섯 개 들어서 있지만, 그 시절 프리포트는 조그만 마을이었다. 다이시는 프리포트 고등학교를 졸업하고 애디슨 상업 전문학교에서 비서 업무를 배웠다. 졸업 후에는 조 랜섬 쉐보레에 취직해서 근무하다가, 회사가 메인 주 포틀랜드에서 가장 큰 자동차 대리점이 된 1984년에 퇴직했다. 외모는 수수했지만 자신보다 살짝 더 세련된 친구 두 명이 화장을 가르쳐 준 덕분에 직장에서는 예쁘다는 말을 들었고, 금요일과 토요일 밤에는 친구들과 함께 라이트하우스나 (생음악을 들을 수 있는) 멕시칸 마이크 같은 술집에 마가리타를 마시러 가서 남자들의 눈길을 단번에 사로잡곤 했다.

1982년, 조 랜섬은 골치 아픈 세금 문제를 해결하려고 포틀랜드에 있는 회계 사무소 한 곳과 계약을 맺었다('자네도 한번 겪어봐, 아주 죽고 싶을 거야.' 다이시는 영업 책임자에게 이렇게 말하는 랜섬의 목소리를 들은 적이 있었다.). 그 사무소는 서류가방을 든 남자 두 명을 파견했는데 한 명은 노인, 한 명은 젊은이였다. 안경을 쓰고 수수한 양복을 입고 짧은 머리는 이마가 보이도록 깔끔하게 빗어 넘긴 그들을 보며 다이시는 엄마의 1954년도 졸업 앨범을 떠올렸다. 앨범의 인조가죽 표지에는 메가폰을 입에 댄 남자 치어리더가 음각으로 새겨져 있었다.

젊은 회계사의 이름은 밥 앤더슨이었다. 그들이 회사에 온 지이틀째 되던 날, 다이시는 그 남자와 처음으로 이야기를 나누다가 혹시 취미가 있냐고 물었다. 남자는 있다고 대답했다. 그의 취미는 화폐 수집이었다.

남자가 화폐 수집이 뭔지 설명하려 하자 다아시가 말했다.

"알아요, 우리 아버지도 자유의 여신상이 찍힌 10센트 동전이랑, 들소가 찍힌 5센트 동전을 모았거든요. 제일 좋아하는 동전이 그거랬어요. 앤더슨 씨도 특별히 좋아하시는 동전이 있나요?"

남자는 있다고 했다. 이른바 '휘트 페니'였다. 앞면에는 링컨 얼굴이, 뒷면에는 밀 이삭이 찍힌 1센트 동전이었다. 그의 원대한 희망은 언젠가 1955년에 발행된 '더블 데이트 휘트 페니'를 찾는 것이었다. 그게 뭐냐면……

하지만 다아시는 그것도 이미 알고 있었다. 1955 더블 데이트는 실수로 연도가 이중으로 찍힌 1센트 동전이었다. 말하자면 *값비싼* 실수였다.

숱이 많은 갈색 머리를 공들여 빗어 넘긴 젊은 회계사 앤더슨 씨는 다아시의 대답을 듣고 즐거워했다. 그래서 자신을 밥이라고 불러 달라고 했다. 나중에 자동차 정비소 뒤편의 햇살 좋은 벤치에 앉아 함께 점심을 먹을 때, 밥은 다아시에게 캐슬록에서 열리는 토요 벼룩시장에 같이 가지 않겠냐고 물었다(밥의 메뉴는 참치 호밀빵 샌드위치, 다아시는 터퍼웨어에 담아 온 그리스식 샐러드였다.). 새 아파트를 빌린 지 얼마 안 됐는데 집에 놓을 안락의자를 찾는다면서. 또 적당한 가격에 나온 좋은 물건이 있으면 텔레비전도 살 생각이라고 했다. *적당한 가격에 나온 좋은 물건*은 이날 이후 세월이 흐르는 동안 다아시에게 익숙하고 편안한 말이 되었다.

밥은 다아시처럼 수수했다. 길에서 보면 무심히 지나칠 만한,

예뻐 보이기 위한 화장 같은 것은 결코 안 할 남자였는데…… 그
날 그 벤치에서만큼은 달랐다. 데이트를 청할 때 그의 뺨은 붉게
달아올랐다. 아주 살짝, 얼굴이 환해 보일 만큼만.

"동전 모으러 가서야 하는 거 아니에요?"

다아시가 애태울 생각으로 던진 말에 밥은 싱긋 웃었고, 그러
자 가지런한 이가 드러났다. 조그맣고 가지런하고 하얗게 잘 관리
한 이가 보였다. 다아시는 나중에 그 이를 떠올리고 가슴이 철렁
내려앉을 날이 올 줄은 꿈에도 몰랐다. 하긴, 그때 무슨 수로 알
았겠는가?

"거기서도 찾아봐야죠. 혹시 괜찮은 동전이 있는지."

"눈여겨보는 건 휘트 페니겠죠?"

애태우는 목소리. 그러나 아주 살짝.

"특히 눈여겨봐야죠. 같이 갈래요, 다아시?"

다아시는 밥과 함께 갔다. 두 사람이 함께 '간 것'은 결혼 첫날
밤에도 마찬가지였다. 그 후로는 뻔질나게 가지는 못했지만 그래
도 가끔은 갈 수 있었다. 자신이 평범하고 만족스럽게 산다고 생
각할 만큼은.

1986년에 밥은 승진을 했다. 또한 (다아시가 격려하고 도와준
덕분에) 수집가용 동전을 우편으로 거래하는 사업도 조그맣게 시
작했다. 사업은 시작부터 순조로웠고, 1990년이 되자 야구 카드
와 오래된 영화 관련 기념품도 취급하기 시작했다. 밥은 영화 포
스터나 홍보 전단, 입간판 따위를 무더기로 보관하지는 않았지만
사람들이 그런 품목을 문의하면 대부분 찾아낼 수 있었다. 정확
히 말하면, 컴퓨터가 없던 시절에 만든 빽빽한 명함철을 뒤져서

전국 방방곡곡의 수집가들한테 전화를 걸어 물건을 구한 사람은 다아시였다. 사업은 전업으로 할 만큼 짭짤하지는 않았지만 그래도 상관없었다. 두 사람 다 그럴 생각이 없었기 때문이었다. 이는 그들 부부가 합의하여 결정한 사항이었다. 마침내 포널에 집을 마련할 때에도, 아기를 갖기로 했을 때에도 마찬가지였다. 두 사람은 합의를 했다. 합의하기가 힘들 경우에는 타협을 했다. 하지만 보통은 합의를 했다. 그들 부부는 의견이 잘 통하는 편이었다.

결혼 생활은 어때?

행복했다. 행복한 결혼 생활이었다. 1986년에는 아들 도니가, 1988년에는 딸 페트라가 태어났다. 다아시는 아이를 가지려고 일을 그만둔 후로 '앤더슨 코인 앤드 컬렉터블스'의 일을 돕는 것 말고는 취직을 한 적이 없었다. 밥 앤더슨의 풍성한 갈색 머리는 딸이 태어날 무렵에 정수리 부분이 점점 휑해지더니, 다아시가 명함철을 버리고 매킨토시 컴퓨터를 구입한 2002년에는 아예 그 자리가 널찍하게 벗어져서 반들거렸다. 남은 머리카락을 이리저리 빗어서 가리려고 해 봤지만 다아시가 보기에는 벗어진 자리가 더 도드라질 뿐이었다. 또한 밥은 마법의 발모제를 쓰다가 두 번이나 들켜서 다아시를 짜증나게 했다. 둘 다 수상쩍어 보이는 장사꾼들이 심야에 인기 없는 케이블 TV 채널에서 파는 물건이었다(밥 앤더슨은 중년에 들어서면서 체질이 야행성으로 바뀌었다.). 밥은 발모제 얘기를 입 밖에 내지 않았지만 둘은 어차피 함께 자는 사이였다. 또한 다아시는 붙박이장 맨 위 선반이 보일 정도로 키가 크지는 않지만 이따금씩 의자를 놓고 올라가서 남편이 '토요일용 셔츠'라고 부르는 옷, 즉 정원에서 어슬렁거릴 때 입으려고 쟁여둔

헌 티셔츠를 꺼내어 버리곤 했다. 발모제는 바로 거기에 있었다. 2004년 가을에는 물약이 든 병, 그로부터 1년쯤 후에는 조그마한 초록색 젤 캡슐이 든 병이었다. 인터넷에서 찾아보니 싼 물건은 아니었다. *당연히 비싸겠지, 마법이니까.* 다아시는 그렇게 생각했던 기억이 떠올랐다.

그러나 짜증이 났든 안 났든, 다아시는 마법의 발모제 건을 너그럽게 넘어갔다. 남편이 무슨 까닭에선지 하필 기름 값이 폭등하기 시작한 해에 산 중고 쉐보레 서버번 SUV도 마찬가지였다. 자신이 참가비가 비싼 여름 캠프에 아이들을 보내겠다고 고집했을 때, 도니에게 전기 기타를 사 주었을 때(도니는 2년 동안 연습한 끝에 멋지게 연주할 수 있게 되었지만 어느 날 갑자기 기타를 그만두었다.), 또 페트라에게 승마를 가르치려고 말을 빌렸을 때 남편도 너그럽게 넘어갔을 거라고 생각했기 때문이었다(실은 이미 알고 있었다.). 평탄한 결혼 생활의 비결이 균형 잡기라는 것은 누구나 알았다. 그리고 평탄한 결혼 생활의 토대가 짜증을 잘 참아 넘기기라는 것은 *다아시*가 깨달은 사실이었다. 스티브 윈우드의 노래에도 나오듯이, 인생이 버거워질 때에는 인생에 장단을 맞춰 주는 수밖에 없으니까.

그래서 다아시는 장단을 맞춰 주었다. 밥도 마찬가지였다.

2004년에 도니가 대학에 들어가서 펜실베이니아로 떠났다. 2006년에는 페트라가 그리 멀지 않은 워터빌의 콜비 대학교에 입학했다. 그해에 다아시 매드센 앤더슨은 마흔여섯 살이었다. 밥은 마흔아홉 살이었는데도 여전히 1킬로미터쯤 떨어진 곳에 사는 건설업자 스탠 모린과 함께 보이스카우트 유년단에서 활동했다. 다아시는 머리가 슬슬 벗어지는데도 카키색 반바지에 기다란 갈색 양말을 신고 다달이 자연 탐방을 나가는 남편이 꽤 귀여워 보인다고 생각했지만, 그 생각을 입 밖에 내지는 않았다. 밥의 벗어진 정수리는 이미 참호 바닥처럼 선명하게 드러났다. 안경은 돋보기가 들어간 이중 초점 렌즈로 바뀌었고, 몸무게는 80킬로그램에서 100킬로그램 언저리로 껑충 뛰었다. 다니던 회계 사무소에서는 공동 대표가 되어 회사 이름을 벤슨 앤드 베이컨에서 벤슨 베이컨 앤드 앤더슨으로 바꾸었다. 포널에 처음 장만했던 작은 집은 야머스에 있는 더 큰 집으로 바뀌었다. 전에는 작고 탄력 있고 봉긋했던 다아시의 가슴은(후터스의 웨이트리스처럼 커다란 가슴을 질색하던 다아시가 가장 자부심을 느끼던 부위였건만) 이제 커다래져서 출렁거렸고, 밤에 브라를 벗으면 당연히 축 늘어졌다. 어쩌겠는가, 쉰 살을 바라보는 나이가 됐는데. 그럼에도 밥은 이따금씩 등 뒤로 다가와 그 가슴을 살짝 쥐곤 했다. 가끔은 자그마치 8000제곱미터나 되는 평탄한 토지가 내려다보이는 2층 침실에서 은밀한 한때를 보내기도 했다. 밥이 조금 일찍 끝내는 바람에 다아시는 가끔, 항상은 아니고 가끔 만족하지 못할 때도 있었지만, 사랑을 나눈 후에 곁에서 잠들어 가는 남편을 끌어안고 따뜻한 남자의 몸을 느끼는 것 역시 만족스러웠고…… 그 만족감만큼은 항상 얻을 수 있었다. 다아시가 생각하기에 그 만족감은 이미 헤어진 여러 부부들과 달리 자신들이 여태 함께 살기 때문에 얻을 수 있는 것이었다. 한편으로는 은혼식이 얼마 안 남은 지금도 변함없이 사이좋게 지내기 때문이기도 했다.

2009년, 그들이 이제는 사라진 조그만 침례교회에서 혼인 서

약을 한 날로부터 25년째 되던 그해(교회가 있던 자리에는 주차장이 들어섰다.), 도니와 페트라는 캐슬뷰에 있는 버치스 식당에서 부모에게 깜짝 파티를 열어 주었다. 손님은 50명이 넘었고 (고급) 샴페인과 스테이크, 4층짜리 케이크가 준비됐다. 파티의 주인공 둘은 결혼식 때 그랬듯이 케니 로긴스의 「풋루스」에 맞춰 춤을 추었다. 손님들은 밥의 브레이크댄스에 박수갈채를 보냈고, 다아시는 그제야 남편이 춤을 출 줄 안다는 것을 기억해 내고 날렵하게 움직이는 그를 보며 미안한 마음이 들었다. 당연한 반응이었다. 밥은 정수리가 벗겨져서 부끄러워하는 한편으로(적어도 본인이 생각하기에는 창피한 일이었으니) 배도 산처럼 나왔지만, 그래도 회계사치고는 여전히 발놀림이 번개처럼 빨랐으니까.

하지만 그런 것들은 모두 부고 기사에나 실릴 추억에 지나지 않았고, 두 사람은 추억을 곱씹기에는 아직 너무 젊었다. 추억에 빠져 있다가는 결혼 생활의 소소한 편린들을 무시하게 마련이었다. 그리고 다아시는 그처럼 평범한 수수께끼들이야말로 동반자들 사이의 관계를 입증하는 증거라고 (굳게) 믿었다. 다아시가 상한 새우를 먹고 밤새 토한 날, 땀에 젖은 머리칼이 목덜미에 들러붙은 몰골로 침대 한구석에 앉아 있을 때, 밥은 그 곁에서 말없이 대야를 받쳐 들고 있다가 화장실로 가서 비운 다음 매번 깨끗이 씻어서 다시 들고 왔다. 토사물 냄새 때문에 속이 더 거북해지면 안 된다면서. 이튿날 아침 여섯 시에 지독한 욕지기가 마침내 가라앉은 다아시를 응급실로 데려갈 때에는 난방을 미리 틀어서 차를 따뜻하게 덥혀 놓기도 했다. 회사에는 병가를 냈고, 다아시의 증세가 다시 도졌을 경우에 곁에 있으려고 화이트리버행 출장

470

까지 취소했다.

그러한 경험은 양쪽 모두에게 영향을 미쳤다. 이쪽에서 다리를 긁어 주면 저쪽에서는 등을 긁어 주는 식으로. 1994년 아니면 그 이듬해에 밥이 (샤워를 하다가) 왼쪽 겨드랑이에서 수상쩍은 혹을 발견했을 때, 다아시는 세인트 스티븐스 병원 대기실에 남편과 나란히 앉아 생체 검사 결과를 기다렸다. 검사 결과는 음성이었고, 의사는 림프샘 감염이라고 진단했다. 그 혹은 한 달 정도 버티고 있다가 저절로 사라졌다.

밥이 변기에 앉아 있을 때 반쯤 열린 문 사이로 보이는 십자말풀이 책. 밥의 뺨에서 풍기는 향수 냄새. 그 냄새는 곧 차고 앞 진입로에 세워진 서버번이 하루 이틀쯤 자리를 비울 거라는, 또 침대 반쪽이 하루 이틀쯤 빌 거라는 예고였다. 뉴햄프셔나 버몬트로 출장을 가서 거래처의 회계 처리를 도와야 했기 때문이었다 (밥의 사무소는 이제 뉴잉글랜드 지방 전역에 거래처가 있었다.). 때로는 어느 집의 유품 경매에 나온 화폐 컬렉션을 보러 간다는 의미이기도 했다. 부업인 화폐 거래 중개를 모조리 컴퓨터로 처리할 수는 없었기에 그런 식의 출장은 두 사람 모두 이해하는 바였다. 현관 앞에 놓인 낡은 검정색 서류가방. 다아시가 아무리 잔소리를 해도 밥은 그 가방을 버리지 않았다. 침대 끄트머리에 놓인 슬리퍼. 항상 한 짝이 다른 짝에 끼워져 있었다. 머리맡 탁자에 놓인 물 한 잔과 그 곁의 주황색 비타민 한 알, 그리고 그 달치 《월간 화폐 수집가》. 트림할 때의 입버릇인 '뱃속에 빈자리가 생겼으니 더 들어가겠군.' 방귀를 뀌었을 때의 입버릇인 '가스, 가스, 가스!' 거실 복도의 첫 번째 고리에 걸린 밥의 코트. 거울에 비친 그의 칫솔(다이시가 보기에 밥은 아내가 바꿔 주지 않으면 결혼할 때 산 칫솔을 지금도 쓸 위인이었다). 음식을 두세 입 먹을 때마다 냅킨으로 입을 닦는 습관. 스탠과 함께 아홉 살짜리 아이들을 데리고 '망자의 길'로 하이킹을 떠나기 전에 캠핑 장비를 (여분의 나침반 한 개도 빼놓지 않고) 꼼꼼하게 챙기는 모습. 그 길은 골든 그로브 쇼핑몰 뒤의 숲으로 들어갔다가 와인버그 중고차 매장 쪽으로 나오는 위험하고 무서운 길이었다. 언제나 짧고 깨끗하게 깎은 밥의 손톱. 입을 맞출 때 숨을 통해 전해지는 덴타인 껌의 냄새. 이 밖에도 수많은 것들이 모여서 결혼 생활의 비밀스러운 역사를 써 내려갔다.

밥에게도 자기 식으로 정리한 아내의 역사가 분명히 있으리라는 생각은 다이시도 전부터 하고 있었다. 겨울이 되면 입술에 바르는 계피향 챕스틱부터 (예전만큼 자주는 아니지만 요즘도 가끔) 밥이 목덜미에 코를 비빌 때 느끼는 샴푸 냄새, 그리고 한 달에 두세 번씩은 잠을 못 이루고 새벽 두 시에 컴퓨터를 켜는 습관 등등.

이제 그 역사도 27년이 되었다. 또는 다이시가 재미로 사용하는 컴퓨터의 계산기에 따르면, 9855일이 되었다. 시간으로 따지면 거의 25만 시간, 분으로 따지면 1400만 분이 넘었다. 물론 밥은 이따금씩 출장차 집을 비웠고 다이시도 혼자서 몇 차례 여행을 떠난 적이 있었지만(그중 가장 슬픈 여행은 여동생이 끔찍한 사고로 사망한 후에 미니애폴리스에 사는 부모님과 셋이서 간 여행이었다.), 둘은 그 시간의 대부분을 함께 지냈다.

다이시는 밥의 모든 것을 알았을까? 물론 그렇지는 않았다. 밥

역시 다아시에 관해 뭐든 다 알지는 못했다. 예컨대 가끔씩(대개는 비 오는 날이나 잠이 안 오는 밤에) 버터펑거나 베이비루스 같은 과자를 속이 꽉 차다 못해 거북해질 때까지 야금거리는 습관이라든가. 또는 새로 온 우편배달부가 잘생겼다고 생각하는 것이라든가. 모든 것을 알 수는 없었지만, 다아시는 27년을 함께 산 사이라면 중요한 것은 다 안다고 생각했다. 결혼 생활은 행복했다. 길게 보면 둘 중 하나인 결혼 생활 가운데 행복한 쪽에 속했다. 다아시는 길을 걸을 때 중력이 자신을 땅에 붙들어 줄 거라 믿는 것과 마찬가지로 그 행복을 조금도 의심치 않았다.

그날 밤 차고에 들어갈 때까지는.

2

텔레비전 리모컨이 작동하지 않았다. 개수대 왼편의 서랍을 뒤져 봤지만 AA 건전지는 없었다. 큼지막한 D형과 C형, 심지어 포장도 안 뜯은 조그마한 AAA 건전지도 있었지만 빌어먹을 AA 건전지만은 눈에 띄지 않았다. 그래서 다아시는 집을 나와 차고로 향했다. 밥이 차고에 듀라셀 건전지를 쌓아 두는 것을 알기 때문이었다. 그러니까 다아시의 인생을 뒤바꿔 버린 것은 고작 건전지였다. 사람은 누구나 하늘 위에, 그것도 저 높은 하늘 위에 사는 것과 마찬가지였다. 엉뚱한 곳으로 한 발짝만 내딛어도 추락하는 것이다.

부엌과 차고는 바깥 통로로 이어져 있었다. 다아시는 가운 앞섶을 여미고 그 통로를 서둘러 달려갔다. 이틀 전까지도 늦가을 더위가 기승을 부렸지만 이날 밤은 10월이 아니라 11월처럼 싸늘했다. 바람이 발목을 꼬집고 달아났다. 양말을 신고 바지도 입어야 할 날씨였지만 이제 5분도 안 돼서 「두 남자와 2분의 1」이 시작할 참이었고, 채널은 엉뚱한 CNN에 맞춰져 있었다. TV 뒤편에, 아마도 남자들만 찾을 수 있는 곳에 채널 스위치가 있을 테니 밥이 집에 있었다면 채널을 바꾸고 건전지를 가져다 달라고 부탁하면 그만이었다. 어쨌거나 차고는 밥의 영역이었으니까. 다아시는 차를 넣을 때만, 그것도 흐린 날에만 차고에 들어갔다. 보통은 진입로에 차를 세웠기 때문이었다. 하지만 밥은 2차 대전 때 발행된 철제 1센트 동전인 '스틸 페니' 컬렉션을 감정하러 버몬트 주의 몬트필리어에 가 있었고, 당장은 다아시 혼자서 앤더슨 가를 책임지는 상황이었다.

다아시는 차고 문 옆의 벽을 더듬거리다가 손바닥으로 스위치 세 개를 한꺼번에 올렸다. 천장의 형광등이 깜박거리다가 켜졌다. 차고는 널찍하고 깔끔했다. 공구는 모두 벽의 나무판에 걸려 있었고 작업대 역시 말끔하게 정리되어 있었다. 전함처럼 짙은 회색으로 칠한 콘크리트 바닥에는 기름 자국 하나 보이지 않았다. 밥은 차고 바닥의 기름 자국은 집 주인이 고물상을 운영하는 사람이거나 집 정리에 관심이 없는 사람이라는 증거라고 말하곤 했다. 그가 포틀랜드까지 출퇴근할 때 타려고 1년 전에 산 프리우스는 제자리에 세워져 있었다. 기름 먹는 공룡 같은 SUV를 타고 버몬트까지 갔다는 뜻이었다. 다아시의 볼보는 바깥에 있었다.

"차고에 주차하는 건 하나도 안 어려워. 선바이저 위에 문 여는 스위치가 있으니까 그걸 쓰면 돼."

밥이 그 말을 한 적은 한두 번이 아니었다(둘이서 27년이나 같이 살다 보면 했던 말을 또 하게 마련이었다.).

"보이는 데다 세워 두는 게 좋단 말이야."

다아시는 번번이 그렇게 대답했지만, 실은 후진으로 차를 빼다가 차고 문을 긁을까 두려웠기 때문이었다. 다아시는 후진이라면 질색이었다. 아마 밥도 다 알면서 자꾸 말했을 거라는 생각이 들었는데⋯⋯ 왜냐면 다아시도 그의 버릇을 다 알기 때문이었다. 이를 테면 지갑에 지폐를 넣을 때는 반드시 초상화의 머리 쪽이 위로 가게 하는 것, 독서를 하다가 잠깐 쉴 때면 책등이 망가진다는 이유로 절대 책을 엎어 놓지 않는 것 등등.

그나마 차고 안은 따뜻했다. 굵직한 은색 파이프가 천장에 가로세로로 이어져 있었다(그 파이프를 '덕트'라고 부르는 듯했는데 확실치는 않았다.). 다아시는 작업대 앞으로 걸어갔다. 작업대 위에는 네모난 양철통 몇 개가 나란히 놓여 있었는데 저마다 라벨이 붙어 있었다. **볼트, 나사못, 경첩 걸쇠 및 L자 죔쇠, 배관 부속**, 마지막으로 왠지 귀여워 보이는 **잡동사니**까지. 벽에 걸린 《스포츠 일러스트레이티드》 달력 속의 여자 모델은 맥이 풀릴 정도로 젊고 섹시했다. 달력 왼쪽에는 사진 두 장이 붙어 있었다. 한 장은 보스턴 레드삭스 유니폼을 입은 도니와 페트라가 야머스 리틀 리그 야구장에서 찍은 사진이었다. 사진 아래쪽에 밥이 매직으로 적어놓은 **홈팀, 1999년**이 보였다. 훨씬 최근에 찍은 다른 한 장은 나이를 먹고 꽤 예뻐진 페트라가 약혼자 마이클과 어깨를 끌어안고 올드오차드 해변의 매점 앞에서 찍은 사진이었다. 아래쪽에는 매직으로 이렇게 적혀 있었다. **행복한 한 쌍!**

건전지가 들어 있는 캐비닛은 사진 왼쪽에 있었다. 캐비닛 문에 붙은 테이프에 **전기 재료**라고 적혀 있었다. 다아시는 바닥을 제대로 보지도 않고 캐비닛 쪽으로 향하다가 그만 작업대 밑에 삐죽 튀어나온 종이 상자에 발이 걸리고 말았다. 편집증에 가까운 밥의 정리 습관을 철석같이 믿은 탓이었다. 비틀거리던 다아시는 넘어지기 직전에 작업대를 붙들었다. 손톱이 부러져서 아프고 짜증이 났지만, 그래도 넘어져서 크게 다칠 뻔한 위기는 넘겼으니 다행이었다. 구급차를 불러 줄 사람도 없는 마당에 넘어져서 머리가 깨졌을지도 모른다고 생각하면 정말로 다행이었다. 바닥은 기름 자국 하나 없이 깨끗하기는 했지만 몹시도 단단했다.

그냥 발로 상자를 밀어 넣을 수도 있었다. 다아시는 나중에야 그 가능성을 떠올리고 난해한 방정식을 푸는 수학자처럼 곰곰이 생각했다. 어쨌든, 그때는 서둘러야 했다. 그런데 하필이면 상자 위에 놓인 패턴 워크스 뜨개질 카탈로그를 보고 말았고, 그것도 건전지와 함께 가져가려고 몸을 숙였다. 그런데 뜨개질 카탈로그를 집고 보니 잃어버린 줄 알았던 브룩스톤 통신판매 카탈로그가 그 바로 밑에 있었다. 그리고 그 밑에는 폴라 영 카탈로그…… 그 밑에는 탤벗…… 포지어리…… 블루밍데일…….

"어휴, 밥!"

어찌나 화가 났던지, 다아시가 외친 그 말은 밥이 아니라 *브압!* 이 되어 터져 나왔다(남편이 진흙길로 차를 몰 때, 또는 자기 집이 무슨 청소부가 치워 주는 고급 호텔인 양 흠뻑 젖은 수건을 욕실 바닥에 던져 놓을 때 다아시는 그렇게 외치곤 했다.). 왜냐하면 남편의 머릿속이 훤하게, 정말이지 훤하게 들여다보였기 때문이었다. 밥은 아내가 통신판매 카탈로그를 보고 너무 많이 주문한다고 생각했고, 한번은 아내가 카탈로그에 중독됐다고 선언한 적도 있었다(웃기는 소리였다, 사실 다아시가 중독된 것은 버터펑거 초코바였으니까.). 그런 얼치기 심리 분석의 대가는 이틀간의 무시였다. 하지만 아내의 사고방식을 훤히 꿰뚫어보는 밥은 아내가 꼭 필요한 것이 아닌 한 눈앞에 안 보이면 바로 잊어버리는 것도 잘 알았다. 그래서 카탈로그를 몰래 모아다가 이곳에 숨겨두었던 것이다. 카탈로그의 다음 목적지는 아마도 재활용 쓰레기통일 테고.

댄스킨…… 익스프레스…… 컴퓨터 아웃렛…… 맥월드…… 몽키 워드…… 레일라 그레이스…….

카탈로그를 하나씩 들출 때마다 점점 더 화가 치밀었다. 혹시라도 다아시가 돈을 헤프게 써서 가정경제가 파탄나기 직전이라고 생각했다면, 말도 안 되는 착각이었다. 「두 남자와 2분의 1」을 보겠다는 생각은 이미 머릿속에서 까맣게 사라진 후였다. 다아시는 밥이 몬트필리어에서 전화를 걸면 어떤 말을 퍼부어 줄지 궁리하는 중이었다(저녁을 먹고 모텔에 돌아오면 항상 집에 전화를 걸었으니까.). 하지만 그 전에 이 카탈로그들을 모조리 집으로 들고 갈 생각이었는데 그러자면 서너 번은 왕복해야 할 것 같았다. 높이는 무릎 위까지 올 정도였고, 반질반질한 종이를 사용한 탓에 묵직하기까지 했다. 상자에 걸려 넘어질 뻔한 것도 무리가 아니었다.

카탈로그에 걸려 죽을 뻔하다니. 세상을 하직하는 방법치고는 너무 웃기는……

생각의 흐름은 마른 나뭇가지처럼 단번에 끊어졌다. 카탈로그 더미를 4분의 1쯤 들췄을 때였다. (전원 스타일 생활 소품을 파는) 구스베리 패치 카탈로그 아래에, 카탈로그가 아닌 것이 섞여 있었다. 아니, 카탈로그하고는 완전히 달랐다. 《본디지 비치스》라는 이름의 잡지였다. 다아시는 그 잡지를 꺼내지 않고 그냥 넘어갈 수도 있었다. 밤의 서랍에서 찾았다면, 또는 마법의 발모제가 놓인 선반에서 찾았다면 아마도 그렇게 했을 것이다. 하지만 여기에, 적어도 200권은 될 법한 카탈로그 속에…… *아내의* 카탈로그 속에 숨겨 놓다니…… 뭔가 있었다. 평범한 남자가 유별난 성적 취향에 대해 느낄 법한 부끄러움을 넘어선 어떤 것.

잡지 표지에 나온 여자는 의자에 묶여 있었고 검은 두건을 빼면 알몸이었지만, 두건이 머리 위쪽 절반만 가린 탓에 비명을 지르는 입 모양은 알아볼 수 있었다. 가슴과 배에는 굵은 밧줄이 살을 파고들 정도로 꽁꽁 묶여 있었다. 턱과 목, 팔에는 가짜 피가 묻어 있었다. 표지 아래쪽에 커다란 노란색 글씨로 기분 나쁜 광고 문구가 적혀 있었다. **색녀 브렌다의 소원 성취 스토리, 49쪽에 전격 공개!**

다아시는 비단 49쪽뿐만 아니라 어느 쪽도 펴 볼 생각이 없었다. 머릿속에서는 이미 눈앞에 있는 잡지의 정체를 스스로에게 설명하는 중이었다. 바로 *남자들 특유의 모험심*이었다. 전에 치과 대기실에서 읽은 《코스모폴리탄》에 남자의 모험심을 다룬 글이 실려 있었던 것이다. 남편의 서류가방에서 게이 잡지를 발견한 여자가 상담을 하고 싶다며 보낸 편지에 전문가가 답장하는 형식으로 쓴 글이었다(그 전문가는 이해하기 힘든 구석이 있는 남자의 성에 대해 전문적으로 연구하는 정신과 의사였다.). 편지를 쓴 여자는 그 잡지가 굉장히 원색적이었다며 자기 남편이 흔히 말하는 '클로 짓 게이', 즉 성적 정체성을 숨긴 동성애자가 아닌지 걱정된다고 했다. 그러면서 만약 남편이 동성애자라면 자기들의 침실에서는 정체를 감쪽같이 숨기는 중이라고 적었다.

'걱정할 것 없어요.' 같은 여성이었던 정신과 의사는 그렇게 말 했다. 남자는 원래 모험을 좋아해서 색다른 성행위나 페티시즘 을 이것저것 찾아보게 마련인데 그중 으뜸은 동성애, 근소한 차로 그 다음을 차지하는 것이 그룹 섹스라고 했다. 페티시즘에는 오 줌 갈기기, 여자 옷 입기, 공공 노출 섹스, 라텍스로 된 전신 슈트 입고 섹스하기 등이 있었다. 물론 흔히 말하는 본디지(bondage), 즉 몸을 결박해서 성적으로 흥분하는 취향 역시 그중 한 가지였 다. 그 의사는 여자들 중에도 본디지에 매혹되는 사람이 있다고 했다. 다아시는 그 말을 받아들이기가 힘들었지만, 그래도 자기가 모르는 세상이 있을 거라고 선뜻 인정하고 넘어갔다.

남자의 모험심. 그뿐이었다. 어쩌면 밥은 어느 신문 가판대에 서 이 잡지를 보고 흥미가 솟았을 것이다(물론 다아시는 그런 표 지를 한 잡지가 가판대에 놓여 있는 광경을 상상하는 것조차 힘들었 지만.). 아니면 편의점 쓰레기통에서 주웠을지도. 그러고는 집까지 들고 와서 차고에 틀어박혀 훑어보았고, 다아시만큼이나 질겁한 끝에(표지 모델의 피는 척 봐도 가짜였지만 비명을 지르는 입 모양 만은 너무도 생생했으니) 이 거대한 카탈로그 더미에 끼워놓았을 것이다. 여기 뒀다가 재활용 쓰레기통에 처넣으면 아내한테 들켜 서 들볶일 일도 없으니까. 그게 전부였고, 그것 말고는 없었다. 남은 카탈로그를 다 뒤져도 비슷한 잡지가 더 나올 리는 없었다. 어쩌면《펜트하우스》나 속옷 전문 잡지가 몇 권 나올 수는 있었다. 남자들은 대개 실크와 레이스 속옷을 좋아하게 마련이었고, 밥 역시 예외가 아니라는 것을 다아시도 알았으니까. 그러나《본디지 비치스》같은 것이 또 있을 리는 없었다.

다아시는 다시 한 번 잡지의 표지를 보았다. 그러자 이상한 점이 눈에 띄었다. 가격이 안 적혀 있었던 것이다. 바코드도 없었다. 이런 잡지는 얼마나 하는지 궁금해진 다아시는 뒤표지를 확인하려다가 거기 있는 사진을 보고 흠칫 놀라고 말았다. 다 벗은 금발 여성이 철제 수술대 같은 곳에 묶여 있는 사진이었다. 하지만 그 여자의 겁에 질린 표정은 전혀 진짜 같지 않았고, 오히려 어딘가 편안해 보였다. 그리고 싸구려로 보이는 식칼을 들고 여자 위에 서 있는 통통한 남자는 팔 토시를 끼고 가죽 팬티를 입은 모양새가 그저 웃길 뿐이었다. '오늘의 본디지 색녀'를 난도질할 사람이 아니라 무슨 회계사처럼 보였다.

밥도 회계사잖아. 다아시의 의식이 중얼거렸다.

뇌 속에 널따랗게 자리 잡은 '바보 구역'에서 솟아오른 바보 같은 생각이었다. 뒤표지에도 바코드나 가격표가 없는 것을 확인한 다아시는 지독히도 기분 나쁜 그 잡지를 다시 카탈로그 더미에 쑤셔 넣으면서 그 생각도 함께 처넣었다. 그런 다음 카탈로그를 집으로 가져가려던 마음을 고쳐먹고 상자를 통째로 작업대 아래 깊숙이 밀어 넣는 동안, 잡지에 가격표도 바코드도 없는 이유를 문득 깨달았다. 야한 사진이 눈에 띄지 않게 비닐 포장에 넣어서 파는 잡지이기 때문이었다. 가격표와 바코드는 당연히 그 비닐에 적혀 있었을 것이다. 쓰레기통에서 주운 것이 아니라고 가정하면, 밥이 어딘지 모를 곳에서 그 징그러운 잡지를 분명히 돈을 주고 샀다는 뜻이었다.

아마 인터넷으로 주문했겠지. 저런 걸 전문으로 취급하는 사이트가 있을 테니까. 열두 살짜리처럼 입은 여자들이 나오는 사이트는 말할 것도 없고.

"뭐, 어쩌겠어."

다아시는 이렇게 중얼거리면서 고개를 살짝 끄덕였다. 이미 끝난 일이었다. 받을 사람이 없는 편지, 결론이 난 말싸움이었다. 이따가 밤늦게 통화를 할 때, 아니면 집에 돌아왔을 때 이 얘기를 꺼내면 밥은 당황해서 방어적으로 나올 것 같았다. 오히려 섹스 쪽으로는 순진해 빠졌다며 다아시를 놀릴지도 몰랐는데 이는 다아시도 인정하는 바였다. 그러면서 쓸데없이 호들갑을 떤다며 거꾸로 다아시를 비난할 수도 있었다. 이럴 때 아내가 할 일은 장단을 맞춰 주는 것이라면서. 결혼 생활은 계속 공사 중인 집 같은 것, 해마다 하나씩 완성되는 방을 지켜보는 것이었다. 1년 된 결혼 생활이 오두막이라면 27년이나 이어진 결혼 생활은 거대하고 복잡한 저택이었다. 당연히 틈새와 수납공간이 군데군데 있었는데 그중 대부분은 버려진 채 먼지가 잔뜩 앉아 있게 마련이었고, 어떤 곳은 차라리 몰랐으면 싶은 불쾌한 것들을 품고 있기도 했다. 하지만 그런 것은 중요하지 않았다. 그런 유물들은 내다버리든가 자선 단체에 기부하면 그만이었다.

"그런 건 중요하지 않아."

다아시는 그 생각이 어찌나 마음에 들었던지 소리 내어 말하기까지 했다(그러자 왠지 매듭을 짓는 기분이 들었다.). 그리고 그 생각을 입증하려고 상자를 두 손으로 힘껏 밀어서 작업대 뒷벽에 딱 붙여 놓았다.

그러자 '쿵' 소리가 났다. 무슨 소리일까?

알고 싶지도 않아. 다이시는 속으로 중얼거렸다. 한편으로는 그 생각이 뇌의 바보 구역이 아니라 천재 구역에서 솟아올랐다는 확신이 들었다. 작업대 아래는 컴컴했고, 쥐가 있을지도 몰랐다. 깨끗하게 관리한 차고라고 해서 쥐가 없으라는 법은 없었다. 특히 이렇게 추운 날에는. 게다가 겁먹은 쥐가 손을 물지도 몰랐다.

다이시는 일어서서 가운의 무릎 부분을 턴 다음, 차고에서 나왔다. 통로를 반쯤 걸어갔을 때 전화벨 소리가 들려왔다.

3

다이시는 자동 응답기가 켜지기 전에 주방에 들어왔지만, 전화를 받지 않고 기다렸다. 밥이라면 응답기가 받게 놔둘 생각이었다. 당장은 남편과 얘기하고 싶지 않았다. 목소리에서 무슨 낌새를 알아챌 수도 있으니까. 그러면 밥은 다이시가 가게에 뭘 사러 갔거나 비디오를 빌리러 간 줄 알고 한 시간 후에 다시 전화할 터였다. 한 시간쯤 지나면 방금 찾았던 물건 때문에 불쾌해진 마음이 가라앉을지도 몰랐고, 그러면 남편과 기분 좋게 대화할 가능성도 있었다.

하지만 밥이 아니었다. 전화를 건 사람은 아들 도니였다.

482

"에이, 엄마 아빠한테 꼭 할 얘기가 있었는데."

다아시는 수화기를 들고 조리대에 몸을 기댔다.

"자, 얘기해. 엄마 차고에 갔다가 막 돌아왔어."

도니는 반가운 소식을 전하려고 안달이 나 있었다. 지금은 오하이오 주 클리블랜드 시에 사는 그 아이는 그 도시에서 가장 큰 광고 회사에 말단으로 들어가 2년 동안 푼돈만 받고 고생한 끝에 친구와 함께 회사를 차리기로 결심했다. 밥은 그 결심에 완강하게 반대하면서 도니와 동업자 친구에게 너희는 처음 1년을 버티는 데 필요한 창업 대출금을 절대 못 따낼 거라고 했다.

"정신 차려."

다아시한테서 수화기를 건네받았을 때, 밥은 맨 먼저 그렇게 말했다. 올해 초봄, 뒷마당의 나무와 덤불 밑에 마지막 잔설이 아직 드문드문 남아 있을 때의 일이었다.

"넌 스물네 살이야, 도니. 네 친구 켄도 너랑 동갑이고. 자동차 보험에서 충돌 사고 보장을 받으려고 해도 1년을 더 기다려야 해, 그때까진 사고가 나면 순전히 네가 책임져야 한다고. 그런 너희한테 7만 달러짜리 창업 대출을 승인해 줄 은행은 한 곳도 없어. 지금 같은 불경기에는 더더욱."

그러나 둘은 대출을 얻어 냈고, 이제 큰 거래처도 두 곳이나 확보했다. 그것도 같은 날 한꺼번에. 한 곳은 삼십대 고객들을 끌어들이려고 새로운 홍보 방법을 궁리하는 자동차 위탁판매 업체였다. 또 한 곳은 도니와 친구가 세운 앤더슨 앤드 헤이워드 광고 회사에 창업 자금을 빌려준 바로 그 은행이었다. 다아시는 기쁨의 비명을 질렀고, 도니 역시 환호성으로 즉시 화답했다. 모자는

20분 정도 대화를 나누었다. 그러는 동안 착신을 알리는 신호음이 두 번 울려서 대화를 방해했다.

"전화 받으실 거예요, 엄마?"

"아니, 아빠가 걸었으니까 괜찮아. 스틸 페니 컬렉션을 감정하러 몬트필리어에 갔거든. 집에 오기 전에 다시 전화할 거야."

"아빠도 잘 계시죠?"

그럼. 다아시는 속으로 중얼거렸다. *새 취미도 생겼던데.*

"잘 있지. 등 쭉 펴고 콧김 풍풍거리면서."

그 말은 밥의 입버릇이자 도니를 웃게 하는 주문이었다. 다아시는 아들의 웃음소리를 듣는 게 좋았다.

"페트라는요?"

"동생 안부가 궁금하면 네가 직접 전화해서 물어봐, 도니."

"알았어요, 할게요. 해야겠다는 생각은 항상 하고 있다고요. 그래도 대강이나마 좀 가르쳐 주세요."

"페트라는 잘 있어. 결혼식 준비 때문에 바쁘다더라."

"걔 결혼식은 내년 6월이잖아요, 다음 주가 아니라."

"도니, 여자 마음을 모르면 이해하려고 노력이라도 좀 해라. 너 그러다가 평생 결혼 못한다."

"전 하나도 안 급해요. 지금도 재밌게 사는데요, 뭐."

"재미도 좋지만 조심할 건 조심해야 돼."

"엄청 조심하면서 엄청 예의 바르게 살고 있어요. 저 가 봐야 해요, 엄마. 30분 후에 켄이랑 한잔하기로 했어요. 그 자동차 회사 건으로 브레인스토밍을 해야 돼서요."

다아시는 너무 많이 마시지 말라고 한마디 하려다가 참았다.

도니는 아직도 고등학교 2학년으로 보이는 동안이었다. 또한 다아시의 기억 속에 가장 선명하게 남은 아들의 모습은 빨간 코듀로이 점퍼를 입고 포널에 있는 조슈아 체임벌린 공원의 콘크리트길에서 외발 롤러스케이트를 타는 다섯 살 아이였지만, 그래도 이제는 더 이상 아이가 아니었다. 이제 도니는 청년이 되었다. 게다가 믿기 힘들게도, 이제 막 세상에 뜻을 펼치기 시작한 젊은 사업가이기도 했다.

"그래. 전화해 줘서 고맙다, 도니. 덕분에 기분이 좋아졌어."

"저도요. 아빠가 전화하면 안부 전해 주세요. 사랑한단 말도."

"그럴게."

"등 쭉 펴고 콧김 풍풍거리면서 잘 지낸다니." 도니가 낄낄댔다. "도대체 몇 명이나 되는 유년단 애들한테 그 썰렁한 소리를 가르친 거죠?"

"전부 다. 아주 무서워 죽겠어."

다아시는 자신의 따뜻한 손길을 기다리는 시원한 버터핑거 초코바가 있나 하고 냉장고를 열어 보았다. 한 개도 없었다.

"사랑해요, 엄마."

"나도 사랑한다."

전화를 끊고 보니 기분이 다시 좋아졌다. 웃음이 나왔다. 하지만 조리대에 몸을 기대고 서 있는 동안, 그 웃음은 천천히 사그라졌다.

'쿵' 소리.

카탈로그 상자를 작업대 아래로 밀어 넣었을 때, 그 소리가 났다. 바닥에 떨어진 공구를 건드리는 '철컹' 소리가 아니라 쿵 소리였다. 안이 비어 있는 곳을 두드리는 듯한.

알 게 뭐람.

불행히도, 그 생각은 진실이 아니었다. 쿵 소리는 아직 덜 끝낸 숙제 같았다. 그리고 그 종이 상자도. 《*본디지 비치스*》 같은 잡지가 또 끼어 있지는 않을까?

알고 싶지도 않아.

그랬지만, 그럼에도, 결국에는 확인을 해야 했다. 만약 잡지가 한 권뿐이라면 밥이 기분 나쁜 성적 취향의 세계를 슬쩍 들여다본 것만으로 만족했다는 뜻이었으니까('*뒤틀린 세계이기도 하지.*' 다아시는 속으로 덧붙였다.). 혹시 잡지가 더 있다고 해도 별일 아닐 수도 있었다. 어차피 남편도 버릴 작정으로 거기에 뒀으니까. 그럼에도, 확인은 하고 넘어가야 했다.

무엇보다도…… 그 쿵 소리. 다아시는 잡지보다 그 소리가 더 마음에 걸렸다.

다아시는 부엌 창고에서 손전등을 꺼내어 차고로 돌아갔다. 가운 앞섶을 여미기가 무섭게 재킷을 걸치고 올걸 잘못했다는 생각이 들었다. 날씨가 정말로 추워지는 중이었다.

4

차고 바닥에 무릎을 꿇은 다아시는 카탈로그 상자를 한쪽으로 치우고 작업대 아래에 손전등 불빛을 비추었다. 눈앞에 보이는 것이 무엇인지 잠시 이해가 되지 않았다. 매끈한 벽에 기다란 어둠이 두 줄 보였다. 한쪽이 살짝 더 굵었다. 뒤이어 뱃속이 뒤틀리기 시작했다. 명치에서 시작된 불쾌한 기운이 아랫배로 슬금슬금 퍼져 나갔다. 벽의 구멍은, 비밀 장소였다.

그냥 놔둬, 다아시. 이건 밥이 알아서 할 일이야, 그냥 놔두고 속편하게 잊어버려.

좋은 충고였지만, 그 충고를 따르기에는 이미 너무 멀리 와 버린 후였다. 다아시는 손전등을 쥔 채 작업대 아래로 기어 들어갔다. 거미줄이 주렁주렁 달려 있을까 봐 잔뜩 몸을 사렸지만 하나도 보이지 않았다. 다아시가 전형적인 '눈앞에 안 보이면 바로 잊어버리는 사람'이라면, 대머리에다 화폐 수집이 취미이고 스카우트 유년단 지도자인 남편은 '뭐든 쓸고 닦는 결벽증 환자'였다.

그뿐만이 아니야. 밥은 수시로 여길 들락거렸을 거야. 그래서 거미줄이 낄 틈이 없었겠지.

사실일까? 거기까지는 알 수 없었다, 안 그런가?

하지만 왠지 그럴 것 같았다.

검은 줄은 각각 20센티미터짜리 판자 양쪽에 나 있었다. 판자 한복판에 축 같은 것이 붙어서 밀면 돌아가는 구조로 보였다. 아까 상자를 너무 세게 미는 바람에 판자가 열렸을 수도 있었지만, 쿵 소리의 정체는 여전히 수수께끼였다. 다아시는 판자의 한쪽 끄트머리를 눌러 보았다. 판자가 반대쪽으로 돌아가면서 감춰졌던 구멍이 드러났다. 폭은 20센티미터, 높이는 30센티미터, 깊이는 45센티미터 정도였다. 둘둘 말린 잡지가 더 나올지도 모르겠다고 생각했지만, 구멍 안에 잡지는 한 권도 없었다. 대신 조그마한 나무 상자가 한 개 있었는데 왠지 눈에 익은 물건 같았다. 쿵

소리를 낸 범인은 바로 그 상자였다. 판자가 돌아가는 바람에 끄트머리에 걸쳐져 있던 상자가 떨어졌던 것이다.

다이시는 손을 뻗어서 상자를 쥐고 구멍 밖으로 꺼냈다. 수상쩍은 느낌은 너무나 지독해서, 손으로 만지면 실제로 느껴질 것만 같았다. 구멍 속에 있던 것은 5년 전, 아니면 그보다 더 전의 크리스마스에 다이시가 밥에게 선물로 준 참나무 상자였다. 아니면 생일 선물이었던가? 기억이 나지 않았다. 그저 캐슬록에 있는 수공예품 가게에서 싼 값에 잘 산 물건이라는 것만 기억났다. 상자뚜껑에 돋을새김으로 새겨진 문양은 쇠사슬이었다. 그 사슬 아래에 똑같은 돋을새김으로 새겨진 글자는 상자의 용도였다. **커프스단추**. 밥의 출근 복장은 주로 소매를 단추로 여미는 셔츠였지만 커프스단추는 여러 쌍 갖고 있었고, 개중에는 꽤 멋진 것들도 있었다. 그 상자가 있으면 커프스단추를 정리하기에 좋겠다고 생각했던 기억이 떠올랐다. 밥이 선물 포장을 뜯어 보고 환호한 후에 한동안 침대 머리맡 테이블 위에서 그 상자를 본 기억이 났지만, 최근에는 못 본 것 같았다. 그도 당연했다. 상자는 여기에, 작업대 아래의 비밀 구멍에 있었으니까. 그리고 다이시는 상자 안에 든 것이 커프스단추가 아니라는 데에 집과 땅을 모두 걸 수도 있었다(이 역시 남편의 입버릇이었다.).

그럼 안 열어 보면 되잖아.

역시 좋은 충고였지만, 그 충고를 따르기에는 이미 *너무* 멀리 와 버린 다이시였다. 카지노에 왔다가 뭔지 모를 터무니없는 이유 때문에 카드 한 장에 평생 저축한 돈을 걸어 버린 여자처럼, 다이시는 상자를 열었다.

비어 있었으면. 하느님, 제발. 저를 아끼신다면 이 상자 안이 비어 있게 해 주세요.

하지만 비어 있지 않았다. 상자 안에는 고무줄로 묶은 네모난 플라스틱 카드가 세 개 들어 있었다. 더러워서, 또 병균이 득시글거릴까 봐 무서워서 버려진 인형을 조심스레 집는 여자처럼, 다아시는 손가락 끄트머리로 그것을 살짝 집어 꺼냈다. 그러고는 고무줄을 풀었다.

처음 생각과 달리 신용카드가 아니었다. 맨 위의 카드는 마저리 듀발이라는 사람의 적십자 헌혈증이었다. 혈액형은 아르에이치 플러스(Rh+) 에이(A) 형, 헌혈 지역은 뉴잉글랜드였다. 카드를 뒤집어 보니 누군지 모를 이 마저리라는 여성이 마지막으로 헌혈한 날은 2010년 8월 16일이었다. 석 달 전이었다.

마저리 듀발은 도대체 누굴까? 밥이랑은 어떤 사이일까? 그리고 그 이름을 보자마자 다아시의 머릿속에서 나지막하면서도 또렷한 종소리가 들린 까닭은 뭘까?

다음 카드는 노스콘웨이 도서관에서 발행한 마저리 듀발의 대출증이었는데 거기에는 주소가 적혀 있었다. 뉴햄프셔 주 사우스갠셋 시 허니 레인 17번지.

마지막 카드는 마저리 듀발의 뉴햄프셔 주 운전 면허증이었다. 더할 나위 없이 평범한 삼십대 미국 여성처럼 생긴 사진 속의 마저리 듀발은 눈에 띄게 예쁘지는 않아도 그럭저럭 봐 줄 만했다 (물론 운전 면허증 사진이 잘 찍히기란 힘든 일이지만). 짙은 금발머리는 포니테일, 아니면 동그랗게 묶은 듯했는데 사진만 보고는 알 수 없었다. 생년월일은 1974년 1월 6일. 주소는 도서 대출증에 적힌 것과 같았다.

문득 정신을 차리고 보니 입에서 쓸쓸한 울음소리가 흘러나오고 있었다. 자기 입에서 그런 소리가 나오는 줄도 몰랐다니 소름이 끼쳤지만, 다아시는 멈출 수가 없었다. 뱃속은 납덩어리가 들어 있는 것처럼 묵직했다. 모든 내장이 그 납덩어리에 눌려 아래로 축 처져서 징그러운 모양으로 바뀐 듯했다. 다아시는 마저리 듀발의 얼굴을 신문에서 본 적이 있었다. 그리고 여섯 시 뉴스에서도.

아무것도 느껴지지 않는 손으로, 다아시는 그 카드들을 다시 고무줄로 묶어서 상자에 넣었다. 그런 다음 상자를 원래 있던 비밀 구멍 속에 집어넣었다. 판자를 제자리로 돌려서 구멍을 닫으려고 할 때, 저도 모르게 입에서 이런 말이 튀어나왔다.

"아니, 안 돼, 이건 옳지 않아. 이러면 안 돼."

천재 구역에서 들려온 말이었을까, 아니면 바보 구역에서? 알 수가 없었다. 다아시가 확실히 아는 것은 단 하나, 상자를 열라는 명령은 바보 구역에서 나왔다는 것뿐이었다. 그리고 다아시는 바로 그 바보 구역 덕분에 추락하는 중이었다.

상자를 다시 꺼냈다. 그러면서 생각했다. *이건 실수야. 당연하지. 우린 반평생을 부부로 같이 살았어. 그러니까 난 알아, 다 안다고.* 상자를 열었다. 그러면서 생각했다. *사람이 사람을 다 아는 게 가능하긴 할까?*

이날 밤이 오기 전까지 다아시는 당연히 가능할 거라고 생각했다.

마저리 듀발의 운전 면허증이 맨 위에 있었다. 아까는 맨 밑에 있었는데. 다아시가 맨 위에 올려놓았던 것이다. 그런데 나머지 둘 중 어느 쪽이 맨 위였을까? 적십자 헌혈증? 아니면 도서관 대출증? 답은 간단했다. 둘 중 하나였으니 간단할 수밖에 없었지만, 가슴이 너무나 쿵쾅거려서 기억이 나지 않았다. 다아시는 대출증을 맨 위에 올려놓았다가 대번에 틀렸다는 것을 알아차렸다. 앞서 상자를 열었을 때 맨 먼저 붉은 빛이 보였기 때문이었다. 피처럼 붉은 빛. 헌혈증은 당연히 빨간색이었고, 그렇다면 맨 위에는 헌혈증이 와야 했다.

헌혈증을 맨 위에 놓고 고무줄을 다시 묶기가 무섭게 집 안에 있는 전화가 울리기 시작했다. 남편의 전화였다. 버몬트 주에 가 있는 밥. 만약 부엌에서 그 전화를 받았다면, 다아시는 남편의 활기찬(그리고 다아시에게는 자기 목소리처럼 익숙한) 목소리를 들었을 것이다. *안녕, 여보. 잘 있었어?*라고 묻는 그 목소리를.

손가락이 꾸물거리는 바람에 고무줄이 끊어지고 말았다. 끊어져서 날아가는 고무줄과 함께 비명이 터져 나왔다. 다급해서인지 아니면 무서워서인지, 다아시는 알 수가 없었다. 그런데 대관절 무서워할 까닭이 뭐란 말인가? 27년 동안 같이 살면서 밥은 애무할 때를 빼면 다아시의 몸에 손을 댄 적이 단 한 번도 없었다. 몇 차례 목소리를 높인 것이 다였다.

전화벨이 다시…… 또다시 울리다가…… 중간에 뚝 끊겼다. 이제 자동응답기가 남편의 메시지를 녹음할 차례였다. *또 안 받네! 어휴! 걱정되니까 전화 한 통 해 줘, 알았지? 번호는…….*

아마 모텔 방 전화번호도 남길 것이다. 밥은 우연을 기대하지 않는 사람이었다. 뭐든 그러려니 하고 넘어가는 법이 없었다.

결코 사실일 리가 없는 생각이 다아시의 머릿속을 물들였다. 그것은 의식의 밑바닥에 깔린 진흙탕에서 가끔 떠오르는 터무니없는 망상, 너무나 그럴듯해서 소름이 끼치는 생각이었다. 가끔 올라오는 신물이 심장마비의 전조라거나, 두통이 실은 뇌종양의 증세라거나, 페트라가 일요일 저녁에 전화를 안 한 까닭은 자동차 사고로 혼수상태에 빠져 어느 병원에 누워 있기 때문이라거나. 하지만 그런 망상은 주로 새벽 네 시에, 불면증에 사로잡혔을 때 떠오르곤 했다. 밤 여덟 시에는 그런 적이 없었는데…… 그나저나 망할 놈의 고무줄은 도대체 어디로 날아간 걸까?

마침내 찾은 고무줄은 다아시가 다시는 들춰 보고 싶지 않았던 카탈로그 무더기 뒤에 있었다. 다아시는 그 끊어진 고무줄을 주머니에 집어넣고 자기가 지금 어디에 있는지도 잊어버린 채 새 고무줄을 찾으려고 몸을 일으켰고, 작업대 상판에 그만 머리를 찧고 말았다. 울음이 저절로 터져 나왔다.

작업대 서랍에 고무줄이 한 개도 없는 것을 알고 나서 울음소리는 더욱 커졌다. 왜 있는지도 알 수 없는 징그러운 신분증들을 가운 주머니에 넣은 채로, 다아시는 바깥 통로를 지나 부엌으로 와서 잡동사니 서랍에 있던 고무줄을 꺼냈다. 종이 클립, 빵 봉지를 묶는 철사, 자력이 다한 냉장고 자석 따위를 넣어 두는 서랍이었다. 다아시 여왕님 만세라고 적힌 자석은 밥이 준 크리스마스 선물이었다.

조리대 위에 걸린 전화기의 표시등이 쉬지 않고 깜박거렸다. *메시지, 메시지, 메시지*라고 말하는 것처럼.

다아시는 가운을 여미는 것조차 잊어버린 채 한달음에 차고로 돌아왔다. 바깥의 추위가 느껴지지 않은 까닭은 마음속이 너무 나 추워서였다. 그리고 뱃속을 짓누르는 납덩어리 때문이기도 했다. 내장이 처질 정도로 무거운 납덩어리. 화장실에 가야 한다는 생각이 어렴풋이, 그러나 간절하게 들었다.

상관없어. 꾹 참아. 지금 막 고속도로에 들어왔는데 다음 휴게 소는 30킬로미터 앞이라고 생각해. 이것부터 끝내야 해. 원래 있 던 자리로 돌려놔야 해. 그다음에······

그다음은? 그냥 잊어버려야 할까?

그럴 리가.

고무줄로 카드들을 묶고 보니 웬일인지 운전 면허증이 맨 위에 와 있었다. 다아시는 자신에게 멍청한 년이라는 욕을 퍼부었는데······ 만약 밥이 그런 말로 자신을 경멸했다면 아마 뺨을 쳤을 것이다. 물론 밥은 그런 적이 한 번도 없었지만.

"그래, 멍청한 년인지도 모르지. 하지만 변태 같은 잡지나 보는 놈보단 나아."

이렇게 중얼거린 순간, 칼로 찌르듯이 날카로운 통증이 배를 덮쳤다. 다아시는 무릎을 털썩 꿇은 채 통증이 가시기를 기다렸다. 차고에 화장실이 있으면 당장에 달려갔을 테지만, 없었다. 통증이 느릿느릿 가라앉고 나서, 다아시는 기억을 더듬어 카드를 원래 순서(헌혈증, 도서 대출증, 운전 면허증)대로 정리한 다음 **커프 스단추** 상자에 넣었다. 상자는 원래 있던 구멍 속에 다시 넣었다. 판자는 돌려서 단단히 닫았다. 카탈로그 더미가 들어 있던 종이 상자는 처음 발이 걸렸던 곳에, 그러니까 작업대 아래에 살짝 튀 어나오도록 돌려놓았다. 밥은 까맣게 모를 것 같았다.

하지만 정말로 그럴까? 만약 밥이 다아시가 생각하는 그런 인간이라면 아마도 오랫동안 조심스럽게 살아왔을 것이다. 이런 생각을 하는 것 자체가 끔찍했다. 30분 전까지만 해도 망할 리모컨에 넣을 건전지 생각뿐이었건만. 밥은 실제로도 조심스럽고 깔끔한 사람, 전형적인 결벽증 환자였다. 그런데 만약 방금 본 빌어먹을(아니, 아주 *빌어 처먹을*) 신분증들이 밥의 진짜 정체를 알려주는 증거라면, 그렇다면 밥은 *귀신같이* 조심스러운 사람이었다. 귀신같이 주의 깊은 사람이었다. 그리고 교활했다.

이날 밤이 오기 전까지 다아시는 그런 표현들과 남편을 한데 묶어 생각한 적이 단 한 번도 없었다.

"아니야."

다아시는 텅 빈 차고에 대고 말했다. 삐질삐질 흐르는 땀 때문에 머리카락이 얼굴에 보기 싫게 들러붙었다. 뱃속은 꾸르륵거리고 양손은 파킨슨병 환자처럼 후들거렸다. 그러나 목소리만은 오싹할 정도로 차분했다. 이상할 정도로 태평했다.

"아니야, 아니라고. 잘못 본 거야. *내 남편은 비디가 아니야.*"

다아시는 집으로 돌아갔다.

5

다아시는 차를 마시기로 했다. 차를 마시면 마음이 가라앉기 때문이었다. 주전자에 물을 채우고 있을 때, 또다시 전화벨이 울렸다. 다아시는 개수대에 주전자를 떨어뜨리고(그러다 텅 소리에 놀라서 그만 비명을 지르고) 전화기로 달려갔다. 젖은 손을 가운에 닦으면서.

진정해, 진정해. 다아시는 속으로 되뇌었다. *그이가 지금껏 비밀을 숨겨 왔다면 나도 숨길 수 있어. 명심해, 분명히 뭔가 이유가 있을 거야. 뭔가 말이 되는 이유가……*

흠, 과연?

……*말이 되는 이유가 있는데 내가 모르는 거야. 나한텐 생각할 시간이 필요해, 그게 다야. 그러니까. 진정해.*

다아시는 전화를 걸고 밝은 목소리로 말했다.

"여보세요, 자기야? 빨리 우리 집으로 와. 남편 출장 갔어."

밥의 웃음소리가 들렸다.

"안녕, 여보. 잘 있었어?"

"그럼. 등 쭉 펴고 콧김 풍풍거리면서 잘 있었지."

긴 침묵이 이어졌다. 고작 몇 초일 뿐인데도 길게 느껴졌다. 그 사이에 다아시의 귀에는 섬뜩하게 윙윙대는 냉장고 소리가, 방금 떨어뜨린 주전자 위로 똑똑 떨어지는 수돗물 소리가, 자신의 심장 박동 소리가 들려왔다. 박동 소리는 가슴이 아니라 목과 귀에서 들려오는 것만 같았다. 두 사람은 오랫동안 부부로 산 끝에 일심동체라고 해도 좋을 사이가 되어 있었다. 부부란 원래 그런 법일까? 다아시는 알 수가 없었다. 아는 것은 오로지 자신의 경우뿐이었다. 다만 지금은 자신의 결혼 생활조차 제대로 아는지 어떤지, 확신이 서지 않았다.

"당신 목소리가 이상한데. 잔뜩 잠겼어. 여보, 괜찮아?"

감동해야 마땅한 말이었다. 하지만 다아시는 겁에 질렸다. 마저리 듀발 때문이었다. 그 이름은 단순히 눈앞에 아른거리는 정도가 아니었다. 아예 눈앞에서 술집 네온사인처럼 번쩍거렸다. 한동안 다아시는 말이 나오지 않았다. 다시 차오른 눈물 때문에 손바닥처럼 구석구석 눈에 익은 부엌이 온통 흔들리는 것처럼 보였다. 뱃속을 묵직하게 짓누르는 느낌도 다시 돌아왔다. 마저리 듀발. 아르에이치 플러스 에이 형. 허니 레인 17번지. 그 글자들이 눈앞에 깜박거렸다. 이렇게 묻는 것만 같았다. *자기, 그동안 좀 살 만했어? 등 쭉 펴고 콧김 풍풍거리면서?*

"브랜돌린 생각을 하고 있었거든."

"아, 저런."

공감이 가득 담긴 목소리가 영락없는 밥이었다. 다아시의 귀에 익은 목소리. 1984년 이후로 몇 번이나 믿고 의지한 목소리가 아니던가? 그리고 그 전에도, 이 사람이야말로 천생연분이라고 생각하며 데이트를 하던 시절에도 그러지 않았던가? 물론 그랬다. 마찬가지로 밥도 다아시를 믿고 의지했다. 그런데 그 공감 가득한 목소리가 실은 독이 든 케이크 위에 덧바른 달콤한 크림이었다니, 미친 생각이었다. 그리고 방금 남편에게 한 거짓말은 그보다 더 미친 짓이었다. 그러니까 말하자면, 광기에도 정도라는 것이 있다면. 어쩌면 광기는 고유한 특성이라서 비교급이나 최상급이 없는지도 몰랐다. 그나저나 다아시는 방금 무슨 생각을 하고 있었을까? 맙소사, 도대체 뭐였을까?

밥이 뭐라고 이야기하는 중이었지만 다아시는 무슨 말을 들었는지 당최 기억나지가 않았다.

"미안, 못 들었어. 잠깐 찻물 받으러 갔다 왔거든."

또 거짓말이었다. 손이 정신없이 떨리는 통에 아무것도 못 받을 지경이었다. 그래도 이번 거짓말은 사소했고, 그럴싸했다. 목소리도 떨리지 않았다. 적어도 스스로 듣기에는 그랬다.

"어쩌다가 처제 생각이 났냐고 물어봤어."

"아까 도니가 전화를 했는데, 자기 동생이 잘 지내는지 궁금하대서. 그 말을 들으니까 내 동생 생각이 났지 뭐야. 그래서 잠깐 걷다가 들어왔어. 훌쩍거리긴 했는데 운 건 아니고, 그냥 추워서. 그래서 목소리가 안 좋았나 봐."

"음, 그랬군. 안 되겠어, 내일 벌링턴에 가기로 한 일정은 취소하고 바로 집으로 갈게."

하마터면 *안 돼!* 하고 악을 쓸 뻔했지만, 이 순간에 절대로 하지 말아야 할 짓이 있다면 바로 그것이었다. 그랬다가는 배려심이 충만한 밥이 당장에 차를 몰고 달려올 테니까.

"그러기만 해 봐, 눈이 시퍼렇게 멍들 때까지 패 줄 거야."

그 말에 밥이 껄껄 웃었다. 다아시는 그제야 마음이 놓였다.

"찰리 프레이디가 그랬다며, 벌링턴에서 열리는 유품 경매는 꼭 가 봐야 한다고. 그 사람 정보야 확실하잖아. 감도 확실하고. 당신 입으로 만날 그랬으면서."

"그야 그렇지만, 당신 목소리가 너무 안 좋아서."

다아시한테 무슨 일이 생긴 것을 밥이 알아차리다니(그것도 대번에! *대번에!*), 좋지 않았다. 그런 밥한테 거짓말을 해야 하다니…… 젠장, 그건 더 끔찍했다. 다아시는 눈을 감았다. 검은 두건을 쓴 색녀 브렌다가 비명을 지르는 광경이 보였다. 그래서 다시 눈을 떴다.

"아깐 그랬는데 지금은 괜찮아. 그냥, 잠깐 옛날 생각이 나서. 걘 내 동생이었잖아. 싸늘하게 식은 그 앨 아빠가 안고 집에 들어오는 것도 봤고. 가끔 그때 생각이 나. 그게 다야."

"그래, 알아."

밥이 말했다. 그 말은 사실이었다. 동생의 죽음은 다아시가 밥 앤더슨과 결혼하게 된 계기까지는 아니었지만, 그래도 밥이 그 슬픔을 이해해 준 덕분에 둘 사이는 한층 더 깊어졌다.

브랜돌린 매드센은 스키를 타다가 술 취한 사람이 모는 스노모빌에 치어 사망했다. 운전자는 매드센네 집에서 1킬로미터쯤 떨어진 숲에 시신을 버리고 달아났다. 여덟 시가 되어도 브랜돌린이 돌아오지 않자 프리포트 경찰서와 자율 방범 순찰대가 수색에 나섰다. 시신을 찾아서 1킬로미터나 되는 소나무 숲을 통과하여 집까지 안고 온 사람은 다아시의 아버지였다. 거실에서 전화를 기다리며 어머니를 진정시키던 다아시가 맨 먼저 아버지를 발견했다. 그는 한겨울의 보름달이 비추는 시퍼런 달빛 속에서 구름처럼 하얀 입김을 뿜으며 마당을 올라오고 있었다. 다아시의 머릿속에 맨 먼저 떠오른 생각은(지금 돌이켜 생각해도 끔찍하지만) 눈앞의 광경이 TCM 채널에서 가끔 방영하는 진부한 흑백 로맨스 영화 같다는 것이었다. 아버지의 모습은 바이올린 50개가 달콤한 배경음악을 들려주는 가운데 신부를 들쳐 안고 신혼집 문지방을 넘는 남자 같았다.

나중에 다아시는 밥 앤더슨이 보통 사람들보다 훨씬 공감 능력이 크다는 것을 깨달았다. 형제를 잃은 적은 없었지만 단짝친구를 잃은 적이 있었기 때문이었다. 그 아이는 공터에서 야구를 하다가 잘못 날아간 공을 잡으려고 도로에 뛰어들었는데(그나마 밥이 던진 공은 아니었다. 그 시절에는 수영에 정신이 팔려 야구는 안 했으니까), 그만 배달 트럭에 치여서 병원에 실려 간 지 얼마 안 되어 숨을 거두었다. 둘 다 오래된 슬픔을 간직했다는 우연한 공통점 때문에 특별한 사이가 된 것은 아니었지만, 그래도 다아시는 왠지 신기하다는 느낌이 들었다. 우연이 아니라 계획된 것처럼 느껴졌던 것이다.

"그냥 버몬트에 있어, 밥. 유품 경매에도 가고. 마음 써 주는 건 고맙지만, 이런 식으로 집에 달려오면 내가 어린애가 된 것 같잖아. 그럼 난 더 화날 거야."

"알았어. 대신 내일은 7시 반에 전화할게. 미리 경고했어."

그 말에 다아시는 웃음을 터뜨렸고, 자신의 웃음소리를 들으며 안심했다. 그 웃음소리가 진짜여서…… 아니면 구분하기 힘들 만큼 진짜 같아서였다. 그런데 진짜로 웃지 못할 이유도 없지 않은가? 못 웃을 이유가 뭐란 말인가? 다아시는 남편을 사랑했고, 그래서 자신이 품은 의심을 남편에게 유리한 쪽으로 해석하려 했다. 모든 *면*에서 남편에게 유리한 쪽으로. 그것은 선택의 문제가 아니었다. 사랑이란 수도꼭지처럼 순식간에 잠가 버릴 수 있는 것이 아니기 때문이었다. 공허한, 가끔은 당연한 것으로 여겨지는 27년이나 된 사랑이라 해도 마찬가지였다. 사랑이 마음에서 달아난 후에도 마음은 스스로 명령을 내렸다.

"밥, 당신은 항상 7시 반에 전화하잖아."

"딱 걸렸군. 이따 밤에 전화해, 혹시……"

"……혹시 필요한 게 있으면. 몇 시든 괜찮으니까. 맞지?"

다아시는 남편 대신 말을 맺었다. 이제 평소의 자신으로 돌아온 느낌이 들었다. 그렇게 두들겨 맞고도 멀쩡해지다니, 마음의 맷집이란 정말 굉장했다.

"걱정 마, 그렇게 할게."

"사랑해, 여보."

그 오랜 세월 동안 수많은 대화를 마무리 지은 그 말.

"나도 사랑해."

다아시는 빙긋이 웃으며 말했다. 그런 다음 전화를 끊고 벽에 이마를 기댄 채 눈을 감았다. 흐느낌은 미소가 채 지워지기도 전에 시작됐다.

6

고풍스러워 보일 만큼 낡은 아이맥 컴퓨터는 바느질 방에 있었다. 다아시는 이메일과 인터넷 쇼핑이 아니면 그 컴퓨터를 거의 쓰지 않았지만, 이날 밤에는 구글 검색창에 마저리 듀발의 이름을 입력했다. 검색창에 '비디(Beadie)'를 추가로 입력하기 전에 잠깐 망설였으나 그리 오래는 아니었다. 고뇌를 연장할 까닭이 없기 때문이었다. 어차피 나올 거라는 확신이 들었다. 엔터 키를 누르고 화면 위쪽에서 조그만 원이 빙글빙글 돌아가는 모습을 지켜보는 사이에 또다시 복통이 엄습했다. 다아시는 화장실로 달려가 변기에 앉아 두 손에 얼굴을 파묻은 채 볼일을 보았다. 손에 얼굴을 묻은 까닭은 화장실 문 뒤에 붙은 거울을, 또 거기 비친 얼굴을 보고 싶지 않아서였다. 그나저나 거울이 왜 거기에 붙어 있는 걸까? 다아시는 왜 그런 데다 거울을 붙이도록 *허락한* 걸까? 변기에 앉은 자기 모습을 보려고 할 사람이 누가 있다고? 지금처럼 비참한 때는 물론이고 아무리 쾌변을 볼 때라고 해도 그런 마음은 안 들지 않던가?

다아시는 느릿느릿 컴퓨터 앞으로 돌아갔다. 어릴 적 어머니의 표현을 빌리면 '큰 잘못'을 저지른 아이가 벌을 받으러 갈 때처럼 발을 질질 끌면서 걸었다. 구글이 찾아 준 결과는 무려 500만 건이 넘었다. 아, 전능하신 구글이여, 어찌나 관대하고도 무서운지. 그러나 실제로는 첫 번째 검색 결과를 보자마자 웃음이 터져 나왔다. 트위터에서 '마저리 듀발 비디'를 팔로하라는 링크였기 때문이었다. 그 링크는 무시해도 상관없을 거라는 느낌이 들었다. 다아시가 잘못 안 게 아니라면(차라리 잘못 알았다면 고마워서 방방 뛰고도 남을 텐데), 지금 찾고자 하는 마저리 듀발이 마지막으로 트위터를 이용한 것은 한참 전의 일이었다.

두 번째 검색 결과는 《포틀랜드 프레스 헤럴드》의 기사였다. 링크를 클릭하자마자 대번에 떠오른 사진은(화면이 얼마나 빨리 바뀌었던지 뺨을 얻어맞은 기분이었다.) 다아시가 TV에서 보고 기억하고 있던 바로 그 사진이었다. 집에서 받아 보는 신문도 《포틀랜드 프레스 헤럴드》였으니 종이 신문에 실린 같은 기사를 읽었을 수도 있었다. 기사 제목은 비명을 지르듯이 커다란 글자로 적혀 있었다. **뉴햄프셔 주 여성 '비디'의 11번째 희생자로 추정**. 그 아래에 적힌 부제목은 이러했다. 경찰 관계자 **"일치할 확률 90퍼센트"**.

신문 사진 속의 마저리 듀발은 면허증 사진보다 훨씬 예뻐 보였다. 소용돌이처럼 몸을 감싸는 우아한 검은색 드레스를 입고 포즈를 잡은 것으로 보아 스튜디오에서 촬영한 사진 같았다. 사진 속에서 아래로 내린 머리카락은 앞서 본 것보다 훨씬 연한 금발이었다. 다아시는 혹시 마저리의 남편이 제공한 사진이 아닌지 궁금했다. 아마도 그럴 듯싶었다. 아마도 허니 레인 17번지에 있는 그들의 집 벽난로 위에, 어쩌면 복도에 걸려 있던 사진일 수도 있었다. 그 집의 안주인은 이제 영원히 미소 짓는 얼굴로 손님들을 맞이할 터였다.

남자들이 금발을 좋아하는 이유는 블랙헤드를 짜는 게 지겹기 때문이지.

밥의 입버릇 가운데 하나였다. 다아시는 그 말을 듣고 웃은 적이 한 번도 없었다. 그런데 지금 그 말이 머릿속에 떠오르다니, 끔찍했다.

마저리 듀발은 사우스갠셋에 있는 자기 집에서 10킬로미터쯤 떨어진 산골짜기, 즉 노스콘웨이 경계 바로 너머에서 발견됐다. 관할 구역 보안관은 마저리가 목이 졸려 사망했으리라고 추정했지만 확실치는 않았다. 사인은 검시관이 판정할 일이었다. 보안관은 그 이상의 추정은 들려주지 않았고 그 밖의 질문에도 일체 답하지 않았지만, 기자가 인용한('수사 관계자'라는 적당한 이름으로 소개된) 익명의 정보원에 따르면 마저리는 '비디의 다른 희생자들한테서 일관되게 나타나는 방식으로' 구타 및 성폭행을 당했다.

그런 까닭에 기사 뒷부분에는 자연스레 비디의 예전 범행들이 빠짐없이 소개되었다. 첫 번째 사건은 1977년에 일어났다. 1978년에는 두 건, 1980년에는 한 건, 그리고 1981년에는 다시 두 건이 일어났다. 두 건은 뉴햄프셔 주에서, 두 건은 매사추세츠 주에서, 다섯 번째와 여섯 번째는 버몬트 주에서 일어났다. 그 후 16년 동안 공백기가 이어졌다. 경찰이 추정한 이유는 세 가지였다. 비디가 다른 곳으로 이사를 가서 취미 생활을 계속했거나, 살인과 무관한 다른 범죄 때문에 체포되어 감옥에 갔거나, 아니면 자살했거나. 기자가 취재차 인터뷰한 정신과 의사에 따르면 비디가 싫증이 나서 살인을 그만두었을 가능성은 없었다.

"이런 범인들은 싫증을 내는 법이 없습니다. 범행이 곧 스포츠이자, 충동이니까요. 그 정도를 넘어서 아예 비밀스러운 삶이기도 하죠."

비밀스러운 삶. 독이 든 초콜릿처럼 달콤한 표현이었다.

비디의 여섯 번째 희생자는 배리에서 발견되었다. 크리스마스 일주일 전, 시신을 뒤덮은 눈 더미 바로 옆으로 제설차가 지나간 덕분이었다. *친척들한테는 정말 끔찍한 크리스마스였겠구나.* 문득 떠오른 생각이었다. 1981년의 크리스마스가 즐겁지 않기는 다아시도 마찬가지였다. 집을 떠나서 외로웠던 데다(엄마와 전화를 할 때면 입버릇처럼 튀어나오는 말이었다.) 취직해서 1년 반이 지나는 동안 승진도 한 번 했건만 여전히 적성에 맞는 일인지 자신이 없었기 때문에 다아시는 연휴 분위기를 조금도 즐길 수가 없었다. (같이 마가리타를 마시러 가는) 지인은 있었지만 진짜 친구는 없었다. 친구를 사귀는 일은 예전부터 서툴렀다. 다아시의 성격을 가리켜 수줍다고 하면 친절한 표현이었다. 내성적이라고 하는 편이 더 정확했다.

그랬던 다아시의 삶에 밥 앤더슨이 웃는 얼굴로 걸어 들어왔다. '노'라는 답을 아예 거부할 기세로 데이트를 청하는 밤이. 비디의 '초기 범행 궤적'에서 마지막에 해당하는 희생자의 시신이 제설차 덕분에 발견된 지 분명히 석 달이 안 된 때였다. 그들은 사랑에 빠졌다. 그리고 비디는 이후 16년 동안 범행을 저지르지 않았다.

다아시 때문일까? 그가 다아시를 사랑했기 때문에? 그래서 '큰 잘못'을 저지르고 싶지 않던 걸까?

아니면 그냥 우연일 수도. 그럴 수도 있어.

떠올려 봄직한 생각이었지만, 다람쥐가 도토리를 감추듯 차고에 꽁꽁 감춰 놓은 신분증이 이미 발견된 이상 우연일 가능성은 한참 희박했다.

비디의 일곱 번째 희생자이자 신문에는 '새 범행 궤적'의 첫 희생자로 소개된 여성은 메인 주 워터빌에 사는 스테이시 무어였다. 스테이시의 남편은 지하실에서 아내를 발견했다. 친구 두 명과 함께 보스턴에 가서 레드삭스 야구 경기를 연속으로 보고 집에 돌아온 참이었다. 때는 1997년 8월이었다. 스테이시가 머리를 처박고 있던 통 속의 사탕 옥수수는 그들 부부가 106번 국도변에 노점을 차리고 팔던 작물이었다. 몸에는 실오라기 하나 안 걸치고 있었고 손은 등 뒤로 묶인 상태였으며, 엉덩이와 허벅지에는 물린 자국이 여남은 군데 있었다.

이틀 후, 수취인 주소란에 굵은 글씨로 **바보 검찰 총장 귀**하라고 인쇄된 봉투가 오거스타에 도착했다. 안에는 고무줄로 묶인 스테이시 무어의 운전 면허증과 건강 보험증이 들어 있었다. 동봉된 쪽지에는 이렇게 적혀 있었다. *안녕! 돌아왔어! 나 비디야!*

스테이시 무어 사건을 맡은 형사들은 그 봉투의 정체를 단박에 알아차렸다. 앞서 유사한 살인 사건이 일어날 때마다 비슷하게 고른 신분증이 비슷한 내용의 쪽지와 함께 배달되었기 때문이었다. 범인은 희생자들을 고문했다. 주로 깨무는 방식으로. 강간 또는 성적 학대를 저지른 후에 살해했고, 몇 주나 몇 달이 지난 후에 관할 경찰의 지서 한 곳에 신분증을 보냈다. 수사 당국을 조롱하려고.

명성을 쌓으려고 그런 거지. 다아시는 기분이 암담해졌다.

비디는 2004년에도 살인을 한 건 저질렀고, 2007년에는 아홉 번째와 열 번째 희생자가 나왔다. 그해의 두 건이 가장 처참했다. 희생자 중 한 명이 아이였던 것이다. 열 살이었던 그 소년은 배가 아파서 조퇴를 했다가 사냥감을 찾는 비디의 눈에 걸려들었으리라 추정되었다. 소년의 시신은 학교 근처 개울가에서 어머니의 시신과 함께 발견되었다. 그 여성의 신용카드 두 장과 운전 면허증이 매사추세츠 주 경찰 7번 지서에 도착했을 때, 함께 들어 있던 카드에는 이렇게 적혀 있었다. *안녕! 애는 실수로 그만! 미안해! 그래도 금방 끝났으니까 '고통'은 없었을 거야! 비디 올림!*

더 읽을 기사가 산더미처럼 많았지만(아, 전능하신 구글이여), 그럴 이유가 없었다. 평범한 인생의 평범한 하루를 보내려던 달콤한 꿈은 이미 악몽에 삼켜졌다. 비디에 관한 기사를 더 읽는다고 해서 그 악몽이 물러갈까? 답은 명확했다.

뱃속이 뒤틀렸다. 다아시는 화장실로 달려가 변기 앞에 쓰러지듯 주저앉아서, 입을 벌린 채 파란 물을 들여다보았다. 환풍기가 돌아가는데도 여태 냄새가 났다. 삶이 얼마나 냄새 나는 것인지 보통은 잊고 살던 다아시였지만, 항상 그런 것은 아니었다. 잠시 후, 토하고 싶은 기분이 가시는가 싶다가, 이내 스테이시 무어의 모습이 머릿속에 그려졌다. 목이 졸려 시커메진 얼굴은 옥수수 통 속에 처박히고 엉덩이는 초코 우유 색깔의 마른 피로 뒤덮인 모습이었다. 그 생각이 방아쇠가 되어 두 번을 토했다. 어찌나 거세게 올라왔던지 파란 변기 물이 얼굴을 때리고 토사물까지 점점이 튈 정도였다.

울면서, 숨이 막혀 껵껵대면서, 다아시는 변기 물을 내렸다. 매끈매끈한 변기는 다시 새하얘질 터였지만, 그래도 일단은 변기 뚜껑을 내린 다음 그 서늘한 베이지색 플라스틱 표면에 벌게진 뺨을 댔다.

이제 어떡하지?

당연히 경찰에 신고해야 했지만, 만약 신고를 했는데 알고 보니 착각이었다면? 밥은 누구보다도 너그럽고 자상한 남자였다. 다아시가 전에 타던 밴을 우체국 주차장의 나무에 들이받아서 앞유리가 깨졌을 때에도 혹시 얼굴 안 다쳤냐고 걱정할 뿐이었다. 하지만 자신이 저지르지도 않은 고문 살해 열한 건의 범인으로 지목당한 상황에서도 아내를 용서하려고 할까? 온 세상이 다 알 텐데. 유죄든 무죄든, 신문에 사진이 실릴 텐데. 그것도 1면에. 아내 사진도 함께.

다아시는 억지로 일어서서 수납장에 있던 변기 청소용 솔을 가져다가 토한 흔적을 닦기 시작했다. 손은 몹시도 느리게 움직였다. 허리가 아팠다. 너무 격하게 토하는 바람에 손가락 하나 움직일 힘도 안 남은 기분이었다.

청소를 반쯤 마쳤을 때, 새로운 깨달음이 머리를 강타했다. 신문의 억측 기사와 저질 뉴스 전문 케이블 채널의 단골 소재로 전락하는 것은 그들 부부만이 아니었다. 아이들 생각을 해야 했다. 도니와 켄은 이제 막 고객사 두 곳을 확보한 참이었다. 은행과 새로운 홍보 방식을 모색하는 자동차 판매회사는 이 지저분한 일이 뉴스에 나온 지 세 시간도 안 되어 계약을 파기할 게 뻔했다. 오늘 처음으로 진짜 숨을 쉬기 시작한 앤더슨 앤드 헤이워드 광고회사가 내일이면 숨을 거둘 판이었다. 켄 헤이워드가 투자한 돈이 얼마인지는 알 수 없었지만, 도니의 경우에는 전 재산이었다. 현금만 따지면 얼마 안 될지 몰라도 자기 사업을 시작하는 사람은 돈 말고 다른 것도 투자하는 법이었다. 열정과 두뇌, 자존심 같은 것들을.

그리고 페트라와 약혼자 마이클이 있었다. 아마도 지금 이 순간 머리를 맞대고 결혼 준비를 하고 있을 그 아이들이. 자기들 머리 위에 2톤짜리 금고가 너덜너덜한 줄에 묶인 채 디룽거리고 있는 줄도 모른 채. 페트라는 언제나 아빠를 숭배하듯이 따랐다. 뒷마당 그네를 밀어 주던 아빠의 손이 열한 명이나 되는 여자들의 목을 조른 바로 그 손이라는 것을 알면, 페트라는 어떻게 될까? 잘 자라는 인사와 함께 입을 맞춰 주던 그 입술 뒤에 여자 열한 명을 깨문, 어떤 경우에는 뼈가 드러나도록 물어뜯은 이가 숨겨져 있었던 것을 페트라가 안다면?

다시 컴퓨터 앞에 앉은 다이시의 머릿속에 소름 끼치는 신문 기사 제목이 떠올랐다. 네커치프를 하고 우스꽝스러운 카키색 반바지에 긴 양말 차림을 한 밥의 사진도 함께 떠올랐다. 제목이 어찌나 또렷했던지 이미 종이에 인쇄된 듯했다.

연쇄살인범 '비디'
17년간 스카우트 유년단 지도자로 활동

다아시는 손으로 입을 틀어막았다. 눈 뒤에서 두근거리는 맥박이 느껴졌다. 자살이라는 두 글자가 머릿속에 떠올랐다. 그리고 (꽤 긴) 잠깐 동안, 그 생각은 전적으로 타당해 보였다. 단 하나뿐인 타당한 해결책이었다. 암에 걸린 것 같아 불안해서 먼저 떠난다는 유서를 남길 수도 있었다. 아니면 알츠하이머병 초기라고 하는 편이 더 그럴듯할지도. 하지만 자살은 식구들에게 짙은 그늘을 드리우게 마련이었다. 게다가, 만일 이게 다아시의 착각이라면? 밥이 단순히 길가에서 신분증을 주웠거나 했을 뿐이라면?

그게 얼마나 터무니없는 생각인지 모르겠어? 천재 구역에서 들려온 목소리였다.

물론, 알고 있었다. 하지만 터무니없다고 해서 아예 불가능한 것은 아니었다, 그렇지 않은가? 게다가 그것이 다가 아니었다. 다아시가 머릿속의 철창에서 도저히 벗어날 수 없었던 이유는 또 있었다. '만약 제대로 본 거라면 어떻게 할 것인가'였다. 아내가 자살을 해 버리면 밥은 철저한 이중생활을 할 필요가 없으니 더욱 느긋하게 살인을 저지르지 않을까? 다아시는 죽은 후에도 의식이 존재한다고 확신하지 않았지만, 만에 하나 그렇다면? 죽음 이후에 기다리는 곳이 푸른 초원과 물이 어우러진 에덴동산이 아니라 남편의 잇자국을 몸에 새긴 채 목이 졸려 죽은 여자들이 줄

줄이 늘어서서 환영해 주는 소름끼치는 곳이라면? 그 여자들이 너만 편하게 벗어나는 바람에 우리가 이렇게 죽었다고 비난한다면? 그런데 다아시가 이미 증거를 찾아 놓고도 그냥 눈을 감고 넘어간다면(혹시라도 그런다면, 그럴 수 있으리란 생각은 잠시도 한 적이 없지만), 그 여자들의 비난은 정당하지 않은가? 다아시는 진정 딸이 아름다운 6월의 신부가 되게 하려고 더 많은 여자들을 끔찍한 죽음으로 몰아넣을 작정일까?

문득 떠오른 생각. *차라리 이미 죽었으면 좋으련만.*

그러나 살아 있었다.

몇 년 만에 처음으로, 다아시 매드센 앤더슨은 의자에서 미끄러져 무릎을 꿇고 기도하기 시작했다. 소용이 없었다. 그 집에는 다아시 혼자뿐이었다.

7

일기를 쓴 적은 없었지만, 다아시는 10년분이나 되는 일정 기록부를 커다란 바느질 상자 바닥에 보관하고 있었다. 밥 또한 서재에 있는 캐비닛의 서랍에 수십 년 분량의 여행 기록들을 보관했다. 세금 전문 회계사인 (동시에 부업으로 정식 등록 업체를 경영하는) 밥은 기록이라면 뭐든 꼼꼼히 보관하면서 세금 공제 및 환급에서 자동차 감가상각비까지, 챙길 수 있는 혜택은 모조리 챙겼다.

다아시는 자신의 일정 기록부와 남편의 파일들을 컴퓨터 옆에 쌓아 놓았다. 그런 다음 용기를 내어 구글로 들어가서 필요한 정보를 모았다. 비디가 죽인 희생자들의 이름과 사건이 발생한 날짜들이었다(그중 몇 건은 추정된 날짜만 나와 있었다.). 이윽고 모니터 화면 위쪽의 기다란 표시줄에 있는 전자시계가 소리도 없이 10시를 지났을 무렵, 다아시는 고통스러운 확인 작업을 시작했다.

단 한 건에서라도 남편의 혐의를 깨끗이 벗겨 줄 증거를 찾을 수만 있다면 수명을 10년은 내놓고 싶은 심정이었건만, 일정 기록부를 뒤지면 뒤질수록 눈앞이 암담해졌다. 뉴햄프셔 주 킨에 살던 희생자 켈리 저베이스는 2004년 3월 15일 그 지역 쓰레기 매립장 뒤편의 숲에서 발견됐다. 검시관에 따르면 사망 시점은 사흘 내지 닷새 전이었다. 다아시의 일정 기록부에서 2004년 3월 10일부터 12일에 해당하는 난에는 휘갈겨 쓴 글씨로 *밥 출장, 피츠윌리엄, 브래틀*이라고 적혀 있었다. 조지 피츠윌리엄은 벤슨 베이컨 앤드 앤더슨 회계 사무소의 부자 고객이었다. *브래틀*은 피츠윌리엄이 사는 브래틀버러의 약칭이었다. 뉴햄프셔 주 킨까지 차로 금방 도착할 수 있는 곳이었다.

헬렌 셰이버스턴과 그 아들 로버트는 2007년 11월 11일 에임스버리에 있는 뉴리 개울가에서 발견되었다. 그들의 집은 20킬로미터쯤 떨어진 타셀 빌리지에 있었다. 주소록의 2007년 11월 페이지를 보니 8일부터 10일까지 줄이 그어져 있었고, 그 위에는 이렇게 적혀 있었다. *밥, 생거스 출장, 유품 경매 2건 및 보스턴 화폐 경매.* 그런데 당시 생거스에 있는 모텔로 다아시가 전화를 걸었던 밤에 밥이 전화를 안 받은 적이 있지 않았던가? 그래서 다아시는 남편이 좋은 건수를 감지하고 영업 담당자와 늦게까지 얘기를 나

누나 보다, 아니면 샤워를 하나 보다 하고 짐작하지 않았던가? *어렴풋이 기억이 나는 듯했다.* 그렇다면 남편은 그날 밤 정말로 바깥에 나갔던 걸까? 혹시 에임스버리에 가서 볼일을 처리하고(그러니까 뭘 좀 버리고) 돌아오는 중이었을까? 그게 아니라면, 만약 정말로 *샤워를* 하느라 전화를 못 받았다면, 도대체 뭘 씻어 내려고 했던 걸까?

다아시가 남편의 여행 기록과 영수증을 뒤지는 사이에 모니터의 전자시계는 11시를 지나 자정으로 향했다. 마녀의 시간, 이른바 묘지가 입을 벌리는 시간이었다. 다아시는 기록을 세심하게 대조하면서 가끔은 손을 멈추고 재차 확인했다. 1970년대 후반의 기록은 당시에 밥이 일을 별로 열심히 하지 않았던 탓에 군데군데 이가 빠져서 별 도움이 안 됐지만, 1980년대부터는 모든 기록이 남아 있었다. 또한 1980년과 1981년에 비디가 저지른 살인 사건들과 그 기록들의 상관관계는 부정할 수 없을 만큼 뚜렷했다. 밥은 사건과 정확히 일치하는 시점에 정확히 일치하는 장소를 돌아다니고 있었다. 그리고 다아시 머릿속의 천재 구역에서 들려오는 목소리는 단호하게 다음과 같이 주장했다. 만약 누구 집에 갔는데 사방에 고양이 털이 보인다면 근처에 고양잇과 동물이 있을 거라고 예상해야 한다고.

그래서, 이제 어떡한다?

위층 침실로 올라가 혼란스럽고 겁에 질린 머리를 뉘는 것이 답일 듯싶었다. 과연 잠이 올지 의심스러웠지만, 적어도 뜨거운 물로 샤워를 하고 누울 수는 있었다. 몸이 녹초가 되어 있었다. 아까 너무 심하게 토한 탓에 등이 욱신거렸고, 땀 냄새도 진동했다.

다아시는 컴퓨터를 끄고 비틀거리는 발을 옮겨 2층으로 천천히 올라갔다. 샤워를 하고 나니 허리가 편해졌고, 타이레놀을 두 알 먹으면 2시 무렵에는 더 편해질 듯했다. 분명히 그때까지도 잠을 못 이룰 거라는 생각이 들었다. 그러나 다아시는 타이레놀 병을 욕실 수납장에 다시 넣고 수면제인 앰비언이 든 병을 꺼냈다. 그 병을 손에 쥐고 꼬박 1분 동안 들여다보다가, 역시 도로 넣었다. 잠이 들기는커녕 이미 흐려진 머릿속이 더욱 망상에 사로잡힐 것 같아서였다.

침대에 누운 다아시는 건너편 머리맡에 있는 작은 서랍장을 돌아보았다. 밥의 탁상시계가 보였다. 밥이 여분으로 놔둔 독서용 안경도. 『오두막』이라는 제목의 책도. *당신도 이거 꼭 읽어야 돼. 인생을 바꿔 줄 책이야.* 밥은 이번 출장을 떠나기 이틀 전, 아니면 사흘 전에 그렇게 말했다.

머리맡의 스탠드를 끄자 옥수수 통에 머리를 처박은 스테이시 무어가 눈앞에 떠올라서 다시 불을 켰다. 여느 때 같으면 밤의 어둠은 다아시의 친구이자 달콤한 잠의 전조였지만, 이날 밤은 달랐다. 이날 밤, 어둠은 밥의 여인들로 가득한 하렘이었다.

모르는 일이야. 명심해, 아직은 모르는 일이야.

하지만 사방에 고양이 털이 보인다면…….

고양이 털 얘기도 이제 그만.

걱정했던 것보다도 더 말똥말똥한 눈으로 침대에 누워 있는 동안 다아시의 머리는 쉬지 않고 돌아갔다. 이제 머릿속에 희생자들이, 아들과 딸이, 자기 자신이, 심지어 오래전에 잊어버린 겟세마네 동산에서 기도하는 그리스도 이야기까지 떠올랐다. 꼬리를 물고 이어지는 걱정에 시달리다가 한 시간쯤 지났나 싶어 밤의 탁상시계를 보니 고작 12분이 지났을 뿐이었다. 다아시는 한쪽 팔꿈치를 짚고 몸을 일으켜서 시계를 창문 쪽으로 돌려 놓았다.

내일 저녁 여섯 시가 돼야 집에 돌아올 거야. 그렇게 생각했지만…… 엄밀히 말하면 자정이 지났으니 오늘 저녁이었다. 그럼에도 아직 열여덟 시간이라는 여유가 있었다. 어떤 식으로든 결정을 내리기에 충분한 시간이었다. 잠을 자면 마음이 정리되곤 했으니 잠깐이나마 눈을 붙이면 결정에 도움이 될 듯싶었지만, 당최 잠들 것 같지가 않았다. 조금이라도 긴장이 풀리면 여지없이 떠올랐다. *마저리 듀발이, 스테이시 무어가,* 아니면 (가장 끔찍한) *열 살 소년 로버트 세이버스턴이. '고통'은 없었을 거야!* 그러고 나면 잠이 들 것 같은 기분은 또다시 깨끗이 사라졌다. 이제 다시는 잠을 못 잘 거라는 생각이 들었다. 물론 말도 안 되는 생각이었지만, 구강 세정제로 입을 헹군 뒤에도 여전히 남아 있는 시큼한 맛을 입속에 느끼며 누워 있는 지금, 그 생각은 더없이 타당해 보였다.

그러다 한번은 아주 어렸을 때 집 안을 돌아다니며 거울을 들여다보던 기억이 떠오르기도 했다. 그때 다아시는 두 손으로 얼굴 양 옆을 가린 채 코가 닿을 만큼 거울에 바짝 다가섰다. 그렇게 코를 대고 가까이 선 채로 거울이 입김 때문에 흐려지지 않도록 숨을 참고 있었다.

엄마한테 들켰다가는 볼기를 맞을 짓이었다. 거울에 얼룩이 지면 엄마가 닦아야 되잖아. 그나저나 넌 왜 그렇게 네 얼굴에 관심이 많니? 얼굴이 예쁘다고 사형당하는 것도 아닌데. 그리고 왜 그렇게 바짝 붙어 있어? 그러고 있으면 아무것도 제대로 안 보이잖아.

몇 살 때였을까? 다섯 살? 여섯 살? 아무튼 거울에 비친 얼굴에 관심이 있는 것은 아니라고, 그건 중요한 게 아니라고 설명하지 못할 만큼 어릴 적이었다. 다아시는 거울이 다른 세계로 이어진 통로이며 거울 속에 보이는 것은 *자기 집*이 아니라 다른 집의 거실이나 화장실이라고 믿었다. 아마도 매드센네가 아니라 맷슨네일 거라고. 왜냐하면 거울 저편의 풍경은 *비슷하기*는 해도 똑같지는 않기 때문이었다. 그리고 오랫동안 들여다보면 다른 점들이 슬슬 눈에 띄었다. 그쪽에 보이는 바닥 깔개는 이쪽의 원형 깔개와 달리 타원형이었고, 문의 자물쇠는 빗장이 아니라 돌리는 걸쇠처럼 보였으며, 문 옆의 전등 스위치도 반대쪽에 붙어 있었다. 거울 속의 여자아이도 똑같지 않았다. 피가 이어진 것은 확실했지만(거울 속의 자매?) 절대로, 절대로 똑같지는 않았다. 그 아이는 다셀린 매드센이 아니라 제인, 아니면 샌드라, 그도 아니면 노래에 나오는 엘리너 릭비라는 여자인지도 몰랐다. 알 수 없는 이유로(뭔가 *으스스한* 이유 때문에) 결혼식이 끝난 교회에서 쌀을 집었다는 그 여자.

둥그렇게 퍼진 스탠드 불빛 속에 누운 채로, 자신도 모르게 잠에 빠져들면서, 다아시는 상상했다. 만약 그때 무엇을 찾고 있었는지 엄마한테 말했다면, 자신을 닮은 구석이 별로 없는 거울 속의 **어두운 소녀**에 관해 엄마한테 얘기했다면, 어쩌면 소아 정신과 의사한테 진찰을 받았을지도 모른다고. 그러나 다아시는 그 소녀에 관심을 가진 적이 한 번도 없었다. 관심사는 오로지 거울 저편에 온전한 세계가 있다는 생각, 그리고 거울 속에 보이는 다른 집(**어두운 집**)의 문을 나서면 그 세계의 나머지가 기다리고 있으리라는 생각뿐이었다.

물론 그 생각은 (다아시가 좋아하는 팬케이크 시럽의 상표명을 따서 버터워스 부인이라고 이름 붙인) 새 인형과 그 새 인형의 집 덕분에 사라졌고, 다아시의 관심사는 더 평범한 소녀의 환상으로 넘어갔다. 요리, 청소, 쇼핑, 애 보기 놀이, 예쁘게 입고 만찬회에 가기 등이었다. 그런데 오랜 세월이 지난 지금, 다아시는 마침내 거울 속으로 들어가는 길을 찾았다. 다만 **어두운 집**에서 기다리는 어린 여자아이는 보이지 않았다. 대신 **어두운 남편**이 있었다. 평생 거울 저편에 살면서 끔찍한 짓을 저질러 온 남편이.

적당한 가격에 나온 좋은 물건이야. 밥이 즐겨 하는 말이었다. 회계사의 신조라는 것이 있다면 딱 어울리는 말이었다.

등 쭉 펴고 콧김 풍풍거렸지. 밥을 따라서 망자의 길로 하이킹을 간 아이라면 누구나 아는, *잘 지냈어?*에 대한 답이었다. 개중에는 어른이 되어서까지 그 말을 따라하는 아이도 있었다.

명심해, 남자들은 금발을 좋아한다고. 왜냐면 말이지……

거기까지 떠올리고 나서 다아시는 잠에 빠져들었다. 자상한 간호사인 잠은 다아시를 멀리까지 데려가지는 못했으나 이마와 벌겋게 부은 눈가의 주름은 조금이나마 펴 주었다. 한참 후에 남편의 차가 차고 앞으로 들어왔을 때 다아시는 거의 눈을 뜰 뻔했지만, 머리를 돌릴 수 있을 만큼은 아니었다. 서버번의 전조등 불빛이 침실 천장을 비추었더라면 일어날 수도 있었다. 그러나 밥은 아내를 깨우지 않으려고 반 블록 앞에서 전조등을 껐다.

8

고양이가 보드라운 앞발로 뺨을 쓸어내리고 있었다. 아주 가볍게, 그러나 아주 집요하게.

다아시는 고양이의 발을 치우려고 했지만 손이 천근만근 무거웠다. 게다가, 어차피 꿈이었다. 당연히 꿈일 수밖에 없었다. 이 집에는 고양이가 없었으니까. *사방에 고양이 털이 보이면 근처 어딘가 고양이가 있다는 뜻이야.* 의식이 깨어나려고 몸부림치면서 속삭이는 그 말이 꽤나 타당하게 들렸다.

이제 앞머리와 그 밑의 이마를 쓸어내리는 발의 주인은 고양이일 리가 없었다. 왜냐면, 고양이는 말을 못하니까.

"여보, 일어나. 일어나 봐. 할 얘기가 있어."

목소리는 이마에 닿는 발만큼이나 부드럽고 포근했다. 밥의 목소리였다. 그리고 고양이 발이 아니라 손이었다. 밥의 손. 하지만 밥일 리가 없었다. 왜냐면 밥은 지금 몬트필리어에……

눈을 번쩍 떠 보니 밥이 있었다. 진짜였다. 침대에 누운 다아시 곁에 앉아서, 다아시가 몸이 안 좋아 누워 있을 때 가끔 그랬던 것처럼 얼굴과 이마를 어루만지고 있었다. 조스 에이 뱅크에서 산 스리피스 양복을 입고 있었는데(밥은 단골 가게인 그곳 역시 반쯤 농담으로 '조스 은행'이라고 불렀다.) 조끼 단추와 셔츠의 목 단추는 다 끄른 채였다. 재킷 주머니에서 비어져 나온 넥타이가 빨간 혀처럼 보였다. 허리띠 위로 불룩 나온 배를 보았을 때 다아시의 머릿속에 맨 먼저 떠오른 온전한 생각은 *여보, 당신 진짜 살 좀 빼야 돼, 심장에 안 좋단 말이야*였다.

"여기서 뭐 하는……."

거의 알아듣기도 힘든, 까마귀 울음소리 같은 목소리가 튀어 나왔다. 밥은 그저 빙긋이 웃으며 다아시의 머리와 뺨과 목덜미를 쓰다듬을 뿐이었다. 다아시는 목을 가다듬고 나서 다시 말했다.

"여기서 뭐 하는 거야, 당신? 지금 모텔에 있어야……."

고개를 돌려 시계를 보려 했지만 소용이 없었다. 아까 창문 쪽 으로 돌려 놨으니까.

밥이 손목시계를 흘끔 내려다보았다. 머리를 쓰다듬어 아내를 깨우는 동안에도, 그리고 시계를 내려다보는 지금도, 그는 빙긋이 웃고 있었다.

"2시 45분이야. 나 말이야, 아까 전화를 끊고 나서 거의 두 시 간 동안 답답한 모텔 방에 가만히 앉아 있었어. 내 예감이 맞을 리가 없다고 생각하면서. 하지만 진실을 회피하면서 살았다면 아 마 지금의 나는 없었겠지. 그래서 벌떡 일어나 차를 타고 달려왔 어. 도로에 차가 한 대도 없더군. 내가 왜 밤에 돌아다니는 짓을 그만뒀는지는 나도 잘 모르겠어. 어쩌면 또 할지도 모르지, 쇼생 크 교도소에 들어가지 않으면 말이야. 아니면 콩코드에 있는 뉴 햄프셔 주립 교도소든가. 근데 그건 당신 하기에 달렸어. 안 그 래?"

밥의 손이, 다아시의 얼굴을 쓸어내렸다. 손의 감촉도, 심지어 냄새조차도 익숙했다. 다아시가 사랑하던 것들이었다. 그러나 이 제는 아니었다. 이날 밤에 찾은 끔찍한 물건 때문만은 아니었다. 그 손길이 마치 자기 소유물을 어루만지듯이 태평하기 그지없다 는 것을, 전에는 어째서 조금도 눈치채지 못했을까? 넌 늙은 암캐야. 그래도 내가 키우는 암캐지. 그 손길이 이렇게 속삭이는 듯했다. 그런데 이번엔 주인이 집을 비운 사이에 바닥에 오줌을 갈겼더구나. 잘못한 거야, 너. 아주 '큰 잘못'이라고.

다아시는 남편의 손을 밀치고 침대에서 일어났다.

"지금 도대체 무슨 소릴 하는 거야? 소리도 안 내고 집에 들어와서, 자는 사람을 깨워 놓고 무슨……"

"그래, 당신은 불을 켜 놓고 자고 있었어. 차고 앞에 들어서자마자 알아차렸지."

밥의 웃는 얼굴에 죄책감이라고는 눈곱만큼도 없었다. 악랄한 구석도 없었다. 다아시가 거의 첫눈에 반했던 밥 앤더슨표 미소 그대로였다. 잠시 첫날밤의 기억이, 그날 밤 그가 얼마나 부드러웠는지가 떠올랐다. 그는 다아시를 재촉하지 않았다. 새 남자에게 익숙해지도록 시간을 주었다.

지금도 그럴 작정이겠지. 다아시는 속으로 중얼거렸다.

"당신은 불을 켜고 잔 적이 한 번도 없어. 그리고 가운을 입었으면서 브래지어를 안 벗은 채 잠들었는데, 그것도 전에는 안 하던 짓이야. 까맣게 잊어버린 거야, 안 그래? 불쌍해라. 기진맥진했겠지, 가엾게도."

밥은 다아시의 가슴을 잠시, 아주 잠깐 어루만지다가, 이내 손을 치웠다. 고맙게도.

"그리고 내 시계도. 시간을 안 보려고 창 쪽으로 돌려놨잖아. 심란했던 거겠지, 나 때문에. 미안해, 여보. 진심으로 미안해."

"뭘 잘못 먹어서 속이 불편한 것뿐이야."

생각해 낸 핑계는 그게 다였다. 밥은 지긋이 웃을 뿐이었다.

"차고에 있는 내 비밀 구멍을 찾았잖아."

"무슨 소릴 하는지 모르겠네."

"아, 원래 있던 자리에 돌려놓는 것까진 잘했어. 근데 내가 그런 쪽으로는 워낙 빠삭한 사람이라서 말이지. 판자 위에 살짝 붙여 둔 테이프가 떨어졌더라고. 그건 몰랐지, 안 그래? 하긴, 어떻게 알았겠어? 일단 붙여 놓으면 거의 안 보이는 테이픈데. 게다가 참나무 상자도 왼쪽으로 손가락 한두 마디 정도 옮겨져 있더라고. 내가 놔뒀던 자리에서. 그러니까, 항상 놔두는 자리에서."

밥은 아내의 뺨을 조금 더 쓰다듬으려고 손을 뻗었지만, 다아시가 얼굴을 돌리자 (겉보기에는 섭섭한 기색 없이) 손을 물렸다.

"밥, 뭐 때문에 머리가 복잡해졌는지 모르겠는데, 난 당신이 지금 무슨 소릴 하는지 하나도 모르겠어. 당신, 너무 피곤해서 그런가 봐."

밥은 그 말에 마음이 상했는지 입가가 축 처졌고, 눈은 촉촉하게 젖었다. 믿을 수가 없는 광경이었다. 다아시는 실제로 저도 모르게 치솟는 동정심을 억눌러야 했다. 감정은 그저 인간의 습관 가운데 하나인 듯했다. 그래서 여느 습관처럼 익숙해지게 마련인 듯했다.

"그래도 언젠가 이날이 올 거란 생각은 항상 하고 있었어."

"도대체 무슨 얘긴지 하나도 모르겠는데."

다아시의 말에 밥이 한숨을 쉬었다.

"난 차를 타고 돌아오면서 한참 동안 생각했어. 그런데 생각을 하면 할수록, 궁리하면 할수록, 내가 답해야 할 질문은 사실 딱 하나뿐인 것 같았어. 그건 바로 '만다어할'이야."

"그게 무슨……?"

"쉿."

밥은 다아시의 입술에 손가락을 살짝 갖다 댔다. 비누 냄새가 풍겼다. 분명 모텔을 나서기 전에 샤워를 했을 것 같았다. 정말이지 밥다운 행동이었다.

"내가 다 얘기할게. 다 털어놓을게. 어쩌면 난 마음속 깊은 곳에서 항상 바라고 있었는지도 몰라. 당신이 알아주기를."

다아시가 알아주기를 항상 바라고 있었다고? 맙소사. 나중에 더 끔찍한 얘기가 나올지도 몰랐지만, 이때까지는 그 한마디가 가장 소름 끼치는 말이었다.

"알고 싶지 않아. 당신이 지금 무슨 생각을 하는지 모르겠지만, 난 하나도 알고 싶지 않아."

"다아시, 당신 눈에 이상한 빛이 보인단 말이야. 난 여자의 눈빛을 읽는 데는 선수야. 일종의 전문가가 됐다고나 할까. '만다어할'은 '만약 다아시라면 어떻게 할까'의 약자야. 이 경우에는 '만약 다아시가 내 비밀 구멍을 찾으면, 또 내 비밀 상자 안에 들어 있는 걸 보면 어떻게 할까'가 되겠지. 그건 그렇고, 난 그 상자가 항상 마음에 들었어. 당신이 준 거니까."

밥은 몸을 숙여서 다아시의 미간에 재빨리 입을 맞추었다. 입술이 촉촉했다. 평생 처음으로, 다아시는 남편의 입술이 몸에 닿는 감촉을 역겹다고 느꼈다. 뒤이어 날이 밝기 전에 죽을지도 모르겠다는 생각이 퍼뜩 떠올랐다. 죽은 여자는 말이 없는 법이므로. *그래도 '고통'은 안 느끼게 배려해 주겠지.*

"먼저 마저리 듀발이라는 이름이 당신한테 무슨 의미가 있을까 하고 나 자신한테 물어봤어. 마음 같아선 별 거 있겠냐고 대답하고 싶었지만, 누구나 가끔은 현실주의자가 돼야 하는 법이지. 당신은 하루 종일 뉴스만 보는 사람은 아니지만, 그래도 TV나 신문에서 중요한 뉴스는 대강 읽고 산다는 것 정도는 나도 알아. 같이 산 시간이 있으니까. 그래서 그 여자 이름은 당신도 알 것 같았어. 혹시 모른다고 해도 운전 면허증의 사진은 알아볼 것 같고. 게다가, 이런 생각도 들더군. '내가 그 신분증들을 왜 갖고 있는지 다아시가 궁금해 하지 않을까?' 여자들은 원래 호기심이 강하니까. 신화에 나오는 판도라를 봐."

푸른 수염의 아내라거나. 다아시는 속으로 중얼거렸다. *자물쇠가 채워진 방을 엿보다가 자기 전임자들의 잘린 머리를 발견한 그 여자.*

"밥, 난 정말이지 당신이 무슨 소릴 하는 건지 전혀······"

"그래서 집에 도착하자마자 맨 먼저 당신의 컴퓨터를 켜고 파이어폭스를 열었어. 당신이 쓰는 검색 엔진은 그거 하나뿐이니까. 그러고는 검색 이력을 확인했지."

"뭘 확인했다고?"

밥은 아내의 말이 우스운 양 쿡쿡 웃었다.

"그게 뭔지도 모르는군. 그럴 줄 알았어, 왜냐면 검색 이력을 확인할 때마다 고스란히 남아 있었으니까. 절대 안 지우니까!"

그렇게 말하고 나서 또 쿡쿡 웃었다. 아내가 유난히 예쁜 짓을 할 때 남편이 지을 만한 웃음이었다. 다아시는 희미하게 피어오르는 분노를 처음으로 느꼈다. 지금이 어떤 상황인지 생각해 보면 말도 안 되는 감정이었지만, 그래도 분명하게 느껴졌다.

"내 컴퓨터를 뒤졌다고? 비겁한 인간! 이 좀도둑!"

"당연히 뒤져 봐야지. 나한텐 아주 나쁜 짓을 하는 아주 나쁜 친구가 있거든. 그러니 가까이 있는 사람들이 뭘 하는지 바로바로 확인할 수밖에. 내 경우에는, 애들이 집을 떠났으니 확인할 사람이라곤 이제 당신뿐이야."

나쁜 친구? 나쁜 짓을 하는 나쁜 친구라고? 머릿속이 어질어질했지만, 한 가지만은 확실했다. 더 부정해 봤자 소용없었다. 다아시는 이미 알고 있었고, 밥 역시 다아시가 안다는 것을 알았다.

"마저리 듀발만 찾아본 게 아니던데."

밥의 목소리에 부끄러워하거나 변명하는 기색은 전혀 없었다. 그저 이렇게 돼서 너무나 안타깝다는 기색뿐이었다.

"전부 다 찾아봤더군." 껄껄 웃는 소리. "맙소사!"

다아시는 침대 머리판에 등을 기대고 앉았다. 그러자 밥한테서 조금 떨어질 수 있었다. 다행이었다. 거리가 생겨서 다행이었다. 그 오랜 세월 동안 엉덩이와 허벅지를 맞대고 누운 남편이었건만, 지금은 거리가 생겨서 다행이었다.

"나쁜 친구라니? 누굴 말하는 거야?"

밥은 고개를 삐딱하게 기울였다. 밥 특유의 그 몸짓 언어는 이런 뜻이었다. *사람 참 둔하네. 하긴, 그게 당신 매력이지.*

"브라이언."

다아시는 처음에는 누군지 알 수가 없어서 직장 동료인가 했다. 어쩌면 공범일지도? 언뜻 보기에는 가능성이 희박했다. 밥 역시 다아시만큼이나 친구를 사귀는 데 서툰 사람이었으니까. 그러나 그토록 끔찍한 짓을 저지르는 남자들한테는 공범이 있는 경우가 간혹 있었다. 어쨌거나 늑대들은 무리를 지어 사냥하게 마련이 므로.

"브라이언 델러핸티. 브라이언을 잊어버렸다는 말은 하지 마. 당신한테 브랜돌린의 사고 이야기를 들은 후에 나도 브라이언 이 야기를 빠짐없이 털어놨으니까."

다아시의 입이 떡 벌어졌다.

"당신 중학교 때 친구? 밥, 그 사람은 죽었잖아! 야구공을 잡으 려다가 트럭에 치었다며, 그래서 죽었다고 했잖아."

"그게 말이지……." 밥의 웃는 얼굴에 멋쩍은 기색이 나타났다. "맞기도 하고…… 틀리기도 해. 당신한테 그 친구 얘기를 할 땐 주로 브라이언이라고 했지만, 학교 다닐 때 부르던 이름은 그게 아니었어. 그 녀석이 자기 이름을 싫어했거든. 그래서 이름하고 성 의 머리글자를 따서 불렀어. 비디(BD)라고."

다아시는 그게 지금 이 일하고 무슨 상관이냐고 물으려다가, 퍼뜩 깨달았다. 당연히 상관이 있을 수밖에 없었다. 비디(BD).

비디(Beadie).

9

밥의 이야기는 오랫동안 이어졌다. 그리고 이야기를 들으면 들 을수록 다아시는 점점 더 겁에 질렸다. 그 오랜 세월 동안 미친 사람과 함께 살았다니. 그런데 다아시가 도대체 무슨 수로 알았겠 는가? 밥의 광기는 땅속 깊은 곳의 바다와 같았다. 그 위에는 자갈이 깔려 있었고, 자갈 위에는 흙이 덮여 있었다. 그리고 그 흙에서는 꽃이 자랐다. 꽃들 사이로 걷다 보면 그 아래에 미친 물이 있다는 것을 알 수 없었지만…… 그래도 있었다. 언제나 그 아래에 있었던 것이다. 밥은 모든 것을 비디 탓으로 돌렸지만(비디라는 이름은 밥이 범행을 시작하고 나서 몇 년 후에 경찰에 보낸 쪽지에 처음 등장했다.), 다아시는 남편이 그 정도로 멍청한 사람이 아니라는 것을 이미 알고 있었다. 브라이언 델러핸티 탓으로 돌리면서로 다른 두 가지 삶을 따로 떼어 놓기가 쉽기 때문이었다.

예컨대 학교에 총을 가져가서 난장판을 벌이자는 계획은 비디의 아이디어였다. 밥의 설명에 따르면 그 생각이 처음 떠오른 때는 그들이 캐슬록 고등학교 1학년이었던 해의 여름이었다.

"1971년이었어."

밥은 고개를 살짝 저으며 말했다. 어린 시절에 저지른 사소한 실수를 회고하는 사람처럼.

"컬럼바인 고등학교의 그 얼간이 둘이 세상 구경을 하려면 아직 한참 남은 시절이었지. 학교에 우릴 무시하는 여자애들이 있었어. 다이앤 래머지, 로리 스웬슨, 글로리아 해거티…… 걔들 말고도 두어 명 더 있었는데, 이름은 기억이 안 나. 우린 일단 총을 잔뜩 챙기기로 했어. 브라이언의 아버지가 집 지하실에 라이플하고 권총을 스무 정쯤 보관하고 있었거든. 그중엔 2차 대전 때 독일군이 쓰던 루거 권총도 있었는데, 우리가 제일 좋아하는 총이 그거였어. 거기서 총을 챙겨서 학교로 가기로 한 거야. 당신도 알다시피 그 시절엔 몸수색이나 금속 탐지기 같은 게 없었으니까. 우린 과학실에서 농성을 벌이기로 했어. 우선 문을 잠근 다음에 몇 명 죽일 작정이었지. 주로 선생들, 그리고 평소에 거슬리던 놈들도 몇 명 포함해서. 그다음엔 복도 끝에 있는 방화문을 엄폐물로 삼고 남은 애들을 싹 쓸어버릴 작정이었어. 그러니까 말하자면…… *대강* 전부 다. 우릴 무시한 여자애들은 인질로 잡고. 우리 계획대로라면, 아니, *비디*가 세운 계획대로라면, 경찰이 오기 전에 다 끝낼 수 있었어. 비디는 지리 공책에 지도를 그려 놓고 우리가 할 일의 목록까지 만들었어. 항목이 한 스무 개 정도였던 것 같은데, 맨 처음은 이거였을 거야. '사람들이 당황하도록 화재 경보를 울릴 것.'" 밥이 말을 멈추고 쿡쿡 웃었다. "그런 후에 과학실 문을 잠그고 나서……."

밥은 다아시를 보며 멋쩍게 웃었다. 하지만 다아시가 생각하기에 밥은 무엇보다 그 계획이 너무나 바보 같았기 때문에 부끄러워하는 듯했다.

"뭐, 당신이 짐작하는 대로야. 십대 남자애 두 명, 호르몬이 펑펑 뿜어 나와서 바람만 불어도 거시기가 서 버리는 나이니까 말이지. 우린 여자애들한테 이렇게 말하려고 했어. 만약에 너희가, 그러니까, 우리랑 아주 화끈하게 떡을 쳐 주면, 살려 주겠다. 싫다고 하면, 죽는 거고. 그럼 알아서 벗으려고 할 테니까. 아무렴."

밥이 천천히 고개를 끄덕였다.

"살기 위해서 벗었을 거야. 그건 비디가 제대로 봤어."

밥은 자기 이야기에 빠져들었다. 두 눈은 (기괴하지만 진솔한) 회상에 잠겨 흐릿해졌다. 무엇 때문에? 어릴 적의 터무니없는 몽상? 다아시는 정말로 그럴까 봐 두려워졌다.

"우린 컬럼바인 사건을 일으킨 그 멍청한 헤비메탈 중독자 녀석들하곤 다르게 자살할 생각도 없었어. 그럴 수야 없지. 과학실 밑에 지하실이 있었는데, 브라이언 말이 그 지하실 밑에 터널이 있다는 거야. 그 통로가 지하 창고에서 119번 국도 건너편에 있는 소방서까지 이어져 있다더군. 우리 고등학교가 아직 초등학교였던 1950년대에 소방서 자리에 공원이 있었는데, 어린애들이 쉬는 시간에 거기 가서 놀았다는 거야. 터널은 애들이 도로를 안 건너고 공원을 오갈 수 있게 만든 거고."

밥이 껄껄 웃자 다아시는 놀라서 움찔했다.

"난 그 말을 철석같이 믿었는데 알고 보니 완전히 개소리였어. 이듬해 가을에 직접 가 봤거든. 지하 창고는 있었어. 산더미 같은 종이 더미에, 그 시절에 쓰던 등사용 잉크 냄새가 진동을 하더군. 하지만 터널은 도저히 찾을 수가 없었어. 눈에 불을 켜고 찾았는데도. 그 녀석이 나한테까지 거짓말을 한 건지 아니면 그냥 착각한 건지는 모르겠어. 내가 아는 건 그저 터널이 없었다는 것뿐이야. 우린 위층에 갇혔을 거야. 혹시 또 모르지, 결국에는 자살했을지도. 열네 살짜리 남자애들이 무슨 짓을 할지 누가 알겠어, 안 그래? 굴러다니는 불발탄 같은 놈들인데."

당신은 불발탄이 아니잖아. 다아시는 생각했다. *안 그래, 밥?*

"어차피 겁먹고 그만뒀을지도 몰라. 하지만 안 그랬을지도 모르지. 어쩌면 정말로 시도했을 수도 있어. 난 비디의 계획을 듣고 엄청 흥분했거든. 먼저 여자애들을 슬슬 만진 다음에, 자기들끼리 옷을 벗기게 하고⋯⋯." 밥은 번들거리는 눈으로 다아시를 돌아보았다. "그래, 내 얘기가 어떻게 들리는지 나도 알아. 남자애들의 정신 나간 망상 같겠지. 하지만 그 계집애들은 *진짜* 재수 없는 것들이었어. 다가가서 말을 걸면 깔깔 웃으면서 그냥 가 버렸다고. 그러고는 자기들끼리 학교 식당 구석에 모여 가지고는, 우릴 보면서 또 웃는 거야. 그러니까 전적으로 우리 잘못은 아닌 거지, 안 그래?"

밥은 쉬지 않고 허벅지를 두드리는 자기 손가락을 내려다보았다. 그러다가 다시 다아시에게로 눈길을 돌렸다.

"당신이 꼭 이해해 줘야 하는 건, 그러니까 꼭 알아야 하는 건 뭐냐면, 브라이언이 정말이지 설득의 명수였다는 거야. 그 녀석은 나보다 훨씬 더 엉망이었어. *진짜* 미친놈이었지. 게다가 그 시절은 온 나라가 시위로 떠들썩한 때였단 걸 잊으면 안 돼. 우리도 그 일부였던 거지."

내 생각엔 아닌 것 같은데. 다아시는 속으로 중얼거렸다.

놀라운 것은, 밥의 목소리가 너무도 자연스럽다는 점이었다. 마치 사춘기 소년이라면 누구나 강간과 살인이 나오는 성적 환상을 갖게 마련이라는 듯이. 아마도 밥은 그렇게 믿을 것이다. 브라이언 델러핸티의 신비로운 탈출용 터널 이야기를 믿었던 것처럼. 그런데 정말로 믿었을까? 다아시로서는 알 길이 없었다. 결국에는 미치광이의 회상을 듣고 있는 처지였으니까. 다아시는 그저 (지금 이 판국이 되어서도!) 믿기가 힘들 뿐이었다. 왜냐면 그 미치광이는 밥이었으니까. 다아시의 남편인 밥.

"아무튼." 밥은 알 게 뭐냐는 듯이 어깨를 으쓱했다. "그 계획은 영영 실행하지 못했어. 여름이 가기 전에 브라이언이 도로에 뛰어들었다가 차에 치여 죽었으니까. 장례식이 끝나고 집에서 모임이 열렸는데 걔네 엄마가 그러더군. 혹시 갖고 싶은 물건이 있으면 아들 방에 올라가서 가져가도 된다고. 말하자면, 기념품처럼. 나야 당연히 그러겠다고 했지! 왜 안 그랬겠어! 난 그 녀석 지리 공책을 챙겨 왔어. 혹시 누가 그걸 들췄다가 '캐슬록 대학살 겸 떼씹 파티 계획'을 보기라도 하면 안 되니까. 녀석은 우리 계획을 그렇게 불렀어."

밥은 애처로운 소리를 내며 웃었다.

"내가 종교를 믿었다면 하느님이 보우하셨다고 했을지도 모르지. 누가 알겠어, 혹시 그런 게 있었을지도. 운명이라든가…… 뭐 그런…… 우리를 위해 마련된 계획 같은 거."

"그 운명의 계획이라는 게 여자들을 고문하고 죽이는 거야?"

밥은 비난하는 듯한 눈초리로 다아시를 쏘아보았다. 그러더니 잔소리하는 선생처럼 손가락을 펴 들었다.

"건방진 년들이었단 말이야. 게다가, 그건 내가 한 짓도 아니야. 비디가 저지른 짓이었다고. 내가 *짓이었다*고 한 데에는 이유가 있어, 다아시. 현재형이 아니라 과거형으로 말하는 건 이제 다 옛날 일이기 때문이야."

"밥…… 당신 친구 비디는 죽었어. 죽은 지 40년은 됐단 말이야. 당신도 알잖아. 그러니까, 어느 정도는 알 거 아니야."

밥은 손바닥을 공중으로 치켜들었다. 순순히 항복한다는 뜻이 담긴 몸짓이었다.

"내가 죄책감을 피하려고 이러는 것 같아? 그런 건 어디 정신과 의사나 할 법한 소리지만 뭐, 괜찮아. 당신이 하는 말이라면. 하지만 다아시, 내 말 좀 들어 봐!"

밥이 몸을 숙이더니 손가락으로 다아시의 이마를 눌렀다. 그것도 눈썹 사이 한가운데를.

"잘 듣고 찬찬히 생각해 봐. 그건 브라이언이 한 짓이었어. 그 자식이 나한테…… 뭐랄까, 그래, 몇 가지 아이디어를 전염시킨 거야. 어떤 아이디어는 일단 머릿속에 들어오면 떨칠 수가 없는 법이야. 그러니까 말하자면……."

"이미 짜 버린 치약을 도로 넣을 수는 없는 것처럼?"

밥이 손뼉을 치자 다아시는 하마터면 비명을 지를 뻔했다.

"*바로 그거야!* 이미 짜 버린 치약을 도로 넣을 수는 없다, 이거 지. 브라이언은 죽었어. 하지만 녀석의 아이디어는 살아남은 거야. 여자들을 잡아서 마음대로 해 버리자, 머릿속에 떠오른 미친 생각들을 마음껏 저질러 버리자, 그 아이디어가 녀석의 유령이 된 거지."

그렇게 말하는 동안 밥의 시선은 위쪽으로, 다시 왼쪽으로 향했다. 다아시는 그 시선의 움직임이 거짓말의 증거라는 글을 어디서 읽은 적이 있었다. 하지만 거짓말이라고 한들 뭐가 중요할까? 그 거짓말에 등장하는 사람들이 신경이나 쓸까? 다아시 생각에는 그럴 것 같지 않았다.

"자세히 얘기하진 않을게. 당신처럼 사랑스러운 여자한테 들려줄 얘기는 절대 아니니까. 게다가 좋든 싫든, 물론 지금은 싫겠지만, 난 지금도 당신을 사랑하니까. 그런데 내가 그 충동에 맞서 싸웠다는 건 알아줘야 해. 난 자그마치 7년 동안이나 참으려고 애썼어. 그런데 그 아이디어는…… 그러니까 브라이언의 아이디어는, 내 머릿속에서 점점 더 커졌어. 그래서 결국에는 이렇게 생각했던 거야. '딱 한 번만 해 보자. 그 아이디어를 내 머릿속에서 지울 수 있게. 그 *자식*을 내 머릿속에서 지울 수 있게. 그러다 잡히면 잡히는 거고. 잡히면 그나마 그 생각은 이제 더 안 하겠지. 호기심도 사라지겠지. 어떤 기분인지 알고 싶다는 호기심.'"

"그러니까 남자들 특유의 모험심 때문이었다는 말이네."

다아시는 멍한 목소리로 중얼거렸다.

"음, 그렇지. 그렇게 얘기할 수도 있겠지."

"남들이 왜 그렇게 좋다고 난리법석인지 궁금해서 마리화나를 한번 피워 보는 것처럼."

밥은 얌전하게, 소년처럼 얌전하게 어깨를 으쓱했다.

"이를 테면."

"그건 모험이 아니야, 밥. 마리화나를 피워 보는 거하곤 달라. *한 여자의 목숨을 빼앗는 짓이라고.*"

그때껏 다아시는 밥에게서 어떤 죄책감도 수치심도 보지 못했다. 밥은 그런 감정을 아예 못 느끼는 듯했다. 마치 감정을 제어하는 자동 차단기가 홀라당 타 버린 사람 같았다. 어쩌면 태어나기도 전에 이미 타 버렸는지도. 그러던 밥이 이제 부루퉁한 표정으로, 책망하는 듯한 표정으로 다아시를 보고 있었다. 아무도 자신을 이해 못한다고 생각하는 십대 소년의 표정이었다.

"다아시, 그것들은 *건방진 년들*이었어."

다아시는 목이 탔지만 너무 무서워서 침대에서 일어나 욕실로 갈 수가 없었다. 남편이 막아설까 봐 무서웠다. 만에 하나 그렇게 되면, 그다음은? 그다음은 무슨 일이 벌어질까?

"게다가 말이야." 밥이 말을 이었다. "잡힐 거란 생각은 안 들었어. 세심하게 계획만 잘 세우면 안 잡힐 것 같더라고. 야한 생각만

하는 열네 살 남자애가 세운 어설픈 계획 말고, 현실적인 계획 말이야. 내가 깨달은 건 그게 다가 아니야. 내가 직접 할 수는 없다는 것도 깨달았어. 너무 긴장해서 일을 망치지 않는다고 해도, 어쩌면 죄책감 때문에 망칠 수도 있으니까. 왜냐면, 난 착한 사람이니까. 난 내가 착하다고 생각했어. 그리고 당신이 믿거나 말거나 지금도 그 생각은 바뀌지 않았어. 증거도 있잖아, 안 그래? 번듯한 집에 착한 아내, 다 커서 자기 앞가림을 시작한 예쁘고 훤칠한 자식 둘까지. 게다가 지역 사회에 봉사할 줄도 알잖아. 돈도 안 받고 반상회 회계 담당자를 2년째 맡고 있는 것도 그 때문이야. 해마다 비니 에실러랑 같이 핼러윈맞이 헌혈 캠페인을 하는 것도 다 그 때문이고."

마저리 듀발한테도 부탁하지 그랬어. 그 여자 아르에이치 플러스 에이 형이던데.

다아시는 속으로 중얼거렸다. 뒤이어 밥이 입을 열었다. 숨을 들이마셔서 가슴이 살짝 부푼 모양새가 마치 반박할 수 없는 마지막 한마디로 논쟁을 마무리 지으려는 사람 같았다.

"스카우트 유년단도 그래서 했던 거야. 당신은 도니가 보이스카우트로 올라가면 내가 유년단 활동을 그만둘 줄 알았겠지. 그렇게 생각했던 거 다 알아. 하지만 난 안 그만뒀어. 왜냐면 도니 때문에 한 게 아니었으니까. 절대로. 그건 우리가 사는 공동체를 위한 봉사였어. 내가 받은 걸 돌려주기 위해서."

"그럼 마저리 듀발한테도 목숨을 돌려주지 그래? 아니면 스테이시 무어한테. 아니면 열 살짜리 로버트 셰이버스턴한테."

마지막 이름이 효과가 있었다. 밥은 다아시한테 얻어맞기라도 한 듯이 움찔했다.

"그건 우연이었어. 걔는 거기 있으면 안 되는 애였다고."

"하지만 당신이 거기 있었던 건 우연이 아니었겠지?"

"*내가* 그런 게 아니라니까." 뒤이어 밥은 그 이상 초현실적일수 없는 헛소리를 덧붙였다. "난 오입 같은 건 안 해. 비디가 한 짓이야. 전부 다 비디가 한 짓이라고. 애초에 그 아이디어를 내 머릿속에 심은 것도 그놈 소행이었어. 나 혼자서는 생각도 못할 아이디어였다고. 경찰에 보낸 편지에 그 자식 이름을 적은 것도 그점을 명확히 하려고 그랬던 거야. 물론 철자를 바꾸긴 했지, 당신한테 처음 그 녀석 얘기를 했을 때 가끔 비디라고 불렀으니까. 당신은 잊었을지 몰라도 난 똑똑히 기억하고 있어."

다아시는 밥이 얼마나 철저한지를 깨닫고 깜짝 놀랐다. 이제껏 잡히지 않은 것도 당연했다. 다아시가 그 망할 종이 상자에 발을 찧지만 않았어도⋯⋯.

"내 생활이나 내 일하고 관련이 있는 여자는 한 명도 없었어. 본업이랑 부업, 양쪽 다. 관련이 있는 사람은 안 돼, 걸릴 위험이 너무 크니까. 하지만 난 출장을 많이 다니잖아, 그래서 눈에 불을 켜고 찾았어. 비디도, 그러니까 내 안에 있는 비디도 같이. 우린 건방진 여자들을 눈여겨봤어. 딱 보면 티가 나. 치마가 너무 짧거나 브라 끈을 일부러 다 보이게 내놓은 여자들 말이야. 그런 여자들은 남자를 유혹해. 예를 들면, 스테이시 무어처럼. 아마 당신도 그 여자에 관한 기사를 읽어 봤을 거야. 결혼한 몸인데도 내 몸에 대고 가슴을 비비더라니까. 스테이시는 웨이트리스였어. 워터빌에 있는 서니사이드 커피숍에서 일했지. 내가 미클슨 화폐상에 들르느라 그쪽에 가끔 갔던 거 기억나? 당신도 나랑 두어 번 같이 갔 잖아, 페트라가 아직 콜비 대학교에 다닐 때. 사건은 조지 미클슨 이 죽고 나서 그 아들이 가게를 다 정리하고 뉴질랜드인가 어디 로 이민을 가기 전에 일어났어. 그 여자가 나한테 아주 온 몸을 비벼 댔다고, 다아시! 나만 보면 커피 더 줄까요, 레드삭스 경기 어떻게 됐는지 알아요 뭐 그딴 걸 물어보면서 몸을 숙이는 거야, 내 어깨에 가슴을 비비려고. 날 꼴리게 하려고 기를 썼단 말이야. 그래서 성공하긴 했어. 그건 나도 인정해, 나도 욕구가 있는 남자 이다 보니까. 그리고 당신이 날 거절한 적은 없지만⋯⋯ 뭐, 거의 없었지만⋯⋯ 나도 욕구가 있는 남자니까 말이지. 그리고 예전부 터 쭉 성욕이 강한 편이었고. 어떤 여자들은 그걸 귀신 같이 알아 채고 수작을 건다니까. 그러면서 자기들도 흥분하고 말이야."

밥은 생각에 잠긴 듯 어두운 눈으로 무릎을 내려다보았다. 그 러다가 무슨 생각이 떠올랐는지 고개를 홱 젖혔다. 숱이 적은 머 리카락이 휙 날리다가 가라앉았다.

"항상 웃고 있었어! 입술을 빨갛게 칠하고 항상 웃고 있었다 고! 뭐, 그런 웃음이 무슨 뜻인지는 딱 보면 알아. 남자라면 다 알 지. '후후, 당신이 원하는 게 뭔지 난 다 알아요, 냄새가 나거든요, 하지만 딱 이만큼만 문질러 줄 거예요, 그러니까 꾹 참아요.' 참을 수 있었어! 난 참을 수 있었다고! 하지만 비디는 아니야, 그 자식 은 못 참았어."

밥은 천천히 고개를 저었다.

"그런 여자들이 한둘이 아니었어. 이름을 알아내는 것도 식은 죽 먹기였지. 그다음엔 인터넷에서 뒷조사를 하는 거야. 찾는 법만 알면 정보는 널려 있으니까. 그리고 회계사들은 그 방법을 알아. 그래서 나도 뒷조사를 했지…… 어휴, 수십 번이나 했다고. 한 100번은 했는지도 몰라. 그쯤 되면 취미라고 해도 될 거야. 그러니까 난 취미로 동전만 모으는 게 아니라 정보도 모으는 셈이지. 보통은 별 소득이 없었어. 하지만 가끔은 비디가 이렇게 말하는 거야. '밥, 네가 좋아할 만한 여자 저기 있다. 저기, 저 여자 말이야. 계획은 나랑 같이 짜고 때가 되면 양보해, 내가 앞으로 나설게.' 내가 한 일은 바로 그거였어."

밥은 다아시의 손을 잡았다. 그러고는 축 처진 채 차갑게 식은 다아시의 손을 자기 손으로 감쌌다.

"내가 미쳤다고 생각하겠지. 당신 눈을 보면 알아. 하지만 여보, 난 안 미쳤어. 미친 건 비디야. 혹시 신문 기사를 읽었다면 알 거야, 내가 경찰에 보낸 편지에서 일부러 철자를 틀렸다는 걸 말이야. 심지어 주소도 틀리게 적었어. 아예 틀린 철자 목록을 만들어서 지갑에 넣고 다녔어, 항상 똑같이 쓰려고. 일종의 기만전술 같은 거지. 비디를 철자도 제대로 모르는 무식한 놈으로 여기게 하려고 그랬던 건데, 경찰은 정말로 그런 줄 알더군. 자기들도 무식하니까 그런 거지. 수사가 나한테까지 미친 건 오래전에 딱 한 번뿐이었어. 그나마도 범인이 아니라 목격자 자격으로. 비디가 스테이시 무어를 죽이고 나서 2주쯤 지났을 때였지. 퇴직한 거나 다름없는 늙은 형사가 다리를 절뚝거리면서 찾아왔어. 혹시 기억나는 게 있으면 전화해 달라길래 그러겠다고 했지. 그땐 아주 아슬아슬했는데."

밥은 소리 없이 쿡쿡 웃었다. 나란히 앉아서 「모던 패밀리」나

「두 남자와 2분의 1」 같은 드라마를 볼 때와 똑같았다. 다아시는 그렇게 웃는 남편을 보면 덩달아 기분이 좋아지곤 했다. 이날 밤이 오기 전까지는.

"그거 알아, 다아시? 만약 경찰한테 붙잡혔다면 난 모든 걸 인정했을 거야. 물론 그런 상황에서 자기가 어떻게 할지 100퍼센트 아는 사람은 없겠지만, 적어도 난 그랬을 것 같아. 하지만 자백 같은 건 못했을 거야. 왜냐면 난 실제…… 그…… 실제 범행은, 별로 기억을 못하거든. 범행을 실제로 저지른 건 비디였어. 나는…… 뭐랄까…… 의식이 없었다고나 할까. 기억상실에 걸린 것처럼. 아주 엿 같았어."

아, 이 거짓말쟁이. 당신은 다 기억하고 있어. 눈을 보면 알아. 아래로 처진 입꼬리를 보면 다 안단 말이야.

"그런데 이제는…… 모든 게 당신, 다셀린의 손에 달렸어."

밥은 다아시의 손을 들고 손등에 입을 맞추었다. 방금 한 말을 강조하려는 듯이.

"오래된 농담 중에 이런 말이 있지. '얘기해 줄 수는 있어. 하지만 그러면 널 죽여야 해.' 당신도 알지? 하지만 지금은 경우가 달라. 난 당신을 죽일 수가 없어. 내가 해 온 일들…… 내가 이룩한 것들…… 뭐, 남들 눈에는 대단찮게 보이겠지만…… 그건 모두 당신을 위한 거야. 물론 애들을 위해서 한 것도 있지만, 대개는 당신을 위해서 한 거였어. 당신이 내 인생에 들어왔을 때 무슨 일이 일어났는지 알아?"

"살인을 그만뒀구나."

다아시의 말에 밥은 환하게 웃었다.

"맞아, 그것도 무려 20년이 넘게!"

16년이야. 다아시는 속으로 중얼거릴 뿐 입은 열지 않았다.

"그동안 우린 애들을 키우면서 화폐 중개 사업을 성공시키려고 안간힘을 썼지. 사실 일은 거의 다아시 당신이 했지만. 난 뉴잉글랜드 지역을 정신없이 돌아다니면서 세금 신고 업무를 처리하고 거래처를 확보했고……."

"사업이 성공한 건 다 당신 덕분이야. 전문가는 당신이니까."

이렇게 말하고 나서 다아시는 살짝 놀랐다. 저도 모르게 차분하고 다정한 목소리가 나왔기 때문이었다. 밥은 눈물을 흘릴 것처럼 감동한 표정이었다. 그런 그가 입을 열자 잔뜩 잠긴 목소리가 흘러나왔다.

"고마워, 여보. 당신이 그렇게 말해 주니까 세상이 다 내 것 같아. 난 말이야, 당신 덕분에 구원받았어. 그것도 여러 가지 의미에서."

밥이 헛기침을 했다.

"비디는 오랫동안 잠잠했어. 그래서 아예 사라진 줄 알았어. 정말로. 그랬는데 다시 돌아온 거야. 유령처럼."

밥은 자기가 한 말을 곰곰이 생각하는 눈치였다. 그러다가 아주 천천히 고개를 끄덕였다.

"바로 그거야. 그놈은 유령, 악령이야. 출장을 가서 돌아다닐 때면 그놈은 여자들을 하나둘 가리키기 시작해. '저 여자 좀 봐, 너한테 젖꼭지를 보여 주려고 저러는 게 틀림없어. 하지만 네가 손을 대면 당장 경찰을 부를걸. 그러고는 끌려가는 너를 보면서 친구들이랑 낄낄거리겠지. 저기 저 여자는 또 어떻고, 혀로 입술

536

을 앓고 있잖아. 다 알면서 그러는 거야. 네가 그 혀를 빨고 싶어 한다는 걸, 하지만 절대로 그럴 수가 없다는 걸. 저기도 있다, 팬티가 다 보이게 다리를 벌리고 차에서 내리는 저 여자. 저게 우연이라고 생각한다면 넌 바보야. 저 여잔 그냥 자기가 곧 뒈질 운명인 것도 모르는 건방진 년일 뿐이야.'"

밥이 입을 다물었다. 또다시 어두워진 눈으로 아래를 내려다보고 있었다. 그 눈 속에 27년 동안 다아시를 감쪽같이 속인 밥이 있었다. 유령처럼 아내의 눈을 피하려고 발버둥친 밥이.

"난 충동이 솟을 때마다 맞서 싸웠어. 그래서 잡지를⋯⋯ 그런 내용의 잡지가 있는데⋯⋯ 결혼하기 전에는, 그런 걸 가끔 샀어. 그래서 다시 그런 잡지를 보면⋯⋯ 아니면 인터넷의 그런 사이트에 들어가면⋯⋯ 참을 수 있을 줄 알았어. 뭐랄까, 환상으로 현실을 대신한다고나 할까⋯⋯ 하지만 일단 현실을 경험하고 나면, 환상 같은 건 개똥도 아니야."

술술 털어놓는 밥을 지켜보며 다아시는 그가 꼭 고급 음식에 푹 빠진 사람 같다고 생각했다. 캐비아라든가. 아니면 트뤼프. 또는 벨기에 초콜릿.

"하지만 중요한 건 내가 멈췄다는 거야. 그 오랜 세월 동안, 난 *멈췄어.* 그리고 다시 멈출 수도 있어, 다아시. 이번엔 영영 그만둘 수도 있어. 우리한테 아직 기회가 있다면. 당신이 날 용서하고 넘어가 주기만 하면." 밥은 젖은 눈으로 간절하게 아내를 바라보았다. "그래 줄 수 있겠어?"

다아시는 눈 속에 파묻힌 여자를 생각하고 있었다. 무심히 지나간 제설차에 쓸려서 맨다리가 훤히 드러난 여자를. 그 여자는 이름 모를 어느 어머니의 딸이었다. 이름 모를 어느 아버지에게 그 여자는 오래전 초등학교 학예회에서 분홍색 발레복을 입고 서툴게 춤추던, 눈에 넣어도 아프지 않을 딸이었다. 뒤이어 추운 개울가에서 발견된 엄마와 아들의 모습이 떠올랐다. 살얼음이 낀 어두운 개울물 속에 두 사람의 머리카락이 천천히 흔들렸다. 옥수수 통에 머리를 처박은 여자의 모습도 떠올랐다.

"생각해 봐야겠는걸." 다아시는 조심스레 대답했다.

밥은 아내의 팔을 잡고 가까이 다가섰다. 다아시는 떨지 않으려고 기를 쓰며 남편의 눈을 마주보았다. 그 눈은 남편의 눈이자…… 남편의 눈이 아니었다. *그 유령 어쩌고 하는 얘기가 영 허튼소리는 아닌가 보네.*

"다아시, 지금 이건 사이코 남편이 비명 지르는 아내를 쫓아서 온 집안을 돌아다니는 영화 같은 게 아니야. 만약 경찰에 신고할 작정이라면, 난 당신한테 손끝도 안 댈 거야. 하지만 난 알아, 신고했을 때 우리 애들한테 무슨 일이 생길지 당신이 이미 생각해 봤다는 걸. 그 정도도 생각 못하는 여자라면 애초에 내가 결혼하지도 않았을 테니까. 그런데 당신이 아직 생각 못한 건, 신고했을 때 *당신*한테 무슨 일이 생길까 하는 거야. 그렇게 오랫동안 나랑 부부로 살면서 까맣게 몰랐다고 한다면…… 의심도 못했다고 한다면, 당신 말을 믿을 사람은 아무도 없을 거야. 당신은 다른 곳으로 이사를 가서 남은 지금으로 살아야 하겠지. 왜냐면 지금 우리 집 가계를 책임진 사람이 바로 난데, 내가 감방에 들어가면 돈을 벌어올 사람이 없어지잖아. 어쩌면 지금에는 손도 못 댈 수도 있어. 민사 소송이라는 게 있으니까 말이지. 그리고 물론 우리 애들은……”

“그만해. 지금 이 얘기에 애들은 끌어들이지 마. 절대로.”

밥은 힘없이 고개를 끄덕였지만 아내의 팔을 놓지는 않았다.

“다아시, 난 비디를 이긴 적이 있어. 20년 동안 그 녀석을 꼼짝 못하게 눌러 놨다고. 그러니까……”

16년이야. 16년이라고. 당신도 알잖아.

“……또 이길 수 있어. 다아시, 당신이 도와주면 이길 수 있어. 당신이 도와주면 난 뭐든지 할 수 있단 말이야. 혹시 그 자식이 20년 후에 다시 돌아올지도 모르지만, 그래서 뭐? 돌아오라고 해! 그때 난 일흔세 살이야. 보행 보조기를 밀면서 비틀비틀 돌아다닐 텐데 건방진 년 사냥이라니, 꿈도 못 꾸지!” 밥은 자기가 말해 놓고도 황당했는지 껄껄 웃다가, 다시 진지한 표정으로 돌아왔다. “그런데 말이야. 내 말 잘 들어 봐. 만약 또다시 타락하게 되면, 단 한 번이라도, 그렇게 되면 난 자살할 거야. 애들은 절대 모를 거야, 영향도 안 받을 테고. 그러니까…… 알잖아, 남은 가족들의 자책감 같은 거. 그래서 자살이 아니라 사고처럼 보이게 할 거야. 하지만 당신은 진실을 알겠지…… 내가 왜 그랬는지도 알 테고. 자, 어때? 이 정도로 합의하고 넘어가면 안 될까?”

다아시는 곰곰이 생각하는 눈치였다. 실은 정말로 곰곰이 생각하는 중이었지만, 그 생각이 뻗어 나가는 방향을 밥이 이해할 것 같지는 않았다.

다아시의 머릿속에 떠오른 생각은 이러했다. *마약 중독자들이 하는 소리잖아. ‘다시는 입에 대지도 않을게. 전에도 끊은 적이 있잖아, 이번엔 영영 끊을 거야. 진짜야.’ 하지만 그건 진심이 아니*

야. 자기들 딴에는 진심인지 몰라도, 사실은 아니야. 그건 당신도
마찬가지야.

그리고 이런 생각도 떠올랐다. *이제 어떡하지? 속이는 건 불가
능해. 우린 너무 오래 같이 살았어.*

그 생각에 화답한 것은 싸늘한 목소리였다. 다아시는 이때껏
그런 목소리가 자기 안에 있는 줄도 몰랐다. 어쩌면 밥에게 속삭
이던 비디의 목소리와 무슨 관계가 있는지도 몰랐다. 식당에서 건
방진 여자들을 보고서, 거리에 서서 웃는 여자들이나 비싼 스포
츠카를 타고 지붕을 연 채로 달리는 여자들, 아파트 발코니에 모
여 서서 소곤거리며 빙긋이 웃는 여자들을 보고 밥에게 속삭이
던 그 목소리.

아니면, 어쩌면, 거울 속에 사는 **어두운 소녀**의 목소리인지도.

왜 못한다는 거야? 그 목소리가 물었다. *무슨 상관이야…… 네
남편도 이때껏 널 속였잖아.*

그래서 어쩌라고? 다아시는 알 수가 없었다. 아는 거라고는 그
저 지금은 지금이고, 당장은 지금만 생각해야 한다는 것뿐이었다.

"그만둔다고 약속해." 천천히, 께름칙한 목소리로, 다아시가 말
했다. "최대한 엄숙하게, 두 번 다시 안 한다고 약속해."

밥의 얼굴은 안도감으로 가득했다. 어째서인지 소년처럼 해맑
아 보이는 그 얼굴을 보며 다아시는 마음이 흔들렸다. 남편이 자
신의 어릴 적 얼굴이었을 소년 같은 표정을 지은 적이 거의 없었
기 때문이었다. 물론 그 소년이 한때는 학교에 총을 들고 갈 계획
을 세우기는 했지만.

"약속할게, 다아시. 약속할게. 진심이야. 그러겠다고 했잖아."

"그리고 다시는 이 일을 입 밖에 꺼내지 마."

"알았어."

"마저리 듀발의 신분증도 경찰에 보내지 말고."

밥은 그 말을 듣고 실망한 표정을(한편으로는 왠지 소년 같은 표정을) 지었지만, 다아시는 뜻을 굽히지 않았다. 남편에게 벌 받는 느낌을 주어야 했기 때문이었다. 다만 조금이라도. 그렇게 하면 남편도 자신이 아내를 설득했다고 믿을 것 같았다.

설득했잖아, 아니야? 다셀린, 너 설득당한 거 아니야?

"약속만으로는 부족해, 밥. 말이 아니라 행동으로 보여 줘. 숲에 가서 구멍을 파고 그 여자 신분증을 묻어 버려."

"그것만 하면 우리 약속은……"

다아시는 손을 뻗어서 남편의 입을 막았다. 그러고는 남은 힘을 다 쥐어짜서 단호한 목소리로 말했다.

"쉿. 더 말하지 마."

"알았어. 고마워, 여보. 정말 고마워."

"뭐가 고맙다는 건지 모르겠네."

그런 다음, 곁에 누운 남편의 모습을 상상하는 것만으로도 역겹고 무서웠지만, 다아시는 용기를 내어 대화에 종지부를 찍었다.

"이제 옷 갈아입고 누워. 지금은 우리 둘 다 잠을 좀 자야 해."

10

밥은 베개에 머리를 대자마자 곯아떨어졌지만, 다아시는 남편이 다르랑다르랑 코를 골기 시작한 후에도 한참 동안 뜬눈으로 누워서 생각했다. 혹시 잠이 들었다가 깨어 보면 남편이 목을 조르고 있지 않을까 하고. 어쨌거나 지금은 미친 남자와 한 침대에 누워 있는 판국이었다. 만약 다아시까지 죽이면 밥의 기록은 열두 명이 되는 셈이었다.

하지만 진심이었어. 다아시는 생각했다. 마침 동녘 하늘이 밝아올 때였다. *날 사랑한다고 했어, 그땐 진심이었어. 그리고 내가 비밀을 지키겠다고 했을 때도 내 말을 믿었어. 내 입으로 그렇게 말하진 않았지만, 도와주는 게 결국에는 그거니까. 비밀을 지켜 주는 거. 하긴, 믿는 게 당연하지. 하마터면 나도 내 말을 믿어 버릴 뻔했으니까.*

밥이 약속을 지키는 게 정말로 불가능한 일일까? 마약 중독자라고 해서 누구나 갱생에 실패하는 것은 아니었다. 그리고 다아시의 경우에는 자신을 위해서 비밀을 지키는 건 불가능했지만, 아이들을 위해서라면 어떨까?

난 못해. 안 해. 하지만 선택의 여지가 없잖아?

선택의 여지라니, 그게 무슨 소리야?

지치고 혼란스러웠던 다아시의 정신은 바로 그 질문을 골똘히 생각하다가 결국 포기하고 잠에 빠져들었다.

꿈속에서 다아시는 주방에 들어갔고, 그곳에서 쇠사슬로 식탁에 묶인 여자를 발견했다. 얼굴 위쪽 절반을 가리고 있는 가죽 가면을 빼면 아무것도 걸치지 않은 여자였다. *난 저 여자 몰라, 생판 모르는 여자야.* 다아시는 꿈속에서 그렇게 생각했다. 뒤이어 가죽 가면 아래에서 페트라의 목소리가 흘러나왔다.

"엄마? 엄마야?"

다아시는 비명을 지르려고 했다. 그러나 어떤 악몽 속에서는 비명조차 안 나오는 법이었다.

11

지끈거리는 머리에 초췌한 얼굴, 그야말로 숙취에 시달리는 기분으로 몸부림치듯이 눈을 떠 보니 침대의 절반이 비어 있었다. 밥이 제자리로 돌려놓은 시계를 보니 10시 15분이었다. 이렇게 늦게까지 잔 것은 오랜만이었지만 다아시는 동이 트고 나서야 겨우 잠이 들었고, 그 짧은 잠 속에서도 연이은 악몽에 시달려야 했다.

다아시는 먼저 볼일부터 보고 나서 욕실 문 안쪽의 고리에 걸려 있던 가운을 걸친 다음, 이를 닦기 시작했다. 입안에서 고약한 맛이 났다. *새장 바닥을 핥는 기분이군.* 전날 저녁 식사를 하면서 와인을 한 잔 더 마신 이튿날, 또는 야구 중계를 보면서 맥주를 한 병 더 마신 이튿날 밥은 그렇게 중얼거리곤 했다. 다아시는 입을 헹구고 칫솔을 다시 컵에 꽂으려다가 우뚝 손을 멈췄다. 그러고는 거울에 비친 자기 얼굴을 바라보았다. 이날 아침 거울 속에는 중년이 아니라 노인으로 보이는 여자가 서 있었다. 창백한 피부, 입 양쪽에 괄호처럼 깊이 팬 팔자주름, 눈 밑의 검푸른 다크서클, 자면서 이리저리 뒤척이느라 엉망이 된 머리까지. 하지만 그런 것들은 스쳐 가는 고민거리에 지나지 않았다. 자신이 어떤 몰골을 하고 있는지는 조금도 중요하지 않았다. 다아시는 거울에 비친 자신의 어깨 너머를, 열려 있는 욕실 문 저편의 침실을 유심히 바라보았다. 하지만 그들의 침실이 아니었다. 거울 저편의 **어두운 침실**이었다. 밥의 슬리퍼가 보였지만, 밥의 것이 아니었다. 밥이 신기에는 너무 컸다. 거인의 슬리퍼로 보일 만큼 커다랬다. 그 슬리퍼의 임자는 **어두운 남편**이었다. 그리고 주름진 침대보와 헝클어진 이불로 덮인 더블베드는? **어두운 침대**였다. 다아시는 눈을 돌려 거울 속의 여인을, 헝클어진 머리에 겁에 질린 충혈된 눈을 한 그 여인을 바라보았다. 그 여인은 **어두운 아내**였다. 상처뿐인 영광을 품에 안은. 여인의 이름은 다아시였지만, 성은 앤더슨이 아니었다. **어두운 아내**는 브라이언 델러핸티의 부인이었다.

다아시는 코가 거울에 닿도록 몸을 숙였다. 숨을 참은 채로, 두 손을 동그랗게 말아서 얼굴 양쪽을 가렸다. 초록색 풀물이 든 반바지와 흘러내리는 흰 양말을 신은 소녀였을 적에 그랬던 것처럼. 더는 숨을 참을 수 없을 때까지 그렇게 들여다보다가 힘껏 숨을 토하자 거울이 입김으로 하얘졌다. 다아시는 수건으로 거울을 깨끗이 닦은 다음, 괴물의 아내가 되어 맞이하는 첫날을 시작하기 위해 아래층으로 내려왔다.

설탕 그릇 밑에 남편이 남긴 쪽지가 끼워져 있었다.

다아시에게
신분증은 당신 말대로 처리할게. 사랑해, 여보.
밥

하트 그림 속에 이름을 적어 놓다니, 밥이 오랫동안 하지 않

던 짓이었다. 다아시의 마음속에 남편에 대한 사랑이 물밀 듯이
차올랐다. 시들어 가는 꽃의 향기처럼 진하게, 역하게. 구약 성서
에 나오는 어떤 여인처럼 악을 쓰고 싶었지만, 냅킨을 집어서 입
을 틀어막았다. 냉장고의 모터가 켜지더니 냉랭한 소리를 내며 돌
아가기 시작했다. 수도꼭지에서는 물방울이 떨어져서 개수대에 고
인 시간을 똑똑 튀겼다. 입안에는 혀 대신 시큼한 물에 적신 스펀
지가 가득 찬 기분이었다. 다아시는 시간을 느끼고 있었다. 앞으
로 이 집에서 밥의 아내로 살아가야 할 기나긴 시간이 몸을 친친
휘감은 느낌이었다. 정신병 환자의 구속복처럼. 또는 관처럼. 이곳
은 다아시가 어릴 적에 믿었던 세계였다. 그 오랜 세월 동안 이곳
에 있었다. 다아시를 기다리면서.

　냉장고가 윙윙거리고 물방울이 개수대에 떨어지는 동안 시간
은 1초 1초 생생하게 흘러갔다. 이곳은 **어두운 삶**, 모든 진실이 거
꾸로 적히는 곳이었다.

12

　다아시의 남편은 아들인 도니가 캐번디시 철물점 야구팀에서
유격수로 뛰는 동안 리틀 리그 코치로 활동했다(싱거운 농담과 진
한 포옹의 달인이었던 비니 에실러도 함께했다.). 그리고 다아시는
19지구 결승전에서 패한 후에 울먹이는 소년들 앞에서 밥이 했던
말을 아직도 기억하고 있었다. 때는 1997년, 아마도 밥이 스테이
시 무어를 살해하고 옥수수 통에 처박기 한 달쯤 전이었을 것이

다. 풀이 죽어 훌쩍거리는 소년들에게 밥이 들려준 말은 짧지만 현명했고, 놀랄 만큼 다정했다(다아시는 그때도, 그리고 13년이 지난 지금도 그렇게 생각했다.).

너희가 얼마나 상심했는지 아저씨도 알아. 하지만 태양은 내일도 떠오른단다. 내일 태양이 떠오르면, 너희 기분도 조금 좋아질 거야. 그리고 모레 다시 태양이 떠오르면 기분은 조금 더 좋아지겠지. 오늘은 너희 인생에서 아주 잠깐일 뿐이야. 그리고 이미 지나가 버렸어. 이겼으면 더 좋았겠지만, 어쨌든 이미 지나간 일이야. 인생은 그렇게 계속되는 거란다.

다아시의 인생도 그렇게 계속됐다. 건전지를 찾아서 차고까지 불행한 여행을 다녀온 후에도. 그렇게 다아시가 집에서 보낸 기나긴 첫날이 저물어갈 무렵(머릿속에 든 생각이 이마에 커다랗게 적혀 있을까 무서워서 바깥에 나갈 생각은 차마 하지도 못했다.), 집에 돌아온 밥이 말했다.

"여보, 우리 어젯밤에 했던 이야기 말인데……"

"어젯밤엔 아무 일도 없었어. 당신이 출장에서 조금 일찍 돌아왔을 뿐이야. 그게 다야."

밥은 전날 밤에 그랬듯이 꾸중 듣는 소년처럼 고개를 푹 숙였다. 그러다가 다시 고개를 들었을 때, 그의 얼굴은 감사의 미소로 가득 차서 환하게 빛나고 있었다.

"그럼 다행이고. 이걸로 한 건 해결?"

"깨끗이 해결."

그 말을 들은 밥이 두 팔을 활짝 벌렸다.

"키스해 주세요, 예쁜 아가씨."

다아시는 그렇게 했다. 남편이 그 여자들한테도 키스를 했을지 궁금해 하면서.

제대로 해, 그 닳고 닳은 혀를 정성껏 써 보란 말이야, 그럼 살려 줄게. 그렇게 말하는 남편의 모습이 떠올랐다. *마음을 담아서 제대로 해, 이 건방진 년아.*

밥은 아내한테서 떨어졌다. 손은 어깨에 얹은 채로.

"우린 지금도 같은 편이지?"

"같은 편이야."

"정말로?"

"그래. 오늘 저녁상은 아무것도 준비 안 했는데, 외식도 별로 안 당기네. 가서 옷 갈아입고 피자라도 시켜 줘."

"알았어."

"밥 먹기 전에 위장약 먹는 거 잊지 말고."

밥은 그렇게 말하는 아내를 보며 활짝 웃었다.

"당연하지."

계단을 쿵쾅쿵쾅 뛰어 올라가는 남편을 보며 다아시는 이렇게 말할까 하고 생각했다. *그러지 마, 여보. 심장에 안 좋아.*

그러나 말하지 않았다.

입도 뻥긋하지 않았다.

남편의 심장이 철저히 혹사당하도록.

13

태양은 이튿날에도 떠올랐다. 그리고 그다음 날에도. 그렇게 한 주가, 두 주가, 한 달이 지났다. 두 사람은 예전으로 돌아가서 오랜 결혼 생활의 소소한 습관들을 되풀이했다. 밥이 샤워를 하는 동안(보통은 1980년대의 유행가를 부르면서 몸을 씻었는데 음정은 맞아도 그리 듣기 좋은 목소리는 아니었다.) 다아시는 이를 닦았지만, 예전처럼 남편이 나오자마자 들어가려고 옷을 다 벗고 있지는 않았다. 이제 다아시는 남편이 출근한 후에 샤워를 했다. 이 사소한 변화를 알아차렸는지 어땠는지, 밥은 별 말이 없었다. 다아시는 독서 모임에도 다시 나갔다. 하지만 함께 참석한 여성들과 은퇴한 남자 노인 두 명한테는 몸 상태가 별로 안 좋고, 괜히 바이러스를 옮기기 싫으니 바버라 킹솔버의 새 책에 관한 의견은 밝히지 않겠다고 말했고, 회원들은 정중한 웃음으로 화답했다. 일주일 후에는 뜨개질 모임에도 다시 나가기 시작했다. 우체국이나 슈퍼에 다녀오는 길에 문득 정신을 차려 보면 라디오에서 나오는 노래를 따라 부를 때도 있었다. 밤에는 밥과 나란히 앉아 TV를 보았다. 프로그램은 언제나 코미디뿐, 실제 범죄를 재연하는 과학수사물은 절대 보지 않았다. 이제 밥은 집에 일찍 들어왔고, 몬트필리어에서 돌아온 후로는 출장도 가지 않았다. 자기 컴퓨터에 스카이프라는 프로그램을 깔고서 그걸 이용하면 다른 곳의 화폐 컬렉션을 쉽게 볼 수 있고 기름 값도 아낄 수 있다고 했다. 비디의 속삭임도 피할 수 있다는 말은 안 했지만, 굳이 할 필요도 없었다. 다아시는 마저리 듀발의 신분증에 관한 기사가 나오는지 확인하려고 신문을 유심히 읽었다. 만약 신분증을 버리겠다던 밥의 말이 거짓말이라면 모든 것이 거짓말일 수도 있기 때문이었다. 하지만 그런 기사는 보이지 않았다. 부부는 일주일에 두 번 야머스의 그리 비싸지 않은 식당 두 곳에 가서 저녁을 먹었다. 밥은 스테이크를, 다아시는 생선을 주문했다. 남편은 아이스티를 마셨고 아내는 크랜베리 주스로 만든 칵테일을 마셨다. 오래된 습관은 쉬이 사라지지 않았다. 어떤 습관은 사람이 죽어야 비로소 함께 사라지는 것도 같았다.

이제 다아시는 밥이 회사에 가 있는 낮 시간에는 TV를 거의 안 봤다. TV를 끄고 냉장고 돌아가는 소리와 시냇물 흘러가는 소리, 또 야머스에 있는 그들의 멋진 집이 또다시 메인 주의 매서운 겨울에 적응하며 삐걱대는 소리에 귀를 기울이는 편이 더 나았다. 그렇게 하면 생각하기도 더 쉬웠다. 진실을 마주하기도 쉬웠다. 남편이 다시 살인을 저지를 거라는 진실을. 버틸 수 있는 데까지는 버티겠지만, 그 정도는 다아시도 기꺼이 인정할 수 있었지만, 머잖아 비디가 다시 주도권을 쥘 것 같았다. 다음 희생자의 신분증을 경찰에 보낼 리는 없었다. 그랬다가는 아내를 바보 취급하는 셈이었으니까. 그러나 바뀐 범행 방식을 아내가 알아차리든 말든 신경 쓸 것 같지는 않았다. *왜냐면.* 아마도 이렇게 생각할 듯싶었다. *이제 다아시도 나랑 한패니까. 다아시도 인정해야 해, 이렇게 될 줄 알았다는 걸. 아무리 숨기려고 해도 경찰은 거기까지 다 캐낼 거야.*

오하이오에 있는 도니한테서 전화가 왔다. 사업이 순풍에 돛 단 배처럼 잘돼 가는 중이라고, 사무기기 회사와 계약을 맺었는데 전국에 광고를 하게 될지도 모르겠다고 했다. 다아시는 만세를 외쳤다(밥도 함께 만세를 외쳤고, 도니가 어린 나이에 자기 사업을 한다고 했을 때 반대했던 자신의 실수를 기꺼이 인정했다.). 페트라도 전화를 걸어서 신부 들러리 복장을 일단 파란색 드레스로 정해 놨다고 했다. 무릎까지 오는 파란색 에이라인 드레스에 같은 색깔의 시폰 스카프를 매기로 했는데 엄마가 보기에도 괜찮은지, 아니면 좀 유치한지 묻고 싶다면서. 다아시는 예뻐 보일 것 같다고 했고, 이어서 구두 이야기로 넘어갔다. 정확히 말하면 2센티굽이 달린 파란색 펌프스였다. 다아시의 어머니는 콜롬비아의 보카그란데에 갔다가 배탈이 났고, 병원에 가야 할 것처럼 상태가 안 좋아졌다가 새로 산 약을 먹고 나았다. 그렇게 태양은 떴다가 다시 졌다. 종이로 만든 핼러윈 호박 등은 종이로 만든 칠면조에게 쇼윈도 자리를 양보하고 사라졌다. 뒤이어 크리스마스 장식들이 등장했다. 그해의 첫 눈보라도 예보에 맞추어 불어 닥쳤다.

남편이 서류 가방을 들고 출근한 후, 집에 남은 다아시는 이 방 저 방을 돌아다니다가 이 거울 저 거울 앞에 멈춰 서곤 했다. 그렇게 한참 서 있을 때가 많았다. 거울 속의 딴 세상에 사는 여인에게 이제 어떻게 해야 하냐고 물으면서.

아무것도 안 하는 게 답이라는 생각은 점점 더 커졌다.

14

크리스마스가 2주 앞으로 다가왔는데도 계절에 안 맞게 따뜻했던 어느 날, 한낮에 집에 돌아온 밥이 아내의 이름을 외쳐 불렀다. 다아시는 위층에서 책을 읽는 중이었다. 그러다가 머리맡 탁자에(이제 탁자 위에 완전히 자리를 잡은 손거울 옆에) 책을 던져놓고 복도를 날 듯이 달려서 계단으로 향했다. (두려움과 안도감이 뒤섞인 머릿속에) 맨 처음 떠오른 생각은 '드디어 끝났구나!'였다. 밥이 잡혔던 것이다. 곧 경찰이 들이닥칠 참이었다. 경찰은 밥을 끌고 간 후에 다시 돌아와서 다아시에게 유서 깊은 질문 두 가지를 던질 터였다. 어디까지 알고 있습니까? 언제 알았나요? 집 앞 도로를 가득 메운 중계 차량이 눈에 선했다. 멋들어진 머리 모양을 하고 이 집을 배경으로 서서 뉴스 중계를 시작하는 젊은 남녀들의 모습도.

다만 밥의 목소리에 깃든 감정은 두려움이 아니었다. 다아시는 남편이 계단참에 도착해서 위를 올려다보기 전에 이미 그 감정이 무엇인지 알아차렸다. 흥분이었다. 어쩌면 환희일 수도 있었다.

"밥? 왜 그러는……?"

"당신은 절대 못 믿을 거야!"

반코트는 단추가 풀려 있었고, 얼굴은 이마까지 벌겠고, 남아 있는 머리카락은 이리저리 뻗쳐 있었다. 차창을 모조리 열고 집까지 질주한 모양새였다. 봄 같았던 이날의 날씨를 생각하면 아마도 그런 듯했다.

다아시는 조심스레 계단을 내려와 맨 아랫단에서 걸음을 멈췄다. 그러자 두 사람의 눈높이가 같아졌다.

"무슨 일인데."

"말도 안 되는 행운이 일어났어! 진짜야! 내가 정상으로……

그러니까, 우리 둘 다 정상으로 돌아왔다는 징조가 있다면, 바로 이거야!"

밥이 두 손을 내밀었다. 손등이 위로 가도록 주먹을 꼭 쥐고 있었다. 눈은 초롱초롱했다. 춤을 추듯이 반짝거렸다.

"밥, 나 지금 장난할 기분……"

"자, 골라!"

다아시는 그저 빨리 끝낼 생각으로 오른손을 골랐다. 밥이 껄껄 웃었다.

"내 속을 다 읽고 있군…… 하긴, 그게 당신 특기지. 안 그래?"

밥은 주먹을 뒤집어서 펼쳤다. 손바닥에 동전 한 개가, 뒷면이 보이게 놓여 있었다. 그래서 다아시는 그 동전이 휘트 페니인 것을 알아볼 수 있었다. 유통된 적이 없는 수집용 주화는 결코 아니었지만 그래도 상태가 아주 좋았다. 링컨 초상이 있는 앞면에 흠집이 없다면 상급, 또는 최상급이었다. 다아시는 동전을 향해 손을 뻗다가 우뚝 멈췄다. 그러자 밥이 집어도 괜찮다는 듯이 고개를 끄덕였다. 다아시는 동전을 뒤집으면서 앞면에 무엇이 보일지 확신했다. 남편이 그토록 흥분한 이유가 따로 있을 리 없었다. 예상대로였다. 1955년 더블 데이트. 수집가들이 쓰는 용어로는 더블 다이였다.

"세상에, 밥! 이걸 어디서……? 혹시 산 거야?"

유통된 적이 없는 1955년 더블 다이는 얼마 전 마이애미에서 열린 경매에서 8000달러가 넘는 금액에 낙찰되어 신기록을 세웠다. 이 동전은 그 정도로 우수한 상태는 아니었지만, 그래도 바보가 아닌 이상 4000달러 아래로 부를 중개상은 아무도 없었다.

"에이, 무슨! 우리 회사 임원이 타이 식당에서 점심을 사겠다고 했거든? 그 이스턴 프로미스라는 식당 있잖아. 그래서 가려고 했는데 그 망할 놈의 비전 어소시에이츠 건 때문에 나갈 수가 없는 거야. 그 왜, 내가 전에 얘기한 개인 은행 있잖아. 그래서 모니카한테 서브웨이 샌드위치랑 주스 좀 사다 달라고 10달러를 줬어. 그랬더니 봉지에 잔돈을 넣어서 같이 갖다 주더군. 그래서 봉지를 받아서 뒤집어 봤는데 글쎄…… 이게 나온 거야!"

밥은 다아시의 손에 있는 동전을 냉큼 집어서 머리 위로 쳐들고 껄껄 웃었다.

다아시도 함께 웃었다. 그러면서 속으로 생각했다(요즘 들어 가끔 나오는 버릇이었다.). '**고통**'은 없었을 거야!

"굉장하지, 안 그래, 여보?"

"응, 정말 기뻐. 당신 덕분이야."

이상하거나 말거나(*변태적이거나 아니거나*) 다아시는 정말로 기뻤다. 밥은 오랫동안 여러 건의 거래를 성사시켰으니 언젠가 휘트페니를 직접 구입할 수도 있었지만, 우연히 손에 넣는 경우하고는 비교도 할 수 없었다. 심지어 아내한테 크리스마스 선물이나 생일 선물로 줄 생각도 말라고 당부할 정도였다. 처음 단 둘이서 대화를 나눌 때 그는 수집가에게 우연한 발견이란 최상의 기쁨이라고 말한 적이 있었다. 그런데 지금, 평생토록 찾던 동전을 잔돈을 확인하다가 우연히 찾았던 것이다. 그의 염원은 하얀 샌드위치 봉투에서 랩으로 싼 칠면조 베이컨 샌드위치와 함께 굴러나왔다.

밥은 다아시를 힘껏 끌어안았다. 다아시도 포옹으로 화답하고 나서 부드럽게 남편을 밀어냈다.

"그걸로 뭐할 거야, 밥? 플라스틱 큐브에 넣어서 보관할 거야?"

놀리려고 한 말이었고, 밥도 이해했다. 그래서 손가락으로 총 모양을 만들어 다아시의 머리를 쏘는 시늉을 했다. 다아시는 개의치 않았다. 손가락 총에 맞으면 '고통'은 없으니까.

다아시는 줄곧 웃는 얼굴로 남편을 바라보았지만, 이제 (사랑인 줄 알았던 잠깐 동안의 착각이 끝나자) 남편의 정체가 다시 보였다. 그는 **어두운 남편**이었다. 보물을 손에 넣은 골룸이었다.

"다 알면서 무슨 소리. 우선 사진부터 찍을 거야. 그 사진을 벽에 걸고 동전은 은행 대여 금고에 넣어 둬야지. 당신이 보기엔 어때, 상급? 아니면 최상급?"

다아시는 동전을 다시 살펴본 다음, 안타까운 웃음을 띤 얼굴로 남편을 보았다.

"마음 같아선 최상급이라고 하고 싶은데……."

"그래, 알아, 나도 안다고. 그래도 괜찮아. 뜻밖의 선물을 받아 놓고 포장이 안 예쁘니 어쩌니 하는 건 예의가 아니니까. 물론 그러고 싶은 마음은 굴뚝같지만. 그래도 '매우 양호'보다는 훌륭하지? 여보, 솔직히 말해 줘."

솔직히 말해서, 당신은 또 살인을 저지를 거야.

"당연하지. 매우 양호보다는 훌륭해."

밥의 미소가 사그라졌다. 한순간 다아시는 자기 생각을 남편이 눈치챘다고 확신했지만, 그것은 기우에 지나지 않았다. 거울의 이쪽 세계에서는 다아시도 비밀을 지킬 수 있었다.

"어차피 품질은 중요하지 않아, 찾았다는 게 중요하지. 중개상 한테서 산 것도 아니고 카탈로그에서 고른 것도 아니야, 생각지도 못했던 곳에서 발견한 거야."

"그래, 알아." 다아시는 빙그레 웃었다. "우리 아빠가 여기 계셨으면 샴페인을 따셨을 텐데."

"샴페인은 오늘 저녁 식탁에서 딸게. 야머스에 있는 식당은 안 돼. 포틀랜드로 가자, 펄 오브 쇼어 식당으로. 어때?"

"저기, 여보. 나는……."

밥은 다아시의 어깨를 살짝 붙잡았다. 자신의 진지한 마음을 아내가 알아주었으면 하고 바랄 때 으레 나오는 습관이었다.

"가자. 오늘 밤은 따뜻할 테니까 제일 예쁜 원피스를 입고 가도 돼. 집에 오다가 일기예보에서 들었어. 샴페인은 내가 얼마든지 사 줄게. 이런 짭짤한 제안을 거절할 거야?"

"글쎄……."

다아시는 곰곰이 생각했다. 그러다가 빙긋 웃었다.

"아무래도 거절하긴 힘들 것 같네."

15

두 사람은 값비싼 모엣샹동 샴페인을 한 병이 아니라 두 병 비웠다. 그중 대부분은 밥이 들이켰다. 그 결과 조용하게 윙윙거리는 프리우스를 집까지 운전한 사람은 다아시였고, 그동안 밥은 조수석에 앉아서 음정은 맞지만 가락은 엉터리인 목소리로 「하늘에서 떨어진 노다지」를 불렀다. 다아시는 밥이 취해 있다는 것을 문득 깨달았다. 그저 신이 나 있는 것이 아니라, 정말로 취해 있었다. 남편의 그런 모습을 보기는 10년 만이었다. 평소에 남편은 알코올을 섭취하지 않으려고 매우 조심했고, 어쩌다 파티에서 왜 술을 안 마시냐고 누가 물으면 「트루 그릿」에 나오는 대사를 인용하여 이렇게 말하곤 했다.

"내 정신을 훔쳐가는 도둑을 입속에 들일 수는 없으니까요."

그러나 이날 밤, 밥은 더블 데이트를 찾아서 신이 난 나머지 정신을 도둑맞고도 아랑곳하지 않았고, 다아시는 샴페인을 한 병 더 주문하는 남편을 보자마자 자신이 해야 할 일을 깨달았다. 식당에서는 그 일을 해낼 수 있을지 자신이 없었지만, 집에 가는 길에 남편의 노랫소리를 듣는 동안 확신이 섰다. 당연히 할 수 있었다. 이제 다아시는 **어두운 아내**였고, 그 어두운 아내는 알고 있었다. 남편이 자기 것이라 여기는 행운이 실은 다아시의 것임을.

16

집에 들어선 밥은 재킷을 벗어서 현관문 옆의 옷걸이에 홱 던진 다음, 아내를 끌어안고 오랫동안 입을 맞췄다. 숨결에서 샴페인과 크렘 브륄레 냄새가 풍겼다. 안 어울리는 조합은 아니었지만, 이날 밤의 일이 계획대로 풀리기만 하면 두 번 다시 맡고 싶지 않은 냄새였다. 밥의 손이 아내의 가슴으로 향했다. 다아시는 그 손이 거기 머물게 내버려둔 채 불끈거리는 남편의 몸을 느끼다가, 이내 남편을 밀어냈다. 밥은 실망한 눈치였지만 빙긋 웃는 아내의 얼굴을 보고 곧 표정이 환해졌다.

"나 위층에 올라가서 옷 갈아입고 있을게. 냉장고에 페리에 탄산수가 있어. 잔에 따라서 라임을 한 조각 얹어 가지고 들고 오면 좋은 일이 생길지도 몰라."

밥은 그 말을 듣고 입이 귀에 걸리도록 씩 웃었다. 전부터 익히 봐 왔던, 사랑이 담뿍 담긴 웃음이었다. 그도 그럴 것이, 밥이 다아시의 이상한 낌새를 눈치채고(노회한 늑대가 미끼에 묻은 독을 눈치채듯이) 몬트필리어에서 부리나케 달려왔던 그날 밤 이후로 두 사람 사이에는 오랜 결혼 생활 동안 만들어진 습관 한 가지가 빠져 있었다. 하루하루 지나는 동안 두 사람은 과거의 밥을 벽 속에 파묻었다. 그야말로 「아몬틸라도 술통」에서 오랜 친구 포투나토를 벽 속에 파묻은 몬트레소처럼, 과거의 밥을 확실하게 파묻었다. 이제 함께 자는 침대에서 섹스를 하면 그 벽에 마지막 벽돌 한 개를 쌓는 셈이었다.

밥은 양쪽 뒤꿈치를 딱 소리가 나게 붙이고 영국식 경례를 했다. 손가락은 이마에, 손바닥은 앞으로 향하는 경례였다.

"예, 알겠습니다."

"너무 늦으면 안 돼. 마마는 참을성이 부족하니까."

다아시는 즐거움이 묻어나는 목소리로 말했다. 그러고는 계단을 올라가면서 생각했다. *틀렸어, 이런 식으론 살해당할 뿐이야. 밥은 자기가 차마 나까지 죽이진 못할 거라고 생각하겠지. 하지만 내가 보기엔 충분히 할 수 있어.*

그런데 어쩌면, 그것도 괜찮을 듯싶었다. 다른 여자들을 살해할 때처럼 고통스럽게 하지만 않으면. 어떤 식으로든 결론만 나면 괜찮을 것 같았다. 남은 평생을 거울만 보면서 살 수는 없었다. 이제 다아시는 어린애가 아니었다. 어린애의 공상 속에서 살아갈 수는 없었다.

다아시는 일단 침실로 들어갔지만, 손거울 옆에 가방을 던져놓을 동안만 머물렀다. 그러고는 다시 복도로 나와서 외쳤다.

"밥, 아직 멀었어? 나 목말라!"

"바로 대령하겠습니다, 부인. 지금 얼음에 붓고 있어요!"

이윽고 밥이 거실로 나왔다. 오페라에 나오는 우스꽝스러운 웨이터처럼 값진 크리스털 잔을 눈앞에 든 밥은 층계참에 발을 올리면서 살짝 비틀거렸다. 계단을 올라오는 동안에도 잔은 내리지 않고 높이 들고 있었다. 얼음 위에 떠 있는 라임 조각이 흔들렸다. 잔을 안 든 빈손으로는 가볍게 난간을 잡았다. 얼굴이 흐뭇함과 활력으로 환하게 빛났다. 한순간 다아시는 마음이 약해질 뻔했지만, 이내 머릿속에 헬렌 셰이버스턴과 그 아들 로버트의 얼굴이 떠오르자 정신이 번쩍 들었다. 그 소년과 강간당하고 난자당한 소년의 어머니는, 가장자리에 얼음이 끼기 시작한 매사추세츠 주의 차가운 개울에 나란히 둥둥 떠 있었다.

"숙녀께서 주문하신 페리에 한 잔, 여기 대령했습……"

마지막의 마지막 순간에 다아시는 밥의 눈에 치솟은 깨달음의 빛을 보았다. 그 눈 속에 무언가 오래되고 누리끼리한, 해묵은 것이 있었다. 단순한 놀라움이 아니었다. 충격으로 얼룩진 분노였다. 그 순간 다아시는 남편을 완전히 이해했다. 남편은 아무것도 사랑하지 않았다. 특히 다아시는 조금도 사랑하지 않았다. 친절함, 달뜬 손길, 소년처럼 해맑은 웃음, 사려 깊은 태도…… 그 모든 것이 위장에 지나지 않았다. 남편은 껍데기였다. 그 속에는 울부짖는 공허 말고는 아무것도 없었다.

다아시는 남편을 떠밀었다.

미는 힘은 강력했고, 밥은 공중에서 4분의 3바퀴를 돈 후에야 계단에 떨어졌다. 맨 처음은 무릎, 다음은 어깨, 그다음은 얼굴이 계단에 정면으로 부딪혔다. 어깨에서 뼈 부러지는 소리가 났다. 묵직한 워터포드 크리스털 잔은 카펫이 안 깔린 자리에 떨어져서 산산조각이 났다. 한 바퀴를 더 구른 밥의 몸 안쪽에서 또다시 부러지는 소리가 났다. 마지막으로 한 바퀴를 더 돌고 나서, 밥은 딱딱한 나무 바닥에 짐 더미처럼 떨어졌다. (한 군데도 아니고 여러 군데가) 부러진 팔이 자연에는 결코 존재할 수 없는 각도로 머리 위에 불쑥 튀어나와 있었다. 머리는 홱 돌아갔고, 한쪽 뺨은 거실 바닥에 붙어 있었다.

다아시는 서둘러 계단을 내려갔다. 그러다 중간에 얼음을 밟는 바람에 미끄러졌고, 자빠지지 않으려고 난간을 잡아야 했다. 계단참에 도착해서 보니 밥의 목덜미가 손잡이 같은 모양으로 툭 불거져 나와 있었다. 그 부분의 피부가 하얬다.

"밥, 움직이면 안 돼. 당신 목이 부러진 것 같아."

밥의 눈이 스르륵 움직여서 다아시를 올려다보았다. 코에서 피가 흘렀다. 코도 부러진 것 같았다. 입에서는 더 많은 피가 흘러나왔다. 거의 뿜어 나오는 것처럼 보일 정도로.

"당신이 날 밀었어. 아, 다아시, 왜 날 민 거야?"

"나도 몰라."

다아시는 이렇게 말하면서 속으로 생각했다. *피차 다 알면서 뭘 물어봐.* 울음이 터졌다. 자연스럽게 울음이 터져 나왔다. 밥은 다아시의 남편이었다. 그런데 심하게 다쳤다.

"아, 하느님, 나도 모르겠어. 잠깐 뭐에 씌었나 봐. 미안해, 여보. 움직이지 마, 911에 전화해서 구급차 보내 달라고 할게."

밥의 발이 버둥거리며 바닥을 긁었다.

"마비되진 않았어. 휴, 다행이다. 근데 너무 아파."

"그래, 나도 알아, 여보."

"구급차 불러! 빨리!"

주방으로 들어간 다아시는 벽에 걸린 전화기를 흘끔 쳐다본 다음, 개수대 아래의 수납장 문을 열었다.

"여보세요, 여보세요? 911이죠?"

다아시는 수납장에서 상자를 꺼냈다. 상자 안에는 다 못 먹고 남긴 닭 요리나 로스트비프를 냉장고에 넣을 때 쓰는 커다란 비닐봉지가 들어 있었다. 다아시는 그 봉지를 한 장 뽑았다.

"전 다셀린 앤더슨이에요, 주소는 야머스의 슈거밀 레인 24번지! 제 말 들리세요?"

이번에는 다른 서랍을 열고 안에 든 행주 더미에서 맨 위의 한 장을 집었다. 다아시는 여전히 울고 있었다. *콧구멍이 소방 호스냐, 물이 줄줄 흐르게.* 어릴 적에 울보 친구를 놀릴 때 하던 말이었다. 울 수 있어서 다행이었다. 다아시는 울어야 했다. 울었던 흔적이 보여야 나중에 유리해지기 때문만은 아니었다. 밥은 다아시의 남편이었다. 그런 그가 다쳤으니 당연히 울어야 했다. 아직 머리숱이 풍성하던 시절의 남편이 떠올랐다. 「풋루스」에 맞춰 브레이크댄스를 추던 남편의 모습이 떠올랐다. 남편은 매년 다아시의 생일에 꽃을 사다 주었다. 절대로 잊는 법이 없었다. 함께 버뮤다에 여행을 갔을 때에는 아침에는 자전거를 타고 오후에는 사랑을 나누었다. 그렇게 둘이서 함께 삶을 일구었는데 이제 그 삶이 끝났으니 울어야 마땅했다. 다아시는 손에 행주를 두르고 비닐봉지 속에 손을 넣었다.

"구급차 보내 주세요, 우리 남편이 계단에서 굴렀어요. 목이 부러진 것 같아요. 예! 맞아요! 빨리요!"

다아시는 오른손을 등 뒤에 감춘 채 거실로 돌아왔다. 밥은 몸을 움직여 계단참에서 조금 떨어진 곳으로 이동해 있었다. 가만히 보니 등을 대고 누우려고 발버둥친 듯했지만, 몸을 뒤집는 데에는 실패한 상태였다. 다아시는 남편 곁의 바닥에 무릎을 대고 앉았다.

"난 떨어지지 않았어. 당신이 밀었잖아. 왜 그랬어?"

"아마 그 셰이버스턴이라는 남자아이 때문에 그런 것 같아."

다아시는 이렇게 말하며 등 뒤에 감추고 있던 손을 꺼냈다. 그러면서 더욱 서럽게 울었다. 밥이 비닐봉지를 보았다. 그리고 봉지 속에서 행주를 움켜쥐고 있는 손도. 그는 아내의 속셈을 알아차렸다. 어쩌면 그 역시 똑같은 짓을 한 적이 있는지도 몰랐다. 필시 그랬을 것이다.

밥의 입에서 비명이 터져 나왔지만…… 그 소리는 결코 비명이 아니었다. 입속에 피가 가득한 데다 목까지 부러진 탓에, 그의 입에서는 비명이 아니라 으르렁거리는 소리가 흘러나왔다. 다아시는 비닐봉지를 남편의 입속 깊숙이 쑤셔 박았다. 계단을 구르다가 이가 몇 개 부러졌는지 삐죽삐죽한 모서리가 손을 스치는 느낌이 들었다. 부러진 이에 손이 긁히기라도 하면 나중에 정식으로 해명해야 할지도 몰랐다.

다아시는 남편에게 물리기 전에 냉큼 손을 빼냈다. 비닐봉지와 행주는 입속에 남겨 둔 채로. 우선 한 손으로 남편의 턱을 쥐었다. 다른 손으로는 반쯤 벗어진 머리를 눌렀다. 머리의 살갗은 몹시도 따뜻했다. 불끈거리는 맥박이 느껴졌다. 다아시는 비닐봉지와 행주를 물고 있는 남편의 턱을 손으로 힘껏 밀었다. 밥은 그런 아내를 밀어내려고 버둥거렸지만 움직일 수 있는 팔은 한쪽뿐, 그나마도 계단을 구르다가 부러진 팔이었다. 다른 팔은 비틀어진 채 몸통 아래에 깔려 있었다. 두 발은 부들부들 떨면서 단단한 나무 바닥을 긁어 댔다. 구두 한 짝이 벗겨졌다. 목구멍에서 꾸르륵거리는 소리가 났다. 다아시는 다리를 움직이기 편하도록 드레스를 허리까지 걷어 올린 후에 남편을 올라타려고 달려들었다. 그러기만 하면 콧구멍도 막아 버릴 수 있을 것 같아서였다.

그러나 미처 코를 막기도 전에 아래에 깔려 있던 밥의 가슴이 버둥거리기 시작했고, 꾸르륵거리던 소리는 목 깊은 곳에서 울리는 그르렁 소리로 바뀌었다. 그 소리를 들은 다아시는 운전을 배우던 시절 2단 기어를 찾아 변속 레버를 움직일 때 가끔 비슷한 소리가 났던 기억이 떠올랐다. 수동 변속기가 달린 아버지의 낡은 쉐보레는 기어를 바꾸기가 힘들었다. 그러는 동안에도 밥은 쉬지 않고 꿈틀거렸다. 위를 올려다보는 한쪽 눈은 소 눈처럼 커다랬고, 당장이라도 눈구멍을 박차고 튀어나올 것만 같았다. 시뻘겋던 얼굴은 이제 보라색으로 바뀌어 갔다. 이윽고 밥의 몸뚱이가 거실 바닥에 널브러졌다. 다아시는 숨을 헐떡이며 기다렸다. 얼굴은 콧물과 눈물로 범벅이 되어 있었다. 밥의 눈은 더 이상 움직이지 않았고, 공포에 질려 희번덕거리지도 않았다. 다아시는 드디어 죽었구나 하고 생각……

그 순간 밥이 마지막으로 힘껏 꿈틀거렸고, 다아시는 그만 뒤로 나자빠지고 말았다. 밥이 벌떡 몸을 일으켰다. 가만히 보니 이제 상반신과 하반신의 앞뒤가 일치하지 않았다. 목뿐 아니라 허리까지 부러진 듯했다. 비닐봉지로 덮인 입이 쫙 벌어졌다. 두 사람의 시선이 맞부딪혔다. 다아시는 지금 자신을 바라보는 남편의 눈빛을 평생 잊지 못하리라는 것을 알고 있었지만…… 그러나 그 정도는, 끌어안고 살아갈 수도 있었다. 그러려면 먼저 이 일을 끝내야만 했다.

"다아! 아아아르!"

밥이 뒤로 자빠졌다. 머리가 바닥에 부딪히면서 달걀이 깨지는 듯한 소리가 났다. 다아시는 남편 곁으로 엉금엉금 기어갔지만, 난장판의 일부가 될 만큼 가까이 가지는 않았다. 물론 다아시의 몸에는 이미 남편의 피가 묻어 있었으나 아내가 다친 남편을 도우려 하는 것은 자연스러운 반응이므로 별 문제가 아니었다. 그러나 온몸을 남편의 피로 칠갑하고 싶지는 않았다. 그렇게 한 손으로 바닥을 짚고 앉은 채로 남편을 지켜보면서 거친 숨이 가라앉기를 기다렸다. 남편이 혹시 움직이지 않는지 가만히 살펴보았다. 꼼짝도 안 했다. 남편과 외출할 때 항상 차는 보석 박힌 손목시계로 5분이 지난 것을 확인하고 나서, 다아시는 남편의 목 옆에 손을 대고 맥박이 뛰는지 확인했다. 손을 댄 채 서른까지 세는 동안 아무 움직임도 느껴지지 않았다. 다음으로 남편의 가슴에 귀를 대면서, 지금이야말로 그가 되살아나서 자신을 붙잡을 대목이라고 생각했다. 그러나 남편은 되살아나지 않았다. 이미 숨이 끊어진 후였으므로. 심장도 뛰지 않았고, 허파도 움직이지 않았다. 끝이었다. 만족감은(승리감은 말할 것도 없고) 느껴지지 않았다. 그저 일을 제대로 마무리해야겠다는 굳은 결심뿐이었다. 자신을 위해서이기도 했지만, 무엇보다 도니와 페트라를 위해서였다.

주방으로 들어선 다아시는 바쁘게 움직였다. 남들한테는 곧바로 신고한 것처럼 보여야 했다. 만약 시간을 끈 흔적이 보이면(예컨대 남편이 흘린 피가 이미 상당히 굳었다거나) 난처한 질문을 받을 것이 뻔했다. *그럼 나도 잠깐 정신을 잃었다고 둘러대야지.* 다아시는 생각했다. *그렇게 말하면 믿을 거야. 의심한다고 해도 내 말이 거짓말이라고 증명할 순 없어. 적어도 내 생각엔 그래.*

다아시는 주방 수납장에서 손전등을 꺼냈다. 문자 그대로 남편의 비밀에 발이 걸려 넘어졌던 그날 밤에 그랬듯이. 그런 다음 멍한 눈으로 천장을 올려다보며 쓰러져 있는 남편 곁으로 돌아갔다. 다아시는 남편의 입속에 든 비닐봉지를 꺼내어 걱정스러운 눈으로 꼼꼼히 살폈다. 혹시 찢어졌으면 문제가 생길 수도 있었는데…… 찢어진 곳이 보였다. 두 군데였다. 손전등으로 입속을 비춰 보니 혀 위에 조그마한 비닐 쪼가리가 붙어 있었다. 다아시는 손가락 끝으로 그 쪼가리를 집어서 비닐봉지에 넣었다.

됐어, 그만 하면 충분해, 다셀린.

하지만 충분치 않았다. 다아시는 남편의 뺨을 손으로 밀어 올리고 입속을 살폈다. 먼저 오른쪽을, 그다음은 왼쪽을. 왼쪽 잇몸에 조그마한 비닐 쪼가리가 한 개 더 붙어 있었다. 그것도 꺼내서 다른 쪼가리와 함께 봉지에 넣었다. 혹시 더 있을까? 삼키지는 않았을까? 만약 그랬다면 다아시가 어떻게 할 수 없는 일이었다. 할 수 있는 일은 그저 누군가 (다아시가 모르는 어떤 사람이) 사인에 의문을 품고 부검을 지시하지 않기를 기도하는 것뿐이었다.

그러는 동안에도 시간은 흘러갔다.

다아시는 서둘러 바깥 통로로 나가서 차고로 향했다. 뛰어가지는 않았다. 작업대 밑으로 기어 들어간 다아시는 남편의 비밀 구멍을 열고 피로 얼룩진 비닐봉지와 그 안에 든 행주를 구멍 속으로 집어넣었다. 그러고는 구멍을 덮고 오래된 카탈로그 더미가 든 종이 상자로 앞을 가린 다음, 다시 집으로 돌아왔다. 손전등은 원래 있던 자리에 돌려놓았다. 전화기를 들고 보니 울음이 그쳤다는 생각이 퍼뜩 떠올랐고, 그래서 다시 전화기를 내려놓았다. 다아시는 거실로 가서 남편을 내려다보았다. 생일마다 받은 장미 꽃다발을 떠올려 봤지만, 소용이 없었다. *새뮤얼 존슨의 말은 틀렸어. 불한당의 마지막 수단은 애국심이 아니라 장미야.* 다아시는 속으로 중얼거리다가 자신도 모르게 튀어나온 웃음에 깜짝 놀랐다. 이어서 아빠를 숭배하다시피 사랑하는 도니와 페트라를 떠올려 보았다. 아이들 생각은 효과가 있었다. 다아시는 울면서 주방으로 돌아와 전화기를 들고 911을 눌렀다.

"여보세요, 전 다셸린 앤더슨이에요, 구급차 보내 주세요, 여기가 어디냐면⋯⋯"

"천천히 말씀하세요. 알아듣기가 힘듭니다."

다행이네. 다아시는 속으로 생각했다.

다아시는 헛기침을 하고 다시 말을 시작했다.

"잘 들리나요? 제 말 알아들으시겠어요?"

"예, 이제 잘 들려요. 조금만 진정하세요. 아까 구급차를 보내 달라고 하셨죠?"

"예, 슈거밀 레인 24번지예요."

"앤더슨 부인, 혹시 어디 다치셨나요?"

"아뇨, 저 말고 제 남편이 다쳤어요. 계단에서 굴렀어요. 그냥 의식만 잃은 건지도 모르겠는데, 제가 보기엔 죽은 것 같아요."

접수 담당자는 바로 구급차를 보내겠다고 했다. 다아시는 야머스 경찰서 소속 순찰차도 같이 올 거라고 추측했다. 혹시 근처에 주 경찰 소속 순찰차가 있다면 그 차가 올 수도 있었다. 다아시는 부디 없기를 바랐다. 그렇게 생각하며 거실 복도로 돌아가서 그곳에 있는 의자에 앉았지만, 오래 머물지는 않았다. 자신을 올려다보는 남편의 눈 때문이었다. 비난하는 그 눈빛 때문이었다.

다아시는 남편의 재킷을 어깨에 둘렀다. 그러고는 현관 앞에 나와서 구급차가 오기를 기다렸다.

17

진술을 기록한 경찰관은 야머스 소속인 해럴드 슈루즈베리였다. 다아시는 해럴드를 몰랐지만 그의 아내하고는 아는 사이였다. 아내인 알린 슈루즈베리가 공교롭게도 같은 뜨개질 클럽의 회원이었던 것이다. 해럴드가 주방에서 다아시와 이야기를 나누는 동안 구급대원들은 밥의 시신을 확인하고 차로 옮겼다. 그 속에 다른 남자의 주검이 또 한 구 있다는 것은 아무도 알지 못했다. 공인회계사인 로버트 앤더슨보다 훨씬 더 위험한 남자였다.

"경관님, 커피 한 잔 드릴까요? 사양하실 것 없어요."

해럴드는 다아시의 떨리는 손을 보며 커피는 자기가 만들 테니 같이 마시자고 말했다.

"제가 이래 봬도 부엌일을 꽤 잘하거든요."

"알린이 그런 얘기는 한 번도 안 하던데."

다아시는 의자에서 일어서는 해럴드를 보며 말했다. 식탁 위에 그가 펼쳐 놓은 수첩이 보였다. 아직은 다아시의 이름과 밥의 이름, 집 주소, 전화번호 말고는 아무것도 적혀 있지 않았다. 다아시가 보기에는 좋은 징조 같았다.

"알린은 저한테 그런 재능이 있는 걸 숨기고 싶어 하거든요. 저기, 앤더슨 부인…… 아니, 다아시…… 뭐라고 위로해야 할지 모르겠네요. 알린도 저랑 같은 심정일 거예요."

다아시는 또 울기 시작했다. 해럴드가 키친타월을 한 움큼 뜯어서 다아시에게 건넸다.

"화장지보다 이게 더 질겨요."

"이런 경우를 많이 보셨나 봐요."

해럴드는 커피 메이커에 커피가 들어 있는지 확인하고 스위치를 켰다. 그러고는 식탁으로 돌아와서 앉았다.

"원치 않게 많이 봤죠. 어떻게 된 건지 들을 수 있을까요? 괜찮으시겠어요?"

다아시는 해럴드에게 얘기했다. 밥이 샌드위치 봉투에서 더블데이트 페니를 찾고 얼마나 기뻐했는지에 관하여. 그 일을 축하하려고 펄 오브 쇼어 식당에서 저녁을 먹는 동안 밥이 술을 얼마나 많이 마셨는지에 관하여. 취한 남편의 우스꽝스러운 행동에 관하여(페리에 탄산수에 라임을 띄워서 갖다 달라고 했을 때 보여 준 영국식 경례도.). 남편이 웨이터처럼 잔을 높이 들고 계단을 올라왔다는 이야기도 했다. 그리고 계단을 다 올라왔을 때 발을 헛디뎠다는 이야기도. 다아시 본인 역시 남편한테 달려오다가 바닥에 떨어진 얼음을 밟는 바람에 하마터면 넘어질 뻔했다는 이야기도 빼놓지 않았다.

해럴드는 무언가 더 끼적이더니 수첩을 덮고 다아시를 마주보았다.

"됐어요. 저랑 같이 가셔야겠습니다. 가서 코트 입고 오세요."

"예? 어디로요?"

당연히 유치장이었다. 더 물을 것도 따질 것도 없이 유치장으로 직행이었다. 밥은 열 명이 넘게 죽이고도 빠져나갔건만, 다아시는 고작 한 명을 해치우고 꼼짝없이 걸린 것이다(물론 밥은 회계사답게 미리 꼼꼼히 계획을 세웠지만.). 어디서 삐끗했는지는 알 길이 없었지만, 분명히 눈에 빤히 보이는 실수를 저지른 듯싶었다. 어쩌면 경찰서로 향하는 동안 해럴드가 설명해 줄지도. 엘리자베스 조지가 쓴 미스터리 소설의 결말 부분처럼.

"저희 집으로요. 오늘 밤은 저랑 알린이랑 같이 계세요."

다아시는 입을 떡 벌리고 해럴드를 바라보았다.

"그런…… 그럴 수는……."

"괜찮아요." 반론을 허락하지 않는 목소리였다. "여기 혼자 계시게 놔두면 알린이 절 죽이려고 할 거예요. 경관 살해 사건에 동기를 제공하고 싶으신가요, 설마?"

다아시는 얼굴에 흐른 눈물을 닦고 힘없이 웃었다.

"아뇨, 그럴 리가요. 하지만…… 경관님, 전……."

"그냥 해리라고 부르세요."

"전화부터 걸어야겠어요. 애들한테…… 애들은 아직 몰라요."

아이들 생각에 또다시 눈물이 솟았다. 다아시는 마지막 남은 키친타월로 그 눈물을 닦았다. 사람 몸속에 저장된 눈물이 그렇게 많다니, 누가 짐작이나 했을까? 다아시는 손도 안 댔던 커피를 세 모금에 걸쳐 절반이나 마셨다. 아직 뜨거웠는데도.

"장거리 전화 몇 통 정도는 저희 집에서 하셔도 돼요. 혹시 챙겨 가실 물건은 없나요? 의지가 될 만한 물건이라든가."

"그런 거 없어요. 수면제만 있으면 돼요."

"그럼 알린한테 신경 안정제가 있으니까 그걸 드시면 되겠네요. 애들한테 전화를 걸면 마음이 무너지는 것 같을 테니까, 적어도 30분 전에 한 알 드세요. 일단 알린한테 같이 가신다고 연락해 둘게요."

"정말 친절하시네요."

해럴드는 주방 수납장의 맨 위 서랍을 열었다. 뒤이어 두 번째 서랍을, 이어서 세 번째 서랍도 열었다. 네 번째 서랍마저 열자 다아시는 심장이 목구멍으로 불쑥 올라오는 느낌이 들었다. 해럴드는 네 번째 서랍에서 행주를 꺼내어 다아시에게 건넸다.

"자요, 키친타월보다 더 튼튼해요."

"고마워요. 정말로."

"결혼하신 지는 얼마나 됐나요, 앤더슨 부인?"

"27년요."

"27년." 감탄하는 목소리. "세상에. 정말 안타깝네요."

"맞아요."

다아시는 이렇게 말하고 행주에 얼굴을 묻었다.

18

이틀 후, 애칭이 '밥'이었던 로버트 에머리 앤더슨은 야머스 평화 묘원에 묻혀 영원한 안식에 들어갔다. 목사가 사람의 일생이 얼마나 덧없는지에 관하여 설교하는 동안 도니와 페트라는 어머니 곁에 나란히 서 있었다. 날씨는 싸늘하게 바뀌었고, 하늘마저 흐렸다. 잎이 다 떨어진 가지들이 삭풍에 흔들렸다. 밥의 회사는 하루 동안 문을 닫았고, 회사 사람들은 모두 장례식에 참석했다. 까만 코트를 입고 둘러서 있는 회계사들이 꼭 까마귀 떼 같았다. 그들 가운데 여성은 한 명도 없었다. 다아시가 그때껏 몰랐던 사실이었다.

다아시는 검은 장갑을 낀 손에 손수건을 쥐고 눈물이 철철 흐르는 눈을 한 번씩 닦았다. 페트라는 쉬지 않고 흐느꼈다. 도니는 눈이 빨개진 채 엄숙한 표정으로 서 있었다. 이제 잘생긴 청년이 되어 있었지만, 머리숱은 벌써부터 줄어드는 기색이 보였다. 그 나이에 자기 아버지가 그랬던 것처럼. *밥처럼 살찌지만 않으면 돼.* 다아시는 속으로 생각했다. *물론 여자들도 죽이지 말아야겠지. 하지만 그런 것까지 유전일 리는 없었다. 아니면 설마?*

이제 끝이 눈앞에 보였다. 도니는 이삼일 머물다가 돌아갈 예정이었다. 지금은 일이 바쁘다 보니 낼 수 있는 시간이 그 정도뿐이라고 했다. 도니는 엄마가 이해해 달라고 했고, 다아시는 당연히 이해한다고 했다. 페트라는 일주일 동안 머물 텐데 혹시 엄마가 원하면 더 있을 수도 있다고 했다. 다아시는 그런 딸에게 마음써 줘서 고맙다고 했지만, 속으로는 닷새 안에 가 주기를 바랐다. 혼자 있고 싶었다. 딱히 생각할 시간이 필요해서가 아니라…… 스스로를 다시 찾을 시간이 필요해서였다. 스스로를 다시 쌓아 올려야 했다. 거울 이쪽에서.

무슨 문제가 생겨서 그런 것은 아니었다. 오히려 정반대였다. 몇 달에 걸쳐 남편을 살해할 계획을 세웠다고 해도 이보다 더 잘 풀렸을 것 같지는 않았다. 그랬더라면 오히려 계획을 너무 복잡하게 꾸며서 일을 그르쳤을 수도 있었다. 밥하고는 다르게 다아시는 계획을 세우는 데 약했으니까.

까다로운 질문은 한 건도 없었다. 다아시의 진술은 간결했고, 신빙성이 있었고, 대부분 진실이었다. 무엇보다 중요한 점은 그 아래에 깔린 단단한 토대였다. 두 사람은 거의 30년 동안 부부로 살면서 행복한 결혼 생활을 일구었고, 거기에 흠이 될 만한 말다툼 역시 최근에는 한 적이 없었다. 정말이지, 물어보고 자시고 할 것이 뭐가 있겠는가?

목사가 유족들에게 앞으로 나와 달라고 부탁했다. 식구들은 그 말대로 했다.

"편히 쉬세요, 아빠."

도니는 이렇게 말하며 흙 한 줌을 무덤 속으로 던졌다. 반들거리는 관 뚜껑에 흙이 소복이 내려앉았다. 다아시는 그 흙이 개똥 같다고 생각했다.

"많이 그리울 거예요, 아빠."

페트라도 이렇게 말하며 흙을 던졌다.

마지막은 다아시 차례였다. 다아시는 몸을 숙여 검은 장갑을 낀 손으로 흙을 조금 쥔 다음, 무덤 속에 흩뿌렸다. 말은 한마디도 하지 않았다.

목사가 잠시 묵상 기도를 하자고 청했다. 조문객들은 고개를 숙였다. 바람이 가지들을 흔들고 지나갔다. 그리 멀지 않은 295번 고속도로에서는 차들이 바쁘게 지나갔다. 다아시는 속으로 중얼거렸다. *하느님, 혹시 하늘에서 보고 계신다면, 이제 그만 끝나게 해 주세요.*

19

끝이 아니었다.

장례식으로부터 한 달 반쯤 지났을 즈음, 이제 해가 바뀌어 화창하고 쌀쌀한 날씨가 이어질 무렵의 어느 날, 슈거밀 레인에 있는 다아시네 집의 초인종이 울렸다. 현관문을 열어 보니 검은 코트에 빨간 목도리를 두른 늙수그레한 남자가 서 있었다. 장갑 낀 두 손으로 코트 앞에 들고 있는 것은 구식 펠트 중절모였다. 얼굴에는 주름이 깊이 패어 있었고(다아시가 보기에는 나이 때문만이 아니라 어디 아픈 데가 있어서인 듯했다.), 얼마 안 남은 흰머리는 엉망으로 헝클어져 있었다.

"무슨 일이시죠?"

다아시가 물었다. 노인은 주머니를 뒤지다가 모자를 떨어뜨렸다. 다아시는 몸을 숙여 그 모자를 집었다. 허리를 펴고 보니 노인이 가죽으로 된 명함 지갑을 들고 서 있었다. 지갑 안에는 금색 배지와 노인의 (꽤 젊었던 시절에 찍은) 사진이 인쇄된 플라스틱 신분증이 들어 있었다.

"홀트 램지라고 합니다." 왠지 미안한 기색이 묻어나는 목소리였다. "주 검찰청에서 나왔습니다. 갑자기 찾아봬서 죄송합니다, 앤더슨 부인. 안으로 들어가시는 게 어떨까요? 그 드레스 차림으로 바깥에 서 계시기에는 날씨가 너무 춥군요."

"들어오세요." 다아시는 이렇게 말하며 옆으로 비켜섰다.

노인의 절룩거리는 걸음걸이를, 또 무의식적으로 허리 오른쪽을 짚는 손을 지켜보는 동안(마치 허리가 부러지지 않게 붙드는 듯한 손짓이었다.), 다아시의 머릿속에 선명한 기억이 떠올랐다. 침대에 걸터앉은 밥이 차가운 다아시의 손을 따뜻한 자기 손으로 쥐고 있는 광경이었다. 그때 밥은 이렇게 말했다. 실은 자랑하듯이 떠벌렸다. *비디를 무식한 놈으로 여기게 하고 싶었는데, 경찰은 정말로 그런 줄 알더군. 자기들도 무식하니까 그런 거지. 수사가 나한테까지 미친 건 딱 한 번뿐이었어, 그나마도 범인이 아니라 목격자 자격으로. 비디가 스테이시 무어를 죽이고 나서 2주쯤 지났을 때였지. 퇴직한 거나 다름없는 늙은 형사가 다리를 절뚝거리면서 찾아왔어.* 그런데 그 늙은 형사가 여기에 있었다. 밥이 죽은 자리로부터 여섯 걸음도 안 떨어진 이곳에. 다아시가 밥을 죽인 곳에. 홀트 램지라는 이 노인은 몸이 아파서 힘든 상태 같았지만 눈빛은 예리했다. 그의 날카로운 두 눈은 좌우를 살피며 거실 안을 살살이 훑어보고 나서 다아시의 얼굴로 향했다.

조심해. 다아시는 스스로에게 당부했다. *이 사람을 만만하게 보면 안 돼, 다셀린.*

"무슨 일로 오셨나요, 램지 씨?"

"저, 혹시 폐가 안 된다면 우선 커피 한 잔 부탁해도 될까요? 날씨가 너무 추워서 말이지요. 관용차를 타고 왔는데, 글쎄 히터가 고장 났지 뭡니까. 물론 불편하시다면 안 주셔도 괜찮습니다만……"

"별 말씀을요. 그런데…… 신분증 좀 다시 보여 주시겠어요?"

노인은 명함 지갑을 차분하게 건넨 다음, 다아시가 살펴보는 동안 옷걸이에 모자를 걸었다.

"검찰청 문장 밑에 찍힌 이 RET라는 스탬프는…… 혹시 은퇴하셨다는 뜻인가요?"

"그렇기도 하고 아니기도 합니다." 빙긋 웃느라 벌어진 입술 사이의 이들은 너무 깨끗해서 한눈에 봐도 틀니인 것을 알 수 있었다. "예순여덟 살이 됐을 때 어쩔 수 없이 퇴직했지요. 하지만 전주 경찰하고 '주검'에서 평생 일했습니다. 아시겠지만 주검은 주검찰청의 별명이지요. 그 덕분에 지금은, 뭐랄까요, 마구간에 마련된 특실에서 유유자적 소일하는 소방용 말 같은 신세라고나 할까요. 일종의 마스코트처럼요."

그냥 평범한 마스코트는 아닐 것 같은데요.

"코트 이리 주세요, 걸어 드릴게요."

"아뇨, 아닙니다, 그냥 입고 있는 게 좋겠습니다. 오래 있을 것 같진 않아서요. 혹시 눈이라도 내렸으면 바닥에 물이 떨어지니까 걸어 놓겠습니다만, 다행히 날씨가 맑군요. 더럽게 추워서 탈이지만요. 제 아버지는 이런 날씨를 가리켜 눈도 안 내릴 만큼 춥다고 하셨지요. 그런데 이 나이가 되고 보니 50년 전보다 훨씬 더 추위를 많이 타는 것 같군요. 하긴, 25년 전하고 비교해도 마찬가지겠지만요."

다아시는 노인이 따라올 수 있게 천천히 걸으며 주방으로 안내하는 사이에 그에게 몇 살이냐고 물어보았다.

"5월이면 일흔여덟이 됩니다." 자부심이 또렷이 묻어나는 목소리였다. "그때까지 살아 있으면요. 아, 이건 그냥 행운의 부적처럼 덧붙이는 말입니다. 지금까지는 효과가 있었어요. 그나저나 부엌이 아주 멋지군요, 앤더슨 부인. 없는 게 없고, 있는 건 다 제자리에 있어요. 제 아내가 봐도 감탄했을 겁니다. 4년 전에 죽었지만요. 심장마비였는데, 너무 허망하게 가 버렸어요. 얼마나 그리운지 몰라요. 부인께서 부군을 그리워하시는 마음이랑 비슷할 겁니다, 아마도."

노인의 반짝이는 두 눈이 다아시의 얼굴을 구석구석 뜯어보았다. 눈가는 고통으로 일그러진 데다 주름투성이였지만, 그 안에 담긴 눈은 젊고 예민했다.

이 사람은 다 알아. 어떻게 알았는지는 모르겠지만, 다 알고 찾아온 거야.

다아시는 커피 메이커에 커피가 들어 있는지 확인하고 스위치를 켰다. 그런 다음 찬장에서 잔을 꺼내면서 노인에게 물었다.

"제가 뭘 도와 드리면 될까요, 램지 씨? 아니면 램지 수사관님이라고 해야 할까요?"

노인은 껄껄 웃었고, 웃음소리는 곧 기침으로 바뀌었다.

"아, 수사관님이란 말은 정말 오랜만이군요. 램지 씨도 과분합
니다, 그냥 홀트라고 부르시는 게 저도 편해요. 이미 짐작하셨겠
지만, 사실 전 부군을 뵈러 왔습니다. 물론 이미 고인이 되셨지만
요. 다시 한 번, 삼가 조의를 표합니다. 그러니 제 용건 같은 건 중
요하지 않습니다. 그럼요, 별 거 아니지요."

홀트는 고개를 저으며 식탁 앞에 있는 의자에 앉았다. 코트가
바스락거렸다. 코트에 감싸인 깡마른 몸에서는 뼈가 빠직거리는
소리가 났다.

"그런데 말입니다. 저처럼 셋방에서 혼자 사는 노인은, 물론 멋
진 방입니다만, 가끔 TV가 지겨워질 때가 있는 법입니다. 그래서
생각했지요. 에라, 그냥 차를 몰고 야머스에 가서 몇 가지 사소한
질문을 해 보자. 들을 수 있는 답은 얼마 안 되겠지만, 어쩌면 부
인이 *아무것도* 모를 수도 있지만, 한번 가 보는 것 정도야 괜찮잖
아? 그러다 보니 어느새 혼자 이렇게 중얼거리고 있더군요. '쓰러
져서 자리보전하기 전에 가는 게 좋을 거야.'"

"그래서 최고 기온이 영하 12도인 날을 골라서 오셨군요. 그것
도 히터가 고장 난 관용차를 타고요."

"예. 그래도 내복은 입고 왔습니다." 공손한 말투였다.

"자가용이 없으신가요, 램지 씨?"

"아, 있습니다." 마치 자기 차가 있는 것을 이제야 기억해 낸 사
람 같았다. "이쪽으로 와서 앉으세요, 앤더슨 부인. 그렇게 구석에
서 계실 필요 없습니다. 전 너무 늙어서 물지도 못해요."

"괜찮아요, 커피가 이제 금방 나올 거거든요."

다아시는 이 노인이 두려웠다. 밥도 분명히 두려워했겠지만, 물론 그는 이제 공포를 느낄 수 없는 곳에 있었다.

"커피를 기다리는 동안 제 남편한테 물어보고 싶으신 게 뭔지 말씀해 주실 수 있을 것 같은데요."

"그게 말입니다, 앤더슨 부인. 믿기 힘드시겠지만……."

"다아시라고 불러 주세요."

"다아시라니!" 홀트의 표정이 환해졌다. "거 참 고전적이고 멋진 이름이군요!"

"고마워요. 커피에 크림 넣으세요?"

"제 모자 색깔처럼 블랙으로 주십시오. 전 항상 블랙을 마시거든요. 모자는 검은 걸 쓰고 다니지만, 이래봬도 마음만은 눈처럼 하얗다고 자부합니다. 못할 것도 없지요, 안 그렇습니까? 평생 범죄자들의 뒤를 쫓았으니까요. 실은 다리가 이렇게 된 것도 그 때문입니다. 고속으로 자동차 추격전을 벌였거든요. 1989년에요. 범인은 자기 아내와 두 아이를 죽인 놈이었습니다. 그런 사건은 보통 치정 범죄라고 하지요. 술에 취했거나 약에 취했거나, 아니면 머리가 좀 이상한 놈들이 저지르는." 홀트는 관절염 때문에 뒤틀린 손가락으로 잔털 같은 머리카락만 남은 자기 머리를 톡톡 두드렸다. "그런데 그 친구는 달랐어요. 보험금 때문에 그런 겁니다. 자기 범행을 이른바 가택 침입 사건처럼 꾸미려고 했지요. 자세한 부분까지 다 알진 못했지만, 전 열심히 탐문을 하면서 돌아다녔습니다. 3년 동안이나요. 그러다 마침내 이 정도면 체포할 수 있겠구나 했지요. 유죄를 입증하기에는 증거가 부족할 수도 있었지만, 범인한테 그런 얘기까지 할 필요는 없으니까요. 그렇지 않습니까?"

"그렇겠죠."

다아시는 뜨거운 커피를 잔에 따랐다. 자신도 블랙으로 마시기로 했다. 그리고 가능한 한 빨리 마실 생각이었다. 그러면 카페인이 한꺼번에 흡수돼서 머리가 잘 돌아갈 것 같았다.

"고맙습니다." 홀트는 다아시가 갖다 준 커피를 보며 말했다. "정말 고맙습니다. 정말 친절하시군요. 뼈가 시리게 추운 날에 뜨거운 커피 한 잔이라…… 이보다 더 좋은 게 뭐가 있을까요? 설탕을 넣고 데운 사과술? 제 머리로 생각할 수 있는 건 그 정도군요. 그나저나, 어디까지 얘기했지요? 아, 그렇지. 그 범인의 이름은 드와이트 셰미노였습니다. 카운티 북쪽에 사는 녀석이었지요. 헤인스빌 우즈 바로 남쪽에요."

다아시는 묵묵히 커피만 마셨다. 잔 너머로 홀트 램지를 바라보는 동안 문득 그와 결혼한 듯한 기분이, 그것도 아주 오랫동안 결혼 생활을 한 기분이 들었다. 여러 면에서 행복한(하지만 모든 면에서 그런 것은 아닌) 결혼 생활이었다. 어찌 보면 농담 같기도 했다. 다아시는 홀트가 이미 알고 있다는 것을 알았고, 홀트는 자신이 알고 있다는 것을 다아시가 안다는 것을 알았다. 그런 관계는 마치 거울 속의 또 다른 거울을 들여다보는 것과 같았다. 끝도 없이 반복되며 기다랗게 이어진 거울 속의 세계를. 이 상황에서 진짜 문제는 단 하나, 홀트가 자기가 아는 사실을 이용하여 무엇을 하려고 하는가였다. 무엇을 할 수 있는가였다.

"그런데 말입니다." 홀트는 커피 잔을 내려놓고 쑤시는 다리를 무의식적으로 문지르기 시작했다. "사실 저는 일부러 그 친구를 도발했습니다. 자기 손으로 아내와 아이들을 죽인 놈이잖습니까. 상대가 그런 놈이라면 살짝 반칙을 해도 괜찮겠다, 싶었던 거지요. 반칙이 효과가 있더군요. 놈은 달아났고, 저는 그 뒤를 쫓아서 헤인스빌 우즈까지 갔습니다. 노래 가사에도 나오는 곳이지요, 1킬로미터마다 묘비가 한 개씩 서 있다나 뭐라나. 그런데 위켓 커브까지 가서 그만 둘 다 차를 들이받았지 뭡니까. 그놈은 나무에, 저는 그놈 차에. 그때 다리가 이 모양이 됐습니다. 제 목에 들어 있는 쇠막대는 말할 것도 없고요."

"저런. 달아나던 사람은요? 그 사람은 어떻게 됐나요?"

홀트의 양쪽 입꼬리가 위로 둥글게 휘어졌다. 오로지 냉정함에서 우러나온 메마른 입술의 미소였다. 젊은이 같은 두 눈이 반짝거렸다.

"그 친구는 죽었어요, 다시. 덕분에 메인 주 정부는 쇼생크 교도소의 1인분 식대와 방 임대료를 사오십 년 치나 아낄 수 있었지요."

"「하늘의 사냥개」 같은 분이시군요. 안 그런가요, 램지 씨?"

홀트는 당황한 표정을 짓는 대신 뒤틀린 양 손을 얼굴 옆에 대더니, 손등으로 턱을 받친 채 소년 합창단원처럼 또박또박 시를 외기 시작했다.

"나는 밤낮으로 그분을 피해 달아났다, 나는 세월의 아치 아래 그분을 피해 달아났다, 나는 내 머릿속의 미로를 따라 그분을 피해 달아났다…….' 대강 이런 내용이지요."

"프랜시스 톰슨의 그 시는 학교에서 배우셨나요?"

"아니오, 감리교회 청년부에서 배웠습니다. 아, 정말 까마득한 옛날이군요. 다 외워서 상으로 성서를 받았는데, 이듬해 여름 수련회에서 그만 잃어버렸지 뭡니까. 실은 잃어버린 게 아니라 도둑맞은 거지만요. 성서를 훔쳐 갈 정도로 저질스러운 인간이 있다니, 상상이 가시나요?"

"예."

다아시의 말에 홀트가 껄껄 웃었다.

"다아시, 괜찮으니까 홀트라고 불러 주세요. 제 친구들도 다 그렇게 부르는데요, 뭘."

당신이 제 친구인가요? 정말로?

다아시는 그 질문의 답은 알지 못했지만, 다른 것 한 가지는 확실히 알고 있었다. 그가 밥의 친구가 아니라는 사실이었다.

"그거 말고 다른 시도 외울 수 있나요? ……홀트?"

"글쎄요, 전에는 로버트 프로스트의 「어느 고용인의 죽음」도 외웠는데, 지금은 조금밖에 기억이 안 나는군요. 집이란 언제 돌아가도 식구들이 들여보내 줘야 하는 곳이다, 그런 구절이 있지요. 어때요, 맞는 말 아닌가요?"

"여부가 있겠어요."

홀트의 연갈색 눈이 다아시의 눈을 속속들이 훑었다. 다아시는 그 눈길이 친밀하다 못해 음탕하다고 생각했다. 그가 자신의 벌거벗은 몸을 바라보는 것 같았기 때문이었다. 그런데 한편으로는 흐뭇했다. 아마도 같은 이유 때문인 듯했다.

"제 남편한테 물어보고 싶었던 게 뭐죠, 홀트?"

"그게, 실은 전에도 한 번 물어본 적이 있습니다. 부군께서 살아 계셨다면 기억할지 어떨지는 모르겠습니다만. 아주 오래전 일이라서요. 그때는 저희 둘 다 젊었어요. 지금 이렇게 젊고 예쁜 걸보면 아마 당신은 그때 아직 어린애였겠지요."

다아시는 입에 발린 소리는 집어치우라는 듯이 차가운 미소를 지은 다음, 의자에서 일어나 커피를 더 따르러 갔다. 첫 잔은 이미 다 마신 후였다.

"아마 비다라는 연쇄 살인범에 대해서 들어 보셨을 겁니다."

"여자들을 죽이고 경찰에 신분증을 보낸다는 그 살인범 말씀인가요? 신문마다 온통 그 사건 이야기뿐이던데요."

다아시는 식탁으로 돌아왔다. 손에 든 커피 잔은 조금도 흔들리지 않았다. 홀트는 손으로 총 모양을 만들어서 다아시를 겨누고 윙크를 날렸다. 밥이 자주 하던 것처럼.

"맞아요. 왜 아니겠습니까. '피 냄새를 풍기면 독자가 꼬여 든다.' 그게 신문쟁이들의 좌우명인데요. 전 우연히 그 사건 수사에 끼게 됐습니다. 그때는 아직 현직이었는데, 어차피 곧 은퇴할 참이었지요. 이래봬도 가끔은 냄새를 잘 맡아서 성과를 내기로 유명했어요. 그…… 뭐가 날카롭다고 했는데, 뭐랬더라……."

"직감이오?"

손가락 총이 한 번 더 날아왔다. 그리고 윙크도. 마치 무슨 비밀이 있다는 듯이, 그 비밀이 뭔지 둘 다 안다는 듯이.

"아무튼, 전 수사 지시를 받고 혼자서 돌아다녔습니다. 절름발이 노땅 홀트가 신분증을 보여 주면서 탐문을 하고 다닌 거지요. 말하자면…… 그…… *냄새*를 쫓아서. 왜냐면, 전 이런 사건의 냄새는 기가 막히게 잘 맡거든요. 그리고 다아시, 전 한 번 맡은 냄새는 절대 안 잊어버려요. 그때는 1997년 가을이었어요. 스테이시 무어라는 여성이 살해당하고 나서 얼마 안 됐을 때. 그 이름을 듣고 뭐 떠오르는 거 없나요?"

"없는 것 같은데요."

"사건 현장의 사진을 보면 생각이 날 텐데. 정말 끔찍하거든요. 틀림없이 굉장히 고통스러웠을 겁니다. 하긴, 그 비디라는 놈도 한 15년 넘게 살인을 참았으니 속에 쌓인 게 아주 많았겠지요, 그래서 터뜨릴 날만 기다렸을 테고. 그런데 하필이면 스테이시가 걸렸던 겁니다. 아무튼, 그 시절에 주 검찰총장을 지내던 양반이 저를 수사에 투입하면서 그랬다더군요. '노땅 홀트한테 기회를 주자고. 어차피 따로 할 일도 없을 테고, 이거라도 하고 있으면 남들 발목은 안 잡을 거 아닌가.' 제 별명은 그때도 이미 노땅 홀트였어요. 아마 다리를 절어서 그랬겠지요. 전 스테이시의 친구, 가족, 106번 국도변에 사는 이웃들, 워터빌에서 같이 일하던 동료들까지 다 만나 봤습니다. 어휴, 이야기는 또 얼마나 많이 들었는지. 스테이시는 워터빌에 있는 서니사이드 식당의 웨이트리스였어요. 식당 바로 아래쪽에 고속도로 분기점이 있어서 뜨내기손님이 많았는데, 제가 관심을 가진 건 단골들이었지요. 스테이시를 찾는 남자 단골손님들."

"당연히 그러셨겠죠." 다아시가 중얼거렸다.

"그중에 멀끔하게 입고 다니는 사십대 초중반의 남자 손님이 한 명 있더군요. 삼사 주에 한 번씩 들러서, 꼭 스테이시가 맡은 부스에만 앉는 손님. 그런데 이 얘기는 안 하는 게 좋을 것 같다는 생각이 듭니다. 왜냐면 그 손님이, 돌아가신 부군이었거든요.

582

고인을 욕되게 하는 것 같아서 좀 그렇지만, 어차피 두 *사람* 다 지금은 고인이 됐으니 상관없을 것 같기도 합니다. 그러니까 무슨 말이냐면⋯⋯."

홀트는 곤혹스러운 표정으로 이야기를 멈추었다.

"말이 꼬이신 것 같네요."

다아시는 자신도 모르게 기분이 좋아졌다. 어쩌면 홀트가 일 *부러* 웃기려고 이러는지도 몰랐다. 확신은 서지 않았지만.

"괜찮으니까 편하게 말씀하세요. 전 어린애가 아니에요. 스테이시가 제 남편한테 수작을 걸었나요? 그런 거예요? 여행 중인 남자한테 수작을 거는 웨이트리스는 스테이시 말고도 많아요. 그 남자가 결혼반지를 끼고 있다고 해도요."

"아니오, 그게 아닙니다. 다른 종업원들 말로는⋯⋯ 물론 그 사람들 말은 가려서 듣는 게 좋지요, 스테이시하고 친한 사람들이었으니. 그 사람들 증언에 따르면, 수작은 *부군*께서 스테이시한테 걸었어요. 그런데 스테이시는 영 질색했다고 하더군요. 왠지 섬뜩한 느낌이 든다면서."

"제 남편이 그랬을 것 같진 않은데요."

아니면 밥이 그 대목에서 거짓말을 했거나.

"아니오, 아마 맞을 겁니다. 그러니까 제 말은, 부군께서 실제로 그랬을 거라는 말이지요. 남편이 바깥에서 뭘 하고 돌아다니는지 모르는 아내들이 간혹 있거든요. 자기들 딴에는 다 안다고 생각하지만요. 아무튼, 종업원 중에 한 명이 그 남자가 도요타 포러너를 몰았다고 알려주더군요. 자기도 같은 차를 타서 알아봤다면서. 그런데 그거 아세요? 스테이시 무어가 살해되기 며칠 전, 무어 씨네 농장 근처에서 그 차를 본 이웃들이 있었어요. 사건 발생일 바로 전날에도 목격한 사람이 있었고요."

"하지만 당일에 본 사람은 없군요."

"맞아요. 그런데 비디처럼 철저한 범인이라면 그 정도는 감안했겠지요. 안 그런가요?"

"그랬겠죠."

"그래서 인상착의를 들고 식당 주변을 죽 훑었습니다. 그거 말고는 방법이 없었거든요. 한 일주일 동안 건진 거라곤 발에 잡힌 물집하고 공짜로 대접받은 커피뿐이었지요. 아, 물론 이 집 커피만큼 훌륭한 커피는 본 적이 없어요, 그럼요! 그러다가 거의 포기할 때쯤 우연히 시내에 있는 가게에 들렀어요. 미클슨 화폐상이라는 곳에. 혹시 그 이름을 듣고 생각나는 게 있나요?"

"그럼요. 제 남편은 화폐 수집이 취미였는데 미클슨 씨네는 메인 주에서 한 손에 꼽히는 화폐 중개상이었거든요. 지금은 문을 닫았지만요. 미클슨 씨가 돌아가시고 나서 그 아드님이 사업을 접었어요."

"맞습니다. 그 왜, 노래 가사에도 나오잖습니까. 결국에는 시간이 모든 걸 앗아간다고요. 시력, 힘찬 걸음걸이, 빌어먹을 점프 슛실력까지. 험한 말을 써서 죄송합니다. 그런데 당시에는 조지 미클슨이 아직 살아서……"

"등 쭉 펴고 콧김 풍풍거렸겠죠."

다아시의 말에 홀트 램지가 빙긋 웃었다.

"말씀대로였습니다. 아무튼, 인상착의를 설명했더니 바로 알아듣고 이렇게 말하더군요. '어라, 아무래도 밥 앤더슨 같은데.' 그런데 그거 아십니까? 부군의 차도 도요타 포러너였습니다."

"아, 그 차는 오래전에 처분했어요. 새로 산 차는……"

"쉐보레 서버번, 맞지요?"

홀트는 자동차 회사 이름을 쉬발레이처럼 발음했다.

"맞아요."

다아시는 두 손을 깍지 낀 채 차분한 표정으로 홀트를 마주보았다. 이제 그들은 결론을 코앞에 두고 있었다. 문제는 단 하나, 눈매가 날카로운 이 노인이 이미 사별한 앤더슨 부부 가운데 어느 쪽에 더 관심을 갖고 있는가였다.

"그 서버번은 이미 처분하셨을 겁니다. 아닌가요?"

"맞아요. 남편이 죽고 한 달쯤 지나서 팔았어요. 《엉클 헨리스》에 광고를 올렸더니 살 사람이 금세 나타났지 뭐예요. 연비가 안 좋은 찬데 요즘 기름 값이 워낙 비싸다 보니 팔려면 애 좀 먹을 줄 알았는데, 아니었어요. 큰돈은 못 벌었지만요."

그리고 차를 사기로 한 남자가 찾아오기 이틀 전, 다아시는 차 안을 구석구석 뒤졌다. 짐칸의 바닥 깔개도 빠뜨리지 않고 뒤집어 확인했다. 차에서는 아무것도 나오지 않았지만 그래도 50달러를 주고 (차 바깥은 관심이 없었는데도) 세차를 했고, (관심이 많았던) 차 안은 스팀 청소를 했다.

"아, 《엉클 헨리스》. 그리운 이름이군요. 저도 먼저 떠난 아내의 차를 거기서 팔았습니다."

"저기, 램지 씨……."

"홀트라니까요."

"홀트, 제 남편이 스테이시 무어한테 수작을 건 손님이란 게 확실한가요?"

"음, 앤더슨 씨랑 얘기를 나눠 봤는데, 서니사이드 레스토랑에 가끔 들렀다는 건 선선히 인정하셨습니다. 그런데 특별히 아는 웨이트리스는 없다고 하시더군요. 서류를 보느라 정신이 없었다면서요. 물론 식당 종업원들은 부군의 운전 면허증 사진을 보고 그 남자가 맞다고 했지만요."

"제 남편은 알고 있었나요? 당신이 자기를…… 특별히 눈여겨 보고 있었던 걸 말이에요."

"아니오. 아마 부군께서는 절 그냥 목격자를 찾아 돌아다니는 절름발이 노인으로 여기셨을 겁니다. 사실 저 같은 노인은 아무도 무서워하질 않지요."

전 무서워 죽을 것 같은데요.

"별 대단한 일도 아니었으니까 그랬겠죠. 당신은 대단한 사건으로 만들고 싶었던 것 같지만."

"일은 무슨, 아무 일도 아니었어요!" 홀트는 기분 좋게 껄껄 웃었지만 그의 연갈색 눈은 차갑기만 했다. "다아시, 만약 제가 그 일을 사건으로 만들 생각이었다면 앤더슨 씨는 회사 사무실에서 절 만나지 않았을 겁니다. 검찰청에 있는 *제 사무실*에서 만났겠지요. 제가 가도 좋다고 말하기 전에는 절대 못 나가는 곳에서요. 물론 변호사가 와서 꺼내 줄 수는 있겠지만요."

"홀트, 이제 본론으로 들어갈 때가 된 것 같은데요."

"좋습니다, 그렇게 하지요. 어차피 이제는 다리가 아파서 탐색 전도 오래 못하는 신세니까요. 하여튼 드와이트 셰미노, 그 망할 자식 때문에! 게다가 당신의 아침 시간을 다 뺏을 마음도 없으니 이제 속도를 좀 내 보겠습니다. 저는 이전에 일어난 사건의 현장 두 곳에서 도요타 포러너를 봤다는 증언을 확보했습니다. 이른바 비디의 초기 범행 궤적에 해당하는 사건들이지요. 그 차는 부군의 차하고 색깔이 달랐습니다. 하지만 알아봤더니 1970년대에 부군께서 다른 포러너를 소유하신 적이 있더군요."

"맞아요. 남편은 그 차를 좋아해서 같은 차로 바꿨어요."

"예, 남자들은 가끔 그런 짓을 하곤 하지요. 게다가 1년의 절반 가까이 눈이 오는 지방에서는 포러너가 인기 있는 차종이니까요. 헌데 스테이시 무어가 살해당하고 나서…… 그리고 제가 찾아오고 나서…… 부군께선 차를 서버번으로 바꾸셨습니다."

"곧바로 바꾼 건 아니에요." 다아시는 빙긋 웃으며 말했다. "남편은 21세기 들어서도 한참 포러너를 몰았으니까요."

"저도 압니다. 2004년, 내슈어 도로변에서 안드레아 허니커트가 살해당하기 얼마 전에 차를 바꾸셨지요. 파란색하고 회색이 섞인 서버번, 연식은 2002년. 허니커트 씨가 살해당하기 전 한 달 동안 그 댁 근처에서 비슷한 연식에 똑같은 색깔의 서버번이 꽤 자주 목격됐습니다. 그런데 한 가지 재미난 점이 있는데 말입니다." 홀트가 몸을 앞으로 숙였다. "제가 만난 목격자 한 명이 말하길, 그 서버번에는 버몬트 주 번호판이 붙어 있었다더군요. 그런데 목격자는 한 명 더 있었어요. 자그마한 노부인이었는데, 거실 창가에 하루 종일 앉아서 이웃들이 뭘 하나 지켜보는 분이셨지요. 달리 할 일이 없어서 말입니다. 그 노부인이 말하길, 자기가 본 서버번은 뉴욕 주 번호판을 달고 있었다는 겁니다."

"밥의 차에는 메인 주 번호판이 붙어 있었어요. 아시겠지만."

"그럼요, 알다마다요. 하지만 번호판은 훔칠 수도 있지요."

"셰이버스턴 사건 때는 어땠나요, 홀트? 헬렌 셰이버스턴의 집 근처에서도 파랑에 회색이 섞인 서버번이 목격됐나요?"

"비디 사건에 대해서 보통 사람들보다 더 많이 아시는군요. 처음에 인정하셨던 것보다도 더 자세히 아시는 것 같은데요."

"그 차를 목격한 사람이 있었나요?"

"아니오, 실은 없습니다. 하지만 에임스버리의 개울가 근처에서 아래쪽은 파란색, 위쪽은 회색으로 칠한 서버번을 목격한 사람은 있었습니다. 범인이 시신을 유기한 현장이지요." 홀트가 다시 빙긋이 웃는 동안에도 그의 차가운 두 눈은 다아시의 표정을 살폈다. "시신들은 쓰레기처럼 버려졌습니다."

다아시는 한숨을 내쉬었다.

"저도 알아요."

"에임스버리에서 목격된 서버번의 번호판은 아무도 못 봤지만, 혹시 본 사람이 있다고 해도 아마 매사추세츠 주 번호판이었을 겁니다. 아니면 펜실베이니아 주였거나요. 어디든 가능했을 겁니다, 메인 주만 빼고요."

홀트가 몸을 앞으로 숙였다.

"그 비디라는 놈은 저희한테 희생자의 신분증과 쪽지를 보냈습니다. 저희를 비웃은 거지요. 잡을 테면 잡아 보라고요. 아마도 마음 한편으로는 잡히기를 *원했을* 겁니다."

"아마도 그랬겠죠."

말은 그렇게 했지만, 다아시는 정말로 그랬을지 의심스러웠다.

"쪽지는 굵은 글씨로 프린트되어 있었습니다. 그런 짓을 하는 사람들은 프린트된 글씨는 추적을 못한다고 생각하게 마련이지만, 대부분은 추적할 수 있습니다. 유사한 부분이 눈에 띄거든요. 제 생각에 부군의 서류들은 이미 처분하셨을 것 같은데, 어떤가요?"

"회사로 돌려보내고 남은 것들은 다 파기했어요. 하지만 회사에는 견본이 많이 남아 있을 것 같은데요. 회계사들은 절대 서류를 버리는 법이 없으니까요."

다아시의 말에 이번에는 홀트가 한숨을 쉬었다.

"그렇겠지요. 하지만 그런 회사에서 뭘 받아 내려면 영장이 있어야 하는데, 영장을 발급받으려면 확실한 증거가 있어야 해요. 저한테 없는 게 바로 그건데 말이지요. 우연히 겹치는 증거는 몇 가지 있습니다. 물론 제가 보기에는 우연이 아니지만요. 게다가…… 흔히 말하는 *근사치*라는 것도 몇 가지 확보하기는 했습니다만…… 그 정도는 정황 증거로 제시하기에도 턱없이 모자랍니다. 그래서 당신을 찾아온 겁니다, 다아시. 사실 여기 오기 전에는 제가 지금쯤 쫓겨나서 바깥에 있을 줄 알았는데, 정말 친절하시군요."

다아시는 말이 없었다.

홀트는 몸을 더욱 앞으로 숙여서 식탁 위를 덮다시피 했다. 마치 사냥감을 덮치는 맹금류처럼. 그러나 차가운 눈 안쪽에 비친 다른 감정을 딱히 감추려 하지는 않았다. 다아시는 그 감정의 정체가 친절함일지도 모른다고 생각했다. 부디 그랬으면 하고 간절히 바랐다.

"다아시, 당신 남편은 비디였나요?"

홀트가 대화를 녹음하는 중일 수도 있었다. 불가능한 일은 결코 아니었다. 질문에 대답하는 대신, 다아시는 식탁에서 한 손을 들고 홀트에게 분홍빛 손바닥을 내밀었다.

"당신은 오랫동안 까맣게 몰랐을 겁니다. 아닌가요?"

다아시는 아무 말도 하지 않았다. 그저 홀트를 바라보았다. 홀트의 *마음속*을, 잘 아는 사람의 마음을 읽듯이 들여다보았다. 다만 그런 짓을 할 때에는 조심해야 했다. 왜냐면 봤다고 생각한 것과 실제로 본 것이 항상 일치하지는 않으므로. 이제 다아시는 그 점을 알 수 있었다.

"그러다가 알게 된 거지요? 어느 날 갑자기?"

"커피 한 잔 더 드릴까요, 홀트?"

"반 잔만 주세요." 홀트는 뒤로 물러앉아서 코트 위로 팔짱을 끼었다. "더 마시면 위산 때문에 속이 쓰리거든요. 마침 아침에 잔탁을 먹는 것도 잊어버렸고요."

"위층 약장에 프릴로섹이 있을 거예요. 밥이 먹던 약인데, 좀 갖다 드릴까요?"

"뱃속에서 불이 났다고 해도 그 사람 약은 사양하겠습니다."

"그러시겠죠."

다아시는 부드럽게 대꾸하고 그의 잔에 커피를 조금 따랐다.

"죄송합니다. 제가 가끔 감정을 이기질 못해서요. 그 여성들…… 그 수많은 여성들을 생각하면…… 그리고 그 소년도. 앞날이 창창한 아이였는데. 전 그 아이 일이 제일 가슴 아프더군요."

"그러게요."

다아시는 홀트에게 커피 잔을 건네며 말했다. 그러면서 덜덜 떨리는 그의 손을 보았고, 이번이 아마도 그의 마지막 활약이 될 거라고 생각했다. 그가 아무리 똑똑하다고 해도…… 정말이지 소름 끼치도록 똑똑한 수사관이건만.

"오랜 세월을 함께 보내고 나서야 남편의 정체를 알아차린 여성은 참 괴로울 겁니다."

"맞아요. 아마 그럴 거예요."

"그렇게 오랫동안 같이 살면서 몰랐다고 하면 누가 믿어 줄까요? 그 여성은 아마도, 그 뭡니까, 악어 입속에 사는 새 취급을 받을 겁니다."

"제가 듣기론 악어는 그 새가 자기 입속에 살게 내버려둔다고 하던데요. 그 새가 이빨을 깨끗이 청소해 준대요. 이 사이에 낀 먹이를 빼 먹는 식으로." 다아시는 오른손 손가락으로 먹이를 쪼는 새 흉내를 냈다. "아마 그 얘기는 사실이 아니겠지만…… *제가 밥을 치과까지 태우고 다닌 건 사실이에요. 그냥 놔두면 실수인 척하면서 고의로 예약한 날짜를 잊어버리거든요. 그이는 그 정도로 고통을 싫어했어요.*"

뜻밖에도 눈물이 차올랐다. 다아시는 손두덩으로 눈을 닦으며 눈물을 원망했다. 로버트 앤더슨을 위해 흘린 눈물을 지금 눈앞에 있는 이 남자가 곱게 볼 리 없어서였다.

아니면 다아시가 잘못 생각했을 수도 있었다. 홀트는 빙그레 웃으며 고개를 끄덕였다.

"그리고 아이들도 마찬가집니다. 아버지가 여성들을 고문하고 죽인 연쇄 살인범이란 걸 세상 사람들이 알면, 아이들의 삶은 산산조각 날 겁니다. 그런 아버지의 정체를 어머니가 덮어줬다는 걸론이 나오면 다시 한 번 산산조각 나겠지요. 어쩌면 공범으로 몰아붙일지도 모릅니다. 이언 브래디를 도와준 마이라 힌들리처럼요. 누군지 아십니까?"

"아니오."

"그럼 됐습니다. 하지만 이렇게 한번 자문해 보십시오. 그토록 곤란한 처지에 있는 여성은 과연 어떤 선택을 할까요?"

"*당신*이라면 어떻게 할 건가요, 홀트?"

"모르겠습니다. 저는 처지가 조금 다르거든요. 그저 늙은 말인지도 모르지만…… 마구간에서 제일 늙은 말인지도 모르지요. 하지만…… 전 살해당한 여성들의 유족한테 책임감을 느낍니다. 그분들은 사건에 종지부를 찍을 자격이 있으니까요."

"물론 자격이야 있죠, 하지만…… 꼭 그래야 할까요?"

"어린 로버트 셰이버스턴은 성기를 물어 뜯겼습니다. 혹시 알고 계셨나요?"

알지 못했다. 당연히 알 길이 없었다. 다아시는 눈을 감았다. 눈물이 속눈썹을 간질이는 느낌이 들었다. '고통'은 *없었을 거라며, 이 개자식아.* 만약 밥이 눈앞에 나타난다면, 두 손을 내밀며 용서해 달라고 간청한다면, 다아시는 그를 한 번 더 죽일 수도 있을 것 같았다.

"로버트의 아버지는 알았습니다." 홀트의 목소리는 나지막했다. "눈에 넣어도 안 아플 아들이 그렇게 됐다는 사실을 가슴에 품고 살아갈 처지가 된 거지요."

"죄송해요." 기어들어가는 목소리. "죄송해요, 정말 죄송해요."

다아시는 식탁 너머의 홀트에게 손을 잡히는 느낌이 들었다.

"부인을 괴롭힐 생각은 없었습니다."

다아시는 그의 손을 뿌리쳤다.

"괴롭힐 작정이었으면서! 나라고 안 괴로웠을 것 같아요? 나라고 마음이 *편했겠냐*고요, 이…… 이 참견쟁이 노인네야!"

홀트가 쿡쿡 웃자 반짝이는 틀니가 다시 드러났다.

"아니오. 그럴 생각은 전혀 없었습니다. 당신이 현관문을 열자마자 모든 걸 알았으니까요." 홀트는 잠시 입을 다물었다가 신중한 목소리로 말했다. "제 눈에는 다 보이더군요."

"그럼 지금은 뭐가 보이시나요?"

홀트는 의자에서 일어서서 잠시 비틀거리다가 균형을 잡았다.

"집안일을 처리할 수 있도록 혼자 놔둬야 할 용감한 여성이 보이는군요. 물론, 남은 인생은 말할 것도 없고요."

그 말을 듣고 다아시도 자리에서 일어섰다.

"희생자들의 유족은요? 종지부를 찍을 자격이 있다면서요."

다아시는 입을 다물었다. 남은 말을 입 밖에 내고 싶지 않아서였다. 그러나 말해야 했다. 이 남자는 상당한 고통을, 아마도 몸이 무너지는 듯한 고통을 참으며 이곳까지 온 사람이었다. 그런 그가 이제 다아시에게 면죄부를 주려고 했다. 적어도 다아시 생각에는 그랬다.

"그…… 셰이버스턴이라는 아이의 아버지는 어떡하라고요?"

"그 아이는 이미 죽었습니다. 그리고 그 애 아버지도 죽은 거나 마찬가지예요."

다아시는 기계처럼 차분한 홀트의 말투를 전에도 들은 적이 있는 것 같았다. 밥도 가끔 그런 말투로 이야기할 때가 있었다. 고객의 회사가 세무 조사를 받을 위기에 처했을 때, 그런데 대책 회의의 결과가 영 좋지 않았을 때.

"아침부터 밤까지 위스키 병을 입에 달고 살거든요. 아들을 죽인 범인이, 아니, 아들을 토막 낸 범인이 죽었다는 걸 안다고 해서 그 사람이 바뀔까요? 그럴 리가요. 희생자가 한 명이라도 살아서 돌아올까요? 천만에요. 그런데 범인이 지금쯤 자기가 지은 죄의 대가로 지옥 불 속에서 활활 타고 있을까요? 자기가 낸 칼자국을 똑같이 몸에 새기고, 영원토록 피 흘리면서 고통받을까요? 성서에는 그렇게 나와 있지요. 어쨌거나 구약에는 그렇게 나와 있습니다. 그리고 전 거기에 대해서 별 불만이 없습니다. 왜냐면 우리가 아는 법률이라는 것도 거기서 유래했으니까요. 커피 잘 마셨습니다. 오거스타까지 가는 동안 휴게소마다 멈춰서 화장실에 들러야겠습니다만, 그럴 가치가 있는 커피였어요. 정말로 맛있었습니다."

홀트를 배웅하러 현관까지 가는 동안, 다이시는 차고에서 종이 상자에 걸려 넘어질 뻔한 그날 이후 처음으로 거울의 이쪽 편에 있다는 느낌이 들었다. 밤이 잡히기 직전이었다는 것을 알게 돼서 다행이었다. 그가 스스로 자부했던 것만큼 영리하지 않다는 것을 알게 돼서.

"고마워요. 일부러 와 주셔서."

홀트가 모자를 고쳐 쓰는 사이에 다이시가 말했다. 현관문을 열자 차가운 바람이 흘러 들어왔다. 다이시는 개의치 않았다. 살갗에 닿는 찬바람이 상쾌했다.

"나중에 또 뵐 수 있을까요?"

"아뇨. 다음 주면 다 끝입니다. 진짜로 은퇴하는 거지요. 플로리다로 갈 생각이에요. 거기서도 오래 살진 못할 겁니다. 의사 말에 따르면요."

"세상에, 어쩌다 그런······"

홀트가 느닷없이 다아시를 끌어안았다. 그의 두 팔은 가느다랬지만 단단했고, 놀랄 만큼 힘이 셌다. 다아시는 움찔했지만 두렵지는 않았다. 이마를 누르는 중절모 챙 아래로 홀트가 다아시의 귀에 대고 속삭였다.

"당신은 옳은 일을 한 거예요. 잘했어요, 다아시."

그러고는 뺨에 입을 맞추었다.

20

홀트는 보도에 낀 얼음을 피해 천천히, 조심스레 걸음을 옮겼다. 노인의 걸음걸이였다. *지팡이를 짚어야지 안 되겠는걸.* 다아시는 속으로 중얼거렸다. 차 앞쪽을 다 돌아간 그가 또다시 얼음 낀 자리를 찾아 길바닥을 내려다보고 있을 때, 다아시가 그의 이름을 불렀다. 그가 고개를 돌리고 눈을 동그랗게 뜨자 빽빽한 눈썹이 위로 쑥 올라갔다.

"제 남편이 어렸을 때요, 교통사고로 죽은 친구가 있었대요."

"그래요?" 말은 구름처럼 새하얀 입김이 되어 쏟아져 나왔다.

"예. 조사해 보시면 나올 거예요. 굉장히 끔찍한 사고였거든요. 남편한테 듣기로는 그렇게 착한 친구는 아니었던 것 같지만요."

"그래요?"

"예. 위험한 공상을 즐기는 아이였어요. 이름은 브라이언 델러 핸티였는데, 어릴 적에 밥은 그 애를 비디(BD)라고 불렀대요."

홀트 램지는 몇 초 동안 차 옆에 서서 곰곰이 생각했다. 그러다가 고개를 끄덕였다.

"거 참 재미있군요. 제 컴퓨터로 한번 찾아봐야겠습니다. 아니면 그냥 잊어버릴지도 몰라요. 워낙 옛날 일이니까요. 커피 잘 마셨습니다."

"말씀 잘 들었어요."

다아시는 길 저편으로 멀어져 가는 홀트의 차를 잠시 지켜보다가(가만히 보니 젊은이처럼 시원시원하게 운전했다. 여전히 날카로운 눈빛 덕분인 듯싶었다.) 집 안으로 들어왔다. 더 젊어진 느낌, 더 홀가분해진 느낌이 들었다. 다아시는 복도에 걸린 거울 앞으로 갔다. 그 속에는 자신의 모습밖에 보이지 않았다. 그래서 다행이었다.

닫는 글

    이 책에 실린 이야기들은 독하다. 어쩌면 읽기 힘든 곳이 몇 군데 있었을지도 모르겠다. 혹시 그랬다면, 나 역시 쓰기 힘든 곳이 몇 군데 있었다는 말을 꼭 해 두고 싶다. 사람들한테서 작품에 관한 질문을 받을 때면 나는 습관처럼 농담이나 우스운 일화를 들려주고 넘어가곤 한다(그런 얘기는 믿으면 안 된다. 소설가가 털어놓는 자기 이야기는 절대 믿으면 안 된다.). 일종의 회피 전술이기는 해도 같은 질문을 받았을 때 댁 앞가림이나 잘해, 이 양반아라고 대꾸하던 내 깍쟁이 양키 조상님들보다는 좀 더 공손하다고 할 수 있다. 하지만 그런 농담을 하는 와중에도 나는 내 일을 진지하게 생각한다. 열여덟 살에 첫 소설 『롱 워크』를 쓴 이후로 줄곧 그랬다.

    나는 자기 일을 진지하게 생각하지 않는 작가를 좀처럼 참을 수가 없다. 그런데 도저히 참고 봐줄 수가 없는 사람들이 있으니, 바로 '이야기 중심의 소설 쓰기'가 본질적으로 수명을 다했다고 보는 자들이다. 이야기 만들기는 죽지 않았을뿐더러 문학 놀음도 아니다. 그것은 우리가 삶을, 그리고 종종 우리 주변에 보이는 끔찍한 세상을 이해하는 중요한 한 가지 방법이다. 그것은 우리가 *어떻게 그럴 수가?*라는 질문에 대답하는 방법이기도 하다. 이야기는 가끔, 항상은 아니고 가끔, 우리에게 보여준다. 거기에는 *이유가 있다는 것을.*

시작부터, 심지어 지금은 기억도 잘 안 나는 대학 기숙사 방에서 『롱 워크』를 쓰는 젊은이가 되기 전부터, 나는 독자에게 달려들어서 공격하는 소설이야말로 최고의 소설이라고 생각했다. 그런 소설은 읽는 이를 괴롭힌다. 때로는 읽는 이의 얼굴에 대고 고함을 지른다. 그렇다고 해서 순문학에 대해 불평을 늘어놓을 생각은 조금도 없다. 그런 소설은 대개 평범한 상황에 놓인 비범한 인물들을 다루니까. 그러나 한 명의 독자이자 작가로서, 나는 비범한 상황에 놓인 평범한 인물들에게 훨씬 더 흥미를 느낀다. 나는 내 책을 읽는 이들한테서 감정적인, 아예 본능적인 반응을 끌어내고 싶다. 독자들로 하여금 *책을 읽는 동안* 생각하게 하는 것은 내 관심사가 아니다. 이 부분은 일부러 이탤릭체로 강조했는데, 왜냐면 이야기가 훌륭하고 인물들이 생생하면, 다 읽고 나서 (때로는 안도의 한숨과 함께) *책을 덮은 후에* 비로소 생각이 느낌을 대체하기 때문이다. 열세 살 무렵에 조지 오웰의 『1984』를 읽었던 기억이 지금도 떠오른다. 그때 나는 점점 경악하고 분노하다가 마침내 울분이 솟구쳐서 맹렬한 기세로 책장을 넘기며 전속력으로 이야기를 씹어 삼켰는데, 그건 너무도 당연한 반응이 아닌 가? 요즘도 어떤 정치인이 백인은 사실 흑인이라는 식으로 대중 을 속이면서 어느 정도 성공을 거두는 현실을 볼 때면(지금은 세 라 페일린의 얼굴과 그 입에서 나온 악의적인 '사망선고 위원회' 발 언이 생각나는데) 자꾸만 그 기억이 떠오른다.

내가 믿는 것이 하나 더 있다. 만약 당신이 아주 캄캄한 곳, 예 컨대 「1922」의 배경인 네브래스카 주에 있는 윌프리드 제임스의 농장 같은 곳에 간다면, 반드시 환한 손전등을 챙겨 가서 모든 것 을 샅샅이 비춰 봐야 한다는 것이다. 그런 게 보기가 싫다면 애초 에 뭐 하러 캄캄한 곳에 들어간단 말인가? 나는 일찍부터 위대한 자연주의 작가 프랭크 노리스를 숭배하면서 그가 이 주제에 관하 여 남긴 말을 40년 넘게 마음속 깊이 간직하고 있다. 그 말은 다 음과 같다.

"나는 결코 알랑거리지 않았다. '유행' 앞에서 모자를 벗어 들 고 동전 한 닢 달라고 내민 적이 한 번도 없다. 하늘에 맹세코 나 는 진실을 이야기했다."

하지만 스티븐, 당신 말이야, 작가로 살면서 돈도 엄청 벌었고 말이지, 그 진실이라는 것도…… 변할 수 있는 거 아니야? 그렇 다, 나는 이야기를 써서 돈을 꽤 많이 벌었다. 하지만 돈은 부수 효과일 뿐, 그 자체로 목적이었던 적이 한 번도 없다. 돈을 노리고 소설을 쓰는 건 바보들이나 하는 짓이니까. 물론 진실이란 보는 사람의 눈에 따라 결정되게 마련이다. 하지만 소설에 관해서 논할 때 작가의 의무는 단 하나, 자기 마음속에 있는 진실을 찾는 것 이다. 이는 반드시 독자의 진실이어야 하는 것도 아니고 비평가의 진실이어야 하는 것도 아니다. 그저 작가의 진실이기만 하면, 그러니까 작가가 알랑거리거나 유행한테 한 푼 달라고 모자를 내밀지만 않으면 다 괜찮다는 말이다. 나는 다 알면서 거짓말을 하는 작가들, 또 현실의 사람들이 보여 주는 행동 대신 인간이 할 리가 없는 행동을 글로 쓰는 작가들한테는 비웃음밖에 줄 것이 없다. 형편없는 글은 단지 엉망인 문장과 그릇된 관찰로만 이루어지는 것이 아니다. 형편없는 글은 대개 사람들의 실제 행동에 관하여 이야기하기를 끈질기게 거부하는 데서 비롯된다. 이를테면, 살인자들도 때로는 할머니가 길을 건너도록 도와준다는 사실을 외면하는 데서 비롯되는 것이다.

『별도 없는 한밤에』를 쓰면서 나는 어떤 절박한 상황에 처한 사람들이 저지를지도 모르는 일, 또 그들이 선택할지도 모르는 행동 방식을 기록하려고 최선을 다했다. 등장인물들은 희망을 아예 잃어버린 사람들은 아니지만, 우리의 가장 간절한 희망조차도 (그리고 우리가 동료 시민들에게, 또 우리가 사는 사회에 대하여 품고 있는 가장 간절한 소망조차도) 때로는 물거품이 된다는 것을 아는 사람들이다. 사실 그런 경우는 빈번하다. 그럼에도 내 생각에 그들은 이렇게 말하는 듯싶다. 고결함이란 성공이 아니라 옳은 일을 하려고 노력하는 과정에 깃드는 것이며…… 우리가 그 노력을 다하지 않을 때, 또는 그러한 도전으로부터 일부러 고개를 돌릴 때, 바로 그때 우리 앞에 지옥문이 열린다고.

「1922」는 『죽음의 위스콘신 여행』(1973)이라는 책에서 영감을 얻었다. 마이클 레시가 쓴 이 논픽션에는 위스콘신 주의 블랙리버폴스라는 작은 도시에서 찍은 사진들이 실려 있다. 나는 거기에 기록된 황량한 전원 풍경과 여러 피사체들의 얼굴에 나타난 신산하고 궁핍한 표정에서 깊은 인상을 받았다. 그래서 그 느낌을 내 이야기 속에 담고 싶었다.

2007년에 매사추세츠 주 서부에서 열린 작가 사인회에 가려고 84번 고속도로를 따라 여행하는 동안, 나는 어느 휴게소에 들러서 전형적인 '스티븐 킹표 건강 식단'을 구입했다. 즉, 탄산음료와 초코바를 샀다. 가게에서 나오다가 보니 웬 여성이 자기 차의 펑크 난 타이어를 가리키며 옆 칸에 세워진 장거리 트럭의 운전사와 열띤 대화를 나누고 있었다. 운전사는 여성을 보며 빙긋 웃더니 트럭 운전석에서 내렸다.

"좀 도와 드릴까요?" 내가 물었다.

"아뇨, 괜찮아요, 됐어요." 트럭 운전사가 대답했다.

확신하건대 그 여성은 트럭 운전사 덕분에 타이어를 바꿔 끼웠을 것이다. 그리고 나는 초코바 한 개와 나중에 「빅 드라이버」가 될 이야기의 소재를 얻었다.

내가 사는 뱅고어에는 공항 주변을 빙 둘러싼 도로가 있는데 바로 '해먼드 스트리트 연장 도로'라는 길이다. 하루에 5킬로미터쯤 걷는 습관이 있는 나는 집에 머물 때면 가끔 이 도로를 따라 걷곤 한다. 공항 울타리 바깥에 깔린 자갈밭이 연장 도로를 따라 절반쯤 이어지는데, 이 자갈밭에 몇 년 전부터 노점상 여럿이 좌판을 깔고 있다. 그중 내가 제일 좋아하는 사람은 그 일대에서 '골프공 사나이'라고 불리면서 봄만 되면 여지없이 나타나 자리를 깐다. 골프공 사나이는 날씨가 풀리면 뱅고어 시립 골프장에 가서 눈 속에 파묻혔던 중고 골프공 수백 개를 훔쳐 온다. 그렇게 해서 아예 못 쓰는 공은 그냥 버리고, 나머지는 연장 도로에 있는 조촐한 영업장에서 판매하는 것이다(그의 차 앞 유리창에는 골프공이 줄줄이 놓여 있다. 센스 있는 친구 같으니.). 골프공 사나이를 훔쳐보던 어느 날, 「공정한 거래」의 아이디어가 내 머릿속에 떠올랐다. 이야기의 배경은 당연히 데리로 정했다. 고인이 됐으나 누구의 추모도 받지 못한 광대 페니와이즈의 고향인 그곳으로. 왜냐면 데리는 이름만 바꿔 달았을 뿐, 실은 뱅고어니까.

이 책에 실린 마지막 이야기는 데니스 레이더에 관한 기사를 읽고 나서 떠올랐다. 결박(bind), 고문(torture), 살해(kill)의 머리글자를 따서 'BTK 살인마'로 악명 높은 그는 약 16년에 걸쳐 무려 열 명을 살해했다. 희생자는 대부분 여성이었는데 두 명은 어린이였다. 그는 희생자들의 신분증을 우편으로 경찰에 보낸 경우가 많았다. 그 괴물과 무려 34년 동안 부부로 산 여성이 바로 폴라 레이더인데, 범행 무대였던 캔자스 주 위치토의 시민들 중에는 남편과 함께 사는 동안 아무것도 몰랐다는 폴라의 말을 안 믿는 사람이 많았다. 하지만 나는 그 말을 믿었고, 지금도 믿는다. 그래서 어느 날 갑자기 남편의 소름 끼치는 취미를 알게 된 아내가 어떤 일을 벌일지 알아보고 싶은 마음에 「행복한 결혼 생활」을 썼다. 한편으로는 우리가 그 누구도 속속들이 알 수는 없다는 생각을 파고들고 싶은 마음도 있었다. 심지어 그 대상이 세상 누구보다 사랑하는 사람이라 할지라도 말이다.

자, 이 정도면 이 캄캄한 지하에 머물 만큼 머문 것 같다. 저 계단을 올라가면 전혀 다른 세상이 기다리고 있다. 그러니 애독자 여러분, 제 손을 잡으세요. 저 환한 햇살 속으로 여러분을 기꺼이 모시겠습니다. 저는 햇살 속으로 나가는 게 좋습니다. 왜냐면 저는 사람들의 근본이 대개는 착하다고 믿거든요. 제가 착한 사람이란 건 이미 알고 있고요.

　당신이 착한지 어떤지는 잘 모르겠습니다만.

메인 주 뱅고어

2009년 12월 23일

옮긴이 | 장성주

고려대 동양사학과를 졸업하고 출판 편집자로 일했다. '스티븐킹교'의 평신도를 자처하며 묵묵히 신앙 생활에 정진해 왔으나, 앞으로는 '스티븐킹교' 포교 활동에도 힘쓸 생각이다. 번역서로는 『아돌프에게 고한다』, 『다크타워 시리즈』, 『언더 더 돔』, 『워킹데드 시리즈』, 『일러스트레이티드 맨』, 『좀비 서바이벌 가이드』 등이 있다.

별도 없는 한밤에

1판 1쇄 펴냄 2015년 9월 4일
1판 8쇄 펴냄 2021년 11월 9일

지은이 | 스티븐 킹
옮긴이 | 장성주
발행인 | 박근섭
편집인 | 김준혁
펴낸곳 | 황금가지

출판등록 | 2009. 10. 8 (제2009-000273호)
주소 | 06027 서울 강남구 도산대로 1길 62 강남출판문화센터 5층
전화 | 영업부 515-2000 **편집부** 3446-8774 **팩시밀리** 515-2007
홈페이지 | www.goldenbough.co.kr

도서 파본 등의 이유로 반송이 필요할 경우에는 구매처에서 교환하시고
출판사 교환이 필요할 경우에는 아래 주소로 반송 사유를 적어 도서와 함께 보내주세요.
06027 서울 강남구 도산대로 1길 62 강남출판문화센터 6층 민음인 마케팅부

㈜민음인은 민음사 출판 그룹의 자회사입니다.
황금가지는 ㈜민음인의 픽션 전문 출간 브랜드입니다.